U0869982

纪念陆地诞辰一百周年

陆地（1918.11—2010.8）

作者简介

陆地（1918.11—2010.8），壮族，原名陈克惠，曾用名陈寒梅，广西扶绥县东门镇人。1938 年 9 月奔赴延安参加革命；10 月进入抗日军政大学学习；12 月加入中国共产党。1939 年 1 月考入延安鲁迅艺术学院，在文学系学习，毕业留校任创作员。1941 年 11 月调延安留守兵团部队艺术学校任文学教员。1943 年初至 1945 年 6 月在陕甘宁晋绥联防军区政治部任部队生活报特派记者、编辑。1945 年 6 月参加八路军南下支队，离开延安，奔赴广西；8 月中旬行至河南省时日本投降，部队遂奉命开赴东北；11 月初任中共中央东北局机关报《东北日报》副刊部编辑组长。1949 年后，历任中共梧州市委宣传部部长，中共广西省（区）委宣传部秘书长、副部长等职。其间，还先后挂全国政协第三、四届委员，全国文联第三、四届委员，中国作协第三、四届理事，第五届顾问，第六、七届名誉委员等头衔。作品有长篇小说《美丽的南方》《瀑布》，短篇小说《故人》，中短篇小说集《浪漫的诱惑》，日记体散文《青春独白》，自传体散文《直言真情话平生》，文论《怎样学文学》《创作余谈》，综合文选《陆地作品选》《劫后余灰》《矗山暮影》，诗稿《落花集》等。

LUDI WENJI
CHANGPIAN XIAOSHUO

陈南南　陈田田　整理

陆地文集

第一卷

长篇小说

广西师范大学出版社
GUANGXI NORMAL UNIVERSITY PRESS
·桂林·

图书在版编目（CIP）数据

陆地文集：全八卷 / 陆地著；陈南南，陈田田整理．—桂林：广西师范大学出版社，2018.12
ISBN 978-7-5598-1542-2

Ⅰ．①陆… Ⅱ．①陆… ②陈… ③陈… Ⅲ．①文艺—作品综合集—中国—当代 Ⅳ．①I217.2

中国版本图书馆 CIP 数据核字（2018）第 287814 号

广西师范大学出版社出版发行
（广西桂林市五里店路 9 号　邮政编码：541004
网址：http://www.bbtpress.com）
出版人：张艺兵
全国新华书店经销
广西民族印刷包装集团有限公司印刷
（南宁市高新区高新三路 1 号　邮政编码：530007）
开本：700 mm × 970 mm　1/16
印张：290.5　　插页：60　　字数：4800 千字
2018 年 12 月第 1 版　　2018 年 12 月第 1 次印刷
定价：680.00 元（全八卷）

如发现印装质量问题，影响阅读，请与出版社发行部门联系调换。

出版说明

八卷本《陆地文集》，是广西著名作家陆地先生的文学文艺作品总集，收录了其一生所创作的几乎所有作品。包括长篇小说、中篇小说、短篇小说、散文、文论、诗词、剧本、日记、简札等多种体裁的作品，另收录了陆地后人为其制作的图志及年表等。

由于文集所收作品内容丰富、体裁多样，我们在各卷体例统一的基础上，对比较特殊的部分稍作了个别处理，如第一、二、三卷的长篇小说辑封，为了突出其篇名，便与后面其他几种体裁辑封的格式有所区别；第三卷的小说题名用字亦是特殊处理。

由于部分作品的写作年代较早，当时的语言规范尚不是很严格，因此行文中有一些与现代语言规范不合的文字，我们适当进行了技术处理，但为了最大限度地保持作品原貌，大多予以保留，如的、地、得的用法以及作者习惯用语等；同时也对一些成语、俗语、谚语等进行了规范，如“飞短流长(飞短流黄)”“养痈遗患(弄痈贻患)”等；由于文集大多为文学作品，为了增加文学效果或刻画人物形象，作者写作时使用了一些方言俚语或粗鄙文字，我们认为有必要保留，因此特别说明，请读者诸君正确对待。

另对涉及历史时期的特殊名词或说法酌情作了处理，如将满洲国改为伪满洲国或“满洲国”，在特定年代中，将壮族的“壮”保留为“僮”字形；保留“八年抗战”“大跃进”“右倾机会主义分子”“反右倾”等说法。我们还对文集进行了一些无关整体的细节处理，此处不再特别说明。

《陆地文集》编辑组

2018 年 12 月

陆地像（油画，莫若莹作）

陆地《矗山石》题签

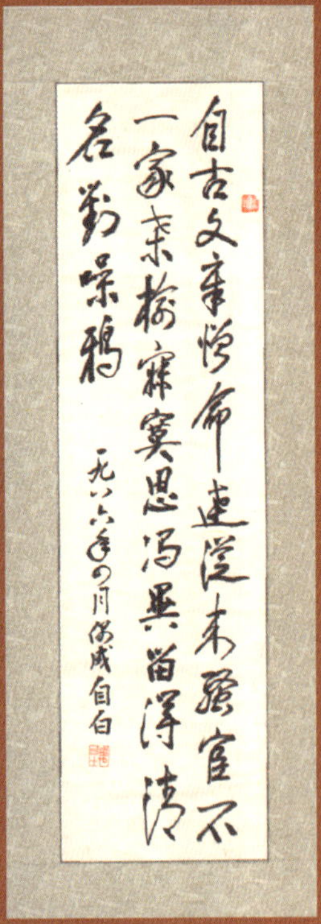

陆地手书《自白诗》

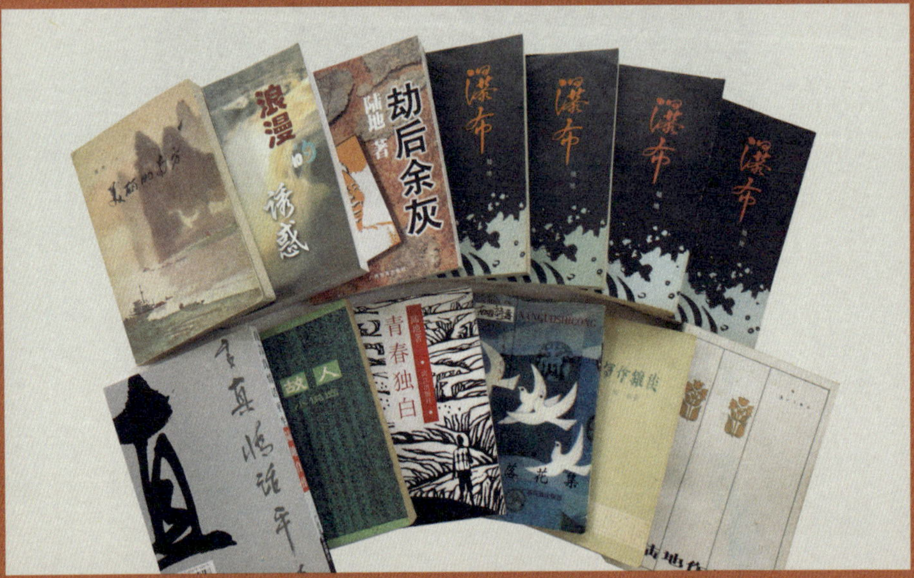

陆地部分作品书影

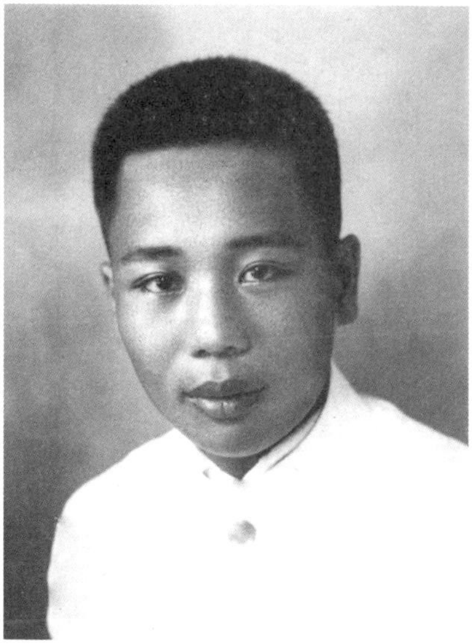

1938 年 8 月，摄于广西武鸣

1937 年，与广西绥渌县留穗学生摄于广州。前排中为陆地，后排右一为黄克勤

1946 年 4 月，随同东北日报社进入长春市

1949 年 5 月，于沈阳东陵

1953 年 10 月，出席全国第二次文代会

1963 年春节全家福

1964 年 7 月，摄于南宁寓所

1964 年 12 月，摄于广西靖西

1964 年春，摄于南宁

1973 年春，摄于北京颐和园

1979 年春节，陆地夫妇于书斋

1980 年，在南宁文化大院寓所创作《瀑布》

1980 年 3 月 31 日，在贵县出席“黄飞卿小说创作讨论会”

1982 年 6 月，陪同中宣部顾问、原东北日报社副社长廖井丹（右）游览漓江

1982 年 10 月，陆地领老伴参观西安七贤庄“八办”纪念馆

1984 年 8 月 22 日，在上海虹口公园鲁迅墓前

1985 年 12 月，与文艺评论家谢福铭（左）在南宁民族广场留影

1986 年 1 月，在北京参加中国作家代表大会时，与延安“部艺”的学生、军旅作家西虹（左）合影

1986 年 11 月 18 日全家福

1987 年 12 月 26 日摄于南宁

1988 年，于南宁寓所

1988 年，与散文作家彭匈（右）在贵阳花溪

1988 年 11 月 4 日，结婚 40 周年合影

1988 年春节茶会，同著名壮族诗人韦其麟（左）合影

1989 年元宵节，回扶绥县东门镇老家为二哥陈曼夫（左）祝寿

1990 年 10 月 13 日，西南五省区桂柳笔会合影。右起马识途、陆地、李乔、邢立斌

1990 年，西南五省（区）桂柳笔会期间与散文作家李宝靖（左）游览漓江

1991 年 4 月，出席广西第五次文代会

1991 年 4 月 2 日，出席广西作协代表大会时同部分柳州代表合影。右起卢京才、李定余、陈明贵、陈肖人、陆地、蓝怀昌，左一为柯天国

1995 年，陆地（右二）作品手稿档案捐献仪式

1998 年，陆地八十寿辰暨六十周年文学生涯座谈会

1998 年 11 月 29 日，作家黄钲专程登门祝陆地八十华诞时摄

1998 年 1 月 29 日，摄于南宁寓所

2000 年 7 月 1 日，于而止书斋

2006 年 11 月，为友人苏上杰（左）看稿

2008 年，摄于南宁，时年 90 高龄

2010 年 2 月，（后排左起）作家潘荣才、凌渡、李甜芬探望病中住院的陆地

2018 年 7 月 6 日，“陆地诞辰 100 周年文学创作研讨会”在崇左市召开（陈黎明摄）

穿崖透壑不辞劳，
远望方知出处高。
溪涧岂能留得住，
终归大海作波涛。

——《水浒全传》

长篇小说

LUDI WENJI

瀑布·长夜

长夜难明赤县天

——毛泽东

第一章

长夜终归消失，黎明将临大地。

宁静而秀丽的南国山城，一如摇篮里的婴儿，睡得那样香甜。大地一片，到处如此恬静。城郊河上，渔火熄灭了，纱帐似的轻雾，静静地覆盖着江岸的竹林和渔村。千姿万态的峰峦，隐隐约约浮露在云海般的薄雾怀抱之中。顷忽间，天空散布着灿烂彩霞，仿佛舞台上挂起五彩缤纷、金光绚丽的天幕：那腰间轻烟缭绕的立人峰，在晨曦的映照下，宛若穿戴着紫袍金带的巨人，顶天立地，岿然不动。城里平铺着一面平静如镜的柳湖，水面染映着峰峦秀丽的倒影，湖光山色，相映如画，“江山如此多娇”。这旖旎的南国风光，河山锦绣，可是一幅巧夺天工、令人玩味的画卷。

古来游客贬官，吟咏和描绘这片天然山水的诗文和画卷是不少了，可惜，叙述这地面上人们生活的面貌，似乎还未引人注意。

有人说，“历史是要在晚上写的”，但是，下面这段故事，却从黎明谈起——

这是一九一五年春末夏初，正当换季的日子。这天拂晓，城里的景况一如既往，赶早的人们又都按老步调，不急不忙地开始一天的奔波。只有一所法政专门学堂有点儿异常，难道时间表变动了吗，起床钟声怎么提前响了？师生们的美梦被惊醒，宿舍里立刻变成一锅滚开水，嘈杂的声音，显得急促而紧张，不知发生了什么意外。人们在煤油灯下纷纷起床、穿衣、漱盥……脚步声、器具撞击声混杂在由惊疑而引起的喧哗里，盖过了黎明前的鸡啼和鸟叫。

一会儿，教务课办公室挤满了人。在发黄的灯光下，粉白的墙上摇晃着浮动的人影。教员们个个诚惶诚恐，面面相觑，好像彼此头一遭相见。原来是各人把节日服装都穿上了，衣冠楚楚，好像是有意安排的服装大杂烩。各人穿戴的，有新款，有旧式，形形色色，参差不一，真是俗话说的：二八月乱穿衣。这位老夫子脑瓜戴的是青缎红顶瓜皮帽，身上穿的是织锦马褂套着酱紫色丝绸夹袍；那个三十来岁的年轻教员，穿一身银灰呢料春袍，小分头梳得十分油亮，显示飘飘然的神气；一个学洋鬼子的派头，留着两撇仁丹胡须，戴起一顶海青色呢的博士高帽，脖子上打着黑色蝴蝶领结，上身披了一件烟色条花呢西服，裤子是法兰绒猎装，皮靴擦得晶亮；又一位四十来岁的壮汉，穿件直领藏青哔叽西装，戴一副金丝眼镜；同这位壮汉坐在一边的是教国际法的中年人，穿的是一套时兴墨绿色毛料的中山装，胸前纽扣上还挂着一条闪闪发亮的表链……人们陆陆续续到来，教务课主任张罗别的事去了，房里没主人。各人进来自己找位子坐下，相互默然无声。在靠窗的一张桌上，一位办文书的先生独自弯腰弓背，挥手书写对联或条幅。

一个六十岁上下的老夫子，摆着高深莫测的架势，慢条斯理地捋着落在胸前的长须，好像向人显示自己的清高；那位留着仁丹胡须的假洋鬼子，默默地走到屋角的立人镜前，顾影自怜地端详着脖子上打的黑色蝴蝶领结；穿银灰色袍子的那位，不动声色地捧着白铜水烟袋，咕嘟咕嘟地吸着水烟；穿直领西装的壮汉，目空一切，独自抚摸他那根镶着银把的文明棍……人人装腔作势，似乎都那样超脱，与世无争。唯独那位穿马褂的老夫子在发窘，坐立不安，老在摸着后脑勺，生怕掖在瓜皮帽下的猪尾巴（辫子）露馅；这才叫坐在他身边吸水烟的先生找到了话题。这先生不动声色地把水烟袋的烟灰“咕突”一声吹落在地，同时灭了引火的纸媒，一手握着水烟袋搁在膝盖上，一手拍了拍对方的肩膀，带着嘲弄的口吻说：“庆公，别担惊受怕嘛，就是亮了底也没大不了的事。一夜寒霜，任它刮得再猛也不能把一树黄叶全都吹落了不是？个人头上几根长发又不碍他人走路！‘吹皱一池春水干卿底事’！何况张大人自家也都是过来人嘛，彼此彼此，不至于因一条辫子而加人以贰臣之罪吧？”

“你说什么，贰臣？”穿直领西装的人插话，“张大人他昨天还是清朝巡抚呢，今天摇身一变，成了民国的巡按使。要说贰臣，首先是他自己。”

“官衔可变，心肠未必迥然。人不云乎，江山易改，本性难移。至理名言，古今不易。”说话的人，摇头摆脑，自鸣得意。

站在镜前顾影自怜的假洋鬼子，正要插嘴搭腔，话未出口，却被东边窗下那个弯腰弓背挥笔书写的人一句什么话打住了，立即转身过去，跟着，大伙凑上前去，瞅着桌面那墨迹未干的一幅横额。写字人把笔撂下，吃力地直起腰来，透了口气，望着大家笑道：“献丑了。请诸位书法家多多指教，多多指教！”

接着，桌面上这半张四红纸头，由两位热心人，一人捧一头，小心翼翼地把它移放到地板上来。附庸风雅的先生们，同苍蝇发现臭咸鱼似的，一下子都围拢上来，边看边发议论：

“继公的魏碑功底深厚，书写得飘逸跌宕，外柔内刚，高手，高手！”

“妙，妙！依小弟之见，继公手笔，在当代书法家之林，不仅行书堪称独步，就是这一手隶体，我看也无人比肩。”

“过誉了。不敢当，不敢当。”

“字怕吊，人怕笑。还是挂起来才看得出功力哪。”

正当先生们七嘴八舌、议论纷纷的时刻，一位戴着深度眼镜，身穿一件鼠灰布料罩袍，年将“耳顺”的长者来到现场，从围观者肩上的空隙处注目于平铺在地板上的横额，稍停片刻，说道：

“诸位先不忙品评书法吧，请先生们斟酌斟酌看，学堂大门挂出这样横额，合不合体统?”

这时,大伙才回过头来,瞧见立在面前的不是别人,正是一位长者——教务课主任。屋里一下子静了下来。

“欢—迎—张—巡—按—使—光—临—视—察—”

不知谁打破了沉默,对着横额一字一字地念出声来。

“这个……事关重大,必须请示朱堂长定夺。”戴瓜皮帽的那位教《六法全书》的老先生开了腔,接着,郑重其事地提出一个问题,“不知张大人今天来我学堂,是以巡按使身份来视察呢,还是拿名誉堂长的名义来作指导呢?”

“阳老所虑极当。”穿猎装裤的那位教国际法的中年人接过话头附和着说道,“若对全省而言,张大人理应为巡按使,若在我‘法专’学堂呢,那是名誉堂长。两种身份,两种礼仪,接待的规格可是要讲究的。”

穿直领西装的年轻教习伸出食指,推一推金丝眼镜,傲慢地冷言冷语:“看你们把话说到哪儿去了。这么个大角色,一省的舞台眼看还盛不住呢,区区一顶堂长的乌纱帽,怎能扣得住那个大脑袋?”

“汤兄你说什么?一省盛不住?那么……你这弦外之音是不是说,张大人又要‘呵叱’——高升了?……”

“我的仁兄,这有什么值得大惊小怪的,英雄造时势嘛。张本来就是北洋一派的故旧袍泽嘛,只因辛亥革命来了才改辕易辙,变换旗号,咸与革命。这是识时务者为俊杰,特别能顺风张帆,随机应变。”

“这也难怪,昆虫还有适应季节而变化其保护色的本领,何况人为万物之灵哉!”

“如今,”被打断话头的人,又接着申述他的见解,“孙中山的辛亥革命既然到了西风落叶下长安的落潮季节,而北洋政府的袁大总统眼前正当风云际会,不可一世。难道不四出网罗边官、起用旧臣以维持其统治吗?南张北袁本是旧交,南北携手自不待言。树高藤攀,草木荣枯如是,世上人事浮沉,何其不然哉!”

“阁下别转文了,你直说张大人到底升迁何职吧。”

“这还不明摆着的吗?张大人坐拥南方多年,素谙各省风土人情,老马识途，治理起来堪称驾轻就熟。而袁公人称玩弄权术老手，当知能稳定东南半壁者，舍张而谁与？据说，新衔头乃直接听命于大总统，柄湘鄂赣皖苏五省江防之巡阅使。”

“那，今天莅临我校，想必是临去秋波，给人留下‘去思’之念乎？”

“哦，哦！如此看来，南北对峙之局可望归于一统了？”有几个声音在惊讶。

穿中山装的人说：“从面上的局势看，北方袁氏拥兵自重，国会已成傀儡。南北较量，北边显然握了胜券。南边革命，只因孙逸仙下错了一着棋，授柄于人，暂时是落潮了。不过，革命如果是千百万人意志的归宿，那，地下的火山，迟早还会爆发的。”说话的人那么冷静，表示很有信心。

讲授民法课的老师却不胜感慨：“天下滔滔，谁清谁浊？成者为王，败者为寇。哎，哎！”

教务课的门突然开了，一位穿茶色夹袍的高个子跨进了门槛。人们不约而同地肃然起立，注视这位道貌岸然的闯入者，一时鸦雀无声。

沉默片刻，一位肥头大耳的学监麦惠农和一位清瘦如竹竿的教务课汤主任，毕恭毕敬地迎上前去招呼，几乎异口同声地说道：“朱堂长……”

堂长威严地扫了大家一眼，然后望着汤、麦两位问：“横额写妥了没有？赶紧挂出去！学员宿舍那边乱糟糟的，会不会又是官班姓韦那个捣蛋鬼在兴风作浪？你两位和班主任去关照关照！须知，今日接驾，非同小可，万一出了什么纰漏，我们可不好交待呀！”

“对，对，这就去。姓韦和姓凌的几个野仔可不好套哩！”肥头大耳的麦学监连连点头，转身要走。

“慢。”堂长把麦学监和汤教务叫到一旁，“来，我们商量一下。”

三人交头接耳，低声说话。只听汤教务最后点头答应：“好，好！懂得了，先稳住。”

麦学监让汤教务招呼在场的官班与绅班的班主任和几位教习，随他往学员宿舍方向去了。

教务课办公室里的教习们，暂时无话可说，各就各位又坐了下来。有人在桌面上搓着纸媒，点火抽水烟袋，有人端起茶壶斟茶，有人捻着胡须想心事……

曙光悄悄染上窗帘,屋里逐渐明亮。听差轻轻进来吹熄了灯火,一位管庶务的先生叫他找个帮手,把横额拿到大门口去张挂:

“当心把它挂好,别把字贴倒了。”

听差应声,小心谨慎地把半张写了字的四红纸头捧着走。

“堂长做事也太谨慎了。”梳小分头的人说话,打破片刻的沉默气氛,“封建朝官上殿,也无须这么早嘛。如今已经是民国世界了,何苦还如此诚惶诚恐!”

“阁下有所不知,”仁丹胡须说,“这回张公驾临,与我‘法专’声誉关系甚大。据兄弟耳闻,上峰有意要在今年应届毕业班选拔若干高材生,保送留学东洋。朱堂长之所以如此卖力张罗,无非为‘法专’争几个名额,他日桃李满天下,做堂长的岂不与有荣然?”

这时,那位整日在意后脑勺的庆公,对仁丹胡须的翻了白眼,使劲地“突”一声,吹吐出烟灰,烟灰跳出,落在地板上,顷刻间余烬一闪就灭。

“小小一个东瀛三岛,”庆公旁若无人地说道,“比起我堂堂神州华胄,不过芝麻之于西瓜,怎能相提并论?试问,为何委弃我五千年文化于不顾,而企求于夷狄之邦之妖风?须知,革命党徒,不少留学东洋,效法明治维新,拾人牙慧,学得半点皮毛,回到本土,兴风作浪,奢言革命。试问,扰攘经年,于国何用?于民何益?所痛心者,清室既误国于前,民国又何能救民于后?”

“庆公此言,知其一而不知其二,未免失之偏颇。”仁丹胡子像只好斗的小公鸡,挺起脖子,准备一场舌战的架势。

这位担心辫子露馅的遗老并不示弱,颟顸地以不屑的口气给对方回敬:

“能知其一已经不坏了,就怕是半吊子。”

“不,”穿中山装的那位,压不住激动情绪,声音有点发颤,“半吊子并不怕。人自知不足而求补救,还不失为朽木可雕也。为了革命而向先进者看齐,吸取民主思想,学会科学技术,总比慈禧老太婆闭关自守、夜郎自大、背着时代开倒车的强!”

穿直领西服的也来了劲头,接着说道:“可不是怎的。反正呀,剪短发,梳分头,即算是学的洋人款式,也比拖一条猪尾巴方便,妇女们走起路来,天足总比缠脚的轻快!”

“哼。”留小辫子的遗老从鼻孔哼了一声，气鼓鼓地离座走开了。

屋里又趋于沉寂，壁上挂钟“嘀嗒嘀嗒”地独自移动它的脚步。

这时刻，学监麦惠农领着班主任和几位教习在学员宿舍逐个房间检查。

现在，学员宿舍里里外外都是忙忙碌碌的人：有的忙着洒水，有的忙着扫地，有的忙着抹窗、搬凳，有的忙着叠被褥、挂蚊帐……

忙着的人一见学监、班主任和教习来了，莫不放下活路，个个站立让道，招呼“早安”，毕恭毕敬地脱帽弯腰，作九十度鞠躬。

这大同斋住的是绅班学员。他们都是从现职官吏选派来进修的；年岁参差不齐，二十多三十到四十岁的不等，还有少数年过半百的；这些有的是有过功名的秀才，有的是当过土司、县令，有的是地方上的士绅，都是一些孔孟之徒。举止言谈，总离不开老谱：循规蹈矩，温良恭俭让，暮气浓重。这些人跟从中学堂考取来的“官班”学生那种年少气盛，生龙活虎的气概，形成鲜明对比。

这所学堂，原先是康有为一八九六年间开办的广仁书院旧址。如今学员宿舍门首挂的绿色粉字的竹雕匾额——“大同斋”“礼义斋”的名称，还是当年康氏的品题和手笔。

学监麦惠农一行，检查完了大同斋的“绅班”宿舍，然后转到礼义斋的“官班”来了。照样是一个房间挨着一个房间的仔细查看。学生们个个鹄立侍候，机械地说一声：“老师早安！”学监、班主任和教习们含笑点头，满意地过去。不料，来到第七间房门时，一个异常现象叫学监发愣：靠里头的一张床铺，蚊帐还没挂起，床前一双破了洞的布鞋胡乱地撂在一旁，窗前桌上的笔墨纸张和半截子残烛随便搁着，显得十分凌乱。学监走进房去，一眼就看见桌上有张字纸，拿起来看了看，脸色一沉，喃道：

“哼，好家伙，口气倒不小！”学监说完话，顺手把纸头交给旁边的班主任。班主任接过纸头，同教习交头凑着瞧。原来纸头上写的是涂涂抹抹的二十来个鸡爪一样的草字，是一首无题的五言绝句。

这时，帐里人醒过来了，打了个呵欠，然后哼哼地吟咏起来：

大梦谁先觉？
平生我自知。
草堂春睡足，
窗外日迟迟。

“嚯，可不得了。我以为是病了呐，居然学起卧龙先生来啦？狂妄，狂妄！”学监一边说话，一边揭开蚊帐。

帐门一揭，床上的人忽一下掀开被子，坐了起来。这是一位十七八岁的小伙子。看他一头刺猬般的乱发，早就该剪了，发脚已经盖过了耳朵边上。他用手背揉揉惺忪的眼睛，满不在乎地望着惊醒他好梦的闯入者，意思是问：“有什么事？”

小伙子不慌不忙地下了床来，一边面朝床上叠被，一边让两只赤脚在地上胡乱寻找东一只西一只的鞋子。他，粗眉大眼，嘴阔唇厚，鼻梁笔直，轮廓特别分明，就像石山那样峥嵘峭拔，给人留下凌厉而傲岸的印象。穿的是家乡地道的用蓝靛染成的土布衣裳，上装是对襟布扣，下装是宽裤腿，土里土气。

他旁若无人地从床底下拖出紫铜的脸盆来，取下洗脸的高丽巾，往肩上一搭，趿着燕尾鞋，踢踢踏踏地往外就走。

“慢着，”学监盯着他的背影，叫喊一声，“我问你，为什么这时候才起床？”

“这是时间表上定的。”

“今天是例外，要提前起床，你没听见敲钟吗？”

“规定的章程既然可以例外，那，我这……也算一个例外吧。”

“哈哈，一个例外！”旁边一位同学学他的口吻说了一句，别的同学忍不住笑了起来。

“不准笑！你们笑什么？嘿，韦步平，我问你。”学监麦惠农发了火，声色俱厉，盯着竟敢顶撞他的学生，“看你这个样子，还有没有一点礼貌啦？……哎，你呀，你呀！”

学生们越聚越多，都围拢过来睁大双眼盯着挨训斥的同学，替他捏一把汗。韦步平自己却把嘴巴抿得挺紧，眼光炯炯，直瞅着学监。停了一会才开腔：

“礼貌？还不是孔圣人哄人的把戏，讲得再好也当不了饭吃。”

“好，快人快语。”谁在背后情不自禁地喝彩。

大家回过头去一看，说话的人好像是刚赶到现场的一个二十岁左右的人，瘦长瘦长的身架，近视眼镜是宽边的玳瑁架子，显得过早老成的样子；穿的是蓝布大褂，脑袋上稍稍歪戴着一顶灰色人字花呢的鸭舌帽；脸庞清瘦白皙，像公园里的丹顶鹤，风度潇洒而孤傲。

学监回过头来，一看是他，不免添上三分愠怒：“呵，是你！凌云青，你给我解释解释看：何以说礼义是哄人的把戏？唔？”

韦步平不等凌云青开腔，立即抢过来答道：“这些孔圣人的唠叨，读是读过的，只是，嘴上念得烂熟，心里头却想不明白：孔圣人教人礼尚往来嘛，可是老百姓看到的，只有当官的作威作福，允许地主老财吮吸穷人的血汗，却不准老百姓说句二话。岂不是‘来而无往非礼也’？我看，不讲理的是上头当官做老爷的一边，不是下面的大众老百姓。地主不抢男霸女，老师不体罚学生，官家不压迫百姓，然后礼义方能维持。官不逼民不反，父慈才有子孝……”

“对，对！”

“快人快语——”

“胡说！”麦惠农吼了一声，接着，侃侃而谈，“嘿，亏你还卖弄玄虚。老师体罚学生是法，不是礼，懂吗？你们已经不是老百姓了，法政学堂的学生，应当懂得法治的ABC！法是维持礼而设的。礼是什么？是维持社会秩序的准则。我问你，”麦惠农专盯着韦步平的眼睛，“你讲，维系人类社会的正常关系，不靠礼义，靠什么？”

“是呀，‘礼义廉耻，国之四维’……”班主任和教习们吱吱喳喳，插嘴帮腔。

这时，凌云青可是沉不住气了。不让韦步平张嘴，马上接过话头，答道：

“要我说，不是靠什么礼义，而是靠公平原则，靠合理制度。”

“对啰！”韦步平附和道，“如今世上许许多多人事之所以聚讼纷纭，其病不在乎礼，而在于理。倘若合理的准则被不公平的恶行破坏，真理为谬论所排斥，那，试问，社会秩序何以维系？所谓礼义云云，岂不可以休矣夫！”

“哈哈！休矣夫！”同学当中，好几个人忍俊不禁地笑出声来。

学监麦先生和几位教习交换眼色，摇头叹道：“荒谬，荒谬。”

“这是你做的吗？”班主任汤老师把刚才麦学监从桌上拿来的那张纸头，摊开在韦步平面前。

韦步平脸上不觉赧红，不好意思地答道：“夜间失眠，胡诌的。”

“汤老师，他写的什么？看看。”凌云青拿过纸头一瞧，不禁眉飞色舞，转回头向同学们嚷道，“哎吔，我们官三班出了一位大诗人呢。别抢，听我念给你们听。唔，咳。”凌云青像个国文课老师，郑重其事地用吟诗的调门朗诵道：

不眠悲长夜，
风雨泣神州。
闻鸡怀壮士，
孰与挽狂流？

“嗨呀，了不起呵，韦兄可真是抱负不凡呀。”不知谁啧啧称赞。

“拿来给我！”韦步平伸手抢了纸头，随手塞进口袋。

班主任对他说：“你洗脸去吧，回头到我房子里来一下。”

韦步平端着洗脸盆走了。

“听说有人在外头闹什么社团，就是他吗？我看，等会要他回避一下，不能让他出队。”学监对着班主任低声说道。

“嗯，也好。”班主任不得已漫应一声，接着，沉吟地喃道：

“其实，全学堂三百来个生员，数他年岁最小。”

“人小，口气可挺大。”

“不知天高地厚，狂妄之徒。”

“这个——年龄病，初生之犊不畏虎。”

学监、教习和班主任一行，边走边议论。

“他是什么地方人？”学监突然向班主任发问。

班主任说是西部田南一带，好像是山区壮瑶民族杂居的县份。

“怪不得，山野之民未经教化。原来总觉得他这个人‘嘎咕’，出言不逊——

唔,看来是有点那个。”

“不,不能一概而论。”一位很少插嘴的教习说,“西部一带的学生不少,何尝没有异类?王光宗就是跟他一个县的,待人接物同他就不一样。可见是品性的良莠,并非地域的差异,更不在乎教化的得失。”

“王光宗,他……他也——”

“老师早安!”一个迎面走来的学生向几位师长打了一声招呼,跟着就是九十度的鞠躬,“学生王光宗在!”

这位来到老师们身边站立致敬的学生,穿着青色斜纹布料的学生制服,头戴别着红、黄、蓝、白、黑五色星花帽徽的帽子,中等个子,高颧骨,尖鼻子,眼神冷酷,对谁都信不过似的,好像拳击场上的打手,处处留神对方的一举一动。表面上,对人是笑嘻嘻的,却并不使人觉得亲切,反而叫人感到难堪。但是,学监一向对他印象良好,看他恭顺谦卑的样子,不觉脸带笑容,点头答礼,庄严地说道:

“嗯。你叫班上同学,赶紧收拾,等候集合。”

“是,是。学生遵命!”

王光宗连声答应,靠边让路,目送学监一行走过去了,立即回过头来,向同学们高声喊叫:

“同学们,快回房里收拾好,把衣服都穿整齐,哎哋,这是什么东西?”王光宗不注意,踢倒了走廊角落的一堆垃圾。

“这……何必明知故问,足下就是垃圾嘛。”

“嗨,足下是垃圾?”一位好给人起外号的同学向王光宗做了个鬼脸。

“你说什么?”王光宗不禁恼火。

“自己是什么东西还不知道?装聋作哑!”

“这里不是你收租的领地,快滚吧,滚回你自己的窝去!”

好几个人围过来,你一言我一语。王光宗看看自己孤立无援,赶紧把话头引开,好解脱尴尬的处境:

“告诉你们吧,这回张巡按使下学堂来,是挑选保送出洋的官费生的,事关各人前程,懂吗?”

王光宗讲完话,拔开腿赶紧撵学监一行人去了。

同学们看着他走去的背影,窃窃私议:

“呸！马屁精!”不知谁吐了口水。

“哎,君子坦荡荡,小人常戚戚。……”

“得了,别转这些屁话了吧,看你也是个孔圣人的门徒。休矣也夫!”

“怎么,戏还没有收场呀?”韦步平洗完脸回来,一边说话,一边挤到正在议论的同学跟前。

那位戴眼镜的凌云青对他说:“老弟,这堆垃圾,赶快倒了吧。”

“为什么?”

“为什么,今天轮到你值日,你不干呀？这,你不能来个‘例外’了吧?”

“轮到我了吗,好,我就来。大家的事,义不容辞。一定遵命,绝不‘例外’。”

“喏,给。”凌云青把扫帚和垅箕递给韦步平,然后同他咬耳朵,“搞完勤务,到老地方!”

“唔。”韦步平点点头,两人心领神会地交换眼色。

“动作快点,大伙等着你呢。”凌云青说完,飘飘然走了。

“你们两个宝贝,又闹什么鬼名堂呵?”还是那个爱给别人起外号的滑稽小子,向韦步平挤眉弄眼。

“你别管。”韦步平转头过去执行他的值日勤务去了。

同学们一个跟一个走散,回自己的宿舍。

滑稽小子望着韦步平的背影,摇摇头,带着笑意,自言自语:“好‘一个例外’,嘻嘻。”

第二章

这个“例外”的韦步平,原先既不姓韦,又不叫步平。在他改取这个姓名之前,其身世的来历是这样的:祖籍原是五岭山脉西江流域一个边远山区的小县,本家姓牛,因父亲到外县姓韦的人家入赘,才把本家姓氏改了。

父亲原名牛四哥。年轻时候,跟弹花工叔父牛望冬做学徒,每年秋收过后,趁着农闲,叔侄俩就外出寻找活路,到岚山县一带游乡过寨,为人弹花度日,挣点工钱回家,对付来年春荒。那年,隆冬腊月,那平村一位叫韦镇堂的老裁缝,为了要给大闺女办嫁妆,请牛四哥叔侄俩到家来弹两床棉胎。这当中,主人仔细品察,觉得牛四哥这位年轻人,干活认真勤快,待人也挺诚实。等到他们把活路干完了,东家请吃顿饭,乘着酒后余兴,特地向做叔父的人提起这样一件心事——

韦镇堂他老伴,五年前,乳疮溃烂,医治不愈,丢下他一个老头拖带两个还未成年的孤女，过着凄凉的晚年。大闺女过了年十八岁了，婆家要在年初八接过门去；二闺女比姐姐小两岁，生下来就是个怪胎：上身同正常人一模一样，作为一个姑娘，相貌还特别的俊俏呢，可惜，下半身两只腿却发育不全，长得特别短小；人一天天长大，下肢却是个畸形，不能走动，只好搁在摇车里养着。随着上身的长大，摇车也改换了新装，长年累月就让她坐着看守门户。要依赖旁人推动，才能到天井、庭院来见见阳光。

是人在生理上的某个方面有着缺陷，而在另一方面特别机灵以为补偿吗？这位先天带来残疾的姑娘，生性内秀，对描花、刺绣这方面的针线活她就格外敏感，手艺灵巧，活路做得十分精细。因而邻家姑娘时常来求教、攀谈。寂寞的岁月，倒是好排遣的。只是年岁一年比一年大了，做父亲的不免为她操一分心。现在，见到这位诚实而规矩的年轻伙计，心里不免有所揣摸：要是年轻人不嫌弃，肯同二闺女将就成亲，那倒是一段好姻缘呵。酒后闲谈，终于把心里话向当叔父的讲明：希望叔父把侄子留在他韦家做个半子！本人改不改姓都随便，只望日后养下子女，其中能有个儿子继承韦氏的香火就行了。弹花师傅听东家说话倒是一片诚心，也觉得二姑娘虽然下肢不全，走动不便，可是，看她平日坐在摇车里倒是个活观音呢，谁看出是个下不了地的美人呵？当时叔父一口先应承了下来，说回头问问侄子再作定夺。侄子嘴巴没好意思直说，神情表示是首肯的。第二年，又是腊八过后，弹花叔侄俩又在韦镇堂家弹了两床棉胎，不过这都是牛四哥自己用的了。

从此，这位弹花小伙计，不再叫牛四哥，而是改口叫韦家仁了。一个人扮了双重身份：既是女婿，又是继子。

婚后，小两口的情谊看来是融洽的，父亲和叔父也都为这对新人高兴。隔年，他们就养了个男孩，这就是现在的韦步平。

婴儿生来，在一家人来说是莫大的喜庆。祖父为了使婴儿得到好养，给取了个贱名，叫小牛。但是，世事往往未能尽如人意：正当祖父幸庆于抱孙之时，不想，患难也就跟踪而至。婴孩刚生下地，母亲却染上了疾病。虽然亲友、邻舍为此奔波，延医捡药，问卜消灾，张罗了一场，也都未能把产褥热的危症排除。年轻的父亲是不懂料理无奶的孤儿的，年迈的祖父含泪将怀里的孙子让给雇来的瑶族奶娘蓝大妈接过去。期望冷落的门庭,也许有幸保持一线香火。

年轻的父亲,经不起这场挫伤,家庭对他已经失掉鸟巢那样的牵引力。牛四哥又扛起弹弓,恢复原来形状,流浪外地,游乡过寨,长年凭借“嘭嘭当”“嘭嘭当”单调的弹花声来驱遣内心的郁闷。

小牛得到蓝大妈诚心实意的抚养,逐年长大起来了。到了上学的年龄,祖父把他送进本村私塾破蒙。老师给起的学名叫韦则明。

韦则明跟私塾老师读了几年《三字经》。到辛亥革命前三年,清王朝废除了科举,在县城和较大的区乡集镇的地方,先后开办了新学堂。当时,正是日本明治维新的思潮在全国产生影响,执政当局特别注重于国民基础教育。全国各地都纷纷开设县立高等小学堂。老裁缝韦镇堂觉得一辈子吃了不少文盲的苦头,总想在儿孙身上把它补回来,因而对孙子的前程,不免有个算盘:以为如今时势潮流,后浪推前浪,你不往前挤上去,就会被踩到脚底下。虽说把孙子留在身边学手艺,一老一小,相互有个照应;小的接过老的衣钵,日后也做个裁缝,一生吃喝倒也不愁。只是,世道既然越变越新,后生人总不能再同老辈一样,潦倒一生吧? 镇堂老人虽说是个不识字的手艺人,可是为后辈儿孙的前程着想,倒能想到远处。于是,一当本区南溪镇县立第二高等小学堂招考第一届学生,老裁缝就让孙子去试一试。料想不到,韦则明那篇应考作文《学而后知不足》,竟为审考先生激赏,取录榜上写的是第一名。做祖父的自然欣幸万分,打发孙子离家,到南溪镇进了新学堂。

从此,韦则明每年寒暑两次假期才回家来陪伴爷爷度假,或者到六七里地以外的那江屯的大姨妈家,同表兄弟家庆玩耍几天,要不,就到瑶寨找大妈的儿子石头,一道去装鸟盆、捉野兔和养八哥鸟什么的。

转眼间,则明已是个十四五岁的少年了。这一年暑假,是他最后的假期,下半年就同清王朝时代应童生乡试中秀才差不多的取得一张毕业文凭。凭着这样一张虎皮似的证书,到社会上去兑换到一定的职位,或做官为吏,或教书行医,无异是谋生的护身符。遗憾的是,人生际遇,却不是算盘珠子任人调拨,意外的变故就在这节骨眼发生。就在这回暑假期间,大姨妈托人带口信来,说是今年他家两棵龙眼树是“大年”,果子结得特别多,要则明去同表兄弟收龙眼,过完盂兰节再回学校。祖父也就同意了，临去时，吩咐一声，说回来时，同表弟家庆一道来玩几天。这样，则明高高兴兴地到那江屯大姨家做客去了。

旧历七月十四日这一天，农村风俗：家家户户都要在家过“鬼节”——盂兰会，给死人烧纸钱、纸屋、纸马什么的。人们趁着在抢收抢种的“双抢”大忙之前，请来亲戚朋友，打鱼、杀鸡、磨米蒸粉、包蕉叶糍等等，亲戚朋友聚一块，高高兴兴吃一餐，作为半年劳动的一次大休息。一早，则明和表弟家庆同村里的小伙伴赶牛上山放牧去了。

这时候正是“逃军粮”（花稔）、野石榴和牛甘果成熟季节，满山遍野，到处都可以采到。则明、家庆两表兄弟同其他小伙伴一样，腰杆也别只竹篓，欢天喜地从这山坡爬那山坡，从这树林钻到那树林，到处采野果。家庆的大黄牛跟别家的牛群混在一起，是不用自己单独看管的，两人也就放了心，只顾采果子去了。

牛群到晌午时分，当它们把水、草都喝足吃够了之后，往往习惯性地聚到一片平坦的草坪上来，或躺着反刍，或在黄泥水洼里泡水、沐泥擦痒，小牛犊躲进母牛怀下吮吸乳汁，有的牡牛则缠着发情的牝牛不放。

牧人有不采野果的，寻找树阴歇晌去了。松涛和蝉声给人奏着悦耳的催眠曲。

不知什么时候，杜家地主一只黑白花斑的公牛跟家庆的黄牯打起架来了。杜家的牛倌老头在树阴下正打着呼噜呢，家庆和则明这时正为鲜明熟透的野石榴魅惑，双方主人都想不到自己的牲口在闹事。旁人被吵醒过来，巴不得有牛打架来寻开心。有人起劲地吹口哨，“噜噜”地呼叫，煽动牲口发性。牲口越斗越激烈，眼睛红得像只灯笼，“呼咈、呼咈”，发出短促而愤怒的喘声，嘴边流出挂丝的唾沫。八只蹄把周围的短草和树苗都糟踏了，扬起一缕尘土。四只牛角对顶、冲击、挣扎，一前一后，一进一退，相互拉锯。突然，“咔嚓”一声，花斑牛的一只右角掉挂了下来，立即出现殷红的笋一般的骨尖。

“呵嗨，大黄牛赢了啰！”

看热闹的牧童拍手称快。杜家的牛倌醒了过来，目瞪口呆，不禁惊慌失措，愣了半天。终于把家庆的大黄牛混在他的牛群里一道揽回村子。

则明和家庆赶回村时，看到杜家地主老太爷当众破口大骂家庆父亲，硬说家庆故意放纵自己的黄牯斗他家的小花牛，硬逼家庆父亲拿大黄牛同他的小花牛交换。则明的姨父覃大和就不服这口气，跟地主顶起来，说他不讲人话，怎的也不能答应，冲上前去，抢夺牛倌手上的绳子。牛倌不肯松手，两人互相争夺扭斗，不可开交。则明拨开围看热闹的人群，跳上前去，在牛倌的手背咬了一口，抢过牛绳，猛击牛屁股，把牛拉回家。地主老鬼把屋檐下拴着恶狗的铁链解开，"去"的一声，叫恶犬扑向覃大和。恶犬"汪汪"狂吠两声，猛扑覃大和，撕咬他的裤管……幸亏乡亲们及时赶上前去把狗赶开，覃大和才脱了身。

当晚，则明和姨父一家过"鬼节"，尽管姨妈特意为他杀鸭、蒸粉，弄了几样菜，则明却越想越不是味道。桌面上谁也不吭声。饭菜吃了大半，姨父才心情沉重地开言：

"姓杜的欺人太甚！这口气实在咽不下！"

则明不答腔，禁不住淌下泪水。

半夜，杜家后院的库房起火，趁着风吹，顷刻之间，粮库、牛栏、马厩和碓房全都烧成一片火海……

一早，人们在杜家大门口的石阶下，发现那条看家的恶犬被敲破了脑壳，瘫软在地上，嘴边伸出半根黑斑点的舌头，眼珠睁开，闪着绿悠悠的凶光。那位兼管打更守夜的牛倌却被地主老爷捆了绑，解送到衙门去了。

覃大和夫妇半夜起来，怎么也找不见外甥的踪影，问家庆，他说自己白天太累，一头睡到天光，夜里什么动静都不知道。夫妇俩不免纳闷。一面，对旁人只说，则明他昨晚吃罢饭就赶回那平老家去了，一面，寻个借口，赶去父亲家看个究竟。韦镇堂听女儿一说，不禁大吃一惊：孙子并没有回家！

"跑到哪里去了呢？火是他放的吗？会不会自己烧在……"

韦镇堂、蓝大妈和女儿相对发呆，心窝好比塞了一把乱草，谁也解不开疑窦的死结，干瞪着迷惑的眼睛，说不出话来。

却不想，就在这一家人为着突然失踪的亲人唏嘘相对的时刻，第二天午晌，在离那平村四五十里地的边界上，在一株大榕树下，有座茅屋的茶棚，不知什么时候来了一位十四五岁的少年。他手上拿着一根用桄榔木修成的乌黑发亮的扁担，扁担的一头还缠着一束半新半旧的麻绳，孤独地坐在条凳上，不声不哼。

这是通往怀边府的交界地方，离怀边府还有半天行脚，从下边八塘上来和从上边城厢下来的客商，都得在这儿换雇挑脚的苦力。从这里到四塘圩场要拐个弯，走三四里地。过往客商没事的一般都不进街去了，就在这儿歇一下，换了挑脚夫役，继续赶路。这位拿着扁担的少年，显然是在等待卖苦力了。茶棚主人老头对着少年端量了半天，好生纳罕地问道：

“小伙计，你叫什么名呀？”

少年一时发窘，静了半分钟才说：“姓牛！”

“想干什么？挑脚？时辰晏了点了。今晚要赶到府城，还得加快步子才行呢。你是头回干这行买卖吧？行呀，后生可畏，试试看呗。快刀也是要在石头上磨出来的。”

说也凑巧，这时，从东边五塘方向的大道上来了一个老头，挑着一担并不太沉的行李，步子蹒跚，有点力不从心的样子了。后头跟着的是一匹银色的牡马，马鞍上坐着一位四十七八将近五十岁的老夫子，头上戴顶白通帽，一身唐装打扮：上装是白细的江西夏布，下装是银灰色杭州纺绸的宽腿裤，脚上穿的是圆口礼服呢布鞋，配着一双白线袜子。人下了马鞍来，见得模样儿长的瘦高个，皮肤精细白净，好似不见阳光的绿豆芽。

客人在一根圆木架起的条凳上歇脚，同茶棚主人说话。他说他姓言，是省里派到怀边府中学堂去教书的，今天务必赶到学堂报到。挑脚的老人家走不动了，找不到挑脚的人，只好把行李改装，让牲口驮着走。问这儿离怀边府还有多远？

茶棚老头说：“远倒不太远了。这儿附近就是四塘街，一塘十里地。走得快嘛，三个时辰准到了；这时节，日头下山迟，天黑前，会赶到的。”

“这村上有挑脚的吗？”

茶棚老头瞅了旁边少年一眼，还没开口，少年却抢过来答话：

“你老要挑担的脚力吗？我去！”

“你？”客人这时才注意到身边的少年：看他长得倒也结实粗壮，但又不大像是干粗活的后生,在粗壮结实的身躯上,发现他炯炯有神的眼睛,配着轮廓鲜明的脸盘,给人一个好印象,好比在一篇文章中读到令人神往的警句。

“你老怕我挑不动?”少年说着把客人的行李挑了起来,掂掂分量,“看,赶起路来,担保撵得上你的牲口!”少年走上两步让客人看看,才又把担子放下。

“嗯,后生可畏,行呀。你叫什么名字?”

“他说姓牛。”茶棚老头替少年答了话,又回头问少年的小名。

“叫牛皮。”少年说,装着挺正经。

“哈哈。”在场的人都发笑。

“那,牛皮不是吹的啰?”客人说,“走吧。我们得赶路了。”

客人给挑脚的老头付了钱,向茶棚老板打了招呼,完了,牵着牲口,同少年一边说话,一边上路走了。

一路上,这位言老师对少年发生好奇心,一直在揣测,就同诗人觅得佳句而反复吟咏,像探矿者发现矿苗而反复化验,像古董的鉴赏家获得什么秦砖汉瓦而来回考究摩挲似的,一老一少,一路上相互交谈,彼此产生了好感和信赖。

少年终于对眼前这位可敬的老先生坦白了自己的身世:他祖宗是不是姓牛,他也没证明,可是,他现在确实不是姓牛,而是牛字上还加两顶帽子,是个“韋”(韦)字;同唐代诗人韦应物是千百年前的本家。乳名叫小牛倒是真的,学名叫韦则明,在高等小学堂读了五个学期了。

“那,再过半年,你就高等小学毕业啰?”言老师说。

“是呀,可我是毕不了业的了!”少年叹了口气。

“为什么?家里没钱供学费?”

少年的眼珠子转了一下,考虑要不要把话全都说出来。最后,只是说:“这,怎么讲呢?家里是不富裕的,要不,我也不会在大暑天出来替人挑脚了。不过,叫我毕不了业的,还不是缴不起学费,要紧的是为了争口气。”

“嚯,看你讲得倒挺新奇,争口什么气呀?”

“气可多啦:在学堂受老师的气,当老百姓的受官老爷的气,种庄稼的受地主的气;你读得书来,毕了业得张文凭,出来当官做事,不也是让别人受你的气?想来想去,一气之下,虽说只差半年工夫也不干了。”

“你现在给人挑东西,拿人家的钱,就不受人家的气啦?”

“你请我干活,我愿卖苦力,你给我钱,各人自愿自受,受什么气?你要故意给我气受,我就在半路上撂下担子走开不干了,你能自己担得走吗?嘿,你倒反而要受我的气呢!”

“哈哈,小家伙,你倒挺会用脑筋呢。看来,你不肯读书并不是你的本意,一定有什么缘故?不过,你别急,我也不是办案的法官,不必打烂沙煲问到底嘛。闲话少说,还是赶路吧。”

两人都沉默下来,野地挺静,只听到马蹄均匀的声音。

两人嘴巴虽然不说话,心里却没停止过嘀咕。言先生觉得眼前这位少年是个谜:什么缘故叫他中途退学呢?觉得他讲的不会是直接的导火线。少年心里头闷得很,真心话堵塞着吐不出来,得不到同情和支持,很不好受。“这位老夫子能同情人吗?”少年反复自问,最后,终于鼓起勇气,将心里的脓包捅破了。他告诉了言老先生:说他为了替人抱不平,为了出气,放了一把火,把逼人太甚的地主的家给烧了,连夜逃跑出来,对什么人也没有讲。

“你现在不是对我讲了吗?”言老师听了说。

“看你是个好人,跟你讲你也不会把我出卖!”

“那不一定呵。”

“你要真是拿我去出卖,我也乐意让你这样好人得到奖钱。只要你愿意,我都可以慷慨奉送。”

言老师听到这,不禁“哈哈”大笑,内心不免为之惊奇。半天,让心情平静了才说:

“那,把名字改掉吧!”

“不,大丈夫行不改名,坐不改姓。好汉做事好汉当。”

“嚯,看你口气倒挺英雄。为什么又逃跑呢?”

“这个,哎,好汉不吃眼前亏嘛。”

“我看呀,姓不改,名还是改一改好。”

“那,言先生你老给起一个?”

“你原先叫则明吧,兼听则明是不是?现在改叫‘兼听’怎样?”

“兼听？不好。”少年摇头，“不好听。”

“哪……不平则鸣，唔，叫步平好了。步伐的步，平等的平。好听了吧？这一改，自由平等的意思都有了。”老先生好像是在搜索枯肠，捻须吟句，思路豁然畅通，精神振奋起来。

“自由？我现在倒是自由了！只是没个落脚的地方。四月天的木棉花絮满天飞舞，好不痛快，可不知到头来落到什么上面去呢！”少年不免发了愁，叹口闷气。

“怎么泄气了？”

“言先生……”沉默一阵，少年才又开腔，可是话到喉头又吐不出来。

“唔，有什么话讲吧。”

“我想……能不能让我跟你到学堂去当个听差什么的？”

“当听差？那，名字可要叫兼听啰？——好吧，等到学堂后，只要能办到，就帮你一臂之力。喏，前面就是城墙，快到了。”

就这样，少年得到言直老师帮了大忙，在怀边府中学堂当了听差。名字正式改为韦步平。这当中，韦步平自己，从旁抽空选听些课程，利用晚上的空余工夫自修，把老师给学生布置的作业，自己照着做，把写的作文拿去请言老师批改。言直老夫子是个特别爱才的好心人，觉得韦步平有点与众不同的奇才。等到一个学期完了，到第二年春季招考新生时，言老师就叫韦步平报名应试，说一切费用由他负担供给。

就这样，韦步平终于幸运地重圆当学生的美梦，成了怀边中学堂的正式学生。

但是，说他是奇才，不免有他的奇遇。在怀边中学堂，他又未能善始善终。三年课程，才读了一半，又被放逐了。事情是这样发生的：那学堂虽然是省立的官办学府，可是，教职员的聘请、任用，还是由堂长个人选定的。管庶务课的就是堂长的内亲叔伯。由于这种封建的裙带关系，这位庶务课长以为背后有靠山，有恃无恐，在学堂的公款项目，在学生的膳食费上，多多少少都有所染指，贪污、揩油，已成公开的秘密。韦步平给他起个外号叫做“抹桌布”。由于“抹桌布”的存在，学生饭堂的伙食长年改善不好。学生自治会派人交涉一次，改好两天，过后，又是老样子。气得大家实在是忍无可忍。这一天，正是端午节，不但没有加菜，大师傅还外出，过他的节日去了，饭菜比平日还差火。一人一小碗白开水捞起的空心菜，饭又是煮成夹生的，一股串烟糊味；苍蝇还来凑热闹，嗡嗡乱叫乱飞，惹得各人一肚子气。等到快吃完的时候，有人突然叫唤起来，说他的菜碗里有苍蝇，喊厨子来看，一定要厨房换一碗。接着，这边那边，接二连三，许多同学都嚷起来了，说菜里有死苍蝇。厨子们就不相信，说，有苍蝇，为什么早不见晚不见，偏偏到快吃完了才发现呢？再说，苍蝇到处乱飞，偶然掉下的，谁管得了？要赔，谁赔得起。双方争执不下。

韦步平站在一旁，眼珠转了转，提高嗓门就喊："好，苍蝇偶然掉进菜碗，你管不了，那……"说着，随手"哗啦"一声，碗盘落地打得粉碎。

厨子跳到韦步平跟前，指着他的脸嚷：

"你，你砸烂家什，你赔！"

"偶然掉下的，谁管得了。"韦步平面不改色，异常冷静。

"对，偶然掉下的，看！"

接着，"哗啦""乒乓"，打碎瓷器的声音，这里那里响成一片。

厨子们吓得脸都青了。一个当班的装个笑脸，连连作揖哀求：

"请君息怒，请君息怒！高抬贵手，原谅小的一时糊涂，饭菜都赔就是！"

可这时学监气急败坏地赶来了。他吹起哨子，喊叫：

"你们造反啦？统统到操场集合！"

到操场上，学监气势汹汹，站在排列成行的学生前面，声言这是聚众造反的越轨举动，非同小可：

"谁带的头？站出来自首！他自己不肯出来，你们把他推出来！"

两三百双眼睛，你看我，我望你，老半天，谁也不作声。弄得学堂监督直跺脚，无从下手，掏出手绢来紧往额角上揩汗。当班的厨子在队伍跟前走动，仔细瞅了半天，终于认出头一位同他争吵的人。人被叫出队前，学监逼他当众悔过，同时，要全体同学发誓：担保今后不再发生类似越轨举动！同学们都默不作声，局面闹得十分尴尬。

"怎么？都成了哑巴啦！学生自治会主席在哪？出来！"学堂监督大声

吼叫。

韦步平昂着头挺起胸膛,从容不迫地走出队列,面对学监说:

“打碗是我带的头。有多大过错,由我一人承担,不必为难同学。不过,事情要讲明白:饭菜有苍蝇,厨房不认账,那,事情还不能了结。”

“饭菜有苍蝇是一回事,你破坏公物是另外一回事。故意破坏,就是犯规行为,懂吗?”

“双方发生冲突,总是有双方的原因,有来才有往,不能单从一面看。饭菜没有苍蝇,打碗的事就不至于发生。”

“你,……你狡辩!嘿,跟我见堂长去!”学监气鼓鼓地像只球,一拍即跳,转向学生队伍吼了一声:

“解散!”

过了两天,学堂公告栏的玻璃框内,贴出一张新布告,宣布韦步平的罪状:说他竟敢目无法纪,煽动同学制造事端,破坏学堂秩序,肆意捣毁公物,实属害群之马;为此革除学籍,以儆效尤,云云。

就这样,韦步平成了贪污作弊者的牺牲品,中学堂第三个学期的课程还没有读完就被放逐了。

这事不免伤了言直老师的心。学堂开除他的高足,无疑是间接地给他一个沉重打击。第二天,他就给学堂递上一份辞聘文书,提前结束他这个学期的课程,负气把韦步平带在身边,一老一少,一道走出了怀边中学堂,上省城另谋出路去了。

言直老师到省城赋闲不久,省立女子第三中学堂就给他下聘书,请他到那里担任国文和历史课的专任教员。

韦步平跟言老师在女子学堂上学是不行的了,转学到别的中学堂吧,他又对普通中学失掉了兴趣,只好在言老师身边自学,同时就便替言老师料理些事务。一直拖到暑假,省城里有些专业学堂开始招生,他才以中学毕业的同等学力,用韦革的化名报考陆军小学,用韦步平的真名投考法政专科学堂。很侥幸,两间学堂的录取榜上都有他的名字。进哪所学堂好呢?韦步平自己考虑两天也拿不定主意,征求过言老师意见。言老师却是个卢梭的门徒,主张自由发展,提倡民主精神，对别人的志趣是不予干涉的。平日常讲：他平生就不欣赏室内盆栽的松柏梅竹和一些假山村舍之类，说是情愿到深山密林去观赏那参天的乔木和气势磅礴的瀑布。对韦步平的志向，说他自己已经懂得选择自己的道路了，不必旁人插嘴的。他有个观点，以为个人的才能，只要得到充分发挥，不管他从事什么样的行业，终会开花结果，对人类社会多多少少都有所贡献。不管学武学文，不管学商学工都没关系，只要跟自己的志趣合拍就行。

陆军小学堂，是北洋政府在各省开办、以训练新军官佐为宗旨的军事学校；“法专”是清末的湖广总督张之洞拿它替代旧式书院而改为新式学堂的。目的是网罗官吏人才，作为维持统治的工具。如今，创办人虽已风流云散，学堂的体制却仍然保持。学员分两部分：一部分叫“官班”，学生来源，从新学的中学堂毕业生或具有同等学力的、年龄在二十岁以内的青年当中招考录取；另一部分叫“绅班”，是从各地现职的官吏当中挑选保送来进修的，这部分学员不受年龄限制，老老少少混着。“绅班”叫学员，“官班”叫学生。同“陆小”一样，“法专”也是官费，食宿费用学生自己不必负担。

韦步平在言老师那里，既然得不到明确的指点，只好拿自己的主意：“当个带兵的‘帮带’嘛，对个人来讲，倒也显显威风；对老百姓呢，可就不但帮不了多少忙，相反，恐怕给穷苦人家添灾受难呢！‘兵家过，篱笆破’，老人讲过的话是实在的呵。‘法专’是造就当司法官、做律师的人才，要是能做到依法办案，往后，老百姓打官司，不再受那些包揽诉讼的土豪讼棍欺负和剥削，那也不坏。有朝一日当个司法官，杜家地主老爷就不能那样无法无天、横行霸道、鱼肉乡民了吧？”想到这里，韦步平好像在大暑天赶山路，突然见到清泉，心情顿然清爽起来。

等到“法专”新生入学报到那天，他就用韦步平名字去“官班”的新生注册处办了入学手续。当晚，高高兴兴地向言老师告辞，第二天一早，离开了言家，把简单的被褥搬到“法专”，住宿去了。

在“法专”的天地里，也许是由于他在中学阶段跳了年级，现在，比起同班同学来，数他年纪最小；也许由于他学业上成绩优异，也许由于他敢讲敢闯，娴于辞令，善于张罗吧，总之，在同学当中，他成了引人注目的中心；可是，在学监的眼里,他却是个“例外”。

现在,韦步平倒完了垃圾转回来了。当他正要往房里走时,凌云青从教室那边赶了上来,一把扯住他的袖口,摆了摆脑袋,要他一道到宿舍东头的风雨操场去。

“什么事?”韦步平盯着对方激动的神色,不由觉得诧异。

凌云青一边走一边讲:“刚才我说我们‘风雨社’要商量的事,人凑不齐,得改期。王光宗被学监指派当临时招待员,等会要给张巡按使递茶敬烟什么的……”

“当招待员?”

“唔。学监真有眼力,王兄生成就是这号材料。对啰,麦学监要我告诉你,今天是你值日,等会你就不必出队去了。”

“不让我出队正好。瞌睡碰上枕头,求之不得。”韦步平一半是高兴,一半是牢骚,“你看我这个土佬样,能在大官们跟前露脸吗,我们的麦学监确实是有眼力呀。”

“还告诉你件事:王光宗昨晚跟我讲,说是‘女三中’有几位女生发起倡议,要求教育当局举办男女同校。这,倒是有点革命精神呢。”

“倡议的人有没有她?”韦步平盯着凌云青的眼睛。

凌云青脸上泛起红晕,怪不好意思地说:“不知道。”

嘀……嘀……哩……一阵急促的哨子声传到宿舍走廊来了,接着是人声的呼喊:

“操场集合! 快!”

人们纷纷离开房间,一个跟一个往操场跑。

“回头再谈!”凌云青走上两步又回头来向韦步平喊一声。

“小心摔跤!”韦步平望着走去的背影喊。

第三章

凌云青手里拿着一卷《南风报》，从学堂外头跑回学堂，看他那股神气，好像是受人欺负，又好像是遇上了火灾，急得脸色发白，到处找人。从宿舍到教室，从教室到操场，从操场到花圃，最后才在图书室找着了他要找的人。

"老弟，你看！"凌云青气咻咻地把一本《南风报》摊开来，压在对方面前的书本上，"真可恶，袁光头竟敢冒天下之大不韪，真的承认'二十一条'了。你讲，气人不气人！……"

"别嚷嚷，等我看完了再吵。"这位被找着的人就是韦步平。他急忙抢过《南风报》，打开一瞧，头版头条的大标题，磁石一般吸住了他。凌云青在旁边啰嗦了什么，他都没听见。这是他平素与众不同的特点，当他正在阅读的时候，可以做到旁若无人，谁也转移不了他的注意力。凌云青来回踱步，干焦急，只好等他把报看完再讲。

一会儿，韦步平放下报纸，抬起头来瞅着愤恨得喘不过气来的伙伴，问道：“你说怎么办？”口气十分严肃而冷静。

“他妈的，卖国求荣的败类！”凌云青怒气难消，发泄愤恨。

韦步平沉着不言，静了片刻。凌云青接着提高声音说道：“联合‘风雨社’同仁，上巡按使衙门请愿！”

“走！”韦步平忽一下站了起来，“找大家商量去！”

韦步平把《黑奴吁天录》还给图书管理员，挽着凌云青的胳膊，并肩走出图书室，边走边说：

“先找王光宗，看他们高年级同学的意见怎样？”

凌云青说，王光宗是只三脚猫，不一定能找到他。说刚才在学堂门口跟他讲到这件事，他哼哼哈哈，心不在焉，急着要往外走。

“他好像是极力回避我的样子，准是又去女中找……”凌云青欲言又止，吞吞吐吐。

韦步平说：“看你，疑神疑鬼，自寻烦恼。女中那么多人，他去，也未必就找她嘛——”

“去你的……好吧，我们讲正经事。”凌云青停顿一下又说：晚自习时间快到了，今天星期五，学监要查堂，想到外头去联络“风雨社”的人是不行了。就找自己学堂的人先议一议，明天再到别处去找大伙商量。

“法专的人，你还看不到吗？”韦步平说，“这几天大家对日本帝国提出‘哀的美敦书’已经是在摩拳擦掌了，袁光头这一签字，就成了干柴点火、水坝决堤，谁要扑灭、拦堵，嘿！谈何容易！你想想看，我们四万万同胞几千年来受封建压迫剥削，当牛做马，好不容易才把清王朝推倒，囚徒的号衣还没有脱下呢，如今，袁光头又要把日本帝国引来，叫我们老百姓又去当洋奴，谁受得了？”韦步平越讲越气。

“好！火烧起来了。我们给它煽风，叫玩火者自焚！”

两人说到这，分头找人去了。这一夜，他们都没睡着觉。

清晨，晨操的钟声提前二十分钟响起来。同学们听到钟声在召唤，都来到操场。韦步平和凌云青两人抢在学监来到之前走上了指挥台。凌云青右手拿着《南风报》，朝着台下二三百个同学扫视一遍，一边挥舞胳膊，一边大声疾呼：

“诸位学长听着，报告大家一个坏消息：大事不好了，袁世凯大总统他居然向日本帝国屈膝投降了，他居然签字承认了‘二十一条’！……”

霹雳一声，全场寂静下来，人们面面相觑。不一会儿，爆发出一片骚动：愤怒、诅咒、叹息、疑虑和慌张。人声汇成喧嚷的怒涛……

韦步平看了看台下怒不可遏的人们，情不自禁地从凌云青手上接过报刊，眼睛瞪出火光，张开喉咙，发出悲愤的呼号：

“学长诸君，请静一静，请静一静！请听我给大家念两条惊人的大新闻。第一条：中央社北京五月七日电：‘日本致中国执政府外交部最后通牒，限五月九日下午六时答复。’第二条，中央社北京五月九日电：‘袁大总统下令外交部，承认日本帝国政府提出二十一条要求。’诸位请静一静：‘二十一条约’是什么呢？直截了当地讲，那是一份卖国文书。对老百姓来讲，是一张卖身契，四万万同胞从此都得变成亡国奴！亡国奴，是怎样个滋味呢？诸君读过史书都懂得：朝鲜亡给日本以后，成了什么世界？安南成了法国的殖民地，老百姓的日子是怎样过的？印度被英国征服，是什么样的国家？我们中华民国经过多少革命先烈奋斗牺牲，好不容易才从宣统皇帝的封建枷锁中挣脱了手铐脚镣，做了共和国的公民，料想不到，袁世凯大总统竟敢冒天下之大不韪，居然把国家主权出卖给东洋鬼子去了！这一来，我们四万万同胞就得变成双料奴隶：不仅回头又当封建的牛马，还要当外国人的洋奴！有五千年文明的堂堂大国竟然甘当小小日本帝国的附庸。试问，凡有血气的黄帝子孙，谁能咽下这口气！”

韦步平慷慨激昂，一口气把话讲到这，顿了一下，环顾全场。台下突然爆发了吼声：

“不能当亡国奴！”

“反对‘二十一条’！”

“坚决请求政府当局收回成命！”

“我们要自由！”

……

人群中，有的举手高呼，有的纷纷议论，全场浮动。

一个穿藏青斜纹布料学生制服、上衣缀着五颗闪亮的铜扣的同学，慌慌张张跑上台来，悄悄地扯着凌云青的衣袖走过一旁去，掏出手绢来紧揩额头的汗珠，担惊受怕地说：

“你们把事情闹大了！……”

凌云青默不作声。直盯着对方的眼睛，好像是在反问：“难道你说不应当这样吗？”

被无言的目光反问得难为情的人，像是晨霜在阳光下消失了似的，紧张的情绪稍微缓和下来，含糊地喃道：“也许是我过虑了！……”

这人就是王光宗，学生自治会主席。他看韦步平正在全神贯注地面对台下几百个同学，无暇旁顾；看凌云青又拒人于千里之外，态度凛然，只好悻悻地冷在一边。

韦步平眼看台下群情激荡、沸沸扬扬，于是再加一把火，大声问道：

“学长们！各人都想想吧，哪个愿当卑躬屈膝的亡国奴呀！”

“让冷血动物当去吧，我们是热血男儿，我们要做顶天立地的英雄好汉！”

“抗议袁世凯卖国！”

“上巡按使衙门请愿去！”

“走！北洋政府不收回成命，反抗誓不甘休！”

愤激的呼声掀起了浪涛。

凌云青情不自禁地走到台前，挥臂高呼：

“学友们，听我说，我倡议罢课！到巡按使衙门请愿！政府当局不答应，我们誓不复课……”

“当了亡国奴，读书有什么用，我们不读了！”台下有人抢着说话。

“罢课！大家赞成不赞成？”

“赞成！”台下发出一声巨吼。

“当……当……”钟声同时传来，这是早操的正点时刻。

学监麦惠农气急败坏地赶来了。但是，学监赶到操场，还没走上指挥台，学员们大部分已经迅速走散了，凭他怎么喊也没人回头。一时，操场冷落下来，只见零零星星几个“绅班”学员面面相觑。乌鸦在一株树上呱呱地叫了几声，飞到另一株苦楝树去了。

学监见到还有几位又像官僚又像学员的遗老遗少呆在操场上，踌躇不前，犹犹豫豫，于是，望着他们问道：

“怎么，都跑啦？”

被问的人们你看我，我看你，一脸苦笑，不知讲什么好。

“哼，胡闹。简直是无法无天！”学监说完，转身走了。

这一天，堂丁仍然按时敲钟，教室却空无一人，好像是放了假似的。当教员的不见学生来，自己也就乐得躲在房里喝苦茶，咕嘟咕嘟抽水烟袋，有的一声不哼，有的找棋友弈棋，有的尽在叹气，有的干脆睡大觉，有的浏览新到的报章，议论世界大战的动态，猜测中日两国交涉局势的演变。学生宿舍却成了闹市：同学们辩论很激烈，“风雨社”的成员多方面联络，紧张策划，真是个个慷慨激昂，人人义愤填膺，忧国忧民的气氛笼罩着学堂里里外外……

当天晚上，在堂长的办公室里，朱元敬透过老花眼镜，压抑着愤懑的情绪，默不作声，直盯着对面坐着的麦惠农。学监显得颟顸而尴尬。屋内继续静默了十来分钟，朱元敬才以貌似责己实为责人的口气叹道：

“这个……都怪平时管束不严，防范不周之过。语云：‘教不严，师之惰’，我们身为师表，何辞其咎？唉！”

学监接着说：“害群之马不除，教化之道难张。没有风吹，哪来的浪？以我之见——”

“笃，笃”，外面有敲门声，学监的话头给打断了。

“请进。”学监盯着门口。

房门推开了，进来的人，原来是王光宗。他除下学生帽，毕恭毕敬地向两位师长作九十度的深鞠躬，然后规规矩矩地侍立一旁，等待吩咐。两位师长望着恭顺的高足，上下打量一番。朱堂长先开口：

“嗯，你来得正好。我正要找你呢。”堂长一手拿起白铜水烟袋，一手在紫檀桌面搓着点烟用的纸媒，态度特别严肃。

“是，是。听堂长指教。”王光宗在这样的场合，不免诚惶诚恐。看得出他是在极力克制心头的怦怦跳动。

“你坐下说吧。”学监以目示意，叫王光宗坐到对面紫檀木镂花的八仙椅子上。

堂长沉吟一会，摆出一副庄严的面孔，但用诱导的口吻对学生说：

“你们‘官班’第一届毕业生只有半年工夫了，同学当中都有哪些志向呀？”

王光宗机械地答道：“人心不同，各如其面，志愿也难一致。”

“告诉你们一个喜讯吧：张巡按使上次莅临我学堂视察，给予嘉奖。要从应届毕业生当中，择优选拔五名作官费生，保送日本留学。如今北京政府袁大总统既然同日本签订了‘二十一条’，两国修好邦交，遣派留学生可是天遂人愿的好时机呀。可惜，你们年轻人，少不更事，偏偏不识大体，误解政府苦心，遇事往往知其一不知其二，轻举妄动，受妖言所惑，竟敢越轨胡闹！倘不适可而止，一任事态扩大，触怒当局，那，嘿，不仅于国有碍，于民无益；自己的前途也是不堪设想呀。”堂长把话讲完，然后慢条斯理地端起水烟袋，伸着脖子对着纸媒吹两下，纸媒着了火苗，点起烟来，咕嘟咕嘟地吸着，观察对方的反应。

学监在旁默默地盯着学生，仿佛说：“是呀，你们应当识抬举嘛。”

王光宗搓搓手，嗫嚅着说：“多数同学是无定见的，目前罢课，无非是感情用事，凭五分钟热度，随声附和就是了。要是没有别有用心的人从中作祟的话，就不至于弄到这步田地。学生这里拾到一样东西，请堂长、学监两位过目。”王光宗从口袋里掏出一张纸片，恭恭敬敬地呈递到堂长桌上。

“呵！”学监不禁惊喜，凑过来把纸片拿到手上，边看边说：“唔，好，好。这就是把柄！这就是他们的‘造反檄文’，哼，哼！”

王光宗在朱堂长聚精会神阅读“檄文”当中，乘机加油添醋地说：“这个……是少数几个好出风头的人闹的，多数同学嘛，嘻，都是……”

学监接着说道：“是呀，是呀，我就说，二百多个同学不可能个个都是一个心眼嘛。学堂秩序能否恢复，同学举动能否纳入正轨，只有寄希望于像你这样有见识的同学了。‘识时务者为俊杰’，古人之言值得深思呀。”

麦惠农突然神气活现,好像打足气的篮球,一拍就蹦。

堂长却不动声色,轻轻吹掉烟屑,一边重新装上烟丝,一边说:“反正学堂当局有本账:凡是为学堂立过功出过力的,都不会被漏掉。拿斧的得柴火,张网的得鱼虾。”

王光宗听到这,眼珠子转了转,一变方才拘谨委琐的神气,得意忘形地炫耀起来。居然信口说道:

“人往高处走,水往低处流。道理是变不了的。人为万物之灵,总不免求生存,要进步。在这当中,难免有竞争。既有竞争,就难免优胜劣败。”

“现在,先不说别的吧。当务之急是想法劝导同学回到正道上来,免得误入歧途。”堂长把水烟袋往桌上一搁,态度严峻。真是丈二和尚,叫对方一时摸不着头脑。

屋里顿时静了下来。

“韦步平这个人怎样?”学监终于开口,对着王光宗的眼睛问道,“你们很熟吗?”

王光宗眼珠子转了转,带着讽刺的口气说:“他,一匹脱缰的野马,一头未穿鼻环的牛犊,一句话,野性难驯。”

“我们不是心理学家,毋须去研究他的个性。”学监把王光宗的话头截住,“我是要问:他平日到底搞的什么名堂?”

王光宗说:“他比学生低两个年级,品行如何,学生不甚详细。只知他平日好读闲书,不专心正课;爱管闲事,妄谈时局,同学们管他叫‘为不平’。”

学监一直保持法官审案般的威严,对着王光宗问:“‘为不平’?是你们把人家的名字念歪了吧?听说他的外号叫什么‘一个厉害’?”

王光宗作了解释,说是“一个厉害”乃是“一个例外”的谐音。“一个例外”的来由是那天张巡按使来学堂视察,学监和老师到宿舍查房时,他说的一句不中听的话引起的……

学监不耐烦听王光宗啰嗦,接过去说:“不扯远了,言归正传。我问你,今早的事,是不是他带头闹的?”

王光宗眼珠子转了转,稍停一会才横了心说道:“不,不是他;是……是凌云青先点的火，那份《南风报》就是他从街上弄到学堂来的。这篇文告的语气，就很像他的文笔……”

“提前敲钟又是谁干的呢？”

“这个嘛……学生实在是蒙在鼓里，一点也不晓得。恐怕也是凌云青谋划的。”

“唔，唔。”堂长点点头。

“你们不是有个什么‘风雨社’吗？”学监把话头突然一转，单刀直入，眼光落到对方眼睛里，保持审问者的姿态。

王光宗不觉一怔，心头噗噗直跳，支支吾吾地解释说：“那是各个学堂有部分同学联合成立的社团，利用课余，大家聚一聚，是以探讨学术、修养道德和研究社会为宗旨的；入社者都是品学兼优，志趣高尚的……”

“嘿！”堂长哼了一声，把王光宗的话堵住，说道，“你们能把学堂的功课学好就不错，还巧立什么名目，探讨什么学术，研究什么社会？社会国家大事，自有政府做主，你们这些嘴上无毛的小子，议来议去，无非纸上谈兵，不仅于事无补，反而扰乱视听，有碍社会安宁。唔？”堂长用蔑视的眼色诘问。

王光宗缩瑟起来，唯唯诺诺地应声说道：“是，是！学生对他们搞那些玩意，本来是并不太热心的，只不过，逢场作戏，随波逐流罢了。如今承蒙堂长开导，茅塞顿开。学生一定遵命，担保以后不再去跟他们……”

“不，以后你更应当去。”学监说，“不过，你去看他们到底干些什么勾当，必须回这里来如实禀告。须知，学堂对每个生员的道德、学问都负有管教之责，教不严，师之惰，夫子之言，我们一定不能忽视。对你个人嘛，更是另眼相看的。”

“是，是。学生一定遵命，一定依从堂长、学监今天的嘱咐，身体力行，决不负师长期望！”王光宗诚惶诚恐，一边说话，一边搓手。

朱元敬和麦惠农交头接耳在说话。

王光宗说：“堂长、学监，没有事，学生告辞了。”

堂长拿起水烟袋，把纸媒点了火，吹了一下，纸媒燃起火苗，然后说：“去吧。去通知同学：下星期一必须复课！”

“是，是。”王光宗满口答应，弓着腰作九十度深鞠躬，戴上高檐的学生帽，转身要往门口迈步。

学监望着他的背影,赶紧叫一声:“等一等。”王光宗转回头站住,听候吩咐。学监盯着学生说:“记住啦?有什么事随时禀报!”

“是,学生遵命。”

“去吧!”学监挥了挥手。

王光宗掀起门口竹帘,钻出了门外。

门外现在是浓郁的夏夜气氛。半边的新月停在立人峰巅,向全城撒下银白色的光辉,南风掠过低语轻诉的蓝江,掠过宁静如镜的南湖和柳池,掠过轻柔的柳丝,抚摸着人们的发肤。

王光宗从堂长办公室出来,仿佛喝过了酒量,半醉半晕,脑子老转着方才堂长和学监的一席话。心想:

说不定我会被选上?嘻,倘若能到日本去逛它两三年回来,那就是烫金的招牌啰,捞个把县知事的美差过过官瘾就不坏,要不,捞它一个中学堂的学监来装装门面,也还不失为头面人物。到时候,嘿,桂品微要是还这样,若即若离,叫人吃空团子,那就对不起了!其实我也是个傻瓜,天涯何处无芳草?只要有钱有势,金屋何患无娇藏?何必那样死心眼呵?……不过,要是不被选上,日本去不成,那……白捧一张空文凭回老家,岂不成了“龙游浅滩遭虾戏”?不,好马不吃回头草,不能这样无声无息的回老家。非得在大码头闯出条路来不算本事!桂品微她,人长得倒不怎样,姑丈可是个大靠山!靠得上的话……起码不必担心摔下来。可恶的是,凌云青这小子半路抢劫,硬挤上来,真是他妈的!他到底凭什么逗得她喜欢呢!凭他一张小白脸?一副目空一切的眼镜?还是凭他会吟两句打油诗?不行,我不能就此退却。在竞赛的跑道上不能气馁,捷足先登,看谁把锦旗抢到手才算数。何况方才堂长、学监查问的事,不正好把他挂上了吗?唔,无毒不丈夫……有你无我,有我无你,有什么客气可言!

王光宗一边走路,一边打算盘。

今天是星期六,上星期天王光宗就同桂品微有约,今晚到柳池湖边来,莫想到去朱堂长那儿一下,给耽误了!“真是顾此失彼,熊掌乎鱼乎,两者不可兼得,唉!”王光宗想到这儿,走到十字街头,无所适从,轻轻敲了敲发胀的脑袋。

第四章

现在，王光宗走出了古南门来了。柳池像一面大镜，平铺在眼前。在月光的掩映下，湖边一带垂杨，微风轻轻吹拂，疏影婆娑，格外婀娜多姿；虫鸣蛙叫，萤火灯影，织成一幅夏夜迷人的湖滨景色。游人三三两两，有的悠闲地漫步，有的也许走累了，就坐在湖堤的石凳上喁喁私语。王光宗一人走着，走着，梳理没个尽头的思绪。

他绕着湖边走了一圈，两条腿越走越觉沉重。凑巧，大榕树下一张石凳，有两人刚走开，他就走过去歇下。不一会，从背后猛一下伸过两只细腻的手掌来，蒙住了他的双眼。叫他不由得吓了一跳，急忙问道："谁？"

"你方才到哪儿去了？快讲！不老实坦白就不放开手。"

王光宗听得出说话的人是凌云青。他装着镇定的神气答道："呵，……没……我没到哪儿去呀。"

“他撒赖！唔，要他猜，是谁？”

“哎哟，眼睛瞎了呀。”王光宗一边哀求，一边举起手往后一抓，抓着搭在肩上的两只胳膊，突然，喜出望外地说道：“品微呵！品微！我的上帝，饶了我吧，我要撒谎，天——唔，放手吧。我有个好消息——”

桂品微“扑哧”一笑，把手松开，歪过头来，朝着王光宗划着脸笑道：

“丑呵，我看真的瞎了吗？就会扯谎，不害臊，呸！”

桂品微用欢喜的责备目光盯着人，叫王光宗发窘。

凌云青不免带着抱怨口气说道：

“我们找了老半天，四处都找不见你的影子。”

“我们？”王光宗用猜疑的眼光瞅着面前这位典雅娴静的闺秀。

桂品微落落大方，直瞅着他微笑，仿佛说：“是呀，我们！你怎么啦？”

“有什么事直说吧，我对猜谜不感兴趣。”王光宗的话也有点不顺气。

桂品微这才认真端量王光宗，心想：“不是他约人家来的吗，自己迟到了反而生别人的气，真奇怪！是不是怪我把凌云青拉了来，碍了他什么啦？小气鬼！”

王光宗不怀好意地瞧着桂品微，问道：“你们女子学堂是不是也停了课？你们两人怎么……”

“什么怎么怎么的？你们‘法专’不也是停课了吗，你一个人怎么……”桂品微心情激动，反问王光宗。

王光宗支支吾吾说：“我就是一个人，才……”

桂品微越发生气，说道：“才什么？我也就是两个人才来找你。”

王光宗迷惑地盯着桂品微的眼睛说：“那，都怪我上星期听错了话。”

桂品微挖苦他：“不，你记性很好。遗憾的是，害了夜盲症，看错了时辰了！”

“对，对，我错，我错。我有点小事耽误了！”

“不，不是误了时辰，而是你认错了今天是什么日子。”

王光宗鬼迷心窍，贸贸然睁着眼珠问：“今天不是星期六吗？”

桂品微气得撅着嘴，不屑回答。

凌云青担心两人闹僵，赶紧给打圆场，说女三中也罢课了，桂品微来找他们要办法。王光宗一听，桂品微先不来找他，反而去把凌云青拉来，更加恼火，冲口就说：

“要办法，要办法！我自己现在正为毕业论文绞脑汁哪，心头乱糟糟的，你们爱怎样闹就怎样闹，我可顾不了。”

凌云青问：“那，明天我们‘风雨社’的例会还开不开呢？”

“开也行，不开也罢。由你们看着办，我不管。”

桂品微瞅着王光宗，觉得有点反常：

“哎哟，我们的交际家哪来这么大脾气呀？”

王光宗说：“算了吧。我尊贵的女学者，少来跟我耍这一套。对不起，少陪，再见。”说完迈开腿负气走了。

桂品微无意中挨了一记耳光，忽一下，脸上发烫，委屈地几乎要掉眼泪。凌云青望着往古南门走去的身影，不觉脱口而出：

“这家伙！”

“不理他，小气鬼。”桂品微并不掩饰她的愠怒，“说话不作数，出尔反尔。走！”

凌云青和桂品微沿着湖滨走，谁也不作声。蟋蟀在草丛唱歌，蝙蝠在柳丛飞掠，发出吱吱的鸣叫。湖面的游艇消失了，月光反映着粼粼的微波。

“你们‘法专’的打算怎样，老这样停课下去吗？”两人并肩信步，默默地走了一段路，直到观鱼台，该要转弯时，桂品微才说话。

“我们打算上巡按使衙门请愿。但是我们‘法专’即便是全体师生都去也只有两三百人，造不成大声势。我们想联合别的学堂一道行动。韦步平同我商量了，准备明天在我们的‘风雨社’里头先议论议论。大伙都同意的话，就分头回各人的学堂去联合同学，一起行动。”

凌云青边走边谈，忘记往回走，也无心找个僻静的地方坐下，一直绕着湖滨信步。

桂品微是女子中学的高材生。四岁时，母亲生下个小弟弟，产后失调，一病不起，小弟弟不久夭折了。她就成了特别珍贵的独一无二的千金。父亲是清末最后一场科举考不中秀才、得不到功名的读书人。一生穷困潦倒，在本地三家村开蒙馆收学徒,靠点微薄的束脩混年月;每年腊八过后,巡回到附近方圆三五十里的集市摆个写字摊,为乡亲们书写新春对联,挣点小钱办年货。品微从小依随父亲身边,在私塾就读,由于聪明颖悟,沉静寡言,博得亲友邻居称赞。到十二三岁时候,父亲患肺结核不幸逝世了。嫁在城里一个官吏之家的姑母,一面是,见怜内侄女孤苦伶仃,一面是,自己不育,膝下寂寞,终于把品微接来抚养。此后,桂品微的生活,随着环境的改动而起了变化:从一个寒门孤女顿然成了官家闺秀。这位姑丈在巡按使属下的政务厅内任职,官阶是七品,是办人事任免的铨叙课的长官。平日,不少求官谋事的人,来来往往,常常车马盈庭,高朋满座,一片喧嚣热闹的气派。这雍容华贵的生活,对品微的性情来说是不协调的,日子过得并不那么称心;从小孤僻惯了,一旦置身于如此排场客套的应酬交际的世界,总觉得不是味道。能够躲的,她总是一个人躲在自己小闺房,独自读书、作画,承袭乃父的衣钵。这一年来,由于同学的怂恿、引路,参加了“风雨社”,生活的篱笆被冲破了。从此,不但增多了几个女伴,甚至同社里一些男的也有所接触,对人不再那么拘谨胆怯了。同凌云青的友谊是从编写“社刊”的活动开始的;同王光宗的来往,却是由于对方格外殷勤纠缠,不好摆脱而敷衍的结果。在品微的心上:凌,好学向上的志气,真诚而单纯的品德,善良、宽厚的性格,以及自然潇洒的名士风流本色,对她是觉得特别可亲;王,能干、机灵和殷勤,则使她迷惑而好奇。在凌云青的心目中呢,她那无言的深思和优雅的谈吐,一如冬季的阳光,春天的和风,温暖而轻柔,是事业上难求的知友;在王光宗的眼光里呢,桂品微不失为娴静大方的闺秀,大可作为生活中信赖的伴侣。

“……何况她那姑丈是掌管人事任免的官员,官位不算高,实权却挺大。”在王光宗的算盘上,曾经盘算过这样的念头。刚才他负气走开,走不了几步,算盘珠子又在他脑子出现了。他想:我王光宗要想在官场中站住脚跟,没有门路是行不通的。哎,该死,我何苦同她赌气!……不,事情不在她,讨厌的是凌云青这小子不识相,他居然挤了进来,癞蛤蟆想吃天鹅肉!

王光宗一边想一边走。等到进了城门,走了一段路,回头一看,桂品微和凌云青没有同往时一样撵上来跟他和解,这就不免懊悔起来。他心情恍惚,好像丢掉了钥匙,不得已而转回头。走出古南门,一个人在湖边走了大半圈,终于在花桥附近追上了桂、凌两人。

“你们要到哪儿去?”王光宗挤到两人身边,尴尬地问。

凌云青和桂品微都不作声。

“今天是星期六,用不着赶回学堂是吗?我请客,到八桂馆去吃马肉米粉。”王光宗见两人都不哼声,忽然找到这个话题来打开沉默的闸门。

“得了吧,别打搅你毕业论文的构思了。”桂品微仍旧不肯和解,态度凛然。

“哪里,哪里,走吧,我们的才子——”王光宗挽着凌云青胳膊,表示亲热。

“讨厌你这种假殷勤。”桂品微瞟了王光宗一眼,一半是嗔怒,一半是和解。

王光宗脸上泛起一丝苦笑。

三人默默地转回街上,大半天也没谁作声。

“步平要我十点钟在学堂等他回来商量明天社里的事,往回走吧。”走到分岔路口时,凌云青才说话。

“步平?他哪儿去啦?”王光宗问。

“说是去陆军小学找黎柏初和夏雷他们去的。”

“明天社里还是继续扯‘爱国与求学’那个老问题吗?”王光宗说,“真是纸上谈兵,清谈误国。我说,还是少谈空论,多谈实际吧。”

凌云青说:“什么是实际?当前,爱国还是卖国就是实际。”

“实际不实际要看是对谁说话,这问题对政府当局也许是实际,对我们做学生的,谈起来未免迂阔之论。”

桂品微追问一句:“那,你说我们的实际问题应该是哪些?”

王光宗说:“比方说,‘婚姻自由与妇女贞操’难道不是我们青年的切身问题吗?这个题目,如今,社会舆论上众说纷纭,莫衷一是。我们青年自己难道不应当有个正确的理解和态度吗?”

“不。我不同意你把个人幸福和国家的安危截然割开。皮之不存,毛将焉附?我问你,倘若你忍让袁光头把国家出卖了,人身自由尚且保不住,婚姻自由从何谈起?”凌云青说到这,嘴唇打颤,态度激动。

“老弟,你也未免危言耸听了吧?就算袁氏承认了‘二十一条’,也只不过割让一个山东半岛,几条铁路和几个矿山的建筑和开发权而已。我们一个比整个欧洲面积还大的国家，地大物博，哪里就为被割去巴掌大的小地方而亡了呢？”

“我问你，你这话是说真的还是开玩笑？”桂品微开了口，“要是说真的，那，你走到另一边去，我们同你可不是一条路上的人。”桂品微真是发了气了，神色凌厉，犹如出鞘的利剑。

“嘻嘻，你说是真的也罢，假的也罢。反正大家也都只能是打嘴巴仗，互相说说就是了。”

“老兄！看你好像遇上鬼了，精神有点失常。”

“不，这正是他的本来面目，呸！”

“算了吧，斗嘴是喂不饱肚皮的。吃了马肉米粉再讲。喏，到了。”

“对不起，我没那个胃口，失陪，再见。”桂品微掉头往她家住的青石巷走去。

“品微！你，你回来！有话好商量！唉。”王光宗跺着脚，像突然掉了魂似的，长长叹了口气。

“也真是，何苦来那么大火。你等着，我叫她去！”凌云青拔开腿撵了去。

王光宗发呆地站了一会，看看连凌云青也不见回，自己扫兴地转了个弯，往“法专”的一条暗淡的丽水坊走。才走不多远，凌云青同一个人手牵手地急忙撵了上来，从王光宗背后往他的肩膀拍了一下。王光宗吓了一跳，定睛一瞧，不是生气走掉的桂品微，而是凌云青拉来了韦步平。

王光宗失望地盯着凌云青：“品微呢？”

凌云青冷淡地说：“回家了。怎么劝解，人家也不肯回头。”

王光宗鼓着腮帮，一言不发。

凌云青瞅着失望的伙伴，想笑又不敢笑：“怎的啦？算了吧，少她一个，还是三个人。实践你刚才慷慨的许愿吧：目标，八桂馆，走！步平还有事一道商量呢。走呀！”

经凌云青这一催，王光宗才注意到站立在身边的韦步平。两人眼光碰到一起。互相都好像要说什么，可是又都不开口。三个人默默走过好几个铺面，韦步平才讲，他去同“陆小”的黎柏初和夏雷说了明天“风雨社”集会的事，“陆小”的人有点意见。现在，他们三人需要先商量一下。王光宗叫桂品微给刮了胡须，一肚子窝囊气，实在没心思去想什么“风雨社”的事。不过，一想到朱堂长和麦学监方才语重心长的一番嘱咐，又不得不改变态度，马上佯装高兴的样子，说：

“好吧，是应该商量一下的。”

三人走回头，拐过右边的重阳里，走进一家门面不大的馆子。

这是专卖马肉米粉的清真馆。馆子小巧玲珑，里头房间，安的是五彩玻璃格子的花窗，桌椅都是紫檀木镶边的大理石面，显得清洁雅静。

三人找到一间小房坐下，王光宗以做东的问：

“你们要吃多少，自己报数。”

“我要二十碗。”凌云青说。

马肉米粉有个特别的吃法：马肉冷了味道不佳，必须趁着热吃。盛米粉的碗就得特别小，跟羹碟不相上下，一碗两三口就吃完了。吃完一碗再来一碗，保住跑不了热气。因为一冷，马肉走了味就没意思了。平常一个人要吃一餐的话，往往要二三十碗才够瘾。吃完一餐饭，桌面上的小碗摞得宝塔似的。

“你呢，要多少？”王光宗向韦步平问。

韦步平一来就聚精会神看一份刚拿到手的新闻报，旁若无人，听到人家问他，才说：

“我，晚餐加夜宵，双份。要四十。”他头也不抬，眼睛还是盯着报纸。

王光宗向跑堂的说：“来九十。”

等跑堂走出房间以后，王光宗才用试探的口气向韦步平问话：

“老弟，你说，明日社里聚会谈个什么问题好？眼前各校有的已经停课，有的——唔，‘陆小’怎样，时钟也停摆了吗？”

凌云青说：“先不管别人学堂的吧，讲讲明天社里的题目要紧。我这正要问步平拿什么主意呢。”

韦步平把报纸放到桌面，眼睛直盯着对方：“你说呢？”

王光宗不肯亮出自己的观点，反问道：“你方才不是说‘陆小’老黎和雷公两位有什么意见吗？”

韦步平说：黎柏初和夏雷他们，对当前时局也都很愤慨，他们学堂也正在酝酿罢课，向全国发出“快邮代电”，呼吁北洋政府收回成命。

王光宗听得有点不耐烦,急躁地打断了韦步平的话:“哎,我刚说了:人家学堂请愿也罢,呼吁也罢,我们管得着吗?我只问,老黎和雷公他们对‘风雨社’的事情到底有什么说法?上星期他们为什么不到?”

凌云青附和王光宗:“是呀,近来他们对社里的事,好像没有起初那么热心了,社刊向他们要文章,都是推三推四的。”

韦步平寻思一会,说:“我刚才去问过他们了。雷公说,他们学堂实行军事管理,纪律严,行动上不同我们文科学堂那么自由;有些事他们只有缺席了。我看这点倒是实在话,不能强求于他们。不过,下面的话就有文章了,说什么‘法专’能人多,能者多劳嘛,社里的事该怎么闹,你们看着办好了。口气上好像不大满意。问他什么意思,他们又不肯痛痛快快讲出来,半吞半吐。”

王光宗焦急地问:“那总是吐了一半啰,还有一半是什么?”

韦步平说:“话可没明讲,弦外之音,似乎是对上星期讨论的题目有另外看法:以为眼前局势,在国外,世界大战方酣;于国内,日本帝国趁着别国无暇东顾,趁火打劫,对我中华民族虎视眈眈。正是所谓国家兴亡,匹夫用命之际,而我们‘风雨社’同仁既自命为时代前驱,就不应该老唱什么‘婚姻自由’的陈腔滥调。听口气,似乎是怪我们‘法专’的人做事,事前不跟他们磋商,独裁包办。”

王光宗一听,好像也抓住了对方痛脚,马上下断语:“嘿!好一个‘天下兴亡’,这都是幌子,实际上是因为事情不是由他们说了算,在抢权呢。司马昭之心,谁还看不出来?除非他是白痴!”

凌云青伸出食指往鼻梁上推了推掉下鼻翅来的眼镜,慢条斯理地说:“不过,……我们研究的题目是应当深思熟虑才好。人家说的不是没有道理,我们应当斟酌。”

王光宗虎一下火起来:“什么斟酌不斟酌。‘风雨社’的人原本就是泥沙俱下,鱼龙混杂,思想见地参差不齐。讨论问题嘛,只能是选取共同关心,大家都有同感的来探讨,婚姻乃各人的终身大事,试问,人非木石,谁不关怀?我就记得外国一位叫什么名的大诗人在一本什么书上有这样两句话:‘青年男子,谁个不知钟情;妙龄女郎,谁个不善怀春?’你说是不是这样?老实说,有的人白天道貌岸然,好像不吃人间烟火的神仙,夜里呢?却禁不住要失眠。人类历史已进入二十世纪了,中国封建道学的虚伪袈裟,索性脱掉吧。蚯蚓是离不开泥土的,孔圣人还免不了跟南子闹恋爱的滑稽剧呢。至于国家大事嘛,我什么时候反对讨论过?可是,天天都死念一本经书,当和尚的也未必不觉得单调!马肉米粉味道再好,也不能顿顿都吃,是不是?……唔,一说米粉,米粉就到,把报纸拿开,请!趁热。"

王光宗夸夸其谈,一通宏论似乎收不住缰,可惜,被跑堂端来的米粉打断了。凌云青见韦步平一直没有作声,故意拿话逗他:

"老弟,王兄这一高论,尊意以为如何?"

韦步平将报纸叠好,揣进口袋,瞟了王光宗一眼,意味深长地说:

"是呀,马肉米粉顿顿吃是腻人的,得换口味。问题是要先填饱了肚子才谈得上品尝味道好坏。如果同我这时候一样,晚饭还没落肚,管它什么马肉、牛肉,管它什么味道不味道,先吃饱了再研究吧。"说罢话,拿起筷子,端起精致的青花细瓷碗,一口就吃了一碗。

王光宗一边吃一边说:"也好,明日仰止堂集会再辩。"停一会又说:"不过,我倒想问一声:你们说,草长一春,人生一世,一个人活着到底为什么?"

凌云青凑合说:"这个题目出得好。"他吃完了四碗,把空碗摞成一叠。跑堂把正在冒气的米粉又端上来。凌云青一面接碗,一面对跑堂交代:"打快板,快端。"

"好哩。"跑堂拉长嗓子应一声,转身就走。

韦步平一碗接一碗猛吃。对王光宗提的什么"人活着为什么"的问题,似乎不在意,又似乎正在思索着。

凌云青边吃边说话:"我说,出题目的先讲。出题的人准是有想法,先有个底。"

王光宗好像故作谦虚,说:"我,嘻嘻,题目倒是会出,文章却不会做呀。"

停了片刻,韦、凌两人都不开腔,王光宗又接着说道:"其实,这个问题也并不新颖,只是做起文章来就各有各的笔法了。这问题我想过好久,不是有人说什么'酒、色、财、气'吗?我认为最要紧的是那个'气'字。人活着嘛,无非为争一口气。可是你要想争口气,那就少不了手上必须掌权。"

凌云青不由诧异起来，瞪着两只眼睛，透过五百度近视眼镜片盯着对方：

“你说什么，权？怎么讲？”

王光宗好像是理直气壮，旁若无人地说：“那还不明白吗？当皇上对老百姓要立君权，做老子的对儿子要讲父权，做丈夫的对妻子要讲夫权，信教的要宣传神权，当老百姓的要求有民权……反正是有权就有势，有权有势，酒、色、财，样样都来了。所以我说，当官不在大小，必须掌实权，哪怕当个甲长、村长、班长、排长，都不拘，大小也是个长字，长者权也。官位即便小，可在他的管辖范围，他说话就算数。比你什么议员、顾问，什么参谋、副官都强。你说是不是？”

凌云青马上接着回答：“我说又是又不是。说它是，就说如今世道，从某个方面看确实如此；说它不是，那就因为它不应成为做人的理想目标。甚至恰恰相反，它是腐蚀剂，对人有害。比方说，要是人人都去追逐个人权利，世界上岂不成了自私的市侩和野心家争权夺利、永无宁日的乱世了吗，哪里还有什么社会进步、科学发明可言呢？”

“不要扯得太宽了，何必讲到什么世界上去。世界上本来就是弱肉强食，有强权无公理，你说不对？那，你说你活着到底图什么吧。”

“我说，人应当得到自由！谁也不受压迫；我个人要求同大众一样，能够生存而有所发展，不受阻碍。”

王光宗望着韦步平问：“你说呢？”

韦步平这时已经把他的四十碗米粉吃完了，抹了抹嘴，抬起头来，对着王、凌两位瞧了一眼，嘴边浮起一丝带着讥讽的微笑，说：

“你们二位讲来讲去，讲了那么多，依我看，归结起来，一个人无非是说了一句话，王兄嘛，崇拜权力，凌兄呢，追求自由。是不是？”

凌云青问：“你呢？讲讲你自己的主张看。”

“我，打抱不平，主张正义！”

王光宗这下可认真起来了，看他神气非得辩论一场不可的架势，说道：“追求也罢，主张也罢，我看都行不通。你想得自由，我要伸张正义，好得很。可我请问：阁下手上无权，谁给自由？你没有势力，哪个容许履行你的正义呢？想想吧，我的老弟！”王光宗像喝了半醉，把手伸过去拍拍韦步平肩头。

“不!”韦步平推开肩上的手,“正义、自由正是当代的历史潮流,用不着去乞求哪一个人施舍和容许。争取自由和正义的手段就是革命,通过革命就可能实现它的目的。宣统皇上,自称天子,拥有至高无上的权力。他不让老百姓自由,正义遭受他百般压制。结局如何,不是很清楚了吗！当然,革命本身是要讲究权力的。要不,又会像孙中山先生那样:把革命获得的权柄,白白让给了独裁的野心家,自由当然谈不上,正义无以伸张。……”

“是呀,是呀。”凌云青插话。

“不,让我把话说完,你再讲。”韦步平劲头上来了,接着又说,“但是,如果讲的是专指做人的道德修养,那小弟我不客气地说一句:王兄所追逐的权力,着眼点只局限于个人的名利私欲,那实在是太渺小了。‘皮之不存,毛将焉附’,要是国家民族的生存失了保障,作为一国之民,还能说得上什么权利呢?”

“对,对,道理正是如此。”凌云青伸出右手食指推一推鼻梁上的眼镜。

“大道理是不错的。”王光宗松了口气,“可也要注意:清谈误国,历史上可是有前车之鉴呵。喂,跑堂的,算账。”王光宗望着房间门帘喊。

“账不算不清,道理不辩不明。走吧,时候不早了。反正往后还有工夫辩下去。”凌云青先站起来催着两位伙伴。

跑堂的进来结了账,三人都站起来,走出了房间,离开了八桂馆,往“法专”的街道走去。一路上,三人仍然继续辩论。凌云青提议:明天“风雨社”的讨论题就定为“英雄造时势,还是时势造英雄”,问两位同意不同意?

韦步平笑一笑说:“这题目就同蛋生鸡还是鸡生蛋差不多,一时辩论不清。”

王光宗说:“依我看,上星期的问题还没谈透。先弄通了一个再来第二个。”

韦步平马上严肃起来,顶着王光宗的话头说:“不！那不一定。我们不能天马行空高谈阔论,像和尚谈禅那样,越谈越玄。讨论问题应当因时而变,因事而言。我看,面对当前时局,我主张议一议‘求学读书与爱国运动’这个题目。”

王光宗存心抬杠,赌气地说:“我不同意。”

凌云青说:“我看,我们现在什么问题也别定,等明天大家在一起再议好了。喏,到了!”

大家抬起头来一瞧,果然省立法政专门学堂的门牌已经近在眼前。

第五章

昨夜一场大雨，今朝的大地换了一副新装。四处是一片清新、湿润和洁净的景象；天空也跟往常不同似的，像湛蓝的海面，飘着几片白色的云帆。这儿的四月天气最美了，湖滨的垂杨在微风里飘着缕缕的柔丝，江边的竹丛，挺起笔直的新竹，粉白的栀子花，散发着浓郁的香气；桃李早谢了，枇杷长出毛茸茸的嫩叶；每座石山都是一座花丛：银白的金英花，嫩黄色的鹰爪兰，深紫和粉红的杜鹃花，还有各色各样不知名称的野花，把山上点缀得犹如古装仕女的首饰；那嫩绿的枫叶隐约在浓绿如发的丛林中，更显得风流妩媚；还有那高大而长寿的榕树呵，它攀附于岩石，经年挡住风霜，显得它多么傲岸而苍劲。

现在，往凝翠山去的林荫道上，出现两个撑着遮阳伞的背影。一个是穿着马蹄袖白上衣，拖着长长的玄色百褶裙，背后拖着两根乌亮的长辫；另一个是穿浅蓝色的阴丹士林棉布旗袍，剪短的头发接连着不太高的衣领；两人脚上都穿一色白净白净的胶鞋和线袜。她们沿着石级轻轻地、一步一步往上走。这时候,游人稀少,很少见到人。蝉躲在什么树上唱着单调的歌曲,蜜蜂来到花丛里嗡嗡喧闹。两位少女静静地各自领略着眼前的山景、万籁,谁也不作声。她们越过了因康南海和张之洞而命名的"康岩"和"素洞",在明人刻的"江山会景处"的石碑旁边歇下来,抬头见到旁边高高的山额上,刻着唐朝人元晦的篆书"四望山"三个有两米高的大字,旁边有他的《四望山记》的石刻;前头石级的尽头就是进山的门首,门楣上刻有"凝翠山"三个用绿粉釉着的匾额题字。门边挂着一副竹刻对联:"到清凉境,生欢喜心"。字体显得苍劲而丰腴。从凝翠门走进去,往右一瞧,见到明末两位民族英雄的成仁碑,左侧有一排游廊和一座木石结构的亭台,那是两位守将被俘的囹圄,也是他们两位英雄宁死不屈、忠贞殉国之场地。现在辟为"仰止堂"。堂屋外面四周,围绕着游廊,人们到此可以凭栏眺望四周的远山近水;堂内壁上嵌着纪念两位英雄的碑记、题词之类的石刻。堂当中罗列石桌石凳,供奉游人歇脚休息。

"仰止堂"这时候空无一人。穿裙子的姑娘向周围扫了一眼,像是意外,又像是意料之中。她收下阳伞,取出小手绢抹了抹脸庞的薄汗,用手绢轻轻扇扇风,引导穿旗袍的小姑娘瞻仰眼前的古迹。她轻轻地跟身边的伙伴说:

"他们还没有来。我领你上明月峰看看去。"

两位姑娘移步朝着后面一条曲径踱去。不几步就是一个洞口,这就是"风洞",是一座屏风似的石山,山腰有一眼南北对穿的岩洞,凉风从南面吹来,即使夏日也觉冰凉袭人。洞壁两旁,陈列着光滑发亮的石凳,洞壁上刻满了历代游人的诗词。其中有宋代范成大、黄庭坚、陆游和米芾的,有元代郭思成的,有明代杨芳的,有清代袁枚的,也有当代康南海的。有的字迹清楚可辨,有的已经风化,字迹模糊,认不出来了。从洞里直走几步,豁然一片天地,迎面扑来。这边洞口,面临悬崖,位置在山的腰部,举目远眺,好像从望远镜看出去,天地万物都集纳入视野中来。无边的田野,渲染着满天朝霞,闪烁着璀璨的光彩,仿佛一幅绚艳夺目的锦帛。

"啊哟,这地方太美了!"穿旗袍的小姑娘不禁惊奇赞叹。

"好看的还在后头哪,走!"穿裙子的大姐一边说一边在前头引路。

两人继续沿着往上伸展的曲径，踏着石级一步一步往上攀登。曲径通天，石级越攀越高，眼界越来越开阔，风景越来越迷人。两位姑娘忘了炎热，忘了疲劳，也忘了揩汗，一气爬到了山巅的明月峰才歇下来，拿出手绢扇风。峰顶有石坛，说是五代时楚王马殷的建筑，叫"马王台"，后人建有"拿云亭"在上面，游人到此有个地方歇脚。从这里放眼四周，城廓内外的山山水水都在眼底了。那远处，隐约迷蒙的峰峦千姿万态；那近处，岸然直立的立人峰，一如顶天立地的古代英雄，那轮廓鲜明的鸡鸣山和那伸鼻入江的象鼻岩，多么静穆、浑厚呵；那清流围绕的街市，那欸乃而过的江帆和顺流而下的竹排，那徐徐转动的风车和那覆盖着河岸的翠竹呵，看看是多美的图画！真像是把人带进童话的仙境。古代一位诗人对它吟成这样两句诗：

远望奇峰排玉笋，俯临江面碧青罗。

穿旗袍的小姑娘为眼前的景色所吸引，默不作声，如醉如痴地让微风吹舞着额前的刘海。

"你在想什么？"穿裙子的大姐把手轻轻地搁在游伴的肩上。

"太美了，真不知拿什么话来形容它才好。人说，风景听人传说的比亲眼看到的美；我说，这地方正好倒过来，亲眼见到的，比口头传说、文字描绘的强。"小姑娘说完，回过头来，嫣然一笑，以询问的眼光望着对方，意思是说："难道你没有同感吗？"

"我不信你贵省就没有比这儿更美的地方。"

"当然啰，好山好水哪儿都有，就是风味不同嘛。我们那边的青云山、白鹤潭都挺好，就是叫洋鬼子占了，真煞风景。这儿没有洋人，多安静呀。我说，像这样好地方要是给卖国贼出卖了，给洋鬼子占住，又像上海汇丰公园门口挂出牌来——'中国人和狗不准入内！'岂不糟糕！"

"是呀。"大姑娘深深叹了口气。

两人沉默下来，心头像挂了块铅。

"看你眼睛呆呆的，在想什么？"一会，小姑娘先开口，"我来考考你，你能用一两句话来描绘眼前这幅活的山水吗?”

“这个?”被考问的人从遐想中转回来,沉吟半晌,说,“要描画这些山水嘛,韩愈有两句五言已经成了绝唱,再怎样描绘也只能是狗尾续貂了。崔灏的一首《登黄鹤楼》题在前头,李白见了衷心折服,不敢题诗,何况我对韵律一窍不通,冒昧胡诌,岂不成了班门弄斧?”

“得了,得了,看你越说越假。你说韩愈到底有过哪两句,念来听听。”

大姑娘念道:“‘江作青罗带,山如碧玉簪。’你看,这墨绿色的江流不正是一条青罗带吗?”

小姑娘轻轻赞叹:“是呀,真不愧是大诗人,想象丰富,不过,我说,如果没有山在旁边作陪衬,这水也就平常了。比起来,我倒为立人峰称绝;平日在下边看不出它的特点来,现在,上到这儿,居高遥望,那才真是‘南天一柱’哪!仿佛是个顶天立地的古代武士。品微,我可要怪你呢,人家来了那么些日子了,有这样好山好水,这样丰富的名胜古迹,你都不肯向人家泄漏天机!”小姑娘撅起嘴,撒娇撒痴地捶了对方一拳。

“哎哟,鬼丫头,疼死了。嗯,你要玩还不容易吗?只怕把你带野了,言老师责怪我,那可担待不起。”

“你说我父亲呀,他可不管我哪。他成天就只顾读书、看报,悲天悯人,长吁短叹。这两天,为国家民族命运愁得菜饭无心。”

“哦?”大姑娘不觉诧异。想了想,瞟对方一眼,欲言又止。一会才改口说:“嗯,我们下去吧,恐怕他们已经来了。”

两人沿着上山的石级一步一步往下走。走到半山的一处小片平坡时,小姑娘看到盛开的杜鹃花,好奇地喊道:“哎吔,杜鹃花多好看,等一等,我折几枝回去。”说着,拐到路边,折了几枝颜色不同的映山红,用野藤扎成一把色彩鲜丽的花束。

这时候,在“仰止堂”那里已经陆陆续续地聚集了十多二十个青年男女。他们都是各个学堂的学生,自愿组成“风雨社”。每个星期天聚会一次,活动内容是“探讨学术,修养道德,研究社会”等相关问题。出版一种不定期的石印社刊,叫做《鸡鸣》。这个社团起初是由陆军小学堂黎柏初、夏雷和法政专门学堂的王光宗几个人发起的。开头,只有“陆小”和“法专”两间学堂的七八个学生,后来才渐渐扩大到其他学堂,增加了成员:省立第一中学堂、省立第三女子中学堂和省立师范学堂等,先后都有同学参加。凌云青和韦步平还是王光宗介绍的。社首由黎柏初和王光宗两个轮流担任。刚成立那段时间,大伙对社团的活动都挺热心,人少,思想单纯,有事好商量;后来,人多嘴杂,意见也就复杂了。黎柏初、夏雷他们那间军事学堂由于世界大战影响,加紧训练,管理制度更严,有时,星期天也没空外出,不是被派勤务就是有临时公差,社团的活动往往不能每次都到;在这种情况下,王光宗自然而然地成了社团唯一的首脑。这多多少少满足了他一向所追求的当头坐庄的虚荣心。他好揽权,对交际联络、抛头露面出风头的事,劲头比谁都大。但是,你要叫他正正经经出个什么主意,办件什么实在的事情,或者研究个什么学术的问题,他可就像个泄了气的皮球,没咒念了。每逢遇到这种局面,他就不得不借重凌云青、韦步平两个,拉他们当作左肩右膀。凌、韦两人对社团的事特别热心,蒙着头卖力苦干也没二话。两人各有各的长处:大凌,文思敏捷,是写文章一把好手,人称社里的才子,当《鸡鸣》社刊主笔;小韦,是个小牛犊,见义勇为,敢说敢闯。“我不入地狱,谁入地狱”,成了他的口头禅。实际上他确实能说到做到,凡是团体的事需要他办的,总是一马当先,挺身而上,从不计较个人得失。

因此,“风雨三杰”成了他们三人的外号。

这样一来,团体的领导中心,无形之中就从“陆小”转移到“法专”来了。“陆小”的黎、夏两个开山祖,感到权力旁落,心里头是不大愉快的。近来,他们即便到会,也不像当初那样兴高采烈了。

今天的聚会,因为发生了“二十一条”轰动全国的大事,人心浮动,大家都想来打听消息,交换意见,各人都来得特别早。大家都是二十来岁的青年,聚到一道,不免打打闹闹,吹吹唱唱,各寻各的乐趣。有人带来口琴,临风吹奏;有人拿来象棋,静坐对弈;有的摊开报纸,高声朗诵;有的抢着别个带来的荸荠,削好皮解渴。“陆小”的几位,穿的是一律铁灰色的军衣军帽,腰间扎紧皮带,小腿打着绑腿,姿势英武,整齐严肃,自成一格。他们五六个人由一位吹口琴作伴奏,合唱了一支军歌——《铁血男儿》。“女三中”的三四位女生,多少有点儿矜持,抱成一团，规规矩矩地凭栏远眺水光山色，不肯介入别人的打趣说笑。

“陆小”的几位停了歌唱。一个人扫了全场一眼，说道：“时候已经不早了，开始吧，不来的不等了。”

“法专”一个人看了看，不见王光宗，说：“王兄未到。龙头不动，龙尾怎样摆呀？”

“龙头是谁？”“陆小”学堂一个人吼叫一声，扫了“法专”的人一眼，“开山祖黎、夏二位，不是都在这儿吗？真是有眼不识泰山！”

“对不起，我黎某人可不是英雄豪杰，也不是什么开山祖爷。”黎柏初发表声明，不悦的神色显而易见。

“闲话少讲，言归正传。人齐了就开始吧。”夏雷不耐烦地催。

“你来坐庄吗？”黎柏初向夏雷发问。

“我打头炮可以，领头拉缆的还是你老兄来。人都到齐了吗？”

“除去不到的都来了！哈哈。”

一位女生诧异地自问：“唔，桂品微怎么不见？”

“品微？……哈哈，准是同王兄——”

“什么？”突然，门外响起清脆的女声。

“看，不是来了吗？‘一说曹操，曹操就到’。”

人们回头一瞧，门口一前一后进来两位姑娘。这就是刚从明月峰下来的两位。走前头的就是桂品微，跟在她后头的是个十五六岁的小姑娘。两人进到厅堂里来，静静地找个空位并排坐下。小姑娘羞涩地瞟了全场一眼，就把眉眼低下去，抚弄她手上的花束。

凌云青盯着桂品微的眼睛，用半关心半责备的眼色诘问：“何故姗姗来迟？”

桂品微瞟他一眼，仿佛在反驳：“你管得着吗？”随即，带着微笑，转向大家说道：

“我给我们团体招来一位新兵！诸位欢迎吗？”

品微这一说，全场所有的眼光都随着她的视线落在小姑娘身上。

小姑娘，她有瘦长而端正的脸庞，眉毛略微粗一点，但整个脸面眉目都挺秀气，特别是眼神闪烁着智慧的光芒。如果说，桂品微是典雅娴静的闺秀，那，她就是个庄重而热情的姑娘;这两人的眼睛都泄露了各自相反的精神世界:前者是软弱而深沉,后者则坚强而热烈。

“她是我们‘女三中’言直老师的千金,名字比乃父多了两点,叫言真。”桂品微把小姑娘向大伙作介绍,“她不久前才从老家转学来的。她愿意加入我们社团,我做介绍人,大家同意吗?”

“好呀,欢迎,欢迎!”韦步平带头鼓掌。

“同意!”

“我不反对!”

一阵噼噼啪啪的掌声过后,韦步平独自纳闷起来:“言老师的千金?我怎么没见过?”

原来是这样回事:近两三个月来,韦步平为社里的事,把课余时间和星期天全用上也还不够支配,实在是难得腾出空去拜望言老师。上个月,言老师乔迁新居,原本是打算去走一趟的,不料又有临时事故,到头来还是未能如愿,所以言老师家来了人,他也不知道。

“带头鼓掌的是谁?他叫什么?”言真把头挨着品微的肩膀,轻轻问。

“韦——步——平!人家叫他小黄牛。你看他是不是有点野头野脑?”桂品微歪着脑袋凑在小姑娘耳朵旁私语。

言真偷偷地仔细瞅着这“小黄牛”,心想,是有点同别人不大一样:看他两片厚厚的嘴唇,一双又黑又粗的倒八字的眉毛,头发像只稻草絮的鸡窝,从来就没梳理过似的;就是那对炯炯的目光显得特别锋利,一下子能把人的心窝都给看穿似的。

“他是‘法专’的吗?”言真问。

品微点了点头。一会,想起什么,补充说道:“呵,言老师还是他的恩师呢。”

“是吗?怎么没听提到过?也没见他去我们家?”言真更是好奇起来,又仔细端量这个人,好像要从他身上发现什么奇迹。

“他是个忙人,学堂功课要做,社团的事又要张罗,没工夫寻师访友啦。”

“喂,别说话了,大家找位子坐好。”凌云青向大伙打招呼,回头专对桂品微和言真两人说,“你俩的体己话还没谈完呀?”

凌云青俨然摆出家长的架势，多少是有点越俎代庖的神气吧。在别人看来，只觉得他热心团体公事，即算他借此抢风头并不算过分。可是，在黎柏初看来，就以为他目中无人，抢了他社首的位置，不免有损自己的尊严，叫他十分恼火。索性照样靠着栏杆的柱子坐着不动，一言不发，削着荸荠皮，荸荠吃过了，顺手削剪指甲，意思是说，我黎某人不出台，看你这台戏怎样开锣。

“喂，喂，”“陆小”一个人对着凌云青说，“到底是谁坐庄呀？王光宗不到场，该轮到黎柏初嘛，你充什么能呵？”

“能者多劳。大凌能扛得起也行吧。”说话的人是“省一中”的，他坐在那里正在看一本什么书。

“你们‘陆小’不知道吗，他……”说话这个人是师范学堂的，他指凌云青说，“他是《鸡鸣》主笔，是秀才哪，还有这位，”说话的人拍着身边的韦步平的肩膀，“初生之犊不畏虎——闯将；加上王光宗——外交家。正好，‘风雨’三杰！黎兄事多，不常到会，就让凌兄坐庄也可以嘛。”师范学堂的人说到这，把头转向黎柏初和夏雷。

“嘿！”黎柏初从鼻腔哼了一声，愤愤地把小刀放回口袋，从栏杆坐凳站了起来。

黎柏初这一哼，吓得大家都不言语了，静静地望着这位盛怒的人。他那双一大一小的阴阳眼，显得更加突出。

夏雷愤愤地说：“闹什么鬼名堂？什么‘三贼’？我们又不是土匪帮，哪来的‘三贼’？”

方才说话的人又讲：“说‘三杰’不妥，包括不了我们这些人才，应当把开山祖黎军师包括在内，叫‘四大金刚’就合适了。”

“对，对。”

“‘四大金刚’，哈哈。”

“别吵吵，试问团体里还有规矩没有啦？”黎柏初吼一声，横眉瞪眼，盛气凌人，“当初大家怎样议论过的？‘崇尚俭朴，力戒浮华’，这是我们社规不是？如今，竟然有人欺世盗名，相互标榜，助长浮夸风气！封建王朝已经推翻了，还有什么秀才？难道你们想复辟？”黎柏初煞有介事，振振有词。

这时，王光宗匆匆赶来了。跨进门槛时，正好听到黎柏初末尾一句话，看了看那双盛怒的阴阳眼，不难猜着几分。自己机灵地装着笑脸，信口说道："怎么啦？黎君真不愧是军人气概，火药味好大呀！"

全场个个瞪着眼，寂然无声。

王光宗看看大家不吭气，不免尴尬地转过头去，低声下气地向黎柏初问：

"黎君，坐下！你说说，我们今天谈个什么问题好？"王光宗拉着黎柏初的手，一块坐下。

夏雷看黎柏初态度矜持，不肯开腔。于是，冷言冷语地说："谈问题嘛，莫谈国事则已，要谈国事，当务之急，就莫过于'二十一条'了。"

"是呀，国家兴亡，匹夫有责。这件大公案是应该议一议的啰。"王光宗有板有眼地说一句想一句，"不过，以兄弟之鄙见，我辈都是在校学生，理应以修身立德为要；倘若国民道德不修，何以维系人伦社会于安宁？因而，兄弟以为——"

夏雷表示听不下去，抢着说："太酸了，我的老兄！干脆，你到底是什么意见？说吧，别尽转文唱高调。"

王光宗说："以我之见嘛，继续议上星期那个问题：'婚姻自由与妇女贞操'。"

黎柏初很不客气地冲口而出："哼！亏你说得出口！我说句不中听的话，你们真是'商女不知亡国恨，隔江犹唱后庭花'。请问，现在是什么时候？"

王光宗不动声色，避开严肃的争吵，用半开玩笑的口吻答道："什么时候吗？立人峰上的午炮还没响。"

黎柏初抓住王光宗这句话的弱点，好像打架的人，抓到了一根棒子似的，马上批驳道：

"这话什么意思？谁有空来同你开玩笑？……眼前，国家民族正是风雨鸡鸣，神州震荡之秋，我辈青年既要立志做时代的号角，充当卫国的前驱，就必须让什么婚姻自由，什么恋爱至上，什么晨花夕月，什么卿卿我我，这些乌七八糟的破烂滚开！我说，大家都来关心关心当前的时局吧。"

夏雷接着附和："我提议，继续空谈，于事无补，干脆，各人都回自己学堂联络本校同学，趁着张巡按使将要升迁之机，我们上巡按使衙门请愿去：请愿北洋政府收回成命，不准出卖国家主权！这样一来，嘿，让当局看到民意不可侮，明察世界潮流趋势，从而改弦易辙、看风转舵也说不定。”

王光宗听了，拿不定主意，向大家问：“那，怎么着，表决吧？”

“表决就表决。”几个声音同时响起。

黎柏初说：“哼，我们是自由组合的团体，又不是议会，什么表决不表决。‘陆小’的跟我走！尔后，团体活动，我们自己搞。谁想在这儿称王称霸，让他老鼠上天秤，自称去吧。”黎柏初气忿忿地勒紧腰带，向“陆小”几个人摆头示意，掉头就走。

夏雷跟着向他的伙伴招呼：“对，不跟他们尿到一个壶里。走！”

“陆小”的人一个跟一个走了。

王光宗急起来，跨出门槛喊：“黎……黎、夏两位，请慢步！……”

第六章

凌云青望着“陆小”一伙人走掉了，转回头来对大家耸耸肩，两手一摊，摇头叹道：“赳赳武夫，刚愎自用！”

桂品微不好意思地对言真轻轻说道：“怎么闹成这样？多扫兴！”

韦步平一时说不出话来，大家面面相觑。停了一阵，凌云青才又开口：“走就走了吧，大伙都看得见，谁想在这儿称王呢？真是白衣秀士王伦，以小人之心度君子之腹，可鄙！”

韦步平更不服气，说道：“谁也不是三岁小孩，没有他们，人家就不会走路啦？笑话。”

王光宗望着大家，自己给自己说话似的，小声喃道：“意气用事，何苦！”

又是一阵沉默。半天，王光宗才向大家问道：

“怎么办？三停走了一停，今天暂时散了吧，下星期再来？”

“不能散!”韦步平平地一声雷,大声说道,“我们既然是自由组合,愿者留,不愿者去,谁也不勉强谁。三人为众,只要还剩下三个人,团体就散不了。”

“对,路已经开出来了,我们就要继续走下去!”省一中的一位附和。

“好,同意!”省师范的一位表示拥护。

“赞成!”好几个人同声响应。显然是对王光宗的消极态度表示抗议。

桂品微担心又吵翻,赶紧劝解:“哎呀,有话不能好好商量吗,自家人还闹什么意气呵。”

王光宗无可奈何地望着大家:“那,好。继续吧,谁先谈?”

桂品微望着王光宗问:“题目还没议定,叫人谈什么呀?”

王光宗答道:“谈我刚才提的问题呗。上星期不是还没有谈透吗?”说到这,猛然发现品微身边有个陌生的丽人,像馋猫闻到鱼腥,马上凑过去,嬉皮笑脸地问:“这位是……”

言真腼腆地故意把头拧过一边去。品微正要给两人作介绍时,韦步平立即走到场中央来向大家扫了一眼,各人的眼睛不约而同地一下子都集中到他身上去了。看他掠了掠掉到额前的长发,激动的嘴唇在打颤,提高大嗓门说话:

“刚才姓黎的闹意气搞分裂,我是不赞成的,可他的意见却有可取之处。的确是,在这个时候,我们不能再谈婚姻自由这个老问题了。”

“对,对!”有人马上响应。

“是呀,是呀。”又是好几个人发出一个声音。

王光宗看看全场情绪,感到自己处境孤立,灵机一动,从胸前小口袋掏出一只发亮的银壳怀表,看了看。假装记起什么事,焦急地说:

“哎呀,快十一点了。十一点钟我有件事必得去办。凌兄,你和步平领着大伙谈吧。弟兄们,对不起,少陪、少陪!兄弟先走一步。品微,你,一起走吧?”

“你有事,请走。我等会同大家一道走。”

王光宗一怔,看了看旁边的凌云青默不作声,好像发现什么似的,意味深长地“呵”了一声,然后悻悻地朝着大家说:

“诸君谈吧,再见,再见!”

王光宗走了。

凌云青目送王光宗走去的背影，回头来向韦步平悄悄地耳语：

“看出来没有，老王神情有点异常？”

韦步平表示自信而坚决地说道：“不管他，干我们的。”

“今天大概不是黄道吉日，都是你走我散的。”有人在发感慨。

桂品微带着半开玩笑的口吻，说：“恐怕是我这位小妹仔给冲的啰？”

韦步平冲口而出：“笑话。谁要走都走吧，少了张屠户，不会就吃毛猪。黎柏初不是怕别人抢他开山祖的位置吗？我看，‘风雨社’这块牌干脆让‘陆小’他们扛走好了，我们另起炉灶，自己立个新名。”

“也好！”

“赞成！”

“我不反对！”

……

人们又是你一言我一语。

“大凌，你说呢？”坐在凌云青身边的人，用胳膊撞了他一下。

凌云青冷淡而犹豫地说：“大家都这么说，我没意见，可是，另外叫个什么好呢？”

韦步平朝着在座的人问：“各人都想想看，一人想一个，完了大家再评定。”

“也好。每人都想出一个来，两个字也行，三个字不拘。”

各人都在挖空心思，想新的社名去了，仰止堂里一时静默无声。屋外，粉白的桐花，落地微响，蜜蜂采蜜的嗡鸣，随着微风送到屋里来。

不多一会，人们先后都报了自己所想的社名。有人主张叫“黎明”；有人建议叫“新潮”；有人以为“晨钟”不错；但是，有人说与其叫“晨钟”，不如叫“曙光”更好，有人自己没有定见，用征求意见的口气问：“蓓蕾’怎样？”

凌云青说：“说到蓓蕾，我倒想，干脆叫‘初叶’如何？”他慢条斯理地伸出右食指，把掉到鼻翅的眼镜往鼻梁上推一推，“初叶’包括两层意思，一是表明我辈站在时代的前端——二十世纪初叶，二是表明新的生命的起点。”

韦步平接着说他的意见：认为“初叶”意思虽好，就怕字眼太生，别人领会不到，是不是叫“中流”，中流砥柱，正是这一代青年所承担的历史使命的象征。

凌云青向女三中的几位问:“你们几位女史意见怎样?”

一问,她们更加不好意思讲了。接着,凌云青专对品微和言真问:“怎么,你们两位守口如瓶呀!”

品微红了半个脸,小声地说:“要我说,叫‘月牙’好,讲大道理,我可讲不来。”

言真说:“我讲,‘中流’好。意思比原来的‘风雨’深了一步,叫起来也还顺口。”

言真的话一停,马上有人附和:

“对,我也是这个意思,叫‘中流’吧。”

凌云青说:“我放弃我的‘初叶’,赞成‘月牙’。既新颖,又不落俗套。”

言真马上反驳:“中流’就落套了吗?”

“中流砥柱,力挽狂澜,好得很,想得巧,我说它是呱呱叫。”这人说话滑稽,引得大伙都笑了。

韦步平望着凌云青问:“怎样,你老兄是不是坚持己见?”

凌云青耸了耸肩,两手摊开:“毫无定见!”

韦步平看了大家一眼,沉吟一下,问道:“怎么办?举手表决吧?对啰,我们不是议会,不好作表决。”韦步平笑了笑,“举手投票总可以吧?按老规矩是,后提议先表决,赞成‘月牙’的请举手。”

人们稀稀拉拉举起手来,韦步平数了数,说,“七票。请把手放下,赞成‘中流’的请举手,一、二、三、四……唔,也是七票,一半对一半。”

“还有你自己一票呢。”有人说。

“那就八票。‘中流’占多数。”

接着,噼噼啪啪,全体鼓掌通过。

“好了,”韦步平带着笑意说,“就这样的吧:从现在起,我们团体另起个新名,叫‘中流社’。成员减少了,名称改了,可宗旨却不变。”

“社首是谁呢?”有人提醒了一句。

“我看,不是大凌就是小韦吧,反正不出你们两位。”

“王光宗呢?”

“他，他还肯不肯回头呵？他来的话，还是三杰嘛。”

“我……”凌云青红了脸，半吞半吐，“我摇摇笔杆还能滥竽充数，拉纤领头的事可是敬谢不敏了。我说步平和光宗两人就够了。”

“不，鼎锅不支三只腿是架不起灶的。去了黎柏初、夏雷仍然是三个。尤其是小韦，后起之秀，准能打响头一炮！”

韦步平多少有点儿腼腆，谦让地说：“我，一个人即使满身都是铁，也打不了几颗钉。事情得靠大家齐心合力才办得起。”

“别推了，当仁不让嘛。韦君，干吧！你在前头拉纤，我们在后头跟上。”

“是的嘛。”

“就是韦、凌两位，加上光宗，一正两副正合适。”

凌云青推一推眼镜，“哎，要我走在前头，多不好意思。”

“又是不好意思，哈哈。”

桂品微还没说话先红了脸，小声说道：“我们女三中几位赞成韦君当头头。”

韦步平这时朝着几位女子扫了一眼，恰巧遇上言真的目光。目光给予鼓励，心头像触了电，不由悸动，终于鼓起勇气说道：

“既然说是当仁不让，我就不好讲了。做一段试试看。如果我实在不行，大家就不客气，换能干的接火。是大伙的事就得要大伙关心才能办好。我个人跑跑腿，动动嘴是可以的。”

“那，到底是光宗当辕，韦、凌两个拉帮套呢，还是……”

“不，老王在‘法专’还有半年工夫就毕业了，人家正在一心一意准备出洋，没心思来啦，听他今天的口气，还不明白吗？”

省师范的人说完这话，有人低声议论。

“闲话少说，言归正传吧。”韦步平环视全场说。

大家把话停了下来，全场肃静，眼光都盯到韦步平身上。韦步平接着说：“我刚才讲，黎柏初所说的话有一半是对的，意思就是，当今确实是面临国家兴亡之秋，凡我国民，理应人人奋发图强，共赴国难，义不容辞。不过，倘若只注重于游街请愿，而忽视于人心向背，那就不免失之偏颇。须知，”韦步平顿了一顿，强调语气继续往下说，“在学堂罢课，上街游行，到衙门请愿，等等，各人凭五分热度，摇旗呐喊，都容易办到。昨天我们‘法专’就已经罢课了。单从表面看，行动是够坚决了吧，可是，今天早上却听到有人三心二意，说什么这样一来，荒废了学业，固然是自己吃亏，就怕触怒了当局，后果就难设想！……总之，迟疑、犹豫、裹足不前的，大有人在。须知一支队伍要开步走，人心不齐，脚步怎能一致？所以我说，我们在座同仁，必须明白‘爱国与求学’，两者互相关联的道理，要不然，做起事来，理不直，气不壮。我辈生为二十世纪的青年，倘若对天下大事，居然不甚了了，岂不成了时代的盲人？”

韦步平一口气讲到这儿，话好像是没有说完，声音却煞住了，向全场扫视一眼。

言真同身边另一位女同学轻轻说：“这个人真会讲！”

凌云青除下眼镜，用手绢抹了抹，然后小心地戴上，完了，咳嗽一声，向韦步平问：“你的意思是说，等到人们都把道理弄懂了再行动？”

“至少我们应该如此。”

“好。请诸君各抒高见。对啰，该女同胞说说了。请问，粥粥群雌，高见如何？”凌云青开玩笑地向桂品微逗趣。

品微不觉红了脸，忸怩起来。

言真不肯示弱，瞅了对方一眼，不服气地回答：“我不能代表女同胞全体讲什么。只是请男同胞讲话郑重一点：不准用孔老二的眼光看待女子。讲起爱国来，相信女子未必就比男子差到哪里去。”

“当然，当然。秋瑾女士就是巾帼英雄的典范嘛。”凌云青给自己打了个圆场，“不过，现在我们的议题出现了两种观点，比如前面摆着两条道路：一个主张往左走，一个建议往右拐。请问言女士，到底要跟谁走好呢？”

“我，谁也不跟，自己走自己的路。即使赞成谁的意见，那，正是因为那意见是真理。真理要我做这样的选择，并非因为哪一个人的关系。”

在场的人听了这位新伙伴的话铿锵有声，不觉惊讶，视线都集聚到她脸上，好像要从那里发现什么。

桂品微含嗔地瞟了凌云青一眼，意思是说：“你自己的意见为什么不亮出来，专会挑眼！”

凌云青懂得这一瞥的语言，推了推鼻梁上的眼镜，说道："国事糟到这个地步，求学的态度是必须端正的，但是，爱国行动也不可忽视。两者并不等于矛和盾，截然对立。当然，请愿之举，充其量只能将巡按使衙门前面的两只石狮子推倒就了不起了，可那动摇不了卖国贼一根毫毛。我的意见，必须同时制造舆论，广为宣传，向全国各地发'快邮代电'，务使爱国之道，深入人心，将卖国罪证公之于世。倘若四万万同胞都能深明大义，群策群力，共赴国难，则我五千年之文明华胄，自将转弱为强，转危为安。……"

"我的仁兄，别尽转文了。"有人不耐烦地打断了凌云青夸夸其谈的话锋。

接着另一个作了补充，说："大凌这篇宏论，还不是同小韦刚才讲的一个意思吗？罢课、请愿、宣传和发通电，可以同时并进嘛。"

凌云青灵活而知趣，趁势把话头一转："是呀。那，闲话少讲，诸位回去各作鸿文一篇，命题中心为爱国，旁及反封建、求自由，都不限，体裁不拘，《中流》创刊号，有待诸君大作以光篇幅。我们要有志气，学楚庄王：三年不鸣，一鸣惊人。"

听到这里，有人小声吱吱喳喳，议论起来："我们为的是从国家民族的存亡安危着想，并非为吓唬谁，为什么向封建霸王学样？"

"爱国与求学"这个题目，大家谈论起来，道理似乎都没有分歧。一作具体阐明，就发现意见并非都是一致；爱国举动是国民的美德，谁也不否认，一说读书求学的宗旨，有人就觉得说不过去，话到嘴边不免含糊其辞，不能一针见血地击中要害。唯有谈到遥远而空阔的大道理时，人人可就慷慨陈述，哗众取宠，甚至有人能做到痛哭流涕而不觉脸红。

比方说，袁世凯把孙中山的大总统位置骗取了，一场轰轰烈烈的辛亥革命遭受了夭折，实际是变相复辟了封建制度，这已经是可恶之极，如今竟然又把国家主权和民族的命运出卖给日本帝国，岂不成了大汉奸卖国贼了吗？民国和清朝，尽管招牌是换了，其所贩卖的货色却没有根本改变；从前老百姓只不过当封建帝王的奴隶，如今人民大众却要做列强帝国的牛马苦力，既要受封建的政治压迫，又要受外国殖民主义者的经济剥削和遭受军阀内战的破坏、掳掠……大家一谈到这些，可就有了共同语言，真是人同此心，愤愤不已，就像开了闸的流水，遏止不住。直到立人峰的午炮轰然一响，人们才记起了时间，宣告聚会中止。

散会后，人们离开仰止堂，三三两两走下山，回自己的学堂或自己的家。

言真跟品微一道，两人好像是在会上未能畅所欲言，一路走一路嘀咕。临到分手时，言真捶了品微一拳，笑道：

"再一次谢谢你！今天叫我增长了不少见识！"

品微盯着对方的眼睛，意味深长地问道："你指的是山水还是人呀？"

言真不好意思的红了半个脸，说："两样都有。"说完转身就跑。

第七章

已经是上灯时候了,韦步平为明天要上巡按使衙门请愿的事,正要找凌云青商量。才走进仁爱斋走廊的口子,谁在他背后突然喊叫一声:“一个例外!”声音刚落,人已经到了跟前,神情特别激动,高声说道:

“告诉你一个好消息。”

韦步平停步,警觉地盯着对方的眼睛问:“什么事?”

“你还不知道呀?堂长把话传下来了,提前放暑假,不用期考了,拿平时成绩当作期考分数。限定明天一早全体生员都得离开学堂。你还不赶快回房间打点行李?我要收拾东西去了。”

这人把话说完,掉头不顾地走了。

韦步平望着越走越远的背影,不免感到茫然。心想:“怎么回事?这样一来,明天请愿的事岂不化为泡影?赶紧找凌云青去。”

走廊那头，凌云青迎面走来了。他为这突然事件急得一头大汗，气咻咻地一把拉着韦步平往操场走去。两人一言不发，一直走到木马、双杠的场地旁边。凌云青看看四周无人，才停步小声说道：

“你听讲了吧，明天一早就赶我们离开学堂。你说，这葫芦里装的什么药?”说完瞪着惊异的眼珠子盯着韦步平。

韦步平不假思索地一口咬定：“阴谋骗局！”

稍停一会，凌云青说：“我去找王兄问问。”

韦步平摇摇头：“找他？没用！王光宗他这两天的神气你还看不出来？他的心不在这些事上了。嗯，有件事在我心上直打问号。你知道停课当天，我们草拟的那份‘快邮代电’的底稿怎么不翼而飞的吗？不知道？有人把它送到堂长手上去了！”

凌云青睁着迷惑的眼睛望着韦步平，喃喃说道：“谁？难道是……”

“是谁，一时还抓不住赃证。让时间去作答案吧。等到水落了，石头总会露面的。现在是，先想法如何对付提前放假这回事。”

凌云青表示无可奈何：“有什么办法！”

两人一时无话，一个坐在木马上，一个坐在双杠上。心头都坠着挺沉的铅块。操场空空荡荡，寂静无声。宿舍走廊在暗淡的灯光下，同学们来来去去，声音喧哗。

一会儿，韦步平忽然心生一计：眼睛露出惊异的神色，跳下双杠来，走近凌云青身边，拍了拍他的肩膀，说：

“准是‘快邮代电’那份稿泄漏了风声，巡按使衙门害怕学界联合起来闹事，索性把我们都打发走，釜底抽薪，以为这样饭就煮不熟了。嘿，真见他妈的鬼！我看，他们既然这样来，我们就那样去！”韦步平越讲越激动，“你现在就回宿舍，找我们‘中流社’同仁先商量好，再分头跟同学们讲，要大家一起去学堂交涉：提前放假很好，明天离校不成，家里没汇路费，走不了。这样，来它一个缓兵计。只要人留下就好联合，联合起来就能造成声势，你说怎样?”

“恐怕也只能这样吧。”

“我这就到校外去找别的学堂联络。”

韦步平说完拔腿就走，才走两步又转回来，凑到凌云青跟前低声说道：

“我方才说‘快邮代电’的事，你猜是谁？我要提醒你：不要把什么人都看成跟自己一样善良，人心唯危，讲话可得注意点。你看王兄怎样？唔？”

凌云青一愣，说：“他？我这就探探他的口气去。”

凌云青看韦步平毫无牵挂，十分洒脱，飞一样奔出了学堂大门，自己才回宿舍。他一边走，一边纳闷：“王光宗，难道他……不，不会的吧？不管怎样，他到底是学生自治会的头头，事情他总会知道点，试试他口气，看他拿什么主意？不过，万一他果真是……那……”

凌云青从和平斋找到信义斋，从信义斋找到忠孝斋，哪里找得见王光宗的影子？一个同班的同学说：“你要找他，到‘女三中’去差不多；准是叫什么桂什么华挂住啰。”

凌云青不听还好，一听这话，仿佛触了电，心头不觉一怔，咬咬嘴唇，寻思：

“品微就是这样一种——墙头草，经不起别人两句奉承话，东倒西歪。哎！”

凌云青叹了口气，转回身，到别的房间找另外的同学去了。

在崇礼斋走廊，一位“中流社”的同仁跟凌云青走对面，开口问道：

“秀才兄，你说学堂为什么大发慈悲，把学期考试给免了呢？”

“你说为什么？”

“是我先问你的，你先答。”

“什么慈悲，见鬼去吧。骗局！还不是怕闹学潮，赶紧调虎离山。你说是不是？”

“哦，是啵！那，怎么办？”

“给它来个针锋相对：他们要卖国，我们偏要卫国；他们要我们走，我们偏要留下，就说回家没路费，走不了！”

这时，有同学走来，听到了，跟凌云青开玩笑道：

“哎哟，凌兄你不愿走，是桂花的馨香把你给迷住了吧？”

“对啦，一个是秀才，一个是外交家，到底谁是‘梁兄’呀？哈哈！”

笑声未停，王光宗悄悄地走来，装着若无其事地挤到围着说笑话的人当中，看了看大家，问：“呔，好热闹，诸君谈什么？行李都收拾停妥了吗？”

“唔，你来了正好，你是学生会的班头，问你，你说我们该不该明天就走？”

王光宗说：“学堂已经出了布告，这就是法律。我们是学法律的，不能知法犯法……”

凌云青本来对王光宗就有点说不出的别扭，一听他装模作样地讲大道理，心头更火，不等他把话讲完，马上就说：

“王兄，讲话未免危言耸听了吧，这能够得上犯法吗？我问你，学堂只管提前放假，把人赶走，这倒是省事，可人家没盘缠，学堂管不管？”

王光宗一听，话头不对，赶紧作好作歹地说：“有话到房里好好讲，别在这当众嚷嚷，学堂知道了……”

凌云青不服气，顶着说：“知道了又怎样？如今既然是民国时代了，难道还来‘偶语者弃市’？”

“老弟，你火气太盛了！来，来，我们找个地方去谈谈。”

王光宗把凌云青拉走了。

……

韦步平走出“法专”以后，直奔五圈桥，本想找“陆小”的黎柏初他们商量对策的，不料到了那里一瞧，学堂的大门已经关得严严实实的了。敲了半天，一个值勤的哨兵伸出头来，粗声粗气地吆喝：

“你疯了怎么的？大门明明关死了，你见不到？回去！今晚谁有天大的事都不准进，也不准出。”

说完，伸出小门洞来的脑袋缩回去了，啪一声，小门洞已经关上。两扇朱红色大门，在暗淡的月光下，阴森森地仿佛一垛魔障。

韦步平心想：“难道‘陆小’也一样提前放假？”走着走着，不觉南湖附近的省立第三女子中学就在眼前了。他正要找桂品微和言真她们，看看她们拿什么主意，谁知女三中也是一样，大门关着了。这个看门的门房更可恶，任你怎样使劲敲门拉铃，都没应声。韦步平没法，只好退回来，转到别的学堂去。不想，不论是省立一中还是省立师范，都不例外，大门关得紧紧的。

街上好像是实行宵禁，来回巡逻的警察比平日增加了班哨，行人稀稀落落。只有挑担卖豆腐花的、卖甜酒的、卖汤圆的不时敲一声小锣，“当，当”，出没在僻静的小巷。韦步平一个人踏着自己的影子徘徊，踌躇，脑子很乱，怎么也想不明白这些事情。

难道就这样眼巴巴地看着神州陆沉，就这样白白地让四万万同胞沦为别国的奴隶？知书明理的青年不能救国于垂危，救民于水火，读得书来又将何为？……

他脑子装着这些问号，反复苦思，也没得到一个正确的答案。抬头望了望天空：半边明月叫大片浮云遮住了，地上是混混沌沌的夜色，心坎不由涌上一阵迷惘。他怀着无限的忧郁，拐过丽水巷，走进依仁街回“法专”。

街上的行人越来越少。他踽踽独行，从这盏街灯走过那盏灯，看看自己的影子由短而长，由长而短。内心的闷结无从解开，不觉长叹一声，吟起那天夜里偶然写成的五言绝句：

不眠悲长夜，
风雨泣神州。
闻鸡怀壮士，
孰与挽狂流？

“谁？”一个柔和的声音问道。

吟诗的人抬头一瞧，一家为葡萄架覆盖的小庭院门口，站立着一位穿着白素夏袍的少女。她用惊喜的目光询问着路过的“行吟诗人”。

韦步平一下子认出来了：她就是言真。言真也马上认得面前的人就是韦步平。

言真疑惑而关切地问：“你一个人去哪儿？”

韦步平一下子好比是在炎夏的山道上偶然发现泉水，心情不由一阵清爽，停步立在言真跟前，把学堂提前放假的事，和他方才同凌云青商量的办法，以及他出来奔走所尝到的闭门羹，一五一十，都对言真说了。

言真静静地留心听着，好像听不够似的。

韦步平把话讲完，见对方不作声，就问：“你们学堂也提前放假吗？你令尊——言老师他怎么说？老人家知不知道这里头搞的什么鬼？”

言真沉着而庄重地说：“我们学堂今天放学时还没听说要提前放假。我们还打算明天上巡按使衙门请愿呢。家父不知学堂有什么要紧事，刚来个堂丁请去了。唔，你不进屋来坐一会吗？父亲昨天还说，搬了家你还没来过呢。”

“言老师怪我了吧？”

“那倒没有。”

韦步平松了口气，说：“本想要来的，一直来不了。真抱歉！请代向老人家请个安吧，改日抽个空再来请教。现在我得赶紧回学堂去！”

“哎唷，看你说的那样客气呀。嗯，看要变天了，路黑看不清，一个人走不怕呀？等一等，我给你拿盏灯照路！”

言真说罢，转身走过小院，掀起竹帘进入里屋。

韦步平看着消失了的背影，然后仔细观察这小小的院落，在小本子上记下了门牌的号码。

言真转回来时，手上提着一盏用细篾编的、外面糊着透明的纱纸、有竹筒一般大的小灯笼，上面还写着一个朱红的“言”字。

“给你！”言真把灯笼交给韦步平，深深地盯他一眼。

“谢谢，再见！”

“再见，小心别走得太快，把灯灭了。”言真望着韦步平后影关切地叮咛。

“灭不了！”韦步平应了一声，一直走去，再没有回过头来。

言真却目送着他，看到他的背影拐进旁边的街口去了，才转身把院门关了。

韦步平提着小灯笼，心头涌起一股莫名其妙的滋味，兴冲冲地跑回学堂来。一看，学堂的大门跟刚才在别的学堂遇到的一个样：关得严严实实的了。他拿着拳头擂了好久，没人应声。想了想，东边院墙有个洞口，平时，同学们为了走近路，常常从那个洞口溜出江边去游泳。他悄悄地往东头去，拿灯笼照了照，终于找到那个只能容一个人头钻得进去的小洞口。他先将灯笼放进墙里边去，然后用两只手在地上爬进洞来。

这时，巡夜的堂警敲着竹梆走过，发现墙脚洞口有灯亮，走来蹲下，正巧抓到爬进来的手，顺势把人拉了起来。堂警看他身上没有佩戴学堂的徽章，一口咬定他是小偷。不由分辩，立即将他五花大绑。韦步平哪里服这口气，极力大喊大嚷，引来不少同学围着看。

韦步平大声抗议："……就准你只认徽章不认人，可你见过有提灯笼来做贼的吗？"

堂警的样子挺横，说道："你不偷，为何不走正道？"

"正道，嘿，你把大门关了，叫人往哪儿走正道？"

"谁叫你不按时进出？"

"不按时是你们，不是我。请问现在几点钟？"

"是呀，那么早就把门关了，人家要上街买绳子捆行李也出不去，明天怎么把行李扛回家？"

同学们异口同声吵吵起来。

凌云青急匆匆地赶上来，对着两个堂警吼道："你们讲不讲道理？把人捆成这样，好意思吗？"

"抗议，你们侮辱斯文！"

"反对侵犯人权！"

"解铃还须系铃人，谁把人绑起来，要他给解开，不然，我们也不客气了！"

人们七嘴八舌吵起来……有人摩拳擦掌，要动手打人的样子。

麦学监由王光宗领着赶到现场来了，赶紧说："什么，什么？别……别动武！"

这时，全场所有的眼光都落到学监身上。

麦学监感觉到这些眼光仿佛一丛芒刺，不好触动，只好改变口气向堂警命令：

"松绑！"

堂警无可奈何地把韦步平的五花大绑给解开了。

学监诘问韦步平："你为什么跑到这里来胡闹？走。堂长要你去一下！"

韦步平毫不在乎，拎起小灯笼，喃道："堂长有事找我，荣幸之至。我正是有话无处说呢。"

麦学监走了两步，又回过头来对在场的人说："各人都快回各人宿舍，不准再闹了。”

等学监走远了,凌云青才招呼同学们说:“我们也去瞧瞧!”

“走!”不知谁应了一声,有十多二十个人一呼啦都跟凌云青往前拥去。

王光宗在前头转回身来,向大家哀求说:“诸君都回宿舍吧。”

“嘘!”长长的嘘声堵住了王光宗的嘴。

王光宗看到众怒难犯,赶快撵学监屁股去了。

同学们都拥到了堂长办公室外头的走廊上,朝着窗口探头探脑往里瞧。

现在,堂长朱元敬埋头在一张乌亮乌亮的紫檀木写字台上全神贯注起草着一篇什么文稿。麦学监领着韦步平进到房间来,屏着气站在一边,等了两分钟,这位半官半绅的人才轻轻地将一本《曾文正公全集》压上文稿,然后抬起头来,除下老花眼镜,瞅了瞅站立着的学生,完了掉过头来向学监发问:

“就是他? 你请坐!”

学监在堂长斜对面的八仙椅坐下。

堂长打量着对面站立着的态度傲岸的学生,问道:“你就是韦步平?”

学监生怕怠慢了长者,抢过来答道:“是,外号叫‘为不平’的就是他。”

韦步平嘟哝着说:“压根儿不是什么外号,是他们把人家的名字给念歪了。”

堂长的态度十分威严,把水烟袋往桌面一搁,说道:“好,好。先不同你考证外号吧,你前天擅敲堂钟,煽动同学罢课,现在又爬墙钻洞,扰乱秩序,这都属于越轨举动,懂吗?”

韦步平嘴唇抿得挺紧,漫应一声:“不懂。”不打算多说半句。

堂长不觉惊异,同学监交换眼色,说道:“唔?”把语音拖得好长。

韦步平见堂长和学监不再说话,才鼓起勇气反问道:“请问,轨在何处?”

在窗口探头偷看的同学,有人不由得伸出了舌头。

堂长这可忍不住了,提高嗓门说道:“轨就是堂规。你的行为已经触犯了堂规第七条第三款,知道吗?”

“如果学生为爱国举动而犯了堂规,那正是老师教的。平素堂长不也是教导我们莘莘学子,必须以爱国为职志吗? 如今我们真是要关心国家大事来了,怎么反而成了越轨之举呢?”

窗外有人嚷起来:“好! 这一军,将得妙。”

学监站起向窗外挥手,示意大家走散,可窗外的人,谁也不动。

堂长特别严峻而冷酷。他重新拿起水烟袋,极力做出镇定的样子,在光亮的桌面搓纸媒,装上金色的烟丝,然后拿纸媒插进高高的玻璃灯罩去点火。看样子,他是借助于这些小动作来思考,看拿什么样的教义来开导面前这位桀骜难驯的学生。

“爱国嘛,……”过了一会,堂长才说话,但只说半句就咽住了。他点燃烟,咕噜咕噜吸起来。半天,吹掉了烟灰,才接着往下讲:“是的,国家兴亡,匹夫有责,那是无可非议的啰,可是,求学问,守堂规,乃是学生的本分,这也是天经地义。学堂订立堂规约束学生行为以纳入轨道,究竟为了什么? 还不是为了造就人材,使之成为爱国志士吗? 倘若学生在学之日,不用心于学问道德之修养,徒托空言爱国而轻举妄动,以致荒废学业,根基不深,他日服务于社会何以抵御风霜? 学堂育材有如种树,若不注重于栽培,一任其自生自长,安能期之以国家栋梁哉!”堂长摇头摆脑,卖弄经纶,自鸣得意。

韦步平却在心里冷笑,不急不忙地答道:“栋梁之材是需要栽培的。可惜,等不到它长成乔木而房屋就要倒塌了,栋梁将作何用? 不如砍下小木头来支撑,不是比露宿强些吗? 再说,爱国行为与读书学业,两者并不相悖:铁匠师傅不经过学徒怎能学会掌钳? 小孩不学步是不会走路的。今天不让学生过问国事,明日怎能使他懂得为国效劳?”

“胡说!”朱元敬大喝一声,把水烟袋往桌上使劲一搁,灯台火苗跳了一下。堂长脸色像暴雨将临的天空,嘴唇打颤:“太放肆了,你!”

屋里空气骤然凝结了。静默片刻,学监终于开了口,打破窒息的僵局,说道:

“平素我讲过的何止千百次:年轻人血气方刚,行为不慎就会走入歧途。我看,你应该当全体同学之面作一番悔过的表白。”

韦步平鼓起腮帮,不以为意。

这时,一个听差进屋来,交学监一张红帖子。学监看了看,走过去跟堂长交头接耳,嘀咕着什么。

听差轻轻地说："巡府的轿子在院里等着。"

堂长收敛了怒容，严厉地瞅着韦步平："你回去反省反省，珍重自己的前程要紧。刚才麦学监说得对，不要误入歧途！"

韦步平在喉咙"嗯"一声，拿起已经灭了的小灯笼转身就走。

堂长目送着灯笼上的"言"字，不免犯疑，望着学监问：

"他的灯笼有来头吧，是不是女三中那位狂士……"

"对，对，可能，可能……物以类聚，我看，我们这位'高足'的言语举动，是不是有点……？"

"你去宿舍看看他们有什么动向？我去一趟，回头再议。"堂长站起来，扣了扣衣领，收起文稿。

学监望着堂长说："看来新任巡阅对北边的态度阴阳不定。他们要上巡府请愿，听王君说是'陆小'牵的线，内中会不会是军界方面借此向北边要挟？"

"我这就去瞧瞧是什么气候？新任的陆大帅可不同于去职的张巡按呢。张、袁本是……沆瀣一气，所以南边赖以偏安。如今这位崛起绿林，拥有重兵，出山猛虎，野心勃勃。其兵力，既有举足轻重之势，其地盘，则难餍足问鼎中原之心。为此，北方不会不予以提防，加紧羁縻。总之，棋局不定，不得不谨慎行事。"

堂长一边说，一边拿起一把折扇走了。

学监在背后默默地点了点头，似乎佩服这位学界中的名流独具只眼。

第八章

韦步平从堂长办公室走出门口一瞧，院里一片清冷的月色，同学们一个影子都不见了。他到处去寻找“中流社”的同仁商量对策。王光宗不知躲到什么地方去了，凌云青和另外两三位社友在走廊交谈，见到韦步平就说：学堂传出话来，明天一早，学生膳堂开始停火，不供膳食了，从今晚算起，二十四小时内，所有学员学生通通离开学堂。问他怎么办？

韦步平喃喃说道：“这着棋下得真毒呀！”沉吟了半晌才抬起头望着身边的社友，反问，“你们说怎么办？”

凌云青表示无可奈何，叹道：“一筹莫展……”

另一位社友说：“我们正等你拿主意呢。”

韦步平灵机一动，高兴起来：“给他来个反将军！他不给我们开饭不是？我们索性罢食，看他敢不敢把几百人给饿死。只要齐心合力，众志可以成城。”

凌云青伸出指头正一正眼镜，显出踌躇的神色："困难就在人心不齐，文章不好做。"

"时间对我们太苛刻，恐怕来不及了。"

韦步平很有信心，态度挺坚决：

"现在我们分头去跟大家说，离天亮还有好几个时辰。"

"各人归心似箭，一个人有一个人的算盘，人心都散了。"又一位社友表示为难。

"是不是找王光宗来商量商量再定？"

"找不到他……"凌云青一肚子抱怨。

韦步平说："他只一个人，有没有他也不碍事。只要我们几个意见一致就干吧。走，大家分头联络同学去！"说着迈开步走了。

凌云青说："试试看吧。"

几个社友一起走散了。

他们回到宿舍不到一刻钟，熄灯的铃声马上传来，舍监跟着就到。今天夜里，所有舍监加班巡逻，熄灯过后，不准谈话。

翌日清早，学堂突然来了一队警察，到一座一座宿舍去勒令学生离开，说是今天有军队来驻扎，非搬出不可。同学们有的自动拿起行李走了，有的被警察押送到城门外交通路口、码头，强迫各人上路。

韦步平昨晚同一部分同学约定，赖着不起床，采取软抗。警察来到他的房间一看，居然有人连蚊帐也没揭开，气汹汹地走到韦步平床前掀开帐门，大声吼叫：

"为什么不起床？"

韦步平满不在乎，连看都不看一眼，只说："病了，头疼！"

"病了上医院，走！"一个警察横眉竖眼地一把拉起韦步平的胳膊。

韦步平虎一下坐起，使劲一甩手，把警察的手打到帐竿上，反问道："往哪走？"

"回你老家！"

"我没有老家。"

韦步平拿起脸盆走出房门,见到不少同学一个个抱着小包袱被驱赶出宿舍,正朝学堂门外走。他丢下脸盆奔到前头去,拦住同学的去路大喊:“站住!我们不走!”

一个大麻子警察班长带着两个伙计马上过来把他两只手抓住,骂道:“他妈的,你敢捣乱!”警察把人拖拉到学监的办公室去了……

在他房里,一个警察把他的蚊帐取下来,连同被单和枕下的衣服什么的,包了一包,送到学监办公室去……

第二天午晌,韦步平被迫抱起一只小包,往他前天晚上记下的言老师的新居——依仁街走。忽见一个警察从左边街口押送两个小偷出来,后面还跟着几个看热闹的小学生。其中一个被押送的小伙子朝着韦步平惊异地突然喊一声:“表哥!”韦步平注目审视,不胜疑惑,立即脱口呼唤:“家庆!——”

“嗨,你们是一伙不是?正好,跟我到警察局。”

韦步平向警察轻蔑地瞪了一眼,镇定地跟着家庆并排着走。家庆惶恐地望着韦步平,用眼色表示他自己受了冤枉!但此时此地却居然见到了亲人,眼光里包含着惊讶和欢喜。韦步平用眼色示意:给表弟壮胆,不要害怕。

到了警察局,小偷硬说家庆是他的同伙,所以才把偷过来的钱包转手,塞进他的口袋。家庆却说,他左边口袋的五块鹰洋叫人掏了,才要叫喊,旁边一个什么人却把一只钱包往右边口袋塞了进来。

“就这样,警察过来把我捉住了。怎么倒说我是小偷呢?”家庆又气愤又冤枉的申辩。

韦步平插嘴向小偷质问:“问你,他是你同伙不是?他叫什么名字?你讲!”

小偷像挨了一下闷棍,一时招架不住,半天才支支吾吾地喃道:“他姓……”

韦步平紧逼着问:“姓什么?快讲!”

“姓……姓张——”

“叫什么名?”

“叫……叫张老四——”

韦步平不禁笑道:“哈哈,见你的鬼去吧。”

“你别打岔!”警察制止韦步平说话,转向家庆问,“你是不是姓张?”

家庆壮了壮胆,答道:

“我姓覃,叫家庆。不信,你看。”说着,从胸口小兜里掏出他给“九八行”交货的单据,让警察过目。

警察指着韦步平问家庆:“他是你什么人?”

“表哥。我外公要我来寻他的。”

“呵,你……”警察仔细端量着韦步平,像在什么地方见过。

“我是法政学堂学生!”

“学生?学堂今天不是放假了吗?你为什么还不回乡?姓覃的小子,你外公不是叫你来找他的吗?你现在没有事了。你今天就同他一道回乡去,城里有事戒严,不准随便乱走!知道吗?走吧。”

两老表回到客栈时,正是警察来查户口,盘查客商,凡是办完了事的,一律不许停留。家庆把外公的吩咐跟韦步平讲完之后,又着重说:

“既然,现在学堂提前放假了,就同我一道回去一趟吧。临来时,外公讲:他没几天活了,叫我如果找见你,拉也把你拉回去!回头牲口少带点货不要紧,让你骑着代步。”

这真叫韦步平为难:走嘛,这样白白的被撵走,心里确实不好受;不走嘛,老人家只这一点点心愿也落空,未免叫他难过!想来想去,最后还是依从表弟的劝说,急急忙忙给言老师写了个告别的短信投进邮筒,就跟表弟和乡亲一伙马帮队上道了。

一路上,两位表兄弟才慢慢谈起这几年来各自的经历、家人生活的景况,以及家乡的变化。

五个年头过去了。那年七月十四日晚上,家家户户都为亡灵超度,烧香点灯,焚烧纸船纸马的时辰,那江屯杜家大院火烛,那平村韦家小子失踪之后,这两位表兄弟就互不知生死了。韦步平逃出了虎口,一直也不敢给家送个讯。以为有朝一日自己闯出个路数来,手上有了刀枪,能对付这些鱼肉乡民的豺狼时再回家;要不然,宁可漂泊天涯也不愿回去看见乡亲们楚囚对泣的惨状。不想事有凑巧:今年年初,南溪街上,从巴龙县迁来不久的一家延寿堂药店有个闺女要出阁,特地请韦镇堂老裁缝去做嫁妆。药店的一位少爷在省城陆军小学堂上学,放寒假回家过年。一天,吃罢晚餐,这少爷同他家人谈起他们“陆小”跟“法专”两边同学联合立了一个团体,其中有两位“法专”的同仁是岚山县的,一个叫王光宗,一个叫韦步平,都是“官班”学生。叫韦步平的那一位,论年纪,数他最小,但是,最能兴风作浪,大家都叫他“一个厉害”。听说他老祖宗原本也是巴龙县的,可自己从来不愿讲他老家的事。你要问他哪里人,他总是半开玩笑答道:“中国人。”老裁缝问起这个“中国人”的长相和年纪,少东家如实地作了粗线条的描绘,说是其中最惹眼的是他左边中耳位置有黑豆一般大的胎记。

这之后,老裁缝自己捉摸好久:会不会是他家五年前失踪的则明呢?疑团一直缠着老人家的心。后来,也听到一些常到省城办货的行商传说,说是有次在街上曾经见过一位学生哥,长相酷肖则明,中耳边也有颗黑豆大的黑痣,就是没注意左边还是右边了。这些蛛丝马迹,使得老裁缝的疑团越滚越大,终于下了决心让家庆收些山货,拿自己平时用作代步的牲口驮到省城做一趟小生意。山货拿到省城出售赚点钱,回头给街上的商号拉点脚,这样,来回伙食路费都有了,说不定还能顺便把人也寻找回来。家庆说:

“临到出门头天晚上,外公又再三吩咐我说,‘到法政学堂去打听,如果那位叫韦步平的就是你表哥,你务必用牲口把他驮回来!外公叫我同你讲:五年前七月十四日鬼节,不管是鬼作祟还是人闯祸,没个赃证可查。你就大胆回家,也不必害怕。这样,我就进了一趟省城,料想不到,果然把你找回来了。真是无巧不成书。”

韦步平听着,一直在想什么,不作声。覃家庆接着又讲:“唔,你知不知道,杜耀光小老婆三姐在她外家县城有个小舅子从小送到省里上学,听说也是法政学堂的!你认得他吗?”

“是叫王光宗不是?”韦步平问。

家庆说:“名字忘记问,反正是姓王。他长相怎样吧,跟‘金边蚂蟥’的妖精是一个模子打出来的一样吗?”

“像牲口拉下的东西,外面光。”韦步平指着跟前牲口刚拉下的粪团说。

旁边一位赶脚的听了,笑着说:“哈哈,真是读书人会讲话。”

过了一阵,韦步平问:“外公老了吧,还能自己穿针吗?”

家庆说,他外公这几年奔波劳累,身体一年比一年差了,老花眼做针线活,全靠一副眼镜办事。前年一冬腰骨疼,躺床上起不了身,这样那样的中草药都服了不老少,也不见灵验。后来听了一位走江湖的郎中说是抽几口鸦片准能治愈,叫试试看。不想一试却上了瘾,要戒也戒不掉。这一来,不但身体越来越弱,花销也越来越大。原先祖宗留下的三四亩水田,本来是让家庆父母料理的,前年把它典给杜团总家了。旁人传说,杜团总家就是蓄谋吞并韦家这几亩宝田,才故意让江湖郎中怂恿老裁缝吸鸦片,叫他上瘾的。害他不得不把几亩宝田都吸到烟斗去。老裁缝没有钱把水田赎回来,只好年年交债利的谷子,家庆一家实际上成了杜家的佃户。

家庆是下中农人家,年成好时,生活还勉强维持得下。韦步平走后这几年,家庆添了个弟弟家福和妹妹阿杏;父亲前年为了修个猪栏,上山撬石头,不慎扭伤了腰骨,往后就时常闹病,犁耙田的活路不大顶得上劲了,亏得家庆接上了火,凑合着把一家农活支撑下来。论年岁,他才成年,人却老成懂事,像个当家人了。

夏日的余晖,落在稔熟的稻田,大地展现一片金色的平畴。一队跋涉远途的马驮回来了。它们从这山区运出烟叶、药材、兽皮、羽毛、蛤蚧和三蛇等等土特产,又从遥远的码头,运回洋纱、匹头、鼎锅和食盐等等日用百货。牲口踏上它们惯熟的土地,闻了闻路旁的气味,一匹接着一匹引颈长嘶,赶脚的人瞭望田野,好像招呼着亲人。一个来月工夫,变化多大呵,早稻快开镰了,小河灌满了水,青如圆扣的龙眼果,挂满了树梢,鲜艳耀眼的荔枝,染红了绿叶……

马帮队回到南溪圩附近的村庄,正是日头落山,村里冒起炊烟的傍晚时分。村头出现三三两两、来来去去的姑娘、媳妇,到南溪河边挑水、洗菜、淘米什么的,从她们那边咿咿呀呀送来缓慢而悠扬的歌声。人们用心细听,其中一位声音特别激越,吐字清脆可辨:

挑水码头步步低,
一层台阶一脚泥。

有心踩着哥脚印，
打烂水桶哪个知？

覃家庆高声嚷道：“嗨。听听，人家挑战了？”回头专对着骑在牲口上的韦步平眯着眼问，“你出门这几年，准是把山歌给忘了吧？”

“哪能忘得了？”

“那，你听懂她们唱的什么？懂？好，你给她们对上一首看看！”

韦步平干咳一声，清一清嗓，郑重其事地唱起来：

火灰盖火留火炭，
灰里火炭暗里燃。
我俩如同灰里火，
风吹火红半边天。

随着歌声一落，家庆马上欢呼：“好！算你没忘本。”接着，又问，“还会吹木叶吗？会？……”

“嘘，听，她们又对上来了！”旁边一位赶脚的伙计说。

赶脚的人们静了下来，留心倾听。风把婉转的歌声送到人们耳边：

火灰盖火留火炭，
不用风吹火自燃。
见哥打从身边过，
脸红好比火烧天。

家庆乐起来，笑着嚷嚷：“嗨，有门了。什么时候我们上山跟她们对歌去。你还会吹木叶，呐，你吹来听听。”说着，就在路边摘片樟树嫩叶递给韦步平。

韦步平接过叶子，把它贴到嘴唇上吹起悦耳的山歌。

“唔！”覃家庆点点头，高高兴兴地望着韦步平说道：“告诉你，这几年你们那平村来了打石头的父子俩，老头的山歌可多哩，连唱三天三夜也唱不完。他的儿子跟你一般年纪，也有一肚子山歌，只是在他老子跟前不敢作声。”

韦步平高兴地说：“是吗？哎哟，我的脚又麻了，下来走走。”说着纵身一跳，站到地面上了。随手折了一条树枝当作鞭子赶牲口。

牲口突突地喷着鼻子，胸口挂着的红缨拴着的铃铛啷啷地响着。

遥望附近村落，树梢升起灰蒙蒙的炊烟，村头的大榕树上，盘旋着归巢的乌鸦。

第九章

邻近村子那几位赶脚的伙计，一个一个往家走了。最后，到那平村的只有家庆同步平表弟兄俩。村头一株高大的阔叶榕树上有个鹊巢，已经望得见了。覃家庆指引表哥看了看村子附近的山水林木，问道："瞧，你去了几年，地方变样了没有？"

"什么，变？没有，没有。"步平漫不经心，所答非所问。

家庆回过头来盯着表哥，带着笑又问："看你眼神直直的，到底在想什么？在外头没找到相好的吗？听人说，省城里兴起男女同堂，男的跟女的坐在一条板凳上。嘻嘻，……"

步平听家庆这样一提，心上像闪过流星，眼前出现那天晚上在言老师门口言真给他小灯笼的情景。不觉脸上一红，拿拳头推着表弟，说："同坐在一条凳上又能怎样，少见多怪。"

“怪不怪不晓得,个个都那样规矩我不信。”

“信不信由你。”

两人说到这,从左边山脚的道口上来了一老一少,家庆远远地就认出来了,拿手掌合成喇叭,提高嗓门拉长声音喊:

“喂! 三石大叔,给你买到火镰啰!”

那小的闻声,也“呵,呵”地应声飞奔而来。

眨眼工夫,人已经跑到跟前。他站在家庆身旁,高出半个脑袋,论岁数,跟这对表兄弟差不多,都是十七八的小伙子。他头上包着一块高丽巾,长长的脸蛋,长着斑斑点点的粉刺,要不是晒得黧黑,还叫人误认是个大姑娘呢;身上穿的是龙头布的白汗褡,露出两只粗壮结实的臂膀。

家庆用眼神指着他,对表哥说:“他就是我说过的小石匠,叫罗汉。”

“罗汉? 名字倒有意思。”韦步平自己喃道。

“他是谁?”小石匠问家庆,看了跟前的学生哥一眼。

“他就是我同你讲过的那年七月十四叫鬼拐走的表哥。”

“呵? 那,现在是人还是鬼呀?”

“你嘴巴别这么损!”家庆顶了罗汉一句。

罗汉不作声,仔细端量这个学生哥。觉得他眼神倒也叫人亲近。

家庆兴致勃勃,向罗汉说他表哥虽然在外头大地方混了好些年,也还没有把山歌忘掉。

“今晚我也不回那江了,我们到河边磨房去唱一夜好不好?”家庆问罗汉。

罗汉才要开口,他父亲已经走到跟前,把话给堵住了。他父亲是个五十岁上下的老人,有一副敞朗的面孔,头发虽然花白,手脚却壮实。他听家庆介绍,知道这后生哥就是韦镇堂的孙子,接着笑道:

“唔,是有那样根子才长出这样的苗呵! 看这骨架可不就是老裁缝的模子打出来的吗。”老石匠说着,向步平问道:“在省城是上讲武学堂的不是?”

韦步平摇摇头,说:“不。学文,上法政学堂。”

老石匠说道:

“那,将来要当文官啰? 反正跟我们不是一路。难怪说话也是那么悭吝,跟你爷爷待客一样：一只鸡蛋也吃两餐。哈哈，我说小东家，我这个人好讲句把笑话解闷，你可别见怪！其实呢，你爷爷对人倒是直心眼，没那些弯弯的道道。”

步平正要辩解，村头却迎面来了一个凶神恶煞的家伙，瞅着老石匠吼道：

“姓罗的听着：杜团总有话交代下来：他家的倒厅择定了吉日，七月二十三日辰时奠基，石础务必在七月十四日盂兰会前完工交货。到时候抬不到石础，可就得割下你的脑袋瓜来垫底！听到没有？”

这人是杜团总老爷的“跟身”①，外号马王七。他疾言厉色，把话说完，不容老石匠分辩，掉头就走。

“喂，你等一等！”韦步平叫住这个为虎作伥的家伙。

这家伙转回头来，眼睛鼓鼓的。看是一个学生哥叫他，不由得像含羞草叫人触动一下，马上蔫了下来，装着笑脸，低声下气地说：

“呵，先生你……有什么吩咐！”

步平用斩钉截铁的口吻严正地说：“我不是你叫的什么先生。不过，我就看不过别人在我面前狗仗人势，欺负好人！”

“这……这个……”

“你不要这个那个。我问你，石匠师傅跟你老爷立了文书合同吗？”

“这个……这倒没……没听说。”

“那，你凭什么硬逼人要脑瓜垫底？告诉你，我家明天请他父子打石磨，回去对你杜老爷说，另请旁人吧。”

“那……不好这样吧，罗师傅他同杜团总讲过的。”

“口说无凭，说了也不作数。”

这个马王七对这半路杀出来的金刚，目瞪口呆，无可奈何。转过脸去向老石匠威胁说：“你自己照量办吧！”

罗师傅望了望直立不动的韦步平，颇费踌躇地说：“这个……”

老子还没把话讲出来，儿子马上接过来说：“反正我们没有拿到杜家的钱，爱给谁干就给谁干，哪个也管不着。”

---

①跟身——跟班。

“那，那可就别怪我老七照禀杜老爷啦。”

罗汉说：“你爱怎样禀就怎样禀，管我们鸟事。”

“好，好。对不起，走了！”马王七甩着袖子悻悻地走了。

“去他妈的。”罗汉说，“嘿，狗仗人势！”

罗师傅瞅了儿子一眼，嘟哝着说：“得罪这种小人划不来。”

“怕他个屌，至大芭蕉叶，至多不在他这片地盘干就完了。”

韦步平看着罗师傅忧郁的眼神，说道：

“老师傅别作难，明早就来我家要活干。”

罗石匠说：“好吧。在家靠父母，出门靠朋友哩。我们先走一步。”说完把儿子叫走了。

罗汉走了两步又回过头来盼顾着家庆，家庆对他低声叮咛：

“记得磨房！”

等到石匠父子走远了，家庆才悄悄地、带着神秘的口气对表哥说：

“你不知道：那罗师傅才舍不得这地方呢。”

“为什么，就为这地方石头多？”

“哪里，石头哪儿都有。告诉你。可不准生气呵。唔，你说罗师傅怎知道外公悭吝——一只鸡蛋吃两餐？你别急，听我仔细讲嘛，原来他在外公家凿过石臼……”家庆欲言又止。

韦步平急着追问：“凿石臼怎样？”

“唔，听我仔细讲吧，你可别生气呵。”

“你这个人怎么回事，说话颠三倒四。”

“唔，是这样回事：人家都在背后议论着呢。说他给外公凿臼，他的山歌唱得叫蓝大妈入了迷。就这样，他在这一带地方一待就待了两三年，总也不想去别处。你说，这是怎么回事？”

“那，他们俩人为什么不干脆就合米下锅，在一块过？”

“你讲得那么容易，蓝大妈要走，外公能让吗？”

“为什么不让？等我回去问问大妈，看她自己拿什么主意。”

“你可不能说是我讲的呵。”

表兄弟俩边走边讲,不觉就到家门前了。家庆从马鞍上取下沉甸甸的两只麻袋,往肩上一搭,让步平牵着牲口,一前一后跨进了院子。这时,爷爷正在院角落里弓着腰专心打扫鸡窝。家庆望着外公背影,欢喜地喊道:

“外公,你瞧,谁来了!”

“爷爷!”步平站到老人家跟前傻笑。

爷爷从梦中醒来似的,睁开发懵的老花眼,愣了半天,失掉的孙子果然回到跟前来了,真是喜出望外,仿佛从地里掏了块金砖,眼角淌了泪水,拍了拍手上的尘土,摸摸孙子头上像刷子一般的硬发,高兴地说:

“长高了,快赶上爷爷了。学堂今年这时候就放假啦?家庆怎么找到你的?好了,浪子回头金不换。人找到了比什么都强。少挣两吊赶脚钱不算什么了。牲口没闹病吧,看,家庆你就贪玩,没把牲口喂好,落了膘了。唔,是你给急着赶的不是?”老爷爷望着外孙,“家里又没媳妇等着,急什么呀,看把牲口赶出一身汗,还不把鞍卸下,让它打个滚。”

老裁缝等家庆把鞍取下后,牵着牲口在院里打滚。

步平打起包袱,轻快地往堂屋跑,高声喊叫:

“蓝大妈!”

堂屋屏风后面响起蓝大妈喜悦的声音:“哎!则明,你可活着呀?……”

步平赶紧跨进二重门门槛喊:“蓝大妈。”

蓝大妈一看,乐的噙着泪高兴地说:“哎哟,老天爷保佑,你可长高了。”

晚饭后,家庆找罗汉去讲:磨房去不成了,他要连夜赶回家给爹妈报讯。步平一个人也只好守在爷爷和大妈身边,不好走开。

晚间,爷爷在他的烟榻上准备好烟膏,抹净烟灯、烟枪,点上火,然后把孙子叫来,一边抽鸦片,一边跟孙子说话。爷爷对着床当中的烟盘躺着,孙子坐在床沿伺候。

“你不躺下呀?在马鞍上坐了两三天,腰骨不疼?”爷爷一边讲话,一边用支白铜的烟签往只小盒子挑起糖稀一样的烟膏,凑到灯罩上烧成小泡,再把它往油浸透亮的烟枪上的烟斗搓来搓去。接着,问起孙子这几年在外面的经历。孙子大体上作了扼要的叙述。

“你，家庆，年轻后生的，同树木一样，可是长大成材了！”爷爷仔细听步平讲完话后说：“就是我这老不死的人，一年不如一年了。前两年为了治病吸了两口烟，不想上了瘾，戒不去，把祖宗留下的几亩水田都化成烟吸进这支烟枪里了，唉！”老人家自怨自艾地叹气。

第三口烟泡烧好了，老裁缝含着烟枪，咯咯地吸起来，一会吐出一团团烟雾，屋里散发着醉人的烟香。

韦步平默不作声。

“省城……”爷爷又提起另一个话头，“棉纱什么价钱？不知道？唔。米粉几文铜钱一碗呢？知道吧？三花酒一斤多少钱？省城纸伞是地道货，你没买一把回来？唉，你们这一辈后生，这样过日子不行呵。如今世界日日进化，不懂诗书，肚里没文墨，是欠点火，可是，光凭书本也当不了饭吃。”

这位老祖父提起这个话头来，好像是在他心上憋了好些时候了，只因平日找不到合适的人来听，今晚趁着兴致要在孙子面前吐个痛快：

“……唉，我已经活到日子了，酸甜苦辣，哪一样没有尝过？就差一堆火灰没有躺上了①。你总算命大，逃出去遇上了大恩人，能上省城进了新学堂，总算是把我这一辈子欠火的给补上了。不过，千万要记住，别读得书来倒反成了呆子。世上不少事情，书里未必讲到；书里讲到的，世上未必用得着。为人处世不能太直了，一根麻绳拴东西，不扭它两道弯就容易断；对人要有个分寸，不可直来直往。自家父母、妻儿都还有礼义隔着呢，肝胆照人，也得看对手是否让你照得见。对人一片诚心是美德，若不问人家是否需要，只顾一味给予，往往落得自讨没趣。俗话说‘知人知面不知心’，笑脸相迎，未必是心口一致。马鬃蛇②每到午时会变色，蚱蜢过了立秋另作一番打扮；小虫为了生存而应变，做人不能一味古板。小鸡为了抢条蚯蚓，双方斗得头破血流，狐狸为着抢窝打得你死我活。没有利害矛盾，四海之内皆为兄弟；为了争夺遗产，同室竟至操戈。世上刎颈之交太少了，最多的却是尔虞我诈。唉，我是见得多了，走过的路就是如此。不得不提醒你们后来的人：留心路上坑坑洼洼呵，免得摔跤翻车！注意路旁大大小

---

①尸体入殓，在棺材底铺下一层草木灰作垫。

②马鬃蛇——变色龙。

小的石头吧，一块小石头也会把你绊倒！……”

孙子一边听一边在狐疑，不大相信这篇“道德经”，冲口反问：

“难道不能把绊脚的石头搬开吗？”

“石头到处都有，你把它搬到哪儿去？”

“把它掷到大海去！”

“海在哪儿呢？唉，绕着道走吧，认识它，自己提防就是了。”

竹帘啪嗒一响，蓝大妈伸进头来说：

“孩子路上辛苦，让他早点睡吧。有话明早再讲不行？”

“好吧，去！要是睡不着，好好想想我刚才讲的话。要我有心思来跟你说这些，恐怕没有几回了。”

韦步平跟蓝大妈进到里屋来，脑瓜里还装着爷爷一大堆话，好比小时到河滩捡回一口袋贝壳，真够他挑拣半天呢。他坐在床沿发呆。一会，握着拳头往床上捶了一下，冲口而出地喊道：

“不能，不能照这条路走！”

蓝大妈不由得一怔，惊异地问：“怎么，路上遇上什么邪啦？钻进帐里睡吧，已经给你赶了蚊虫了。喏，给你葵扇。”

蓝大妈是过山瑶。老家接近平原山脚，跟汉、壮族的百姓邻近，语言、习惯相互影响交流，同其他住在深山野岭的少数民族不大一样。她今年满五十了，身体还挺壮健，操持活路，手脚还挺灵便。平素对人，本着一片好心，只是说话直来直去，就不会绕弯儿，有时不免得罪人。她奶了步平以后，告辞了韦家，回自己的瑶寨，接着，养了个小子，刚满周岁，丈夫进山装野兽，不幸叫老虎害了。留下她一个人拖带着一男一女，过着住山吃山的生活，景况也挺艰难。那年，韦步平他大姨娘正好生下家庆，父亲的家务，兼顾不来了。爷爷的腰骨每当刮风下雨总是闹病，韦步平没人抚养，这才又请蓝大妈回来帮忙操持。蓝大妈深感东家待人宽厚，也就应承下来。把自己小儿子石头和女儿蓝风送到舅家，托付舅母照顾，自己当了步平的保姆。

她小子石头，小时也常来跟步平玩。两人都挺亲，大妈却不肯让儿子住得太久，待上三天五日就撵走了。倒是韦步平老惦着小伙伴，有时偷偷跑到瑶寨玩一两天,捉回小鸟小虫。今天,经过五年阔别,想起儿时伙伴,不免牵挂于怀。

“石头也长高了吧?他后来总也上不了学堂吗?”

“人,长的倒不算矮。”蓝大妈说,“可有啥出息呵,成天还不是跟舅舅上山捡药草、捉蛤蚧什么的,哪来的钱读书,再说,人家官府也不准我们瑶人进学堂。唉,只望他能跟舅舅学徒做个草医,把一张嘴糊住就行了。”

韦步平叹口气:“唉,穷人一辈子就是为吃为穿担忧犯愁。”

“看你说的,哪有穷人不愁吃喝的,不愁吃喝,就不叫穷人了。”

“我看天下都没有穷人就好了。”

“没有穷人也就没有财主,那倒好。可你点上火把也找不到那种神仙世界嘛。”

“你没找过,怎么就知道没有呢?”

“唉,别胡思乱想了,睡吧。我要拿灯走了,等会你爷爷又该骂人耗费灯油了。”

韦步平钻进了帐子,蓝大妈把竹枝架的盘灯拿走,房里一片漆黑。倒厅传来鼾声,爷爷已经酣睡了,孙子却睁开眼,张望着漆黑的夜。

路上,家庆谈论的乡间趣闻;村边石匠父子俩的初遇;马王七那副仗势欺人的嘴脸;爷爷老态的显露和说话的唠叨;石头,那位童年伙伴的脸蛋……这些形形色色,仿佛走马灯上的图画,轮流在他脑子里打转。

“睡了没有?”蓝大妈在隔壁房间问。

“睡了。”

“看,睡了还会讲话。你呀,还是那样淘气哩。”

“大妈!”

“什么呀?”

“有件事忘了告诉你了。”

“哪来这么多的事。睡吧,明天再讲。”

“呶,明天一早,人家就来上工了呀。”

“谁呀?”

“一个好人,你猜猜看。”

“你这孩子,叫我往哪儿猜去。”

“告诉你,明天请来两个打石碑的,多做两个人饭菜吧。”

“打石碑?哪来的师傅?”

“刚才在村头请到的,你猜着了吧?”

“啊!”蓝大妈拉长一声,又惊又喜,“是他?……”

“怎么,你不高兴呀?”

“唉,你又惹祸,告诉爷爷了吗?他应承不应承?”

“不管他,不应承也得做。我妈不是还没立块碑吗?”

“好了,好了……”

“嘻嘻,大妈高兴了吧!”

听不到大妈回答。稍停一会,韦步平又问:“大妈,大妈,石头没有起一个大名吗?叫什么?”

“叫志高。睡吧,不准再讲话了。”

“大妈,睡不着你说怎么办?”

“闭起眼。”

“闭了也不行,还见到东西……”

“真出奇,闭上眼皮还看得见?你呀,你呀,快成家的人啦,还是这样。唔,我倒要问你个事:你出门那么些年月,没遇上你亲爹吗?”

大妈突然想起那位弹棉胎的牛四哥。这位一去不回头的人,几乎被人遗忘了。韦步平从小长大,爷爷固不用讲,就是姨妈也没有跟他提起他有什么样的父亲。如今大妈乍然问到,不觉茫然。一会,才喃道:

“连听都没听说过,就是当面也不认识呢,哪里会遇上!”

“前几年都说你逃出去找到你老子,父子一道闯州过府卖手艺活哩。讲得有鼻子有眼的。”

“大妈,我真有个父亲吗?他还在世?他叫什么名?”

“本名牛四哥,你爷爷招他上门才改叫韦家仁。连年兵荒马乱,一个浪荡江湖的人,跟水上浮萍一样,谁知道现在在哪儿呢!”

“那,别人讲是在什么码头见到的?”

“谁晓得什么地方，讲是讲，当真问起来，谁都说不明白。好比巫婆算卦似的。”

“真见鬼！”

两人正说着话，院里的公鸡却喔喔地开始啼鸣了。

“睡吧，不讲话了。”

“天都亮了，还睡。”

“不，鸡才啼头遍，天明还得一阵工夫呢。”

第十章

那平村是个二百来户人家的地方，东西两头被一条从大瑶山源流下来的小溪河隔开，形成两个自然屯。冬季枯水期，人们从河滩乱石上或浅流中徒涉来去，夏季山洪暴涨，才在连着东西两头的木桥上行走。河的两岸种着竹子、垂杨、木棉、龙眼和芒果等等果木树林；北边依靠大瑶山蜿蜒下来的山脚，南边面向一片平畴，小溪河从这里流经南溪圩的东面然后注入澄碧河。讲风景，这倒不失为山明水秀的山乡。

西屯是个古老村庄，有百五六十户人家，村公所就设在那里。杜姓是大族，全村一向是杜家的人话事①，村长、甲长、联保主任，都叫姓杜的人把持了。东屯住户总共才有四五十户，据说是清朝末年闹“三点会”②时期，从外地搬迁来的

①话事——俗语，说了算，指当权者。

②三点会——三合会一流的会道门组织。

一些杂姓小户人家。来后,在山边旱地开荒造田,土地贫瘠,生活比较贫困,居民多半以做木匠、做泥水工、编竹器、赶马帮、阉鸡和补锅等等为活路,以维持生计。

由于种种原因,东西两屯之间产生了隔阂:为打柴火争山林,为放牛羊争牧场,为灌水排涝争水道,往往造成屯与屯闹纠纷,形成世代相传的村仇;为祖坟划界,为祠堂的面向而争执,常常引起宗族之间的矛盾;就个人恩怨来讲,地主同佃户之间更是天然的势不两立。总之,那平村从来就不是一片太平的土地。老爷爷昨晚所发的一番感慨,并不是没有来由的。但是,爷爷这番为人处世的哲学,尽管言者如此谆谆,在听者心上却成了头天晚上的露水,第二天一见阳光,又都消失得无影无踪了。爷爷讲的这些,韦步平也想过,但比起他在省城里所领略的见闻,所思索的疑问和所遇到的人事,觉得毕竟是自私之见,胸怀太窄了。以为当今世界正是豺狼当道,沧海横流,明哲岂能保身?房屋倒塌,钻进床底岂能保住安全?

韦步平一觉醒来,像是退潮后在海滩上搁浅的海龟,顿觉脱离了扰攘的漩涡,虽说一片平静,心头却感到孤独,于是,逐家逐户地拜访邻居老爷爷老奶奶去了。他一个一个地去探望他那些童年的伙伴。他说了的就算数,果然把罗师傅父子请了来,吃过早饭,三人一道上山选石刻碑。下午,他就到那江屯去看望大姨娘。在那里,同表弟家庆、家福弟兄俩玩了三四天,又去瑶寨找石头(志高)耍。

韦步平这个人,说他是个"例外",也确实有点与众不同:在学堂,看他所作所为,听他所说所想的,可不是像个成熟的大人吗,可没有想到,他思想上虽然早熟,却仍然保留着稚气的童心,脑子虽然装着国家社会大事,却也没有完全摆脱青年人的生活兴趣。他,一方面是个大人,另一方面却是个孩子,在大姨娘和蓝大妈面前,他仍然是那样任性、撒野;在同辈的当中,仍然不失为好耍的伙伴。白天,他不是下河游泳就是上山采野菜,每天总是带回一篮一篓不是色彩斑斓的野石榴就是紫色多汁的花稔(逃军粮),或透明如玉的牛甘果;有时,去帮助别人踩龙骨水车;遇到山洪暴涨时候,往往一马当先,领着一帮后生去砍回树枝做桩,破竹篾编箄,到滩头安设渔渠。夜里,他结伴进山装野兽,有时提小灯去水田捉青蛙逮秧鸡；在磨房、炮楼，或村边大树脚，常常出现他的踪影和声音，唱山歌，吃夜宵……在年轻人里头，他可是成了“墨心”①，干什么事大家都愿听他的；出了事，他一个人承担下来。

日子过得飞快，转眼，端午节过去了。再过十来八天，就是五月十三日了，相传这天是关圣帝的诞辰。这一带地方流传一种风俗：每年这个日子，村里的拜把小兄弟——十友都要聚到会首的家来欢庆这个节日。有基金的就动用基金，没基金的各人临时凑钱，买来鸡鸭鱼肉，大伙动手弄菜办宴席吃喝一顿。平日，在会的十友，谁家遇有红白喜事，大伙就来帮忙料理。父母殡葬，抬棺上山，就是这帮小兄弟承担的义务；娶亲办酒席，也是这些十友当把式。十友当中，谁个的妻子受别人侮辱了，或者是本村本屯的姑娘媳妇被引诱、拐骗到别个村屯去耍风流，这些把兄弟就成了一窝蜂，倾巢出动，寻找对方殴斗。结果，往往造成这村与那村，这帮十友同那帮十友之间打群架，发生械斗，长年打不完的官司。

韦步平在他未逃亡之前就同小兄弟拜了把的，他们都是东屯的穷苦人家子弟：有的是佃户，有的是长工，有的种自己开荒的旱地勉强维持生活，有的长年就靠打猎、捉蛇、逮蛤蚧过日子。家庆从小就在外公家过，也加入韦步平这帮十友，即算他后来回那江屯的日子多些了，每年这个节日还是来同大伙一道玩。原来他们只凑了八个人，不够十兄弟，自称“八仙过海”。前天晚上，韦步平提议，让小石匠罗汉加入，大家一致赞成，于是成了“九龙治水”。

按老规矩，会首是一年一轮的，今年应该是梁少英。今天就得将关圣帝的木龛小庙堂从上家会首抬到少英家的神案来供奉。同时就在这家张罗着吃喝。

梁少英家是个小康人家，遇到好年成，自家是不愁吃穿的。他小时，得了周期性的寒热症，长年打摆子，十一岁才破蒙，现在县城高小学堂读书。他这个人做起功课来是个傻子，可是要跑腿什么的，却是个精灵鬼。看他那尖尖的鼻梁，一双笑起来只见一条细缝的眼睛，叫人觉得特别滑稽。别人给他起了个外号，叫做“无事忙”。

---

①墨心——本地土语，木工用的打线墨斗；这里是准绳、核心的意思。

今天正是把兄弟的节日。一早，人们就开始动手闹吃喝的事。杀鸡宰鸭，张罗大半天，弄了好几个大盘大碗，酒香肉烂，热气腾腾，大家兴高采烈。一年好容易才有这一天，大伙凑在一起，不免打打闹闹，乐个痛快。吃喝到后头就闹酒。闹得人人酒酣耳热，忘乎所以。

“喂，喂，静一静！”会首梁少英看自己说话没人听，索性蹲到凳子上，卷着发硬的舌头，大声吆喝，伸出手去制止旁边正在猜枚的人。

猜枚的人根本就不理会当会首的人说话，全神贯注地盯住对手伸出的指头，嗓门嘶哑地喊叫：“五——魁——首！”伸出一个巴掌，五只手指全散开来。

“全——来到！”对方把五个指头对了过去，“好了，该老哥你喝这一杯了！干！”

“好，我跟你来个三拳两胜，看谁高谁低。”

“行，开来：发财！四对红，六对六啦，么，一品当朝！嘿，你走不掉了，喝吧！”

旁人捧起酒壶把输家的杯子斟满，举杯往他的嘴巴里灌，对方接杯故意把酒泼洒了。

“不行，不行，一定得喝！”

“不，加罚一杯！”

你一言我一语，席面上闹得淋漓尽致。

梁少英一手把酒壶抢过来，眯着只见一条缝的小眼，哑着嗓子嚷道：

“今日个，我是会首，都得听我的。咳，我说，猜枚没意思，我看，大伙来扳手势，比比看谁过得硬？谁要是扳输了，他就得给大伙讲一件别人没听过的秘密。讲出来大家听了认账，就放他过关；要是讲得马马虎虎，浮皮潦草，大家不满意，他就得负责洗碗筷，收拾炉灶，好不好？”

“行，谁跟我先来。”韦步平撸起袖口，把右肘顶立在桌子的犄角上，两只腿撑开，成个丁字架势。

“来，我俩试试。”家庆把肘子放到韦步平对面。

“好呀，看你表弟兄俩谁过得硬。”

两人手心对着手心握紧。谁在一旁叫道：“一、二、三，使劲，用力！”

看这俩人多用劲呵。韦步平的牙根咬得格格响,腮帮都突起棱来了,家庆扳过了中线,眼看快要把对方压倒了,有人呼喊:

“呵,家庆,不让表哥一下吗？则明,加油!”

但是,猛一下,韦步平使了猛劲扳回了中线,不容对方换气,迅速再使劲一扳,把对手压倒了。

“好!”大伙喊成一个声音,“则明真行!”

“来,看我的。”

罗汉接替家庆的位置,支起了臂膀,张开巴掌活动活动指头。

韦步平一声不哼,默默地端量着对方那黝黑而结实的臂膀,谨慎地伸出手掌握着对方手心。手心有汗,打滑,不好扳。覃家庆拿来一支筷条,插进两人手掌心当中。梁少英在旁边发口令:“一、二、三！开动!”

韦步平先发制人,使上猛劲,企图一下子压下对方,但快贴到桌面时,罗汉咬着牙根顶住了。两人相持有一分钟,各人额角沁出黄豆一般大的汗珠。

“罗汉,用力,顶硬上!”大伙一个劲鼓噪。

罗汉使着死劲,脖子的青筋鼓起像蚯蚓一般粗,把韦步平的手腕一点一点的慢慢扳回来。韦步平极力挣扎,坚持到了顶点时,显得力不从心了,一松手,咚一声,手肘叫罗汉压倒了。

“行呀,到底是打石头的胳膊硬。”韦步平透口气,笑了笑,拍着罗汉的肩头,随即推着梁少英到桌边来,说:

“怎样,你来吧。会首应当带头嘛。”

罗汉看了看这瘦长个的人,不在乎地说:“跟你来,用左手就行了。”

“嗨,你敢小看老子？来,照你讲的:左手。输了,别怪我不够义气呵。”

“来吧,别啰嗦。”

“大伙看我的呵——”少英煞有介事地摆开架势,像只好斗的小公鸡。

“好,一——二——三！呵,倒了。少英,牛皮吹破了吧。”

“不行,这回酒喝多了,手打颤。”少英怪不好意思地找个借口解嘲。

“怎的啦,输了该罚了吧,讲秘密还是洗碗筷？”谁说着推了少英一把。

少英说:“忙不着,先输的还没有来呢。家庆,你……”

“我?”家庆不觉红了脸,想了想才说,他自己没有什么不可告人的事,有件事是别人的,只跟一个人讲过。

“跟谁讲呀?”有人追问。

家庆看了韦步平一眼。步平猜想他就是指老石匠同蓝大妈的事了,使眼色指指罗汉,家庆不觉吐舌头,不再哼声。

韦步平马上接过来说:“让我来先讲。”

“好呀,把你们学堂的玩意讲来听听。”

“我讲的是我们学堂出现的一件怪事。”韦步平说,“人变了狗,狗又变了人;别笑,你们听我讲嘛,那家伙,大天白日,他可是个站着走路的学生,一到夜里,他却低头弯腰,死皮赖脸去舐堂长学监的屁股;当面,他装着一副笑脸跟你有说有笑,背后,他却狠狠咬你一口。……”

梁少英不等人家把话讲完就嚷嚷:

“这,算不得秘密,重来,重来。”

韦步平说:“怎么不是秘密,秘密就在那个人狗两面的家伙。”

“好,别打岔,听则明讲完再说。”

韦步平说:学堂里有个风气,好给别人起外号。比方说,某个老师讲课不动听,只叫人打瞌睡,同学就叫他做“瞌睡虫”;一个贪污揩油的庶务课长,外号就是“烂抹布”。这本来是说说玩的,未必怀着恶意。但是,不出两天,这个那个外号,学监都知道了,而且还晓得这个是谁起的,那个又是什么人带头叫出来的。大家都纳闷:学监又没有顺风耳,怎么会听得到他们私下议论呢?有人就讲:准是有奸细,专给学监堂长包打听的走狗。大家出于好奇,也为了解恨,都在想法逮住这条狗。于是,有人就出主意,在纸头上写“打倒卖国贼,反对袁光头!”的小字条搁在课桌的抽屉里。第二天清早去揭开一看,纸头不翼而飞。接着,又照样试了一次;这回派两个人躲在窗口外面放哨等着。等到晚上自修课的下课铃一响,同学们离开了课堂,熄了灯火,课堂里黑咕隆咚,果然有个人鬼鬼祟祟,从这个课桌溜到那个课桌,跟饭桌下的饿狗寻找骨头似的,当他发现那张纸条,拿到手就赶紧溜了。两个放哨人立即悄悄地盯他的梢:原来,这条狗把捡到的骨头送到学监房里去了。可是,第二天,他却若无其事地跟同学有说有笑。同学们说：

“袁光头，卖国求荣，太可恶了！”

他也随声附和：

“可不是嘛，卖国贼可恶极了，该打倒。”

但是，有人沉不住气，直截了当问他：

“昨晚下了自习课，你到什么地方去啦？”

“我，嗯，上街吃马肉米粉去了。”

“那，你见到桌底下寻找骨头的癞皮狗吗？”

“你讲什么话？我不懂！”这家伙满脸通红，挟起尾巴溜了。

同学望着他背后取笑着，高声问道：“真不懂吗？猪鼻子插葱，别装象了！”

韦步平讲到这儿，向十友反问：“你们说，这是狗还是人？”

罗汉马上问道：“这杂种，他是谁？”

大家也都朝韦步平看，等待回答。

韦步平一本正经地说：“先不说他是哪个，大家评评看，这算秘密不算？”

“算。你讲他是谁吧。”

“他——真糟糕，还是我们岚山县的宝贝哩。”

大家一听又含恨又好奇，同声问道：

“谁呀，谁家养了这样的稗秧子！”

韦步平说，本来他是不认识他的，这回在路上听西屯赶脚的人讲起，才知道是杜团总的小老婆王桂珍的兄弟，这家伙从小就跟姑妈在省城上学，也读的法政学堂。他很少回老家，岚山县老乡上省城，即算他认得的也不肯打招呼，冒充城里人，生怕别人看他是乡巴土佬。所以，我跟他虽然是同学，却从来也没有认过同乡。恐怕他也不知道我的秘密，因为我是逃犯，不敢叙家谱。

梁少英说：“不，他回来过。去年寒假，他回来一趟，还到西屯来同他外甥杜悦诚鬼混过；看他洋里洋气，猪鼻子插葱，装大象。”

罗汉说：“是他，他妈的！他来跟杜少爷搞了鬼名堂，叫人都气死了。”

梁少英抹了抹额头的汗，解开衣襟扇风：“嘿，讲起他们的事来可有得讲的呢。听着，我也来一段。”

大伙一听，都掉过头来瞅着这位滑稽的角色。

梁少英干咳一声，一本正经地讲了起来："桌底下的狗就这么样了，我现在来一段猫头鹰的名堂吧。"

他说，杜悦诚这小子，不在乎他的勾鼻子像猫头鹰，而是他好在夜晚偷鸡摸狗，溜到树林里搞风流。人家都说他生成是个桃花命，长个小白脸，招风惹草，讨得娘们欢心。其实，都是人家一些姑娘媳妇到他家交租、借谷、干活顶债的时候，他乘机动手动脚，百般调戏……梁少英夹叙夹议，把事实讲到这，随即下了一句断语：

"这算得什么天生的桃花命呵。"

家庆驳他说：

"他不算桃花命，你说的又算什么秘密呢？"

梁少英说："别急，谜底是在最后揭才够味道不是？你先听着讲吧：你们说，我们东屯前几年从巴羊屯来跟黄大叔凑米下锅的黄大婶那只油瓶①——凤仙是不是一枝花？"

韦步平狐疑起来，瞪着眼问大家："从巴羊屯来的黄大婶，谁呀？"

"是你走以后才来的，你哪里懂得。那可真是一枝花呢。对啰，她右边在太阳穴地方，有花生米一般大的胎记，鲜红鲜红的，跟她嘴唇一个样红哪。"

"呵？"韦步平顿然想起什么事，惊讶地呵了一声。

"别打岔，听少英先讲。"罗汉说罢，又问少英，"凤仙怎么成了秘密呢？"

"那有什么奇怪，谁没有个把秘密事儿。就是凤仙这号美人儿，乖乖隆的咚，秘密才多呢。"少英满得意的样子，眼睛眯成一条缝。

"快讲吧，别卖关子了。"不知谁催着说。

梁少英故意装样，清清嗓子才说：就是黄大婶从巴羊屯前夫家带来的这个闺女，长得实在太漂亮了，叫杜少爷盯上，想方设法要弄上手，真所谓不是冤家不聚首。前年黄大叔得了绞肠痧，救不活去世了，大婶向杜老财家借钱买寿板，欠了债；去年冬，大婶和女儿就得去杜家大屋，为人家闺女做嫁妆做针线活顶

①油瓶——俗语，随娘嫁爹的儿女，被称为油瓶。

债。完了,东家母夜叉王婆故意挑眼刁难,说什么这儿长了三分那儿又短了半寸,说一件锦面丝绵袄领口剪宽了,扣子又钉得不是地方,小姐发了气,一定要赔。这一来,可就苦了大婶。不得已,只好忍气吞声让女儿一个人留在杜家返工重做。

“其实呢。”少英顿了顿,“这一着棋是少爷安的套,叫你往里钻:做嫁妆是假,干这个才是真。”梁少英用两只手指头做猥亵的比划,还做个滑稽的鬼脸,笑得眼睛只剩一条细缝了。

大家说,杜悦诚这坏蛋干的缺德事算不得什么新鲜玩意,不愿再听。少英却不肯放弃他的故事,反问大家:

“你们真的都知道?那,我问你们:竹叶青杜悦诚手上新近戴的玉镯是哪里来的?”

“人家家里有的是钱,买的呗。”

“买的?买的就没有故事了。我问你们:你们看见凤仙原来手上戴的玉镯还有没有啦?”梁少英故作玄虚考问大家。

“谁跟你像只馋猫一样,成天死皮赖脸往人身上老盯着不放。”

“叫少英说,到底是怎么回事吧,是凤仙拿手镯抵债吗?”

“送的!”梁少英说,“叫抵债也可以。”

“谁讲是送的?”

“竹叶青到处讲,是凤仙送他的嘛。”

一位不爱作声的十友听到这,实在忍不住,冒了火,愤愤地瞪着眼对梁少英说道:

“他讲的话能信得过,就不叫竹叶青了,你还替他打扮呢。”

梁少英不服气,以眼还眼,对这位好打闷雷的十友反问:

“那你知道是怎么回事?”

“抢的!”

这位十友叫侬大年,他妹黑李是覃家庆的未婚妻,同凤仙是十姐妹,平素又特别要好,无话不谈。侬大年听他妹妹讲,是杜悦诚蛮不讲理硬把人家凤仙手上的玉镯撸下来,不要脸地戴到自己手上,到处散布流言,说是凤仙送他的信物。败坏人家闺女的名声，害得凤仙有脸见不得人。

“他妈的，这成什么世界！”罗汉拿拳头往桌上狠狠一捶，一只酒杯当啷一声，掉地上摔碎了。

“真他妈的，抢男霸女的禽兽。”

梁少英眉头一皱，敲了敲自己脑袋，说：“唉，我又错了。偏听偏信。”

“不行，不能让西屯这只猪猡拱到我们东屯的菜园来，得想法治他一家伙！”

“同他干。”

“不，不跟他硬干。想个法儿叫他吃不完兜着走。”

大家七嘴八舌，议论纷纷。

韦步平看着大家你一言我一语，半天没讲话。听到大伙说要叫“竹叶青”吃不完兜着走时才问道：

“怎么个兜法？”

侬大年说，听他妹妹黑李讲，杜悦诚要挟凤仙说：她想要回玉镯也容易，只要凤仙本人跟他当面说话，不让旁人在场，他才肯把东西当面交还。

家庆说：“这明明是安下的圈套诱人去钻，凤仙当然不会那样傻。”

韦步平马上往大腿一拍，说：“嗨，有了，他安下圈套，我们不能放香饵，把他钓上钩吗？”

罗汉说：“好呀，怎么钓？”

韦步平说：“这，单靠我们不行，大年，这一招必得你去找你妹去同凤仙本人商量……”

侬大年望了覃家庆一眼，说：“可以吧，要她干什么，我去跟她讲。”

韦步平说：“来！”把侬大年拉到身边咬着耳朵说话。

侬大年尽是点头微笑。

梁少英笑着说：“嗨，我的秘密算是通过了啰。”

“不行，还得罚，把酒喝干。”

“不啦，留着钓到大鱼再下酒吧。”

第十一章

这几个把兄弟，依照韦步平出的点子，第二天，大家就活动起来：家庆回那江屯砍竹子，拿来破成篾片，编织各种形状的灯笼，糊上纱纸；韦步平和梁少英负责把它画上凶神恶煞、牛头马面什么的。完了，韦步平交代大家说："有人问，就说我们要唱戏。"

忙了两天，事情都准备停当了。

梁少英依照韦步平如此这般出的主意，到西屯头去了一趟，回来向韦步平报信：

"鱼儿上钩了。"

韦步平要他去转告大家：说是等天黑时候，各人把准备好的道具都带上，到约定的地点集合。

今晚是下弦夜，月亮出得迟，星星倒是挺亮，天空青亮青亮的。青蛙在新插的晚造秧田里鼓噪得好热闹;什么地方发出悠长而细微的蛇鸣,昆虫合奏着各种乐曲,组成夏夜的大合唱;凉风悄悄地抚摸着树梢、竹丛和芦苇,轻轻地倾吐着私语;随着微风,吹来一阵阵野地里清香的气味,河水永不知疲倦地淙淙流逝,后浪赶着前浪,相互追逐。

韦步平他们一行,陆陆续续来到榕树下集合。梁少英数了数人,说一声“全来到”。大家听从韦步平指挥,都躲到附近的树丛里埋伏下来。

梁少英憋着嗓子学女声唱起山歌:

约郎约在月上时,

等郎等到月偏西。

不知妹在山高月出早,

还是郎在山低月上迟?

罗汉拉了少英一把,要他规规矩矩地坐下:“快收档吧,你这个大公鸭嗓,再唱就露馅了。”

不多一会,西屯头那边,一道光柱一闪一闪地向东屯这边河岸射来。

大伙觉得惊奇,同声问道:“那是啥鬼火呀,像闪电?”

韦步平说:“什么鬼火,是手电筒。这玩意儿,夜晚拿在手上照亮,比提小玻璃灯方便。”这时,韦步平不免懊悔起来:离开省城太匆促了,没想起买这个新玩意儿回来让乡亲们开开眼界。

梁少英说:“如今省城真是花花世界,新玩意儿是多。”

“嘘,别讲话,人来了!”

果然,手电筒光柱灭了。两个黑幢幢的人影,越来越显。快近河边芦苇地方,人影站立一会,轻轻交谈什么,听不清楚。其中一个就在路边停下来,向周围张望;另外一个用手电筒朝着脚尖照路,悄悄地钻进东屯河岸的树丛来了。等他佝偻着腰几乎要爬到一株大樟树跟前时,罗汉从樟树背后虎一跳,冲到跟前来,把人拦腰一抱。

“干什么,谁?……”被捉住的人惊慌失声。

这时,韦步平几个都围了上来。一个人用棉絮把被俘者的嘴巴堵了,一个人用戽斗扣上他的头,一个人拿牛绳把他两只手绑住……动作干净利落,一声不响。梁少英从被俘者的口袋里掏出手电筒来，摆弄半天，也不见发亮；韦步平拿过来一拧，亮了。少英尽做鬼脸，摇头摆脑，欢喜非常。

被俘获的人，踉踉跄跄，给大伙推推撞撞，从河岸往土地庙方向走，在桥头看风的那个跟身不知什么时候跑掉了。

人被捉到土地庙来后，韦步平作了这出哑剧的导演：叫把俘虏推到香案前来，等候受审。其余的人都悄悄把面具戴上，站立两旁，点着香案上的高脚盘灯，庙里充满幽暗阴森的气氛。韦步平示意罗汉他们把俘虏嘴里的棉花取了，然后再将罩在头上的戽斗取下。俘虏睁眼一瞧，呵哟，面前尽是牛头马面、凶神恶煞，不由得打颤。在背后的家庆立即把戽斗又扣在他脑袋上。坐在香案当中的人，扮作审判官，拍一下惊堂木，装腔作势地问道：

"在下的姓甚名谁？报上狗名！"

"你是想死还是要活，快讲！"

"你闯到我们东屯来干什么的？快招供！"

"衰仔，抵死啰。"①

"把他耳朵割一只下来做个记号。"

"对，对。"

大家你一言我一语，有的讲桂林官话，有的讲广东白话，有的学别个地方土语，七嘴八舌，叫对方听不清是哪些人的口音。

"将佢②装入猪笼丢落河去浸一浸。"罗汉讲着白话吓唬。

被审的人惊慌求饶："哟，好乡里，求求你们高抬贵手吧！我说，我说，我姓杜，叫杜——悦——诚——"

"什么杜悦诚，'竹叶青'，毒蛇，你抢了人家什么东西？快拿出来！"

"没有，我……"

"什么鹅鹅！我要杀你这个花头鸭！"梁少英走上去提起杜悦诚的手，一看，叫道，"哦，你抢人家的手镯呢？"

"没有，没有……"

---

①衰仔——广东话，意思是孬种、倒霉鬼；抵死——该死。

②佢——他。

“什么没有？手镯！”

“没有带来。”

“不是叫你拿来吗？狡猾家伙！”

“忘了！”

“那，你来干什么？”

“来……来……”竹叶青半吞半吐。

韦步平同罗汉耳语。

“来耍风流不是？你知道这是什么地方？沙洲虾，看你跳吧。这一下你可跳到油锅来了。”

“是，是。往后不敢来了。”

“不，要你明天就来，把玉镯拿到这里来交给庙祝，知道吗？”

“行，行！照办，照办！”

“好，你要讲话算数，现在就试试看：你趴到地上学狗叫两声，看你是真心还是假意。”

“这……这个……”

家庆说：“什么这个那个？没耐烦听你的老爷腔。快做快完，要不，装猪笼了。”

罗汉说：“别跟他啰嗦，他要想回家就趴到地上向土地公吠两声，不干，就让他在这儿陪土地公过夜。”

“是，是，我做，我做。”杜悦诚连声答应，伸出两只臂膀，撑到地上，撅着屁股，汪、汪学了两声狗吠，完了，直起腰来，惊魂失魄地丢开罩在脑袋上的戽斗拔开腿就跑。

韦步平和把兄弟们揭下假面具，捧腹大笑。罗汉除下他的“加官”面具，走到庙门望着逃去的杜悦诚高声喊道：

“你要不照办，小心你的狗腿！”

杜悦诚逃出不远，西屯那头隐隐约约传来急促的脚步声和人语。他料想救兵到了，壮了壮胆，回头打着手电筒，直射梁少英的眼睛。

“哎哟，我的妈呀……”少英不禁失声叫唤。

罗汉用白话骂道："丢那妈，佢地个帮衰仔来了！"①

梁少英故作镇定说："来，不是由他来啰，大家准备好，跟他们较量较量，看谁输谁赢。"

韦步平拦住了大家："走，不跟他们硬拼；他们准带有铁器，我们这些纸扎的牛头马面顶不过他们。"

家庆说："对，对。好汉不吃眼前亏。"

大伙马上走散了。

几天后的一个夜晚，村里那位管打更、守庙烛的老头——何三叔，把南溪区公所上传递下来的书信送来韦镇堂家。老裁缝躺在烟榻上，眯着眼睛，含着桔色烟枪入神。床对面靠墙的椅子上，坐着一位四十来岁的妇人。她就是老裁缝的大女儿，也就是韦步平的大姨妈，她来娘家几天了，现在正在絮絮叨叨，跟年迈的父亲诉说家常，见来了客，才进里屋去了。

何三叔把信轻轻放到烟盘上，说："韦老裁，有封公事信。"

韦老裁爱理不理，一边挖他的烟斗，一边漫不经心地说："又是什么派捐摊税的吧？"

何三叔站在一边，捉摸了大半天，想讲什么又不敢讲，"口欲言而嗫嚅"。老裁缝看出他的神情，问道：

"唔，你想要讲什么？"

"嘻，嘻。我要说……不过，请老裁你，可别见怪啵。"

"看你，说到哪里去了。有什么事就讲吧。"

"是这么回事。"何三叔说，"则明这孩子好，可真是好，就是……嘻嘻，就是撒野了一点。那天，黑更半夜，领了他那帮十友到庙里闹鬼，把庙里灯油点了还不算，最不应该的是，把油白白洒了一地，香案也给闹翻了，土地公都差点叫搬倒。唉，这是渎犯神明的呀，他们后生人不懂得。"

老爷爷不禁惊讶地问："真有这回事？是则明他领头干的？闹什么鬼？"

---

①佢地个帮衰仔——广东方言，意思是：他们那帮孬种。

“听说是西屯杜家少爷把东屯黄家寡婆那闺女勾引上了。这边的小伙子看了眼红,争风吃醋;捉到男的来给作弄了大半夜。那杜家少爷哪里能咽得下这口窝囊气。这些日子,两边的把兄弟都在摩拳擦掌。看来,不一定哪天要出人命呢。唉,一代一代传下来,总是这些事!”何三叔叹口气,“黄家寡婆带来这闺女也确实是一枝花,小伙子谁看了不动心哪。”

韦镇堂听着,联想到什么往事去了,不作声,默默地把烟斗安到烟枪上去。何三叔自己虽然没有鸦片嗜好,却嗜好烟盘上这盏柔弱的灯火。他不论到什么人家,赶上看见这样的灯火,就同冬天的猫来到灶旁,赖着不走了。

此刻,他坐到老裁缝的床沿上,盯着那柔弱的静静的灯火,仔细地观察韦镇堂怎样拿着烟签轻轻地挑起糖稀一般的烟膏,怎样小心地将烟膏搁到玻璃灯罩口上反复烘烤,怎样把烟膏烧烤起了小泡,散发出一种讲不出的香味……

停了一会,何三叔想起件什么新闻来,讨好地向韦镇堂说:“不过,西屯那姓杜的小子待不久了,说是他一位舅舅叫王什么宗,在省城读什么法政学堂,同则明同窗不是?说是得到官家保举,要留学东洋去啦,邀杜悦诚一道走。”

“哼,好事都让人家捡了。”老裁缝有点不平的闷气,“难道人家祖宗的骨头真的葬中了龙口?你听谁讲的?不是车大炮吧?”

“说是省城学堂来了正式文书。看来不假。”

“文书?我这封文书也是学堂来的吗?你给我拆开看看。”

这位更夫何三叔原来是外省什么红头军的兵勇,当年打仗来到这地方,因负伤而流落下来,愈后就没有再找队伍去,索性在这地方给人打短工度日。近几年,岁数越来越见老了,一到刮风下雨,伤疤就痛,干不了活。村里人看他无依无靠的,让他在土地庙当庙祝,敲锣、打更什么的,有时也叫他去南溪区公所、团防局应承临时差事,传递文书、张贴告示等等杂役。他粗通文字,见老裁缝这样信托自己,也就不推辞,顺手把信件拆开来,凑到烟灯旁,左瞧右看,迟疑了半天,自言自语地喃出声来:“有这回事?”

老裁缝问:“文书上说的什么?”

“有几个字夹在当中,成了拦路虎,念不通。你听吧:——‘查,韦步平’唔?是则明在省城学堂的名吧?好,往下念,‘行为不……不端’?什么话,唔,不明白。”何三叔摇摇头。

“有拦路虎的地方绕道走吧。”

“好的,绕道走。唔,‘行为不——不、甚、造、就,看……? 看令’,什么话,不明白。‘退……学’? ……唔,恐怕是凶多吉少!”何三叔摇摇头,用迷惘的眼光看着老裁缝。

“看令退学,不通。是着令退学吧,给我!”韦镇堂用打颤的手把信纸接过来。

“我看不是好事,名字上打了交叉的朱笔,不是除名了吗?”

屋里沉默了一会,何三叔的心情也沉下来。

“哼,孩子没家教,给惯坏了。”老裁缝愤恨地把烟枪往烟盘一推,烟膏盒被推倒了,漫了一滩糖稀似的东西。人立即下床来,趿着燕尾鞋,闯进里屋去。

何三叔摇摇头,叹一声。悄悄地走了。

韦镇堂进到里屋,一见蓝大妈劈头就是大声咆哮:

“则明哪儿去啦?”

蓝大妈嘟嘟哝哝地也在抱怨:“哪个知道他。三脚猫似的,哪儿也盛不住。”

“你也不知道,哼,都是你从小把他惯坏的。什么师傅教出什么徒弟。你把他纵容得同你们一样,成了蛮子了。”

“蛮子不蛮子,还不是你韦家的血脉,关我瑶婆子屁事。”

大姑娘在一边焦急地劝解:“得了,别顶嘴了。”

“就顶,气受够了。三天两头,十天半月说不定什么时候打雷闪电的来一场,哪个能受得了。”

“受不了就滚! 你不愿待,明天你就找你的瑶估佬去。让我一个人清净。”

“走就走,管你一个人两个人,我明天就回,一世也不再跨你这个门槛。”

“好嘛,一言为定,明天不准拿我的碗。”

“好了,你生这样大的气干什么呀。出去吧。”大姑娘半推半拉自己的父亲回堂屋去了。

蓝大妈望着老裁缝的后背,信口骂道:“呸,老魔鬼!”随即叮叮当当,收拾起自己的东西,决心走了。

第二天清早，爷爷在院里预备着画眉的饲料，拿鸡蛋拌着碎米，然后匀摊在托盘里，拿到门前磨盘上去晾，守在旁边看着，防备屋檐上的麻雀下来啄食。一会，步平来了。他昨晚在村头炮楼上跟罗汉抄了一夜山歌，现在才回家。爷爷瞪他一眼，然后故意装着平静的神气，叫孙子给他拿支赶牛鞭子过来。韦步平不以为意，顺从地从墙角把鞭子取了来。爷爷接过鞭子迅速往孙子背上抽打。步平拔腿就跑，爷爷怒气冲冲，吼叫：

"你……，你跑，给我站住！"

孙子越跑越远，爷爷在背后边喊边追。门外头，家庆正赶着牛群过来，有一头水牛停下，张开腿正在拉屎，他拿粪箕凑到牛屁股去接，把路给挡住了。外公气咻咻地把外甥撞了一下，粪箕沉，拿不稳，一摇晃，撒了一地牛屎。家庆顺手把外公拉住，劝解说：

"外公，怎么的啦，看你老人家气喘的。"

"我……我把他宰了。没了他少现眼。你放开我——"

老人家挣开家庆，弯下腰来，拿起自己一只木屐朝着孙子后背掷去。那后背一晃，被竹丛挡了，木屐落到竹丛里。家庆替外公取出木屐来，笑着说：

"外公回屋里歇着吧。我去把表哥叫回来。"

"回来不回来由他去，眼不见心不烦。没出息的家伙。"爷爷气呼呼地拿起鞭子回自己院里去了。

韦步平走到河边的磨房旁边，坐到小坝的石堤上痴痴地独自发呆。好多的心事呵，一股脑儿都冲到心头来了：

"……学堂里的堂长、学监，地方上的团总，家里的爷爷……这些老辈人，为什么都是唱的一个腔调？他们从前不也是年轻人过来的吗？我将来岁数大了，会不会也要跟他们一个样，守旧，固执，自私？……"

他眼睁睁地盯着冲击堤坝的浪花，盯着河里的岩石，岩石边沿给长年水流侵蚀而成凸凹不平的蜂窝洞眼。心想："这，跟劳动人手脚上长的茧挺相像呢！……"

正当他想这想那的工夫，蓝大妈背着一捆衣物来到河边。她先发现韦步平独坐在坝堤上发呆，不觉诧异地喊了一声。韦步平梦一般醒过来，一见是蓝大妈，马上走到她跟前，问是怎么回事，为什么要把东西带走？蓝大妈把昨晚他爷爷生气说的话告诉了韦步平。说着说着，不禁伤心地哭起来。

“爷爷的脾气为什么这样暴？刚才我也叫他给揍了，还把我撵出来。”韦步平对爷爷的大发脾气觉得蹊跷。

蓝大妈说：“都说是昨晚上何三叔送来一封文书，说是学堂把你除了名，惹他大发雷霆。不过，爷爷对你严，那是恨铁不成钢，你也不要记恨。对我可就不一样了。他把我看成是破瓢烂罐，爱怎样掷就怎样掷。我这就回瑶寨自己的家去。你往后可得好好听爷爷的话，不要跟一帮野仔胡闹了。”

“不，你不能走。你走了，他老人家的饮食谁来料理？”

“你大姨妈来了，我走，她就不回那江屯去了。”

“那我跟你一块走。我也不回家，学堂回不去了，没个落脚地方。”

“你再去问问何三叔吧，文书是他结结巴巴给念的，说不准不是那回事。”

“不要问了，我早就猜到学堂会来这一手的。”

“听说，西屯杜家那小子的舅舅，官家保送出洋游学，喊竹叶青陪着做伴去。激得你爷爷更加恼火。”

“不管那些乌龟王八怎样爬，我自己走我的路。走，把背篓给我，我来背！”

第十二章

韦步平同蓝大妈上瑶寨来了。

这地方对步平来说不算陌生，大妈的小子志高和他的舅舅盘大爷跟步平也不是头回见面了，步平十二三岁时候，蓝大妈带他来过一回。那时，志高还是个成天拖着大鼻涕的小娃仔，如今已经是个十四五岁的少年，人长得结实粗壮，方头圆脸，脖子又短又粗，嘴唇特别宽又特别厚，活像只小黄牛。他一见比自己高了一个脑瓜的老伙计，不禁乐开了怀，笑眯了眼皮，紧紧抓住步平的手不放，唯恐人家跑掉似的。

志高好像藏了一肚子的话而遇上可以相告的对手，高兴得不得了。此刻他要跟老伙计谈论的，不再是捉蟋蟀、掏鸟窝和玩水枪——那些小孩的玩意了，那些，好像是夜里做的梦，忘得没了踪影。此刻叫他谈起来津津有味的是他天天都接触到的活路：他说他学会上山撵黄猿、套箭猪，下到河里捕鱼、捞虾，爬上悬崖的石头缝掏蛤蚧、捉蝙蝠。春天来了,用笼养的鹧鸪做媒,到野地去引诱叫春的鹧鸪来打架,骗它钻进圈套,捉到活的……他讲得那么轻松而平凡,步平听起来却觉得那么新奇而有趣。志高还讲,他跟大舅盘大爷学会认好多种草药:什么千斤拔啰,什么九龙藤啰,什么半边莲啰,什么垂盆草啰……说个没完。看他那样单纯、憨直、粗犷而大胆的神气,韦步平不由得拍着他的肩膀,笑道:“明天,跟你上山!”

“要明天干吗,又不是大姑娘出阁要梳妆打扮。等会吃罢粥就走,去掏蛤蚧。你能爬石山吗?不会?那你先在下面看我做个样样,过两天你再试试。”

志高跟步平正说着话,盘大爷来了。

老人家将近六十了,精神还挺好。白发出现的不多,脸色红润而光泽,见不到有老人斑的斑点,牙齿整齐无缺,一顿饭能吃两大海碗包米渣熬的稀粥。两只葫芦轮流装着酒,什么时候也没空过。说起他学会草医治病的事,倒是有个不大一般的来历:年轻时候进山围猎野猪,叫野兽把脚脖子拱断了,幸好有个外乡的草医来给治了半个多月,才把骨头接上缝,恢复了筋骨血脉。事后,他就拜那草医做师傅。那草医见他为人正直,学艺诚心,终于把秘方传了他。往后几十年中,他为这方圆百来八十里地界的乡亲们采药治病,凡是跌打刀伤、伤筋断骨、咳嗽哮喘、久痨内伤、小儿惊风、疳积和麻疹等等疑难杂症,有些别的大夫束手无策,表示无能为力了,他却能做到药到病祛,在乡里博得一个美名。

韦步平来到这儿,得这一老一少做伴,生活倒也挺自在。白天,不是跟大爷进山挖药,就是和志高去树林砍柴、捉蛇什么的。夜晚,不是听大爷讲药经,就是和志高去田里捉青蛙、装黄鳝。不久,他不仅学会认得这种那种的药草,同时还学会:这种草根挖来熬成汤药,能医什么样的病症,那种叶子把它晒干捻成粉,可以治什么样的刀伤。其中叫他记得最牢的是,血藤的根块挖来同猪蹄一块炖汤,可以治痨病;苏木泡成药酒,外擦内服,能治愈跌打刀伤;车前草利尿,能把肾结石打下来;千斤拔泡酒,喝了可以治腰疼;毒蛇胆是一种兴奋剂,用来泡酒,喝了,三夜可以不睡觉……

但是,盘大爷说:不过,人害了病再去找医药就晚了。最好的医药莫过于平日留心养身,不让它发病。“你看我从来就没吃过药。什么样的补药都比不上天地的灵气呵。你说山里人比城里的长寿，是什么道理？不是别的，就是每天起得早，天地间的灵气还未消散，你要长年累月，不断把灵气吸到心肺里，不让污浊的灰尘和腥臭的气味钻进来捣鬼，病症哪里发得起？我说，你要想长寿就跟我们在这山里待着吧。不过，你若要想当官掌权，想贪图那个花花世界，那就没得说了。你见过那些当官做老爷的，长命高寿的有几个？”

盘大爷一边拣药渣一边讲话，韦步平一边听一边想：“人只指望做个寿星也没意思。‘老而不死是为贼’，跟地主老财那样，一天就知吃喝，陷害别人，对社会国家有损无益，跟箭猪还不是一样？同盘大爷那样的，给人采药治病，倒也还好。可是，好人却不一定长寿。长寿或短命，不见得都是因为住在城里还是住在乡下的吧？”韦步平寻思到这里，本想跟盘大爷议论议论，可是，真是要辩论起来，一时又举不出更多的实例，何况盘大爷到底是老辈人，怎好冒犯顶撞？只好默不作声。

也许就因为来到这样一个充满奇异的新天地，又遇到盘大爷这样一位别具一格的老人和一位生龙活虎的小伙伴，生活既充实又富于变化，韦步平日子过得挺称心。炎热而漫长的盛夏，不觉已经过去了。中秋节那天，姨妈来找他，左劝右劝才把他劝回老家。本来姨妈也曾要蓝大妈一道走的，蓝大妈执意不从，怎么说也不愿再跟她小子分开。临走时，蓝大妈嘱咐步平说：“回家去好好服侍你爷爷吧，不要惹他老人家生气；也别把我们忘了。要是在家发闷，想来就来玩几天。”

韦步平虽然回家来了，却很少在家呆着，跟姨妈也说不上两句话，每天两顿饭吃罢就见不到影子了。姨妈在爷爷面前直叹气。

爷爷说：“孩子小时候，有糖就能哄得住，人大心也大了，找个媳妇来拴住腿吧。”

经过爷爷这一提，姨妈醒悟过来，从此到处托媒，为侄甥的终身大事奔波。

村里，前一段日子，正当夏收夏种，农活特别紧，人们白天黑夜，里里外外马不停蹄地赶着日子过。一帮后生小伙，一来没那份闲空，二来韦步平去了瑶寨，没个牵头拉缆的人，聚众闹事的少了。只是姓杜的小子虽然被捉弄一场，对凤仙还是不死心，三大两头又带他的几个狐朋狗友来到东屯的大榕树下打鸟、钓鱼,企图报复、出气。

在凤仙这一边来说,也许是她从小深受那些世代相传、歌唱不已的民歌所熏陶,养成独特的品性:说单纯,有泉水一样清澈,说奔放,有野火一般热烈。有这种品性的人,往往是只要她真心爱上了人,那就死了心眼,即算面临刀山火海也敢往里跳,生死都不顾的。这些日子来,她独自在苦恼:真想不到,在生活的路上,正当迈步的时刻,却陷进有口莫辩的烂泥塘。想起那些侮辱、戏弄和毁谤,就像是不慎而吞下了苍蝇,叫人恶心!这些日子来,不但是姓杜的小子见不到她露面,就是附近乡邻也听不到她的笑语和歌声,集市圩场上莫见她的影子,河边也没留下她的脚印。自从那个夜晚庙里闹事的第二天,她到姨娘家去了。那里一位表姐将要出阁,需要她帮忙做嫁妆,一腔难言的怨恨,寄托给针线去排遣。

这一天,太阳已经偏西,人影越拖越长。天旱,秋蝉叫得乏了,小溪水浅,水面清澈,晶莹的小颗石英石静静地躺在水底,让柳叶一般大小的鱼儿在胸脯上嬉戏。这时辰,一位撑着阳伞的姑娘好像是走了远道,有点儿渴,也有点儿累了,走到离村头不太远的石桥边,见到诱人的清水,拐了个弯,兴致勃勃地走近水边,跳到一块突出水面的石头上,站稳了脚跟,收了伞,蹲了下来,脱下草鞋做垫,坐在石凳上,把两只赤脚伸进水里,让水轻轻流过。她沉思片刻,才把包在头上的那块织着蓝色花边的头巾取下来当扇子用,额前刘海下沁出细微的汗珠,脖子后头露出粗大而乌黑发亮的大辫子,辫根扎着三寸来长的鲜红夺目的绒线。她俯首凝视清澈如镜的水面,端详自己的脸庞。那是个南瓜子型的脸蛋,额角挂着一梳刘海,嘴唇从来不懂抹什么胭脂口红,却像别人嚼着槟榔的那样,生成是水红水红的。她默默地瞅了好半天,轻轻叹了一声,伸手去把水面拨乱了,然后取下挂在伞里头的手巾浸了水,把脸抹了抹;脸儿显得更加红润而妩媚。洗了脸,她双手抱住膝盖,让秀美的小腿给流水轻轻地抚摸。忽然,远处飘来吹着木叶的动人心弦的歌声:

出门认得妹脚印啰,
赶紧呀,连泥捧手心。

旁人问哥捡了甚啰，
我哥呀，捧起黄泥当作金。

歌声真是个魔怪，一下子给心的水面投下了石头，马上荡漾着涟漪。姑娘抑止不住心口的激动，预感一场风雨将要来临似的，赶紧收拾东西离开了河边，往村里走。斜阳迎面射来，她把伞斜着，顶住阳光。走到桥面上，她从伞檐下瞅见迎面走来一双穿着灰色丝袜子的脚把路给拦了。姑娘不敢抬高伞檐来认人，只往左边让一步，对面的脚偏偏向右边堵着，她往右边闪开，对面的脚又朝那左边顶住。

"真出奇，哪来的挡路狗！"

伞里头的人骂出声来，话未落音，哗一声，伞檐被掀开了。姑娘不禁愣住，一脸飞满了红霞。真是冤家路窄，原来竟是杜悦诚拦在面前，看他一脸奸笑多可憎呵，瞅他两只要咬人的凶眼多么狠心！可是，对面这位受惊的人，在"咬人的凶眼"看来却那么鲜丽而妩媚；只是这时刻对他来说，却成了幻影，那么熟悉又那么陌生，那么迷人又那么冰冷。这些日子来，"这朵带露水的睡莲给一片洪水隔开了，叫人弄不到手。"杜悦诚叹口气，不免悔恨在心。人儿多日不见，倍觉窈窕，好像梦里发现个聚宝盒，猛一揭开，一颗红宝石跳进眼帘，光彩夺目，令人神往！叫他着迷发痴，脚步不知怎么迈。

"你想干什么？"

说话人脸上的红晕消失了，眼神跟语言一样冷，逼视着对方。

"嘻嘻，干什么，干什么你还不知道？"

杜悦诚眼睛直直地盯住那起伏的丰满的胸脯，盯住那露出平领上细嫩白皙的脖子，盯住那湿润鲜红的嘴唇……凤仙见对方居然拿贪婪、下流的目光盯人，真是又害臊又恶心，恨不得往地缝里钻。杜悦诚这家伙却耍起无赖，毛手毛脚地要摸人家的脸庞。

"呸！"凤仙情不自禁地往这张下流的涎脸吐了一口唾沫，迅步跑开了。

杜悦诚急了眼，抹了抹脸上的唾沫，正要迈开脚撵，不料背后叫人把衣领揪住了。一个声音严厉地诘问：

“你要干什么?”

“谁?”

“你看我是谁?”

原来是韦步平来了。他不客气地把人拧转过头来,愤怒地说:“嘿,你,姓杜的……”

“他妈的,狗捉老鼠……你这个野仔——”杜悦诚边骂边虚晃着伞把要打人。

“你敢!”韦步平把人一推。

不想对方脚跟没站稳,两条腿一晃,扑通,掉下小河去了。一把淡黄色的法国雨伞躺在桥上,韦步平顺腿踢了一脚,雨伞也落了水。

韦步平立即转身跑回小溪河边,骑上马,回头看杜悦诚从水里爬起来,全身湿淋淋地活像个落汤鸡。

“哈哈,再见。后会有期,哈哈……”韦步平两腿往马肚皮使劲一挟,带着得意的笑声驱马飞跑了。

过了两天。清早,韦步平和罗汉两人从野地里拿回夜里装到的一只羽毛绚丽的野雉,走到石桥上,步平讲起前天在这地方发生的事情,说:“我就在这,把他轻轻地推一下,他就像只大冬瓜滚下河去了!”

罗汉歪着脑瓜盯住韦步平的眼睛,问:“是不是你对凤仙也有点那个?人家讲你们是争风吃醋哩。”

韦步平并不红脸,一本正经地反问:“什么这个那个?”罗汉笑而不言。停一会,韦步平说:“我原来是在小溪河这边给牲口洗身的,见到杜悦诚这家伙欺人太甚,实在看不过去,才从他背后上来,给他冷不防地一抓,姓杜的小子就跟被挟住脖子的小鸡一样,没咒念了,只得乖乖地喊爷叫妈的。哈哈!”

罗汉看了看韦步平,说:“说实在话,凤仙可真是一朵红山茶哩。”

“你管她什么红山茶还是白牡丹,人家是名花有主啦。”

“许了人家了吗?”

“那江屯李家已经号上了。”

“那江姓李?谁?”

“李仁农，跟少英一块在高等小学堂上学。你打听那样详细干吗？”

两个伙伴一面走一面说话，不觉来到村口的闸门。这时，有不少人在那里围着瞧门板上贴的半张芭蕉叶那么大的“白头帖”①，议论纷纷。

有人幸灾乐祸地取笑：“是啵，叶青、荫浓，可不就是说的是杜悦诚和李仁农吗？两人穿一条裤裆，嘻嘻，乖乖隆的咚。”

何三叔边打火镰边叨咕：“这种事，两厢情愿，肉跟肉相碰，碍谁家的事？家伙横直磨不损，也值得大惊小怪？”

“哈哈，三叔你真够大方的呀。”

“大方不大方，反正三叔不会蚀本。”

人们七嘴八舌，直嚷嚷。

韦步平挤进人堆，往“白头帖”一瞧，上面画的是一株凤仙花，旁边一只乌龟，还有四行潦潦草草的字：

东边花妖妖，

西边乌龟跳；

荫浓披绿顶，

叶青戴红帽。

“这……讲的什么意思嘛？酸秀才吹木棒，不通。”

“怎么不通，你不懂底细，莫嚷嚷。”

“你懂？给说说看。”

“呐，他是通家，”有人指着韦步平的背后说道，“问他！”说着还向旁人挤眉弄眼。

有个小伙子挤到韦步平跟前，盯着他的眼睛，问道：“喂，你懂得讲的啥？”

韦步平不搭理，使劲把纸头哗啦撕了下来，揉成一团，往旁边一摊猪打滚的烂泥坑一扔，掉头就走。

---

①白头帖——没有红色公章的招贴。

人们哄笑一阵也就散开走了。

这样一张白头帖，不仅是在那平村东西屯出现，在那江屯和南溪圩场附近的几个村庄也都有了。有关凤仙的流言就跟七月的山洪，到处泛滥。流言不久，李家遣媒人将凤仙的“年庚”①退回黄三婶家来了。说是姑娘名声不好，妇道不正，李家不娶败门风的人。母亲把女儿痛打了一顿，自己哭了好几场，只怨自己命苦，结了两次亲都没个儿子，满以为能指望这个独生闺女招个好女婿，到头来，年老力衰，腿走不动手提不起的时候，好歹有个照应。却想不到，就只这一丁点可怜的指望也给碾碎了！一连几天，黄三婶总是背着人落泪。女儿整天撅着嘴，眼光冷漠，话也不多说半句。

那天，凤仙从河边磨房挑米糠回来，遇上韦步平在河岸给牲口割青饲料。

韦步平望着她走到跟前，叫了一声：“凤仙。”

凤仙看了看四下无人，才停下脚步，默默地瞅着对方，好像是头回见面似的。她终于放下担子，认真地对着站在跟前的人，凝视片刻，开口问道：

“你有什么事？”

瞧她眼神那样忧郁，那样委屈、却又那样温柔。

是呀，有什么事呢？韦步平被问得一下子答不上话，嗫嚅了半天也找不到合适的字眼。只见他眼光流露着同情，为她抱不平。

“等会来人看见又要说东说西了，让我走吧！”

“不，我问你：是李家真的把‘年庚’退回了吗？”

“你还不知道？”

“我跟姨妈讲去，要她请个媒婆同你妈说——”

“唉，别来寻开心啦。嘿，你们这些读书人！”凤仙打断韦步平的话，提起扁担的绳子，弯下腰挑起担就走。

韦步平拦住她的去路，说：“读书人未必都是‘竹叶青’那种毒蛇。”

“反正我是个叫人退了的‘残余’②，叫人取笑的还不完呢，谁稀罕？”

---

①年庚——个人出生的年、月、日和时辰所值的天干地支的八个字，俗称“年庚八字”，简叫“年庚”。

②残余——本地俗语，指被男家退婚的女子。

“我就不是那种人。”

“谁知道你是不是？”

凤仙把肩上的担子掂了一下，朝前冲着奔跑了。韦步平望她燕一般飞去的背影，高声喊叫：

“你等着瞧吧！”

晚间，姨妈在松明的灯火下纳鞋底。韦步平来到她身旁坐下，半天也不言语。姨妈抬起头对侄甥端量了一下问道：

“怎的啦，在什么地方中了邪，掉了魂不是？你呀，你呀，我说你太撒野了。都快到娶媳妇的人啦，孩子脾气还不改一改。”

“姨妈。”韦步平欲言又止。

“什么事？”姨妈问。

一会，没听到答腔。

“什么心事跟姨妈讲吧。”

“我……我要……唔，是这样，你请个媒婆到黄三婶家去……”韦步平心头怦怦地跳得厉害，说话吞吞吐吐，没讲得清楚。

姨妈“吔”一声，马上把侄甥的话头堵了。她睁着眼珠惊奇地问道：“你也沾上那个妖精啦？图她什么？好看？嘿，看她红丹丹的两片嘴皮，就知道不是个安分的东西。跟你说吧，韦家的槽头拴不住这匹马，你趁早就别打这份主意。”

“那，媳妇不是给我讨的吗？”

“给你讨就不要听老人的话啦？亏你还拜过圣人呢，‘剩人’不是说终身大事，要从父母之命，媒婆之言吗？”

“不是媒婆，是叫媒妁。嘿，什么圣人不圣人，我就不听。”

韦步平站起来走了。

姨妈抬起头望望他走开的后影，叹了口气，一不经心，叫锥子戳了指头了，哟了一声，立即用嘴吮着受伤的食指。

凤仙那个将要出阁的表姐，过了重阳节就要成亲了，佳期一天比一天临近。姑妈来请凤仙和她妈两个再去住几天，帮忙料理嫁妆。凤仙嫌母亲在身边唠唠叨叨，叫人心烦，不肯一道走。说是过两天把给表姐织的头巾完了工好拿去，叫母亲先走。

凤仙一个人在家,没听到母亲啰嗦,心情倒是平静一些了。白天黑夜地赶织头巾,出门更少。自从那天韦步平跟她讲了那些没根没梢的话以后,两人也没再见过面。在凤仙这边来说,步平提起那件痴事,只不过当作打湿头巾的露水,虽然一下子干不了,但是,也不怎么把它放在心上。

在韦步平这边,心情却挺懊糟:姨妈不肯答应,他觉得失信于人,多缺德呵。这和他平素坚持说到做到的脾气是相违背的。

“这样,食言自肥,岂不成了骗人的流氓了吗?”韦步平自己在苦恼,“不,不能这样就完事!”

说也凑巧,一天傍黑时候,凤仙从河边驱赶几只鸭子回家,走进狭窄的小巷,韦步平跟她恰好走对面。

“跟我逃走吧!”韦步平劈头来了这么一声霹雳。

凤仙不觉一愣,可也不生气,只拿眼睛盯他,仿佛是要他把话说明白一点。

“跟我逃走,离开这个地方!”

这时,谁来到背后,咳嗽一声,两人迅速散了。

凤仙回到家,心头直跳,觉得步平这两句话跟磨盘一样沉,寻思:

“他为什么这样干?我又没有对他怎样?人家的事跟他有啥关系?……”

凤仙心潮起伏,一个人对着柔弱而温暖的蓖麻油灯凝视了好久好久。火苗慢慢地结着灯花,灯光渐渐黯淡下来,她才从辫根上拔下一枚银钗挑起灯捻,拨掉灯花,随手拿过镜子来照了照。镜里眼光那样忧郁,愁云布满了脸。

屋外多静呵,蟋蟀在鸣叫,飞蛾扑在纸窗上,听到息息索索的声音。

“我来了!”突然一声,人影闯进了闺房。

“谁?”凤仙吓了一跳,镜子咔哒一声,从手中落下。她机械地站了起来,用惊惶而迷惑的眼睛搜索,手心不禁捏着冷汗,心口突突地在跳。

“你!……你来干什么?”她认出谁来了。声音仍在打颤,像打摆子①的病人说话。

---

①打摆子——疟疾。

“跟我到瑶寨去吧,到蓝大妈家去!”韦步平态度镇定,口气斩钉截铁,异常坚决。

凤仙不作声。屋里的老鼠吱吱乱叫。

“瑶寨那里,山高皇帝远……”韦步平又说。

“嗯? ……”凤仙心头挺乱,不知说什么好。

“你要愿意,我就娶你。要不,你认蓝大妈做干女儿,在那里开山种地,自种自收,不再受人欺负不好吗?”

屋里又沉寂下来,屋外有牲口嘶啸。

“快拿定主意吧!”

“你等一会,让我想一想。人家的心窝像给猫抓似的。”

“我把话都讲了,又不能把心挖出来给你看,信不信由你。”

沉默半晌,凤仙还是疑惑不解地打量着眼前的人:“可是,你为什么要这样做?”

“也不为什么,就是坏蛋太可恶,叫人看不过去!”

凤仙停止摆弄辫梢,抬起头,睁着激赏的眼光,瞟着跟前的人,表示接受他的援助。

一弯初月不见了,银河横斜在青色的夜空,露水越来越浓,山村异常寂静。小屋的灯光熄灭了,门口上了暗锁。两个年轻人跨上了拴在龙眼树下的乌锥牝马的光背上,男的在前抓缰、揽辔,女的坐在牲口的臀部上,悄悄地蹓出了村庄,朝着有半天路程的瑶寨在山路上奔驰。

大地宽阔而幽深,寂静的天幕将整个大地都罩住了,偶然听见几声南来的雁叫,掠过苍穹,马蹄得得地叩击着大地。

第十三章

韦步平把黄凤仙带到瑶寨的第三天清早，蓝大妈背着凤仙，悄悄地向步平打问：

"你把人家拐来，打算跟她成亲吗？"

韦步平羞怯而腼腆地笑而不言。这要他马上点头或摇头都不好办。事情虽然曾经向姨妈提过，现在又已经跟人家双双逃出来了，按说不该还有什么踌躇的了。但是，临到要下决心，当机立断的时候，却不免有所考虑。激情的旋风过去了，理智回到了平静的心灵。他发觉原来对待这桩事，只不过是出于仗义，为人抱不平，感情上的一时冲动。是他见到杜悦诚这种膏粱子弟的恶劣行径，未免欺人太甚；李仁农这样的势利小人，实在可鄙；而寒门贫户的凤仙，无辜受辱，令人同情。然而，一旦要真正跟她成亲，把两人的命运扭在一起，那是非同小可的，必须冷静地慎重思量一番才好定。

“人住到屋里来,叫她什么呀,媳妇?女儿?总得有个称呼不是?”蓝大妈追着问。

“你问她去吧。”步平说。

“她?”蓝大妈说,“我看人倒挺好,长的俊,骨架结实,干活是把好手呢。只怕照你们平地上的人讲话:‘名声不大好’!”

“名声好歹,一阵风已经吹过去了。再说,事情又不是她招来的。”步平心平气和地说,“要紧的是,看俩人脾气合不合得来。”

两人正讲到这节骨眼上,门外突然传来喊声:

“老同,来!”

随着话音,志高踢开门,闯进堂屋来了。他右手捏着一条淡黄色的“过树龙”的脖子,蛇身盘在小胳膊上。

“是我在龙眼树上把它捉到的。”志高说,望着步平,“帮我把铁笼拿来。打开!”

手上捏着的蛇,嘴里伸出细细的、有分叉的舌尖,尾巴缠在志高的小胳膊上蠕动,志高这小家伙一点也不在乎,就像手里捏着一只螳螂。步平从墙上取下铁笼,把顶盖揭起,志高用右手把蛇尾巴从右肘上慢慢地一圈一圈解开来,然后一松手,让蛇钻进笼里,迅速盖上盖,用根筷条一样粗的铁丝闩好,松了口气,用衣袖抹了抹额上的汗珠。

蓝大妈在旁边望着他俩闹了一阵,高兴地问:“你俩啥时候认的老同呀。小心,别叫它把阿哥咬了。”

“咬了也莫要紧,叫舅爷给抹上点口水就莫事。”

蓝大妈又瞅了两弟兄一眼,得意地说:“看你讲得轻巧。锅里有脚板薯,吃了就捉两只鸡给山主缴租去吧。我跟凤仙上山割蓝靛。”

志高和步平吃罢早餐,从鸡埘捉出一只麻花母鸡和一只火红的大阉鸡装进小猪笼,拿根扁担挑着,两人说说笑笑,往山主的寨子走。

农历八月间,正当野地里各种果类成熟的季节。园边村头的龙眼树倒挂着累累的果实,夜里,蝙蝠把它打落下来,满地都是;木菠萝像盛满粮食的小布袋挂在浓荫覆盖的树干的腋窝下,等待着采摘;野石榴和小稔子,这儿那儿到处都是；隐藏在刺藤里的草莓，鲜红耀眼，诱惑着过路的行人。

“这些果子不快收，都叫猴子和果子狸给糟蹋了。”步平一边走一边说。

志高答道：“这一带地场都是山主霸占了的，除非猴子，谁敢伸手碰一下？你路过歇脚都要犯‘石牌’①规章呢。”

“真的呀？山主凭什么这样不讲道理！我试试看，看他把我怎的？”步平不等志高说话，随手举起拐棍，要去戳那只像小布袋贴在树干上的木菠萝。

志高一手把对方拦住，说：“不。别惹祸。”

步平不服气，说：“嘿，山主是什么家伙？有三头六臂吗？”

“等一会你就见到了。”志高说，把右肩扛起的鸡笼换到左肩上，“人样倒也没见有什么出奇。还不是肩膀上长个脑瓜，脸盘上长两只眼、一张嘴。……喔，对啰，要说出奇的地方就是他比别人短了一只耳朵。哈哈，那才好玩呢，好比是挨斩了尾巴的狗。”

“是吗？你们这个地方真好玩，前回我来你家，你都莫跟我讲。”

“好玩的事多着呢。上次叫你别回去了，你又不肯，这回不走了吧？”

“在这儿好是好，就是没我能干的活路，待着不是空吃白饭，变成山主老财了？”

“你要想干啥活路？我教你。”

两人一路走一路说话，十来二十里地不觉就要到了。山主的寨子坐落在半山腰上。在树木的浓荫覆盖里露出几间石墙瓦屋，前面陡坡上有条窄窄的石阶顺着斜坡蜿蜒下来，侧边从芦苇和杂树丛中淌流着涓涓不断的小溪。溪流上飞架一条竹筒的渠道，把这边山的水引流到对面山去。这时刻，有只“钓鱼郎”栖息在俯首低垂的苇叶上，直盯着水面，忽然，嗖一声，飞箭似的直钻进水里，眨眼工夫飞起来，嘴尖叼着一条柳叶一般大的银白色小鱼，迅速地穿入密林去了。

韦步平停步瞅得入神，志高回头招呼，他才放开脚步继续走路。

越走，那座贴在半山腰的石墙瓦瓴的高屋越近了。他们的脚步声惊到了躺在院门口的狗，它敏捷地立起来，汪汪地直吠。主人把狗叱住，出现在院门口，

①石牌——瑶族风俗，将“乡约”刻在石碑上，作为全屯众人共同遵守的戒律。

用手掌遮住眼帘在张望，认出来人是山丁蓝志高，不等人到跟前就大声招呼：

“呵，亚高你，八月节已经过了，到现在才来？这小伙计是谁呀？”

韦步平抬起头一瞧，这人右面果然缺一只耳朵，酒糟鼻子，脑瓜留着一圈长长的头发，嘴巴噙着发亮的用竹节根修成的旱烟袋。

志高停步在院门跟前，把鸡笼放下，拉下肩头的高丽巾，抹了抹汗才说话：

“他是我老同。”志高用目光指着步平说，“那平村韦镇堂家的。”

山主看了韦步平一眼，说：“呵，到我们瑶寨来可得守我们的‘石牌’规矩呀，唔？”

山主提起鸡笼摇了两下，鸡受惊，扑突乱跳。

“你这两只鸡毛色枯。”山主把笼放下，对着山丁说，“你就专挑瘦的给我。”

志高说：“今年初抱了一窝小鸡，养到斤把两斤重，挨抓鸡虎拖走两三回，八只鸡才剩这两只了。中秋节，自家还舍不得杀呢，还说什么呀。”

“喔，抓鸡虎有那样大胆吗？你们屯里今年没做‘洪门’①的吧？不请个道公来把兽神驱散不行呵。来，进屋对证你家的租账。”

山主把鸡笼提起，走进院里。志高和步平交换眼色，向他背后做鬼脸。

这庄院是用片石砌起的一堵院墙，围住一座依山面谷的大宅子。墙头种有仙人掌、霸王鞭一类东西作防护；院坪铺着大大小小的石板，现在在上面晾着刚收下来的玉米苞和黄豆秸；正屋的照壁，贴着两张黄猄皮，墙缝插有黑白相间的箭猪刺针和好些斑斓美丽的雉鸡翎毛。韦步平好奇地望着出神。

一会，山主从房里头拿出一串竹片来，让志高辨认哪一片是他自己的欠账单。这些竹片上面刻画着各种各样的图形：有圈，有三角，有交叉，有菱角，还有半月形。这是各个山丁户头的符号。在符号下端，另外刻着长短不一的道道，是记债户欠款的数目。长道道标志十位整数，短道道表明零头。

“你这两只鸡算作二百文铜钱，今年你家的山租算是清了；不过，迟了一个多月，要加利息，到年底还得缴来两斤香菇。”山主一边讲，一边用小刀将竹片上两道长长的刻度划了交叉，另外又新划上两道短短的杠杠，表示还欠两斤香菇

---

①洪门——瑶族风俗，请道公来家做法事，驱散山神，六畜免受灾殃。

的利息。

韦步平站在一边静静地观看，仿佛置身于传说的世纪里。这些“刻物记事”，这些原始的剥削形式，简直叫他目瞪口呆。山主办完了他的事，看着韦步平憋着不哼气，于是逗着他说：

“小家伙，看到什么啦？我这地方好玩不是？”

韦步平瞅着对方被割掉耳根的伤疤，觉得有点滑稽，幽默地说：“我看，这儿的玩意不少，不过，好像是短了一点什么东西。”

山主看面前这个小家伙的眼睛直盯自己右边的耳根，脸上不由赧红，羞怒地哼了一声：“老实告诉你：我这地界，就是我瑶人的天地，不是随便可以来得的！”

韦步平两手叉腰，满不在乎地说道：

“这，我懂得，地头蛇是厉害。不过，你可也知道，老虎跳涧，它可不管草窝的长虫了。”

“你这话是什么意思？”山主咆哮起来。

“走吧，注意疯狗。”志高小声对着步平说。接过山主交还的鸡笼，转身拉着步平的袖子。

韦步平跟志高走开了两步，又转回头来朝山主大声喊：“什么意思往后再讲。等着吧，账一时还算不清。”

一路上，志高见步平默不作声，想了想说：“你看到了吗，一只耳朵。是不是像挨斩了尾巴的狗？哈哈。”

韦步平还是不言语，不知他想到什么地方去了。

路边一株合抱的枫树上，蝉儿叫得刺耳；什么地方传来悠长的呜呜声，不知是蛇还是蚯蚓在鸣叫；久不久听到从石山里发出三四声“咯哆、咯哆”的蛤蚧叫唤。山谷里那样静，那样幽深。

“你知道那家伙的耳朵怎么叫人给割掉的吗？”志高不耐沉默，又向步平讲起话来。

“我哪里晓得。”

“那，你听我讲吧。”

接着，志高就从他们瑶人流行的“爬楼”“点火把”的风俗讲起。说他们的习惯是：男女双方婚后一个月，是可以各自寻找情夫情妇的。妻子约情夫来家叫“爬楼”，丈夫到情妇家去过夜叫“点火把”（夜里必须点火把照路）。情夫情妇互称“相好”，情夫和对方的丈夫互称“亲家”。一般的两人“相好”，大都能维持到老也不变心。

“你先别讲题外的话，”步平打断志高的啰嗦，“你说这个山霸王的耳朵是怎么回事吧？”

“那是被他‘亲家’割掉的。这家伙乱来，同时交上好几个‘相好’，叫其中一位亲家恨的不得了。有一回，那个亲家安下圈套：让他的相好骗他上山，到了树林，人家绑了他，把他的耳朵割了。还亏我舅爷给他治好，要不，哼，他的耳朵还不烂成个烂泥塘，长蛆流脓。”

“你们瑶人闹风流倒挺勇敢，山租为什么不敢抵制？”

“闹风流是自己的事，又不犯‘石牌’，山租是石牌订的章程，谁敢顶？”

“‘石牌’是谁立的呢？”

“是众人议定的呗。”

“不见得是众人心愿的吧？蛇无头不走，马骝（猴子）还有个带头的呢。什么众人立的，还不是山主安的套套？”

“那当然嘛，甲有甲头，社有社老，头人话事，众人照办。”

“头人都是山主不是？”

“有的是，有的不是。每年二月二在‘会石牌’的时候大伙推举的。推举平日办事公道的人来当头。”

“你说方才那个独耳家伙，办事公道不公道？”

“他……？怎么说呢？”

“他也是头人吗？”

“是。”

“那还不是一个样，天下乌鸦一般黑。谁有钱谁有势，哪个有势力哪个说话算数。”

这两弟兄且说且走，不觉回到自己寨子附近。道上落下三三两两的斑鸠，它们在那里寻觅啄食地面的小虫和谷粒，见到有人到了跟前才迅速飞进不远的树林，发出咕嘟咕嘟的叫声。步平抬头望去，见到前面的山谷里，有一株苦楝树挂着一只垙箕，随风摇曳，里头搁着一捆棕皮裹着的一包东西。志高讲，这是婴孩的尸体。按照瑶人的传统习惯。两口子生下的子女，一般的只留一男一女，以后再生时，刚落地就把它捏死，用棕皮或破席片裹起，放进垙箕破筐，挂到树上去让鸟兽吃掉。

“难怪你们瑶人丁口不旺。”步平听了志高讲到这地方，插了话。

“要人口兴旺干吗。”志高马上接着说，“我们这个穷山沟，吃喝短缺，活着不是白受苦！”

“没吃喝，我不信。马骝也没饿死呢。人为万物之灵，难道比猴子还不如？要我看，这山里东西多着呢，都叫山主给霸占了是真的。”步平口气肯定，不容置疑。

志高摇了摇脑袋，瞪眼珠望着步平，疑惑地说：“这个，我就不懂了。反正我们瑶家人一代一代传下来就是这个样。”

“难道不能把它改变吗？”步平反问。

“谁晓得能不能，从来没听讲过。”

“嗯！”步平感慨地哼了一声。心想：“人人都这样下去，真是‘天下太平’了！但是，这样‘太平’的天下多么可怕；世上让这样一个缺耳朵的家伙存在，不是像饭桌上落下绿豆苍蝇一样可恶吗？……”

韦步平常常这样给自己出难题来思索，常常为着眼前遇到的怪人怪事苦恼自己。

晚间，盘大爷在松明的亮光下，挑选新采回来的草药，步平凑合去做帮手。

老人家指着旁边一堆杂乱的草根树叶，捡出一种又一种药草，教给步平认识：“这种叫鸡骨草，这种叫大占，叶子细点的叫小占。这三种东西看来平常，合起来用处可大呢。人要是受伤、折断了骨头，用它来治，包管没事。办法简便：手臂、腿骨断了的先找一根甘蔗来把它破成两半，把骨折的部位夹住，不叫骨架移位，然后拿这三样草药在石砧上捣碎，敷到伤口周围，用干净的布片把它裹好、扎紧，过十天半月准好。”

步平惊喜地问:“真是吗? 人家说,有一种土药,能把鸡爪接到鸭脚上,就是用这三样草吗?”

“可不是真的! 我这么大岁数还说假。不过,三种东西要搭配得对路,配不对也不灵,少一样也不济事,总之要配合好才见效。跟人一样,几个老同抱成一团,齐心合力,老虎也能逮住了,若还孤家寡人,叫你去捉一只兔子也捉不到。我们瑶人有句俗话:‘人多人强,狗多咬死狼’。”

“既然是人多好办事,这里的人为什么不肯多养子女呢?”步平又把想不通的问题提出来。

“这是从我们祖先盘古以来,千年万代都是这样规矩了,谁去想跟自己莫相干的闲事。自己管不着的事硬要去想,不是白操心。”盘大爷平静地回答。

韦步平想:“原来今天志高的说法,根子是在这里!”

韦步平反复思索着解不开的疑问:从今天白天的见闻,联想到家庭、学校、国家和社会的种种现象和人事;从亲人、朋友,想到师长、官吏和百姓……就像小孩捡起弄乱了的线团,理不出个头绪。觉得国家大事一团糟糕,学堂乌烟瘴气;“中流社”的同仁嘛,说是志同道合,心眼里却是同床异梦;家乡,表面是一派田园风光,谁知在淳朴而宁静的湖底却淤积着肮脏的污泥? 祖父,一向是忠厚而正直的,何以对蓝大妈那样刻薄? 瑶寨本来是山高皇帝远的地方,不想也有如此骇人的封建羁绊:什么“石牌”乡约,什么山租、地税,什么山主、社老的权威……

“这样继续下去,怎么得了呵?!”韦步平这样反问,“可悲的是,人们却以为只有这样安于天命才能活得下去!? 哀莫大于心死!”想到这,韦步平手上拿着剁草药的刀往木磴上猛砍了一刀。

“你今天跟亚高到山主的寨上去啦?”停了好久,盘大爷才问道。

“去了。”韦步平从梦里被唤醒似的,心神不定。

“见到山主了吧,他的耳朵还是我给他治好的呢。”

“大爷,我不明白,你们为什么要有个头人? 他能替大家办个什么事呢?”

“唉,说他有用,可是没见得怎样;要说没有他嘛,又像是短了点什么。本来是,立个头人是要他在大家伙当中做个公正,叫众人听从学样,好比木匠有个墨斗打线，锯板裁料有个准头是不是？”

“现在这个山主能这样吗？”

“这就难说得准啦。有的人说他是个菩萨，有的人就把他看成恶棍。人总不免有偏心，看他对自己好坏说话。不比我这些草药，不管对什么病人都一样。反正人情世道就是这样：公说公有理，婆讲婆有理。好好坏坏，是是非非，说不清。”

“我不信世界老这样下去不变。”

“要变，除非出个真命天子来啰，凡人岂能变得天下？”

韦步平想反驳，又觉凭空讲道理说不服对方，索性不作声。沉默了一会，拿起一种草本来问：

“这叫什么？”

“半夏。”盘大爷说，“治蛇咬伤的。谁要是叫蛇咬了，马上划支火柴烧一烧伤口消毒，然后拿新采来的半夏浸水，用来洗净伤口，另外，再煎成药汤口服，准能治愈。”

韦步平一头在听，一头在想：“大爷这些老人，应付生活倒是挺有办法，为什么对待人事社会却那么无知？他们懂得捉毒蛇，套猛兽；懂得把南山的水通过接连起来的竹筒，引流到北山去。就是不懂得‘石牌’是山主、瑶王套在自己脖子上的活结；不懂得刮风下雨是自然现象，而迷信它是什么雷公的意志……”

到了睡觉时候，韦步平理不清心头上的乱线团，觉又睡不成，不由得喃喃自语：

“这个世界，老这样下去，怎么得了呵！”

蓝大妈听见他叹气，以为是说梦话，悄悄地走到床边轻轻坐下，掀开蚊帐，伸手去摸他的头。

“大妈，”步平叫了一声。

蓝大妈一惊，把手缩回去，问：“哎哟，还没睡着呀？你怎么的啦？”

“没什么，好好的。”

“唔，今天我跟凤仙讲了，她点头啦。”

“点头？她没讲什么话？”

"只说她自己脾气犟,怕往后两人在一块对不上榫。我看,她嘴上是这样讲,心头倒是应允的了。赶这两天把蓝靛的活路弄完,我去找她妈黄三婶探探口风看。"

"要去就趁早去吧……"

"看你急的,再早也得后天才能去。"

"不。我不是为这事发急。人家是叫你回去,拿书拿报来读,说不定省城的学友又来了什么信。你去那平就到家去把书报、信件带来。"

"你呀,你就离不开本本过日子。我不给你拿,免得有了书报,你更加睡不好觉。再说,我也不愿去见你那个古怪的爷爷。那天,他把我当一只小狗那样撵,没一点情义。"

"不计较这些吧。人在气头上,什么难听的话都骂得出口的。"

"哎哟,你倒哄起老娘来了。"蓝大妈提高嗓门说话,"好了,你别唉声叹气的吧,我后天就给你跑一趟。"

躺在身旁的志高,睡得多酣呵,翻了翻身,鼾声马上又呼噜呼噜地响起。大妈站起来,轻声说道:"嗯,睡吧,你老弟都睡过两觉了。"

大妈正要移步,隔壁房传来咿咿哑哑的梦呓:"他?……是真是假?喔……不……?"

大妈停步说道:"听,人家做梦还念叨着呢!"

韦步平不作声,眼皮却也合不上,等到声音都沉寂了好久,瞌睡还是不来,想想大妈方才提起了凤仙的事,像海面来了台风,往事的浪头一个接一个涌上眼前来了:从盘大爷想起了言老师,从言老师想起了那天夜晚从依仁坊他家门口经过……言真那说不出话的眼睛,那盏小灯笼,……哎,当时为什么不去给言老师道别就走了呢?如今学堂回不去了,往后能再相见吗?……

韦步平这样想来想去,也不知什么时候才合上眼皮睡下。

过了两天,蓝大妈到那平东屯去了一次。

她带回一大包书报:有《水浒全传》《西游记》和《三国演义》,还有《千家诗》和《古文观止》等旧本线装书籍,也有前两天南溪圩上邮政代办所让庙祝何三叔带回的一包新书报,里头有一本同《东方杂志》一样大小的梁启超主编的《新民从报》和几份上海出版的报纸《时报》，另外就是“中流社”同仁编的石印刊物《中流》创刊号，里头夹着凌云青写的一封信。

信上，云青告诉步平说：学堂业已开学。王光宗和他的毕业班几个同学已经离校留学日本去了。走前，学堂为他们开欢送游艺会以壮行色，但是，虽有鼓掌、演说，虽有唱歌和喧哗，却不见得个个都兴高采烈。

云青说，王光宗一走，韦步平又不能回校，“中流社”的事，在法政学堂只有他一个人顶火了。好在同仁们对团体都还热心，开学后第一次聚会，大家都到了。美中不足的就是：没有了韦步平的声音，好像是宴席上没了酒，未能尽兴。言真和品微两位，特别向他叮咛：要他在信上代她们问候。

信写得很长，最后一大段，讲他跟品微的微妙关系——

“此事不知如何谈起！？”凌云青在信上写道。他说，事情弄成如此僵局，不应怪品微，也不能怨王光宗从中捣鬼；只能怪自己的优柔寡断，缺乏勇气。自己也不明白，在这件事情上为什么那样踌躇，那样难于开口，那样觉得不好意思？信上写道：“可能是自己把爱情看得太神圣了，唯恐轻举妄动，亵渎了圣灵。”他说对方很矜持，对他也罢，对王光宗也一样，都是若即若离，保持一定防线。这也是使他不敢唐突玉人的原因。说是最近两人在开学后的第一次见面，到柳池湖边整整绕了三圈，作了一回长距离的散步，度过一次空前的长久的沉默。临到要分手时刻，品微才意味深长地喃道：

“幸福对于懦夫是吝啬的！”

“呜呼！”凌云青在信上写道，“阁下亦以我云青为懦夫乎？……”

韦步平读到此处，不觉失声发笑。

突然，凤仙这时刻来到跟前，盯着步平的眼睛问：“你一个人自己痴痴的笑什么？哪个给你写来的信？”

步平把视线从信上移开，不觉碰上对方热切的目光，不由得腼腆地答道：

“一个同学寄来的。”

“信上讲什么？”

“讲他的一个女朋友说他懦弱，没胆量。”

“嗯，是讲他自己，不是说你吗？”

“说我?”步平脸上浮起红云,摇摇头,“你说我是……”

凤仙瞟了步平一眼,眨了眨眼睛:“我说你呀,……你就是热一阵冷一阵,像‘打摆子’,嘻嘻。”

步平不作声,盯她一眼,仿佛反问:“是吗?”

凤仙经不起这反问的目光,脸一红,低下头去摆弄着挂在襟前的辫梢。

沉默一会,步平以平静而关切的眼光望着凤仙问道:“大妈回来同你说了吗,你妈……”

“妈没啥说的。她懂得我的脾气,要是不合我心意,她说也没用。只是提醒我,一辈子的大事,要想得周到些,别受人欺负就得了。”凤仙说,“妈把她做新娘时戴的一对银镯给拿来了,还说,订好了日子就告诉她。看样子,妈可当真起来呢。”

“你自己呢,不是当真的吗?”

“我不知道。”凤仙的脸蛋比方才更红。只瞅着步平,不言语。

步平的心头卜卜地直跳,一时也找不到话来讲。

停了片刻,凤仙找到了话头说道:

“喔,对啰,这里瑶人下个月要‘还愿’——‘祭盘王’。听说好热火哩。要办喜事的人,多半都凑在这个节日来办。”她说完话抬起头,掠开额前的刘海,直瞅着步平,期待回答。

步平的目光流露着犹豫。反问道:“你听说这里的风俗了吗?”

“什么风俗?”

“点‘火把’、找‘相好’。”

“那是人家的老规矩。我们干吗要照办?那是乱来。真奇怪,这种坏风气为什么不改掉?”

“改?你也以为可以改吗?”

“那有什么不可以。不好的事情就应当改!”

这时,蓝大妈从屋外拣回一小篮湿润而透明的木耳进来,见到两人一块唧唧咕咕,暗自含笑,顺口问道:

“你们商量什么?”

步平难为情地半吞半吐喃道:“喔,没什么,我们……”

“得了,我不管你们的事。”蓝大妈说,“亚凤,蓝靛冒泡了,搅动去吧。”

“哎,我就去。”

凤仙应了一声,轻快地跑进里屋,拿出一张小竹凳和半只破木瓢装的石灰,走下木楼,来到平摆在院里的五六只大坛子跟前,熟练地搬开压在坛子口的砖头,从坛里捞出带叶子的蓝靛梗,一把一把地把它拧干、撂到地上。蓝靛梗清理完了,然后往坛里放一把石灰;人就坐在两只坛子当中的小凳上,挽起袖子,将两只臂膀伸到坛子里头去来回搅动;约摸一袋烟工夫,水面慢慢泛起一层泡沫,起初是淡绿,渐渐变成深蓝,泡沫越来越高,像皂沫一样,慢慢溢到坛口,滴到坛外。等到溢出来的泡沫变成蓝晶晶的了,搅动的工夫就算完成,过两三天,让蓝靛沉淀之后,将上面的废水倒掉,把坛底的蓝泥掏出晒干,就成了染布的颜料。

现在,凤仙一边搅动坛水,一边哼着山歌。当她抬起头来时,见到步平坐在石臼边上发呆,觉得奇怪,瞟了他一眼,问:

“你看什么?”说罢,低头看看自己两只沾满蓝色泡沫的胳膊。

步平不作声。

“那封信上还说啥新闻?不是邀你出门漂江去吗?”凤仙好像预感到什么,很不放心。

“不,不是。”步平心不在焉地敷衍一句,转身走了。

他上了木楼,躺在床上,打开《新民丛报》来翻看。当中有一张水印的松竹梅纸笺掉下来,他拾起一瞧,仍旧是凌云青的手笔,措辞是文绉绉的四六句文体。这里,不妨照抄如下:

……前函草草,犹有未及尽言者:中流同仁,时有聚会,缅怀往事,莫不为阁下中途弃学,功亏一篑,同声慨叹!今乃千里修书,遥望珍重前程:不为乡曲所囿,不甘草木同腐,则伏枥骅骝,岂挫千里之志,懒击鲲鹏,何忘云海之飞,他日腾达,犹可期也!阁下抱负山岳,襟括江海,谅当自处。顾我忝为知交,何避讳言。愚者之见,或有“一得”之助耶!

再者,《中流》复刊在即,万望掷下鸿文,以光篇幅,并慰同仁之念,功德无量，岂忍却之？

秋风萧瑟，故人何处？每忆前尘，不无耿耿耳。

云青手书

九月十日

“云青这家伙，就爱转文，好弄文墨。”步平读完信，自己喃道。一会又把信重读一遍，说，“甘与草木同腐？不，不能。什么也限制不了我！”

步平把信笺往床上一扔，两手叉腰，踱来踱去。屋里很静。院里轻轻地飞来凤仙的歌声。细听起来，歌词是这样：

高山点灯不怕风，
海里行船不怕龙。
有心相好不怕死，
凭它双手不怕穷。

“哎，烦死了。这样下去怎么得了呵！”步平思前顾后，觉得这样那样的事，都是乱糟糟的。好像是身上长了发痒的疙瘩，左右都不自在，索性拿把柴刀下楼，找志高砍柴去。

凤仙目送他走出院门，继续信口哼着：

生不离来死不离，
我俩生死共堆泥。
一块石头落下水，
石头浮水也难离。

第十四章

几天来，瑶寨可热闹了，人们为了迎接三年一轮的“还王愿”这个隆重的盛典，村寨中男男女女都在张罗奔波。三年来，各户人家向盘王许过愿的，都要在这个节日来偿还；其中，有的人家要娶男嫁女的，也往往凑合在这个日子来办。家家户户，里里外外莫不热气腾腾，呈现一片节日景象。家在外屯别寨的亲戚、朋友都来了：到外乡上门的女婿领着媳妇，嫁去别寨的闺女带着丈夫，平日没工夫来往的姑妈、姨娘和表姐妹、表弟兄，也都携男带女的走亲戚来了。盘王庙门前一片平坦的场地上，杂草、荆棘被铲除了，牛屎、马粪被打扫得特别干净：像人理了发，刮了胡须，容光满面。姑娘们剪着各色各样的纸花，等着拿去庙门前搭花棚，后生小子编糊着各式各样的面具，有牛头、马面，有财神、菩萨，准备跳假面舞。家家户户的姑娘媳妇忙忙碌碌，蒸了一锅又一锅热腾腾的糯饭，有的拿到石碓去，两人并肩踩碓，把饭捣溶；有的放进石臼，三四个人围着举起棒杵舂烂，然后捞起，搁到洗刷干净的案板上，用手掰成一只一只小碗一般大小的糍粑粑。在蜡一般白得发亮的粑粑上面，用筷条蘸上洋红，在正中间点上红印，显得特别鲜艳。糍粑排列在案板晾一会，等水分稍干了然后拿花格的篾盘来盛起，垒成一层一层宝塔式的供盘，供在香案上。事后，把它当作礼品，百十来个多少不等的分别馈送亲友。有的人家被派工，为庙上做豆腐，压成一板又一板，等到祭神那天抬到庙上去陈列，信男信女们烧香还愿之后，走到豆腐案板跟前，切下一块拿回家，表示在盘王跟前获得“福（腐）分”。

还愿正式举行到结束，是三个昼夜。这时间，整个瑶寨笼罩着狂欢的气氛。庙里黑天白日香火不断，庙堂里天井、走廊、香案、香炉、神龛和神像，都打扫、粉饰一番；墙壁挂满了“八仙过海”一类传说和神话故事画；象征着瑶人祖先从远方跨海而来，沿途跋涉的山山水水的经历；道师魔公夜以继日地念唱着有头无尾的“盘王歌”。庙门前中央，在一只大石磴上搁着大坛酒，人们拜完了庙出来，表示把旧愿还了又许下新愿，围着酒坛舀着酒喝。算是完成了个人的致祭的虔诚。夜晚，人们蜂拥在庙门前的场地上，戴上假面，载歌载舞；年轻的男男女女，相互言语挑逗，眼色传情，有的约到僻静的树下或人迹少到的河边谈情说爱，有的就在屋楼火堂对歌联唱，倾诉衷情。这时刻、这场合，人们成了脱缰的奔马，什么束缚都被挣脱了。这里，有个不成文的规矩：在这个节日里，不论是谁，只要他来了，庙里管事的就包他的吃喝住宿，节日不完不得离开。

凤仙这几天跟蓝大妈忙完这样又忙那样，也没个空的时候。她把沤制蓝靛的方法和刺绣壮锦的手艺教给瑶寨姑娘；瑶寨姑娘教她讲瑶话，带她上山干活，互相认了姐妹，成了“老同”，心灵的伤口逐渐愈合。人们看她神情不再那么沉，眉头不再那么皱，脸孔不再浮着乌云了，仿佛阴云的天空露了阳光。只是，在她自己的心底，老觉得轻松之中不免有点虚，就好比四月天随风飘散的木棉花絮，悠悠忽忽没个着落。

“他？倒是安的什么心眼呢？”当她一人独处的时候，这个疑问就缠着她。她朦胧地觉得步平这几天来突然变了。“什么缘故呢？”好像面临一口深坛，探不到底，原来满以为趁着“还愿”这个日子，他俩凑着热闹，把“事情”办完算了。现在，日子眼看就到了，他却不动声色，好像把说过的事忘得一干二净了。“什么事分了他的心呢?”有时她半夜醒来,脑子老缠着这团乱麻。

谁知事情是这样:韦步平他有个嘎古脾气,当他一拿到新书报,那就跟金丝蚂蚁找到蜜糖,像三伏天的水牯钻进水塘,赖着不动了,成天迷在书报里,你拉都拉不开他。自从蓝大妈替他拿来那些书报之后,他整天整夜手不离卷。凤仙几次想同他说句体己话,他连头也不肯抬,总是说:

“让我把这段书看完了再讲。”

“我看你就没个完的时候。”

凤仙急得没法,干脆背着他把书藏起来,当作老鼠拖走了。但是,三天成一圩,盘大爷每次赶圩卖药归来,又从邮所给他带回新的了。

步平的精神生活就这样陷于荆棘当中:书报给他带来的是人类的智慧,时代的文明。在那里,仿佛见到无边无涯的天地,接触到崇高、善良、纯洁和大智大勇的灵魂,觉得自己并不那样孤单;好像置身于奇异而遥远的世界,前途并不如此闭塞。然而,回过头来睁眼现实,却深感生活周围充满着腐朽、黑暗,令人窒息;人和人之间,即令相见握手言欢,不免隐藏着尔虞我诈;在温良恭俭让的背面,就是巧取豪夺、男盗女娼;光天化日,却是乌云一片。他觉得不好理解:为什么人人都那样安于贫穷、愚昧,习惯于狭隘、自私?这难道是孔圣人教人听天由命的结果吗?好思索的脑袋,不断装进新的疑问。“找谁说去呢”?步平不免为此苦恼。本来,盘大爷的乐观而豁达的胸怀,志高的淳朴而稚气的幻想,蓝大妈的慈祥而至诚的爱抚,凤仙的炽热而纯真的倾心……这些,要别人来说,应当是充实而富有的了,为什么步平他自己却老不满足,好像短了什么。

蓝大妈见他这个神情,不免开口问道:

“则明,你怎么的啦?成天皱个眉头,少言寡语,像掉了魂似的。是不是遇到什么邪了?要不要请个道公——”

步平没等大妈把话讲完就说:“不,没事。看,我不是好好的吗?”

“看你近来茶饭无心,想的什么?”

“唔……没事。对啰,正想给朋友写封回信。”

“吔,写封信能跟人家要生娃仔那么难受我不信!我来问问你,过两天村里就闹‘还愿’了,你俩的事倒是办还是不办?叫我们直打闷葫芦。要办,少不了总得给你们作个打点啊。”

“这事不忙，不是还有几天工夫吗。”

“可你得把主意拿定呀。”

步平还是没把话说定。成天闷声不响，跟别人说话，有头没尾，爱理不理的样子。

“你别打搅他。”盘大爷见大妹为步平的事干焦急，从旁说了她，“你不看树上的扁桃，等它熟了，不刮风也会往下掉的。你急也不顶事。”

一个货郎知道过几天瑶寨要“还愿”，挑着应时的货担进寨招揽生意。这些狡黠的小贩，欺负瑶人无知，往往拿一根针、一绺线、一盒火柴、一斤食盐，或者几两火油，向瑶人换到兽皮、蛤蚧、蛇胆、蘑菇、冬笋和蜜糖……

“来啰，买东西的来啰，闲时买来急时用啰！看，红绒丝线，日用洋广杂货，样样俱全。”

货郎放下担子，一边摇着小鼓一边叫卖。大人小孩，男男女女，一听咚咚的小鼓声，都走下门楼，陆陆续续地围到货担跟前。有的拿钱要买东西，有的拿土产品交换洋货，有的只是为了来瞧瞧外来的新鲜玩意，开开眼界，见识见识。

“来啰，货物价钱便宜，老小不欺。”货郎唱歌一般念着口诀，摇着小鼓伴奏。

“还讲便宜呢，贵死了。这个要多少？”一位姑娘拿起一包绣花针问道。

“呵，是你想要？”货郎抬起头瞟着对方红喷喷的脸蛋，涎皮赖脸地说，“老主顾啦，用得着的只管拿吧，钱多少好说，不打紧。”

“呸，谁跟你拉扯那些。”姑娘撅着嘴，把东西一丢。

“倒是要多少？死没正经的！”旁边另一位姑娘嘟哝着。

“你正经要？那，伸过手来，我俩捏个手价。嘻嘻。”

“麻风佬，哪个跟你动手动脚？”

“呵，那就明讲了吧：针一根，米一筒，要一包，照数要。”

“嗨吔，你可是个蚂蟥，把人家的血都吸干了才算数哩。东西都给了你，你能扛得走吗，你赶了牛车来拉不是？”

人们七嘴八舌，嘈嘈嚷嚷。

货郎赶紧说:“众位乡亲听我讲吧,别讲我要多了。嘿,你们懂得一根针怎样磨得成的?可费工夫呢。一张犁铧那么大的铁片才磨成这么小的一根针呢!大家瞧,这么细的针眼,要你凿去吧,得费多少工夫呀?人家白干活不吃米粮吗。嘿,你一竹筒米能有几两,一斤?一斤米算得什么。一把谷种撒到地里就长出来了,大伙说是不是?”

围在旁边听的人个个瞠目结舌,面面相觑,半信半不信。

步平拨开别人,挤到货担跟前,瞪了货郎一眼,一声不吭地顺手拿起一盒火柴,用瑶话问价。货郎把他上下端量一番:他穿的服装是半瑶半汉,一时分辨不清,环顾旁边的人,又都没人言语。好像大伙也都在问:

“是呀,火柴什么价钱?”

货郎小心地说:“呵,这个嘛,价钱相应,好说好说。要紧的是这新玩意,居家出门,生火抽烟都方便,比火镰来得快,比夜晚拿灰埋火炭省麻烦。一盒百支,不多不少。价钱好商量,一盒三只鸭毛。没鸭毛吗,给半斤冬菇也行。意在大家方便,不在钱不钱。嘻嘻。”

“嗨吔,这么贵,我情愿埋火炭麻烦,也不图它省事。”有人嚷起来。

“这火柴又是怎样制造的?”步平故意讲的瑶话。

“这个……咳咳,”货郎对这位半瑶半汉的后生仔,并不放在眼里,干咳两声,扫清喉咙,然后拿起两小块竹片,一边打一边唱:

讲到这个玩意的来历,
众乡亲你有所不知:
莫看它一支一支这般细,
胳膊树杆劈一支。
支支大小全一样,
长短削成一般齐。
不说盒子方方裱装满精巧,
擦火方便没得比。

货郎唱完了顺口溜,高声说道:“来吧,洋火洋火,外洋来的家伙。你知道,这个漂洋跨海、穿州过省的玩意多稀奇!喏,还有,”货郎边说边弯下腰,端起一只洋铁皮的小油罐来,用量勺舀出半勺煤油,朝着周围的人招揽生意,“看,还有这个,这个你们叫它什么?水火油。你们知不知道它从哪里舀来的?不知道?我讲你们不相信。这是人家洋人打石头榨出来的哩,所以名字叫洋油,你要叫它小名——石油也可以。一样东西三种名字,说它稀奇也真的。只说拿石头榨成油,得花多少工夫?你们的香菇,空手到山里拣来就是了,什么稀罕?来来,闲话少讲,生意要紧……唔,你这位后生哥想要点什么吧?唔?”货郎这才发觉步平还站立在他面前,射出锐利的目光。叫他不觉发愣,把话咽了回去。

“告诉你,有我某人在这,你别来骗人!”步平斩钉截铁的口吻,毫不客气。

货郎重新打量这不客气的后生,真是丈二和尚摸不着头脑。改用半软半硬的口气说:“呵,我这是做买卖的,现钱现货,互通有无,讲的是实话,卖的是实物,哪有说假行骗的?”

“什么?你讲的是实话?”步平吼一声,拿起一盒“舞龙牌”火柴叫货郎认,“你说上面写的什么地方造的?说!亏你讲得出口:外洋来的?你把中国人看成什么样?你把自己的祖宗都卖了!真是不肖子孙。谁教你说火油是用石头榨成的?我请你来我家做客,马上拿张犁铧来请你给磨一根针叫大家瞧瞧。”

“对对,叫他磨来看看是什么样?”大家异口同声地嚷嚷。

货郎脸色一变,慌张起来,赶紧说道:“不,不,不能这样。我今晚得赶回家,老伴坐月子,……唉,我糊涂,我糊涂。我乱扯大炮……”

“嗯,我说多嘴乌鸦没个好的。”

“你该老实了吧,这丝线要多少?”

“唔,这个便宜也卖了,一支给两枚铜仙①算了。”

“这个呢?”一位小姑娘拿起一只银圆一般大小的镜子问。

“这把木梳呢,要多少?”

“这银环……”

---

①铜仙——铜元,一枚等于当时流通的制钱十文。

“我要这顶帽——”

人们七手八脚的，你拿项圈，我拿银镯，他拿手巾……七嘴八舌地问价。

货郎更是慌乱，马上说：“呵，呵，各位乡亲有请，对不起，兄弟今天有事在身，得趁早回家，改日再来，改日再来。”

货郎一边哀求一边收拾货担。

“让他走吧，改日自己上圩场买。”盘大爷说。

货郎挑起担子，悻悻地溜走了。

有两三位小姑娘努着嘴在抱怨：“上圩场买，一年还不能去一趟呢。人家眼下就等着要使。”

“谁急着等用？我明早就替她办去。”步平热情地望着抱怨的人说话。

“看，马上就有人代劳不是。”谁插嘴说话，“我说只要你屋里有山货，手上有钱，迟早总能换到东西。”

“东西叫人代买，哪合得上自个心意？”

姑娘们你一句她一句的边说边散了。

盘大爷等人都走散了，才朝着站立不动的步平说道：“你这就见到了，俗话讲：人心自不同，花有别样红，十个指头还不一般齐呢。你有好心给她办事，她未必领情哩。”

步平沉思半晌才说：“看来人心不开通，好事坏事都讲不清。要开通嘛，不教大家认得字，脑筋不开化，你讲什么他也听不进去。”

盘大爷叹口气，感慨地说：“我们瑶山人，求其能糊住一张嘴就是天大的事了，还顾得上什么认字，开脑筋。你教他越懂事不是越心烦嘛。”

“越懂事越心烦？”步平心想，一时说不出话。默默地坐到盘大爷身边的一块木头凳上。静了片刻，才又开口说道：

“喂饱肚皮是要紧事，但是，越不识字越不懂事，越不懂事越找不到吃喝。你老人家想想，是不是这个道理？”

“反正我们瑶人打盘王开天辟地到如今，世世代代传下来的就是这个日子。”

“我想在这块地方开个蒙馆,教大伙读书识字。一、不收束脩①;二、不限大人小孩,谁有空、谁乐意都可以来;三、夜晚开馆授课,不误农活。这样办,行不行得通?”

“你既有这份好心,试试看吧。”

“那,你老人家就去跟众乡亲联络联络看。”

“这,怕要先搁一搁,等‘还愿’的大事忙过后再讲。不过,你能在这儿待多久呵?”

“待一天就干一天呗,只要乡亲们用得上,我也不一定要上哪儿去。”

盘大爷听到这,倒转头来,认真地端量这位年轻人的神气,赞赏地点了点头。

这之后不几天,“还愿”就要正式开始了。平素那样寂静的山寨,一时闹腾了起来。步平头一回见到这样的盛会,不免觉得新奇。志高领着他东游西逛,这儿瞧瞧,那儿看看;向他介绍这个介绍那个;向他讲有关盘王的传说,教他唱盘王歌,告诉他有关“歌堂”②的风俗和“还愿”会上跳假面舞的玩法等等新玩意。步平样样都感到兴趣,事事都打听得那么详细。大小事都问个为什么这样,为什么那样? 有些事志高讲不清楚,只好说:“等你看到就懂了,我现在也讲不明白。”

“听,师公开唱盘王歌了。走,看看去。”志高说罢,拉起步平袖子,朝着庙门前的席棚走。

步平跟志高挤进人群的围墙,看到场中央摆开两张拼在一起的方桌,上面搁着香炉供着两只青皮的柚子。香炉点着高高的香头,上面升起银灰色的袅娜的云烟,两个穿着法衣的师公端坐在香案跟前,长一声短一句地咿咿呀呀地念着诗歌,有时轮番对唱,有时合声联唱。盘王歌是很长很长的一首叙事诗,开头是这样唱起的:

---

①束脩——旧社会村塾学生每年缴给老师的学费。古代学生送老师礼物,用晒干的腊肉扎成一束,所以叫做“束脩”。

②歌堂——瑶家风俗,男女青年聚在堂屋相互对唱情歌。

坐进席筵，听我许新还旧愿。
来到神前，讲叙盘王立地又置天：
盘古圣皇置天地，
置立天地置南山；
置得河流向海口，
置得江河无限湾。
置得五谷好果腹，
置得牲畜好犁田。
原本伏羲两兄妹，
结为夫妇造人间。
生下六男又六女，
男女六双成姻缘。
先置瑶人置百姓，
瑶人生在百姓先。
置了人间置居处，
鲁班巧匠造金殿。
盘王崩丧传万岁，
万岁寿终转归天。
传到武王星宿变，
瑶人被迫离家园。
投奔无路四处走，
大旱又逢寅卯年。
年荒到处无粮米，
饥死道路百万千。
漂流过海船中望，
众人拜地又求天。
乞愿盘王开恩典，

垂念子孙受颠连。
一夜之间船泊岸，
离船上岸到山前。
感谢盘王给指点，
山下不再愁吃穿。
瑶民诚心答圣帝，
子孙还愿千千年。
……

“你相信真有盘王吗?”步平听师公唱到这地方，兴趣不大了，转过头来和志高说话。

志高挺天真，马上答道:“信，怎么不信呢? 小时候就听老人讲过好多好多的盘王故事呢。你不信，为什么?”

“我见不到他，我就不信。”

“吔，见不到就不信呀? 你说要是没有真的盘王，为什么我们瑶人从古到今一代传一代都要敬他拜他呢?”

“为什么? 都是迷信，盲从!”

“盲虫? 什么样的虫?”

“唉，说你也不懂，以后你认得字了就懂了。”

“唔? 有那样的虫呢?”志高自己打闷葫芦，翻翻眼珠，疑惑地望着他的伙伴。忽然提高嗓子说道:“对啰，一定是在你那些书里头讲到的是不是?”

“先别管是谁讲的吧。”步平说，“你先讲，歌堂是怎么个玩法? 男女对歌? 对不上怎么着?”步平郑重其事地问。

“也不怎么着。看人来。我听好几个姑娘都在议论，说你那天把货郎哄走了，害得她们换不到东西，她们好不高兴。她们合计要在歌堂上唱歌难倒你。”

“那怎么办。你帮我一手吧，现在就教我几首对付对付她们。”

两个伙伴找地方学唱歌去了。

初秋的夜晚，南方的气候，上半夜还是挺热，要是没有风，真叫人喘不过气来。为了驱蚊,山里的人家习惯地在屋前屋后烧焚艾叶熏烟。今晚,一丝风儿都不见,树叶一动也不动,熏起的烟像竹竿一般直;月亮露出半边脸,好像是要躲避"秋老虎"的溽暑似的。

天气那样闷人,年轻的小伙和姑娘们却不在意。个个把心思用在想山歌去了:各人都在挖空心思,想拿出最能打动人心的歌去难住对方,想在这个三年一轮的时机找到自己的意中人。他们三五个一伙,七八人一群,搭肩拉手,眉目传情,语言挑逗,追逐着各人的对象。

庙门前的广场上,跳舞开始了。几个师公一边唱歌,一边领着一帮人敲锣、打鼓、吹奏唢呐,跳着假面舞。假面有各种各样:有牛头马面,有虎豹豺狼,有猎人猎犬。表演各种狩猎生活,表演庆祝丰收的欢乐景象。老人小孩都被吸引到这里来了。青年男女的兴趣却只等天黑就聚到什么人家的堂屋闹歌堂去了。

山主穿着节日的盛装光临。寨里的社老和甲头陪着他到处巡游。他们先到庙前的道场应景地在一排条凳上坐下,师公正在领唱《鹧鸪游》和《放猎狗》两段头歌。听完了头歌,山主就不耐烦再听,随着甲头钻到山丁人家的歌堂去了。

现在,歌堂里的年轻小伙和姑娘们对唱,正是十分热闹的时刻。凤仙初次接触这新奇的世面,开头有点忸怩,经过女伴怂恿,试唱了两首,嗓子亮,赢得拍手叫好的堂声,胆子壮了起来,敢于同挑战的人对唱。山主进到歌堂时候,志高和步平几个小伙正在朝着她唱呢。听,激越的歌声飞出木楼的窗外来了:

起楼难起绣花楼,
石板难长禾一蔸,
众人眼前难开口,
生铁难打钓鱼钩。

凤仙不等伙伴的提示,马上答过来:

当初无心风吹帽,

如今有意却低头。
哪团棉花包得火，
哪条灯芯不汲油？

步平听了，心上直痒，不要旁人催，马上对唱：

绣花球，
绣花别在妹衣兜。
望妹恋哥心对口，
哥要恋妹到白头。

“嗨，是他呀。”姑娘们瞅着步平，小声说话，“快，把他难住！”

“别急，听我来答他。”凤仙带着笑说，歌声随即飞了过来：

白到头，
大路长走水长流；
玉米包身包到老，
竹笋包身包到头。

“好呀，好呀！”破锣声音猛然响起。人们回头一瞧，原来是山主闯进来了。他眼馋脸热地直盯着唱歌人不放，接着是死皮赖脸地张大嘴巴，提高嗓门唱道：

白翅扑灯为光死，
蚕虫破肚为条丝。
请问阿妹家何地，
改天换日哥来觅。

“谁？山主？”

“呸，一脚踩中个蛤蟆！”

姑娘们努着嘴，咕咕嘟嘟地抱怨。

“管它是乌龟还是王八，是狼还是豹，让我来。”凤仙说完就唱：

你着魔，
火炭里头你插脚。
你撒泡尿照照看，
瘸脚蚂蚁想天鹅。

“好，这才够他受呢。”小伙们随声叫嚷。

山主向甲头低声地问：“这姑娘是哪家的？怎么没有见过？”

甲头拿手掌掩嘴，凑到他那只被割掉的耳边，诡秘地嘀咕了几句。

“有人号上了吗？”山主悄悄地问。

“在捉猫，还没套上。”

“谁？就是那天跟阿高上我家缴租的小子？叫他过来，我跟他……嘻嘻。”

甲头奉命把步平叫到山主面前。步平莫名其妙，直立在对方跟前，轻蔑地盯着那被割掉的耳朵，一言不发。

“呵呵，我们是老相识啦。老弟你真是交了桃花运，号上了一朵鲜花，真是叫人眼红呵。我俩认个‘亲家’好吗？”山主自鸣得意的说话，不想看到对方是目光炯炯，像聚精会神等待搏斗的鸡眼。

山主看对方还是默不作声，变换口气说道：“上一回，跟你打过招呼了，到我们瑶寨来就得照我们的规矩行事，是吗？”

韦步平不作声，直直瞧着对方。

山主装着假笑说道：“好了，算不了什么大事。我们来认个‘亲家’嘛，大家玩玩。”

步平冷静下来，带着嘲弄的口气说：“这事不能由我做主。你们的规矩不是先‘相好’然后才成‘亲家’吗？”

“那样讲,你让我自己问她去？——”

“不。等一等。”步平止住了对方,完了,对志高小声说,“你去对凤仙讲,请她过这边来一下。”

“呵,这才是够朋友哩。”山主伸出巴掌正要拍步平的肩膀,步平动了一下,让他的手落了空。

凤仙跟着志高走来,瞪着眼睛看着步平,意思是问:“有什么事?”

步平用眼色向她暗示:“他是个混蛋!”然后开口说:“这位山主有话问你,你自己跟他说吧。”

山主嬉皮笑脸对凤仙指着步平说:“嘻嘻,是这么点小意思,我跟你这位……我们是老相识啦,我俩想结个‘亲家’。你,……嘻嘻,乐意吧?”

凤仙沉下脸,瞟步平一眼,半信不信,觉得心口直跳,一时讲不出话。忽然见到这家伙短了一只耳朵,觉得又可厌又可笑,顺嘴说道:

“你俩人认什么亲,跟我不相干。我才唱的歌已经把话讲了,你听不懂吗?”

“不,那是唱歌,哪能当真话。”

“你要听真话也可以。听着:你要想跟我‘相好’吗,那要等到什么时候你的耳朵长出来了再讲。”

谁忍不住笑起来,说:“哈哈,真厉害,一刀插到心口上了!”

“哎,这才是伏天喝凉粉,痛快!”人们哄堂喝彩。

“嘿,你等着瞧,来龙斗不过地头蛇,看你跳得过佛爷手心,算你能耐!”山主气咻咻地转身就走。

步平望着山主溜走的背影,转回头跟凤仙的目光相遇。仿佛是两块岩石相碰而迸发的火花,无限的话都在这一瞥之中讲明了。他鼓起勇气走到凤仙面前,抓住她的手心,异常坚决地说:

“走!”

凤仙捏着步平热乎乎的手,几乎蹦起来,使劲握紧,笑道:

“走,给大妈大爷报喜去!”

第十五章

覃家庆从小就爱跟小动物打交道:玩小猫,逗小狗,喂小鸡,养小鸭;稍大些就养八哥、斗鹌鹑、装鹧鸪什么的。这两年,家口增多,日用益见艰难了,单靠几亩望天田,即算年成好也不易维持一家人的吃喝,何况这鬼地方——高寒山区,三年两头不旱就涝,要不另外找些活路来帮补,实在是打发不开日子。他父亲看他这个长子总算拖带成人了,人也还机灵能干。为了顺他的癖性,狠心卖了八担谷子,买来一匹刚满半岁的枣骝小驹叫他调理;等小驹养大后,就让他农闲时去赶马帮,赚点脚钱来帮补家用。不料,好不容易把小驹养到快要配鞍了,有天,牲口挣脱了拴腿的木桩,撵着别家发情的牝马跑去山里,夜晚,人家的牝马回来了,枣骝驹却不见回槽。家庆连夜赶去山里寻找,第二天清早才在深谷里发现它被老虎扛走了。草地上留下大摊花花绿绿的肠子,招来一大群绿头苍蝇。

为这倒霉事,家庆难过了好些日子。镇堂老头见外甥这样喜爱牲口,就说:“你把我的母马牵去调理吧,下了小驹归你就是了。”家庆把外公的牲口牵来,不久就下了崽,是一头黑炭似的驹子,毛色跟抹了油的一样,闪闪发光。家庆喜欢的不得了,调理的加倍经心,给小驹起个名字,叫“黑炭”。随着日月的飞逝,“黑炭”长高长大了,乌亮的毛色,魁伟的骨架,引起乡邻注目,人人看了没有不称赞的。这一天,家庆赶牝马驮花生去南溪圩上换油,“黑炭”也跟着去,叫汪举人看上了。这老家伙指使他的跟班“旱天雷”过来找家庆说话:

“喂,小家伙,你交好运啦,”旱天雷大模大样,摆开狗仗人势的臭架子,“问你:你的小驹想要多少钱?快开口吧。”

家庆狠狠地瞪了面前的奴才一眼,不客气地说:“哪个讲我的牲口要卖钱?癞蛤蟆想吃天鹅肉,真是枉费心机。”

“嘿,话不要讲绝了,等会转不过弯来,可是要碰破头的。你当我是什么人?唔?”

“管你是人是鬼,跟我什么相干。”

“告诉你,看上你小驹的不是我某人,而是——”旱天雷回过头去,指着那个提着画眉鸟笼的老家伙。

旱天雷见主子招手叫他,赶紧撒腿跑到老爷跟前恭候吩咐。提鸟笼的人歪着脑袋倾听跟班耳语,脸色立刻落下阴影。慢慢地走到家庆身边来,用轻蔑的目光瞪了一眼,然后,哼哈一声,恐吓道:

“你的牲口打哪儿弄来?”

“哪儿弄来你管不着。横直我不抢也不盗就是。”

“谁讲你偷你盗啦,分明是做贼心虚……”

旱天雷见家庆冒火要顶嘴,马上装做笑脸,为东家老爷圆场,对家庆摇了摇手,求他别动气。完了又咬老爷耳朵嘀咕什么。

老爷松了气,小声问:“是他家的?嘿,等我叫他——”提鸟笼的人转过头来对家庆叫道,“小家伙,你听我说,牲口好坏,将来也不会归你的。放聪明点。我这儿马上就给现钱,不多不少,八吊。拿回去,把小马给我留下。”

旱天雷笑嘻嘻,帮腔说道:“是嘛,八吊钱可是一大堆呀。你一年弯断腰杆还捞不到一个零头呢。”

“去你的吧，叫你老婆卖去，还能多得一点。”家庆说了，牵着牲口走开。

“你……你给我回来！”汪举人气得翘起胡须，大声咆哮。

家庆转回头，鼓起腮帮反问：“回来就回来，你敢怎样？”

“我偏要跟你认识一下！你……”汪举人怒不可遏，瞪着眼瞅家庆。

家庆两手叉腰，盯住汪举人说：“我就认得你是汪‘锯人’，怎样？”说罢，跳上马鞍，抽了一鞭，马蹄扬起一道尘埃，“黑炭”跟在母亲后头嘶啸两声，奔跑而去。

“嘿，那江屯的人都是刁蛮家伙，他是谁家的野仔？姓覃？做什么的？嗯，记他一笔账。”

“找杜团总想想办法？……”旱天雷向老爷献计。

秋风随着南归的雁声飞来。每当新谷登场，气候初凉季节，这地方的人家，庄稼活干完了，接着就是狩猎的开头。这时节，捕猎的对象多半是收获后到田地里来寻食的禽鸟：有鹧鸪、鹌鹑，也有野鸭和禾花雀。一般的捕猎方法：野鸭是用粉枪打；鹧鸪则拿马尾毛编的活套，装在地里的田头，等它夜晚出来寻食时落套；鹌鹑和禾花雀用网兜捕捉。网兜，是猎人用脑袋顶着小帐篷一般的网罩，跟着猎犬转，猎犬钻进草丛把鹌鹑一类的鸟雀撵起，鸟儿飞起撞着网罩落进裙兜里头，活活给逮住。但是，狩猎的各种方法当中，最能引人感兴趣的，莫过于“放鹞鹰”这一招。鹞鹰可以捕捉各种大小飞禽，操纵它比较轻巧、机动、灵活。不过，一只鹞鹰必须经过一番艰苦的驯养过程。先是捕获：每年中秋前后，鹞鹰往往跟着秋风出现。村里后生仔常常当这时节，三人一伙五个一群的捉来两三只麻雀装在小笼里，拿到村头村尾的晒谷坪上，挂到两头树起的竹竿上去，然后用一面同排球网差不多的网幕张挂在两头当作屏障隔着雀笼，网幕两头安活环。鹞鹰都是从东南方来的，当它朝着鸟笼俯冲下来撞着网幕时，两头的活环迅速落下，鹞鹰随即落网。人们逮了鹰来，接着就是开始驯养：缝起细细的小布条作圈圈，给鹞鹰套上脚镣。两三天后，驯鹰人拿着连在脚镣上的棉线细绳，先在手心轻轻握住，在手背上绑块棉垫，让鹰立在上面，整天整夜不叫它离手。等到它逐渐被驯服,跟人惯熟一些了,晚上才能让它栖在床头的木架上。夜里,驯鹰人久不久要起身,把鹰摇一摇,不让它闭眼,人为地使之劳顿,否则不易使它驯服。驯鹰人天天都得熬夜,最辛苦就是在这十天半个月工夫。熬过这段工夫之后,鹞鹰能够自在地栖息在木架上了,那就算完成训练的第一阶段——“亮架”。接着就进行第二阶段的训练——“试放”。让鹞鹰饥饿到一定程度,驯鹰者拿牛肉或鸡鸭的肾肝对着鹞鹰引诱。开头,甲乙两人手上拉住一根麻线,麻线穿过顶针一般大小的铜环,把拴住鹞鹰脚镣的细绳系在铜环上,之后,甲方拉住麻线一头,用布包的牛肉或鸡鸭的肾肝拿在手上,对着乙方手上的鹞鹰摇晃,作“咕咕”叫唤。鹞鹰见到鲜红的血肉,受到饥饿引诱,从乙方这头飞过甲方那头来叼取食物。如此,反复多次,从近到远,让它习惯,而不至于中途飞向别处去了,再进一步除掉麻线,鹞鹰只要听到呼唤,见到食物,就会大胆地飞过来,也不怕人了,就是放手把它放到树上去,用食物也能把它叫得回来,这时驯养工夫才算完成。在正式放猎之前,还有一件工程就是在它尾巴上的羽毛根部穿只小洞眼,系上一只手电筒灯泡一样大小的铜铃。这样,即使鹞鹰有时抓不到猎物而飞入密林,猎人也能根据铃声找到它。

这些工序都做妥贴之后,鹞鹰就可以出猎了。

鹞鹰品种有好几种,人们按它个子的大小,羽毛的斑点,给它起了各种名称:南松、燕松、双子和鸠鹞,等等。鸠鹞和南松,个大爪粗,能搏击鹧鸪、斑鸠和雉鸡;燕松和双子,个小爪细,只能逮得鹌鹑、五更鸟、黄鹂和云雀一类小禽。

覃家庆往年对驯鹰这玩意虽然也蛮有兴头,只是没那些闲钱买肉来养,只跟别人凑合着玩玩,自己没有单独驯养过,总是过不了瘾头。今年赶了两趟马帮生意,留下几个体己钱,下狠心自己也弄一只来耍。这事罗汉给他打气,跟他合伙;梁少英说家里有条猎狗,答应拿来使唤。就这样,他们三人就分头闹了起来。为了要捕捉鹞鹰,就得捉麻雀、拉网、栽木桩安架……忙了五六天才把该准备的家伙凑齐。说来也是他们走运,张网的第二天一早,头一只下来光顾的就是个鸠鹞。真是旗开得胜,三个伙计高兴的了不得。拿去圩场叫驯鹰的老行家看,都说这鸠鹞是一只罕见的纯种,爪和嘴都好,绿豆眼更是特别难求。说是到时放开来,鹧鸪、雉鸡一定飞不掉,保准十拿九稳。有人情愿拿两只燕松作交换，还外搭三块鹰洋。梁少英一听，动了心，极力怂恿："干吧，一只换两，还得大洋三块，甲甲响……"家庆却是个死心眼，听人一说好，更加当作宝贝，说什么也不干。

后来证明，这只鸠鹞果然不坏，头一回出猎就捉到五只鹌鹑，两只鹧鸪。当天夜晚他们几个十友拿到河边磨房去吃夜宵。大伙一边品尝鲜美的山珍，一边议论日里狩猎的趣事。

家庆平素同十友在一块玩，数他的话最少，今晚却破了例，扮演了主角，讲得津津有味，边讲边比划。说猎犬闻到气味时，尾巴怎样摇摆，全身如何紧张；这时，放鹰人就该死盯住草丛的动静，等到"噗噜"一声，禽鸟飞起的一刹那，就要眼明手快，赶紧顺手把鹰放出去。

"鹞鹰翅膀一拍，箭一样追去，眨眼间，鸟给逮住了！"家庆讲得眉飞色舞，"这真是叫你心上乐开花，猎犬汪汪地连声叫唤，死劲撵，人也赶紧追，顾不得脚板踩的是草芒还是蒺藜了，只管跑吧。锦鸡、鹧鸪个子大，鹞鹰抓着不远就落下地了，要是鹌鹑，它就能叼到好远地方才停。有时落在草里，有时飞到树上，要不是它尾巴上别只小铃铛给人报讯，你还不易找得见呢；要是你不及时赶到，让它把鸟食饱了，飞进了树林，你叫它吧，它可不睬你了。"

梁少英听了，说："这么好玩，明日个我也去见识见识。"

"好玩的还有呢。"

"还有？把它都讲了吧。"

"先不能讲，明儿谁去谁就见到了。"

经过家庆这么一宣扬，大伙心头都发了痒，都想去耍耍。只因收获季节，活路特紧，一时又去不成。

直到重阳那天，各人家里的庄稼活做得差不多了，活路松了点，又趁着过节，正好上山玩玩。一早，大伙都到家庆院里来聚齐。罗汉得老石匠允许，给他放一天假，高兴的了不得，还跟别人借到一张网；李老五牵来一只小狗，是要它去跟班"见习"的；另一位十友侬老八，背着竹筒装的粥，还挂着一只口袋，准备装捕获的鸟用的。

一行人结成一伙，浩浩荡荡上路了。赶到村头土地庙门前的时候，梁少英

才撵了上来,手上拿着一大团蕉叶包的糯饭,腰里挂只装茶水的葫芦,脑袋包块羊肚手巾,气咻咻地抱怨道:

“你们几时把我‘隔众’①了呀?”

“哪个晓得你们学堂今天放不放假。”

“学堂不放假,我不会‘溜鸡’(溜号)吗,傻仔!”

就这样,家庆、罗汉、梁少英、李老五和侬老八一共五个十友,欢天喜地往山里进军。两只猎犬在前面引路,一路上这里闻闻,那里嗅嗅,有时偏到路旁的草丛,抬起一条后腿撒尿。小狗在大狗身前身后缠着,有时叫唤两声,奔跑到前头一丈八尺远,又转回大狗跟前来跳跃两下,才又往前跑,来回边跑边跳。

这时,太阳才冒出山坳,树叶和草丛还留下一层露水,空气清爽;上山拉茅草的木轮牛车,发出吱吱嘎嘎的响声,一辆跟着一辆缓慢地蠕动;惊寒的雁阵拖着悠长的唳鸣,掠过高阔的苍穹。上山割茅的妇女,三五成群地随着相互对答的喧哗陆续出现在村道上。她们穿着清一色的蓝靛土布衣裳,头上包裹着拿米汤浆洗得十分素净的白头巾,腰间围着白头裙,蓝白相间,格外触目。这些姑娘媳妇们一离开家门,来到村外,就同鸟儿离了窝,梅花鹿来到树林,格外活跃。笑语夹杂着歌声,惊动了野地里清早的宁静。人们夜里噩梦的余悸,白天活路的辛苦,都叫歌声和笑语冲散了。

一天最宜于打猎的时光是大清早——露水未干,和傍晚——太阳将要落山的时分。这两个时辰,猎犬经过夜间和午晌的休息,劲头足,肯卖力;鸟类出来寻觅食物也是在这两段时间。晌午,太阳大,人饿了,狗也乏了。猎人往往在这时候找个树阴歇晌,用饭充饥。

家庆他们一行,一早上山来就一鼓作气赶了好几个大山头,当日头照正头顶时候,大家觉得两条腿越来越不听使唤了,猎狗伸出乌黑斑点的舌头喘气。

这时,他们正好来到古屯岭下,这里有两株高大荫浓的大榕树,各人就在树阴下找个座位歇了下来。猎犬趴在地上伸着前腿,吐出舌头。

这儿是在“三点会”的年代被毁了的古屯遗址。除了这两株大榕树,附近还

①隔众——本地方言。凡是伤风败俗的坏人,均要被开除乡社,与众隔离。

有叶密如盖的龙眼树，有笔直的棕榈，有高大魁梧的木棉和一株苍老葱茏的扁桃树。榕树下有断碑、破臼可作垫坐，不远的地方有口水塘可以抹脸、洗脚。

家庆他们吃罢午饭，各人折下樟树枝叶，铺在树阴下歇晌。大伙吃过饭，劲头又来了，把捕获的猎物拿来摆弄。

上半天，他们好彩数①：家庆放的鹞鹰，抓到三只鹌鹑，一只鹧鸪；罗汉用网罩捕获四只五更鸟和一只大雉鸡。五更鸟比鹌鹑个子小点，脖子上有一道金黄色的项圈，黄嘴黄爪，样儿特别美；这小鸟，每天天亮前开始啼唤，发出清脆的叫声，同公鸡一样，叫醒贪睡的人们。雉鸡尾巴的翎毛斑斓可爱，可惜给猎狗咬了一口，翅膀沾了一摊血；鹧鸪给鹰抓破了脖子，看来是养不活了，可仍然很有爪劲；其中有两只鹌鹑叫鹰啄食了脑浆，死了。他们把羽毛一点一点揪光，两只原先美丽的鸟儿变成赤裸裸的紫色小雏。随后又拿到水塘边开膛破肚，掏出内脏，拿肾肝来喂鹰。

少英拿一只鲜红鲜红的肾，逗着鹞鹰啄食。家庆说，喂它半饱就行了；它吃饱了就懒，不肯干活，放它出去，不但不给你抓鸟，反而飞上树去，你再叫也叫不来。

罗汉说："那还不跟人一样：地主老财吃喝得肚皮鼓鼓的，就不肯动弹。"

一只黄色的蚱蜢跳到罗汉衣襟上，他一手捉住，捏着蚱蜢两条腿，叫它一上一下的打碓，挺好玩。

梁少英看看罗汉玩蚱蜢，想起什么事似的问道：

"你们说，蚱蜢原本是跟禾叶一样青绿青绿的不是？为何一到这时候，都同稻谷一般变黄了呢？"

依老八说："你读书识字的还晓不得，我们哪里懂。韦老二准知道，可惜他不在！"

"对啰，他要在这，多好玩呵。"李老五说着，转向家庆，"老三，明日赶圩，托人叫你老表回来不好吗？"

少英说："是啰，我们没有他，好像炒菜少搁了盐，不够味。"

---

①彩数——本地口语，走运的意思。

几个人你一言他一语，谁也不歇着。

一阵凉风，对面山坡松林传来沙沙的涛声，叫人一阵凉爽。方才那种乏劲，仿佛打皱的布头一下子给熨平了。

梁老四(少英)是个最不堪寂寞的人，刚玩过鸟，马上又从口袋掏出一枚骰子，叫大家占卦，看运气好歹：说他往空中抛骰子，落下地来，如果是个"红幺"，那，下晌准能再抓到只大雉鸡，要是个"红四"，罗老大的网兜一定捞得一只鹧鸪，要是一个"红六"呢，至少也能捉到三对鹌鹑。如果是黑单数，黑幺，黑三点或黑五，那就背时，什么也捞不着，要是个"黑八"，那遇上一只狐狸，白撵一阵。

"记住了吧?"少英说到这，向大家叫，"看，我抛骰子了。"

"要是你卦不灵怎么着?"李老五拦住少英说，"算了，不玩这个。还是要覃老三讲他那天夜晚没讲完的什么好玩的吧。"

"对，对。"

少英说："覃老三老实木头一块，能有什么好玩的。至多是跟'黑李'这个……"梁少英说着拿两只食指做个钩比了比，向十友做鬼脸。

家庆红了脸，说："我前回讲的事，跟我不相干。"

害着火眼的侬老八急着催道："那，你就讲嘛。"

"还用说嘛，一听就听到了。"

"听到什么？风吹，斑鸠叫，画眉唱，还是蜜蜂嗡嗡的吵嚷？这有什么好玩的。"

"不好玩？你仔细听听！"

各人静了音，屏着气谛听。

随着松涛的清风，一起一落的山歌，在附近山谷响起悠扬的回声。割茅的姑娘媳妇们聚到一块歇晌，白头巾在阳光下映着耀眼的反光。歌声从这边山到那边山对唱起来。

也许由于贫穷与不幸，忧郁和悲伤扰攘着人们的心坎，人们在自己的家忍受令人窒息的气氛，一旦投到大自然的怀抱，往往情不自禁地放声高歌，借以抒发抑郁，忘却无边的忧患。无疑，歌声在这儿简直成了精神生活的盐，缺了它，就同舞会短了音乐。它不仅吹散人们心坎的愁雾，而且能冲破虚伪的封建道德的篱笆。热情奔放的心灵在这儿找到彼此相通的桥。这儿,人们负荷的劳动是沉重的,歌声却把负担减轻了分量。这儿,人们的命运有这样那样的差别,生活遭受这样那样不同的辛酸,歌声却一概无私,给人们获得眼前短暂的慰藉。

罗汉听了一阵,拍着家庆的肩膀问道:“老弟,你讲的好耍就是这个呀?”

“这还不好?你到哪儿找去。”

“好,好,呱呱叫。真是瞌睡碰上枕头啦。……”少英乐得眼睛眯成条线。

“别吵,别吵。听,对面的娘们朝着我们唱了。”

大家侧耳倾听。果然,对面的松林里,飞来激越的歌声:

种竹只望竹长笋啰,哥呀哥,
栽树呀,只望树成林;
连哥只望成双对啰,哥呀哥,
成双呀,成对过一生。

少英说:“她们声音太低了,听不清。我来敬她们一首,咳咳。”说完干咳两声,真的唱了起来:

唱歌要唱大点声啰,妹呀妹,
莫学呀,蚊虫叫嘤嘤,
莫学蚊虫嘤嘤叫啰,妹呀妹,
隔山呀,隔水听不清。

“这算什么歌,真给我们丢架①。来,听我的。”罗汉说罢,张开大嘴就唱:

走路踩上妹脚印啰,妹呀妹,
双手呀,连泥捧上心;

①丢架——广东话,丢脸的意思。

旁人问哥捡了甚啰？妹呀妹，
哥把呀，黄泥当作金。

“好，狗赶鸭子，呱呱叫！”依老八伸出拇指对着罗老大夸奖。

“别吵，听，人家对过来了。”李老五说。

果然，对面传来二部合唱：

去年火烧八角树啰，哥呀哥，
今早呀，路过还闻香；
妹今出门不带米啰，哥呀哥，
听哥呀，唱歌当干粮。

“嗨吔，娘子军可厉害呢。这下看你老大的啦。”少英拍着罗汉肩膀。

那边歌声才落，这边马上接了起来：

妹是山中松柏树啰，哥呀哥，
哥是呀，金藤树下枯；
过了一生经一世啰，哥呀哥，
树死呀，藤干心也服。

“吔，她们莫非来了个刘三妹？嗯，可惜，我们缺了个韦二哥。要不，今天可是唢呐对铜锣，够你敲（瞧）的了。”

“是呀，步平不在，真可惜。”家庆叹口气。

“他上了瑶寨怎么就不回头了呢？”

“有办法，明儿叫人去告诉他，说覃老三要同‘黑李’那个了，请他回来……”

“不行，不行。他俩是老表，真假骗不了他。”

“那，怎么着？”

少英说：

“你们还讲呢,人家同凤仙俩,正是糯米糍粑黏上白砂糖,难舍难分了。”

家庆说:

“看你梁老四,说话总是往那头歪。”

几个十友,你一言我一语,对面山坡的歌声什么时候停了,大家都没留意到。

忽然,两只猎犬钻进邻近的映山红树丛里,汪汪地急叫,惊动了大家。家庆马上招呼大伙带着家什出动,两只狗一边嚎叫,一边紧摆尾巴追赶。家庆握着鹞鹰,举过头顶,全神贯注地直盯着猎犬的去向和草丛的动静。罗汉脑袋顶着网罩,紧跟狗的左右。几个人都屏住呼吸,空气十分紧张。

“噗噜”一声,一只羽毛灿烂的锦鸡从网罩的边边飞了出来,家庆顺手把鹞鹰扔了出去,大伙同声呼喊,给鹞鹰打气。鹞鹰追上三四十步,伸出金黄的爪子抓到锦鸡的脊背。人们不禁欢呼起来,放开步子撵去。不想,锦鸡两只翅膀使劲搏击,鹞鹰松了爪,飞上一株木棉树上去了;锦鸡飞不多远就落到一丛芦苇里头,半空里飘着两三片羽毛,两只狗一路汪汪地直叫,一路追逐到锦鸡落下的地方继续搜索。家庆从腰上的口袋掏出小块布包着的鸟肾,赶紧跑到木棉树跟前去举起食物,“咕,咕”的连喊几声,鹞鹰见到鲜红的食肉,飞了下来。家庆让鹰啄食了两口,收起食物,立即投入围猎。

锦鸡被猎犬搜索,又从芦苇丛中飞起。罗汉的网罩又没有罩上,家庆来不及放鹰,锦鸡又逃脱了。大伙又跟踪赶去,一气赶了两座山头才叫罗汉的网罩逮住。捉到这么美丽的猎物,大伙特别开心。少英从尾巴上揪下两根长长的翎毛,插到脖子背后的衣领上,学起戏台上的“武将”,“吭且且,吭!”一边唱一边比划,引得十友们大笑。

夕阳含山,一天的狩猎终于收场了。罗汉、家庆一行慢慢往回走。少英一路走一路嘀咕,说他白跟了一天,也没得放一回鹰,过不了瘾。家庆叫他缠得没法,只好把鹞鹰让他拿,特别叮咛他说,村边树高林密,天色快暗了,鹰飞上树不易找见,叫他不要乱放。少英连声答应:“好好,放心,担保不乱来。”谁知走到南溪圩附近,大伙都到小溪河边洗脸洗脚去了,少英看到路边一株苦楝树下,有对斑鸠落在地面寻食。他把鹞鹰握起,“咄”一声,催赶斑鸠起飞,随即把鹰放了出去。鹞鹰事先没有注意要捕猎的对象,动作迟了一步,斑鸠飞得特别迅速,鹰没追上,拐个弯往圩场的树林飞去了。

梁少英神情沮丧,走到河边自怨自艾地对着家庆他们说:“真背时,斑鸠也抓不到。”

罗汉说:“难过顶屁用,走,找去!”说罢,掉头就跑。

家庆拉少英的手催他:“走呀,等一下天黑了就看不见了。”

几个十友赶到南溪圩场外面的树林,拿捕获的鸟向树上摇晃,“咕咕”的叫唤。焦急了老半天才听到在一家果树园里的龙眼树上有“铃铃”的铃铛声,大家的心落下地了。家庆举起血红的鸟肾“咕咕”的连着叫唤。树叶很密,天色又暗淡,只听见铃铃的铃响,却瞧不到鹞鹰栖在哪枝树干上,总也见不到它飞下来。

罗汉说:“是不是它脚上的带子给树枝绊住了?我上树去找。”

少英说:“围墙那样高,怎么进得去?”

李老五说:“找门进去。”

罗汉讲:“哪儿去找门,干脆爬墙上去!”

家庆一把拉开罗汉,说道:“我去,你们在外头等。”

家庆举起腿,踏进墙上的枪眼,两只手往墙头一扒,另一只腿跨过了墙头,沙啦掉下一把泥土,人纵身一跳,发出“噗”一声钝响,人已经落到园里头了。

园里一只被铁链拴着脖子的恶犬狺狺地狂吠,家庆猴子一样敏捷,迅速地爬上了树,狗朝着树上汪汪直叫。

园里小楼的百叶窗口打开了,伸出个光秃发亮的脑瓜,瞅着恶犬狂吠的方向,马上缩回脑瓜,接着就是“笃笃”的楼梯响。正当家庆手上举着鹞鹰,喜形于色地跳下树来的时刻,小楼的后门同时出现一个穿着一身素净的横罗绸衫的老家伙。他取下老花眼镜,打量着家庆,疑惑片刻,忽然想起什么来,“呵”了长长的一声。

家庆回头一看,真是冤家路窄,原来是曾经有过交道的汪锯人哪,仿佛是无意中遇到吹风蛇,急忙抽身往墙上爬起。老家伙蹲下身来,把狗放开,恶毒地命令恶犬:“去!”随即喊道,“野仔!看你往哪里逃?给我下来!”

恶犬汪汪狂叫,扑上墙去咬住家庆的裤腿。已经攀上墙头的手落了下来,狗咬住裤腿不松口,两只爪扑到人身上。家庆不禁惶栗,失声呼叫……

罗汉跟几位十友急了眼,绕过围墙西头,发现有个小板门,立即用拳头拼命擂打,大声喊叫:“开门! 开开门!”里头没人应声。

罗汉心急不乱,发现旁边有块石磴,连忙抱起,把它往门上一砸,哗啦一声,门板破了个大洞。罗汉领头,气昂昂地招手叫十友们一窝蜂冲进园内去了。

几个小伙冲到现场,恶犬见人多势众,退了两步,站立不动,伸着脖子汪汪地穷叫。

家庆腿肚淌着血。罗汉一把拉着他,正要往回走,老家伙回头向小楼喊叫:

“来人啊!”

旱天雷领着两条汉子应声出现。老家伙向跟身的命令:

“把他绑了。送团局! 嘿,天还没黑呢,光天化日之下,胆敢爬墙做贼!”

旱天雷一脸奸笑,向两条汉子摆头,暗示过来下手。接着移步来到家庆面前,幸灾乐祸地挖苦道:“这下认得了吧。上回美言相劝,你却是个吃稀粥屙硬屎的贱骨头。嘿,这回可不好商量了。去,给他五花大绑。”

罗汉气得发愣,梁少英在他耳边小声说:

“老家伙就是汪锯人。……”

罗汉愤愤地说:“管他是谁。他锯别人却锯不了我! 几大就几大,至大芭蕉叶。走,跟家庆一道上团局作证,平白无故诬赖好人,不行!”

家庆把鹞鹰递给罗汉,悄悄地说:“团局要是给我为难,你就到瑶寨去找表哥。”

旱天雷同老爷交头接耳,不知得到什么指使,来到家庆跟前,装着假笑说:

“事到如今,案情不轻呵。不过……这样吧,给你一条路走,你要是肯把‘黑炭’让出来,那,大事化小,小事化无。我们家老爷好说话。”

家庆瞪对方一眼,不作声。

人被解到团局的时候,杜团总正在里屋吃饭,不理公事。旱天雷同马王七咬耳朵,窃窃私语。马王七回头瞅了几个小伙一眼,目光落在罗汉脸上,表示很得意,好像是说:“嘿,你这帮野仔,这回可落到我佛爷手心了。”

马王七进里屋禀报团总去了。不到半袋烟工夫,杜团总捧着白铜水烟袋,大模大样地走到厅堂来，连连打着饱嗝。向被绑着的人打量了片刻，然后转过脑袋瞅了瞅旁边的罗汉和少英他们几个，最后才在紫檀乌木的八仙排椅落座。马王七恭顺地将点着了的纸媒递过去，老爷接过纸媒，慢吞吞地点着水烟袋咕噜咕噜吸了两口，才抬起浮肿的眼皮，向家庆发问：

“你叫什么名呀？覃？西早覃，覃家庆？嗯，司爷，把名字记下。我问你：为什么在大白天里胆敢爬墙作盗？真是人小胆大呀。”

家庆哑子吃黄连，一肚子冤枉，半晌才说：“团总明察，我……我可不是——是我的鹞鹰飞到园里龙眼树上……”

“是呀，鹞鹰能飞得上树，就可以飞得下来的嘛。你为什么要爬墙进人家园里呢？唔？”

“鹞鹰被缠在树上了，飞不下来。”

李老五和依老八插嘴说道：“是的，事实原本是这样的嘛，我们可以做见证。”

旱天雷马上拦住作证人的话，说：

“他们几个是一伙，公开打劫，把后园的门板给砸破了。”

“嘿，你老爷放开恶狗来咬人，还不准我们搭救呀？”

“你说我们做贼，你见过有带鹞鹰去爬墙偷盗的吗？”

几个十友仗义执言，你一句我一句，反问得旱天雷和杜团总不好回答。

门外进来一个人，交给团总一张字条。团总看了，沉吟片刻，点点头，然后望着家庆说道：

“不管怎么讲，你爬进人家的园里是事实不是？汪家的看门狗在园里咬了你也不假吧？园门是你们一伙人砸坏的不是？你说不是做贼作案，为什么爬墙？又为什么要砸烂门板闯进人家园里？哼，人证物证俱全，你们还强辩！哼，来人，把为首的拘留下来，其余的遣散出去。姓覃的小子，我告诉你，你今晚可好好想想，你要不肯认罪，明日我杜某人可是要公事公办，把你解去县衙门下大狱了。班房可是不好蹲的哩。”

团总把话讲完，拂袖离座。瞧他那架子，好像是要吃人的老虎。

罗汉给家庆打气，说：“不怕他！身正不怕影儿斜。我们在外头给你张罗。

给你送药送饭。我今晚连夜就去瑶寨——”

家庆不等罗汉把话讲完就说:“你去吧,去瑶寨找则明商量。”

罗汉用坚定的目光安慰着家庆:“你放心。”说罢,转向少英他们说,“我们走吧。不信他们能把人吃得去!”

马王七跟旱天雷两只豺狼盯着四个小家伙的背影,得意地冷笑。

第十六章

罗汉骑着镇堂老头的牝马一口气赶了五十多里地，到瑶寨时已经敲二更鼓了。这时，韦步平正在给瑶族弟兄们教夜课。课目是“雷、雨、冰、雹”几个单字。他不仅教会大家认识字音，还在解释每个字的含义中，联系讲解自然现象和社会生活情况，举出实例，说明道理。

罗汉来到夜校门外时，听步平讲解得正起劲，于是，停步不前，悄悄地从门缝往里瞧。

韦步平用和蔼的口吻指着小块黑板上的“雨”字向听课的人发问：

“这个字念什么？”

“雨！”好几个人发出一个声音。

韦步平高兴地说道：“对啰，这个字念雨，就是下雨的雨。立春、雨水的雨就是这个字。”说罢，接着反问一句：

“雨水哪儿来的，知道吗？”

“哪儿来的，谁不晓得，天上落下来的呗。”

“天上怎么会有水落下来呢？”

“是盘王撒的尿！”一个躲在角落的人郑重其事地回答。

“哈哈！”好几个声音在发笑。

“别笑，听老师给我们讲！”

韦步平心想：“盘王撒的尿？亏他想得出来。”自己也憋不住要笑却又克制住，说，“先不讲雨水怎样落下来。我说你们瑶家人都爱喝酒不是，哪个懂得酒糟怎样蒸成酒的？”

大家瞠目而视，舌头变硬了似的，谁也不哼声。

韦步平扫视了全场片刻，才接着问道：“总有人看见过蒸酒的吧？”

有一个人慢腾腾地说道：“蒸酒有什么出奇，跟落雨又尿不到一个壶里。”

别的人眼睁睁地，好像也在说：“是呀，蒸酒跟落雨怎能扯到一块嘛。”

韦步平看出大家的疑惑，就说，落雨跟蒸酒打外面看是不同，道理却是一样。于是，在黑板上画蒸酒锅几个部分的图像，转向听众讲解，说是天气热，日头晒，地面上江河湖海的水蒸发成云雾，飞上天空，遇到冷气，云雾就又变成雨水落到地面上来。熬酒就是先把酒糟放进锅里，锅底烧火加热，酒糟升起蒸气，通过中间的甑，碰到顶盖上那口蓄着冷水的锅底，蒸气碰着冰冷的锅底，马上就变成液体滴落到槽里，槽里的液体通过漏嘴流入坛里，那就是酒。步平指着黑板上画的蒸酒锅各个部分，一样一样说明完了，然后望着大家问：

“明白了吧？”

“说明白嘛，又不明白。”一个老头说，“自古到今也莫听讲下雨跟蒸酒一样。照这样说来，盘王干么不叫雷公把酒洒下来，免得我们穷人没钱打酒要赊账。”老头敲敲火镰点起竹筒烟斗，慢吞吞地吸着旱烟。

两三个小伙子听老头这么一讲，不觉同声哈哈笑道：“不行，不行，盘王把酒洒下来，个个人都成了醉鬼，谁去干活呀。”

“是呀，那不是个个都成神仙了。”

“别吵了，还是听讲吧。”

谁一声喊，好像开水锅对下凉水，大家马上不作声了，静静地等待讲解。

步平带着笑说:“拿蒸酒打比不对路，就另外拿实物来当堂试验。志高，你去把东西拿来。”

志高从隔壁房里拿出一盏煤油灯、一只支撑鼎锅的三脚铁架，还有一只盛水的小铁罐和一面八寸大小的镜子。步平把煤油灯放在三脚架下面，将小铁罐搁在上头，点火把水烧开，冒出蒸气，然后拿镜面盖住罐口，不一会，把镜子揭开，镜面凝结好些点水珠。

步平端平镜子朝着大伙说道:“看，这不就跟水气变成云雾、云雾又变成雨一样的道理吗?”

“哦，是的啵!”好几个人一齐叹服。

门咿呀一声被推开了，罗汉突然立在门首，跟步平的目光相遇。

步平又惊又喜，立即冲过来啪一声打在对方肩上，直盯着罗汉的眼睛问:“罗老大！你……怎么来的，发生了什么事?”

罗汉愁容满面，直直地盯着步平，一时说不出话来。

一屋子的人都冻结了似的，沉默得令人窒息。静了片刻，罗汉望着步平说:“你老表叫人给……”

步平抑制不住激动，急切地问:“什么，家庆他怎么回事?”

罗汉说:“汪锯人诬赖他做贼，今早叫杜团总解去县公署了。”

“那还了得?”步平愤愤不平。回头对大家说:

“乡亲们先回吧，今天暂时讲到这里。记着今晚学的是个雨字，落雨的雨。”

人们一个一个走了。志高迟疑不定，要走不走。步平叫住他说:

“志高，你先别走。这是罗汉，石匠小师傅，我们十友的老大，他是蓝大妈的小子。”步平给罗汉和志高作了介绍。然后才向满面灰尘的罗汉问:

“你还没有吃饭吧?”

罗汉摇摇头，说:“早饭吃过了。”

“早饭，现在什么时候啦。”步平笑道，“志高，你先回去叫阿嫂煮饭。”

罗汉说:“牲口跑了大半天，比人还累咧，先弄点潲水饮饮它，然后再喂草料。”

志高答应着走了。

步平问:“谁家的牲口?”

“你家。”罗汉说,“家庆就为它的小崽惹祸呢。你没见过小黑驹,真是长得出奇,黑炭似的,全身一根杂毛都找不到,可逗人呵。你爷爷把母马叫家庆调理,说养下崽来就归他。家庆就像拣到宝贝似的,还给小驹子起个名叫‘黑炭’,谁知因它反倒惹了祸。”

步平把夜校的屋子收拾一下,锁上门,同罗汉一路走一路说话。罗汉接着把家庆无辜遭横祸的前前后后的情形叙述了一番;还讲了他们驯鹰、打猎的乐趣;讲梁少英的婚事过了冬至就要办了;家庆和黑李两人,对歌也对了好几回了,家里老人却说黑李的八字不顶好,败财,不大乐意娶这样的人。可是,家庆还是馋猫一样,老在人家门前屋后转。

“这一下子,家庆平白无故地吃了冤枉官司,什么也完了!”罗汉为十友的不幸叹了一口长气。

“不,完不了。”步平口气十分坚定,“如今民国时代,还能容许这帮牛头马面照旧横行霸道吗?有我在,就不能白受冤枉。”

“那就看你懂得官司的人跟那帮家伙怎样交手了。家庆叫我来,就指望你能帮他上衙门写状纸什么的。”

“好。等你吃了饭,看是连夜回去还是明早天亮前再动身。”

两人继续走,各想各的心思,都没哼声。在下坡的一株樟树上,一只猫头鹰“噗”地一声,搏击着松鼠,松鼠吱吱两声,被叼走了;牛蛙咕咖咕咖的大声鸣叫。下弦月在树梢竹尖上露个半脸。

一阵沉默过后,罗汉终于又开了话头:

“她怎样?要不要一块回去?”

步平懂得罗汉说她指的是谁,就说他同凤仙也随瑶家风俗,简简单单地成了亲了。就在志高竹楼旁边搭了一间小房,算是安了家,日子倒也过得挺自在。

“不过,近几天来,她性情突然变得古怪。”步平说,“脾气躁,动不动就发气;口味也变得出奇,爱吃七七八八的东西;说想吃这样那样,叫人弄来了,又说不吃了。有的东西,才吃下去马上又吐出来,叫你真难侍候!”

“那到底是怎么回事?”

“大妈讲,看来八九成是有了喜了。”

“有喜!快当爸爸啦?”罗汉往步平肩上猛拍了一下。

“小声,到了。”

韦步平带着罗汉来到蓝大妈的竹楼,坐下不一会,凤仙从里屋端出一木盆热水,请客人洗脸。在罗汉看来,这位娘子比她几个月前当姑娘时候显得更丰满,脸面更光彩,举止更庄重了,细看才觉得有点掩饰不住的倦容。

步平望着凤仙问:“牲口喂了吗?”

“大妈给喂了。”凤仙轻轻地答道。接着对着客人说:

“罗家弟兄,抹过脸就吃饭吧。快洗,水等会凉了。”说罢,往里屋去了。

蓝大妈怜惜地望着走去的背影,对步平说:“快当爸爸的人了,还是个孩子脾气,不懂事。可不能再让她挑、提过重的东西了。”

步平不觉红了脸。

“对啰,你还没见到‘黑炭’,走,去看看。”罗汉洗完脸,把手巾搭上挂帐子的竹竿,拉步平下楼去。

一会转回来,望着韦步平说:

“你也说不错是吗,的确是谁看谁都赞两句。”

志高给客人端来饭菜:一碗苋菜煮汤,一盘腌了多年的酢鸟。步平说:

“嚯,志高可是把你当作贵客哪,酢鸟是这里的名菜,尝尝吧,恐怕你吃不惯?”

罗汉夹起小鸟尝了一口,忍不住皱个眉头。步平看没旁人在场,才悄悄地跟罗汉讲瑶人待客规矩:凡是家里来客,都是拿出陈年腌的肉鱼雀鸟来做上等的菜肴,客人怎么也得尝尝,不然就失礼。说是酢鸟比酸肉还好些呢。一会,志高又端来一碗热腾腾的斑鸠炖黑豆汤,罗汉赶紧把汤泡糯米饭,三口两口的把酢鸟的怪味压住。

“汪锯人一直在打‘黑炭’的主意。”罗汉吃完一大海碗,才又说话,“老不死的家伙,他要马王七跟家庆说,倒是愿让‘黑炭’,还是想坐班房?如果怕坐牢,就在一张什么文书上按个手印——画押,交出‘黑炭’就没事。你想想看,家庆怎么着？”

韦步平问：“怎么着？”

“嘿，他那个犟脾气你不是不知道，谁要越压他，他就越顶颈，你越想霸占，他越不肯迁就。”

“好，有种！”步平握紧拳头往竹桌捶了一下，一只空碗几乎掉到地下，“跟他干！走，连夜回去！”

“什么，现在就走？”大妈惊疑地问。

凤仙听到说要走，从里屋出来，迷惑地拿眼色询问丈夫。步平一半回答凤仙的眼色，一半对大妈讲。

“是呀，马上走。事情急，叫人也睡不着，不如走路痛快。”

大妈看了看凤仙，说：“你媳妇正是不自在呐，你走了，她一个人……”

凤仙没等步平答话，抢过来说道：“大妈，他有事，该去就去吧。家庆兄弟受难，正在盼他去呢。我没事，这两天好些了。”

罗汉望着凤仙点头，感激地说：“好！嫂子保重！”

步平对着凤仙的眼睛说：“你就同大妈先待着吧，我把事情办妥就回。看你有什么话要跟你妈说的？我回去告诉她。大妈，你老人家就多多费心照料了！”

蓝大妈说：“你要去就放心走吧，明天你舅爷就回来了，地里活路也快完了。你们现在上路，三更半夜的，路上要加小心。”

罗汉盯着步平，意思说：“是啵，在山区走夜路行不行？”

步平想了想，对志高说：“阿高你去跟几位老同讲：我有要紧事，得连夜赶回去。请大伙送我们出山坳。”

志高“哎”一声，转身便走。步平追上叫住他：

“等一等，你去谁家借一匹牲口，明儿叫舅爷带回。”

志高又“哎”一声，下楼去了。

一会，凤仙拿出一个包袱来，是给步平收拾的几件替换衣服，另外，用包粽粑的干叶子包着两包东西，说是给爷爷和她妈的香菇和云耳。

蓝大妈对步平说：“对啰，你就给他们两位老人报喜吧。”

凤仙不胜含羞，带笑地说：“大妈，你——不一定是呢，别把话先传出去了，给人落个笑话。”说着，低下头搓弄着衣角。

志高领着几个后生男儿来了。有的扛着粉枪，有的拿着梭镖，有的腰带上别着“七寸”①。

志高说：“人都到齐了，牲口也借来了。走吧。”

步平招呼着几个老同：“走！辛苦你们几位了呵。”

大家一个跟一个走下竹楼。步平压后，回头来深深地凝视着凤仙，却找不到话讲，只对着大妈说：

“大妈，你们早睡吧。”

罗汉在楼下大声喊：“大妈，我们走了。志高，你不去了吧？”

志高的声音：“不，我也去。”

步平下了楼，牵上牲口快要上鞍了，凤仙追下来问他：

“你不带书本本去啦？”

步平用抚慰的目光望着她，温存地说：“不带了。书本城里找得着。你回吧，注意身体！”

“办完了事早回来呵！”凤仙轻轻地说，用深切的眼神瞥对方一眼，千言万语都在眼里讲了。

韦步平和他姨父覃大和到了县城，住在一间客栈里。当天晚上，他赶紧写了一份状纸，为被告人覃家庆作辩诉，历举人证物证，逐条反驳原告的起诉条款。让姨父第二天拿到衙门去呈递。

转眼间，七八天工夫过去了。覃大和天天跑到衙门前面的“揭示牌”去探听，总也没见到挂牌传讯。步平跟姨父隔天去班房探监一趟，每一趟去，家庆都以为是来接他出狱的，可每趟都只听步平重复两句壮胆的话：

“不用发愁，不几天就会出去的。车到山前必有路。”

但是，韦步平除了能写状子，免受那些讼棍敲竹杠之外，别的门路也没有。他曾试图亲自去谒见县知事，面陈案情原委，连投两次名片都被挡驾了：县太爷

①七寸——匕首。

不是公事忙，就是贵体偶染小恙，谢绝宾客。使得他只好面壁斗室，一筹莫展。

本来是可以埋头到书本里去讨生活的，客栈里人来客往，五方杂处，不能叫人安静。这里，有批命算卦的，有江湖卖艺的，也有包揽诉讼、为人奔走衙门的所谓“画老虎”的讼棍；夜间还有摇着铜钱叫唤，专给客人推拿——松腰骨的盲妹，另外，偶然有些乱闯房里来的私娼……

“这样下去，成什么世界呵？”

这带着感慨的疑问，又在步平的脑海浮起，搅乱他的神经。

一天，隔壁房里，一个妇女抽抽噎噎在饮泣，把韦步平弄得挺烦，书报也看不下，只好到外头来散散心。不想姨父在算卦人的屋里端坐，恭恭敬敬地听着算命先生讲解卜辞，预言吉凶。步平悄悄地进屋，站在姨父背后倾听。算命的已经把话讲得差不多了，打了个呵欠，说着封门话：

“看来，你也不免是个富命。是个买卖人吧。如果你讲的‘八字’确实不差，那，就在这两年准有个好运。眼前嘛，还看不出好歹，要耐心等，好运在后头呐。日后要是我这断言不灵，那就在你自己记不准自己的八字了。”

步平见姨父迷迷糊糊地听着，心想：“分明是个老实巴交的庄稼佬，哪一点像个买卖人呢？是不是这两天给他老人家买了一件洋布褂子和一双圆口布鞋，叫人乍看像个牛贩子？”

步平上前一步，突然出现在算命先生面前，用嘲弄的口气说道：“先生，生意好呵。”

算命人不禁愕然。取下老花眼镜，向着后生上下打量，力图在瞬息之间猜透对方的来意。家庆他爸还执迷在被宣告的命运的谜语里，木然端坐，不动声色。步平从桌旁拉过一张独头板，坐在算命先生对面。

“相公，你也想问个前程吧？”算命先生低下脑袋，让眼睛越过眼镜上边，瞧瞧步平的神色，然后说，“请伸出手掌瞧瞧。”

步平把两只手伸给对方，老家伙郑重其事地左看右看，完了，望着后生说：

“从面貌、手纹看，你比他，”说话人拿眼睛指覃大和说，“前程远大。你前庭高阔，下巴宽厚，天高地厚，难得的福相呵；一生功名利禄难尽……”

步平心想：“功名利禄难尽？什么意思？”沉吟片刻，问道：

“手纹怎样？对父母是不是——”

家庆他爸拿眼色制止外甥，不叫往下讲，意思是要试试看算命的猜得准不准？

算命人迟疑地说：“问到父母嘛，按手纹讲是：父在母先亡。”

步平和姨父交换眼色，问：“这怎样讲呢？父母两人到底是哪个先去世呢？”

算命先生说：“就是说父在母先亡嘛。事情是怎样就怎样呗。你不是读书人吗，五个大字还不懂？”

“就不懂。”步平高声说，态度有点顶撞，“不懂你模棱两可的行话。”

“反正我不能讲另外的话。”算命先生坚守阵地，寸步不让。

步平说：“那我就反问了：父在母先亡，五个字，要是把它念成‘父在，母先亡’，那就是父亲还活着，母亲先去世了，如果把它连声念成：‘父在母先亡’那就变成：父母都不在了，父亲是在母亲之前死的。你说，你讲的是前一种还是后一种呢？”

算命先生脸上顿时红一阵白一阵，支支吾吾地强辩：“我就说你父母是父在母先亡，别的我都没有讲过。你父母活着还是死了，自己还不知道嘛，何必多问。”

步平虎一下站起身来，气愤地盯老家伙一眼，说：“哼，见你的鬼去吧。你还说我这姨父是个买卖人呢，人家是一年三百六十天，没有一天不到地头的庄稼人，眼前正受冤枉，吃官司，亏你说得出口——交好运。嘿！”

不想经韦步平这一嚷嚷，好些房客都拥出房门来，交头接耳，议论纷纷。

算命先生却不甘示弱，使劲除下老花眼镜往一本皇历上一扔，装着生气的样子。

这时，门口挤进一个五六十岁的老头，捧着水烟袋，上衣的胸口小袋，挂一条镶有花花绿绿的玛瑙表链，望了望算命的老人和怒气未消的后生，然后笑道：

“好了，好了，双方都不必多说了。和气生财，在家靠父母，出门靠朋友，何必口角呢。老弟，来，来，到我房里坐。”

这老头说好说歹，把韦步平拉开了。

此公原来是这客栈的长住客，专给四乡进城来打官司的农民写状纸、跑衙门的土师爷。起先对步平这位后生并不起眼，等人坐定后，漫不经心地寒暄两句，互通了姓名，问了贵乡何处，贵庚几何等等一般应酬客套。接着听到韦步平说是省立法政学堂的，才马上变了腔调，眉飞色舞，极力巴结，热剌剌地说道：

“呵，足下前程远大，真乃桑梓之福也。日来鄙人冷眼旁观，见足下闷闷不乐，莫非……唔，恕兄弟唐突，抽口烟。”说罢，双手捧着水烟袋往步平跟前送。

步平拱手道谢，然后把官司向他讲了。

老头一边听着，一边在盘算，沉吟半晌，才略为斟酌地说：

“这个……要按理说，被告人是不该坐罪的。不过，案情蹊跷，旁人嘛，恐怕不便插手。足下知道，汪杜两家，一头是财神，一头是权势，千斤大石头，要向谁压下来，叫谁也顶不住呀。历来谁个县太爷上任伊始，莫不先拜一拜这些地头蛇呵。嗯，杜家有位小舅爷听说也是‘法专’的，足下与之……嘻嘻同窗之谊，恐怕还是世交吧？唉呀，方才兄弟失言，万望足下海涵！”讼师突然大惊失色，瞪眼恳求原谅。

步平却冷淡地说：“我们是同窗，可是遗憾得很，并非世交。”

“噢！”讼师顿时松了口气。重新装上烟，静了片刻才又开口：“俗话讲，衙门八字开，有理没钱勿进来。这如今也还变不了。你说覃家能拿出多少吊？”

“一吊一千枚铜钱。不用说多少吊了，一文也没有。纵然有，一文也不愿拿。”步平口气好像是当着自家的事说话，异常决绝，“拿钱来赔冤枉，哪个这样傻？”

“傻不傻当然悉听尊便了。衙门官司的事，如今虽然是封建王朝换了民国共和，可是，老谱何尝不是还在应用？”

“我不信老谱永远也不变调。原先不是说宣统是真命天子吗？如今为何给推倒了呢？”

“从面上看是倒了，骨子里不见得真倒。管你怎么说，人家皇上还是住在宫里？原先那班朝臣，每天朝拜如故。换汤不换药。唉，唉！”

步平听到这儿，感到话不投机，霍然站起，正要走开。主人却把他拉住，殷勤地将冷了的茶水泼掉，另斟一杯热茶，连声说道：

“别走，别走，再谈谈。嗯，兄弟老糊涂了，语无伦次，啰嗦了半天，有件事却忘了问。前些日子衙门里从高头放下一位司法官,也是贵同窗,恐怕是足下的熟人?”

“什么称呼?”

“嘻嘻,是个重姓,欧阳。喏,他给兄弟留下张名片。”讼师受宠若惊地把名片恭恭敬敬递到步平手上。

名片果然印着这样的款式:

省立法政专门学堂毕业
岚 山 县 署 司 法
欧 阳 敬

讼师等待步平过目后,问道:

“认识吧?”

“认识,不很熟。好像是‘绅班’的学员。”

步平把名片随便放回桌上,不慎沾了点茶水,讼师赶紧捡起,拿干手巾把名片抹了抹,然后工工整整地把它插到专门张挂名片的板壁上。回头对步平说:

“认识人就好办。朝中有人好做官。足下何不上县署走走?覃案即令有汪家作梗,如果这位司法官肯作个人情,倒也可以疏通疏通。”

“有理走遍天下,我韦某人从来就不靠走门子办事。不过,朋友不嫌多,不妨去领教领教。不知他住在哪儿?”

“这,兄弟晓得,足下什么时候要去,兄弟可以奉陪。嘻嘻。”

“不要,我自己能去。”

屋里静了下来。讼师细细端详眼前这位后生,要从他的眼光、神色来探测他的城府。讼师心想:“不管怎样,多认识一个朋友,多拉扯一条线,不会蚀本。”

第十七章

邻房一个妇人抽抽噎噎的啜泣声，惊动了邻近房间的客人，也搞乱了韦步平和讼师的心绪。步平紧皱着眉头，流露着怜悯。讼师长长叹了口气，喃道：

“唉，难怪这嫂子伤心呀，丈夫平白无故成了谋财害命的凶犯，下了大狱，一家老小，嗷嗷待哺，怎么得了！唉，世道艰难，难以言尽。鄙人于心不忍，本想不吝一支秃笔，不惜三寸不烂之舌，予以一臂之助，为之奔走，无如‘孔方兄’不济，徒唤奈何！”

讼师说到这里，深深叹气，不等步平答腔接着又说：“那嫂子实在也命苦：家中一头水牯还是跟人合股使用的，祖宗留下两斗谷种的望天田，也值不了几吊铜钱；一个十三四岁的小妹，要卖出去，做哥嫂的又没那个狠心。唉！……”

讼师的话又完又没有完，却不吭声了，用长长的指甲轻轻敲着桌面，举目望着步平，好像是在唤起同情。

步平关心地问:“是什么案子?”

“案情是冤枉的。可是,关系离奇,是是非非叫你有口难辩。”

步平撅着嘴。一会,愤愤地握紧拳头往桌子上猛地一捶,高声嚷道:

“为什么到处都是有口难辩?”

讼师不由发愣,睁眼看着面前的后生。

步平接着问道:“你说说,案情到底怎么回事?”

“据那嫂子讲,案情实在是冤枉的。真是天有不测之风云,人有旦夕之祸福呐!”讼师不急不忙,夹叙夹议起来:说是妇人的丈夫原本是个庄稼人,自家田地的活路不够做,一到农闲季节,就兼做点小本生意。有时同人跑马帮,驮点油、盐、酱、醋回来方便乡亲日用,捞点脚钱;有时在家宰牛、杀猪,拿到圩场零卖,得点吃喝;有时,到外地贩卖牲口,赚回几个辛苦钱帮补家用。那天,他准备第二天出门去贩牛,偏巧村上来了个收买土产山货的商贩,这被告人顺便就将今年春上得瘟病死的一张水牛皮卖了;成交完了,请顾客喝水吸烟什么的。那商贩看到卖主家屋檐下挂有好些晒干的烟叶,想买点走。主人挺义气,给取下两扎来过称作价。另外,还切了一小包烟丝,用旧账本撕下纸头包好,作为人情送给商贩。谁也料不到,第二天午晌,三个县警带着拘捕手令找到他家来,口口声声说户主是谋财害命的凶手。人不在家,分明是作案逃亡。县警向主妇勒索了草鞋钱,才赶去追捕“逃犯”。

韦步平听到这里,不禁犯疑,急着插话,问道:“这怎么说呢?”

讼师老头接着说:“你听我说,案情是这样的:那个商贩做完买卖,出村不远,到山坳一处歇脚的地方,在树阴底下稍坐,人就走不来了。过路人从死人身上掏出一包烟丝,包烟丝的纸头偏偏写有被告人的名字。这样,人证物证都有了。真是无巧不成书呵!”

讼师把话讲完,发一声浩叹。

步平想了想,反问讼师:“那天同被告人出门的人不能替他作证吗?”

“同他一起出门的伙伴在路上那一节是可以作证的。商贩到他家抽烟喝茶,人家却不在场呀。”

步平说不出话,只是在想:“怎么回事?”

“经过县衙的仵作验尸，尸体找不见刀伤，‘他杀’之疑似乎可以排除，不过，麻烦的事是，死者在被告家喝过水，人出门不久就死了，下毒的嫌疑很大。”

“谁证明他喝过水呢?”

“被告自己的供词说的。”

“不。”步平说，“你有什么根据讲死者一定是食物中毒死的呢? 不能是别的吗，比方说，毒蛇咬……”

讼师沉吟片刻，说：“当然，那也难说得准。毒蛇常常从草窝爬到路上来，你不留心叫它叮一口也是有的；也说不定死者在别处误吃了毒物，凑巧到这时辰发作，或者他自个身上原来就有内病，比如说绞肠痧、中风等急性杂病，那是要不了煮锅饭工夫就送了命的。不过……唉，从来清官明断，到底是不多的。回头还是那句话：有钱能使鬼推磨，只要有‘孔方兄’帮忙，即算杀了人，大事也可以化小，没有钱，小事也可以变大。”

韦步平从鼻子哼了一声：“哼，这成什么世界?”说罢，站了起来，两手叉腰，仿佛受人欺负要打架的样子。脑袋碰着挂蚊帐的绳子，帐顶落下一股尘埃。

茶房端着饭菜进来，看见韦步平在这，说：

“韦先生请回房用饭。”

“不用吃都饱了。”韦步平一边走出房门一边咕嘟。

晚饭时候，家庆父亲覃大和见外甥茶饭无心，一言不发，也不知出了什么事，又不好过问。等不到掌灯，步平一个人独自出门拜访那位司法官去了。

司法官是个三十多将近四十岁的人，长得矮胖矮胖，鼻子短小，漏着鼻孔，嘴唇有点儿往上翘，蓄着一撮小胡须，脸盘又圆又扁，就像窑里烧变了型的盘子。现在，他正躺在躺椅上悠然自得地捧着一本《六法全书》寻找什么条文。韦步平敲了门，掀起帘子，才要跨进门槛，主人立即站起，还没认清客人是谁就连声招呼：

“呵，呵，请，请，稀客，稀客。”主人一面让座、倒茶、敬烟，一面说着客套话，“唉呀，岁月如梭，兄弟来到贵县，转眼就是两月了。人地生疏，盲人骑瞎马，哈哈，乱闯。难得贵客光临呐，请多多指教，多多指教! 嗯，阁下大号是——”

司法官拿起名片来看了一眼，又抬起头瞧了瞧客人，不觉恍然大悟：“嗯，嗯，想起来了：是的，是的，是那回在我们母校——法专学堂，是做晨操时候吧，阁下为反对‘二十一条’，仗义执言，领头带我们向当局抗议。阁下激于爱国义愤，慷慨直言，如今言犹在耳。”

司法官说到这，停了一下：“呵，请喝茶！这是巴龙白毛新茶，味道清香。”主人自己呷了一口，摆弄着名片，若有所思，接着说道，“唔，想起来了：当时在‘法专’不是吗，有人喊阁下作‘为不平’，以为是好事之徒给起的外号，现在才知道是字音咬得不准，变了调了。南腔北调，黄王不分。中国太大了，语言也统一不了，呵，我又扯远了。”

主人又呷口茶，好像真是讲话讲得口干了似的。

韦步平沉着静听主人口若悬河的健谈，不动声色。

“阁下已经是毕了业的吧？”司法官见客人不肯开腔，又接着说，“名片应当把出身学历印上，这不必谦虚。前两天似乎听县知事讲，有张白名片递到他那里，请求接见，他谢绝了。这就不能怪知事摆官架显威风，不愿俯就平民。设身处地想一想，事实上的确办不过来。全县十四五万百姓，假设个个都要来求见，那，一个父母官，就是整天都不睡觉吃饭，全部时间都拿来接见，那也是应接不暇的。”

“这样讲当然也有一面的道理，不过，事实上十四五万个老百姓，也不是个个都叫韦步平。无事不登三宝殿，老百姓自己不也是要吃饭睡觉吗，事实上没有人无缘无故要见县官的。”

“是呀，是呀，那倒不会人人一样。不过，……不过，我还是劝告阁下，在名片上把出身学历印上，这不能算自我标榜吧？这护身符是少不了的。说得不好听，就是一张老虎皮，官场的通例。”

“贵州的驴不是吓住过虎吗，没有真本事，靠幌子骗人，终归要露马脚的。”

“黔之驴，那是柳宗元被贬，做不成大官，做起文章来发牢骚，挖苦别人就是了，游戏文章，并非经世之论……”

“那，我也不好多说了。不然，也会受‘吃不上葡萄就说葡萄酸’之讥。很遗憾，鄙人乃是个半吊子，读过几间学堂，都是功亏一篑，中途辍学。说来惭愧！”

“呵？有这么回事？那是为什么？”司法官表示惊讶。

“最后一次,就为那天晨操领头抗议卖国条约而获罪。”

“那……那就未免过分了!”

司法官舒了口气。重新端量对方,若有所思地态度急转直下,淡淡地自问自叹。

韦步平沉默不语。

“那,阁下此来,是不是想谋个差事?”主人见客人无言,沉吟半晌才说,“唉,如今官场,到处是人浮于事,正所谓僧多粥少,想谋个插足之地,可是不容易挤呢。”

“学长不必费心,小弟并非为谋饭碗而登门的——”

“是呀,是呀。”司法官立即把话头引开:“你我同窗一场,竟然在此谋面,真是他乡遇故知呀,机遇难得,应当叙叙,应当叙叙。茶凉了,换杯热的。”主人殷勤起来,把客人的茶水倒泼了,重新斟上。

韦步平说:“小弟冒昧登门,倒是有件案情实在是冤狱,不得已特来请求学长明察,速作公断。”

“呵,呵。是哪样的案子呢?”

韦步平端起茶杯,喝了一口。接着,把家庆的案情说了,却没有把关系人的名字讲明。司法官听罢,沉下脸来,冷静地说道:

“这样说,人证物证俱在,怎能诬人偷盗呢?罪案是不能成立的。人已经解到县上来了吗?几天来兄弟稍受风寒,偶感小恙,没有过堂审案,竟有如此荒唐的案件,岂有此理!到底是哪个地方团局干的勾当?呵,是贵同乡的事吗?南溪区团防总局?”

“唔。团防总局的团总叫杜耀光。”

司法官叹了口气,说:“呵!那样说,杜团总就是‘法专’王光宗同窗的姐夫啰?呵!兄弟在省里临行前,王兄也正打点行装出洋,特来道别。提到他令尊,说是本城一位宿儒——拔贡,当过县参议长;姐丈是南溪区团防总局的头目,说杜团总为人正直,乡邦之中颇负盛名,誉为乡贤。兄弟来后,与此二公曾有一面之缘。看来两人在地方上,是老马识途的了。听说王君那位姐夫有个外号,叫做什么‘金边蚂蟥’,什么意思呢?”

“意思往后会慢慢懂得的。杜团总没有为覃案说过什么话吗?”

司法官摇摇头,警觉地存着戒心,过了一会,才说道:

“嗯,好像县知事倒是收阅过一件什么文书。唉,不妨对你足下讲句心里话:这儿的事情只要一牵扯到王、杜两家就不免旁生枝节了,别人不好插手。这,本应不必点明,阁下自会清楚的了。来龙强不过地头蛇,县知事对待他们,还得学猫头鹰样子,睁只眼闭只眼,何况别人!……”

“法庭不是可以超脱、独立于行政之外吗?”

“这,只不过是条文上说的,官样文章而已。”

韦步平听到这儿,什么话都不想说了。直直地瞅着快没了油的灯火出神。

司法官想了想,转换口气,说:“我说,姓覃那小子何苦那样死心眼呵,干吗非得要养那匹牲口呢?你索性把它让出来不就没事了吗,让出来,班房也不用蹲了,钱还拿得不老少,何乐而不为呢!”

韦步平说:“按说,一匹牲口的得失在一般人来讲,并不算大不了的要紧事。不过,各人有各人的爱好,在曾经为它流过血汗养大起来的人来说,它就成了自己的心肝。自奉为道学典范的汪举人,起码应当懂得‘君子不夺人之所好’,为什么要强求于人呢?”

“当然,当然。不过,汪举人……这位乡贤……是呀,听说,谁也惹不起他呀,那猪头不好剃。”司法官讲到这,走到房门口,掀起帘子左右瞧了瞧,才转回来拉过板凳,凑近韦步平身边,压低嗓门悄悄地说道,“听说他有个外号叫什么‘锯人’?唉,地方上的情形,阁下应当了如指掌,本应是兄弟向阁下多多请教呢。”

韦步平说:“这一案件既然如此棘手,就不好相托了。另外有件似乎与汪、杜无关的公案能不能麻烦阁下过问一下呢?”

“那就看是什么事啰。”

韦步平把客栈里听来的那个牛贩子的疑案说了说。司法官碍于礼貌,装作耐心的倾听,点头敷衍。等到对方把话讲完,才不假思索地说道:

“这一案很伤脑筋。疑窦挺多:人命不一定是‘他杀’;可财物却给抢走了。被告一方倘能退出赃物,那,——”司法官把话咽了回去,拿起水烟袋,拔出笔杆

一样长短的纸媒插进竹笋形的煤油灯罩去点燃,发觉灯火缺油了,往门外高声喊道:

“来人,添油!”

听差没有随声进房,屋里静默一阵。

“灯火没有油是点不亮的呵!”

司法官意味深长地说。

韦步平微微苦笑,站起来要告辞。司法官也跟着起身,却不打算就送客,等到听差拿油壶进屋添了油灯,转身走出去了,才凑近韦步平身旁,怪难为情地忸怩一下,咬耳朵悄悄地说:

“听说贵县的大烟……嘻嘻……能不能弄到一些来过过瘾?十个牛贩有九个是走这门路的。”

“人在班房,哪儿去弄得来?”韦步平见对方好像喉咙卡住了骨头,索性把话点明它。

“那倒不是急着等过瘾。等人出去了再拿来是一样的。有阁下从中讲一句就行了。”

“要多少?”

“看他能拿多少嘛。请坐,再聊一会,时候还早呐,二更梆还没见敲。”司法官挪过板凳来,把客人肩膀按下。

韦步平却不耐烦,讽刺地笑了笑说道:“欧阳学长,请别过于信托我。我韦某虽然中途被放逐,学而不优,仕途于我如浮云;可也不至于困居乡曲,甘作讼棍。至于对你司法官先生,以为既为国家执法,就不应知法犯法,跟贪赃枉法之辈同流合污。好了,后会有期。”

韦步平一时冲动,讲着讲着不禁声音发颤,一气说完,转身就走。跨出门口,嘭一声,门板反扣回来,几乎把送客的人的脑瓜给打了。

韦步平赌气跑回客栈,关上房门就睡,极力想把脑袋瓜装的乌七八糟的丑恶,一股脑儿摔掉。谁知你越不愿理它,它偏偏越跟你纠缠;你越想睡,眼皮越合不上。隔壁房那妇人的啜泣和长吁短叹,时断时续,揪人心肠;门外走廊里盲妹摇着铜钱和她那探路的手杖触动地壁的音响,搅乱了韦步平的思绪。

月亮下去了，曙色渐渐染上窗棂，新的一天又开始了。韦步平从似睡非睡中醒来。想了想几天来遇到的事：无辜百姓平白含冤，有口难言；豪绅恶吏狼狈为奸，贪赃枉法。人世间种种丑恶，比想像中的地狱还要可怕。但是，可憎也罢，可恶也罢，可怕也罢，你一个人诅咒它，抗议它，声讨它，又何尝能触动它半根毫毛？冤枉者仍旧受难，贪赃者依然枉法；不幸的得不到超脱，枉法的得不到惩处。

"这样下去，我怎好去回答班房里那双期待开脱的目光呢？"韦步平独自遐想，"天天如此过去，我怎能安慰得下诚实而忠厚的姨父的焦心？隔壁房里妇人的那种揪心的呻吟，叫我怎能听得下去！……"

韦步平想了这头又想那头，反复思虑，无计可施。吃早饭的时候，他终于向家庆父亲说道：

"姨父，我想来想去，还是一句老话说得对：'留得青山在，不怕没柴烧。'等一下一道去劝劝表弟，再好的宝贝也抵不上人贵重，还是下狠心，把'黑炭'给人拿走吧，当它又叫老虎扛走就是了。"

老人一时没话讲，静了一会，步平又说："当然，硬顶下去，也不能把人定下死罪。不过，蹲班房，一天比一年还长呢。"

"那是呀。既然没门路走，就把牲口让给人家算了呗。"

韦步平又想了一阵，说："不能这样就算了，账以后再清。"

吃完饭，韦步平上街去，把一只怀表送进金隆当铺，得十元鹰洋，转回客栈找讼师。讼师又是让座又是倒茶，特别周到。韦步平却冷冷地站着，说：

"不客气，有点事马上就走，不坐了。请转告那位嫂子：人是可以出得来的，不过，有点麻烦，他们当官的想'吸两口'过瘾，看能不能弄得来？人可以先出来，东西以后奉送。这点，司法官欧阳先生倒还念旧，信得我君子一言为定。不过，晚生也只给搭块板桥，案情还是请先生代为具结。一会，晚生就得回乡了，这里剩下几个钱，也烦先生转交那嫂子，算晚生这个陌生人对她的一点义气。"

韦步平说罢，从腰带解开装着银洋的钱袋交给讼师。

讼师眼睛睁得挺圆，几乎不敢相信自己的耳朵和眼睛，仿佛刚从梦里醒来似的。

“这个……”讼师一时不知怎样说好。

“这,晚生信托给阁下,请本着君子助人为乐的美德,善自处之。山水有逢时,相见的机缘还会遇到的。”

讼师接过钱袋掂了掂,沉吟一会,说:“足下搭了桥,路是好走了。不过,这个……它是白家伙,相公你方才不是讲,他们想要黑玩意吗?”

“有了白家伙,黑玩意就不难换得来了!”

“呵!”讼师恍然大悟,笑了起来,“那,鄙人可是代被告的生受了!相公你的大号是——”

“我叫韦步平。”

“为不平?”讼师一怔,正要问个明白,对方却飘然而去,门外只见一个背影。

韦步平同姨父去班房探监出来,让家庆父亲先回住处,自己一个人又去邮政局的贴报牌看新闻。不料,有个二十四五岁的人,刚寄完邮包,回过头来一眼就认出他,喜出望外,马上又是拍肩膀,又是拉手,高兴地笑道:

“呵,则明兄!久违、久违。贵府就是本地吗?”

“是呀。阁下不记得啦,贵人多忘事,哈哈。”

“哪里,哪里。自从怀远母校一别,岁月如流,不觉三个年头了,今天有缘,真是‘他乡遇故知’!唔,莫事吧?找个地方叙叙。这里有一家专卖冰花甜酒窝蛋,挺有名气,去试试如何?走!”

韦步平说,正在读一段新闻,没有读完。

“新闻天天有,总是看不完的,不用在这站着看,到甜酒铺好好坐下来,兄弟讲给你听。”

韦步平给老同学拉走了。

此人是韦步平在怀远中学堂的同班同学,现在是本县劝学所的办事员,为人挺爽直,又挺健谈。他们一路走,一路交谈各人几年的遭遇。不觉拐进一条铺着鹅卵石的小巷,再转个弯,迎面见到一块临风摇曳的布幌,是一间专卖八宝饭、甜酒糟、发糕和汤圆的甜食小店。

小店的门面并不起眼,里头倒有几张用斑竹制得特别精致的桌椅;楼下有条小河流过，厅里收拾得挺雅洁。两人选了靠窗的座位，凭窗瞭望河上来往的乡渡，也可以眺望前面开满黄花的油菜园。十月小阳春，菜园地头和屋前屋后，有些梅树绽开细小的白花。

“阁下想吃点什么，甜酒？要不要窝个荷包蛋？”

“随便，什么都行。”韦步平漫不经心地应了一句，若有所思地默不作声，眼光凝视着窗外。一群“八哥”鸟从河对岸一株木棉树上飞过来，从屋顶掠过。

做东道的告诉店伙要两碗加蛋的甜酒，一碟白糖菱角糕，一碟开口枣，回头见韦步平那样抑郁寡欢的神色，出口就问：

“阁下怎么搞的，心境不佳？方才看到什么新闻？”

韦步平回过头来看了老同学一眼说：“上海《申报》透露一则消息，说袁世凯野心勃勃，目前正在密锣紧鼓，大肆张罗策划，制龙袍、定年号，要登基当皇帝。果然如此，袁光头就不止是个卖国的奸臣了。”

“这算什么稀奇新闻呵。”东道主摆弄羹匙，淡漠地叹口气。

“呵？”韦步平诧异起来，不胜感慨系之。稍停片刻，自己喃道：“乡居半载，时局变化竟然如此迅速，真是‘山中方七日，世上已千年’呵！那，你说这一阴谋能得逞吗？”

东道主来不及答话，店伙把食品端来了。两只青花碗装着珍珠一般白净的甜酒糟，当中一只白里透黄的鲜鸡蛋，另外两小碟点心。

“来，趁热，吃完再聊。‘山高皇帝远’，管他大总统也罢，新式皇帝也罢，暂时是管不到这山角落来的。”

韦步平忧心忡忡，囫囵吞枣，东西吃完了也不知啥滋味。他左手支着脑袋，若有所思地用右手的食指蘸着水，往桌面上划着国字的各种写法。

两人都不作声。店里没来客人，显得格外安静。

“近来吟诗吗？”劝学所的助理员问，“记得在怀远时，阁下的诗才挺敏捷呢。”

韦步平摇摇头。稍等一会才说：“‘文章合为时而著，诗歌合为事而作’，遇到这种时世，有诗也只能是反诗。”说罢，用食指蘸水，继续在桌面写字。

那热心肠的老同窗，不耐冷场，接着说道：“阁下才学，出类拔萃，倘若委弃尘埃,诚如白昼点烛,不无失之光华!兄弟倒想起有件小差事,不知阁下肯不肯俯就?”说话人睁着眼睛等待对方回答。

“什么差事?”

“差事是小,可倒也清高。也许正合阁下的胃口。”

韦步平没有马上搭腔,只待对方把话讲下去。

劝学所的助理员接着说:在他管辖的学区里,南溪第二初等小学堂缺一位新学的教习。目前仍然让一位老朽的学究滥竽充数,实在是误人子弟。助理员怂恿老同窗就地执鞭:“开化民智,那是功德无量。为公为私,一举两得,应当义不容辞吧?”助理员进一步作鼓动,“不过,这样一来,对于阁下,就未免屈才了!”

“老兄别把小弟抬得太高,等到摔下来,就跌得重了。木秀于林,风必摧之,人出于众,众必非之。古人之言自有一定之理。”

“哪里,哪里,事实是事实,道理是道理。请阁下拿主意吧。”

韦步平心想:事情倒是可以考虑。在没有别的出路的时候,与其虚度时光,不如找个正经差事,暂时应承下来,即令算不了什么造福桑梓的壮举,可也不至于有负于社会。根据几个月来在瑶寨办夜学的情形看,乡亲们很需要开通脑筋、增长知识,当个教习也未尝不可一试。沉默了一会,韦步平终于鼓起勇气,说道:

“试一试看吧。当然,粉笔生涯不一定是我的归宿。”

劝学所的助理员讲:“事业还未开端,何必去想它的归宿呢,条条道路通罗马,上天堂恐怕各有各的路吧!”

没等韦步平说话,助理员又接着讲:

“阁下要是应允,我们这就算君子协定了。第二小学堂堂长是熟人,兄弟马上给你写封信带去,阁下去了只管放心执教,正式聘书随后送到。”

这样,韦步平把差事应承下来了。

第十八章

冬至,学堂放了两天假,今早才恢复上课。同学们听说学堂请来一位读过洋学堂的新老师,都不免好奇,一清早就来校了。值日生格外卖力,不但把教室打扫了,黑板抹的干干净净,还把不对正成行的课桌板凳挪动摆好。大家进入教室自觉地规规矩矩端坐,静静地等待新老师到来,想瞧瞧新老师是个什么样子。穿西装吗,直领子还是大翻领?戴博士帽吗,还是梳得光光的小分头?……“唔,说不定是个凶家伙,爱打人手心的呢!”大家心里头猜想,“洋学堂来的,会教歌、上体操课不会呢?……”

这是一间初等小学堂,复式教学;一个教室坐着四个年级的学生,程度不一,年龄参差,四年级的毕业班学生,有的已经十三四岁了,一般来说,这种教室的管理是比较麻烦的,没经验的初来的新老师往往顾此失彼,被淘气的同学捉弄得束手无策。

现在，上课铃响了，教室里静了下来。

新来的老师韦步平进来了。手上只拿教本和粉笔，没见他拿戒尺或教鞭，这就有点特别，他走路也跟旁人不一样，好像干打垒冲坭墙的一样，一步是一步，沉重、着力；最可怕的是他一双眼睛了，好像两道闪电，墙壁都能叫他看穿似的。

“你说他头发像个啥?”学生们交头接耳，窃窃私语。

“像墙上的罗汉头。”

“像剑麻。”

“不，像刺猬。”

“不像。像大榕树上那个喜鹊的老窝。”

“嘘!”

值日生回头向说话的同学瞪眼，看着老师踏上了讲坛，立即喊一声“起立”，领头站了起来。

韦步平向全场扫了一眼，点了点头，等学生们都坐下了，才说道:

“我姓韦，今天头一回跟大家见面。以后我们彼此都是同学了。不笑。我虽然是老师，可是讲实在话，不一定样样事情都比你们懂得多。比方讲，揪马尾毛来编活套，拿去装斑鸠这种事，我还要向你们请教哩。这不是讲笑话，事实确实如此。好，言归正传。现在上课:读第二和第四册的同学由班长带到操场去做体操。”

话刚落音，低年级的丙、丁两班学生忽一下，像早晨打开笼的鸡仔，高高兴兴地抢着往操场跑。

“乙班，读第六册的，在自己座位上复习昨天的算术题。甲班，把第八册国文课本打开。”

韦步平眼睛落在每个学生的动作上。坐在值日生后头那个学生被同座的胳膊捅了一下，伸出半张舌头。

“伸舌头的站起来!”老师口气很平静。

这位学生瞪了同桌的伙计一眼，抱怨地站了起来。同学们神情紧张，瞅着讲坛上的老师。这位新老师有点怪，他并不发脾气，样子严肃，态度却挺和蔼。

老师望了望站着的学生,问:“你叫什么名字?唔,梁国栋?是破蒙老师给安的名吧。国家栋梁之材。这样说,你的家长和那位破蒙老师对你的期望很大啰。还记得上一堂的课文吗?”

这位学生翻翻眼珠,心慌,一时对答不上。旁边的同学把课本打开让他看,他才嗫嚅地答道:“唔,上一堂课文是——《桃花源记》。”

“能背诵得来吗?”

“唔,上一堂课教过好久了……”

“哦,因为教过久了,又把它还给老师了不是?这不行呀,这样对学业不专心,光会伸舌头,可是成不了国家的栋梁啊。你坐下。”韦步平说到这,把视线转向全班学生问道。

“上一堂课文,有谁背得出吗?”

那位值日生站起来说:“我能背。”接着,高声朗诵,“晋太元中,武陵人捕鱼为业……”一直背诵到“豁然开朗,土地平旷”,韦步平才点头示意他坐下,随即说道:

“好,背得不差。你叫什么名字?”

那值日生又站起答道:“阳春华。”

“好,坐下。谁来讲解‘落英缤纷’这句的意思?”

课堂霎时静了下来,个个惴惴不安,唯恐被指名提问。有人故意弯下腰去往地下捡什么东西,有人朝着别个做鬼脸……

韦步平等了片刻,不见有人回答才说:

“大家是不是怕羞呀?我们都是因为不懂才来学习的嘛。学问,学问,要学就问,不懂不要紧,不懂就问,不用怕羞。从前老一辈人读书是先学背诵后听讲解,如今要倒转过来,先讲解后背诵。要做到:一、先理解全篇意义,二、务必背诵全文。只有做到这两条,等到自己作起文章来,才能左右逢源,得心应手。好吧。今天讲新的一课:《岳阳楼记》。我先不作讲解,让大家先读读看。有不懂的就打个记号,等会注意讲解。哪位同学懂得多点的,请他向大家试讲一讲,讲不对的,我再帮他改正。”

同学们听到这里,不禁窃窃私语,觉得特别,个个担心自己被提名试讲,于是，都专心去看新课文，课堂肃静非常。

韦步平背过脸去，在黑板上写课文的注解。

这时，教室窗口外面伸进来两三只脑袋，打手势示意他们的子弟出去。有的同学看到父兄来叫，也不知什么事，只好到门口的墙上取下一片外出大小便的牌牌，走出教室去。不知家长们跟他们讲的什么事，过了一会儿，各人转回来也不说什么，悄悄地拿着书包溜了。先是三年级乙班的学生走了几个，韦步平不觉得，不想，四年级学生也是一个接一个跑了。等到老师把注解抄完，回过头来一瞧，不由呆住：整个教室鸦雀无声，空空如也。

无声霹雳，韦步平不免受到震动。他稍微定一定神，看到眼前并非梦境。于是将手上的半截粉笔使劲一掷，颓然坐下，两肘支着脑袋，耳边仿佛嗡嗡作响。

堂丁悄悄进来，递上一张叠成三角的字条。韦步平接过来，打开一瞧，上面画的是一只乌龟，底下写的是几个歪歪斜斜鸡爪一样的字：

你算什么家伙，敢爬到这个地头上来？

韦步平握紧拳头，往桌上猛捶一拳，眼睛冒火，直盯堂丁。堂丁吓了一跳，嗫嚅着说：

“是……是‘旱天雷’叫送来的。”

一听是汪家走狗干的勾当，真是火上添油，情不自禁地怒气冲冲，夺门而出。门口却来了罗汉，两人撞了个满怀。罗汉一把拉住韦步平，要他回教室坐下，然后说道：

“你不知道，现在街上已经闹成一锅粥了：汪锯人这老不死的家伙，手上拿根赶狗棒，暴跳如雷，像只母老虎要吃人的凶样，破口大骂，说是谁放你来当教习的？说你是被学堂开除的败类，是拐骗民女的流氓土匪。谁家把自己子弟送来学堂让你教，就是从匪作恶！……”

韦步平打断罗汉的话头，愤恨地骂道：

“他妈的。岂有此理！”

罗汉接着讲:汪锯人这个老不死的家伙还向各家民户说,韦步平来当教习是冒名撞骗的,没有劝学所的文书公事不能算数,威逼大家:一定得把各人子弟叫回家。

韦步平几乎不敢相信自己的耳朵居然听到这样的话。但是,张开眼睛看到的,明明是一个学生都不见了,只留下空空荡荡的教室,坐在对面的分明是实实在在的十友罗汉。罗汉露出凄然的苦笑,眼睛燃烧着无限的义愤与同情。

打击太突然又太沉重了,韦步平头一回感到无言。

两人默默相对,恐怕有一袋烟工夫,罗汉才猛一下站起,来回走了两转,两手叉腰,盯着韦步平眼睛说话:

"怎么样,跟他干吧。不能一让再让。覃老三的冤才让了一步,现在又来了。他娘卖皮,文的闹不过他,来武的,几大就几大,至大芭蕉叶!"

韦步平还是一声不吭,默默地环顾着空空的课堂。一位学生走得太匆忙了,钥匙丢在课桌上,另一位的半节墨锭也忘了拿。屋檐外一只黄蜂嗡嗡地飞着,梁上的燕窝空了,一只耗子从旁边爬过,黑板正对过的墙壁,贴有一张四红纸头,书写着孔圣人的牌位。他脑子仿佛回响着每年孔诞时的歌声:

巍巍乎,孔夫子,万世师……

韦步平不由浩叹一声,把视线收回来,望了望黑板上方才写的注解:

先天下之忧而忧……

罗汉看韦步平不出声,觉得有点特别,诧异地问道:"怎样?怎么没了主意了?"

韦步平看了看跟前的伙伴,稍停一下才开腔:"此处不养爷,自有养爷处。兔子不吃窝边草,走开拉倒。又不是为了争口饭吃,何必跟他——"

罗汉不等韦步平说下去就抢过来说:"不,不管为不为口饭,为口气,跟他就不能甘休!哼,你知不知道他们搞的什么鬼吧?刚才在街上有人偷偷议论。"罗汉唯恐墙外有耳把话听了去，小心地到门口探头出去，左右望了望才又转回来，小声说道，“原先那位酸秀才的教头昨天从老家弄来三张水獭皮，一只果子狸，一只绿豆眼的画眉鸟，送到西屯杜家。杜家厢房一夜灯火通明。汪锯人也在那里打了大半夜麻将，鸡叫三遍才叫马王七提灯笼护送回南溪。你说，这诡计不是和尚头上的虱子，明摆着的吗？”

“要是这样，我就不客气了。他要拆我的台，我也不让他老马恋栈，误人子弟。我给劝学所写封信去，请另派人来。”

“你自己呢？”

“再回瑶寨不行吗。”韦步平好像什么都想过了，胸怀坦然。

罗汉很不服气，以为这样被人轰走，未免示弱于人。但是，一时又拿不出好主意来。韦步平站起，拍着十友的肩膀说：

“走，到我房里坐。”

两位十友到房里才坐下，堂长掀起门帘进屋，表示遗憾。韦步平让了座，堂长才叹口气，看了看韦步平，说：

“这件事嘛，闹得兄弟也挺为难：汪家的狮子头太大，谁顶得起？劝学所办事也太那个，到现在，公事还不见影……唉。”

堂长表面是在安抚别人，实际上是要别人体谅自己。

罗汉说他要上山打石磨去了，晚上再来。步平送他出了门口，回头来才对堂长说话：

“公事终会来的。即算我不在这，还会有新的人来。”

“是呀，大家都是乡里乡亲嘛，冤仇应解不应结，息事宁人，各自安分守己，世界就升平了。”

“不行的，不说乡里，就是自家亲弟兄，为了争财产，还不是要同室操戈。”

“是呀，真难。人心不足蛇吞象，是不是？”

“又是又不是，总之，我现在也还猜不透其中奥妙。”

晚间，罗汉来说话。走后，韦步平才给县里劝学所写信，把早上发生的怪事说了。表白自己不屑与这帮乡愿作鸡鹜之争，只望劝学所另选高明前来充任，“免使莘莘学子为老朽昏庸之辈所误！”信写毕，夜已深，人却无睡意。院里月色映照，地上一片薄霜。夜，静极了，静到听得见露水滴落芭蕉叶上的微声。在平时，韦步平一当深夜不眠的时候，往往能从书本中得到宁静，今天却异乎寻常，既不瞌睡，又不想看书，精神上没个着落，仿佛在大街上迷路的小孩，跟前什么东西都搁不到心上，只想：如何才能摆脱眼前的困境，如何才能借得机缘远走高飞？想着这一头又惦那一头，世事往往难得两全。心想，一旦撒手走开，眼前这一摊乡情家务，公怨私仇，又是藤蔓瓜葛纠缠在一起，矛盾重重，不能自已。

韦步平在房里来回踱步，也不知月色消失，灯光微弱，只觉膝盖酸麻，凉风袭背了，这才坐回凳子上来。他拧高灯芯，想起上个月凌云青来信还没有复信，正好这时跟他作一次笔谈，将满腔郁闷尽情倾吐。于是，步平铺开水印的松梅竹笺，提起大白云狼毫湖笔，挥挥洒洒，一口气把几个月来的乡居，目击身经的种种事件，一桩一桩叙述了一番。临末，笔锋一转，怅惘之情，不觉流露笔端：

……所悲者，寂寞、孤独，如影随形，不离左右。诚然，闲来同农友相与往还，共话桑麻，“奚惆怅而独悲”耶？何况幸有室人俯仰相随，堪寄闲情于闺闱。无奈村女娥眉，难为诤友，于家室则美中不足；所恨豺狼当道，鱼肉无辜，于社会则路见不平。清夜扪心，超脱无术。呜呼！

阁下前函之言，期望至殷，步平何人，敢不深铭肺腑！迩来每念前程，难免“学未成而有家室之劳，德未修而有儿女之累”之讥。所幸，奋发之志尚存，进取之心未馁，或可告慰于朋辈耳。此非惶惶汲汲，求闻达于当世，实乃兢兢业业，欲添一木一石于华厦而已。

当今时局动荡，袁氏独裁误国，变本加厉。自问“天下兴亡，匹夫有责”，莫不悲愤填膺，不能自已！所叹者，请缨无路，徒唤奈何！阁下身居要津，交游日广，或可予我以一臂之助哉？“涸泽之鱼，相濡以沫，不如相忘于湖海”。拳拳此心，望予察鉴！

窗外月色西沉，霜露冷凉，不禁有“如此星辰非昨夜，为谁风露立中宵”之叹。临风翘首，不尽依依！

品微、言真诸君，别来无恙否？

步平手书

冬至后三日

韦步平一气呵成，写完这封信，好比负重的人放下了担子，顿觉舒坦而疲乏了，倒到床上马上呼呼入睡。等到他醒来时，太阳已经上到窗前的芭蕉顶梢了。

吃罢早饭，韦步平将昨夜写的信拿去邮寄代办所投寄。现在，他把前程、出路的希望都寄托在凌云青的回信上，别的事暂时先不去想那么多了。今天是南溪圩的集市，圩场上一早就陆陆续续来了赶圩的人们。四乡农家挑来鸡鸭、稻菽、菜蔬，山里猎户拿来狸猫、野雉、兽皮和冬菇等等；外乡商贩运来日用洋货：布匹、鞋袜和衣帽……三天成一圩，格外热闹。韦步平趁着空儿，在圩场打个转，顺便买点东西带回家。想起爷爷的老习惯，老人家夜里过了烟瘾，总是要吃点甜的；想起凤仙叨咕过，要买几尺洋布，给将要出生的婴儿预备缝制两件小衫……终于在洋杂货摊上选了两种花布，每样剪了三尺；在糕点摊上买了两封玉带糕；另外，又在日用货担上见到红艳艳的双妹牌生发油，花了两个双毫银币买了一瓶给凤仙；在地摊上买了一部《洪杨演义》给自己。他想："这样，回家各人都有一样东西了。"

讲起爷爷来，自从孙子把凤仙拐到了瑶寨，有好长日子，老人家都气不过来。谁要想当他的面提起这件事，老人就摆手摇头，不愿听。直到前两个月，大女儿进了一趟瑶寨回来，知道两人已合房成了家，而且有喜了；大女儿说看凤仙成家后，性情也更好了，既守规矩又懂礼貌，做针线，种庄稼，粗工细活都是腿勤手快，收拾得挺利索，寨里人人莫不齐声称赞，她和蓝大妈都讲步平有眼力，得了这媳妇可是有福了。大女儿还说她回来时，特意绕道到巴羊村去请巫婆给凤仙这个喜讯问个卦。巫婆讲，这头一胎是支红花，准是个少爷，大女儿喜欢的了不得。老头听女儿这么一讲，心也就宽了。过去对待凤仙虽说不那么顺心，可现在，已经是生米煮成了熟饭，何况快要临盆了，怎样也是韦家的血脉，要是应了卦是个男的，那韦家的祖宗香炉总算有人接下去了。爷爷想到这一层利害，终于答应了大女儿为甥媳妇说好说歹的要求，把人迎到家来。韦步平还在县上打官司那阵子，凤仙就离开了瑶寨，回那平村成了韦家的人。蓝大妈陪送凤仙一道回来，住了两三天。虽然姨妈和凤仙一再挽留，她还是执意要回自己的家，不肯留下。临走，韦老头嘱咐她，下一回带志高来玩。

韦步平到南溪当老师这件差事，爷爷本来就不那样称心，觉得“家有三斗粮，不当猴子王”，古来人家就是把教书匠看作没出息的末路。即算现在改作洋学堂的教习，不同从前教私塾的村学究，可是，反正一样是跟一群“马骝”打交道。那天，听到罗汉打圩上回来讲，汪锯人拆台的霸道行径，老人就想：既然人家有权有势，要从中刁难，我们人穷志短，胳膊拧不过大腿，何必一定去抢那根骨头来啃？索性摔掉，回家自耕自食还自在。现在，孙子到底也看到这一点，真是浪子回头金不换，说什么也不如天伦之乐最贵重的了。孙子来到跟前还没开口，爷爷先就说：

“来啦？我说，那些芝麻绿豆的屁差丢开算了。既然我们韦家祖宗没葬到好坟山，自己又没个好‘八字’，就老老实实在家务农吧。媳妇既然来了，再去把蓝大妈和志高都接家来一道过。人力不少了，几亩田就不用再麻烦你姨妈代耕了，自家自种自收。人生一世，草生一春，无非日求两餐，夜求一宿。何苦到外头去奔波流离呵！”

韦步平只管耳朵听，撅着嘴不作声。

半个月过去了。韦步平老在盼凌云青的回信。每逢邮差班期经过村头路店的日子，他总是到那里去等候邮差送来书报和信件。

这一天，他从山里挖回冬笋，到了路店，屈指一算，正好是邮差班期，他就索性在店前石凳找个座位歇下，等着邮差路过。这路店离村近，村里闲着的人，常来这里耍，寒冬围着篝火取暖，暑天下牛角棋乘凉；小孩爱听老头讲古，大人想看看过路商贩增长见识。其中来来回回，最受欢迎的要算那个爱吹牛皮的梁邮差了。他负责的路段是从田州府到巴龙县城，两头来回传递邮件。中继站是岚山县，一个星期来回一趟，长年累月，风雨无阻。由于来回常见面，跟附近老乡混得挺熟，说话好吹，大家叫他梁大炮。

那平村坐落在左通岚山右到巴龙两座县城的中间，两头距离恰好是一半一半，梁邮差习惯在这个路店歇脚。他一到，城里的大小新闻也就跟着来了。大到某个督军打了败仗，将要下野出洋，小到什么地方大蟒蛇缠死了一个妇人等等，耸人听闻的街谈巷议，都是从他嘴里传出来的。

韦步平坐下不多一会，梁大炮从左边——田州那头的路上来了。今天他挑的那两件绿油布包并不大,看他并不吃力,神色却有点儿乏的样子,一到地头,马上就把担子撂下,弯下腰来吹了吹粥摊板凳上那些泥脚印的灰尘,然后坐下,向粥店老板叫一声:

"老伙计,来一只粽巴顶顶火。昨晚客栈臭虫太犀利,一夜睡不成,现在两条腿变成木头了。"

粥店老板闷声闷气地从鼎锅捞起一只水淋淋的半斤糯米包的裹蒸粽,解开来搁到一只粗瓷的白盘里,上面撒下几片鲜绿的香菜叶,淋上两滴芝麻香油;粽巴热乎乎地冒着轻微蒸气。梁大炮吃得挺香。一口气吃得干干净净,抹了抹嘴,然后掏出烟包包来,卷支喇叭烟。

这时粥棚前前后后来了四五个人,都在歇着。有人看梁大炮精神抖起来了,开始逗他:

"有什么大炮车的呀?"

"大炮天天有,今日特别大。"梁大炮故意卖关,说了一句就煞住了。伸出舌头用口水沾着纸片卷烟。然后不急不忙地走过灶口去拣起一枝小柴火把烟点着,吸了一口,舒舒服服地吐出圈圈蓝烟。蓝烟袅袅地从头顶飘散。

什么时候何三叔也在这里蹲着,含着长长的竹筒烟袋,让偏西的冬日抚摸取暖。他对梁大炮的新闻,又想听又不以为然,但是,他又不堪寂寞,于是顺口说道:

"横直是你车什么,总是大炮。"

梁大炮很能沉得住气,管你怎么逗都好,他也无所谓。停了一阵,等到喇叭烟卷烧得差不多了才郑重其事地说道:

"老实说,这回可不是大炮了。屠行佬称猪肉,问称要:半斤就是八两,绝不耍谎。先告诉你们吧,过两天办年货时,多买两封鞭炮等着好了。"

"干什么?"

"干什么? 真命天子要登基了。大家还不该高兴高兴吗?"

听到这么一讲,各人都睁着眼,朝着梁大炮瞅,个个都好像是在问:"是吗,真的?"

只有何三叔很平静,在块磨刀石上,磕了两下烟斗,才不急不忙地说:"老梁哥，你这牛皮还好意思讲不是吹的呢。问你，宣统皇帝才退位几年？哪里就有新的真命天子了？”

梁大炮说：“我讲你少见多怪，就是少见多怪。皇帝还不也是人生父母养的嘛，只是他的八字凑合得对了榫头，时运一到，自然就成了天子嘛。宣统倒台，我听田州府一个省里来的算命先生讲：那是他的解数到时候了，上帝要把王位收回去。这，他本人还能有什么咒念？他能不听天命吗？”

韦步平只管倾听乡亲们说话，没有插嘴。心想：“有真命天子要登基？无风不起浪，是不是有点来头？”想了想，觉得梁大炮今天的口气不大像以往那样信口开河的样子。于是，走到梁大炮跟前，郑重地问他：

“有皇帝要登基？这风哪儿吹来的？”

梁大炮说：“横直不是我三两木姓梁的乱吹就是。不信，你到田州府街去听听，大街小巷，男女老少哪个不在议论这件事。”

“你说，新皇帝叫个什么名吧？”有人问。

“帝号叫‘洪宪’。皇帝就是原来叫大总统的袁……”

“袁世凯。”

“对，对。袁世凯他以后就是洪宪皇帝。”

韦步平听到这，不禁着急起来，向梁大炮问：“有正式告示了吗？”

“正式不正式，这就不懂了。”梁大炮说，“我到田州府的头天晚间，街上不少铺头商号，家家都放了猩红鞭炮，都说是庆贺新皇上登基。可又奇怪，到第二天早上，什么声气都没得了。说是高头衙门传出话来，先不准百姓随便放鞭炮。跟着就有人悄悄议论：说是云南有个督军叫蔡松坡反对这件事。他原来在京办什么事吧，袁世凯软禁他，不让出京。他老哥倒也想得绝：假装发酒疯，打老婆，跑到妓院去鬼混，然后化装成个妓女，去到天津坐船，逃回云南，通电全国，宣布独立。还说这位蔡督军曾经在我们省陆军小学堂当过教官，跟我们省里的头面人物有瓜葛，所以鞭炮暂时先不急烧，看看风向再定。另外还有人讲，蔡督军委派要人来我省，一面做联络，一面招兵。打算跟南边几个省联成一气，兴兵打到北京去。”

“呵，呵，有那样热闹呀？人家是真命天子，玉皇大帝还不遣派天兵天将下来保驾吗,你蔡督军有多大能耐?哼。”

“唉,自古贵人多难。你说当个皇帝容易吗。起头谁也要受点奔波折磨的。明朝那个姓朱的,出身还是个看牛娃哩。”

“可不是怎的,吃得苦中苦,方为人上人。”

老乡们你一言我一语,议论纷纷。梁大炮看了看天色,给店老板付了账,起身要走,韦步平才记起来,问道:

“老梁,我有没有信件?”

“嗯,韦老弟,你不提,可是给忘了。有,有你的信和书报。在南溪邮所给我那老宗少英拿了。他说他替你带回。呵,走啰。各位乡里,再见!”

梁大炮挑起邮包,哼着两句戏文,轻飘飘地朝着右边去巴龙县的大路走了。

第十九章

韦步平急着等信看，眼巴巴盯着从南溪来的道上，盼望梁少英归来。这时候，日头西斜，赶圩的人们三三两两陆续回到村头，就是没见少英的影子。他心里不免抱怨："梁兄真是自作多情，六个指头抓痒，多一道道。你叫他帮忙准是越帮越忙。"

覃大和路过，见外甥在张望，问是等谁。听到步平一讲，马上说："你先回屋等吧，他不到三更回不了。"

韦步平向姨父仔细打听，才知道今天圩场上来了个外江人贴出告示招兵，说是一支叫什么"护国军"的来招募当兵吃粮的：愿去的，一人得十块鹰洋安家费；要是你有本事，能招到三十个人，就委任你当个排长，招到五十，就给个连长的衔头。

"我看少英他跟那个外江人谈得挺合拍，两人在一家米粉店杀鸡杀鸭的弄吃喝，看样子一下子散不了。”

韦步平听姨父这么一讲，不由好奇，立即提起一串用篾片穿起的冬笋，跟上姨父往回走。步平问：“姨父，牲口在家吗。”

姨父是个慢性子的人，挑着一对空箩筐慢悠悠地迈着闲散的步子，一路走，一路对外甥说：牲口，早上叫家福骑去外村请道士来给他哥赶鬼驱邪，大概已经回来了。

“你要牲口干吗？”姨父问。

韦步平说要赶去南溪看看梁少英跟那个外江人到底打的什么交道。姨父说，不必那样急，鸟儿迟早总要回窝的。说是那个招兵的外江人住在团局，若要冲去，免不了要跟杜团总见面，何必呢？韦步平却不以为然，说道：

“团局是个办公事地方，又不是杜家大院，能禁得人进出吗？何况我又不是去向他上门求借，怕他个鬼！”

姨父回头瞧一眼，心想：“真是小鸭仔下河，不知深浅！”

韦步平看姨父不哼声，自己也在纳闷。一时找不到合适的话头来讲，两人默默地踏着自己越来越长的影子走。从路店（粥棚）到那江屯不到一个时辰就到了。

回到家，家庆的父亲放下担子，进里屋去端出一瓦盆水、一把火钳、一捆茅草和一把尖刀。从篮里捧出一只猪头来，先把茅草点起火，烧焦猪头上没有刮净的毫毛，然后放进瓦盆里再刮掉烧得黄黄的头皮，边刮边对韦步平说：

“家福去请张道士还没回来，你等一等，要不了几久准会到了的。”

这时，家庆拄着一根紫竹拐杖，从上房慢悠悠地移开脚步，出到庑廊前面来。看他面容憔悴，萎靡不振，就像大旱天发蔫的庄稼，一见步平，分外高兴。步平看他病成这样，不免疑惑，两人默默相视，一时说不出话来。老人瞥视儿子一眼，叹口长气，然后把话讲给韦步平听：

“自从打班房回来，人就没见好过！三天闹一场，赶圩都没这样准。犯起病来又发冷又发热的，谁知道是什么妖魔鬼怪把人害的。被折磨得又黄又瘦，血脉都给吸干了。药汤喝了不老少，就没见好。问过巴龙县过来的一位仙姑，说是从牢里把冤魂带回家来了，得请个道士来赶一次鬼才能脱身。唉，人该倒运背时,你也没法。今天只好拿做种的花生去圩上卖了,买只猪头,再杀只小公鸡,等一会家福请张道士来把魔鬼隔一隔。赶紧把病治好了,好干活。明年春早,年前就是立春了。一等响雷下雨,就要开犁种玉米,点花生。不赶紧把病医好,犁田耙地,一摊子活路,不靠他,支撑不过来哩……"

韦步平不等姨父啰嗦下去,拦住话头就问:"表弟不就是打摆子吗?"说着,盯着家庆的眼色。

家庆说:"就是发冷发热,三天闹一场,一四七、二五八、三六九,跟圩期一样。冷起来盖上两床大棉被还发抖,一会又热得像火烧一样,全身是汗。"

家庆父亲说:"是叫鸡鬼钻进心头去了。不把鸡鬼赶走,等它把心头啄烂了,人就会死。"

"什么鸡鬼?"韦步平冲口而出,"其实就是疟疾嘛。上一回圩日我不是托人带回一盒唐拾义发冷丸吗?用了没有?"步平问家庆。

"用过,不灵。"

"是不是在发病前两个时辰服的?"

"又没个时辰钟,哪个记得什么时辰。"

韦步平说,药丸一定在发病前两点钟服下才见效,太早太晚都不灵。

"明天我再去买一盒,把闹钟一起拿来给你。"韦步平对家庆说。

家庆的父亲一边把盆里的脏水倒了,一边站起来,嘟嘟哝哝地说道:

"我看,今晚请张道士来把魔鬼送走就没事了。"说完,提起猪头回厨房去。

几只小麻花鸡仔跑来,在拨弄地上的脏水啄食。

韦步平望着走开去的姨父的背影,眼前同时浮现出前些时候在客栈算卦的事,觉得老人家像得了什么病,不由深表同情而且为之怜悯。本来是为了来要牲口就走的,现在一则牲口回不来,一则见到家庆病成这个样,难得有个人说话,觉得不好意思撇开他就走。于是,挪动稻草坐墩,凑近家庆身边,靠着庑廊的柱子,抱着膝盖,瞅着家庆,关心地问:

"好些日子捞不到空来看你。跟黑李的事到底成不成?"

"还在悬乎,不上不下。"讲到这上面,家庆的口气很平静,并不着急。

韦步平说:"听我那口子说,人家老在等你的口信呢。你坐班房那阵,人家还特意给你做了双鞋。”

“两人的心彼此都见到了，就是老人家的牛脖子扭不过来！”

“老人家的事真要命。你说，请道公来赶鬼，能信吗？”

韦步平歪过头来直瞅家庆的眼睛。家庆一时也不知怎么说好，望了望对方，意思是说：“你说呢？”

门外传来马嘶，家庆老弟家福小伙子牵着牲口进了院子。马鞍上跳下个五十来岁的老头，样子一半像教私塾的学究，一半又像个替地主老财管家的家伙。他从马鞍上取下一只两头装着鼓鼓囊囊的马袋，袋里装着道袍、道具。一把赶鬼斩妖的神剑，把子露出袋口，剑把的护圈安着一小串铜钱，挥舞起来啷啷呛呛，仿佛借叱咤之声威，恐吓魔鬼。

道士进了堂屋，和东家见了面就要主人给预备几样道具：一只破铁锅，安上四五尺长的竹把子，锅里倒下斤把两斤桐油；另外，到河边割回几根芦苇扎成一个门框。家庆的父亲听了吩咐，招呼家福一道张罗去了。道士开始打扮起来：穿戴他那套叫烟火熏得不黑不黄的道袍和道帽，在塌鼻梁上架起老花眼镜，捧着一本用麻纸书写得像账簿似的经书，道貌岸然，煞有介事地绷着个脸，好像真成了个道士了。

等到这一切都安排停妥之后，跳神、赶鬼的仪式就宣告开始：先将油锅点起火，家主覃大和端起燃着熊熊烟火的油锅的竹把，走在前头引路，巡逻屋里每个房间，道士跟在后头，一边诵经、吆喝，一边摇剑。每到一个房间念完经后，道士就含一口清水，往油锅一喷，咈一声，火焰猛然腾起一股浓烟，剑把上的铜钱随着挥舞，发出一阵十分威慑的激烈声，驱逐魔鬼逃遁。潜在房间的妖怪被赶出门了，附在病人身上的魔鬼必须同时隔开。做法就是要病人到院子里站在芦苇扎起的牌楼门外，听候道士诵经、念咒和烧符，将附在病人灵魂里的魔鬼驱散，然后穿过芦苇的门楼，道士随后一剑，劈断门楼，断绝了魔鬼纠缠的通道。这样一来，病人身上既摆脱了鬼魂，又走进没了魔怪的住宅。

道士这一套法事做完了，脱下了道袍道帽，又成了一半是私塾的学究，一半是地主管家的形象，进到堂屋来接受主人敬茶敬烟。这时，道士才发觉韦步平在旁边用疑问而带嘲笑的眼光盯着他，不禁心虚着慌。但是，他却不甘退缩，故作镇定地向这位少不更事的小伙子挑战："这位相公，挺面熟，好像是在什么地方见过？"

"在圩场的狗肉摊？哈哈。"韦步平可是有意要挖苦人了。

道士立刻满面通红，嘴唇打颤，连声说道："不，不不……你认错人了。我，我，哪能到那种地方去。"

"那，我真是认错人了。不过，狗肉摊魔鬼恐怕也不少，张道士你不去，魔鬼怎能赶得开？"

"这个……这个……嘻嘻"

覃大和看出张道士的窘态，很难为情，瞪了外甥一眼，赶紧把竹筒水烟袋递过来，请客人吸烟。

停了一会，韦步平又向道士问道：

"有件事问一下：阴间要有鬼的话，它会不会像人间一样，有生也有死呢？"

道士这倒不着慌，喷出一口烟雾，不急不忙地说："阴间的鬼是不会死的，会死的鬼，那成什么呢？东家，你说是不是？"

东家自觉茫然，点点头含糊其辞地叹口气，说："是呀。"

韦步平嘴边露出嘲笑："鬼既然不会死，从古到今，千百万年以来总共死了多少人呵，阳间死了的人到阴间都变成不死的鬼，试问，阴间能有多大地方来安置呢？"

张道士不禁睁圆着眼睛，结舌无言，显出一副局促窘态，停了片刻才吞吞吐吐地说："阴间的事……唉唉，一言难尽。"

覃大和起身进里屋看饭菜去了。

韦步平站起，发起笑声："哈哈，见你的鬼去吧！"说罢，跨出门槛，到院里牵过牲口来，套上缰辔，鞍也不备就跳上马背，"去"一声，催着牲口跑开了。

姨父从里屋出来，望着道士，喃道："跑了？"

"他是——"道士问。

"他是家福的表哥。"

"哦……后生可畏！"

在覃大和同道士交谈的时候，韦步平已经驱赶着牲口到了大路上。"先回家还是去南溪接少英?”韦步平稍为犹豫一下,马上自言自语,“先去南溪!顺便给家庆买发冷丸。”

天色越来越黯淡了,冬天的黄昏格外寂静,不时飞来一阵北风,掠过落了叶的秃树枝杈,发出凄厉的呼啸。马闻到什么气味,突突地喷着鼻子,引颈长啸。牲口好像也懂人意,不待骑手扯动缰辔,自己就朝着南溪奔跑。

南溪眼看就到了。迎面射来一道发白的光柱,上下左右在晃动,划破昏黯的夜空。“谁有电筒到这里来找什么?”韦步平正在狐疑着,不想一个沙哑的呼声,拦在了马前:

“呀呀嗨,来者姓甚名谁?把你狗名报上!”声音是从醉汉僵硬的嘴里发出来的,他学舞台戏曲的对白,听起来叫人发笑。

韦步平跳下马来,拍拍醉汉的肩膀,说道:

“梁兄,你可醉了也,上马吧。”

梁少英睁开惺忪的醉眼,不在意地答道:

“不,不。众人皆醉我独醒,哈哈。饮多了两杯而已,痛快!……唔,你是……则明呵,我的十友、把兄弟,我正要找你哪。告诉你,我梁兄可要走官运啦。哈哈,痛快。人逢喜事精神爽,月到中秋分外光,咚咚龙的咚。从今后,我大小也是个武官啦。哼,你们这些个黄脸婆,这回你就送上门来,我梁兄也懒刮了。有朝一日,看我带个花姑娘回来,……哈哈,痛快,把你们都……都气死去……”

梁少英胡言乱语,脚步踉踉跄跄。韦步平一手牵牲口一手扶住他的胳膊,慢慢走。走不几步,梁少英哇一声蹲下来吐了一地。人呕吐过后,倒是清醒些了,像梦醒过来似的。往前走不远就到了从那平流下来的小溪河边。韦步平把牲口拴在竹丛旁边,陪着梁少英走下河边去。梁少英脱下外面一件上衣,把衣襟上的秽物洗掉,然后拿小手巾蘸了水,抹了抹脸。神志恢复过来了。

“我饮多了!”梁少英自怨自艾地说道。

韦步平却只朝着他凝望,没作声。

梁少英停了一会,问道:“方才我胡说了啥?你怎么不吭气,有什么事?跟她——吵嘴啦?”

韦步平说:“别管我的事,讲讲你自己吧。”

两人回到大路上来，牵着牲口往回走，谁也不肯骑。一路上，梁少英把护国军招兵的事一五一十地告诉韦步平：说是那个外江人手上拿着好多份临时委任状，有排长、有连长，甚至营长的委任令都有，只要你能招到兵员就发给你相当的官阶。不管你原来出身是工人还是商贩，认得字的还是大老粗都不拘；只有一条，一定得身体健壮。梁少英说他自己已经领下一张排长的临时委任状，他打算招募二三十人吃粮去。说是那位招兵的外江人待人特别义气，挺够朋友，他手上的电筒就是那个人借给用的。

"你想不想干？"梁少英把情况向韦步平介绍完了，突然问道，"你要想干，我明儿带你去见他。我说，则明，我看你长的这副骨架，生成就不是个做文官的秧，乘这时机捞个把连长来当当还差不离。"

虽然是在暗夜，韦步平却从平日的印象中仿佛看见这位十友那样得意地笑眯了小眼睛，样子滑稽可笑。于是，信口说道：

"管他文官武将，我都不感兴趣。你先把信给我吧。"

"信？你的信，唔，有的，有的。"梁少英这才想起来，一边摸摸口袋，一边说："你现在能看得见吗，黑咕隆咚的，回家看吧。"

"拿电筒照。"

"不，电筒是人家的，照一下得耗多少电呀，算了吧，回家看，没什么大不了的事。"

"你给我拿来！"韦步平猛吼一声。

梁少英在口袋掏了半天，急得额头冒汗，嘴巴嗫嚅着说："坏了，真糟糕，我把它……"

"把它丢了吧？唉，你呀！"韦步平急得跺脚，气得说不出话，一把拉住他的胳膊，真想揍他一顿。

梁少英想起了什么，平静地说："不，不会丢。我把它和委任状包在一起的，搁在招募处桌上，忘记拿了，不会丢的。"

"走，上马！回去给我找来！看你就是个官迷，委任状都忘了拿，又要想当官，真是。"

韦步平先叫梁少英跨上马背，自己才爬在马的后背抱住他的腰，拨转马头，奔向南溪。马蹄踏碎了地上初升的月色。

信幸亏没有遗失,梁少英从外江人手上找回来了。

信是凌云青写来的。关于时局的事,证实了梁大炮的新闻不是车(扯)的。云青说,袁氏冒天下之大不韪,竟然南面称孤,复辟封建道统。这一倒行逆施,激起海内革命志士纷纷抗议,云南蔡锷业已通电全国宣告独立。目前正与西南各省当局联络,建立护国军,声讨国贼。云青说,蔡松坡其人,早年追随孙中山参与辛亥革命,曾在本省办过新军,主持陆军干部速成学堂。同本省军界素有渊源。独立义举,大有"山雨欲来"之势。云青说,原先"风雨社"的黎柏初和夏雷告诉他:他们"陆小"有部分师生可能要提前毕业,分派到新军去当见习官,黎、夏两人都写了志愿书,申请提前离校,到部队去服预备役。

凌云青写到这儿,笔锋一转,往下写道:

……方今革命之势,风起云涌,正是七尺男儿献身报国之时也。阁下平生忧国为怀,风云际会,岂甘后人?若欲投笔请缨,即望克日束装就道,面商于黎夏二君,或因其援引而得以如愿也!……

韦步平读到这,把视线移开,寻思:"面商于黎夏二君?罢罢,要当兵就不必去找他们了!"想到这,转过头去看了少英一眼,回味着他方才讲的护国军招兵的新闻。心想:"护国军招兵,是不是同蔡锷打出的旗号是一码事?"他独自揣测,眼睛呆呆地瞅着灯,半晌不言语,忘了手上的信还没有读完。

梁少英看他神情失态,问道:"什么人来信?"

"唔,没有什么。"韦步平无心答腔,漫应一声,又把信凑到灯下继续读下去。

信的下半节,云青用沉痛的笔墨向远方的学友报告一桩令人特别遗憾的噩耗。说是言真不幸,悲遭大故,令尊言直老师竟因袁氏复辟帝制之讯传来而突然弃家出走,隔日在南湖寻见遗体。信上写道:

……呜呼,投湖自沉,固嫌美玉之瑕,志在忧国,何失名士之风。阁下知遇于言门,谅难免于悲恸。只望有鉴于言夫子者:愤世嫉俗,洁身自好,虽不坠于蝇营狗苟之渊，同流合污，可也无助登斯民于衽席之上，力挽狂澜。前车之鉴，谅当自处。

接着，云青提到言真：说她顿失严父，哀伤难言，拟寒假奉母买舟东下，投奔舅家。说言真方寸纷乱，无心握管，托其代为致意，云云。

信的末尾，说韦步平给《中流》的文稿，刊出后颇受各方注意，尤望源源赐稿。说什么“人虽异地，文可传观。即令未能聚首一堂，何异促膝谈心”。

云青洋洋洒洒写满了十来张八行笺纸。

韦步平读完信，透了口气，一时说不出话。袁世凯复辟帝制，蔡松坡宣布独立，言老师忧国自沉，护国军招兵……一脑子装了这么多东西，好像客厅忽然闯进不期而至的客人，一时应酬不来。

梁少英却只管他的兴致，韦步平的城府深浅他是不摸底的。他看对方把信笺叠好插回信套去了，才将他自己拿到的宝贝委任状摊开，送到韦步平面前，说：

“看！上面盖有大块豆腐印，不会假吧？”

韦步平漫不经心地瞧了一眼，也没说真假，沉吟一会。梁少英眼巴巴地等待回答。韦步平却站了起来，说：

“走，到药铺去给家庆买发冷丸。”

药铺关板了，敲了大半天门才叫开。韦步平买了两盒唐拾义发冷丸就往回走，路上两人各想各的心事，都不作声。一直快到村头了韦步平才开腔，问梁少英：那个招兵的外江人打算在南溪住多久？少英说，他明早要到巴龙县城去，过几天再转来。少英问步平，想不想见他？明早他路过，可以到路边粥棚去等他。韦步平还在犹疑，没答应，可也不拒绝。少英也没再追问，到了村里，两人就各自回家了。

韦步平回到院里，见爷爷的窗口灯光已经灭了，凤仙的房里还亮着。凤仙在蓖麻油的盘灯下，弯着脖子用心缝着一件小衣裳。

韦步平轻轻掀开门帘，悄悄地走近妻子背后，打个招呼：“还没睡呀。”

“哎哟，害人家吓了一跳。你听，心头跳的！”凤仙拉过丈夫的手往心口按着，含笑地盯着丈夫的眼，意思说：“是不是跳得厉害？”

韦步平在床头坐下来，向凤仙傻笑。

“笑什么？”凤仙将她正在缝着的小衣裳掩盖自己突起的腹部，脸庞红了起来，“又去哪儿逛，这时候才回？”她盯了丈夫一眼，像是嗔怒又像是逗乐。

“方圆就那么个小地方，还能到哪儿去。你呀，你老是不相信人家，自寻苦恼！”

“嘿，相信……这种事呀，你们男人就是心不对口。”凤仙说到这，瞟丈夫一眼，笑了笑。

步平从口袋里掏出两盒药丸放在灯台旁边，说：“你不信，看，这是什么？”

“是什么？”

“是给家庆表弟买的药嘛。”

“他家不是请了张道士来赶鬼的吗？你去他家看过？吃过饭没有？”

“光看那道公的阴阳怪气就饱了，还吃什么饭。”

“那，你倒是吃了没有？”

“不吃也饱了。”

韦步平打了呵欠，疲乏地倒在床上直望帐顶，想着方才没缕出头绪的心事。

“看你要成神仙了。”凤仙说，“方才给爷爷做糖水煮糍粑，还留着点给你。我去端来。”

凤仙拿支松明，点着火往伙房去了。

屋里静了下来。韦步平坐起，把带回来的报纸打开来看。

不多一会，凤仙端一碗热气腾腾的糖水糍粑回房里来，搁在床头的箱子上，碗上放一双乌木的筷条，说：

“吃吧，还挺热乎呢。”

韦步平直盯着报纸，好像什么也听不见。凤仙瞅了他一眼，轻轻叹口气，又返回伙房去，拿来一只竹编的烤手火笼，笼里有三五块小小的火炭，塞进丈夫怀里，说：

“暖暖手吧。东西又快冷完了，你倒是吃不吃？”

“吃，吃。你搁着吧，等我看完这一段。”

“吃了再看不是一样,反正报纸又飞不去。什么大不了的事,叫你吃喝也顾不上。”

凤仙伸手把报纸抢了过来,将碗端到丈夫嘴边。瞟一眼笑着问:“要不要给你喂呀?”

韦步平无可奈何,笑了笑,接过碗筷,尝了一口,说道:“温吞水,不冷不热。”

“叫你快吃,你又爱吃不吃的,这会又嫌冷了,真难侍候。”凤仙含嗔,瞅了对方一眼。

韦步平狼吞虎咽,一下子把大碗糍粑连糖水一起都吃光喝完了。一边将碗筷递给凤仙,一边说道:

“告诉你,我要走了!”

凤仙一震,连忙就问:“走,到哪儿去?鸡都快啼明了,还到……”

“现在还不走。看你急成这样。”

“明天吗?到哪儿去?”

“也不是明天,反正迟早总得走就是了。到哪儿也说不定,天上的云彩,飞到哪算哪呗。”

“回省城去进学堂吗?”

“进学堂有屁用,当兵去!”

“当兵?”凤仙好像挨了一棒,脑子嗡一声,沮丧地坐在床沿,嘴唇变白,眼睛发花,停了一会才战战兢兢地低声问道:

“是不是嫌我不……”

做丈夫的这才发觉妻子多心了,赶紧说道:“不。要走,并不关你的事。倒是为着你,我正在斟酌走不走呢。你看吧。”丈夫把报纸摊开指着叫妻子看。

“看什么呀?”妻子瞪着眼莫名其妙。

“呵。你不认得它!哈哈。这上面说,袁大总统要登基当皇帝,天下要大乱了,怎么得了!”

“天下大乱你还要当兵去?”

“不去当兵,叫谁去推倒皇帝?”

“皇帝离我们远着吧？他要当皇帝、当总统，碍不了我们走路，管他那么多。”

“不碍你走路？皇帝就是汪举人、杜团总的大靠山。你不把它推倒，家庆的‘黑炭’就得叫人家抢走。你说它不碍你走路？公鸡岭的茅草杜团总就不准你们去割。你说是不是？”

“唔！”凤仙睁着大眼睛，点了点头。

韦步平先把国家大事告诉了凤仙，完了才谈起自己要去投奔护国军的决心，问妻子同意不同意。

凤仙说：“你要干正大光明的事去，为穷人争口气，我能好意思拴你的腿吗，只是肚里的小东西近来越发动得多了。你看！”妻子拉着丈夫的手往自己鼓起的肚脐上放，问：“动得厉害是吧？再有两个月小家伙就要出来了。等他出来了，让你当爸爸的看上一眼再走不成吗？”

“什么时候走，还说不准哪，还要看能不能招到人。”

“招不来人你自己也要去吗？”

“去！”

“去当个小兵？”

“怎么，你嫌一个小兵啦？”

“去你的吧，看你就见不到人家的心！要说嫌你什么，也不会跟你到……唔，不讲了，睡觉吧。等会人家还得早起煮猪潲呢。”

韦步平不作声，却没有瞌睡。

凤仙说：“给小孩起个名吧！”

“叫‘平平’。”

“什么？瓶瓶？拿小孩当瓶瓶罐罐看呀？”

“不，是公平的平。”未来的父亲说，“这世界不平的事太多，做父亲的‘为不平’要是平不了，就让孩子一辈继承父志，一定得把不公平的世道踏平为止！”

“要是个女孩呢，也这样叫？”

“男女都一样。不要把女的当作只会生孩子、当牛做马听使唤的受气包。”

“哎,话是这样讲。实在是,要女人不受气,难呵。要是个个人都同你一样心肠就好了。”

屋檐下,笼里的公鸡喔喔地啼叫了。下弦月光正照着南窗。

“睡吧,谁都不准讲话了。”

凤仙拉起被头,把身体侧过一边去。

第二十章

言真自从乃父去世，整个寒假没出过门。她成天躲在家里，不是读书看报就是治印临帖；有时给天井里的盆栽浇水、培土和剪枝什么的，借此排遣哀伤。再过十来八天，等到父亲七七四十九天的忌辰过去了，她就要奉母归家。一位自家开业当牙科大夫的舅父最近来过两次信，说是他家的娘姨辞退了，家务缺人料理，盼她妈回去帮助主持，催促她们母女早日动身；转学的事，舅父已经给办妥：转回她原先在那里读过附中的高等师范学堂预科，插第三学期的班级。这几天，母女俩忙着收拾家私。言真整理父亲遗稿，收拾书籍字画，忙到今天，大体上才算就绪。

收拾过后，书房显得空阔，心情顿觉怅惘。想起前些日子没有刻成的一方诗章，正好趁动身之前把它刻完，了却一番心愿。

这段日子里，正逢大年节，桂品微她也在忙，陪姨妈出门访亲探友，在家应酬宾客,总也腾不出空儿来看望言真。本来她自己有些沤在心里的话,早就想跟这位比较谈得来的闺友言真叙谈叙谈的。可是,品微是个多心人,遇事不免思前顾后,矛盾重重。寻思言真她正在承担丧父的悲伤,人家精神负担已经是够受的了,你不能带去欢乐,为人排遣忧伤也就罢了,反而将自己的烦恼转嫁给人,岂不过于自私?再说,跟言真虽然是知交,可是一旦真的要把自己最秘密的心事向她倾吐时,自己却拿不出那种坦率的勇气;但是,老是让它在心里沤着,苦恼又像春草似的长满了心的花坛。

这段日子来,淫雨连绵,云雾封山,跟人们的愁绪一样。直到今早,一场大雾散后,太阳可算露了脸,迷蒙的雨雾消失了,天空洒下金色的阳光;湖边春柳长出鹅黄的细叶,那倒垂的柳丝迎风摇曳,袅娜多姿;竹丛冒起尖峭如矛的新竹,碧桃和紫丁花在篱边院落向人绽开笑脸。料峭春寒已经敛迹,阳光给人们送来了温暖,展眼一望,大地是一片灿烂的锦绣。

也许是春天的气息赐予桂品微以兴致,也许是惜别之情使她不能自已:一早,她探望言真来了。她通过庭院进到客厅,周围都是静悄悄的,见不到人。

这客厅,对桂品微来说,过去是多么温暖而亲切呵:言直老师那种宽厚,师母那种体贴,以及陈妈那种殷勤,可是同自己的家一样。如今,却分明有股冷落而陌生的气息向她袭来,使她仿佛走错了地方。言老师去世后,她来过两回,好像也没今天这样冷清。她不想急于去惊动主人,自己一个人悄悄地随意盘桓,好像在寻找往日的记忆。这客厅正壁,原先挂有石涛的一幅中堂,现在那位置让给言老师那镶着黑框的半身放大的遗像了。人像栩栩如生:眉宇间流露出正直而善良的神情,眼光那样慈祥而深沉呵,嘴角的曲线显得那样执拗而坚决。两边壁上,郑板桥的兰竹立轴和黄庭坚的行书横披,全都叫挽联盖上了。这些挽联,有普通应酬套语写成的,也有直截了当从《日用酬世大全》那种类书中照抄来的:什么“泰山其颓”啦,“高山仰止”啦;什么“名节典范”和“忠义遗风”啦;等等;其中,也有对照死者生平的道德文章加意撰拟的。桂品微除了参加“中流社”同仁共挽外,自己还特意写了一副挽联。言真很看重她两人的这段友情,品微这副挽联,她特别挂到中堂左面最触目的位置上。品微过去并不注意这点,正如她当时作的挽词顾不得那么细心推敲,现在才回头仔细瞧瞧,看有没有不合适的地方。下面就是她独出心裁所拟的挽联，字却是凌云青替她写在正黄蜡笺洒金的纸头上的颜体行书：

因人施教、卅载如一日、桃李春风仰木铎

为国悲愤、一朝成千古、南湖秋雨葬忠魂

桂品微自己看着看着，脸上不觉泛起红晕。心想：“我只顾得对仗而竟忘了平仄了。言真还不趁早把它取下来，真是要贻笑大方了！”

这时，一只四爪踏雪的黑猫“咪”的一声，从窗口跳下溜走了。桂品微梦醒过来似的，轻手轻脚地悄悄登上阁楼去。到了门口，她又不立即敲门进房，却偷偷地从破了洞的纸窗往里窥视：言真一个人正趴在桌上低着脑袋聚精会神地治印呢。品微小心翼翼，掀起门帘，踮起脚跟走到言真背后，拿着夹在书本里的枫叶轻轻地触动她的后脖子的发根。

“谁？”言真吃了一惊，猛回头，见是品微，惊魂未定地笑道：“哎唷，吓了我一大跳。”

桂品微吃吃地笑问：“给我瞧瞧，又刻了什么好玩的？”

言真的小脸蛋竟然红起来，两手护住一块碧绿的青田石章，说：“不，不让看！”

桂品微专心注意地盯着她的眼睛问：“看你腼腆的，什么事还红了脸？”

言真笑而不答，伸出两只臂膀，一边拉着对方的手，要她坐到对面一张藤椅上，一边说：

“你别笑话人家了。看你自己，满面春风，准是……哦，秘密该到公开的时候了吧？试问，一个是孝子贤孙，官场宠儿；一个是青云独步，学界名流，各有千秋，到底谁是可心人哪？”言真说完话，歪着脑袋凝视，叫品微红了半个脸，十分窘促。过了片刻工夫，品微才鼓起勇气，认真地说：

“你给出个主意吧！真是，把人缠得烦死了，我自己也不知怎样好。你这一走，我一个人更寂寞了，没个知心人。我要能同你一道到外省去，跟现在一样，同在一个学堂上学该多好呀！索性跟他们谁也不在一起，离得远远的，眼不见，心不烦。让我一个人自由自在多清静！真的，有时我多么想孤独啊，觉得一个人躲在书房独自冥想，不受别人干扰，那该多自在、多舒适呀。要是真有一天，命运终于把我安排到闹人的客厅和喧哗的宴席上，整天应酬交际，送往迎来，赔着笑脸讲假话，那该多无聊、多腻味？”

言真不等对方把话讲完就说：

“我的好姐姐，你想到什么地方去了？你可是个善于写童话的幻想家。人生是实实在在的，哪容得你想得那么美呵。”

“那我问你：人生一世，草长一春，到底是为什么呀？真，你告诉我：你难道就没有自己的心事吗？”

言真经品微这一问，一时也拿不出合适的话来回答。特别是要她坦白自己的心事，无异被扎了一针，心头不由悸动，无意识地顺手把没刻完的印章挪动一下位置。

房里静了下来。艳阳天温暖的阳光染满了纸糊的窗棂，微风送来窗口上盆栽的米兰的馨香，那只四爪踏雪的黑猫，跳上书桌来，习惯地蹲在阳光下，眯着双眼打瞌睡。

品微等了一会，不见言真作声，带着微笑嗔道：“看你啰，人家闷得发慌才特意来登门求教的，可你呀，却拿架子，那么矜持，又那么吝啬？”

言真笑起来，拉过品微的手，说：“我的好姐姐，你要拜神也得先认好庙呀，你给我这个人出这样一道难题，不是对牛弹琴吗？你听我讲完嘛，一来，我不是过来人；二来，对人生又没那些学问。你要问我，不等于向尼姑要梳妆？”

“嗨吔，死丫头，你几时成了个长舌婆了，看你……”品微一边说，一边出人不意，伸出手去掏对方的腋窝，“看你还调皮不调皮……”

言真最怕人家抓痒，连声叫饶：“哎唷，得了得了！看，笔洗的水倒出来了！”

品微松了手，两人喘着气在笑。

言真说：“哎，看我把客人怠慢了，等我给你泡一盅西山茶来品品。”

品微拉住言真不让走，说：“得了吧，你跟我还讲客气呀，别费心啦，我不喝。给我好好坐下。你能替人家把心上的结解开了，比你什么山的名茶还解渴呢。”

“嗨哟，看你说的，我能有那样的能耐呀。”言真说。稍等一会，言真见品微不作声，才收起讲玩笑的口吻，郑重地说：

“其实，儿女私情，终身大事，各人有各人的天地，自家有自家的心思，旁人的话是装不进去的。老实讲，我极端反对那些所谓看破红尘，唱什么色空的厌世调调，也不要看重那些卿卿我我的玩意，自寻烦恼。最近，从一本新书上看到从外文译过来的一首短诗，倒是挺有意思。我背诵给你听听。”

桂品微闪亮着眼睛，点点头。言真念道：

生命诚可贵，
爱情价更高。
若为自由故，
两者皆可抛。

言真念罢，向品微问：“你说，这不应当成为我们这一代人的座右铭吗？”

品微淡淡地说：“话是很动听的，恐怕调子太高了。曲高和寡，真正做起来，谈何容易。你自己说呢，是不是为自由故而抱独身主义？”品微直盯着言真的眼睛问。

言真把眼光移开，望着未刻好的诗章，说道：“那倒不一定。为自由奋斗跟抱独身主义怎能联在一起？”

品微马上接着说：“那就是啰。我就问你，你心里头难道真的一点牵挂也没有吗？”

言真瞟了品微一眼，含笑说道：“没有，就跟天空断了线的风筝一样。”

“我不信。周围那么多人，难道就没一个人在你心眼留下点影子？”

“这，我自己也不明白。”

言真含着微笑，望着品微，似乎是说：“是这样，你不相信吗？”

桂品微把那方印章拿过来瞧瞧：刻的是篆体阳文，五个字的句子。品微瞅了半天，认得一个是“闻”字，一个是“鸡”字，第三个认不出来，第四个是“壮”字，末尾一个还没有刻完。

“这个，刻的一句什么呀？”品微问。

言真留心对方的脸色，问道：

“认不出来吗，是一句五言诗：‘闻鸡怀壮士’。你看怎样？”

桂品微想了想，忽然恍悟过来，瞥视对方一眼，打心里跟自己说：“呵，原来是这样！”随即意味深长地含笑说道：

“噢，想起来了，登在《中流》创刊号上的一首五言绝句有这么一句。你真是有心人，还把它刻上了！”

言真唯恐对方紧往这个话头追问下去，马上用话岔开，问品微：

“我问你，《红楼梦》你读过了没有？读过，那你说说看，林黛玉为什么跟贾宝玉特别要好？”

“这怎么说得清呢，好就是好呗。”

“不，里头也有个缘故。”

“那还不是曹雪芹在书里讲的吗，木石姻缘——前生注定的呗。”

“这是宿命论的鬼话，曹雪芹也并不赞成这种说法。你说，他俩为什么那样痴情？”

也许品微不想过于认真去替古人担忧，只是简单地信口敷衍道：“一个是倾国佳人，一个是痴情才子，当然就是一见钟情嘛。”

“看你，讲的言不由衷。”言真显然不高兴品微的回答。

品微说：“那，你说说你是怎么看的呢？”

“我就不同意你这样的说法：我说他们两人要好，既不是男才女貌那种庸俗的偶合，更不是什么前世姻缘的注定。我看，两人的命运所以结成一体，最关紧要的是志同道合，心心相印。对功名富贵有共同观念，对人情世道有一致看法，彼此能谈到一块，感情不分你我。他俩，与其说是儿女情长，不如说是肝胆相照，与其说是多情眷属，不如说是闺阃知交。……”

言真说到这儿，桂品微抢着说道：“哎哟，又是一大套，你快成红学大家了。”

言真拧了品微一把，说：“鬼东西，你就会取笑人。你刚才不是讲要人家替你出主意吗，我现在就问你：凌、王两兄谁是知音？”

言真直盯品微的大眼睛不放。品微对言真笑了笑，犹豫而支吾地低声说道：

"这,叫我怎么说呢？人家就是举棋不定才来三顾茅庐啰。"品微说到这,停顿一下,见言真不好插嘴,自己才接着说:

"王,对人体贴,通人情懂世故,能讨好人。不过,毛病也就在于太世故,有时做得太过分,叫人不耐烦……"

言真立即插话:"是你不耐烦,还是他俗不可耐呵?"

品微说:"你这样说,太伤害他了。当然,平心而论,他俗,也确实有一些。有时即算他在笑,也觉得是虚伪的。不过,人无完人,如果他去掉这点瑕疵,那他倒是——唔,叫人怎么讲呢?"品微脸上不觉泛起红晕,接着又说,"真,说心里话,不知怎么回事,第一次在'风雨社'集会中见到他,心扉一下子给打开了,灵魂遇到魔鬼,哎。"

"后悔了吗?"言真歪着脑袋问品微。

"讲不清,一言难尽。"

"凌兄又如何呢?"

"他嘛,"品微沉吟片刻才说,"他,柳暗花明又一村,另外一番天地:他斯文、秀气、深情、单纯得可爱;就是过于清高,孤芳自赏,目中无人,有时执拗的使人受不了。不过,对我倒是一片诚心,肯作自我牺牲;有时真是做到忘我的地步。"

言真淡淡地说:"知人实在不易,有的人就同芦苇似的,一点就着,火势猛烈,但是,一下烟消火灭,空留一堆冷灰;有的人却同木炭一样,起头要点燃它可不那么容易,一旦烧着了,却经久不熄。"

……

两人娓娓谈心,几乎忘了时空的存在。陈妈,一位五十来岁的娘姨,轻轻掀起帘子进房里来,对客人端详一会才笑着问:

"真姑娘,客人在这吃饭吗?"

不等言真答话,桂品微马上抢着说:

"不,陈妈,我等会就走。师母在吗,来了大半天,只顾说话,还没见到老人家呢!"

陈妈说:"太太出门了,说是去几个熟人家走走。出门时,把话交代下来,叫留桂小姐吃了饭再回去。我这就去做两样桂小姐喜欢吃的青豆烧冬笋和清蒸鲑鱼。真姑娘,你只顾着说话了,莫拿点心招待客人呀,好了,好了,你坐着陪客人,我给你们削荸荠来吃。"

陈妈转身走了。刚出房门,听陈妈哎哟一声,笑道:

"好啦,今天是什么好日子呀,都在这儿哪,请吧!"

言真惊疑地朝着品微低声问:"谁?"

品微红着脸,不觉局促起来,望着言真说:"准是他——一说曹操,曹操就到。"

门帘掀开,进来的是凌云青。他穿着紫色湖绉夹袍,头戴一顶人字呢鸭舌帽,还是一副常戴的宽边眼镜。他手上拿着一卷报纸和一本二卷一期的《新青年》杂志。看他神情特别兴奋,几乎跳进书房来。言真给他让了座,陈妈端来一只格子的点心盒,里边每个格格搁着酥糖、麻通和蜜枣等等几色点心糖果,送到客人面前,强迫每人都得拿起一件。还特地给凌云青沏来一盖杯茶,完了,走出门口又回头来说道:

"你们好好坐着说话,都得等吃了饭才放你们出门。"说完把房门带上了。

三人相顾而笑。

凌云青问:"你们都谈些什么呀,谈三国吗,说什么曹操曹操的?"

桂品微又红了脸,言真很坦然,直截了当地说:

"正在讲你哩。"

言真盯着凌云青的眼镜,似乎还说:"是的,我们正在讲你,你说怎样?"

凌云青推一推眼镜说:"讲我?很遗憾,一介书生,何足挂齿?还是谈国家大事吧,一个惊人的大新闻出来了。洪宪皇帝这出戏就要——"

言真反应最快,不等凌云青往下讲,立即问道:"就要什么?快讲清楚!"

凌云青说,袁光头复辟帝制不得人心,自从蔡松坡在云南宣布起义后,目前各省也都酝酿响应,特别是西南各省军政要人风云际会,纷纷云集我省,独立义旗即将在南方高举。据传四川亲袁派某个督军也有反戈之意,袁记洪宪恐怕快要"日薄西山,气息奄奄"了。

凌云青讲到这里,把报纸摊开,望着惊讶不已的言、桂二人说道:"你们看这日报。"

言、桂两个接过报来急着往下瞧。

凌云青来回踱步，自言自语："我早就说了：民心不可侮，螳臂岂能挡车！水可载舟又能覆舟；玩火者自焚，千古一理。"

言真和桂品微看完了消息，抬起头来瞧着凌云青。他懂得她俩的眼神都在问："我们怎么办？"

"我说，"凌云青对着两人讲，"不管本省要不要宣布独立，我们《中流》都要出专刊表示我们的立场、态度。你俩各赐大作一篇，该是当仁不让的啰！"

凌云青坐下，拿起盖杯，拿盖子撇了撇浮在面上的茶叶，对着杯子呷了一口。见品微推让，不肯应承，就说："不必过谦嘛。'盖文章，经国之大业，不朽之盛事。年寿有时而尽，荣乐止乎其身，二者必至之长期，未若文章之无穷。'曹子建这一宏论是有道理的。两位何必惜墨如金。"

言真问："来一篇什么呢？"

"发一通议论，填一首词，来一段杂感……什么体裁都行，反正题目是反对帝制，要求民主，文章随各人独出心裁，可借题任意发挥。"

言真说她这回要缴白卷了，过几天要走，好些家务还没收拾停当，推迟行期回去怕进不了学堂。

"不过，凌兄既然拿当仁不让作令箭，"言真盯了凌云青一眼，说，"那，我只好遵命。回去后再补课寄来行吧？"

凌云青望了望言真，感伤地叹口气："遗憾呀遗憾！这样一来，'中流'同仁，真是风流云散，各奔前程了也！"

桂品微接着说："人生聚散无常，大家好不容易相聚一场，一旦分手，人孰无情，谁能遣此！"

凌云青马上说道："不过，我倒不这样悲观。从团体发展来说，'中流'同仁虽然星散南北，聚首无期，未免遗憾；不过，都是各奔前程，到处传播火种，开拓新的天地。'塞翁失马，焉知非福'！"

言真说："走的人未必就是播出去的种子，到处生根发芽、开花结果；重要的还是，有你俩坚守阵地，火种就不会灭了。"

言真言语双关，意味深长地含着笑意瞟视桂、凌俩一眼。桂品微带着微笑

捶了言真一拳,娇嗔地说了一句:“鬼丫头!”接着,拿别的话来搪塞过去,说道:

“唔,你要走了,想要我送件什么玩意做个纪念吧?”

言真说:“哪有张口向人讨礼物的道理?只要你诚心,给人什么就要什么。”

桂品微看了看言真,问道:“你到底喜欢什么?”

“要说喜欢,”言真说,“我倒想带一台山水盆景回去。摆在厅里早晚看看,保持这段经历的记忆。”

凌云青当着两人交谈时候,独自翻阅方才他带来的《新青年》,不知一篇什么文章吸引了他,半天也不插嘴,此刻听到言真谈到什么山水盆景,才开口说话:

“这个主意想得雅致,我赞成。”

说完,他又低着脑袋继续读他的书去了。

桂品微认真起来,问言真:说是这城里几座名山,专做盆景的店铺都做得有,问她喜欢那一座,她好去选购。

言真说:“立人峰既然是此地的奇迹,也是你头一回领我见到它,对它印象特别深。能弄得来吗?”

品微登时“啊”一声,若有所悟地说道:“难得你这样钟情,非得给你弄一盆不可了!但是,你可别‘这山看到那山高’,两天的热劲过去了,又把它丢到墙脚去啊。”

“品微,你要这样讲,我们真是白相识一场了。你以为我是那种朝秦暮楚的人吗?”

“现在看,当然不是,可是,谁能预言将来呢?”

凌云青听到这,又插上一句:“将来也可以预言的。”说罢,眼睛仍旧盯着《新青年》,不肯旁顾。

桂品微听凌云青这一说,很不以为然,望着他反驳:“谁能预言将来?除非是骗人的江湖术士,但是,那些人的话,你能信?”

凌云青接受挑战,把杂志放下,抬起眼镜望着品微的眼睛说道:

“起码我个人总是可以自信的。”

言真和品微相互交换眼色,笑而不言。停了一会,言真凑到品微耳边,低声问道：

“问你，那一位有信来了吗？”

品微领会言真问的“那一位”指的是谁。于是，说他出国后，每到一个埠头，都来信。神户、大阪、名古屋和东京，信来的不少。不过，品微说，讲的都是这个都市如何繁华，那个地方的妇女怎样摩登，再就是，那里公园有什么奇禽怪兽，影院放映什么影片，等等。

品微说：“尽是讲的这些。开头还觉得新鲜，以后老讲就叫人腻味了。”说罢，轻轻叹口气。

凌云青从窗口转回头来，望着两人问：“你们说的是王兄吧？”

品微和言真相顾不言，瞟了他一眼，意思是说：“不是他是谁，明知故问。”

一会，凌云青带着讽刺口吻说道：“王兄嘛，唉，说他什么好呢？……”说到这，正要斟酌词儿的时候，见到品微用眼色逼视着他，叫他不好放肆，只好支支吾吾说道，“唔，不好意思，让时间去说话吧。”说毕，又回头去读杂志作掩饰。

言真看出他的窘态，赶快为他解围。问道：“凌兄，看你读得那样专心，请给我们介绍介绍好吗？”

云青见问，“呵”一声，马上答道：

“是一篇了不起的大文章，写得淋漓尽致，太妙了。真正是高手出高文！”

桂品微看着他天真流露，觉得可笑又可爱，说：“看你疯疯癫癫的，究竟是怎么回事？”

“是鼎鼎大名的‘北大’教授李守常的新著——《青春》。奇文共欣赏，两位且听鄙人朗诵一遍如何？”

凌云青不等人家说什么，自己干咳两声，拿起《新青年》念了起来：

> ……当前春雨梨花，重门深掩，诗人憔悴，独倚栏杆之际，登楼四瞩，则见千条垂柳，未半才黄，十里铺青，遥看有色。

桂品微听到这，立即打岔，说：“这也值得大惊小怪。这，还不是时令小品，春花秋月老一套。”

凌云青呷口茶说："不，不。这才敲的开场锣鼓，好戏文还在后头呢，听着吧，咳。"

言真挺感兴趣，催道："你就念吧。"

"好，好。我继续念：文章马上破题了。"

桂品微、言真都不作声，眼睁睁地听他念道：

青年锐进之子，尘尘刹刹，立于旋转簸扬循环无端之大洪流中，宜有江流不转之精神，屹然独立之气魄，冲荡其潮流，抵拒其势力，以其不变应其变，以其同操其异，以其周执其易，以其无持其有，以其绝对统其相对，以其空驭其色，以其平等律其差别。故能以宇宙之生涯为自我之生涯，以宇宙之青春为自我之青春。……

言真不由赞叹出声："果然是大手笔，道理阐述得深！"

凌云青炫耀自己独具慧眼，颇为得意，说道："当然嘛！"意思是说，"我的眼力还会选错吗？"

品微也焦急起来，催道："别啰嗦，念下去吧。"

言真把《新青年》抢了过去，说："让我来念。"她把文章稍为默诵一下，才念道：

吾之民族若国家，果为青春之民族、青春之国家欤？抑为白首之民族、白首之国家欤？

念到这里，言真跳了一大段，然后接着念道：

……吾之国族，已阅长久之历史，而此长久之历史，积尘重压，以桎梏其生命而臻于衰敝者，又宁容讳？然而吾族青年所当信誓旦旦，以昭于世者，不在龈龈辩证白首中国之不死，乃在汲汲孕育青春中国之再生。吾族今后之能否立足于世界，不任白首中国之苟延残喘，而在青春中国之投胎复活……

“好了，看你念得喉咙都快哑了，给你敬杯热茶。”桂品微提壶斟茶。顺手把《新青年》抢了过来。

言真呷了口茶，仍然兴致勃勃地跟品微两人并头默读。

凌云青来回踱步，咀嚼文章的哲理。

桂品微看完了文章，抬起头来凝视凌云青，由衷赞赏：“真的是独到之见，道理精辟。”

言真略为斟酌才郑重地说道：“教授学问渊博，旁征博引，左右逢源，逻辑严谨。先父在世时，谈起教授的学问道德莫不推崇备至，每逢读到文章，总是拿朱笔作点点圈圈。”

凌云青表现出一股狂热劲，静不下来，来回踱步，连声赞叹：“深刻，深刻！”

阳光暖烘烘地洒进窗户，一双春燕含着新泥来到梁上，修补旧窝，一只金甲虫在纸窗外飞扑，听到息息索索的响声。春日的气息，醇酒似的使人微醉。

凌云青见言、桂两人都不作声，朝着窗口望了望，回过头来说：

“今天天气好极了！我提议，为着不负大好春光，为着纪念《青春》这篇名文对我们的启示，大家一道出门去欣赏另一篇大块文章如何？”

品微马上响应：“好，出去走走。我还想，言真快走了，一块去照张相片留个纪念，好吗？”

凌云青立即叫起来：“好呀，走！”

桂品微瞅他一眼，说：“你今天怎么搞的，不管什么事都是一句话：好呀，好呀。平时那股执拗劲哪儿去啦？”

凌云青含着笑意，用眼色回答了对方，似乎是说：“大概是一阵春风把它吹化了。”

桂品微瞟他一眼，从心里哼了一声：“嘿，该说你什么好？”

言真进里屋一会出来，身上换了件玄色的丝绵夹袍，脖子围着一条白色毛线围巾，挽着品微的胳膊，望凌云青叫一声：“走吧。”

三人走下楼来，正要出门，陈妈从厨房赶出来嘱咐言真不要走远了，按时请客人回来吃饭。

他们走到前院刚要跨出门槛,那穿着绿色坎肩的邮差正好走到跟前,手里拿封信,望着言真说:

"言姑娘,有你一封信。"

言真接过信一瞧,是请她转交凌云青的。发信人地址是"寄自昆明",却不详写什么街道门牌。言真心里打了一个问号:"谁利用我这个地址转信呢?"马上转向凌云青叫道:

"凌兄,是你的信。"

桂品微特别关心地追问:"哪里来的,谁的信?"

三人都站着不走。凌云青一边看信,一边答道:

"'一个例外'——韦步平。哦,他的腿好长呀,已经跑到云南……什么,他现在当了护国军第一军第三旅第七团第五连,咦,副连长,好家伙,他居然成了带兵的武官!哈哈,真是'士别三日,当刮目以待'呵。"

她们为着看信,又退回客厅来。

凌云青把已经看过的信笺一页接一页地递给言、桂两人传阅。后头是韦步平给《中流》撰写的一篇文稿。凌云青看了,兴奋异常,拍着大腿连声赞赏,向言、桂两位笑道:

"痛快,痛快,妙极了。笔名也用得别致:'牛犇',四头牛,哈哈,真有意思!来,我给你们宣读。"

品微瞪对方一眼,带着爱慕的责备:"什么呀,真是个活宝,疯疯癫癫的,到底是怎么回事?快讲。"

凌云青只顾得自己高兴,啧啧称赞,说:

"又是一个例外。韦步平套了骆宾王的《讨武瞾檄》,写了篇讨伐袁氏的大文。我念,你们听着吧。"接着,他摇头晃脑高声朗读起来。

文章当中,有这么一段:

方幸宣统弃置,百业有待俱兴。何期洪宪逆来,风物竟尔复旧。噫嘻,小人弄权,换汤何曾换药!大盗窃国,以暴无非易暴。恨彼袁氏,卖国条约，墨迹犹未见干，皇帝新衣，竟敢招摇欺世。嗟乎，祸国之罪，罄竹难书，殃民之灾，流毒无穷。顾我神明华胄，号称五千年文化之邦，念兹黄帝子孙，拥有四万万同胞之众。但愿群策群力，同德同心，外御列强，内除奸贼。则民主革命，何患不成，科学昌明，何惮不逮！临书呼吁，共讨国贼，敌忾同仇，穷寇必追。庶几拨云雾而见青天，何难斩荆棘而登大道。……

“好，有志气！”言真不禁由衷赞赏。

品微跟着也说：“一针见血……”

云青说：“别忙评论，等我念完末尾两句。”言、桂两人静听，云青念道：

展望未来之中华，终归人民之天下。

“怎样，文章做得不错吧。这两句收尾，收得好，有气魄、有信心，精神可嘉！”凌云青说，“无疑，这不只是他个人的语言，实际代表了千万大众的呼声。我看用它作代论，登在《中流》的‘庆祝独立’专号上，行吧？”

言真说：“我说，要不要当作代论倒不打紧，总之，一定把它登在显著的位置上。品微，你说呢？”

品微点点头，她的注意力放到另一地方去了。稍等一会，她转向凌云青诘问：为什么韦步平的信要寄来叫言真转交？凌云青见问，坦然说他寒假回乡之前给韦步平写过信，没有把乡下的地址告诉他，可能是他以为言真会知道我的行踪。

桂品微向言真问：“好像是你家搬迁来这，他一直没来过吧，怎么知道这个地址呢？”

言真讲：去年闹罢课那天夜晚，韦步平路过，偶然见到她，可能是那次他把门牌记住了。

品微审视言真：“真亏他有那样好记性。”

言真把信笺看完叠好，放进信封交给凌云青说：

“他什么人也没忘记，对‘陆小’的黎柏初他们也问到了呢。走吧。”

三人一边出门一边说话。

照相馆在南大街，拐两节小巷才到。今天也许是天气晴朗，照相的人特别多，门前挤满了人。有好些是穿着军装制服、腰扎皮带、绑着裹腿的"陆小"学员。黎柏初也夹在其中。他那阴阳眼特别锐利，发现凌云青一行，马上过来同桂品微和言真寒暄两句，然后诡秘地拉着凌云青的袖子到僻静的角落去，悄悄地说起本省酝酿独立的消息。说这只是早晚的事了，全省军队统一编用护国军番号，人马都已经整装待发。一旦宣布独立，他们"陆小"就立刻编队入伍，作为随营学堂北上讨袁。现在他们来照团体相留念。最后，黎柏初得意洋洋，瞥视桂品微和言真一眼，提高嗓门说道：

"总而言之，不出这个星期，我们即将挥戈沙场，饮马长江！"

凌云青顺便告诉他，韦步平来信问候他和夏雷。黎柏初不觉诧异，用讥笑口吻说：

"哦，韦步平？就是那个一头乱发，像只小牛犊的小家伙吧？哼，学书不成，回头学剑！在军事学上，一窍不通，投笔从戎，讲讲倒好听，实际上能干得什么？当丘八？做伙头军？"

"两样都不是。"凌云青说。

"那，充其量当个小文书，抄抄写写？这，真是读书人的末路！可悲，可叹。"

"这，你可是从门缝瞧人，把人看扁了。他现在的官位未必比你们当个见习排长小哩。"

"什么，你说，他当副连长？别开玩笑，牛皮不是吹的，火车也不是推的。军队的规矩哄弄小孩可以，骗我可不行。他既不是行伍出身，又不是正式军事学堂毕业，居然当上军官，岂不成了海外奇谈？这话要是真的，那是什么军队，除非是一群流寇。"

凌云青不服气，说道："什么叫流寇，成者为王败者为寇，从来就没个准头。时势造英雄，很难以出身限人。所谓绿林好汉当了督军的不知有多少？区区一个副连长又有什么出奇？"

黎柏初说："那，不能相提并论。不管怎样讲，我就不信。"话讲得很激动，好像人家挖他的祖坟似的。

言真和桂品微在一边听着，实在忍不住，两人几乎是同一个声音催着凌云青说：

“走吧，争这些没意思！”

黎柏初这才对品微装着笑脸，献殷勤地叫一声：“哦，桂小姐，你——”

“对不起，我们先走一步。”桂品微骄傲地挽着言真的胳膊，走进照相馆。

凌云青赶紧跟上。言真一肚子气，且走且说：

“这个阴阳眼，什么东西？开口伤人！”

第二十一章

西风吹起，落叶带来秋天。

三个月前的袁记洪宪帝号，鼓噪一时，不想，人心背离，倾国唾弃。帝制方告诞生，夭折随之。然而，随着袁氏皇帝梦的幻灭，全国一场轰轰烈烈的二次革命运动，顿失一致的目标。各省树起的讨袁护国旗号，在无声中各自偃旗息鼓，又恢复了各自为政的局面。风云际会的人物，有的放洋，有的养病，风流云散；有的则仍操旧业，拥兵自重，称雄一方。可怜无告的只是一群无家投奔的士兵：或流落江湖，或继续忍受喝血者的驱使。

韦步平所投奔的这支云南的讨袁部队，开拔到了长江上游的泸州地界，同北洋系的袁氏旧部打了一仗，占领了宜宾，突然停下来了。袁氏既已倒台，师出无名，部队既不能挥戈北进，又不愿回师滇池。四川号称天府之国，在热衷于养兵自重的军阀的心目中，自然是个求之不得的地盘。这支滇军部队到此，不异老鼠落进米缸，赖着不走了。

三个月来，前方无战事，部队无所作为。连队士兵、官佐，除去每日两个钟点晨操，没有别的正经事可干。只有遇到关饷那几天，各人手上有了两三元饷银，这才是士兵们的节日。各人可以随着兴致来：掷骰子、玩纸牌、推牌九，大家热闹两三天，等到钱袋都输空了，生活又恢复老样子：赢得钱的少数人，有继续在烟火弥漫的赌窟鬼混的，有躲到妓院胡闹的，有在小酒馆发酒疯的，有懒洋洋地蜷在戒烟所的烟榻上的；多数人则百无聊赖，老实些的，整天睡大觉，调皮些的，寻人吵嘴抬杠，甚至口角打架……形形色色，不一而足。

韦步平所在这个连的连长，是个有名的"牛骨"①。原先给团长当过马弁，凭着这座靠山，有恃无恐，独断专行，谁也不能在他面前说句二话。连长太太是从"水牌"②赎身出来的，在营盘附近的民房租间房子居住。平日，在她屋里摆开一张麻将桌面，招揽连队的班排长和士兵到来聚赌，夜里赌罢，又摆酒席夜宵，主家从中抽头取利。这些人都是麻将迷，你赢我输，你输我赢，循环反复，到头来，也没见谁赢钱致富，谁也不知自己的钱流到谁的荷包去了。只见连长太太一会儿肥胖的胳膊添了金镯，一会儿耳朵挂着金环，一会儿手指上又换了新的结婚戒指；还有这样那样的款式翻新的高跟鞋，这样那样的旗袍和裙子。司务长拿士兵的饷银去跟民间的奸商合股私设烟馆，逃避官税，烟泡比别家便宜两分钱，离营盘又近，把连上有瘾的弟兄都吸引去了。白天黑夜，不是赌窟就是烟榻，昏天黑地。士兵们的精力一天天消耗，无望的目光一天天迟钝，唉声叹气，咒骂争吵，有如晨雾，笼罩着周围营盘。

韦步平观察了这些，领略了这些，不禁感慨万千。他不断思索这样一个问题：国家养兵千日，用在一朝，平日助长这种习气，一旦国家有事，怎能成为护国保民的干城？在地方上，豺狼当道，鱼肉乡民，固不待言；不想在曾经名为"护国军"的营盘，也不免如此乌烟瘴气！

"都这样下去，怎么得了呵?!"

这一深沉的心声，最近又在韦步平一人独处时，不由自主地喃了出来。

---

①牛骨——广东话，兵痞、流氓。

②水牌——妓女的俗称。

屈指一算，韦步平到这支部队任事已经将近一年了。起初，他同梁少英一道，总共是招募到五十七名新兵，按规定，满以为可以当个连长的，没料到，他把人带到招募处点交过手之后，韦步平的连长和梁少英的排长的委任状，迟迟未见颁发。直到队伍开到云南滇池，新兵分散编入正式建制的连营完了，团部才下来明文委任：韦步平着任中尉副连长，梁少英任连部上士文书。理由是，两人一来既不是行伍出身，缺乏行军打仗经历；二来没有军事学堂毕业，缺乏军事学识，不能胜任担当带兵的主官。其他一道来的几十个弟兄，经过三番两次编遣，虽然同在一个营里，却没有一个编在韦步平的连上。他们来了不久，在滇池那段时间，有的人水土不服，得了病，请长假回了家；有的人过不惯这种兵痞生活，索性开小差逃跑了；来到四川的，现在仍然同韦步平在一个营的还有四五个人。有一个当副班长，一个当勤务兵，一个当马伕。有一个在四连当上等兵的，大前天病了，发高烧，整夜胡话。医佐的诊断说是臭虫和虱子传染了病菌，得了斑疹伤寒，抬到军医院留医去了。

这天是中秋节，韦步平邀梁少英一道到街上买了两斤广柑，一篓子雪梨和一包麻糖，去军医院探望老乡兄弟。那军医院是占用两广会馆的旧式房子临时设立起来的。设备十分简陋，病床摆在空阔的大厅里，管你轻病重病，外科内科，统统混杂在一起。病床，有的席子已经短了一节，有的拿半块断砖当枕头；墙壁的石灰早剥落了，蜘蛛蛋、臭虫屎到处都是。旁边还有用炭写上好些歪歪斜斜的怀乡病和色情狂的打油诗，发泄猥亵、颓废的情绪。苍蝇在伤病号的伤口和脸上、在茶盅和碗筷之间飞来飞去。痛苦的呻吟，恶毒的咒骂，衰弱的叹息，绝望的目光……一切的一切，都叫人感到压抑。

不知是谁先发觉韦步平的穿戴像个官儿，就跟迷路的孩童见到了亲人，招呼一声，好几个伤病号忽一下都围拢过来。有锯断腿的，有胳膊吊着绷带的，也有拄着拐棍的，个个睁着乞求的目光，眼巴巴地望着官长发善心，听听他们的申诉。他们好像早已打定了主意，巴不得有人来一回，好发泄满腹的牢骚。于是，你一言我一语，七嘴八舌抢着诉苦。

一个胳膊吊着绷带的，气昂昂地单刀直入，骂道："妈的，你们当官的，只顾得升官发财，修公馆，娶姨太太，叫我们这些当兵的卖命，没有当兵的，你的官管个屌。”

一个锯了腿的也帮起腔，说：“可不是吗，用得上时，要老子给你们卖命，用不上了就当废弹壳扔到一边不管！你要不管，干脆给开张假条来。此地不养爷，自有养爷处。嘿，谁愿蹲这个鬼地方。”

一个躺在床上的霍地坐起，投过凶狠的目光，冲韦步平诘问：“我问你，你们当官的，是不是把我们这些彩号顶名领薪，中饱私囊？为何六月到现在，三个月不给关饷？”

韦步平很尴尬，只说，在医院留医的彩号是统归团部军需处支饷，在连上的花名册已注销，关饷的事，连部是不管的。

一个撑着腿架的接着说：“哼，没有我们这些丘八，你们就成了光杆司令。这回可是教乖了老子了：哼，往后叫你战场见！”说话的人两眼鼓起像铜铃，发出凶光。

梁少英盯着这个人反问：“怎么，你想放冷枪倒戈呀？”

那人并不让步，愤愤地喃道：“横直是你有情来我有义，谁要对老子太刻薄，将来总会得到报应。”

一个拄着拐棍的等到这时才开口，说：“别讲伤和气的话，今天是中秋大节，麻烦这位官长禀报上头一声，把这里的饷银发了吧。三个月饷，即算不全关清，先关一个月也就马马虎虎，让我们也过个节……”

“至少今天打个牙祭也好嘛。可怜可怜我们两个月不知肉味了。”

“还有，白露已经过了，我们还盖这张烂军毯，缩得头来盖不到脚，叫人夜夜当‘团长’。你们当官的有娘们搂着睡到天亮，我们可不好熬过五更寒呀。”

韦步平越听，也越觉得军需处克扣伤号的正当开销，未免太缺德。于是，顺口就说：

“我不管这些，军需处扣发你们，你们跟他们要去！”

刚才领头说话的那个人，眼睛一瞪，发起火，马上顶嘴：“去就去，上哪儿也不怕，看你们能把人怎样？我们正所谓：三十斤猪肉交了屠行，由你怎样割就怎样割！”

梁少英瞅着围上来的人,越来越多。轻轻拉着韦步平的袖子,在他耳边悄悄说:"走吧!"

韦步平满沉着,不动声色地回到那位同乡的病床旁边去,替他轻轻拉上落到腋下的被头,还将他那瘦成麻杆的胳膊放进被里去,安慰他说:

"好好养病,过两天再来看你!"

病人的脸色蜡一样白,嘴唇上下皲裂,泡起一层薄膜,眼睛迟钝地睁开来望着韦步平,表示无限感激。

韦步平和梁少英从军医院出来,走了两三条街,一句话都不讲。经过公园门口时候,梁少英说,进里头去看看。韦步平说:"免了吧,公园这时候有什么可看?"看他好像还在想着军医院的问题。

"去看看菊花。"

"菊花会还早着呢。"

"那,找个小茶馆坐一会。心头闷得慌。"

韦步平回头打量梁少英,心想:"怎么搞的,他也在发闷?"虽然这样想,口头却什么也没讲,仍旧默默地随着少英走。走着走着,这城里一间独一无二的酒馆"太白楼"的布帘就在眼前了。梁少英又说:

"这里的茶倒不怎样,大曲可是挺有名气,不如进去喝它两杯解闷。"

韦步平一贯对吃喝是无可无不可,凭你怎么说就怎么好。梁少英见他不出声,就领头进了"太白楼"。

两人都不是存心来吃喝的,只是为了解闷、消遣。少英叫店伙要来一壶大曲,一碟油炸花生,一碟熏鱼,一篓清蒸鲜蟹和小碟五香豆腐干,两人细细喝起来。平素,韦步平是很少喝酒的,这时候,却连喝了三杯,一壶半斤装的酒快空了。他举起酒壶向店伙摇了摇,叫道:

"伙计,再来一壶。"

店伙拿壶去添了酒回来,替两位客人把酒杯斟满,然后奉承地问:

"两位慢慢喝!还要添点什么吃的吗?"

韦步平对这种为了要讨得小账而特别殷勤的谄谀之态格外厌烦,挥挥手:"不要!"

梁少英却对将要转身走开的店伙叫道：

“等等。最后给我们弄来两碗担担面。”

“好哩！”店伙应声走了。

韦、梁两人沉默下来，各自喝着闷酒。一会，少英拿起一只青蟹，一边剥壳一边喃道：

“每逢佳节倍思亲’，这些日子想家想得厉害。夜里常常做梦：梦见家庆、罗汉，也梦见家里弟妹他们。唔，有回梦见罗汉进山打虎，真背时，叫一只受伤的母野猪拱过来，拱断了腿，抬回村来一瞧，原来是家庆流了一头的血……唉，尽做些奇奇怪怪的噩梦；有回梦见母亲打岩石上摔下来，脑瓜脱开了肩膀，滚到一边去了，嘴巴却能讲话……你说怪不怪？唉，不瞒你老哥讲，人要能插上翅膀跟大雁一样，我早飞了。左想右想，我白呆在这地方图什么呀？你嘛，大小还是个官儿，上到街来，当兵的见了还给敬个礼，有个威风样。我呢，抄抄写写，老给别人做嫁妆，自己穿不上。每个月造一回领饷花名册，造一回怄一回气；有的名字早成了鬼了，有的连影子也没见过，可是叫你每个月都得照旧填上，你说气人不气人？人家做帮凶，还有彩头，多少分得点，可我，两手空空！”

韦步平说：“那，你说我也同他们一样，分到什么吗？”

“你呀，要分也会得的，不过，你就比他们短了一小截。我真不明白：你在别的事情上那么大胆，敢作敢当，为什么对待有利可图的现成东西却是那样正经？要是我，像牛骨连长搞的‘吃空名’的事，非挟他脖子不可。不得对半分，三分之一总是可以吧？”

韦步平严正起来，望着少英问道；“贪赃枉法能做得的吗？那明明是粪坑，谁还往里跳？”

“什么粪坑？哼，臭铜钱，臭铜钱，说是这样说，真正见到它时，哈哈，白银黑眼，哪一个人能不……唉，不说也罢。”

“老实讲，我要为了当官发财，何苦万里迢迢，跑到这地方来呢。”

“那，你说为的啥？”梁少英看着步平问。

韦步平默不作声。顿觉自己此刻走到了渺无人迹的沙漠，感到无边孤独，嘴边露着一丝苦笑。

梁少英看他不出声，又说："你说是为了爱国，为了讨袁？可……你瞧，"少英灵机一动，指着贴在一根圆柱上的字，念道："莫谈国事'！唉，国家大事轮不到我们这号人去关心的。"

韦步平沉思半晌，剥完了一只蟹，认真的端量他的十友，本想要讲些什么，但是，话到嘴边又咽回去，改换了语气问少英：

"你是不是真的想请长假？"

梁少英毫不迟疑地答道："那还跟你说假话。我现在明白过来了：我这个人到营盘里来吃粮，正像把水稻秧插到旱地去一样，不会长出谷穗来的。"

韦步平再看了看对方，说："好吧，回去也好。不过，有些水稻秧苗即算插到水田也未必都结谷穗。事在人为。同样是一把斧头，拿在好人手上，可以砍柴，要是强盗拿去，就可能成为杀人的凶器。比如讲——"

梁少英猜想韦步平又要作高谈阔论了，他不想听，赶紧打岔，问道：

"讲你自己的吧，打算这样待下去？"

韦步平答道："看看再讲，后事如何，且听下回分解。"

两人不知不觉把第二壶酒喝干了，桌面蟹壳狼藉。少英又要叫店伙再添一壶，步平把壶抢过来，拉他站起，到柜台付钱走了。

两人都有点儿醉意，走到街上多少有点飘飘然。

今天中秋节可是跟往常不太一样：糕饼店门口此刻有不少人进进出出。出来的人手上都拎着用麻绳绑着的四方方的纸盒，上面贴着红色的月饼招。梁少英拉着韦步平也挤进铺头去见识见识。

铺子里，生意很热闹。几个油头粉面、装束妖冶的娘们向年轻伙计问这问那，挑这件要那样的，打情卖俏，让其他顾客冷在一边。

梁少英对着韦步平耳朵悄悄说道："水牌货。"

韦步平拉着梁少英袖子说："走！"才要转身，一个怪腔怪调的声音，突然响起：

"哟，韦连副吗？……"

步平和少英回头一瞧：原来是连长太太。她习惯地给人飞媚眼，含着微笑挑逗人家瞧瞧自己。她今天这个打扮跟旁边那几个娘们不相上下：额前梳着时兴的刘海,后脑壳梳着盘龙发髻,两片嘴唇抹着红喷喷的胭脂,连耳根也涂了一层厚厚的、令人作呕的宫粉;穿件水红镶花边的马蹄袖上衣,裤子是湖水蓝的缎子,裤管镶着花边;两只肥胖的胳膊都箍着闪闪发光的金镯子,一对翡翠耳环在油亮的鬓发旁边微微摇晃。她看到了少英痴痴地盯她,立即本能地回他个媚眼,笑道:

"哎哟,梁文书呀,不认得啦?好些日子不上我们家了。今晚来吧,我把姐妹们都请来,大家一块过个团圆节好吗?"说着,拿眼色指示旁边那几个娘们。

韦步平仿佛赤着脚踩到火炭上,赶紧拔腿,催少英:"走!"

少英跟着步平转过身,刚迈开步子,又回头朝几个娘们瞧一眼。连长太太跟着追问:

"看你们急什么呀,两位才到哪儿耍的?"

"我们去军医院——"

连长太太一听军医院,不等少英把话讲完就撅着两片嘴皮,像是闻到什么怪味的神气,马上说道:

"去军医院?哎哟,那地方……那些缺胳膊短腿的,我见了都害怕!韦连副,你真是,有心去探看他们,倒反不来我们家玩玩?等我把你告到我那老家伙跟前去!嘻嘻。"

连长太太斜着眼角含笑瞟韦步平一眼,然后跟那几个娘们交头接耳,引得她们向韦、梁两人看了看,吃吃地笑。

韦步平立即把脸拧过去,愤怒地对少英下命令似的说声:"走呀!"随声拔开腿走了。

少英跟着步平出了店门走了两步,回头见那几个娘们也出了店门口望着他。其中一个拿嘴里吐出的槟榔往他掷来,刚好打中他的耳朵根,落到衣领上,害得他拿手去摸,引得娘们吃吃地笑。

韦步平不顾梁少英搞什么鬼,急步直走,头也不回,好比是小时候叫吹风蛇追逐似的,一声不响,直奔营盘。

第二十二章

此刻,营盘里发生了一件平常而突然的事故:

一个逃兵被抓回来了。连的值星排长把全连士兵集合到操坪上来,叫逃兵站到队列前面。他简单宣布逃兵的犯罪经过,接着下令要逃兵趴到地上,叫出四个士兵来,要他们按着逃兵的手脚;然后叫各班的班长轮流拿起扁担往逃兵的大腿和屁股各打十大板。一定得使上劲打,谁要手软,谁就得让别人在他屁股上作示范动作——尝尝十大板的滋味。这一来,全场鸦雀无声,笼罩着阴森恐怖的气氛。一会儿,那忍受鞭笞的痛苦惨叫,那扁担的挞伐声,刺激着人们的神经,人们心口不由得紧缩起来。受难者的裤裆上,浸润着血迹,血从破绽的布片渗了出来。队列里的士兵都发了呆:有的膝盖直打颤,有的低着脑袋不忍直视,有的偷偷抹泪……举手抹泪的人被发现了,那位斜挂着红带子的值星官突然大声咆哮:

“谁搞小动作？唔！”

值星排长喊一声口令：“立——正！”随即叫道，“各人拿出立正姿势来，注意看：今后谁要开小差就得跟他一样！”

过了将近一刻钟工夫，士兵们两条腿都有点麻了。后排有个人脚跟动了一下，被值星排长看到了，更是火冒三丈，暴跳起来，咬牙切齿地狠狠骂道：

“谁的蹄子痒？唔？向右转，跑——步！”

值星排长发了疯，喊一声口令，罚全连人跑步。

剩下几个班长守住那个瘫痪在地上的逃兵。逃兵“哎唷、哎唷”地连声叫唤，使得班长把扁担放了下来。

韦步平来到现场一看，眼里爆出火焰，好像是一只发怒的牛牯，直瞅着搏斗的对象。前面那发疯的值星排长，正在肆意作弄着全连弟兄，怒气冲冲，喊着口令吹着哨子：

“一，一二一，一，一二一！右转弯，走！……”

队伍遵照口令和哨音调整着脚步，变换方向，跑了一圈又一圈。跑得各人气都喘不过来了，脸上和背上全是汗。这时，排长才叫一声：“正步走。”队伍正步前进，没有听到“转弯走”的口令，理应是照直走，值星排长却气呼呼地撵上来喊一声：“立——正！”朝着领头的副班长责问：

“为什么不转弯？”

“没有口令。”

值星排长给副班长顶了一句，哑口无言。谁料他却恼羞成怒，马上狡辩说道：

“嘿，没有口令，你不会临机应变吗，又不是猪猡。好，开步——走！左转弯！”

值星排长余怒未消，故意让队伍朝着前面一洼水坑前进。

队伍走到水坑边沿，不能往前走，原地踏步。

值星排长跑到队前，向领头的副班长质问：

“这回没有口令，你为什么踏步不走？唔？‘一二一！’……”

队伍依然踏步不前。

“怎么,要造反?为什么不前进?”值星排长气势汹汹,真是要吃人的样子。

副班长说:“前面是水坑,你方才不是讲,遇到特殊情况要机动吗?”

值星排长抬起腿给副班长身上踢了两脚,骂起娘来:“他妈的,你敢跟老子捣乱!”随即向队伍喊口令:

“向右转,跑步!目标右前方。”

队伍向原先集合的方向跑来,快到处分逃兵的地方,值星排长拉长口令叫喊:

“立——定!”

队伍的脚步唰一声,停了下来,面对着逃兵和几位班长。逃兵的屁股和大腿都给打烂了,站不起又坐不下,两个班长架住他两边胳膊,鹄立在那里,睁着恐惧而无望的目光,乞求施恩饶恕。

值星排长瞪着铜铃大的眼珠,向领队的副班长叫唤:

“三班副,出列!”

那副班长吓得脸色发白,“有!”应了一声,正步向前三步,立正。两只膝盖直打哆嗦。

值星排长推一推帽檐,额前留下一道印,衣领浸着汗湿,双手叉腰,大声说道:

“你知道你自己犯了纪律吗?给我立正,不准动!看我把他收拾完了再跟你算账!统统有,立——正!看你们谁还敢再搞小动作?从一班长、二班长开始,叫逃兵趴下,继续打!”

一、二班长过来把逃兵扶着往地面放。全场空气就像是大雨要到来时那样,闷得叫人心头发紧。轮到七班长了。他懒洋洋地接过六班长手上的扁担,正要举起时,猛然听到一声吆喝:

“慢,不许打!”

声音像霹雷闪电,撕裂着沉重而凄惨的天空。大家看见是副连长韦步平一跃上前,把七班长手上的扁担夺了过来。

全场禁不住出现轻微波动:有人睁开喜悦的眉眼,有人激动得淌泪,有人呼出一口长气……

值星排长登时愣住了。

韦步平威严地望着一、二两位班长下命令：

“你们两个把人扶回营房！”

韦步平掂起扁担，看了看上面沾着点点血斑。

值星排长压着气走到副连长跟前，低声说道：“副连长，这……可不好交差呀。”

韦步平瞪对方一眼，声色俱厉地问道：

“谁交下这样的差事？”

“连长。”

“我是副连长，为什么晓不得？”

“这个……我是值星排长，只知道执行主官的命令！”

“我现在就命令你：向三班副道歉！你给全连弟兄当面认错：你违背操练规程！”

韦步平威严地逼视着对方。

值星排长憋着一肚子气，又不敢哼声。一会才半吞半吐地嗫嚅：

“这个……”

“这个就是我的命令！”韦步平咆哮起来。

值星排长无可奈何，忍气吞声地照着副连长的命令，向三班副敬礼道歉，让他入列。但是，他把值星红带除了下来，连同哨子一起交给韦步平，态度蛮横地声明：

“这样的勤务，我没法执行！”说完拔腿就走。

韦步平怒不可遏，朝着他的背后喊：

“你给我站住！向后——转，立——正！”

值星排长站住，照口令转过来，立正。

韦步平将值星红带和哨子交梁少英，说：“拿去给他！”

韦步平又朝着值星排长说道：

“你不好好执行勤务，小心你的脑袋。”说罢，气冲冲地走了。

梁少英把值星红带和哨子交到排长手上。值星排长赌气地喊一声口令：

“解散!”

队伍像冲下开水的米花糖,队形顷刻散开,声音哗然。当中有两三个正副班长一肚子的气,紧跟着撵副连长去,想要倾吐委屈。韦步平脚步却走得特别迅速,不肯回顾,进到自己房里,顺手把房门带上了。人往床上一躺,脑袋枕着两只胳膊,眼睁睁地直瞅着蚊帐顶。帐顶上凌乱地搁着好些报纸和每天临摹的字纸。

不一会,房门吱嘎一声,梁少英像影子似的走了进来。他悄悄坐到步平的床边,琢磨了片刻才说:

“你方才火气太大了。你可知道,那‘排骨’①有个来历哩:他是‘牛骨’连长的换帖②弟兄,又是连长太太的旧交情。他跟连长两人是同穿一条裤子的老搭档。得罪了他,真是非同小可。他已经奔连长‘公馆’去了,恶人先告状,不能不防他一手。我看,你是不是到团部去把事情报告团长一下?”

韦步平霍地坐起,望了梁少英一眼,想了想,说道:“我韦某生来做事,敢作敢当,从不畏首畏尾。他爱怎样就怎样。玩什么手腕我不会,也不愿耍。”

“唉,这算得什么手腕呢,把事情讲清楚总是必要的,不然,要吃哑巴亏!这世界呀,我多少也学到一点了:‘害人之心不可有,防人之心不可无’呵。江湖上哪能同在自己家里一样,由你任性随意?”

韦步平听梁少英讲了这些,重新打量着他,含着笑说道。

“嚯,你几时懂得那么些世故来了!”

司务长闯进房里来,热乎乎地拿起桌上茶壶,斟了一大口盅,嘟嘟地喝了大半盅,说道:“哦,原来是乡亲俩说体己话呀!”

韦步平打量着对方,心头打个转,摸不着头脑,问道:“哪儿去啦,喝上两杯了吧?”

司务长拿手背抹了抹嘴,说他去军需处领过节津贴,想不到在那里看到一场全武打的好戏。韦步平一半为好奇,一半为担心,接着话音,焦急地问道:

“什么好戏?”

---

①排骨——指兵痞的排长。

②换帖——结拜兄弟交换金兰谱。

“什么好戏，还不是军医院那帮短腿缺手的活宝闹事来了。看那帮家伙可是要拼命似的，一股脑儿冲进军需处来，个个是口口声声穷叫唤，要关饷、要铺盖、要医药、要……哼，可是热闹极了。军需处长吓得藏到茅房里头不敢露脸。真没料到，这跟年三十晚财主要债的一样，这帮活宝看你当官的越是不敢露面，他们越发得意，干脆赖着不走。真是‘马骝精闹天宫’，乒乒乓乓，把军需处的门窗、桌椅板凳和茶壶茶杯，砸个稀巴烂。我走回来时，戏还没散场哩。说是什么时候答应了，什么时候走。”

梁少英在一旁听，迷惑不解，瞅着韦步平说：“怎么搞的？今天什么日子呵，好事全凑到一块来了？”

韦步平不动声色，预感一场暴风雨要来了，神色格外沉着。

门外，突然传来传令兵一声喊叫，韦步平应道：

“进来！”

传令兵掀开门帘跨进门槛，对着副连长立正，举手敬礼，说道：

“连长有请！”

韦步平临走时，从左手的中指取下韭菜边的金戒指，交给梁少英说：“我身上没有现钱，你拿到金铺兑换出银来，到药店去买跌打膏药和药酒回来，给那个挨打受伤的士兵送去。”

韦步平吩咐完了，拿起沾血的扁担就走。

司务长莫名其妙，看着少英问：“这怎么回事？”

少英说：“等一会你就知道了。”说罢，瞧瞧手里的戒指，掂掂它的分量，略思片刻，走出房门，直奔大街。

这个鬼地方，气候也特别，要是没有风，“秋老虎”真是要吃人一样，热得叫人坐也不是站也不是，叫你无处逃奔。这时，连长刚吃过晚饭，挺着隆起的肚皮躺在一张竹椅上。那太太一手拿把羽扇坐在一边给扇风，一手拿支牙签挑起削得雪白的荸荠，一只一只往男人的大嘴里塞。连长从墙上的大镜面望见副连长跨进门槛来，连眼皮也不抬，爱理不理的样子。一会，韦步平已经站到跟前，他才勉勉强强欠身坐起来，傲慢地斜视一眼，不冷不热地说一声：

“你请坐！”

太太放下羽扇，顺手倒了一杯冷茶，往客人跟前的茶几上一搁，说声：“请茶。”又坐回男人旁边，慢悠悠地扇起羽扇，只是没有再喂荸荠了。

连长看了自己的副手一眼，说：“我是个老粗，不会弯弯套套，干脆开门见山，把话说了吧。唔，你手上这根扁担，拿来……当文明棍？”

韦步平不甘示弱，带着讥刺的口锋说道：“恐怕连长就为它要我来的吧？”

“那，我不明白。我只听说，老弟你对逃兵蛮关心，今天你还去军医院探望他们，是吗？”

“这有什么奇怪呢？”

“当然，奇怪是不奇怪的。我只告诉你：刚才老弟你在操场显示的威风，可就选错了地方了！你应当懂得的嘛，这是营盘，不是学堂。营盘里就是军令如山倒；谁佩带上值星官的红带，谁就是令官，管你是谁，都得听他的令行事。懂吗？你刚才居然当众公开庇护一个逃兵，阻止值星官执行勤务。哼，这不只是奇怪，简直就是犯法！”

连长越说越气，从躺椅上跳起来，来回走动，像动物园的狼。

韦步平面临这种场合，神色反而特别冷静，略为斟酌一下措辞，有板有眼地说道：

“连长把话直截了当讲了出来，我很感激。但是，我也不免有两句话要讲：如果我是犯法的话，那，就不应该在这个地方受审判！连长本人不是法官，这也是很明白的。对不起，小弟告辞了！”

韦步平站起来，拿着扁担夺门而去。出了门口，一个团部传令兵跟他碰了满怀，说是团长请连长。韦步平让开路自己径直迈步走了。连长赶忙迎出门口来，朝着韦步平的背后，咬牙切齿骂道：

“龟儿子，凭他学过几天法政，敢到老子面前来卖弄。咱俩走着瞧吧。”

太太也跟在男人屁股后面摇着羽扇，撅着嘴帮腔：“嘿，我看就有点酸。”

两口子打发走了传令兵走回房里，太太给男人拿来上衣、皮带和帽子，还给穿戴好，送出门来，叮咛一句：

“等一下客人就到了，你可得早回呵！”

韦步平回到房里，已到点灯时候，勤务兵进来给倒一盆洗脸水，同时指着桌上一盒月饼，说是司务长送来的。韦步平说：

“我不吃，你拿去分给大家尝尝吧。你去看梁文书回来没有，叫他到这里来。”

勤务兵应声走了。韦步平抹过脸，一个人闷在房里，无事可做。别人好像都外出寻乐去了，周围很静。他捻亮了马灯，打开白铜墨盒，蘸着使惯的紫狼毫湖笔，在湘纸上临摹苏东坡的《赤壁赋》。一连写了好些张纸头，不觉滴滴答答的“晚点名”号声吹开了。按规定，凡是外出的官兵，没有经过批准请假的，一律都在这时候赶回营房。梁少英不知怎么搞的，这时候还不见影子，这倒是叫韦步平等得有点心焦。

就当韦步平心焦时刻，两个佩带盒子短枪的马弁，没有喊声报告就闯进房来，叫韦步平马上跟他们到团部去，态度很不客气。

韦步平往门外喊一声：“勤务兵！”

外头没人应声，只听熄灯号滴滴答答地在营盘周围回响。韦步平看了看两个马弁的神色，有一种不祥的预感，正要吩咐勤务兵什么事，马弁俩却不耐烦地催道：

“你先走吧，勤务兵回来再叫他去找你。”

这样，韦步平被带走了。

马弁没有把人带去团部，而是拐了个弯，通过团部旁边的月门，来到一间厢房。这是做军法处用的小厅。在那里，现在已有两个人坐在厅堂当中的桌子旁边。桌上点着一盏套着白瓷大灯罩的高脚煤油灯。坐在桌子正中的戴着眼镜，像个文官样子，有三十五六岁年纪，圆圆的脸盘，油光满面；坐在左首的有二十三四岁的青年，模样儿挺斯文，面前摆着笔墨卷宗，像个书记官。这两人可能是新到差的，韦步平觉得很面生。那个戴眼镜的抬起头来，见到进来的人先招呼：

“噢，是韦连副吗？”

韦步平发愣，漫声应道：“正是。我叫韦步平！两位贵姓，还未领教！”

那年轻的说：“我叫章斌。”

“韦连副是学法政的吗？”那戴眼镜的为了不屑于同这位下属通姓名，用话轻轻拦过去了。

韦步平丈二和尚摸不着头脑，也冷淡地对答说："很遗憾，学了一半被开除了，成了半吊子。"

那戴眼镜的若无其事地说："那，总比我们这些外行人……唔，离题远了，言归正传。唔，你请坐！"

韦步平被指定坐在年轻人对面的右首。心想："搞什么名堂呀？"

一会，戴眼镜的说："这里是军法处办案的地方。不过，到这儿来谈话的，不一定都是受审讯，哈哈，我们随意聊聊。韦连副请谈谈你年龄、籍贯和所属营连建制……好吗？"

韦步平一一做了回答。

"把它都记上。"戴眼镜的向他那位年轻的同僚嘱咐，接着又朝着韦步平发问：

"今天午晌，韦连副到过军医院吗？"

"去过。"

"见过什么人？换句话说：跟谁讲过话？"

"我是探望一位害病的同乡去的；当然，别的伤病号也都在一起相见。"

"唔，讲得确凿一点，那就是说：你是跟他们谈了话的啰？现在请回忆一下，阁下同伤兵们到底讲了些什么？"

韦步平这才猜到对方绕了一大圈，原来把方才司务长讲的事沾到自己头上来了。但是，他却很沉着，留心着对方。稍停一会，才若无其事地回答：

"到医院去探望病人讲什么话，是可想而知的，不必在这儿复诵了吧？"

"不，你曲解我的意思了。"戴眼镜的说，"韦连副是明白人，应该懂得：倘若到医院去随便探望乡亲、慰问伤病号，那，我们就大可不必来多管闲事了。现在要弄清楚的是……"

"想弄清楚什么呢？"韦步平有点不耐烦了。

戴眼镜的看韦步平如此态度，不觉吃惊，说道："咦，阁下好像是蒙在鼓里，什么也不知道？告诉你，今天下午四时一刻，军需处被军医院伤兵捣毁了！说是有一位官长去告诉他们来闹的。请阁下想想看，无风不起浪，这难道是他们诬赖的吗？"

韦步平不觉一怔，但自问无疚于心，又觉坦然，说道："我不知道他们讲了什么，不过，我相信正直的人绝不至于平白无故嫁祸于人的。如果官长真正想要弄清事情原委，我可以讲讲。今天我是到过军医院的。那里的伤病号看我大小也是个官儿，于是乎把我包围起来，提出这样那样的要求，要我给予答应，否则不让走。我只能说，军医院的事是军需处管的，有事可以去那边请求。就讲了这么一句，难道这样的话都讲不得吗？"

"这样的话当然不会有人禁止的，可惜，他们说的跟你的记忆是两回事。"

"反正在场的不止是我一个人，同我一道去的还有本连的梁文书，可以找他来问。"

"梁少英吗，我们找了，现在他已经不在营盘。"

韦步平不说话，心里不由得犯了疑："少英还不回来？拿金戒指换了钱嫖妓去了？不，也许听到什么风声，怕事躲开了？"

屋内"当"一声，戴眼镜的军法官瞧一下挂钟，指针指在 10 点 30 分上。军法官脸色不像方才那样从容了，好像有另外的约会等着他，于是，神情、语气迅速变化，说道：

"事情是安排得巧：两件事偏偏都在今天发生，而且都同你有牵连：今天下午你们五连处置逃兵的事，你总该明白的吧？"

"明白！"

"我要问你韦连副一声：阁下为何对彩病号和逃兵偏偏有那么多的情义？试问，一个带兵的官长，竟然为逃兵开脱罪责，居心何在？韦连副是从友省投奔我军来的，在我军草创之初，不无建树，这点，我们是明白而且看重的。遗憾的是……"

军法官把话咽回去了，从锡包烟盒抽支烟卷叼在嘴上……

韦步平懂得对方的潜台词是什么，马上主动声明，说："我认为，为了维护法律尊严，衡量案情轻重，判断是非曲直，理应让事实本身作证。倘若只听一面之言，而作诛心之断，往往导致误判，混淆是非的。我韦步平为人做事，光明磊落，恩怨分明，不屑与蝇营狗苟之辈为伍。不错，我是外省人投奔贵省部队来的，当时护国讨袁，四海同心，何分畛域？我带来的几十名弟兄，经过几回编遣，早已各自隶属其建制，各有职守；所作所为，有目共见，该赏该罚，自有国法军纪，何敢涉及他人？我韦某投笔从戎，一片冰心在护国。如今袁氏既倒，倘其余孽果能以国为重，而放下屠刀，与革命党言和，全国南北赖以统一，裁减军旅，我随时服从编遣，解甲归田，绝不作老马恋栈！……"

"好了，好了。韦连副的雄辩，改日再领教，今天就到此为止。"军法官看了看韦步平脸色，又接着讲："唔，很遗憾：这里有件不大愉快的事，兄弟奉命在此通知一下，团长方才下的手谕：要韦连副从现在起，脱离原来连队，拘留军法处，听候审理。因此，不得不请韦君委屈一下。来人！"

戴眼镜的向门外喊一声，看样子有点铁面无私的法官架势。

门外有人应一声"有！"进来的是方才去请韦步平来的两个挂盒子枪的马弁。

那年轻的书记官将记录的卷宗让军法官过目。戴眼镜的不屑一顾地摆摆手，冷静地说：

"叫他画押。"

书记官把"供词"递给韦步平。韦步平接过来仔细看了一阵，抬起头来打量这位年轻书记官。两道视线的偶然交接，流露有讲不出的感慨：书记官仿佛听到无言的感激和无声的赞赏，副连长觉得对方流露着对自己的同情和敬佩。

"记录得挺清楚、准确。"韦步平向对方含笑点头。

戴眼镜的军法官打着呵欠，催道：

"画押吧。"

书记官静静地瞅着韦步平。

韦步平顿时灵机一动，望着书记官说：

"请把笔借用一下。"

书记官把笔蘸了墨汁，递给韦步平。

韦步平握起笔在"供词"末端的空白纸上奋笔疾书，完了推到戴眼镜军法官面前。军法官一瞧，在他眼前赫然跳出这样几个字：

我要上诉！

韦步平×月×日

“嘿，上诉？起诉还未开始哩。卫兵，把人带走。”

戴眼镜的目送马弁把韦步平带出门去了，然后回过头来望着年轻的同僚，颇有微辞：

“老弟，做事不能太认真！后头他讲的那套标榜自己的花言巧语，大可不必照录上去的。我们干这一行，不同于记者——有闻必录。其实，报棍子也何尝真的有闻必录呢。”

书记官却不以为然，说道：“不把事实真相记清楚，根据什么作判断呢？”

“事实是看需要来取舍的。老弟，你到底还年轻，少吃几斤盐，有些话一时讲不清楚，走吧。唉，今晚赏月的雅兴全给消了差了！”

“也许团部的八圈还没轮完吧。”

“走，走。听说副官处搞到上等烟土①，你不去尝两口？还听说请了成都来的什么姑娘，不但弹唱俱佳，还能吟诗填词，号称当代薛涛哪。哈哈。去吧，玩玩去！”

“对不起，失陪。我有……”

“你不去见识见识？唉，年轻人，后悔可就来不及了！”

①烟土——鸦片。

第二十三章

第二天,勤务兵把行李送到团部临时拘留所给副连长,说是梁文书昨晚没见回来,连长正在派人追缉。韦步平听了,不觉一惊,心口怦怦跳动。寻思:“跑了?会不会是人家怕他出来作人证,把他……要不然是他自己害怕,开了小差?昨天他酒后吐露的心情就有点儿根苗,是不是真的……可为何瞒着我呢?”

韦步平寻思半天也解不开这个谜。至于他自己遭遇这个意外的冤屈,倒是很坦然,觉得自己所作所为,俯仰无愧天人,用不着去担心。这时刻,使他深感不安的还有一件事,就是从家乡带出来的几十个弟兄,来了不久,就都分散编到各连队去了,不便相互关照。使他负疚于心的是,既不能帮助弟兄们上进,又无力接济各人的困难;病了的不能为之延医治疗,染了恶习的不能随时帮助改正;忍受不下去开小差逃走的,至今不知下落……他想:要是弟兄们不出来当兵吃粮,在家当百姓,有的都该成家了。当然,当老百姓也不一定个个都能成家,打一辈子光棍的也有的是。但是,这与韦步平没关系,怪不了他。他越想越觉得有对不起弟兄们的地方。当初为什么这样干呢?是自己要当官吗?想到这,他又觉得有点委屈:当初一股热劲完全是为着讨袁护国——讨伐袁世凯复辟当皇帝,维护民主共和国。谁想到,道路那样崎岖曲折。袁皇帝倒了,又有另外的野心家出来抢起龙袍加身;上头有大皇帝,下面的小皇爷更不知有多少!到处都是荆棘、豺狼!……什么道理呢?……

副连长只顾自己沉浸于辽阔的遐想。勤务兵站在一旁等候吩咐,等了老半天也不见官长哼声,终于问道:

"副连长,没别的事吗?"

韦步平听这一呼唤,才从梦里醒来,望着跟前这位十五六岁的勤务兵——宋英,上下打量一番,好像是头次见面,温和地问道:

"小宋,我问你,你是怎么出来当兵的呢?"

"偷跑出来的呗。"勤务兵回答。看见官长仍然盯着瞅人,不作声,好像还不满意他的答话。于是,接着讲起自己的简历。原来,他当兵前,在一家地主家放牛。当韦步平的军队路过他的村庄的头天晚上,他那个东家害怕,一家人全跑了,留下这小放牛倌和两三个长工看家。等到军队要开走时,小宋同一位长工叔叔找伙伕班班长说,愿意到军队当伙头军①,只要能吃饱肚子就行。

韦步平听了勤务兵讲完问道:

"不想家吗?"

"不想。"小宋摇摇头,"没有家,爹妈全死了!"

"再没有别的亲人吗?"

"有个姐出嫁了。姐夫在渡船口卖苦力。"

"你说当兵好吗?"

"好不好,反正能吃饱肚子,再说,跟副连长做事好,不受气。"

"可是,往后恐怕我不能跟你在一起了。你要想回你姐家去,就请长假走吧。"

---

①伙头军——旧军队中的伙伕。

宋英听了一怔,说:“不。回姐夫家也是常年奔波,没吃没穿,很难!”

宋英说,他阿爹因为还不起财主家的阎王债,把他送给财主放牛,每天给财主母夜叉倒尿盆,端洗脚洗脸水,短不了挨打挨骂。好不容易才逃出那个猪圈牛栏地方,怎么也不再回头去当牛做马了。

韦步平用眼睛瞅着他问:“可不能一辈子当兵呵。”

勤务兵天真地说道:“一辈子长着呢,几时才长白胡须呀。到什么山唱什么歌,说不准到什么时候,交个好运,发笔洋财,嘿……”

韦步平笑了笑:“你叫算命先生看过相吗?”

“没有。不过,同我一起出来的叔叔说的:‘天无三日雨,人没一世穷’,河里石头还有翻身的哪。”

“好,你现在帮我去买几个信封,二三十张信纸,把我的笔墨一起拿到这里来。唔,等一等,我床头的书,你都拿来没有?”

“全都包在衣服里头了。”

“唔,好吧。”

勤务兵敬个礼走了。

韦步平目送勤务兵出了房门,回头又思索起来:“到处都是一样:有人无家可归,有人有家归不得;正所谓‘年年难过年年过,处处无家处处家’。不过,当这样的兵,四海为家,江湖闯荡,人会堕落成兵痞、流氓、无赖,其命运跟不幸坠入烟花的娼妓何分上下?这都是人类社会的赘瘤,哪里去寻找医治的药方呢?”

韦步平如此左想右想,问号像团死结,始终解不开。他就拿这些悲天悯人的思绪来纠缠自己,而自己的案情到底怎样个结局,倒是想得很少。在他看来,个人意外的吉凶是难预料的,何苦去多作思虑!但是,思想如流水,停留不住,脑子不装这样就装那样,总是空不下。既然是个人眼前的处境事不由己,不如让天下大事来充实自己的胸怀。

隔了两天,那位年轻的书记官来到临时拘留室。他以温和的态度来见韦步平,却用郑重其事的语气向受拘留的人宣布:旅部来电报,着令将人解送旅部候审。公事宣布完了,年轻书记官对韦步平说,事情虽说不过如此,不过,团长授意军法处硬是把它看作是蓄谋兵变案往上报,旅部特别重视,认为情节离奇,非同小可。

最后,年轻书记深表同情,说着安慰人的话:

“车到山前必有路,到上头去可能有转圜之机。你不是要上诉吗?”

韦步平眼睛闪烁着希望,看着这位好心人说:“谢谢你的好意!噢,真对不起,阁下的大号是?”

书记官脸上挂着笑意说:“我叫章斌。——文章的章,文武斌。”

韦步平含笑点了点头,表示无限感激。

书记官说:“我不久可能另有差遣——到重庆去。你还有什么事吗?”

“想看新书报。”

章斌注视对方,有如故友重逢,看着韦步平的眼睛问:“想看哪方面的呢?”

韦步平想了想,也在揣摸对方神色,说:“什么都可以吧,饥不择食:哲学、政治、历史、文学,都想涉猎。”

“阁下志趣倒挺广呵,军事学怎样?”

“军事,实际上无非是政治的奴仆罢了。好像是谁讲过:军事是政治的继续。什么都好,‘开卷有益’,有书读,日子就不那么长了。”

章斌沉吟片刻,望着韦步平,略为斟酌才说:“开卷未必有益,读物也跟食品一样,选择不当,于身体不但无益,反而有害。有的书,叫人潜移默化,使你中毒,麻痹神经,消磨意志。”

“也许是的,有其利必有其弊,事情总难两全其美。”

韦步平沉思一会,看看书记官还不想马上走,于是又讲起他脑子里一些想法。说他小时候就遇到不少解不开的谜:个人的,社会国家的,许许多多的事,一个接一个的疑团,叫人想不开。老师讲的,父老说的,听来听去都是把讲不通的事归结到天命鬼神上去,越听越糊涂;从书本去求解答嘛,有的似乎讲得有道理,有的又不一定是那样,真令人纳闷。正因为求知心切,只好病急乱投医。

章斌笑了笑,幽默地说:“乱投医要不得,还是谨慎点好。庸医误人是常有的。”

“那倒也是。不过,你不如此,又有什么法子呵。”

“有办法。我给你介绍一位名医,给你开个偏方如何?”章斌开玩笑说道。

韦步平却认真起来,睁着发亮的眼珠子,望着开玩笑的人,半信半疑。

章斌却不去注意韦步平的表情,站起来告辞:“好,谈到这吧,再见!”

午后,韦步平午睡醒来,见到窗下小桌上搁着一卷书报。拆开来瞧,那是两本并不很新可也不太旧的《新青年》。他翻了翻目录,每一本都有李大钊的文章:一篇是《庶民的胜利》,另一篇是《青春》。看文章里头,有用红笔划的杠杠点点。韦步平先将《庶民的胜利》一篇浏览了一遍。心想:

“庶民?指的是像罗汉、家庆那样的工人和农民吧?……有朝一日,倘若他们胜利了,真的翻了身,那就太痛快了!”

韦步平合起本本时,掉下一张字条,捡起一看,写的是这样一行字:

药方未必能止咳,不妨尝试!

韦步平反复揣摸,字迹陌生,头一回见到,不免纳闷:“难道就是他(章斌)亲自送来的?……还是凌云青寄来的书刊?”

这时,韦步平想的很多:他想起上半天章斌通知的事以及他的谈话和态度,想起“庶民”的罗汉、家庆等等乡亲们的景况,想起凤仙的分娩是否安然无恙,这些都叫人牵怀;想起凌云青、桂品微和言真几个“中流”同仁的前程到底如何,这也是劳人远念的。往事难忘,前瞻何望?悲观固然徒劳,乐观又觉迷惘。回头来,还是从书本去讨生活吧。李大钊教授的《青春》终于充实了他心灵上的空虚。我们在前头看凌云青他们为此文喝彩的时候,韦步平在此却早比他们得到鼓舞。

《新青年》的文章,对韦步平来说,确实是止咳剂。他白天已经手不释卷,夜里还伴着发黄如豆的盘灯,重读《庶民的胜利》。其中这样一些句子吸引了他:“须今后的世界,变成劳工世界。我们应该用此潮流为使一切人变成工人的机会,不该用此潮流为使一切人变成强盗的机会。凡是不做工吃干饭的人,都是强盗。”却料不到,三更时分,房里突然闯进两个背着长枪的士兵和一个挂着短枪的警卫长,《新青年》从手中给抢过去,人被命令:“赶快把东西收拾好!”

韦步平收拾完东西,刚腾出手来,木然自立,瞧着那领头的警卫长等待吩咐。那警卫长向他手下的人摆脑袋示意,其中一个立即拿出手铐来,命令韦步平伸出手,咔嚓一声套上。

临行，韦步平想起什么，用铅笔在《新青年》的扉页上写了几个字，把它和军用水壶留在桌上，下面压着一张字条。字条写着这样几个字：

小宋：水壶留给你用；书，还给章书记官。

警卫长拿起字条看了看，知道是还书记官书的；又瞧了瞧书里头潦潦草草地写的这样两行字：

药方也许生效，药引却未齐全。

警卫长莫名其妙，丢在地上，向兵摆脑袋，叫把人带走。

旅部防地在重庆。从泸州乘船下江，航程三天。韦步平被解押上码头进入这个山城的时刻正是午夜时分。一辆警车把他送进设在半山腰的陆军第一监狱。不知是作为官佐优待，还是把他当作要犯，安排给住的是单人囚室，跟别的犯人隔离。人进了囚室，手铐解除了，可是在这里空着两只手也无所作为。

这牢房比他在本县见到家庆蹲的大牢算是好的了：湿气不那么重，光线不那么黑；臭虫却差不多，四边墙壁的砖缝全塞得满满的，初来那几晚，整夜被咬得没法睡。人很快瘦下来，头发一天比一天见长，满脸胡子，灰垢堆积在鼻翅和耳根上，十足像个囚犯。

韦步平却心如明镜，始终自觉坦然。只盼早日提审，了结官司。但是，日盼夜盼，屈指一数，十天半个月过去了，仍旧杳无消息。大前天，他实在闷得受不了了，刚巧典狱长前来查房，要求拿来笔墨纸张，花了两天工夫，一口气写了十多张纸，将近万言，洋洋洒洒。把他平生爱国素志直到投笔从戎，请缨护国的经历，以至此次横遭诬告之冤，前前后后，都作了详尽的叙述。后头部分，将他这段期间在军旅中目击官佐滥施淫威的横蛮，士兵惨遭非人的虐待，种种目不忍睹、口不甘言的事实，连同他个人的意见，全都写在里头。昨天，交给送饭的伕役一块银元，请他想法亲送旅长公馆。上书申明，动机是望其生效的，同时也做退一步想：可能就同往棉花堆里抛秤砣，听不到回音。只是，心口憋气，好比喉头鲠着鱼刺，不吐出来不好受。既然把话都写出来了，心上坠的石头落了地，精神负担不那么沉,管它什么结果如何呢。

这天夜里,韦步平睡得就特别踏实。九点三刻,一位副官由一个马弁领着,打着手电筒来到黑暗的囚室,听到轻轻的均匀的鼾声。马弁借着手电筒光亮,发现了酣睡的韦步平,过去将他唤起。韦步平睁开惺忪睡眼,看清了跟前的人,意识到盼望的提审时刻终于到来,主动地穿上鞋子站起来,望着副官问:

“走吗?”

副官点点头,转向对跟在后面的典狱长小声说句什么话。典狱长对着韦步平说:

“走吧。”

出了监狱大门,门口有三辆东洋车停在那里。副官让韦步平上了车,自己才同卫兵各坐一辆,一前一后把韦步平夹在当中,离开了第一监狱。

“又把我带去哪里呢?”韦步平在车里自己嘀咕,“到军事法庭受审?到法场秘密处死?那份呈文送到旅长手上了吗?唉,只要遇上一位正直的官长,了解我一片苦衷,死也不怎的了,横直话已经说完。不是吗,到此为止,凡是能想到的事,想到要讲的话都写在上面了。只可惜,生来一场,想要做的事,还没有开头,就同春花,开是开了,还没有结果,如果就此叫一阵狂风、一场暴雨打落了,也未免遗憾……凤仙怎样了呵?孩子生下来,能否养活成人?罗汉还是打石头吗,家庆同黑李小两口合得来合不来呢?志高、大妈和爷爷日子过得怎样?……凌云青跟桂品微两人缠绵不断,到底落得什么结局?……言直老师不能再见到了,多遗憾!……言真是否已回了舅家?……”

韦步平在车子里头,东想西想,头绪万千,一时宽慰,一时难堪。对某些事仿佛很洒脱,了无牵挂,对某些人却耿耿于怀,不免眷恋。总之,好像是为旋风席卷,蒙头转向。眼前街市,灯火恁般辉煌,车马恁般流驶,市声恁般喧闹,时装恁般耀眼……一切的一切,在他眼前却变成混沌一片。三辆车子不停奔驰:驰过僻静的住宅区,驰过繁华中心街市,驰过黯淡而潮湿的贫民窟,驰过散发恶臭的菜行、鱼市……蜿蜒曲折,上上下下,几乎走遍了半个山城。

终于,前头一部车在一个僻静而清洁的巷口停下了。后头两部跟着煞了车。这是一座刘家祠堂的门面。门前并列两只石狮,屋檐树立两根大理石柱子，两扇红漆甚厚的门板上，铆着好几排排钉，门旁挂着一块长长的白底黑字的军队番号的旅司令部牌子。

韦步平下了车子，副官望他招呼一声："走吧。"随即领头往大门走，门岗给官长立正敬礼。韦步平夹在副官和卫兵中间，穿过宽阔的天井，然后向左边拐进大大的月门，进了另一个小院，小院北面就是南花厅。院里种植着各种花卉，两边墙下种有石榴、山茶、罗汉竹等花木，间有用石湾细瓷做底盘的盆景，盆里各种品名的菊花正开得热闹，兰花散发着清香。院中心砌着喷水池，池子当中筑起一座假山，各色的金鱼在山脚下的清水里游翔……

客厅雅静无人。副官请韦步平等着，他一个人进里屋去了，卫兵给韦步平倒茶。韦步平不敢坐，站着观赏厅里的摆设。

客厅摆设古色古香：中堂挂起一幅出自当代一位女画家手笔的"睡狮"，两边墙壁，一边是吊挂着四屏条的福州漆的壁挂，一边是一位书法家临的"还我河山"草书的横披，下首安放一个摆设古董的紫檀格子架，摆放着各色各样的名窑细瓷，商卣周鼎，秦砖汉瓦一类的古董。桌椅全是紫檀木镶大理石的。现在天气凉了，椅子铺上厚墩墩的红绒坐垫。

不多一会，副官跟着一位长官出来了。这人约有三十五六岁年纪，容貌英俊，风度潇洒，嘴唇上两撇墨黑的胡子格外触目。穿一身紫糖色的毛哔叽唐装衣衫，抱着一只特别讲究的水烟袋，看样子像个做幕僚的政客。一见客人，就像遇到多年不见的故人似的，开口就说：

"怎么站着呢，请坐！随便坐。"

主人说话语气平易近人，尽力使对方不受拘谨。

韦步平身不由已地顺着位子坐下，心里不免诧异，仿佛在梦里，不大相信自己的眼睛见到的一切。

副官看到长官态度这样客气，立即改变方才来时一路上的冰冷面孔而殷勤起来，小声向韦步平介绍：

"这是朱旅长！"

韦步平立即站起立正，注视着旅长，说一声：

"朱旅长请安！"

韦步平躲避对方射来的目光，留心观察旅长的举止，极力捉摸、猜测对方的意图，心口一直在激烈跳动。

旅长和蔼地点点头说："好好，坐！唔，你的'万言书'，哦，有吧，有万言。文章虽长，我可一口气把它读完了。写得流畅，没有拖泥带水的毛病，言之有物，文笔简练。重要的是立意高，眼光远，这就很难得。哎，想不到我们部队下边竟有这样的高才，真是埋没了。我们那位团长就知道玩烟枪，有眼不识泰山，难怪闹出这场乱子。龙副官，去弄点什么来招待客人好吗？"

副官应声出去了。

韦步平顿然松了口气，不禁喜出望外，面色显得从容而自在了。旅长告诉他，说案情旅部派人下去作了侦察，真相已经大白。

"那个军医院实在太不像话。"旅长说，"那位糊涂团长，滥用私人，叫坏家伙钻了空子，假公济私，竟敢挪用公款去做鸦片生意，几个月不给士兵关饷，伤病号不给足够的给养和医疗，总之是，只顾自己升官发财，不管别人死活，你叫人家怎么不造反？已经半年了，部队的整编，士兵的训练，毫无建树。简直是一潭发臭的死水嘛。你那位连长更不是个东西，怎么能让自己老婆在屋里开赌馆呢？总之是，这回事故，错不在你，而是他们腐败渎职。可恼的是，他们倒打一耙，颠倒是非，嫁祸于人，真是岂有此理！"

韦步平心上的大石头这才落下了，想接着讲句感激的话，却看对方余怒未消，不便贸然插嘴，只默默地静听。旅长装上烟丝，吸了两口，接着又说：

"要这样下去，这支部队不说它不能卫国保民，恰恰相反，简直成了一群土匪。想不到号称护国军队，却是这样一个烂摊子，真叫你啼笑不得！"

接着，旅长好像同老熟人叙旧一样，跟韦步平谈起他个人的经历说，他当初还是个清朝最后一场科举的秀才，参加过孙中山的同盟会，又在云南讲武堂学过军事，辛亥革命后，随同蔡锷到广西办新军，在陆军干部学堂当过教官，起义前，蔡松坡把他拉扯到部队上来带兵。

"到现在，我才懂得兵可是不好带。"旅长说到这儿颇有感慨。

副官两只手端着东西进来。一只手端一只高脚的景泰蓝果盘，上面搁着广柑，另一只手端的是一只福建漆盒，里头是云南特产——松子。

旅长的感慨给冲散了。

等副官把东西放好后,旅长改换了口气,招呼着座上客人说:

“尝尝吧。这里的广柑就是广东引进的品种,土质、气候不同,已经没有潮州柑味道了,比贵省的柳橙似乎好些?松子是考验牙齿的,慢慢咬。”

旅长一边讲话,一边带头剥了一只柑子。

韦步平心里自己在嘀咕,不知拿什么话来应酬这位爽直的长官才好?要做虚伪的恭维吧,面对这样的主人显然是敬错了菩萨了,何况自己素性又实在是说不来那些假话,要拿不痛不痒的话来敷衍呢,又觉多余而无聊,要放开怀来高谈阔论吗,讲得不适当就成了班门弄斧,犯了对方的尊严,落得不知趣。想了想,一时找不到恰如其分而又显得庄重大方的措辞,只好低着脑袋慢慢剥果皮,细细挑剔柑子片的筋络,默默地在思索。

旅长稍停一会,又说:

“我,戎马倥偬,走南闯北,到过不少地方,就以为桂林山水真是个奇迹。云南的昆明湖是一颗珍珠,可惜只是一片水,缺乏山峰作陪衬;石林是顶天刀剑,旁边却没有流水相映,不免美中不足。韦君在桂林上过学堂的吗?”

“在法政学堂上过学。”韦步平答道。

旅长一听,不禁惊喜,“呵”了一声,说道:“原来是个法官底子呢,这就懂了。不然,我一边读你的‘上书’,一边揣测:你是个什么出身的人呀,对法律上的术语那样熟练?原来如此!那,我倒要问问你:你们‘法专’学生领头办的一份石印杂志叫做《中流》,你知不知道?”

韦步平沉着地回答,说是《中流》的前身叫《鸡鸣》,起初是跟“陆小”同学一道闹起的一个团体——“风雨社”的刊名,本来大家都是好好的,不想,后来“陆小”那边,黎柏初他领头闹分裂,团体不欢而散;“法专”的同学又将人重新组合,社名刊名统一,叫《中流》……

旅长注意听韦步平说明,点点头。接着说道:

“呵,原来如此。‘陆小’我在那儿兼过课,黎柏初这个学生,我认得。他这个人嘛,按说倒是个难得的人才,遗憾的是,他的品性却不能恭维:刚愎自用,飞扬跋扈,胸襟狭窄。弄得同学们都不愿跟他,自己很孤立。世上有不少人,本来天分高,大可为社会国家做一番事业的,成败就看他所走的道路对不对头,有的可以流芳百世,有的只能遗臭万年。袁世凯、曾国藩之流,不能说是低能儿不是？可悲的是,他们那些败类,把精力都用到邪门歪道去了,成了千古罪人。根子都在私心上。”

韦步平只顾倾听,不作声。

停了片刻,旅长又说:“你们贵省不但山水秀丽,人也挺热心。我虽然离开了,还是爱打听那里的消息。方才我说的《中流》那份小杂志,我挺喜欢看,那里的老朋友继续给寄来。记得有一期‘独立专号’上面有篇‘讨袁檄文’,格式看得出来是套骆宾王骂武则天的调调,但是,装进了新的内容,立意新颖,笔锋犀利,把袁光头骂得淋漓尽致,读了大快人心,真是一篇才气横溢的大文。作者署名也特别:牛犇！哈哈,总之,我到现在还忘不了。你知道那作者是谁吗？”

韦步平不由得红了脸,怪不好意思地说:“那是一个化名。”

“是你们‘法专’同学？”

“他在那儿读了两年,为了反对‘二十一条’被开除了。”

“呵？那,你们很熟啰？”旅长惊讶地直盯韦步平看,一会,又说,“我是教过书的人,不免有点爱才。我觉得要唤醒中国这个睡狮的,唯青年人最有希望。在七团见过司法处的章斌吗？”旅长对着韦步平问,“那也是个有头脑、有作为的青年。”

韦步平等到朱旅长稍为停顿下来时,拿谦虚求教的目光望着对方,鼓起勇气问道:

“请问旅座,对那篇檄文可有见教？”

旅长一怔,略为思忖,立即恍然,注视年轻人的眼睛,惊讶地问:

“这样说,莫非牛犇就是你？……”

韦步平满脸通红。朱旅长立起,慢慢踱步向韦步平走来。韦步平立在那里,脸上挂着腼腆的笑意迎接着长者。旅长伸手拍拍韦步平肩头,不胜赞叹地说:

“原来是你呵！怎么,不好意思呀？噢,我昨夜读了你那份万言书,只觉得其中遣词造句,文笔风格跟那篇檄文何其相似！曾经猜测,是不是出于一人手笔？不想果然不出所料。好，年轻人大有可为。噢，我现在就通知你，你不必回班房，七团也不要去了。你自己打算干个什么差事呢？不，现在先不急回答。先在旅部待几天，等你自己谋虑周到，拿个决心来，我叫他们给你联络好，再作最后定夺。龙副官！”

旅长朝着一直在侍候着的副官问，副官应了一声“有”，恭敬地等待吩咐。

“你叫卫兵去把韦连副的东西拿来。住房安置好了吗？那好。现在就领韦连副去休息。”

“旅座，我……”韦步平情绪非常激动，有好多话涌上来，一时又不知该说什么好。

朱旅长带着笑意摆了摆手，说道：

“时间不早了。你认真想好之后，改日再谈。去吧！龙副官，看韦连副需要什么，给他办。”

韦步平真是受宠若惊，不知怎样说才好，只是笨拙地望着眼前和蔼的恩人，说了一句：

“感谢朱旅长！”

自从上次和朱旅长认识以来，一个季度转眼过去了。这段期间，韦步平一直被留在旅长身边，名义上是挂书记官职务，实际差事就是起草公文、拟电稿，为旅长私人代笔一些来往应酬的诗文书信，等等。差事倒也轻松清闲。空余的时间，韦步平多半拿来读书、练字什么的。旅长好围棋，时常叫去对弈。在别人看来，这可是求之不得的美差呵。不想韦步平却志不在此，一天一天觉得闷起来，跟周围的同僚来往也少，落落寡合。

这一天，一九一七年除夕。朱旅长设家宴，邀来几位袍泽聚会。等到送走了客人，旅长把韦步平留下来，围着未熄的炭炉谈话。

朱旅长说，本省云南讲武堂步兵科要在现役的下级军佐中招收学员去深造，年初开始由各军旅选拔保送，肄业期预定两年。问韦步平有没有志趣？要去，就叫旅部造名册上送。

韦步平沉思片刻，带着迟疑的语气说：“我素性倒是好动，爱打闹什么的。

不过,学军事,未必有特长。”

朱旅长语言爽快,马上说:“哎,特长也不是天上掉下来的。什么本事还不都是人练出来的。我这个人也还不是这样,原先家里人就巴望我得到功名,硬是按我脑壳死啃八股,作试帖诗什么的。没法呀,硬着头皮学了一段,考中个秀才,老师、同窗都说什么天分高,日后说不定能中个状元哪。谁料,如今成了个武人。文武还不都是练出来的。”

韦步平说:“这恐怕跟志趣有关系。”

“是呀,志趣,每个人都应当具备。不过,老弟,你要知道,人的志趣并不是一成不变的。它跟需要是兄弟:当你觉得有那个需要,学来有用处时,你的兴趣就来了。”

韦步平沉吟片刻,说:“军事这一门道,它是较量武力的艺术。对今天这个时代,对我们这个国家,是不是当务之急?在我还是个疑团。”

朱旅长转过脸来审视这位年轻人,觉得他把问题扩大了:从个人前程扯到社会问题,联想到国家大事。问题如果联系到那里,当然另作别论的。旅长没有马上就说什么。

韦步平见旅长默不作声,以为是自己太造次,于是,以谦逊的语气补充说:

“也许我太偏激,过于冒昧了。”

一会,旅长反问道:“你是不是说,武力没有用啦?我看,要把武器铸金人的时代,还早着哩。你不要光看袁世凯这个窃国大盗死了,天下从此太平。不,袁光头肉体虽然腐烂消灭,可是,他的阴魂还会附于他的那帮难兄难弟身上,继续作妖。今年一年,北方有张勋率领辫子军北上,拥戴宣统复辟,在南方,国会议员南下广州,开非常会议推举孙中山就任军政府大元帅;广西陆荣廷在梧州召集军事会议,反抗北洋派武力统一;我们云南督军唐继尧通电拥护约法……从大处看,形成南北对峙局面,从小处着眼,各省又有各省的算盘。姑勿论其标榜如何动听,何异于‘卖柑者言’,只不过自欺欺人。你说天下能太平得了吗?再说,中国以外的事,世界大战这出戏,高潮已经过去,列强各国却为重新瓜分殖民地而摩拳擦掌,明争暗斗,揭开别种战场的序幕。日本帝国面对我东北三省,虎视眈眈,法国在印度支那将魔爪伸进我西南各省;俄罗斯工农大众起了革命,推倒了沙皇制度，但是，在其国内被推倒的反动势力并不甘心，何尝不同中国一样，妄图卷土重来？在其国外就有十几个列强帝国包围封锁工农的新国家！连天烽火，何处有太平之净土？弱肉强食，有强权无公理的公式，我看一时是变不了的。”

旅长今天喝了两杯茅台，异常兴奋，滔滔不绝。韦步平却特别冷静，默不作声。拿起火钳轻轻架起火炭，让那即将熄灭的炭头通通风，火势又旺起来，在架空之中伸出蓝色的火苗，有时爆发几点火星。

旅长见韦步平不说话，以为他在考虑自己的前程，一时下不了决心，于是又给添一把火，说道：

“我看你体格魁伟，搞军事，前程远大。你自己觉得怎样，就定下来吧。趁着年轻，学个本事，日后才好作社会栋梁呵！”

韦步平抬起头用疑问的目光望着长官，意思是问：“你看我能行吗？”旅长带着笑意给他作无言的肯定。韦步平把火钳往火盆一插，说：

“好吧。从个人来说，多学一门学问总是有好处。不过，要从国家大事来想，当务之急，与其在于武功，不如说在乎国民之教化。”

“教化固然重要，但是没有武力为之保障，教化也就无从实施。”

“当然，两者互为因果，问题是在于先后。不过，话扯远了，这都是理论上问题。纸上谈兵，空谈无济于事。”

“那就说，你是答应了？”朱旅长追问，“说实在话，我是舍不得你走的。不过，我不能太自私不是？阻拦青年人的发展前程是不道德的，我认为埋没人才就是犯罪！就这样吧：一言为定。后天有人回昆明，你就同他们一道动身，到讲武堂学它两年再回来。”最后，旅长看着韦步平的眼睛，笑着说道，“现在是冬夜，不要夜长梦多呵！”

就这样，随着一九一八年的来临，在韦步平的生涯中开始了新的旅程：离开护国军部队，回到昆明，进入云南讲武堂步兵队当了一名学员。

第二十四章

韦步平进云南讲武堂一周年的时候，王光宗从日本留学回国了。

岁月如流，人事也有不少变化。随着在校学生的毕业，大家分道扬镳，“中流社”同仁星散，团体无形解体。凌云青毕业后进了新闻界做报人，在《新潮报》当要闻版主笔；桂品微听从姨夫安排，进了教育界，到省女师附小任教；王光宗方从海外归来，踌躇满志，正在奔走钻营，差事还未说定。

今天是一九一九年新年元旦，政府衙门、学校按例休假一天。凌云青和桂品微两人为了表示欢迎王光宗学成归来，发起邀请留在省会的法政学堂老同学和“中流社”的旧人，到于蓝楼的碧玉厅作一次雅集。桂品微慷慨解囊，办一桌素席，特地为王光宗接风洗尘。

这座于蓝楼依山临水，坐落在还珠山腰的半边楼阁。楼台绿瓦红柱，飞檐画栋，隐约于石壁竹木之间，俯临于缓流的蓝江之上，最能招引游人的去处。楼阁檐下伸出半圆阳台，围着琉璃花窗镶嵌的栏杆，凭栏临流，俯瞰蓝江，可见欸乃而去的渔舟和随流缓驶的竹排，远眺山峦叠翠，烟雾迷蒙，云山一色。

于蓝楼既是观景楼台，又是供客饮宴的素菜馆，相传是从尼姑庵传授来的食谱，颇负盛誉。点心特别精致考究，麻通酥糖，深受顾客赞许，清炖冬菇，味道确实与众不同，上汤素面是它的招牌食品。凡是来到此地观光名胜、考察文物古迹的过客，不到这里来领略山水的奇丽，品尝此地茶点素食，那就未免遗憾了。这里，不仅是招徕游人的小食，即算官场中的应酬饮宴，也常常在这办起名贵的素筵。

今天桂品微办这一桌筵席，起因是海银华的挑唆、煽动，当中又是得到凌云青极力附和才定下来的。事先桂品微说过，她只管掏荷包，出面做东张罗的事则由凌云青担当。当时凌云青表示模棱两可，只说，这事好办，大家来见见面玩玩，又不是什么大排场。但是，桂品微最怕抛头露面，惴惴不安，担心大家都来了，没人招呼，场面冷落，有煞风景。

眼下正是严冬季节，数九寒天。往年这时，不是阴雨连绵，就是寒风凛冽。不想今天一反常例：一场封江的晨雾被东升的旭日驱散了，日暖天青。恐怕是这地方在这季节中难得见到的好天。

现在，应邀的客人先后来到了楼上，相互寒暄：

“今天天气可好，哈哈。”

桂品微提议，厅里炭气大，人还没有到齐，不如到阳台晒晒太阳还好。客人们跟着七手八脚，搬椅子、挪茶几、拿茶壶、端茶杯、捧果盘烟缸什么的，都到暖烘烘的阳光下，各自找着熟人叙谈，或者独个纵目放怀，眺望水光山色。桂品微却为做东道的事，忧心忡忡，悄悄地跟凌云青商量：

“等一下还是你做东啊！”

凌云青小声说道：“你请客，叫我做东道，多不好意思。”

在旁一位女士听到两人喁喁私语，瞟了一眼，意味深长地含笑，盯着凌云青眼睛问：

“又是不好意思？”

凌云青显得为难，无话可说。那女士瞟品微一眼，说：

“做东就做呗,有什么了不得的事。”

桂品微马上说:“咦,做东,开头不得要讲两句话呀？那,你替我出面讲两句。”说到这,推了推在旁的女伴。

女伴睁着水灵灵的眼睛望着品微,反问:“要我出面？讲什么呀,算了吧。你们既然早就作了君子协定,男人大丈夫,凌兄何苦忸忸怩怩呢？”

凌云青伸出食指推一推掉到鼻翼的眼镜,嘟嘟哝哝地说:“不好意思。”

“哈哈,又是不好意思!”

女士大声笑起,惊动了其他客人。一下子,所有视线全落到这位女士身上来了。

论年纪,女士比桂品微小两三岁,人长的苗条俊俏,脸庞虽然没有观音那样完美无缺,五官却调和而匀称,轮廓鲜明,容光焕发。最引人注目的是她那双水灵灵的充满着热烈而敏感的眼睛,眉毛黑得发蓝,跟那凝脂似的翘鼻尖形成鲜明的对比;那两片曲线分明的嘴唇,闭着时也仿佛在说话;可惜,她脸上缺少一种深沉的气质,给人的感觉是,仿佛脸盘稍微浅了一点儿,盛不住太多的东西,容易外溢。今天她穿得并不特别讲究:上身是一件枣红缎面丝绵紧袖旗袍,披一件藕荷色的毛线短外套,围着一条金色围脖,手上戴的是一双紫色的麂皮手套;头发叫一顶法兰西的无檐灰呢帽斜着包了一大半。

“她是谁？”

一位原‘法专’同学、现在在省法院当庭长的人向坐在身边的一位女师附小教员悄悄地问道。被问的人转过身去,拿手掌护着半边嘴,对着庭长的耳根小声地介绍这位引人注目的女士说:她名叫海银华,是前年才从上海调来的一位交通银行会计专员的千金,人长得漂亮而且爱出风头,是省女师高材生,全市学生联合会的首席代表,也曾参加“中流社”,她同桂品微、凌云青要好就是在那里开始的。不过,她来不久,“中流社”就解体了,她在那里也没产生特别的影响。

银华停了笑声,发现两人交头接耳窃窃私语,猜疑人家议论什么,于是朝着两人瞧一眼,问道:

“两位谈什么秘密呵？不能公开吗？”

“我们正想问海小姐,是什么事那样好笑？”庭长脸上挂着笑意反问。

“你问他吧。”银华说，瞟凌云青一眼，随即又笑，“不好意思，哈哈！”

凌云青被作弄得很狼狈，赧红了脸。但是，银华见人越窘，她越得意。这时，另一位“法专”同学，现在是政务厅当科员的阳君深怕凌云青太难为情，赶快为他解围：

“凌兄是新闻界中人，民众的喉舌，时代的晴雨表，无冕之王——”

“得啰，”海银华不等人把话讲下去，抢着说道，“看你给人戴上那样多的高帽，叫人更加不好意思啦！”

阳科员说：“不，不是高帽，不是高帽，这完全是报人的通称嘛，也就是报人的光荣使命是不是？我讲的并非贬义。现在就请凌兄兑现，给我们预报政治的晴雨气象。”

随即转向凌云青：“请问，天下大事如何？”

阳君这么一提，在座的也都郑重其事地凑到一块，睁眼望着凌云青，意思是说：“是呀，眼下时局到底怎样？”凌云青扫了大家一眼，推一推掉到鼻翼的眼镜，说：“题目太宽，文章不好下笔。”

一个在外地法庭当推事，刚上省城来办事的老同学，打量凌云青一下，诧异地问道：

“凌兄何时当的无冕之王呀？”

凌云青看了对方一眼，叹口气说。

“这，说来话就长了！”

凌云青说的也确实是真话。一年前，他在“法专”经过最后一场考试，拿到了毕业文凭，走出了学堂门槛，投身于扰攘的社会。别的同学，不少凭着手上的文凭作敲门砖，真是敲开了官场的门第，只有他凄凄惶惶，走投无路。这缘故，也许由于他素性孤高，不善逢迎，钻营乏术；也许由于社会上僧多粥少，人浮于事，无从安插，总之，文凭也未必成为进身的阶梯。凌云青就在到处碰壁的困境当中，巧遇一家新办的《新潮报》社征聘一名校对。校对在报馆不过是个雇员，对凌云青来说，未免屈才，割鸡焉用牛刀。但是，人在慌不择路的景况下，求其有个嗍饭之所，也只好暂时屈意将就了。不料，校对生涯过得不久，报馆主笔先生读到刊载于该报副页上的一篇小品，激赏其文采飘逸，立论精辟，一了解，作者原来是本报一名校对,于是,千里驹遇到伯乐,校对马上变成记者。凌云青就此驰骋于新闻界的疆场,跑了一段外勤,终因不长于社交,凡事不好意思向人作寻根究底的询问,以想当然的猜测代替事实真相的调查,报道往往失真,尽管词藻华丽,也难掩饰内容的贫乏和虚假。结果,职务上只好从外勤记者转为内勤编辑——负责编纂国内电讯。这就是无冕之王之来由,也就因此养成他对天下大事特别敏感的职业病。

“天下大事嘛?”凌云青沉吟片刻,望了望大家,笑道,“合久必分,分久必合。哈哈……”

“别开玩笑,说正经的。”

说这话的人也戴副眼镜,姓秦,叫秦泰,曾是“中流社”同仁,省师毕业后,现在在省二中初中班担任历史教员。

历史教员这么一讲,大家都静了下来,一时也没哪个作声。各人的眼睛都看着两个戴眼镜的,等待他们说话。

停了一会,看大家都没说话,历史教员才向报馆编辑正经地问道:

“你讲,巴黎和会怎么回事?世界大战才只打四个年头,和平的会议却开了整整两年,到现在也没得个结果。真是……”

“真是什么,真是要和平吗?”凌云青不等人把话说下去,马上抢着反问道,“说什么和平会议,只不过是挂个羊头罢了。实际上是列强帝国的分赃会——重新瓜分殖民地,奴役别国人民,掠夺资源,推销商品。那些人嘴上叫嚷和平,心里头却时刻都在策划叫人闻不到火药味的战争。”

历史教员看没有人作声,于是,给凌云青作了补充:

“说来讲去,都是一句话:弱肉强食。中国是弱国,只有做牺牲品。一场世界大战,中国出了十五万华工去替人挖战壕,捞得一顶‘战胜国’的高帽回来。但是,战前我们被德国侵占的青岛、胶济铁路,等等主权,战败的德国并没有把它退还给我们战胜的中国,青岛却成了新的侵略者——日本帝国的殖民地!试问,公理何在!”

“你说公理何在?”海银华反问一声,看历史教员一眼,然后说道,“北京公园还用汉白玉立了‘公理战胜’的牌坊哪。”

科员阳君说:“以我之见,如今就是强权世界,什么公理婆理,统统都是放屁!”

“对,对。就因为手上没有洋枪大炮,上海的小刀会不是就叫人给灭了吗?”

“还有义和团也是的嘛。我不明白,为什么信奉基督,开口闭口不离和平、博爱的洋教士,却拿洋枪大炮、开军舰来宣示他们的教义?这不是明显的讽刺吗!”

……

大家你一言我一语,有反驳,有附和,有辩证,有感慨,越说越激动;有的人只爱听别人的,自己乐得悠然自在,有的人只管嗑瓜子,吸烟,欣赏风景。

桂品微起先插过两句嘴,见客人谈得挺起劲,自己也就端坐一旁,不再说什么。她,这些年来身体一直都不太好,从父亲遗传来的老病对她缠绵不绝,为它整整休学了一个年级,到去年秋季才在“女三中”毕了业。因为身体不好,升上大学恐怕支持不下来,只好到女子师范附属小学当一名教员。因为教的是史、地两门课,对国家命运的安危,对时代思潮的趋向,倒也时常留心。听到大家争论这些,自己也不免有些看法。但是,当着并不很熟的人的面,要她高声说话,她就缺乏这种勇气。现在,她只向靠近她身边的凌云青轻轻地问道:

“有强权无公理的老谱,难道不能改变吗?你说,苏俄的十月革命是怎么回事?”

“那是一场地震!”凌云青大声回答。

“地震!”立时,几个声音惊呼,都睁着迷惑的眼睛,望着凌云青。

凌云青却不动声色,伸出食指推一推掉到鼻翼上的眼镜,然后,不急不忙地说道:

“是呀,我说苏俄的十月革命是一场惊天动地的政治上的地震:其伟大壮举是史无前例的,毫无疑问,它将是人类社会史的新纪元。”

海银华听凌云青这么一说,不禁抿着嘴,表示不以为然,可是,并不激动,却挺能沉住气的样子,用不服的口气说道:“是不是一场地震?我看不见得。你说它有什么特别嘛,事实上也无非是把封建沙皇推倒就是了,还不是跟我国辛亥革命差不多?”

凌云青一听,好不客气,马上抢白:“你真是坐井观天:辛亥革命算得什么啰。人家苏俄乃是工人、农民齐翻身,当了国家主人,实行劳工阶级专政。我们辛亥革命呢,民国成立到现在已经八年了,革命,革命,到底革掉了什么?剪掉了一条辫子?诸君别笑,讲刻薄话并非我凌某所长,但是,事实的的确确如此!诸君不是有目共睹吗,革了一场命,牺牲了不少先烈,结果,是什么人坐的天下?你来我往,还不都是那帮遗老遗少的军阀政客轮流坐庄?”凌云青越说越生气。

阳科员说:“人家俄罗斯有个列宁,一个人创造了一个时代,可我们呢?我们……”

“我们,我们怎么样?”海银华立即顶嘴,睁眼诘问阳君,同时瞅了凌云青一眼,表示她被抢白不服气。接着,以挑战的口吻反唇相讥:“我说,你们把自己的祖宗都给忘了:本地姜不辣,外国的月亮圆。崇洋媚外思想。试问,我们孙中山不正是堂堂的大革命家吗?我这个人不怕人家笑话,就是个英雄的崇拜者。我认为孙先生的英雄事业是史无前例的:罗马的恺撒能比得上吗?法国拿破仑能比得上吗?美国的林肯能比得上吗?……”

桂品微见海银华越说越激动,赶紧拦住她:“我说,大家辩论不妨,不要离题太远,争吵也可以,可别伤和气。”

凌云青瞧了银华一眼,接着讲:“中山先生革命伟业事实俱在,不过,论功过,必须着眼于实际。如果说辛亥革命已成功,那也不是事实。否则何以有二次革命?我们先前闹的‘中流社’不是多余的了?韦步平投笔从戎,讨袁护国岂不是成了胡闹?”

银华马上说:“这话是多余的。人家讲的是英雄人物的道德精神,你却扯到革命事业的成败,风马牛不相及。”

桂品微又做和事佬,望着凌、海两人说:

“算了吧,不争这个了。”

从外地来的法庭推事,马上接着讲:“对,对。换个话题吧。凌兄,我倒是要问问你,你刚才说韦步平,他如今近况如何,有音讯吗?”

“是呀,听说‘陆小’黎柏初他们那支护国军后来经过改编,裁减‘兵员’,黎、夏二君都转到保定军官学堂深造去了。韦君不是蔡松坡那支队伍的吗,情形怎样呢?”

凌云青看大家说话的和没有说话的,对韦步平的情况都挺关心,便将他最近知道的消息向大家介绍,说步平进了云南讲武堂学步兵,在同学中参加一个叫做“社会主义研究小组”的团体,活动不久,不知什么缘故,被学堂当局取缔了。他个人学籍差点被开除。

法院推事听了,不由感慨:“怎么搞的,又……”

当科员的阳君接着插话:

“韦君他也进了讲武堂?那他……学书学剑,文武全才,可是难得呵!”

“言真女士怎样?这可得问问你了。你们姐妹常有信来往吗?”又是那位法院推事望着桂品微打听。

桂品微说,言真上学期毕业于高等师范学堂预科班,由于成绩优异,递升本科,学社会学专业,她每次信上总是不忘向老同学跟“中流社”同仁问候。

“是呀,‘中流社’同人,人虽风流云散,各奔前程,可是,团体精神要维系才对。”

阳科员说到这儿,突然听到来人哇啦哇啦的嚷嚷:

“嗨哟,济济一堂,都到齐了吗,我来晚了,对不起,对不起。”

大家回头一瞧,原来是王光宗到了。

他到底是留洋归来,镀过金的人,另有一番风度:身上披着件厚登登的考花呢大氅,领子衬着花格子围巾,中间露出雪亮的硬领,上面缀着花花点点的领结;头上是一顶海青的博士呢帽,嘴上蓄着一撮胡,好像是故意点上去的墨印;一双雪白薄呢手套,拿着一根“士的”棍。

跑堂伙计一见此人派头不小,赶紧过来侍候。王光宗大模大样地脱下大氅,除下围巾,拿下博士帽,交跑堂伙计挂到衣帽架上去。大家都默不作声,眼睛一齐往这位大角色注视。

海银华对此人是初次乍见,悄悄跟桂品微耳语:

“就是他吗?”

桂品微点点头。

银华不胜羡慕地在桂品微的手心捏了一下,又凑到她耳边小声说道:“你真有眼力!”

“鬼丫头!”桂品微脸色微赧,推了银华一下。

王光宗一眼盯住靠在桂品微身边这位罕见的少女,一股吸人的魅力使他情不自禁地走到桂品微跟前,以目示意,脸上挂着嘻笑,问道:“这位美人……噢,还没有领教……”说着脱下手套,把手伸出半截又缩回来,因为对方的神色迷惘不定,没有马上伸出手来,叫他很尴尬。

桂品微见他们两人神色不自然,马上说:

“是呀,你们还不认识呵,我来介绍吧:这位是王君,日本早稻田大学硕士!这位是海女士,全省学生联合会执委,是吧?”

“噢,王硕士,久仰、久仰!”

“不,不。海女士大名——”

“我叫银华。”

“呵,呵,海上银花,那是波涛巨浪啰,哈哈!”王光宗独自笑了笑,找个空位坐了下来。

“不,中华的华。”银华脸色起了红云,反增三分妩媚。

凌云青瞅着王光宗脱了帽子,露出特别惹眼的油光发亮的小分头,说道:

“王兄,小心感冒!”

话里是包含着不显的讽刺,但是王光宗却很大方,并不介意,轻轻地应一声:“冻不着。”随即看桂品微一眼,然后才向在座的人发问。

“大家谈什么呀?方才进来,听到谈得很起劲。”

银华瞟这个人一眼,撒娇撒痴地说:“冷场老半天了,还说起劲呢?”

“是的吗?”王光宗说,“那,准是鄙人害了诸位等得不耐烦了,真对不起。唉,出国几年,乍然归来,各方应酬多,真是顺得姑来失嫂意,左右为难。……”

跑堂伙计送来冒气的小手帕,把说话人的话打断了,王光宗接过手帕抹了抹手,然后接着又说:

“我们中国人老传统真难改,办事总免不了攀扯到人事关系。于是,亲朋故旧来往,本来是人情之常,却成了彼此援引、攀龙附凤的门路。兄弟此次留洋归来,在别人眼里,不异将军凯旋,以为官运亨通,炙手可热。不少亲戚朋友都来挂号，希望高抬贵手。谁知我自己却惶惶焉，投奔无门！真是俗话讲的：泥菩萨过河，自身难保，怎能伸得手去救人呢！”

王光宗朝着在座的人扫了一眼，把门关了。话里的话就是叫别人要找他帮忙谋差事什么的，免开尊口。

凌云青明白他的意思，马上说：“在座的倒没有赋闲求差的，各人都还有职在身，王兄不必为我们操心。”

桂品微说：“方才大家只是叙叙旧情，谈起当年‘中流社’的往事……”

“往事如烟，转眼……”

历史教员秦泰略带感伤的话没有说完。王光宗立即接住，向大家扫视一眼，问道：

“怎样呢，阔别多年，诸位景况都还如意吧。”

“彼此，彼此。”

“那，好。”

“方才凌兄纵论天下大势，给我们增长不少知识。王兄你海外归来，阅历更广，给大家介绍介绍异国情调如何？”

王光宗向大家望了望，说：

“谈什么呢，脑子乱七八糟。一部二十四史，从何谈起？”

各人相顾无言，都朝着他瞧。意思是说：“随你说什么吧。”

只有凌云青想了想，说：

“就谈谈日本明治维新，怎样实行其富国强兵之道好了。”

王光宗拿起瓜子来，边嗑边想，略停一会才讲道：“富国强兵之道，当然可以介绍一二，不过有关这方面的书报讲的已经不少了。纸上谈兵，不济于事，我来作空口说白话，坐而论道，岂不流于清谈误国之讥，何苦来哉。”

桂品微说：“那你就谈谈实际的见解也行嘛。”

历史教员附和，望着王光宗说话：

“是呀，是呀。你不是为着国弱民贫的祖国寻求医治的方术而去的吗。你说，我们当今年轻一代，应当如何肩负富国强兵的使命？”

王光宗看了看凌云青，煞有介事地争取机会把他准备着的一套高见，不假思索地信口说来，夸夸其谈，像个走江湖卖膏药的念诵口诀那样：

“谈起富国强兵之道，联想‘中流社’团的作为，鄙人倒有一管之见，以为先前‘中流社’宗旨，何尝不以国家社稷为重？宗旨在乎相与为国，改良社会，那是无可厚非不是？”王光宗说到这，停顿一下，环视在座的人，寻找同情的目光，其中那位推事和阳科员迎他眼光点点头。接着，又听他说下去：“值得研究的不在乎团体的宗旨而在乎团体存在的价值。据兄弟海外观察所得：凡为国为民者，非得群策群力，万众一心不可。一个人即使英雄豪杰，力量毕竟有限。”

“是呀，是呀。”这是桂品微由衷的声音。

凌云青小声对桂品微说：“讲得倒漂亮！”

银华瞅凌云青一眼说：“听人家说完嘛。”

“楚霸王，”王光宗继续说，“‘力拔山兮气盖世’，不能说他不是个英雄豪杰吧，可是，当他一旦丧失了拥戴自己的人马，败走垓下，只好哀叹‘虞兮，虞兮，奈若何’了！可见……”

“可见什么？”银华望着说话的人问。

王光宗看了看大家的眼睛都等待他说下去，于是，装腔作势，干咳一声，说道：

“可见，打虎不离三兄弟。”

“不，不是三，是亲兄弟。”

“反正是兄弟吧。人离了众，就孤掌难鸣。所以要想成大事，非得有团体不可。藤凭树，树也凭藤，互相依靠才能高升，不愁风吹雨打，是不是？”

王光宗又顿一顿、望了望别人，大家都不作声，他自己又讲下去：

“孙中山能够当临时大总统，不是先有个同盟会吗！陈独秀如今名噪一时，还不是因为有个《新青年》杂志为他鼓吹？柳亚子、马君武等人要提倡科学救国，就成立个‘南社’。总而言之，统而言之，不管你是干革命还是研究学术，都非有个团体不可。我们先前闹的‘中流社’，鄙人虽然有心赞助，可行动上，却心有余而力不足。后来随着人事变化，团体居然离散了，太可惜了！现在，看来留在省会的还不乏其人，我提议，我们重整旗鼓，把它恢复起来行吗？如果诸位以为可行，我这就作引玉之砖，出个题，请诸位议议怎样呢？”

王光宗的话刚一落音，银华立即响应：“好，我双手赞成。社名是不是改个新的？”

“看大家意见怎样？”王光宗说，“我看不一定改了：中流砥柱，意思不坏嘛。诸公恐怕还不完全懂得，原先我们的《中流》虽然是石印小册子，不大起眼，本地姜不辣，可在外地倒颇有点名气呢。”

凌云青说：“那，你说《中流》要复刊？”

王光宗毫不犹豫，立即回答：“要！那是我们的园地，没有园地就无从播种不是？我看把它恢复起来，而且改为铅印，增加页码，扩大篇幅。这也如同商店的招牌，牌子不亮不能招徕顾客。”

桂品微瞪了王光宗一眼，纠正他的话：“这怎么跟做买卖来比呢，不伦不类。”

“是呀，是呀。”历史教员说，“不过，要改进印刷，充实内容的意见是可取的。”

银华说：“讲什么都好，做起来麻烦事就来了，首先是，钱呢，经费哪里来？”

“哎哟，不愧是银行家小姐。……”

“说实在话嘛，没有钱能办吗？你又不是神仙，不吃人间烟火。”银华表现不服气。

跑堂的走到桂品微身边，弯下腰，低声问句什么话。桂品微对他说：“好了就上席吧。客人到齐了。”跑堂应声走了。桂品微面带笑容招呼大家：

“好了，结束我们的神仙生活吧。诸位有请！”桂品微向大家说了，然后，另外专对王光宗说道：

“王兄，请！今天你是主宾呵！”

“哪里，哪里。别客气。”王光宗机械地应对两句客套。

人们一边往碧玉门走，一边还在喁喁私语。王光宗同凌云青讲：

“阁下意见如何？我说大家既然都表赞同，你就领着大伙耍起这只狮子头来吧？”

凌云青犹豫不决，推诿着说：“跑跑腿，我是可以的，盟主应当你来。”

“那倒不一定。”

银华发觉凌、王两人站着忘了入座,就说:

“两位别做神仙了,先吃再谈吧。”

“对,对。”王光宗为了讨好海小姐,马上答应。

入座时,虽然是张圆桌,人又都是老同学老熟人,还是你推我让一阵。桂品微一定要凌云青坐到坐北朝南的首位上,同时悄悄地拉他的袖子,以目示意,要他当东道讲两句话。银华发现她俩这个小动作,眼尖口快地喊道:

“哎哟,你俩干什么呀?凌兄也真是啰,有什么不好意思嘛。我来越俎代庖,诸位把酒斟满,举杯,来!”银华说着带头举杯站起来。看着每个人都举了杯,她就真的代替主人讲话了:

“这杯酒是桂姐特意为王兄学成归国,表示接风洗尘之意,我来代她祝愿王兄官运亨通,飞黄腾达!同时祝愿在座诸君身体健康,遇事吉祥!为了表达诚意,大家干杯!品微、王兄,你俩一定干,不准保留!我来监督!”大家互相碰杯,有的真的一饮而尽,有的只品了品,说声“尽量,尽量”。

桂品微红了半个脸,望着银华难为情地求饶说:

“说实在的,我不行,来个象征性的吧。”说着含着酒杯边,啜了一口,皱个眉头。

“你呢?”银华对着王光宗说,“不算,我没见到,再来一杯。”她真的给王光宗斟了满满一杯。王光宗看银华一眼,表示服从,端起杯一饮而尽。

“呵,这还差不多!还有你呢,”银华瞧着凌云青说话,“不好意思不行。来,我是令官,得听我的!”

桂品微看凌云青被银华作弄得那个狼狈相,未免可怜,替他向银华说情:“少来点吧,心领就是了。诚意不拘于形式嘛。”

“哟,我的妈呀,听你说的,还说不娴于辞令哪,我的姐呀!”银华说着,给桂品微做个鬼脸,使得桂品微满脸通红。

各人放下酒杯,动起筷子时候,又互相推让一番,席间觥筹交错,气氛活跃。

“这些菜都是尼姑做的吗,尼姑有这一手,怪哉,怪哉!”

“说怪也不怪。”王光宗说,“日本和尚可以娶老婆呢。”

“那也算不了海外奇谈,鲁智深花和尚不是……”

“那是文学家的虚构,老兄。别受骗上当。”王光宗说着,挟起一片清炖花菇吃了一口,赞道:“唔,挺好,味道挺鲜。”

“我看文学家的虚构,有些比理论家讲的还真实可信呢。”桂品微说,“林黛玉是虚构,但是,她好像是活在你身边的真人;宣统皇帝是真人,但是你不能信他是个下凡的天子。你讲,谁是骗人上当的呢?”

历史教员放下筷子,瞅了王、桂两人一眼,慢条斯理地说:“这个问题嘛,文学家、理论家,各有各的使命,不好相提并论吧。”

“来,来。这是……拔丝山药,甜家伙,快吃。”法院推事说。

大家跟着就互相帮忙,挟起沾着糖稀的山药片尝起来。

两道菜过后,王光宗站起,举着杯,郑重其事地望着大家,斟酌一番措辞才说道:

“我这里首先由衷地感谢主人款待的一番诚意,同时也真心感激诸君赴会的一片盛情。特别值得欣幸的是,方才大家有了一个共同的愿望——倡议重建‘中流社’。为此,我在此借着主人的酒杯,为主人祝福,为诸君健康,为‘中流社’中兴干杯!”说着跟每个人相互碰杯,说一声:“干!”

“好,为‘中流社’复活干杯!”凌云青特别兴奋,带头先干,把空杯朝着大家亮底。

大家也都喝了一口,然后坐下,举筷挟菜。

片刻过后,银华说:“大家既然都为重建‘中流社’而干杯,那,不能酒醒不见牛肉巴啰,你们男人大丈夫说了就得兑现是嘛?到底谁来牵头呀?”

凌云青沉吟一下,说:

“这的的确确是个实际事情,王兄,你说怎么着手?你来牵头如何?”

“谁牵头,到正式恢复时再推选吧?如今先由两三位热心人做筹备怎样呢?我提议,眼前筹备事宜,请凌兄带头先干;海小姐,今日初见,看来挺热心公益,做个助手;再看谁来参加一个,三人为众好商量。方才海小姐说,男人大丈夫,其实,女子何让须眉,外国不必论,我国不是出过女皇帝吗,至于打仗的巾帼英雄,吟诗作赋的才女就更多了,哈哈。”

银华一边瞅着说话的人,一边悄悄地同桂品微耳语:“这个人你说他像谁?

像贾琏!”

桂品微不觉红半个脸,盯银华一眼嗔道:

“你这张嘴真损!”

王光宗把话讲完之后,大家都默认下来,表示无可无不可的神气。有的只顺意挟点吃的,有的点支卷烟吸一口,喷出烟雾……

凌云青表现临阵怯场,退缩起来,瞧着王光宗犹疑地说:

“我……不行吧,是不是你来……”

“不,不。筹备嘛,你先干着。大丈夫做事,当仁不让嘛。”

银华今天特别喜欢逗弄凌云青,带着戏弄的微笑对他说道:“能者多劳嘛,又是不好意思?嘻嘻。”

“那,你当他的助手,答应了吗?”阳科员望着海小姐眼睛笑道。

银华抿着嘴角,说道:“我,谁的助手也不当。各干各的事,各端各的碗,又不是三岁小孩要人喂。”

酒阑人散,王光宗说另有约会先走一步。归途上,桂品微、银华和凌云青三人一道走。三人好像余兴未消,一路上继续议论席间的话题。凌云青说,今天聚会有三点想不到。桂品微问他哪三点?他说:其一,想不到王光宗留学两年,的的确确是镀了金回来了,听他那番言谈,哪里还像出国前的王光宗。倘若不出国见识见识,他脑子绝不会有方才他讲的这套富国强兵的议论。桂品微说:“夸夸其谈,在他嘴上倒不是什么新本领了,只是在态度上——对人对事方面,似乎有些改变。”银华说她是初次见面,看他那个派头,虽然也不见得特别,可也不太寻常。说到这句,桂品微敏感起来,转过头来盯着银华的眼睛问:“是吗?”这话包含两层意思:一是试探对方的用心何在,其二,征询对方是否跟自己有相同的看法。凌云青却不大理会两位女友所交谈的潜台词,只是回味方才王光宗最后大谈当今世界潮流的趋势。想了片刻,然后把自己的感受向两位女士讲,说使他想不到的头一点,不但是王光宗本人思想有进步,而是他介绍日本国家之所以取得强盛,原因在于:其一,打破迷信,提倡科学;其二,推翻封建,实行民主。

“唔,这是头一点,其二是什么?”桂品微望着凌云青的眼睛问。

凌云青说，其二是“中流社”的重建，居然那样顺利，得到大家一致赞同，这也是想不到的。他说，这充分说明时代潮流，人心归向的趋势，也表现原先的同人都是志同道合——的的确确是同声相应、同气相求的。

“又是的的确确，嘻嘻，真有意思。”银华转过头专瞧着凌云青的表情。凌云青却不留意人家对他如何反应，一味在捕捉他自己的思想，伸出手指推一推掉到鼻翼的眼镜。银华看他不搭理，带着笑意问道：

“第三点呢？”

凌云青见问，拖长着声音说：“第三嘛……”他把话收住，同桂品微交换一下眼色，指着银华。桂品微也不完全明白他要说银华什么话，只是迷惑地瞟着银华的一身装束。这叫银华好奇怪，对凌云青调皮地反问：

“第三点想不到是什么？唔，不能公开吗？”

“要公开也可以的，第三点想不到是，你的的确确是个巾帼英雄……”凌云青笨拙地说，不知什么缘故，脸上居然发赧。

“又是的的确确，嘻嘻。我说你的的的确确太多了。”

“恐怕还有第四点吧？想不到她，”桂品微指着银华对凌云青说，“当你的助手？”

“算了，算了。以后再跟你们算账。对不起，我到家了。”

银华把围巾重新往脖上一扔，往从桂坊一家独门院子走去，到了门口，转过头来抬手叫一声：“再见！”

凌云青目送着她的背影，直到院门关上，才转回头，审视桂品微的脸色。桂品微倒是挺开朗地含着笑意看对方的眼睛：

“这样一位助手满意吗？”

第二十五章

这一天下午，桂品微没有上课，独自在教员宿舍纳闷。一会儿，翻翻书；一会儿，临摹两幅《芥子园画谱》；一会儿，随意书写脑子记下来的零零碎碎的断句：一下写李煜的“林花谢了残红，太匆匆”，一下写温庭筠的“鸡声茅店月，人迹板桥霜”，一下写李白的“俱怀逸兴壮思飞，欲上青天览日月”，最后写的是李商隐的“嫦娥应悔偷灵药，碧海青天夜夜心”。写罢，随手将纸头揉成一团丢进字纸篓。脑子浮现言真的音容笑貌，不觉心想：要是她在身边多好！好些心事都可以向她吐露了。如今天各一方，天涯海角，唯有凭书信来去，倾诉衷曲。现在她又给言真写信，告诉她年初那次于蓝楼雅集的情景，当中讲到王光宗海外归来给人的印象，讲到她前信介绍给言真的一个未见面的朋友——海银华出风头的二三事，当然，不免也要讲到云青还是那样不好意思——优柔寡断。最后，讲到韦步平从昆明给凌云青来信，谈论人类社会，世界潮流的见解。关于重建“中流社”的事，她把事情前后讲了，结论是：凌、海二人空有热心，却缺乏援手，似乎是“只听楼梯响，不见人上来”。桂品微写道，这“也许是与倡议人太忙有关。”……

说来也巧，桂品微正写到这地方，凌云青找她来了。看他神气真像个泄了气的皮球，又是沮丧又是懊恼，一屁股坐在主人让出的椅子上，好像是受了谁的气，瞅着桂品微半天说不出话。

桂品微倒杯开水，搁在他跟前，顺口问一句：

“最近给步平去过信吗？”

凌云青摇了摇头，一会，才开口：“去信给他讲什么好呢？唉！”说完躬下身来，两只手肘支住膝盖，抱住脑袋。

桂品微不禁一惊，赶紧问：“怎么啦？《中流》不是要他寄稿吗？”

凌云青说：“什么中流不中流，别提它还好过一些。”

“到底怎么回事，打退堂鼓啦？”

“你问王兄去吧。他这个人，嘿，我现在算是第二次领教了。嘴巴吹得连树上的小鸟都能哄得下来。实际干起来，那就——唉，不说也罢。”

“看你这个人，尽是爱讲半截话，关键究竟在哪里，经费不足，还是人手不够？”

“哎吔，我可捉到你们俩了。”

门外突然传来熟悉的声音。随声见到银华从窗口探进头来，问道：“你俩谈什么私房话呀？”跟着声音，人立即跨进了门槛。

屋里坐着的两人，用沉默的目光木然迎着客人，谁都不作声。一会，桂品微长叹一声，用眼色向银华示意，意思是说：“你问他吧，我也猜不到他的哑谜。”

银华一时也不摸底，不好开口。

“你从哪儿来？”过了一会，桂品微问银华。

银华找个座位坐下来，瞄了一下桌面上被一本《新青年》盖住半截的信笺，然后望着桂、凌两个说道：

“听我告诉你们一个新闻吧：王兄当官啦。”

“真的，别瞎猜的吧。”桂品微说。

“谁有工夫给他猜这个,凌兄的口头禅——的的确确。今天早晨颁下的委任:政务厅第一科科长!方才在邮政局门口我亲眼见到他,又是我耳朵亲自听到他告诉我的。嚯,看他那个神气呀,可像只斗赢的小公鸡,嘻嘻,看他得意的连祖宗姓什么也忘了。”

“嘿,一阔脸就变。”凌云青站起来,在桂、海两人面前走来走去。

银华看看凌云青气成这个样,真是丈二和尚摸不着头脑。又不便多嘴,桂品微不吭气,空气很僵。静了片刻工夫,桂品微才向海银华悄悄问道:

“你见到他,没问他‘中流社’的事?”

“问了。他说:‘正忙哩,顾不上。你们闹成怎样就怎样吧,我都赞成就是了。’”银华学王光宗的口吻讲话,完了,自己说道,“看他那样子,他是撒手不管了。”说完,望着凌云青。

云青听银华这么一说,好像是在意料之中,并不吃惊,只是更加反感。说道:

“原来是当了官了,难怪口气变得这么快,一百八十度转弯。小人得志,呜呼哀哉!”

银华瞅了云青一眼:“看你喃什么呀?他当上官还不好吗。他当了官,我们社里就算朝里有人,办什么交涉不是方便了吗?你别那样小气嘛。”

“谁小气?难道我凌云青对他眼红、妒忌?笑话!我生他的气是的的确确的,你们笑什么。他讲话不算数,我生气。新年在于蓝楼,大家都亲耳听到他夸夸其谈的话吧?是呀,讲得多动听!可是,事后怎样?去找他好几次,你们猜他怎么说?唉,我都不好意思把他的话重复一遍,简直是气死人就是了。他竟然好像记不起了有这回事似的。我一再提起,他只是不冷不热地敷衍两句:‘好吧,好吧,你们闹成什么样都行,只要不犯禁不违法就可以。’你俩听,是什么话嘛!这种人,什么国家栋梁?狗屁!国家靠这种材料作支柱,准会倒塌!我在这说句不敬的话:跟他,‘孺子不可同谋’!好了,再见!”

凌云青一气把一肚子牢骚大发一通,说完甩开袖子走了。

屋里,桂、海两人相对无言。

沉默了有两分钟工夫,银华才望品微一眼,说:

“凌兄肝火未免太盛了!”

桂品微稍等片刻才说:

“王兄怎么搞的,惹他发这么一场大火?”

“来去还不是‘中流社’的事!”

桂品微无言,屋里静了下来。屋外,小学生在操场拍皮球、踢毽子。皮球咚一声,跳进窗口来,也没惊动到桂老师的沉思。银华看对方这种情绪就说:

“你别费那个心机去想它什么原因吧。我看,两人性情就同鸡跟鸭一样,合不到一只笼里。一个太认真、执拗,一个太机灵、滑头;一个醉心于学问,一个热衷于功名;一个是真名士,一个是伪君子。你说,各走极端,怎能合在一道?说到社里的事嘛,我现在也有个想法,凌兄何必那样死心眼抱住不放?说到为人做事,还得凭各人本事,企图依靠什么集会结社来扯虎皮作大旗是不牢靠的,有些事往往是开头放火烧荒,表面轰轰烈烈,过后灰飞火灭,树倒猢狲散。”

“哎哟,我的小姐,你从什么书上捡来的这套世故呵?照你这样说来,人家闹革命也没意思了?”

“真是要干革命当然不同啰。可王兄那天慷慨激昂吹的那一套,你信他本意真的是要干革命吗?”

桂品微被这么一问,一时也答不上来。

“我看他就是个玩票友,逢场作戏。”

“你也真是——把人说得太那个了。”

“当然嘛,我也只说这一面,并没概括他的全部。比方说,我班一个同学,从她背后看,曲线分明,身段可美哪,往往迷惑不少轻薄的家伙跟在后头追逐哪,谁知赶到面前一瞧,大失所望——原来是一脸大麻子!哈哈。”

“死丫头,你真会糟踏人。”

“人家看你愁眉苦脸的,讲点笑话给你开开心还不好?嗨,一来只顾说话,把件要紧的差事忘了。方才王兄叫先带个口信,说是他明天午后五点钟在八桂馆还席,要我先向大家打个招呼,请帖随后送到。”

“就随意吃餐饭,还发请帖,真会排场。”

“嗨,你以为单请我们几个吗?人家现在是堂堂的科长,当了官啦,请客宴会就是一场交易，醉翁之意不在酒，哪里是为了吃饭喝酒。"

"那样，我懒得去，怕这种官场应酬。"

"官场又有什么了不起。去嘛，看看世面也长长见识。明天星期天，躲在家发闷，小心把心给沤得发霉了。嗯，给谁写信？言真？她近况怎样，有了意中人了吗？"

"看你，老往那上面用心思！"

"哎哟，我的姐呀，是人家爱往那上面算卦吗？看你脸都红啦！夫子自道，还说人家哪！嘻嘻！"银华直盯着品微的眼睛，意味深长地含着笑看着不放。

桂品微脸儿更加羞赧，过了片刻才收起玩笑神色，正经地说，前些日子言真来信，讲起她在高等师范学堂参加的那个研究社会主义的团体，目前正在研究"苏俄十月革命"的专题。寄来几本小册子……

"喏，书都在书架上，你要看，拿去吧。"桂品微说。

银华说："我现在没空看这些，几天来为'中流社'的事奔走，真是马不停蹄。要是流产了，我这几天就白蚀老本了。嗯，改日再谈。我还得帮王兄通知别人去。信上帮我向言真问好！再见！"

年来，凌云青养成一种报人的职业习惯：夜晚编报，早晨睡觉。早上即使睡醒过来，他也不肯下床，习惯躺在床上把新收到的书刊报纸看上一两个钟头才肯罢休。今天，他拿起新到的《北京晨报》，头版大标题：

巴黎和会——中国代表提出关于山东问题的说帖

这对他来说已经不是什么新闻了。引起他的兴趣的倒是两份《晨报副刊》上的两篇文章，一篇题为《近世社会主义鼻祖——马克思之奋斗生涯》，一篇是李大钊的《现代青年活动方向》。文章内容充实，特别后一篇，使他读得入神，真是做到两耳不闻窗外事的地步。不想，就在这时刻，一只戴着刻有印章的金戒指的手伸了上来，哗啦一声，把报纸扯开了。床前站着一位戴墨镜的家伙，身穿咖啡色条花呢西服，领口别着一只黑色蝴蝶结，日本式的小胡子新修得特别齐

整,小分头梳得油亮。不等他把墨镜除下,凌云青已经认得这位不期而至的客人是谁了。仍然躺在床上,爱理不理的,半开玩笑地问:

“王兄何事来登三宝殿?”

王光宗自己坐在桌边一张板凳上,把墨镜除下,望床上的人一眼,说道:

“社会真是个大染缸,报棍子这套颠倒昼夜的毛病,老弟居然也染上了。”

凌云青瞪对方一眼,估量没别的事,只觉无聊,于是,一动也不动,冷冷地叫道:“把报给我。”

“算了吧,午炮快响了,还不起来。今天天气好极了,起来,出去走走!”

“把报纸给我,文章还没有看完。”

“什么文章叫你那样入迷呀?”王光宗拿起报纸,往要闻版扫了一眼,毫不在意地说:“噢,巴黎和会上的斗嘴,已经是明日黄花,有什么看头嘛。以我看,青岛也罢,整个胶东半岛也罢,甚至山东全省,反正都不是个大西瓜,归谁,谁也搬不走。抢来抢去还不是仍旧在中国土地上?何苦为它如此凄凄惶惶?你给人家去经营还发达得快点呢!比方说上海,那么些十多二十层摩天大洋楼,还不都是洋人造的。”

“照这样讲,你老兄比章宗祥还慷慨呢,但是,章宗祥是什么东西,你没有听国人的呼声吗?”

凌云青气不可遏,跳下床来,鞋子不见了,只得趴下,在床底下折腾了半天才把鞋拖出来。

“章宗祥?我比他还差得远哩。人家是堂堂一位公使,我才是个芝麻绿豆的——”

“的科长?哈哈,大衙大官,小衙小官,威风是一样的。山中无老虎,猴子可以称大王。不过,我说的章公使不是指他的官阶,而是国人给他的绰号。这两天他从日本回国,你知道留学生怎样对待他吗?”

“还能怎样对待,开欢送会,码头、车站送行呗。”

“可见你根本就不看报!”凌云青诧异地向王光宗说,“码头、车站迎送的人倒是有的,可惜不是乘兴而来,各人手上拿的小纸旗也是不少的,遗憾的是,上面写的可不是欢送章公使归国,而是——”

“而是什么?”

“而是‘卖国贼滚蛋!”

王光宗竖起眉毛,反问:“造谣,哪个看见?”

“今天报上披露的东京电讯。你没看到?给,看看吧。”

“报纸我懒得看,无非是你们报棍子唯恐天下不乱,兴风作浪,造谣惑众。”

凌云青气得话也不愿讲了,拿起脸盆、手巾和牙刷,还将《北京晨报》揣进口袋就出了房门,洗盥、出恭去了。

剩下一个王光宗独自晾在房里。歇了一会,觉得没趣,拿出支纸烟来先在桌面上磕了磕,然后叼在嘴皮上,划根火柴点着,吸了一口,慢悠悠地喷出一圈圈蓝烟。

凌云青这间房子是租的人家一间厢房,窗临天井小院落。墙根培植两株四季桂,一蔸栀子花和一小丛四方竹,环境挺雅静。房子不算太窄,就是东西放得乱,书架上的书,桌面的笔墨文稿,都是颠颠倒倒随意搁着;墙壁挂有一幅石涛和尚的山水立轴,仿佛是从开始挂起一直就没有换过,画面落了一层灰;桌上一节残烛底下堆着一摊烛泪,好像是古老的遗迹了。

王光宗环顾这一切,不觉摇头慨叹:“真是‘真名士自风流’!”他手上的烟卷燃了大半节了,主人还没见回头,但是,这位客人却赖着不肯就走。客人不免有点无聊了,顺手拿起一本打开着的《新青年》来翻了翻,上面有鲁迅一篇《孔乙己》。他一口气读下去,快到读完时候,凌云青回来了。一看客人规规矩矩地端坐读书,不觉诧异地问:

“哟,你老兄还没走呀?今天哪里来的耐性,对不起,对不起。”

“人家烫一头猪都烫完了,你洗个脸也要这老半天。”

“老兄你有所不知,我每天进茅房一定得带张报纸,不把其中某篇文章读完,总也过不了瘾。”

“都是文人嗜痂成癖,真够受。算了吧,穿上衣服,同我上还珠山!看,我把照相机带来了,一起去玩玩。”王光宗说着提起从日本买回的、有半块砖那么大小的匣子,同时戴上墨镜,站起来催凌云青。

凌云青这个人是经不起人家怂恿的,即使不太愿意的事也不好意思谢绝,只好跟着走一趟。

他们出了东门，走过长长的浮桥，跨过蓝江，再走上不太长的铺着石板的小街就到了横跨蓝江支流的花桥。支流的小溪河从北面的一带柳树长堤蜿蜒流下，水清见底；附近人家的鸭群放到河里来，在水里打筋斗觅食，拍开双翅嘎嘎欢叫；河边突出水面的石头上，渔翁在钓鱼；码头上有妇女在捣衣，有姑娘在汲水；河流上下，生气盎然。花桥桥拱有九孔，倒映水面，见九个圆月，特别柔美。桥上盖有绿瓦、飞檐的桥亭，桥面宽敞，游人到此，或凭栏远眺河岸上那些临流而居的田家屋舍和傍水护堤的翠竹垂柳，或俯视跟前河面倒影和浮游觅食的鱼群。

王光宗在这儿拍摄照片，引来一群好奇的小孩，都围着他转。使他烦起来，抱怨着喃道：

“真是少见多怪。在日本公园，照相就跟钓鱼捞虾那样平常，你照你的，谁来睬你。”

凌云青说：“这儿可不是日本，老兄！”

“反正我是文明的崇拜者。”王光宗自以为得意。

凌云青瞅他一眼，心想：“怎么变成这个样？莫名其妙。”本想要讲他什么的，又觉得不好意思。

他们过了花桥，沿着右边山脚的小径登上月牙山。今天星期天，又是霉雨初晴的好天，郊游的人特别多。王光宗老盯着游人，左顾右盼，好像是要寻找什么人；凌云青为着跟他话不投机，自己老低个脑袋，一步一步走上石级，互不相扰。

挹江亭到了。王光宗透口气，说：

“在这儿歇一会吧。”

两人扶着护亭的石栏伫立，眺望山水环抱中的城郭村舍，仰视青天白云，眼前是一片艳阳天气。王光宗又要想发什么感慨，看了看凌云青一脸冰冷，话到嘴边又咽回去了。一会，有一家子人涌上亭子来，唧唧喳喳：叹异、惊奇、赞美和辩论，吵得叫人心烦。王光宗直皱眉头，拉着凌云青顺着下山石级，往龙隐岩那头走了。

到了龙隐岩,两人在横跨小溪河的“跳石”桥头的草坪,找到一席干净地坐了下来。这里,对着河里的流水,望见堤边的柳丝,远山的烟云,可是个憩息的好地方。

凌云青憋在心里的话有好些日子了,几次想跟王光宗谈一次,每次见面又觉得不好意思。现在,他终于鼓起勇气,极力压住心头跳动,尽可能做到心平气和,若无其事地向王光宗问:

“近来,去看品微没有?”

这倒使王光宗一怔。看了看对方,好像是要从他的表情找出话里的话来。但是,凌云青确实很坦然,就像面前的河水,一清见底,除了话语本身,没有弦外之音。王光宗这才宽了心,拍了对方肩膀一下,得意地笑道:

“昨晚我们还在一起——”

“在一起? 什么地方?”

“这个,……你就不必寻根究底了。”王光宗诡秘地瞥视对方一眼。

凌云青看王光宗得意忘形的神气,打心眼里产生一种厌恶,也许还带点微妙的嫉妒,突然把脸拉下,右手一把一把地揪起身边的青草。

有一阵工夫,两人都没话可讲。

天空明净,几朵白云徐徐飘过,仿佛是碧海的帆影。一群八哥鸟带着它们的小雏,叽里呱啦从树顶上飞过,鹧鸪从远处传来一声声求偶的呼唤。对面河旁,两位女教员领着一队小学生从一磴一磴的“跳石”过来,唱着“乐郊、乐郊”的春游儿歌;小孩一个接一个走过“跳石”,到这一边河岸来了。

王光宗用贪婪的眼色老盯着两位女教员,等人家走过来了,偷偷地拍摄了人家的背影。

“看她们,那曲线多美!”王光宗自言自语,馋眼涎脸地目迎目送那穿着一蓝一灰的旗袍的两位女教师。

凌云青仍旧默不作声,抱着膝盖,遥望远山。

“你看什么?”王光宗问,“看那山头? 有什么看头嘛。抽支烟吧,试试看。烟是社交的媒人。人生往往因敬人一支烟,或者别人跟你对一下火而成了朋友,甚至影响到你一生的命运呢。唔,吸一支试试嘛。这是日本富士山牌的哩。

你瞧,富士山不比我们这些山雄伟? 嗯,你今天一定有什么心事,想什么? 说!”王光宗审视着凌云青的目光,不容他回避。

凌云青说:“我正在想,古诗词把人的眼光比作秋水、秋波,看到远山,想起女子的眉毛。你是不是也有同感?”

王光宗觉得对方问的古怪,盯了他一眼,想了想,反问道:“你一定是联想到谁的眼睛去了,是不是? 看,你的脸都红了。哈哈。”

凌云青脸上果然发烧得不自在。

王光宗说:“我猜一定是她。但是,我说,她可贵之处,还不在远山的眉毛,秋水的眼睛,最难得的是她的后背。”

“曲线美?”凌云青瞪了王光宗一眼,表示愤怒和厌恶。

王光宗却不在乎,只管说他的:“不。不是曲线。曲线当然也是第一流的啰。我说是靠山。”

“靠山?”凌云青莫名其妙望着王光宗。

“是呀,你不知道她姨夫是掌管人事任免的官吗?”

“呵,原来如此!”凌云青恍然有悟。终于解开了王光宗回国以来,对待桂品微特别殷勤的疑团。“品微自己懂不懂得人家是这样对待她呢?”凌云青想得有点焦急。于是站了起来,拍拍沾在裤子上的草叶,冷淡地说一声:

“走吧。”

两人各怀心事,默默踱步。王光宗西装革履,眼戴墨镜,手提照相机,来往游人都为之瞩目。王光宗自己因此盼顾自雄,洋洋得意。

“品微说我浮,靠不住,真是冤哉枉也!”王光宗对凌云青说话,表示受了委屈。

凌云青听了,倒是挺得意,反问道:“是吗? 她还讲什么?”

“她还问我:为什么近来不大见你同我在一道? 说是一定是你也嫌我轻浮、庸俗吧?”

“那你怎么回答?”

“我讲,你当了报棍子就成了昼伏夜出的猫头鹰了,哪有机会在一道呢。”

“你又是撒谎!”

"不撒谎,怎么讲呢,老弟,你不知道,爱情这玩意——哼!"

"怎样?"

"完全是欺骗!"王光宗说得非常自然。

然而,这却使凌云青目瞪口呆,不禁发冷。

一会,王光宗又说:"对啰,她也说了你!"

"说我什么?"

"说你是难得的好人。她说她一直是把你当作弟弟看待的。"王光宗说着歪个脑袋注视凌云青的反应。

"当作弟弟看?"凌云青自己打心里揣摸,又失望又欢喜。

王光宗看凌云青不吭气,做好做歹地说:"我看倒是她心里话:她不是大过你三岁吗? 哎哟,她来了。走,请她上于蓝楼吃素面,我请客。"

凌云青抬头一瞧,前头果然见有四五个女子走来。有的抱着书籍,有的拎着阳伞;有梳双辫的,有剪短发的;有两个穿的是马蹄袖白色上衣,下裳是百褶青裙;有一位跟品微穿的一个样:淡蓝色的高领旗袍。穿旗袍的显得苗条、端庄,着裙子的特别伶俐活泼。她们一边嬉笑活跃,一边庄重徐步,俯首往下扶着石栏杆,一级一级地从挹江亭走下龙隐岩这边来。

王光宗乘人不觉,偷偷将照相匣子对着人家,咔哒一声,摄了一张。穿旗袍的那一位,抬起头撅着嘴嗔道:

"该死,他把我们照了。"

这时,桂品微才见到是王光宗和凌云青站在前头迎着她微笑。她对王光宗的轻薄瞪了一眼。人走到跟前,目光相遇才相互认出来了。那位同品微一样打扮的不是别人,原来就是银华嘛。她一见王、凌二位,不但不抱怨人家偷拍她们的倩影,反而高兴地叫起来:

"啊唷,二位在此等谁呀?"

王光宗不觉开了心,堆着一脸笑纹,说道:"就是专程给你们迎驾来了。"

"算了吧,尽说假话。"银华瞪了王光宗一眼,然后又跟凌云青交换一下眼色,含着笑意。

桂品微不作声,极力避开王光宗的目光,却深深地盯着凌云青跟银华互换的眼色。凌云青转而拿温暖人心的目光注视着品微，表示无言的问候。桂品微感激云青关心的眼色，小声地问他：

“近来怎么老见不到你？”

“一言难尽。”凌云青忧郁地叹道。

品微说：“你一点也不变，老是叹气。”

凌云青看品微的眼睛，反问：“你不也是一样，变了多少？”

“还不变呀，快成老太婆了。”

银华一听，给品微捶了一拳，带笑着说：“得了吧，老太婆，嘿！”说着，望着对方，在自己脸上划了一下。

桂品微也许是肺结核的关系，脸庞泛起红晕，反而显得妩媚动人。凌云青关怀地打量着她，她把视线躲开了，不知为什么，她怕接触这个眼睛。

王光宗热衷于给几个穿裙子的女子照相。让凌云青跟桂品微在一边谈话。

“来，大家一起来。”王光宗向几位穿裙子的女学生热情地招呼，“站过这边来，我给你们照张相作春游纪念。”

王光宗一边说话，一边把几个女学生拉扯成一堆，乘机把人家的胳膊捏了一下，当中有个胖乎乎的姑娘“哟”一声，努着嘴，躲进别个的背后去了。王光宗照样嬉皮笑脸，狡猾地跑回前面蹲了下来，举起照相机，眯起左眼，瞄着镜窗，说道：

“嗨，背景美极了。左边那位稍靠右边一点点，对啰，好！大家注意，笑，好了！”

王光宗站了起来。大家散开了，各人都高兴的说说笑笑。只有刚才惊叫一声的那位胖姑娘，贴着另外一个同学的耳朵，唧唧咕咕，瞪了王光宗一眼，完了拉着同学的手，催她快走。

王光宗对着桂品微和银华说：“你们俩合照一张吗，来。拿立人峰做背景？不行，反光。背着穿山吧，衬着蓝江翠竹，太美了。”

银华照完相，走过来，从王光宗手里接过照相机，瞧了瞧说：“王兄你教我怎么摄，我给你们照一张。”

“好，品微，云青，来，我们仨，一块合拍一张。”

桂品微略为踌躇，瞧凌云青一眼。凌云青表示无可无不可。桂品微催他：

“来吧，三个人一起。”

照完，王光宗拿回照相机，拧过胶卷，查看号码窗数字，说道：“还有最后一张。”望了望凌云青和银华，笑道：

“怎么，你们俩照一张吗？”

银华脸上登时泛红，和桂品微交换眼色，说：“两人太单调，三个一起吧，桂大姐来，你站当中。”

“不，让男的站中间好了。”桂品微说。

银华看凌云青爱动不动的样子，叫他：“凌兄，要你当中间派呢。”

凌云青慢慢吞吞地一边移开步子，一边喃道：“我是无所谓。”

银华马上嚷起来：“吔，不是不好意思吗？”

“站好，不讲话了。大家都看镜头，好。这张一定成功。”王光宗收起机子，往肩头上一背。

“好了吧，我们去钻‘栖霞洞’吗？”

王光宗向着大家提问。

桂品微坐到石栏杆上，捶着膝盖，说：“你们还想玩就去吧，我走不动了。”

一位梳着双辫的姑娘看到桂品微不肯走就说：

“桂老师不去，我们也不去了，陪你一道回家。”

“傻丫头，我们走吧。”银华拉着姑娘袖子，用眼睛指了指王、凌二人。

几个姑娘有伸舌头的，有做鬼脸的，吃吃地笑着走开了。银华跟着姑娘走上两步，又回过头来对桂品微瞟一眼，嚷道：

“桂姐，王、凌二兄再见！”

桂品微惘然若失，漫应一声：“再见！”目送她逐渐走远的背影，一会才转向凌云青问：

“你看她怎样？”

“谁？”凌云青梦一般迷离，不禁愕然。

“不是银华还有谁？我看她倒是一团火，任你是块湿木头也给烧起来。不过，有的人说她有点罗曼蒂克。你看有没有那么一点点？”

“你们讲谁？海小姐吗？我看她——”王光宗说，话没有讲出来，桂品微马上抢过去嗔道：

“谁问到你啦，人家问云青……”

“问我也是白问，其实，我——”凌云青欲言又止，瞧着桂品微的眼色。

桂品微不去理会凌云青的目光是什么意思，只是说：

“下星期天专门邀她一道去隐山野游好吗？”

“下星期天再讲，现在去于蓝楼，走！”王光宗说。

“又上于蓝楼？”桂品微打心里踌躇一下，不得已只好勉强跟着王、凌二人慢慢走。

三人走不几步，迎面走来两位绅士向王光宗招呼。王光宗上前同人家周旋，好像是他乡遇故知，特别亲热，把凌、桂二位撂在一边。气得品微不耐烦，叫云青先走了。

“王兄可是成了忙人了啊。”走了两步后，凌云青回头瞧了瞧，见王光宗仍站在原地跟人家说个没完，对桂品微说了一句。

桂品微有意回避议论王的长短，拿另外的话岔开，问凌云青近来工作顺不顺心。

“马马虎虎。”凌云青无心回答。

桂品微盯他一眼，看他情绪低沉，也不知怎么回事，又将方才被王光宗打了岔的话提起，问他对银华的印象如何？云青说，“方才不是讲了吗？”

“方才你没有正面回答我的话。”品微说。

“她？”凌云青说，“不错，一团火。”

“一团火，跟你——”

品微才说到这，王光宗撵上来把话又冲断了。他得意地自言自语：“真要命，应接不暇。”

凌云青却不顾忙人的得意，只管回答品微：“感情的谜底，一般的理智是猜不透的。”

王光宗听了，瞪着眼，瞧瞧凌、桂二人，问道：“你们又卿卿我我的谈啥子啊？”

“不管你的事！”品微故意气他。

第二十六章

自从今年元旦,那次桂品微请客以后这三四个月来,王光宗俨然成了这个素菜馆——于蓝楼的常客。此刻,他上到楼梯口,头还没有抬起,跑堂伙计就赶紧迎上来招呼请安,殷勤侍候。因见带来女客,立即领到犄角一间清静的小房去。人坐定后,跑堂伙计赶忙送来手巾,他满脸带笑、毕恭毕敬地朝着王光宗低声下气地问道:

“王科长,先泡壶茶还是点菜喝酒?”

王光宗兴致勃勃,一边接过手巾抹手,一边向凌云青问一声:“你想吃什么?”

“随便。”

“你呢? 走累了吧?”王光宗转向桂品微,怪体贴地帮她把伞和书包搁到一张空着的凳子上。

桂品微平静地说:“我什么也不想吃,就想喝茶。”

“好,来龙井。”王光宗向跑堂的挥一挥手。跑堂伙计才转身要走,他马上追着喊叫:“等一等,来两样点心:把你们最拿手的麻通、芋角酥端来,另外再来素面。”

不一会,跑堂端着茶壶茶杯来了。给客人斟了茶,然后对着王光宗耳朵小声说话:

“薛厅长在北斋设宴,请王科长过去陪客。”

“呵。请哪位客人?”王光宗不禁惊喜,转过头来望了望桂品微,意思是:“怎么办,放我走吗?”

“你去吧!”桂品微催他快走,乐得摆脱他叫人腻味的纠缠,好像进了屋赶快脱下水鞋似的。

王光宗望了望凌云青,说:“那,真对不起,我先走一步,失陪,失陪。”说到这,把照相机交到桂品微面前说,“唔,劳驾,帮忙带着。”

王光宗整了整领带,诚惶诚恐地走了。凌云青目送着他,摇了摇头,叹道:

“真是个忙人!”

桂品微默不作声,低个脑袋细细品茶。

房里角落的壁架上点着盘香,升起袅袅蓝烟,叫人闻到幽微的香气。

一会,凌云青才打破沉默,喃喃自语:“这茶,味道满清。”

桂品微斜视着对方,觉得人挺诚实,就是书呆子气,有点傻劲,叫人可敬可亲。不由得微笑着问道:

“你跟他闹了什么别扭吧?”

凌云青懂得桂品微讲的他,指的是谁,不觉诧异地反问:“没有闹什么呀?”

“那,为什么好久也不见你来看我?是不是我……”

“不,不关你的事,别多心。近来报馆的事多……”

“我不信,你不讲真话。”桂品微直盯着凌云青不放,问道,“是不是你还把‘中流社’的事记在心上?事情已经过去了,算了吧,得饶人处且饶人。人之不同,各如其面。何必去强求别人也跟自己一样?自己也未必就完美无缺。”

不想桂品微这么一说,产生了反应,急得凌云青把好久以来憋在心里的话都讲了。他说,他近来是有意疏远王光宗的。特别是他进了政务厅当了官以后,觉得彼此之间可谈的东西少了。记得王光宗刚回国时,听他夸夸其谈,激昂慷慨,看样子真是要为国家民族、人类社会做一番事业似的。以为他到底在外国留学几年,可能学到有用的学问,过去的毛病也许改了,对他寄予希望,满以为他真能把"中流社"恢复起来,通过团体的鼓吹,对国弱民贫的祖国有所作为。谁料,人一做了官,腔调也就变了。什么国家民族的命运,什么人类社会的进步,一股脑儿全都抛到九霄云外去了。要说凌云青跟王光宗闹别扭的话,这就是症结所在。凌云青说,他个人小气也罢,狭隘也罢,反正他一想王光宗回国之初到处卖弄那套哗众取宠、大言不惭的话,对照他以后的实际行动,联系他在"法专"时期的所作所为,就觉得不是味道。但是,凌云青又说:

"当然,我也做退一步想,人无完人,金无足赤,对人何苦求全责备?不过,道德品质是做人的根本,根子不正,枝叶好坏都是靠不住的。"

凌云青一气把话说完,回头来望着桂品微,看她什么态度。

桂品微一直睁眼听着,默不作声。寻思:凌云青说的也许是这么回事吧?但是,从她个人的感受来讲,王光宗一贯对她体贴入微是不容抹杀的呵!连姨妈的女仆也都赞他最懂人情最有礼貌的呢。现在要她马上接受凌云青的看法,实在颇费斟酌。只好不置可否,拿别的话岔开。含着笑意望着凌云青,说:

"我以为你生我的气呢。"

凌云青说:"怎么会生你的气!不过,我是不想在你跟前见到他就是了。身体怎样?好些吗?"

"马马虎虎,睡眠还是不太好。"

凌云青说,他最近读到一本从外国翻译过来的书,记得一位思想家讲过这样一句"格言":

健康跟朋友一样,失掉了才感到它的可贵。

桂品微转了转她深沉的眼珠,瞟了对方一眼,笑而不答。

跑堂的伙计端着两碗素面进来,轻轻搁在客人桌面。桂品微本来不打算吃的,见凌云青那样诚心实意地推让,不好意思让人家扫兴,勉为其难地说道:

"我吃不了这么多,给你一半。"她拿起筷条拨了一大半到凌云青碗里。

两人吃过面，会了账，不等王光宗回来就走了。

归途，为了少走点路，不走回头路了，他们打冷水渡回家。这条小水，平时很浅，深不过膝，本来是用石头垫作跳磴的，现在，石磴不见了，来往过路的只好赤脚涉水而过。两人来到水边，望着流水，不免踌躇起来。

“怎么办？把鞋袜脱了，打赤脚过去？”凌云青推推眼镜，歪个脑袋望着桂品微问。

“回头吧，走原路回，脱掉鞋袜怪麻烦的。”

凌云青天真烂漫地望着桂品微说道：“你看这样好不好，我来打赤脚，背你过去？”

桂品微含笑凝视这位天真无邪的伙伴，鼓起勇气说：“好吧！”

凌云青马上脱掉鞋袜交桂品微拿着，随即蹲了下来，让桂品微像小孩一样趴到背上，然后站起，两只手反过后面去抱住对方的小腿，一步挨一步地涉过二十来米宽的河面。岸旁放牛的娃仔们看见了，拍着巴掌，呵呵地笑着。

上了岸，两人相视而笑。桂品微还红了脸，盯了凌云青一眼，表示无言的感佩。

凌云青坐到河边石头上，一边穿鞋袜，一边告诉桂品微说，为她偏头疼的病，他写信告诉了韦步平。韦大前天来信说，在他那边能买得到地道的天麻和银耳，已经用邮包寄来了，大概再过两天就会收到。

桂品微感激地审视着这位老实人，叹口气说：“什么药也未必见效。倒是难为他一片诚意罢了。他现在怎样，快毕业了吧？将来也是同黎柏初他们一样，干那种行当？”

“将来？”凌云青穿好了鞋袜，一边往回走，一边说话，“将来谁能预料？特别是他——一个例外：他干的事往往是出人不意。对啰，我还没有告诉你呢，为了纪念俄国十月革命一周年，他在讲武堂发起举办一个集会，因为事先没得学堂批准吧，被当作违法举动，差点挨开除，好在遇到一位教官平日对他特别器重，极力为他解脱，才算过了险关。”

“是真的吗？上次你不是讲，他参加什么社会主义研究会，就差点被开除吗？”

“是呀,那一次是为了学术研究,还不算什么大事,这回却是非法聚众的越轨行为,在军事学堂就非同小可了。”

“他那股爱国忧民的劲头,始终坚持不渝,真是难能可贵！言真也是那样。来信总是喋喋不休地谈论时代潮流的趋势,人类命运的前途,老劝我下决心,走出眼前这块小天地,远走高飞,敢冲敢闯,作个时代的弄潮儿。可我这副形骸,怎能经得起大风大浪？唉,只有望洋兴叹也罢。”

“看,你又自寻烦恼起来了。”

“我的烦恼跟你的忧郁,还不是难兄难弟？……”桂品微的话刚出口,立即觉得失当,不禁又红了脸。

凌云青大概因近视眼的关系,平素同人交谈是不大留心对方的反应的。只管自己要谈什么就谈什么。他说,言真对桂品微的鼓励倒是一片诚心,也劝桂品微把精神振作起来。不过,要上大学的话,与其下广州,不如上北京。北边学风淳朴、勤俭,学术空气浓厚。有李大钊、陈独秀和蔡元培等名流在那里讲学,可以得到熏陶,也有祖国几千年文化的文物古迹可以瞻仰,增长知识,打开眼界。

“说得那样好,你为什么不去？”桂品微望着他问。

凌云青推一推掉到鼻翼的眼镜,轻轻叹口气,说:“我？是个矛盾的化身,一言难尽。有时,我要求孤独,得到自我陶醉,有时,却渴望友情,得到抚慰和鼓励。我何尝不想委身于事业的创造呢,但是,个人命运的坎坷又不断使你受到挫折。有时,我多么想远走高飞呵,只是,私情公谊却不免有所牵怀。我生来就是个先天不足的婴孩,母亲怀我七个月就生下地了,生理上、精神上都似乎缺少点什么。好多事,自己好像是察觉到了,思想上是清醒的,一遇实际情形却感到茫然,脑袋里很糊涂。有时,我真想要用胸中的烈火燃烧整个宇宙,有时却冰冷下来,但愿全世界都冻结成冰块……”

桂品微没等他把话往下讲,马上拦住说道:“好了,好了。看你真是越讲越玄！我再问你:你老实讲,银华怎样？她可是一团火,能把你的冰块融化哪！”

“她？”凌云青摇摇头,“从来不曾留心,好坏难得品评。”

桂品微对凌云青这样开玩笑的口吻,有点生气的样子,一时不吭声。两人继续往前走，过了一阵，凌云青才自语似的喃道：

“火，给人类带来了文明，普罗米修斯值得讴歌，但，要看人们怎样运用它。如果是只保持五分钟热度，那，这种的火，没有它，世界还安静一些呢。冰冷未必不好，在某种程度下它还能杀死细菌。”

桂品微低着头，绞弄着手绢，不好意思抬头正视对方。过了一阵工夫才说：

“你真是死心眼，何苦呢。银华她也爱做文章，有时也给报纸投稿什么的，跟你不是同调吗？”

凌云青不作声。是默认了呢，还是不好顶撞对方的好意？这旁人是不好判断的。只见两人好像没话可谈了，到快要分头回各人的家时，桂品微才盯着凌云青说道：

“有空别忘了来看我吧。”

凌云青望着她有三秒钟工夫才说：“忘是不会忘的。等收到药我就送来给你。”

桂品微点点头，凝视着站在跟前的人，眼泪几乎要从眼眶淌出来，急忙转身走了。走了十来步又回过头来盼顾。凌云青还痴痴地站在原地目送着她哩。桂品微高声呼唤：

“记得把《茶花女》给我带来！”

凌云青目送着桂品微的后影，仿佛站在桥上俯视给风吹落下河去的帽子，随水流去。顿时感到空虚、孤独而怅惘。他忘了回宿舍，忘了晚饭，忘了时间在进行，忽视周围空间的存在。黄昏已经来临，灯火已经在暗淡的街头和店铺闪烁。他却一个人独自在街道上踯躅：到书店的橱窗望望，到戏园门前瞧瞧，到邮局、百货商店逛逛……到哪里都没有他落脚的地方，什么东西也拴不住他的心意。那些新书，那些海报，那些货样，那些来来去去的人呵，在他眼底似乎都不存在。不，说得确定一些，就是存在也罢不存在也罢，那些东西与他有什么关系？为什么弄成失魂落魄的样子呢？他自己也回答不出。只是感到空虚，感到烦闷，感到迷惘，感到无所适从。

当天晚上九点，是凌云青照例到《新潮报》上班的时间。现在是九点一刻，他走进编辑部大厅里，发觉自己迟到了。看见一长列对面坐的办公台，每个人座位的台灯都亮着，同事们个个趴在桌面，有的抱着脑袋苦思，有的叼着烟卷奋笔疾书，有的拿着剪刀糨糊剪贴，有的在品茶。空气特别沉闷。

凌云青悄悄地走进自己座位，将垂挂着的电灯拉下，把它拧亮。发觉灯光刺眼，用张白纸叠成几层，在一个角上剪了半圆，打开来当中有个圆洞，把它套上灯泡作灯罩。然后察看桌面有没有文稿。同事们有些人交头接耳，向他挤眉弄眼。他却装作不闻不问。

凌云青的职务是要闻版（头版）编辑，负责编国内电讯和地方重要新闻稿的。平日，电报室送来的电报稿都是比较早的，每天上班来桌上已经放了大堆稿子了。今天人已经迟到了，稿子却未见送来，桌面空空如也。他觉得无事做，随意拿起红笔，疾书秦韬玉的七律《贫女》：

蓬门未识绮罗香，
拟托良媒益自伤。

刚写完起头两句，听差把电稿送来了。凌云青停下笔来望着听差问道：

“怎么现在才送来？”

听差说：“有大新闻！”

凌云青急忙接过电稿，翻开一瞧，上面跳出这样几行字来：

北京三日电：昨日全城各大学校派出学生代表数百人聚集于北京大学开会，抗议政府屈辱签订巴黎和会条约。会上决定本月七日在中央公园召开国民大会，举行爱国示威游行。因故，当晚七时，又在该校法科礼堂复会；示威游行提前于四日举行。

凌云青几乎不相信自己的眼睛，又重读一遍。电稿白纸黑字，写得明明白白，并无差错。他拿起下面另一份来看，嚯，上面的文字竟然就像是鞭炮的声音在他耳边爆炸：

北京四日电：北京城内发生大骚动，学界三千余人举行空前爱国游行示威，赵家楼——曹汝霖住宅为游行者烧毁；章宗祥本人遭受殴打……

啪一声，凌云青握着拳头往桌子上擂一下，激动异常，大声嚷道：

“好，痛快！头条新闻有了。这一下可是热闹了，明天报纸准能多销两倍！”他一边说话，一边卷起袖口，拿起红笔，疾书如下标题。

外争国权，内惩国贼，北京学界首举义旗，举行爱国示威！

在稿端标注：“头条”。“标题通栏文三”。在标题字下划一条杠子——标明字号：“特大”。然后叫听差赶快送排字房。

同事们愕然，面面相觑。凌云青把电文内容向同事们说了，接着，兴高采烈地大发议论：

“我说，中国要得救，非得靠读书人不可。读书人思想开通，知识丰富，明察世界潮流，懂得历史发展趋势，明白民心向背。通过他们向大众宣传，使得人人以国为家。那样，几个野心家要想卖国，要想奴役百姓，可就不那么容易了。”

一位当校对的老头听了凌云青这么讲，很不以为然，老成持重地摇摇头，说道：

“我看呀，读书人终归是读书人，秀才造反，三年不成。演讲、游行、发通电呼吁，顶屁用！你不见吗，青蛙叫得再响，有哪个理你？人家一条蛇，看它不声不响的，可是一口就把你吞了。如今世界就是有强权无公理。我们老大中国就是弱嘛，跟我差不多了，老态龙钟。这回世界大战，侥幸挨到战胜国一边，可是，原先被侵占的国土和主权，战败国才说是要还回来，谁知却叫人家强国从战败国手上抢过去了。我们打不过人家，还不是干瞪眼！”

编辑同人就着这个话题，议论起来了：也有同意这位老人说的，以为老马识途，阅历深，世事看得透；也有表示怀疑的，以为太悲观了，只看一面，另一面却没有看到。于是，有人就认为中国之所以贫弱受外人侵略，就因为好比一家人一样，自己的弟兄不争气不齐心，才叫外人欺负。假使四万万同胞个个同心合力，一致为国，富国强兵是有希望的。

“现在就看这一把火烧起来后的结局吧。”说话的人把烟卷往烟缸碾灭了，望了望大家。

凌云青正一正眼镜，往全场扫了一眼，说道：“我想，睡狮一旦醒起，局势定可改观！”

一位编地方消息的同事好心地提醒凌云青说：“老兄，你别只顾得发感想吧。问你：你把北京来电当头条发稿，请示主笔了吗？”

凌云青一怔，也感到不妥，但立即又给自己壮胆，嘟哝着说：“这样大的事件，不发头条还发什么？没关系。有事，我担当，我不怕。”

“只怕，到怕的时候就晚了！”

“这事可并非儿戏：前几天高头不是下过通谕的吗，凡是有关巴黎和会上牵涉到山东问题，足以扰乱民众视听的新闻电讯，一律不准披露。所以上月济南数千民众请愿废除中日密约的事就不见诸报端。如今你老兄竟敢自作主张捅了出去，娄子是不是闹大了！”

“是的啵，要不要把它撤回来？”

同事们提心吊胆，为凌云青惴惴不安。

凌云青本人却傲慢地不加考虑，说道：

“管它什么高头下的通谕。记者是无冕之王，有闻必录；报纸乃民众喉舌，社会舆论工具。高头官府与我何有哉！”

凌云青激昂地站起，把电灯一关，离了座位走了。

同事们目送着他，为他摇了摇头。

街上，此刻蒙在雨雾里，街灯半明半暗，偶然有一两个行人，都是匆匆忙忙隐没到巷口去了。凌云青这时觉得饿了，听到自己肚子作响。他拐了个弯，走进一间糕点铺里头去，买了四只鹅油酥，两只叉烧包和一小包南乳花生米带回自己寓所。

他房子没安装电灯，晚上就靠蜡烛照明。每夜从报馆回来，房东一家都睡着了，周围很静。他就在这样的寂静之夜，一个人悄悄地对着柔弱的烛光，静静地读上几页书，静静地写篇小品，静静地遐想，静静地谛听窗外树叶的坠落和蚯蚓的长吟,静静地等待微风送来栀子花或四季桂花的清香。

今夜此刻,凌云青却失掉这些宁静了。他一边吃着点心,一边梳理这一天来的思绪,登时感到孤独难堪。他觉得有好多好多的话要告诉别人,有好多好多弄不清的问题需要跟别人交换意见。但是,现在这个时刻,包围着他的是深夜的寂静,对着他的只是一截慢慢淌着泪水的蜡烛。他眼睛直直地盯着这点柔弱的光亮,从这点光亮里仿佛瞥见熊熊大火在焚烧一座豪华的宅第;仿佛看到千百个朝气蓬勃的青年男女手挽手走上街头,仿佛听到千百个激昂慷慨的呼声响彻天宇,仿佛感到千百万的脚步敲击着沉寂的大地……

他把残剩的点心推到桌边去,取过稿纸来,磨了磨墨,蘸好笔端,在稿纸上写下:

遥寄北京学界

这是他给自己出的题目。他要给报纸写篇“代论”,表示声援北京学界爱国行动的热忱。他情绪激动极了,思潮澎湃,犹如脱缰烈马,抑制不住。不一会,笔端迸出这么一大段文章:

惊闻京都学界,激于爱国热忱,抗议政府辱国。群起示威,声势何止燎原,惩办国贼,消息如同霹雳。二十世纪之睡狮,从此其猛醒乎,中华民族之奴隶枷锁,从此其挣脱哉?凡我黄帝子孙,际此生死存亡之时,得勿有所抉择也夫?

文章开了头,如何转入正题,抒发个人对国事的管见?他放下笔来,在房里踱步,稍加思索。不慎把一只竹椅碰倒了,发出好大的音响,惊动了隔壁的房东大娘。老人家在朦胧的睡梦中嘟哝着:“凌先生又是没睡呀?天快亮了吧?”房东的小孙子醒了,叫唤:“奶奶,我要尿尿。”奶奶不耐烦搭理,骂道:“尿尿就起来自己尿去,九岁的人了,尿尿还要人把呀?”小孩用两只脚跟往床板擂鼓似的乱蹬,嚷道:“不,我怕,外面有狼外婆。”奶奶可气上来了,大声叱责:“你闹,你再闹，小心你的耳朵给扭断去！”“呜呜，我……我尿在床上……”“吔，你敢！”啪一声，一记巴掌打到屁股上了，哭声更响。

凌云青赶紧捂住耳朵。但心绪给搞乱了：往下要写的话，像断了线的串珠子，凑不成句。干脆吹熄了蜡烛，倒到床上。但脑子挺沉、挺乱，怎么也合不上眼皮。一会，又翻身站起来，借着下弦月的微光，遛到院里去。仲夏之夜，空气特别清爽，墙边的蟋蟀和别的什么昆虫在唱着歌曲，天空不时地飞着流星。

翌日，凌云青为了续成《遥寄北京学界》那篇“代论”，一早起来就没见他出房门。一个人独自关在房里写呀写呀，写到下半天才算脱了初稿了。自己拿着稿纸，一边高声朗诵，一边踱步，念到不顺口地方，他就停下来改一改。接着又往下念，觉得文理、语气都通顺流畅了，信手往天花板一撒，落了一地，拿起脸盆、手巾和牙刷，往后屋的井边洗脸去了。

凌云青一边洗脸，一边对着房东老婆婆说：“奶奶，你给我弄点什么来吃吧，肚子可要造反了。”

老婆婆看他一眼，沉吟一会，说：“你这个人呀，赶快讨个媳妇吧。日子过得颠颠倒倒的。午晌早过了，晚饭还得等一截呢，你要吃哪一头的饭呀？”

“我一个人还管不好自己，多一个媳妇不是要我的命啦。”

“谁要你的命啦，看你呀，比我小孙子还淘气，真是得有个媳妇才行哪。”

“哎哟，就是小家伙昨晚一闹，把我心思给搅乱了。”

“什么心思呀，是不是想媳妇呀？唔，别脸红了，该到时候啦。”

两人正谈得热乎时刻，隔壁一位大婶来借蒸笼屉，把老婆婆拉开了。

凌云青洗完脸回到房间，将散落在地的稿纸一页一页捡起来，按着页码的顺序弄整齐，在题目上头标明“代论”，完了署上“高洁”的笔名，拿块镇纸的钢尺压住。这时，疲乏比饥饿更饶不了他，人一歪到床上，很快就打起呼噜了。

报人生活是跟常人唱对台戏的：每天当别人休息的时候，报人工作才开始。凌云青今晚来得特别早，手里拿着那篇“代论”，步子迈得特别轻快。当他正要上楼梯时，刚好迎面走下来一位同事，神情颓丧，冷冷地瞪他一眼，问道：

“哪里去？”

“废话。到这儿来还有什么地方可去的？”凌云青一边说话，一边往楼梯走。

这位同事望着他的后背生气地大声喊:“回来!”

凌云青一愣,脚步被粘住了似的,回过头来瞅着对方的眼睛,一步一步退下来。

那人等他回到跟前才严肃地说:“你知不知道?你捅的娄子可大了!”

“什么事?”凌云青吃了一惊,心头跳得厉害,额角沁出汗珠来了。

那同事告诉他:由于他昨晚发了北京的两则来电,触怒了军政当局,已经来了公事,勒令报纸停刊三天。现在主笔被传到督军署去了。

“螳螂挡车!”凌云青随口冒了一句。

“螳螂?你说谁?”那同事瞪着眼,几乎不信他的耳朵。

“他们——嘿,赳赳武夫,可怜虫,时代的盲人!他想凭他那几杆破枪来堵住世界的潮流,想凭他一双黑手要遮天?妄想!”

凌云青说完话,气呼呼地掉头就走。

第二十七章

三天过后,《新潮报》复刊了。但是,凌云青在报纸复刊的前一天,接到主笔先生一封措辞委婉的信,说是报馆为了节省开支,人员不得不相应紧缩,内外勤人员作了调整,国内电讯不另设专员编辑了,请阁下另谋高就。云云。

这样,轻轻一笔,凌云青的报人生涯宣告结束了。这一放逐,对凌云青来说,虽然不免使人迷惘而徬徨,但是,又何尝不使他获得宽阔的天地? 这一年多来,剪刀糨糊把他的脑子搅得乱七八糟,刻板而单调的夜生活,对一个落落寡合、愤世嫉俗的书生意气的人是不怎样协调的。他这样品性的人,生活在这样的时代,正如他自己借《离骚》以寄慨的:"鸷鸟之不群兮,自前世而固然。何方圜之能周兮,夫孰异道而相安。"因而,比较起来,只能舞文弄墨,得以抒发胸中块垒也就算了。谁知人事浮沉,风波处处难回避? 这两天,夜来无事,灯下读《楚辞》,从行吟泽畔的诗人命运联想到自己眼前的处境,书里某些词句特别触动他的心。今天一早醒来，他就懒在床上苦思冥想，头绪万千：想想当前北京学界掀起的爱国运动，正以风雷之势席卷全国，有志之士哪个不是闻风而动，充当时代的先锋？想想自己眼前无端被迫，竟成绝世逸民！不由得轻轻吟诵起屈原的《涉江》：

哀吾生之无乐兮，幽独处乎山中。

吾不能变心而从俗兮，固将愁苦而终穷！……

忠不必用兮，贤不必以。伍子逢殃兮，比干菹醢。

凌云青想到不能自已的时候，屈原的词句不觉脱口而出。差事没有了，一时失掉社会联系，好比断了线的风筝，心情没个着落。一面是担忧而轻松，一面是空虚而沉重。

是大前天吧，韦步平寄来的邮包已经收到了。本来是要写回信的，拿起笔来开了几次头也写不下去。这倒不是没话可说，而是要说的话太多，不知从何讲起。神情恍恍惚惚，对待房东老婆婆有时招呼得挺亲热，有时冷冷淡淡，爱理不理的。老婆婆瞧他这个模样，不免为他焦急，自己打心里头嘀咕：

"该找个媳妇了。"

有时，他一个人寂寞得无奈，对着镜子看看自己，独自叹气道：

"一个人要叫人了解真难！"

此刻，为了预卜桂品微今天会不会来登门拜访，信手抓起一只棋子，心想："如果是个红车，等会她准到！"翻开一瞧，原来是个黑士，不由得黯然颓丧。一会，走出房门，房东婆婆走对面，他又暗自猜测："倘若品微午后才来的话，婆婆她就会从左边过。"没料到，房东老婆婆没走到跟前又转回头赶小鸡去了。

两卦全都落空，无端懊恼了老半天。过了午晌，看看桂品微不会来了，才把韦步平邮来的银耳、天麻、沱茶和一只火腿分别包裹好，另外还拿了一本林琴南译的《茶花女遗事》（里头夹着他写的那篇未能在报上披露的"代论"），直往桂品微的姨妈家去。

桂品微住的街坊，凌云青太熟悉了。但是，她姨妈的家对他却那么疏远。

每一回，送桂品微到巷口就走回头，很少到她家去。桂品微倒是挺大方，不少请他的，他却一面是自己腼腆怕拘束，一面从心眼里不愿见那位姨父的官架子和那位姨母的势利眼。非不得已他是不登“三宝殿”的。

这座房子坐落在一条僻静的小巷里，市街的噪音是传不到这儿来的。这是旧式的独门独户的宅第，大门口普普通通，并不显眼；门扇半掩，跨进大门，迎面是一堵照壁，绕过照壁，迎面就见一片开阔的院落。地面铺着光滑的青石板，庭院中间栽种着石榴、桂树和紫丁花。正南是大厅，东西两间厢房。正厅前面搭着木架，让鞭炮花的藤蔓覆盖成荫，下面摆着石桌石凳，夏日来客人，往往在这儿乘凉、下棋、喝茶、聊天。

现在，桂品微坐在花荫下的藤椅里低着头织一件海蓝色毛线衣，独自在沉思。凌云青猫一样悄悄地溜了进来，屏着气，蹑手蹑脚轻轻走到她跟前站住，一声不响地细细端详着她那双熟练地动作的手，端详着她那微微皱起的眉头，端详着她那好像在沉吟的嘴角。她那么沉静而深思，仿佛入定的尼姑，目无斜视。凌云青只得先开口了：

“别来无恙乎？”

“谁？”桂品微惊叫一声，猛抬头，一见是凌云青，瞪一眼，含笑嗔道，“该死，吓人一跳。你这是干什么的？”她盯着他手上拿着两大包东西诧异地问。

“给你的呗。”

“给我？看你……”

“看我什么？”

品微红了脸，盯对方一眼。意思是说：“你还不懂得？”但是，她没说出口，却拿别的话来掩饰，笑道：“看你真傻得可以。”

凌云青瞅她一眼，仿佛说：“我懂了！”但是，他稍停一下，歪个脑袋向她逗着问：

“你猜，里头是什么？”说着，把两大包东西搁到石桌上。

“懒得猜。”桂品微瞟他一眼，故意逗他生气。

凌云青却不懂得生气，老老实实地把东西打开，一样一样点给她瞧：

“呐，这是沱茶，这是银耳，这是天麻，这是火腿，——唔，叫阿红来收起吧。”

“你真是啰。人家不是给你寄来的吗？怎么全都搬到这里来了？我不要，等会你拿回去。”

“拿回去？我拿去给谁呀？”

“你留着自己用！”

“你看这火腿，我一个人怎么弄得它？还有这些药，我又没病，要它干吗？”

“茶叶呢，你不是爱喝茶吗？”

桂品微这一问，可是叫凌云青发窘，支吾了半天才说：“这是让你品品云南地道的名产。”

品微凝视他，深深叹口气。片刻才含着笑问：“那是《茶花女遗事》吗，给我！这倒是我等着要的。”她接过书来，瞧了瞧封面，好像小孩得到新玩具，好得意的样子。

凌云青挪过一张藤椅来，跟桂品微坐斜对面，一时也没讲话，好让对方翻书本。

一会，桂品微一边翻书，一边问话：“这几天你忙什么呀？哎哟，这是啥？一篇文章？”书里掉下稿子，她把它捡起来，边看边喃。她把文章浏览完了才抬起头来，欣赏地朝着凌云青问道：

“就为忙着写这个吗？”

“你看写得怎样？”凌云青反问，审视对方的神色。

桂品微带着钦佩的笑意看着他，说：“挺好！挺流畅，就是文了一点，怕一般民众不易懂。报纸的文章应当采用通俗的白话文，像梁启超那种文体人家容易懂。噢，你写来打算怎么用？为什么把‘代论’又改为‘快邮代电’？”

凌云青见问，这才把他的失业前后经过和几天来的心情讲了。说因为人已经被放逐了，文章当然不可能作为“代论”发表，倒是企图找几个热心朋友联名，采用“快邮代电”方式向全国各地所有社团发出呼吁。问桂品微有什么意见？

“可以倒是可以的。”桂品微说，稍为沉思一下才作试探地问道，“我倒想同你商量，这样办行不行？……”

“什么事？”

“唔？……”桂品微顿了一下，望了望凌云青的脸色，忸怩地小声说：“就请你把它给我。”

“给你？做什么用？”

“还不是银华那个鬼东西，她把差事揽了来，自己又吃不消，就来把人半路拉夫。”

桂品微说：后天全城各界民众也要举行示威游行，声援北京学界爱国运动。这几天她们学堂就为这件事穷忙。银华是全市学界头头，人家推举她起草一封“快邮代电”，向全国散发。她忙这忙那，跟玻璃窗上的无头苍蝇一样，到处乱撞，哪有工夫坐得下来写文章？只好求爷爷告奶奶的来向桂品微搬兵，央求她代劳。

“我正为这件苦差发愁呢。”桂品微说：“你不看我一边打毛衣一边搜尽枯肠在想，可总也想不出个头绪。你这一来，可不是给我雪中送炭啦！”她掠一掠额前的刘海，不胜感激地望着凌云青。

她每天到午晌过后都有低烧，两颊泛着红晕。

凌云青寻思：“原来这样！”轻轻呼口气。于是，带着幽默的玩笑说道：

“雪中送炭，没有火种，炭也烧不着呵。”

“只要不是顽石，是炭总会烧得起来。我上一回不是讲过，她是一团火吗？看你，又‘不好意思’？嘻嘻。”桂品微也幽默地逗着凌云青。

凌云青板着脸，一本正经地说：“好吧，让它烧起来吧。不过，说真的，你看我这篇东西行吗？”

“行！”她深沉地盯着近视眼镜，表示给他点火。

“可别贻笑大方呵！”

“我说你呀，就是太没有自信了。失了业怎么办？”

“一筹莫展，你帮出个主意吧。”

“你去找王兄没有？要不要我向姨父探探口风？——”

“当官？兴趣不大。”凌云青摇头说道。

“可不是自己吃不上就说葡萄酸吧？”桂品微脸上浮着笑意，“我看你太清高了，曲高和寡。”

凌云青不说话，却吟起两句《离骚》：“众女嫉余之蛾眉兮，谣诼谓余以善淫。”

“哎哟，居然成了当代的屈原了呵。几时下的工夫呀？”桂品微也不等对方回答就接着说，“走吧，到里屋坐。”

品微让云青进东边的厢房，请他坐下来，卷起竹帘，然后，回头向跟进来的一位十二三岁的小丫头吩咐：

“阿红，去阳台把东西拿进屋来，完了叫张妈给炖两碗莲子羹好吗？”

丫头阿红给客人端来一盅带盖的茶杯，搁到嵌着紫檀木的大理石茶几上，然后离开了厢房。

厢房十分雅静，桂品微重新再读“快邮代电”，凌云青拿起书架上一本线装的《唐诗三百首详析》来翻了翻。看到上面不少地方是用朱笔作圈圈点点的。

“哟，你读书真是肯下工夫呵，又是点又是圈。”凌云青一边看，一边说。

“难道你读书就没个记号吗？”

“我，不一定。我是五柳先生的门徒：‘好读书不求甚解’，哈哈。”

“我不信。问你，三百首当中，你最喜欢的是哪些句子，能背得出来吗？”

“能背的不少，最喜欢的嘛，很难说。”

“来，我们来算卦好吗？”桂品微把稿子读完，用一块镇石压了，然后提议，算卦的人闭上眼睛，伸着指头在三百首里瞎指点，看点在那一句子上，说明遇到什么样的命运。

“这倒想得别致。”凌云青说，“你先来？”

桂品微说：“我先来也行，拿书给我。”

“闭上眼睛！”

桂品微果然老实正经地阖上了双眼，翻开书页，伸出细瘦白皙的手指来，在书本上摸索了一轮，不肯停止，再翻开另外一页，然后又摸索来摸索去，最后，在一个地方指定了。凌云青笑了笑却不作声，等她自己张开眼睛来一瞧，原来指在李商隐《嫦娥》的后两句：“嫦娥应悔偷灵药，碧海青天夜夜心。”桂品微不觉红脸，暗自寻思：“怎么会是这样的命！”

两人相互对视，都不出声。

“到你来啦。”过了一阵沉默，桂品微催着凌云青。

凌云青说他平素是爱李商隐的,不知命运的手把他引到什么上面去。

"看你就只会幻想,"桂品微含笑嗔道,"快闭眼。"

凌云青像个怯懦的小学生,乖乖地把眼睛眯起来,伸出右食指,盲目地在书页上去寻找未来的命运。等他指头停下了,桂品微对他下命令:

"好。手指不准动,先别睁开眼,叫我给你念吧。"品微轻咳一声,然后念道,"'贾谊上书忧汉室,长沙谪去古今怜'。"

"不,你胡诌,我不信!"

"不信?睁开眼,自己看。"

凌云青一瞧,手指果然停在刘长卿一首七律的最后两句。心想:"这难道是我命运的预兆?"他脸色登时发白,神情沮丧。

桂品微在一旁也不自在地沉吟:"文人终归是文人的命。……"

"嗨,这一下子可捉到你们了!"门外一个清脆的笑声冲了进来,竹帘掀起,人,立即跨进门槛。

原来是银华随风吹来了。今天她特别兴奋,满面春风。

这时,凌云青好像是初次见面,认真仔细端量了她:她,要说漂亮似乎还不能概括得了她的美貌。个子长得匀称,体态见得苗条而丰满,五官端正而秀气;这些都好像是人工能够塑造得出来,并不稀奇。只有两个地方是她的特有,与别人不可能雷同,用人工也造不出来:那就是她的一双眼睛,既不是挺大,也不怎么特别媚人,却就是别具一种神气,凭它一转,周围的人都受它影响,为它所吸引;再就是她那两片嘴唇,它就是口不言也仿佛在向人传递什么情意,好似两点初升的火苗。

桂品微一见是她,不觉含嗔瞪她一眼:"我当是谁,吓了人家一跳。"

来人笑道:"你俩耳鬓厮磨,唧唧哝哝谈什么?什么事谈得那样开心?"

桂品微搬过椅子来请她就座,完了把方才两人瞎点到的诗句向她复诵了一番。接着问她:

"看你有没有兴趣也来一下?"

"我?"银华伸出手指指着自己鼻子,向桂品微带着笑意摇了摇头,说:"不来。本人睁着眼还认不过来呢,闭着眼珠瞎摸,不知摸到什么。再说,我压根儿就不喜欢那些骚人墨客无病呻吟的玩意。三百首吧，我就记得杜秋娘那四句。”说着，爽快地念道：“‘劝君莫惜金缕衣，劝君惜取少年时。花开堪折直须折，莫待无花空折枝’。哈哈，背得不差吧？”

桂品微诧异地看她一眼，说：“哎哟，你喜欢这个？要不要给你沏杯茶？”

“没工夫跟你品茶经了。我是来要债的，有了没有？”银华盯着品微问。

“碰上你这个冤家真要命。喏，拿去吧。是借人家的，成不成也是这个样，我可没有了。”桂品微把“快邮代电”文稿塞到银华怀里。

银华接过稿子，就跟渴急了的人端起凉开水就喝，一声不响，贪婪地一口气往下就读。不一会，文章读完了，情不自禁地表现欢欣，站起来走到品微跟前，拉起她的手，连声赞道：

“行，行，妙极了！我的好大姐，谢谢你！”

“别谢我，你谢另外一个人吧。”

“谁？哪位才女有这样大手笔？”

“你要认识他？”品微脸上挂着笑，看着银华的眼睛。

银华说：“是个才子吗，你怕我不敢领呀？告诉你，我本人就有个主意。我认为：凡是人，不管是男是女，我都当他是朵花；我嘛，要做只蝴蝶，每朵花我都要去接触一下，掠美于别人，装饰我自己。哈哈。”

“是吗？”品微头一回听到，不觉一怔，和凌云青交换眼色，然后转向她说，“你这套‘蝴蝶哲学’打哪儿学来的呵？”

“得了吧，你别骂人了。告诉我，他——这文章的撰稿人是谁？我要拜他为师。”

银华转身去端茶壶，凌云青在她背后给桂品微使眼色，不让讲他。

品微等银华回过头来时，说：“你要有心认识他，机缘总会有的。”随即意味深长地瞟她一眼，意思是问她，“是不是看上了人家啦？”

银华略窘，马上说道：“现在先别跟你扯这些，稿子要马上送石印局付印，我走了。凌兄，对不起，失陪了。再见！大姐，身体行吗，明天游行去不去？”

“明天再说吧。”桂品微犹疑不定。

银华说：“我走了！”说罢便走，声音还在屋里，人已经到了院里了。

“也是一个忙人！她跟王兄倒是……”凌云青正要往下讲，阿红已经把莲子羹端来，把话给堵了。

阿红一见少了一个人，不觉一愣，说道：

“吔，不是海小姐来了吗？怎的，走啦？我还给她盛了一碗来哪。”

品微说：“走了。你拿去吃吧。姨妈还在打牌吗？”

“八圈还没完呢。”阿红说着，把多余的一碗端了回去。

现在，屋里静下来，两人啜着冰糖莲子羹。

“我姨妈要是输了，脾气可大着呢。”

桂品微小声喃道。凌云青心不在焉，似乎没听见对方说什么。

两人又沉静无言，空气都要冻结似的。桂品微体会凌云青心境不佳，极力找些话来说说，解解闷。于是，想了想说道：

“我给你讲个故事吧？”

“呵？怎么一个故事呢？”

“是个两人打赌的故事。”

“那一定很有意思，你讲来听听看。”

“不能光听啵，你要赌不赢，你得赔。”

“赔不起呢？”

“赔不起就欠下账，以后加倍偿还。”

“行。你说吧。”

两人都吃完了东西了。品微移动着座位，就着窗台，一边织毛线，一边讲打赌的故事：说是，有一年八月节，那地方老百姓的风俗，都要拿新打的稻谷做榨粉，到鱼塘捉鱼做“鱼生”，好像别处人家吃月饼一样。那天中秋节，一大清早，有位不知哪里来的老渔翁挑来一担鲜鱼上街来卖。也不知是哪家小姑娘，向老渔翁问价。老渔翁看小闺女长相挺秀气，估量她是个伶俐的姑娘，有心要考考她。于是逗着她说：要是她能当场说出四句诗，每句都有两个头字，而且第二句和第四句必须是押韵的，做得出来，随她挑一条最大的回家，不要她的钱，要是做不出，就得给老渔翁帮忙过称、捉鱼什么的。小姑娘不但自己一口接受这场打赌，还请在场的乡邻作见证。老渔翁限她在一袋烟工夫把它说出来，做不出就算输了。小姑娘在众目睽睽之下,蛮沉着,略为寻思,旁边作证的人抽一袋烟还没吸去一半,小姑娘就说想出来了。随即当场吟唱了起来,引得老渔翁和周围看热闹的人呵呵大笑起来。老渔翁还笑出了眼泪,亲自挑一条最大的,还是活蹦乱跳的大青鱼,两手端着送到小姑娘手上。小姑娘用双手接过鱼来,向老渔翁作个揖,转身就走了。一会,她的背影隐没在街头大榕树后去了。问谁,谁也不知是哪家闺女。

"小姑娘做的是什么样的四句诗呢?"凌云青很感兴趣,好奇地望着桂品微问。

桂品微笑笑,故意逗着凌云青:"我也记不起了。你猜猜看是哪四句呢?你也就这道题做一首呗。人家一个小姑娘不用一袋烟工夫能赢得一条鱼,方才不是有人说你是才子吗,敢不敢试一试?"

"哈哈,你真是处处留心:居然记住那么一句廉价的恭维。"

"恭维不一定是廉价吧?我看倒是衷心的钦佩呢。"桂品微歪着脑袋直盯对方,"怎么,不好意思试试吗?"

"我,敬谢不敏,没有那份捷才。"

"不,你不是没有捷才,是缺乏勇气。"

"输了怎么办?"

"输了就欠着账嘛。"

"那,我认输算了,欠的账以后还清。"凌云青说,"说说那个才女怎样赢得老渔翁的笑声吧。"

桂品微望着他问:"认输了,以后跟你要账。好,现在,我念小姑娘的诗给你听,看你服不服输:'上头来赶下头圩,'是两个头字吧?"桂品微问,凌云青点了点头。品微接着又念:"'丫头来买蚌头鱼。'怎样,又是两个头字不是?"凌云青惊异高兴起来,说一声"是呀",桂品微不让他发议论,接着念:"'腰头开钱手头数'。"

"好!想得妙。最后一句呢?"

"最后一句是——'两头打赌一头输'。怎样,值得一条鱼吗?"桂品微念完,笑着问。

凌云青不胜赞赏,连声说道:“值得、值得,太值得了!可见古往今来,才女是大有人在的。”

品微刚要说什么,阿红进来收碗,走到她身边低声问:“客人要不要留下吃晚饭?”云青听到了,连忙摇头摆手,说是马上要走了,不敢告扰。等丫头走后,云青站了起来,准备要走。品微却坐着不动,沉着脸,好一会才说:

“不吃饭也不能马上就走,再坐一会,我还有话跟你讲呢。”

凌云青依着她,又坐回原来位子。暂时谁也不开腔,让闹钟唧唧作响。厢房沉寂下来,隔壁客厅的麻将牌声听得很清楚。约摸过了五分钟,凌云青用低沉的腔调打破难堪的闷气,说:

“我刚才来的时候讲了,失了业,这地方对我成了‘长安不易久居’了。想找个机会到外地去换换空气。”

“难道这儿就找不到门路了吗?我看门路不一定没有,只怕自己肯不肯迁就。”

“看来,难。即算有门路我也不想去钻。”

“打算到什么地方去?到外省去吗?看来,这场学界风潮才开个头,将来如何发展很难预料。你说,俄国列宁创造了一个时代,中国这个动乱的社会,总也会出个英雄吧。”

“时势造英雄,哪一个时代都不少英雄的。‘将相本无种,男儿当自强’,不是有这样的话吗。不过,我以为不管干一番什么事业,固然要付出相应的代价,同时,也得要有自知之明,不然,光付代价,连本也赔到里头去了。我自知,英雄豪杰我是没有那份天赋,可又不甘心做个时代的落伍者,奈何!”凌云青说着说着,不免自怨自艾起来。

桂品微想了想,说:“你方才还知道劝人家呢,遇到自己的事,怎么就想不开呢?这样吧,你转到教育界来好吗?目前学界很热火,正在网罗人才。”

凌云青说,搞教育未尝不可。说他前几天去看望一位老师,他在教育司任铨叙课长,说是目前不少县份的劝学所都派不出新学的人去,曾经征询他意见,愿不愿远就?去呢,不去?凌云青自己拿不定主意,正在犹豫。

桂品微说:“留下来吧,职业慢慢会找到的。到外县去,小地方见闻少,未必能施展你的长才,而且人地生疏,有什么好?”

“留下来?”凌云青沉思片刻。寻思:眼前这场风潮正在开锣,自己却把脸背过去,躲到僻静的角落去品尝寂寞的苦果,你说不甘心落伍又是什么呢?但是,要留下来,同王光宗那样,鬼混官场,即算谋得一官半职,又有多少滋味?……

桂品微看他是在左右为难之中,了解到他的矛盾心情,分担着他一部分苦恼。于是,温和地给他伸出抚慰的手,说道:

“时代给予我们这一代人的苦闷太深了。但,你要超脱、要回避,又哪里来的一片净土呢?但愿友情能给人一点甘露吧。”

“当然,友情是人生的氧,没有它人就要窒息了。”凌云青取下七百度的近视眼镜,用雪白的手绢仔细地抹来抹去。他一除下眼镜,眼睑特别突出,跟他本人不是一个样子似的。

“那不是对了吗,你要到陌生的地方去,未必有知心的朋友哪。”

“那有什么办法呢?世事总是难得两全其美,有所失也会有所得。在这一头丢了一些东西,说不一定在那一头会捡到另一些什么吧?”

“假如有人不放你走,你怎么办?”桂品微停止手上的活路,抬起头来盯着对方,作试探性的询问。

凌云青和她的目光相遇,反问道:“谁会伸出这样的手来呢?”

“谁,倒不必查问,只要你自己不要把人家的手挡回去就行了。”

“会有这样的手吗?”

凌云青反问一句,凝视着对方沉思的眼睛。桂品微满脸绯红,把头低下来,不觉将一支织毛线的竹针折断了,怀里的线团滚落到嵌着花砖的地板上。

两人又都默不作声。桂品微发了一会儿呆,提起毛线,线团却滚的更远,凌云青起身去替她捡了回来,规规矩矩地搁在她旁边的茶几上。桂品微轻轻叹口气,说:

“我这双手真不中用,连线团也捡不回来。”

“线团不是回到面前了吗?你就把它织起来吧。请问,是给谁?……”

“‘为他人作嫁衣裳’!”桂品微向凌云青逗笑。

凌云青想了想叹道:“哑谜难猜呀。王兄近来少露面,常来这儿吗?”

“他呀，忙人，陪不起。唔，正想要你帮个忙呢。”

“什么事?”凌云青唯恐巴不得人家求他的样子，赶快听候吩咐。

桂品微斟酌一下，一面摆弄那支折而不断的织针，一面很难为情地，但是很冷静而坚决地说道：

“我想请你帮我转告他一句话——就说我讲的：我同他合不来，在一道不会幸福！亡羊补牢还来得及，悬崖勒马正是时候。”

凌云青如梦初醒，迷惑而诧异地睁着眼审视着对方，好像是对着初次认识的人。她的两只手指来回缠着散乱的线团，眼睛有意避开凌云青疑问的目光。

第二十八章

打麻将牌的太太们已经散了。

大概是姨妈输了钱，桂品微同凌云青走出客厅来时，正好遇到她往小丫头阿红身上出气，唠唠叨叨，说她椅子摆得不整齐啰，茶杯底还有茶迹也没洗净啰，台布脏成抹布了也不换一换啰，窗帘为什么没挂正啰……连珠炮一样，数了一大串，阿红刚要动手收拾这些，马上又被喊去摆弄那些，叫人手脚失措，一时发愣，要哭又哭不成。

桂品微为阿红难过，望着发怒的人问：

“怎么啦，姨妈？”

姨妈回过头来，发现外甥女旁边站着一位拘谨而腼腆的男人，打心眼就不高兴，冷冷地斜视一眼，从鼻孔哼一声，坐回紫檀木的一张八仙椅子上，满脸余怒未消。

凌云青冷眼旁观,脑子里马上出现《拷红》里头的那位相国夫人的尊容。看她面貌倒是个福相的人呵:五十来岁的人,长的肥肥胖胖,团团的脸盘,第二个下巴都出来了;一对翡翠玉石的耳环在圆润白净的脸颊两边闪烁摇晃,两只丰满的胳膊各戴一只晶莹的绿玉手镯,脖子还挂一圈闪闪发光的金链。全身充满珠光宝气。

桂品微不想遇见拦路虎,感到进退为难,略停一下才向姨妈撒个谎:说学堂有事,得出去一下,晚饭前赶不回就不要等她了。姨妈不等外甥女把话讲完,劈头就问:

"学堂又有什么啦?这位是——"姨妈以君临一切的神气,瞪了凌云青这个陌生人一眼。

"呵,这位……唔,他是——"桂品微说话舌头不听使唤,吱唔不清。

姨妈马上问:"是什么?看你失魂落魄的,连话都不会讲啦?"

凌云青看桂品微发窘,赶紧为她解围,自我介绍,说他是报馆的记者。

姨妈拿不屑的眼色看着凌云青,讥讽地说道:"哦,这样说,是采访新闻来啦?先生,这你可认错了门牌了吧?"

凌云青受着奚落,两手痉挛,死捏着一卷报纸。

桂品微镇静了下来,提起勇气说:"姨妈,凌先生是给我送药来的。一位朋友从云南寄来几样药。"

桂品微讲到这,阿红接过来帮腔,望着太太说,刚才那只火腿就是这位先生送来的。太太一听,神色一动,脸皮舒展了一些,却仍然不能马上放弃她的矜持,重新上下打量客人,然后威严地盯着桂、凌两人审问:

"你们是在什么地方认识的?"

品微说:"我们都是'中流社'的同人。"

"哦!"姨妈拉长嗓子哦了一声,表示她的轻视。有片刻工夫才抬眼皮对着客人问:"那样说,跟王科长是认识的啰?"

品微说,他们原先都是"法专"先后班的同学来的。这可叫姨妈惊讶,又"哦"了一声,口气变得客气一点了,又端量客人一番。丫头捧来精致的水烟袋递到太太手上。太太很有分寸地吩咐丫头:

“给客人倒茶。”

凌云青和桂品微两人交换眼色。

“凌先生请坐!”太太一边装烟,一边向客人招呼。

桂品微被迫不得不开口把话讲了,小心翼翼地向姨妈求情似的,说:“姨妈,我们有事……”

姨妈专对外甥女瞪眼:“有什么事?”

品微努着嘴,不作声,摇摆着手上的小花伞。凌云青给品微温和而体贴的眼光,小声说道:

“我自己走吧。”

太太站起来,暗示她要送客了。神色冰冷而刻薄。一会,望着客人说:

“凌先生是贵人,很对不起,恕我小户人家招待不周,不敢多留了。先生恐怕已经知道:王科长他跟品微姨父是同事,他不嫌弃我们,常来常往,家人也都欢迎他……”

凌云青听了,一句一针似的扎进他的心,实在忍不住,说一声:“懂得了!再见。”话音未落,立即转着身使劲掀起门帘,跨出门槛。嗒一声,竹帘落下,隔开了厅里的主人。凌云青出得门口,仿佛被狗咬被蜂追似的,快步逃走,急忙穿过阳台,越过天井,走出院门。

桂品微心头紧缩,涨红了脸,不顾一切地,坚决跟着撵出门去。

姨妈气呼呼地追到阳台,望着外甥女后影,跺着脚喊叫:

“死丫头往哪儿跑?回来!阿红,你是死人呀,还不给我把她揪回来!嘿!”

桂品微气喘咻咻地终于撵上了凌云青。两人一时都不知要说什么好,走完了半条街,到了要拐弯的地方,凌云青才问她:

“你还出来干什么?”

“不是要请你上馆子吃鱼吗?”

“不吃也够了。”

“不,我说要做的事就不能改变。”桂品微说话斩钉截铁,不容你说句二话。

凌云青转过脸来瞧见那双习惯沉思的眼睛,表现一股凛然不可触犯的神气,打心里思忖,“她可有这点子执拗劲儿呵!”

两人又沉默下来，继续了一段路。凌云青还是调拨不开一个缠人的念头。终于喃道：

"王兄人缘可好呀，到处受欢迎！"

"他呀，嘿，臭气味越沾越多了。我看他，就像贾琏，俗！"

"路遥知马力，日久见人心。是雅是俗，让时间去证实吧。"

"唔，到了。就在这家吧？"

桂品微提议，凌云青默认，两人一道走进了粤菜馆——梅园。

餐馆有小食的敞厅，也有小房间的雅座。品微选了门楣上用绿色花格玻璃嵌成"翠竹"两个字号的房子，掀开雪白的布帘让云青先进。房间雅静，一色紫檀木镶边的大理石桌椅，墙壁挂着一副竹刻的对联，中间配着一块镜架，里头装裱的是苏绣的"旭日青松"的画屏。

跑堂端着福建漆盘进来。盘上是一套宜兴茶壶小茶杯，还有用细瓷碟搁着抹脸抹手的小手帕。跑堂的给客人斟了茶，递手巾让客人抹手；然后从他耳朵上取下铅笔，从小口袋掏出小本本，低声下气地笑着问客人点什么菜？品微让云青点，云青说什么都行，心不在焉的样子。品微只好叫跑堂的往单子上写：

清蒸鲑鱼，
东江盐焗鸡，
清汤燕窝鸽蛋。

跑堂的照客人点的写了三样，说道："唔，再来一味吧，好事成双。嘻嘻。"

品微跟云青相视一眼，脸上挂着苦笑。

跑堂又怂恿说道："来一盘八珍鲜草菇好吗？今天一早，一位老乡送来一小篮子，还带着露水呢，鲜极了，尝尝新，嘻嘻。"

"好吧。"品微应了一句。

跑堂本来该走了，可他偏不马上离开，迟疑一会，又说：

"告诉两位，要吃东西可就只有今晚一晚了。明日个——"

"明日个怎样？"云青一惊，连忙问道。

跑堂颇为客人的神情诧异,说道:“两位还晓不得吗？全城都闹嚷开啦。”

品微略有预感,也没把握说定是那件事。于是装着什么也不懂,反问一句:“闹什么呀?”

跑堂看了看客人,看样子好像是真的不明白,于是,走到房门口,撩起门帘伸出脑袋去左右瞧了瞧,然后转回来,对着他们说:今天午晌,商会邀了几家大铺头老板去议事,说是京城里段执政把山东省给卖了;如今全国各地城市都闹纷纷,学堂罢课,商家罢市,工厂停工,表示反对。说是省城从明天开始,各种店铺全都关板停业。政府什么时候答应废除卖国条约,什么时候复市。另外,还要实行抵制日货,不准卖也不准买。

凌云青听了,兴奋异常,像是喝了酒,精神马上提起来了,握紧拳头往桌面一捶,砰一声,茶水溢于桌面,他破口叫道:

“好,这一下睡狮可是真醒起来了也!”

跑堂的用手巾抹桌子,还想说个什么,品微却催他,说道:

“你忙叫菜去吧,我们有事要走。”

跑堂连连点头,把门帘放下走了。

“好,这一下睡狮可是真醒起来了也!”凌云青又重复刚才一句话。

桂品微看他这股傻劲,瞟他一眼,也高兴地说:“看你……”

“看我？我还是我,老样子,哈哈。还是睁眼看看这出大戏吧:看看北洋政府那帮衮衮诸公如何收场吧！嘿,民意不可侮。起码的常识都不懂!”

桂品微说:“催跑堂打快板,快来饭菜。我们得赶紧找银华去,看看学界有什么新的闹法？说不定你又得回报馆呢?”

“哼,报棍子的滋味我也腻味了。”凌云青说,稍为沉思片刻,又说起来,“这一下水闸打开了,浪涛滚滚,海阔天空,哪里不可以驰骋翱翔？好马不吃回头草……”

品微望着他得意忘形的样子,正要说他什么,跑堂的把菜端上来了,问用不用酒?

“来两杯‘竹叶青’。”凌云青对跑堂说,转过来向品微说,“这酒有点甜,好喝。”

凌云青和桂品微从梅园出来时,已经是华灯初上。街市果然异乎寻常:一些洋杂百货店铺,顾客零零落落,店门半开半掩。街头行人稀少,只见三三两两的青年学生,唧唧喳喳,边走边议论,兴高采烈地在争辩。他们有的从这条街出来,有的往那个巷口进去,行色匆匆。街警对过往行人都特别注意。他们看着桂、凌两人男女并肩而行,不免侧目而视。他们走到丛桂街口时,凌云青说:

"我送你回家去吧。"

桂品微却胸有成竹地应道:"不。对啰,我还没有讲给你听呢,我打算不在姨妈家住了:搬到'附小'教职员宿舍去跟同事们一道还好。"

凌云青看了看对方,沉吟自语:"搬去'附小'住? 离开家?"一会,问道:

"现在往哪儿走?"

"不是刚讲的吗,去看看银华。你不去看看人家吗?"

"看谁? 今天不是领教一阵了吗?"凌云青和桂品微相视而笑。

"我去教育司找阳老师,顺路,走吧。"

"去教育司,是不是想到外县去?"

"看看吧。"

"你就是这样,阴晴不定,什么事都是看看吧,看看吧。"桂品微这下子可是有点不高兴了。

凌云青叹口气,说:"事情如此,叫人不得不这样!"

"什么事情如此?"

桂品微直盯着对方的眼睛,凌云青苦笑,避开炽热的目光。他们转进一条寂静的小巷,谁也不吭气,只听得两人的脚步敲着石板的声音。突然,迎面走来一位白衣青裙的女士。两人抬头一瞧,不觉呵一声叫唤起来。原来是银华已经站到她们跟前,嚷道:

"哎哟,你俩在这儿逛着呢。这可捉到了。走,大伙都在我们学堂开大会呢。"

凌云青表现迟疑,难为地望着桂品微问:"我不去也罢?"

银华抢过来问:"为什么? 不好意思? 没关系! 爱国嘛,还要人请吗,走! 一道去。"

“走吧！”桂品微轻轻拉扯凌云青袖口，用眼色给他暗示。

一夜之间，整个城市骤然冻结了。早市的喧阗已经没了声音，大小店铺都关了板，全城好像是办着丧事，被萧条、沉寂的气氛笼罩着。各家各户的门板上，都贴着彩色有光纸的标语，像贴封条一样。有的写：

抵制日货，惩办国贼！

有的写：

敬告同胞，毋忘国耻！

有的写：

众志成城，誓保国土！

有的写：

振兴国产，抵制日货！

晌午，立人峰上的午炮一响，锣鼓、洋号和唢呐，这里响那里应，到处闹起来，全城沸腾了。店铺没见启开，人们倒是一队一队，从每个巷口和街头涌到大街上来。有的队伍前头，由洋鼓洋号作前导，迈步前进；有的队伍擂着大鼓，吹奏唢呐，每人手上拿着裁成三角的彩色纸旗，每走过一条街，领队就大声喊着几句口号，意气激昂，精神抖擞；有的队伍扛着日本货样，贴上“抵制日货”的标语，向街边的市民展示。

凌云青在阳桥附近站立好久，看着一队一队人走过，听着身边这个那个人的议论，心想：“几年前，头一回反对‘二十一条’才限于少数人在学堂里闹一闹，第二次讨袁、护法，队伍多了一些，也还只限于学界和军界范围内进行，这回，商家平民百姓一齐上阵了。潮流，潮流，真是谁也阻挡不住。”

凌云青正在踯躅街头，独自遐想之际，被一个戴墨镜的绅士派头，拄着一根文明棍，背只照相机的人在对面街头发现了；那人一边迎面跑来，一边喊：

“老弟，哎呀，找了老半天也不见你影子，原来你在这发呆！走，吔，你怎么不痛快呀？见到品微没有？她昨晚没有回家，她姨妈说，你俩昨天下午四点来钟一道出门的。到底去了什么地方呢？你该知道吧？”

说话的人好像是从运动场下来的运动员，觉得身上发热，脱下时髦的日本草帽，从胸前小口袋抽出一块手帕轻轻抹拭额前的潮润的湿汗，拿草帽扇风。

凌云青用惊异的目光仔细地打量这位熟悉的老朋友王科长，讥讽地反问他：

“大概你在官太太那里领了赏格来捉人的啰？”

王光宗好不高兴，顶了一句：“你——开什么玩笑？呵，是她，她来了！”

凌云青顺着王光宗指的左边街上看去。果然，桂品微领着一队小学生唱着歌冉冉而来。王光宗这一下真是喜出望外地挥舞着草帽，高声喊叫：

“品微，姨妈叫你回家！”

桂品微故意听不见，不理睬他，只专情地注视着凌云青，招一招手轻轻呼唤：

“来呀！”

队伍拐进一条街口往体育场去了。王光宗把草帽扣回光滑油亮的脑瓜上，拉着凌云青袖口追了上去。

体育场现在已经成了赶庙会那样的景象。人们一群一群聚集在这边那边，到处都是人，有的人看化妆表演——那里有人扮成日本矮鬼子，有人扮成段祺瑞、章宗祥和曹汝霖，尽量丑化他们的嘴脸，表演卖国求荣的汉奸国贼向敌人屈膝下跪的卑鄙无耻的勾当，激起不少观众的愤怒和轻蔑；有的人则为演讲者慷慨激昂的言词所吸引，聚到讲坛周围，注意听着演讲者大声疾呼控诉段执政一伙卖国求荣的种种罪行，声讨日本帝国侵犯我国主权的强盗豺狼行径；有的人则围观花花绿绿的日本货样展览，议论纷纷……

银华代表学界参加“仇货”检查小组，领着一帮青年男女学生扛来好多捆日本货品：有成股的洋纱，有成匹的洋布，有成箱的“仁丹”，有各种各样的衣帽、鞋袜，有五花八门的日用百货……堆成小山丘。

“同胞们！”银华跳到一张凳子上，面对围着看热闹的人群，拿起一块日本产的围巾在空中摇晃，嚷道：

“请大家见识见识吧，这就是‘仇货’！这个东西是从哪里来的呢？不说，恐怕有人还不懂得；原来是日本鬼子从我们中国的老百姓辛辛苦苦种出来的棉花，缫出来的蚕丝，和挖出来的矿石，等等原料，用半买半抢的办法拿去制造成了洋货，回头又拿来，用十倍百倍的高价卖给我们，赚我们大批钱财。我们工农大众的血汗，就是一年一年被这样那样不公平不合理的剥削给榨干了！但是，这些唯利是图的日本帝国强盗，人心不足蛇吞象，光赚钱还不满足，还要得寸进尺，要霸占我国土地，逼着段执政把山东省出卖给他们。让他们来开矿、造铁路、盖工厂，进一步直接剥削我们同胞的血汗。这不是叫抓鸡虎钻进鸡窝吗？同胞们，大家想想，这样下去，还能活得成吗？”

演讲的人，停顿一下，咽口水，环顾听众。

听众议论开了：气愤的、叹息的、惊讶的，也有赞赏演讲者口齿伶俐的……像一锅煮开的水，声音沸腾。

“这倒是一位穆柯寨上的女将！”凌云青自己嘀咕，分不清他是在讽刺还是在钦佩？

王光宗由于窥视不见桂品微率领的队伍，心不在焉，情绪败坏，对别人漠不关心，说：“这，无非在赶时髦罢。”

“同胞们！”银华又高声呼喊，把嘈杂的议论压住，“我们现在就要行动起来！实行抵制日货，提倡国货，不让东洋鬼子吮吸我们的血汗！往后，我们大家个个都不买卖日货！人人都用自己的国货，免得我国金钱外流。现在，”银华提高嗓子喊，“为了表示决心，给这堆花花绿绿的日货放一把火，通通烧掉！把火拿来，烧！”

银华说完话，跳下地来，接过一支熊熊的火把，朝着一堆五花八门的洋布、绸缎和洋纱点火。

一时，火焰升起。有人鼓噪欢呼，有人连声啧啧，表示惋惜，掀起一片嘈杂的声浪。

王光宗喃喃自语：

“暴殄天物，何苦呢。这又不损于日本商人的毫毛。林则徐烧了鸦片，鸦片流毒并未因此而灭绝。”

凌云青很不客气，马上反驳：“我看很好，起码可以提醒国人觉悟。”

王光宗从鼻孔哼一声：“觉悟，觉悟，闭口张口都是觉悟，试问，觉悟能值几个铜钱？”

凌云青瞪他一眼，气得说不出话。

这时，火焰把人吸引来了，整个体育场为之轰动。

银华又跳回高高的桌面上，从怀里掏出一束纸头，往空中撒开，飞散来一片片传单。人们蜂拥上前，你争我抢，挤成一堆，银华又向另外方向撒第二次，人们又往那面去，你争我抢。

王光宗终于也抢到一张，却不马上读它，揣到西装里头的口袋去了。

凌云青为群情激愤所感染，全身像着了火，情不自禁地跳上旁边树立旗杆的高坛上，伸长脖子高呼：

“同胞们，兄弟姐妹们，救国之时辰到了！凡是不愿当亡国奴的都起来吧！起来，万众一心，反对段执政丧权辱国，声援北京学界爱国运动，收回青岛，收回山东主权！……”

正当凌云青在这里大声疾呼的时刻，在旁边不太远的地方，人们相互传诵抢到手的传单，高声议论；焚烧日货的烟火直往天空升腾，飘飞片片纸灰，空气里散发一股焦臭的气味。银华散发完传单，发现凌云青在旗杆下两手叉腰，昂头讲演；才要走向他跟前去，不想，突然一声尖锐的火警汽笛声，撕裂着人心。接着是：救火队、警察、宪兵，向人群冲来。随即，惊呼、惨叫、吆喝、号哭……各种声音混成一片。水柱和火舌争高低，民众跟警察交手。“砰砰”，一个宪兵头目，往天上开了两枪，人们乱成一团。

“走，快！”王光宗惊魂失魄，气急败坏地把凌云青拉下来，架着他的胳膊逃奔。凌云青发现王光宗头上的日本草帽被挤歪戴着，样子很滑稽，顺手把它摞

向火堆,说:

“让它回老家吧。”

草帽着了火,立刻引起无数群众拍手呼啸:

“啊啊,好!”

“哈哈! 是谁的帽子?”

“消灭洋鬼子!”

王光宗大惊失色,顾不上对他的宝贝草帽的惋惜,也顾不上对凌云青的抱怨了,只顾得拼命的逃奔,在人群中挤挤撞撞。

凌云青一心惦记着桂品微,频频回眸盼顾,不知她被卷到哪里去了,什么地方也瞧不见。不免忧心忡忡地对着王光宗喃道:

“我就担心品微她走不动挨挤!”

“活该。谁叫她也来赶这种浪头!”

凌云青像被扎了一刀,看了看说出这样话的人,仿佛是头一回认识似的,叹了口气,摇摇头,寻思:“人怎么这样冷酷?”

街上,到处是军警举起警棍驱散着人群,惊恐笼罩着整个城市。凌云青想奔“附小”去探问桂品微的下落,警察都在街口封锁了,不许行人往这边通过。王光宗把他拉回他的官舍去了。

王光宗这间房子是个套间,寝室在里边,外头是客厅兼书房,房里的摆设,是东洋式的风格;窗帘用日本那种一尺宽幅的长条印花丝织品,横挂半个窗户;茶具是小里小气、奇形怪状的日本瓷器,花瓶、笔筒、烟缸、墨砚……几乎全是日本的玩意。凌云青环顾一番,不由皱个眉头,一言不语。

王光宗从抽屉拿出一张装贴在硬纸相架上的八寸放大照片,递到凌云青面前,说:

“给你瞧瞧这个。”

凌云青一看,原来是他们那回在还珠山下照的相片。

王光宗说,本来是要多放两张大的,给每人一张留念。怕放大效果不佳,先放一张来试试看“老弟,你看我的技术可以吧?”

凌云青看他自鸣得意的小样,打心眼里不舒服,冷冷地说:“王婆卖瓜——”

“自卖自夸,哈哈。”王光宗不知真笑假笑,反正是笑了两声才又接着说,“老弟,说正经话,你瞧三人之中,姿势最自然的是不是她?——人的确标致,瞧她那双大眼睛,长睫毛,瞧她那片嘴唇……真够得上东方美的典型噢!”王光宗把照片拿在手上,左看右看,品头品足,摇头摆脑,赞不绝口。完了把相片硬壳架起,摆在桌子左边角上,自己趴在桌上直直地瞅着不动。

凌云青自己端起壶倒茶。主人这才拍拍桌上的小叫铃,一个五十来岁听差进房来听候吩咐。王光宗瞪他一眼,施展他当官的威风,说道:

“客人来了大半天,不来倒茶,干什么吃的!”

听差不敢作声,轻轻把茶壶拿去了。

王光宗感慨地喃道:“在日本公寓就好,做这一行的,多半是妇女。她们好像是天生就是侍候男人来的:体贴入微,性情温柔极了。如果我……是呀,要是不因为她……唉,怎么说呢,假使我是个薄幸者,那……我担保能够讨个东洋货回来。东洋人她们都懂得中国留学生回国有官做,当官的就有丫头使唤,所以都乐意嫁给中国留学生。”

“那,你后悔了吗?”凌云青注视对方的表情。

王光宗苦笑,从鼻孔哼一声,喟然而叹:“这怎么说呢,弄到这步田地,悬到半空中,上又上不去,下又下不来!”

凌云青默默地听,细细地观察,深深地寻思:昨天桂品微托他代办的事,隐隐约约在耳边回响。但是,怎么好意思开口呢?

听差把茶端来,给主客两人各斟一杯,轻手轻脚退出去。房间一时静寂无声。

王光宗也有他的心事,想了又想才把凳子挪动到凌云青跟前来,几乎咬到人家耳朵,悄悄地说道:

“我跟你讲个体己话:你说,一个姑娘跟人发生了关系还能赖得掉吗?”

凌云青好像触电,心头一紧,几乎听到心跳的声音,脸上热辣辣的;仿佛见到一个醉鬼一手把一幅名贵的画卷撕了,立即发了呆,痴痴地瞪着眼直瞅着对方,一句话也找不到来讲。

王光宗看他神色失常,不禁吃惊,问道:

“你看我干吗？吃醋啦？我知道你会不舒服的，不过，对不起，这种事——唉，就是那么回事，捷足先登……”

凌云青把手上玩弄着的铅笔往桌面一摔：“算了吧，你！既然你讲到这地步，我也告诉你，昨天她委托我转告你：说她同你合不来，生活在一起不会幸福，请你把过去的一切忘掉！”

“是吗？是她亲口讲的吗？哈哈，谈何容易！抽支烟吧。唔？”王光宗拿支卷烟叼在嘴皮上。

屋里只有小闹钟唧唧发响，就像在发气。

过了一会，王光宗憋不住，才又问道：

“老弟，我们好好谈谈：她真的就说这两句吗？居然下这么苛刻的‘哀的美敦书’？没有再讲别的？她自己打算怎样，上龙隐寺当尼姑吗？难道她没看过小金凤演的《玉簪记》？趁早别学陈妙常自讨苦吃吧。女人离了男人是不行的。”

凌云青实在听不下去，起身要走。主人却慌忙把人拉住，按他肩膀要他坐下，同时把冷了的茶水倒掉，重新斟上一杯热的。

“我们好久没有在一块聊聊了，既来之则安之。反正你不再要去赶夜班，何必焦急回家？就在这儿吃晚饭吧。对啰，品微不是希望你我两人永远在一起吗，这点是容易办到的，我替你想办法找门路，一定在省城这里找个职业。”

“我可能要到外地去闯闯看。”

“到外地，什么外地？外省吗？唔，韦步平那小子景况如何？”

凌云青说，这个暑假，韦步平就要在云南讲武堂毕业了。

“噢，这样一来，他，亦文亦武，可真是‘一个例外’呵。只怕脑袋装的玩意太杂，成了杂货摊。俗话说：‘周身是刀没一把利’，割豆腐也割不开——”

“你对他成见太深了！”凌云青说着站起来，走动走动。

王光宗又拍拍小叫铃，听差应声进来等候吩咐。王光宗叫他从衣架上的上衣口袋拿钞票，他取出的不是钞票，而是一张紫色的有光纸印的传单。王光宗叫他掏另一只口袋，果然掏出一个皮夹子来。

“拿来。把那张东西也给我。”

王光宗从皮夹抽出一张一元的钞票，叫听差拿去到街上买叉烧、牛肉巴、南乳花生和三花酒。

听差不敢把钱接过去，表现很为难，说道：

“王科长恐怕不知道外面行情，今天一早到现在，大小店铺通通都关了板——不做买卖了。”

“混账！买卖不做了还成个鸟世界？你去叫厨房开个客饭。嘿，动不动闹罢这罢那！”

王光宗气呼呼地拿起传单，躺到躺椅上，把两条腿伸上旁边一张凳子上，全神贯注地阅读传单。不一会，说道：

“哦，这传单写得不坏，谁的手笔？真他妈的有两下子哩。老弟，你来瞧。”

凌云青接过来一看，不觉一惊：原来就是银华从桂品微手上抢走的那篇“快邮代电”，不禁红了脸，嗫嚅着说：

“也不见得怎的。”

“也不怎的？你能写得出来？”

“写得出来还不是这个样！‘文章僧命达’自古皆然！”凌云青颓然坐下，浩叹一声。

王光宗转过头来仔细观察老伙计，不觉领悟，问道：

“唔，懂了。原来老弟并不是站在一旁看热闹呢，你是卷进浪头去做弄潮儿呵！好嘛，爱国热忱总该可嘉的。”

王光宗站了起来找烟抽：“这样说来，真对不起，刚才那句粗话是骂错了，请海涵。”

门帘揭开，听差提着水壶轻手轻脚地进来给茶壶添水。朝着王科长瞅一眼，说客饭已经交代厨房了。做科长的嗯了一声，摆个科长架子，连眼皮也不动一动。听差稍停一会才说道：

“王科长，街上的事情很不妙。”

“什么事。”科长又不耐烦又不免吃惊。

“风潮越闹越大了。”听差说，“今天出队游行的，有的挨军警殴打了，有的相互挤撞，误伤的也不在少数；有的挨抓，送进了警察局，领头烧日本货的那位女士说是也给抓了。不过人家令尊是银行一位课长，正在四方托人向督军署疏通呢。”

“真的吗？”王光宗不禁诧异。

“真不真就说不准了。只是听一位伙计刚从街上回来讲的。说是，外头到处议论……”

“我走吧。”凌云青坐不住了，心头直跳，站起来就要走。

王光宗看看他，又看看传单，有所会意，暗自点点头，用暧昧的目光表示不再勉强他。

凌云青迫不及待地走了。王光宗想起什么，追到门口，望着走去的背影喊道：

“老弟，小心保重！”

但他转回房间来，发出“哈哈”两声冷笑。随即拿起他们三人合影的相片瞧了瞧，灵机一动，拿起剪子将左边的凌云青肖像铰掉了，只剩下他跟桂品微两个。他将它剪了剪边，装进夹着日本风景片的玻璃镜架里，对着桂品微的肖像贪婪地吻了一下，然后用心地将它供在案头。

第二十九章

凌云青从王光宗那儿出来，担心桂品微出事，焦急万分，直奔女子师范学堂附设的小学堂。到得那里，一打听，知道桂品微已经被她姨妈拉回家了。心想：人既已回家，估计是平安无事的了，心上的石头落下，自己才放慢脚步走回公寓。

也许昨日这一天，凌云青他过于疲劳，夜来倒头便睡。今早一觉醒来，仍觉迷迷糊糊，似乎是做过一场噩梦。房东老婆婆见面就问：夜里怎么回事，大吵大嚷的，害得她惊醒过来，睡不好觉。但是，到底梦见什么，他自己也说不清。

本来今天他是打算要出门去，想了解昨天一场骚动的余波，不想，一早窗外雨声不断，到午晌，也没见晴。出门的兴头给雨打掉了，只好躺在床上读书吧，等待雨止天晴再说。

“哎哟，幸好你没有出门。”随着声音，一个披着紫红斗篷的女士推开房门进来，见人在家，不觉喜出望外。

她将头上的斗篷帽撩下，露出习惯深思的眼睛和红润的脸庞。凌云青一见，如同冰雪迎着温暖的阳光，心胸荡漾着一股热流，赶紧跳下床来，接过斗篷挂到衣帽钩上，完了吹了吹凳子上的灰尘，挪到临窗的地方让客人就座。

客人坐下，意外地用凄怆而怜悯的眼神对着主人凝眸而视，稍停片刻才哽着喉咙说：

“事情不妙，你赶快收拾紧要的东西躲一躲吧。你那份《快邮代电》惹祸了！都是我害了你！……”

客人就是桂品微。她珠泪盈眸，直直地瞅着凌云青，表示事情难以挽救的遗憾。

凌云青不禁一惊，盯着桂品微一边安慰，一边焦急地问：“先别难过，事情到底怎样？你一难过，我更没了主意了！”

桂品微抹了泪痕，伸出两只手拉住凌云青坐到对面凳子上，然后告诉他，王光宗一早来告诉她，说是昨夜他从警察局一位朋友那里得来的秘密消息，说是当局下令警察局要严办近来领头骚动的头目。昨天散发那份传单的起草人也将是受严办的头目之一，预定今晚午夜，全市戒严清查户口，同时捉人……

“他特意要我来转告你！”桂品微紧张地说，“‘三十六计，走为上计’，要不然，秀才遇着兵，有理说不清。人被捉去就麻烦了！”

凌云青听完话不免犯疑，反问：“警察局怎知传单是我起草的呢？你后来没有告诉银华吧？”

桂品微睁着疑惑的眼光摇摇头说：“没有，我对谁也没漏过半句口风。你自己对什么人讲过没有？”

云青想了想，恍悟起来，讲起昨天在王光宗那里的情况。

品微听罢，事情似乎猜到了七分，但又不免狐疑，心想：“莫非是他去……告密？那……为什么又来要我转告……？”她从来不肯拿坏心眼去猜度别人，所以总是把人往好处去想，自己虽然有这点疑心却只是自己猜想，不好说出口。于是，只对云青催道：

“不管它怎样，你就先找个地方躲一躲吧。相信我，对你还是那颗心！不过，现在我可是要催你走了。‘留得青山在，不怕没柴烧’。走吧。”

云青浩叹一声：“人生呵，人生！命运对我未免太刻薄了！我本来还想找人商量，如何迎接眼前这场风暴呢，不信我这支笔刺不破那些牛鬼蛇神的画皮。谁知祸从天降！唉！”

“这都怪我不好，害了你！”桂品微眼圈一红，滴下两颗晶莹的泪珠。

“别这样折磨自己吧。反正我自己也不后悔。那篇东西既然触动了当局的痛脚，说明它产生了力量，起了作用。”

屋里静得能听见窗外细雨落到竹丛的声音。

“船票已经替你买来了，晚上七点，抚河有船下梧州。”桂品微说。

凌云青咬着嘴唇，点了点头，凝视着对方嗫嚅着喃道：

“我……悲剧的角色呵：拿真诚的柔肠去拴住轻薄的腿脚，不知哪一天会被人一脚挣断！”

桂品微瞟他一眼，沉吟片刻，轻轻喟叹一声：“腿脚如果是轻薄的，你何苦去拴它呢？”

“悲剧就在这里啰。”

“告诉你，我以后再不剪发了，把辫子留它一辈子，成了老太婆就把它盘到头上，你说好不好？”

“我对生活并无苛求，只望在生命旅程的终点，有我衷心崇敬的朋友在坟前搁上一只花环就满足了！一只花环似乎并不难求，但是，它要代替一颗纯洁的心可就不是那么容易得到呵。”

桂品微喉头哽着什么东西，说不出话来，泪水盈眶，转过脸去，掏出手帕抹拭着脸颊……

黄昏，细雨蒙蒙，时断时续，抚河江面笼罩着一片愁云凄雾。一片片归帆，一点点渔舟，隐约点缀着江面，靠近岸边的篷船升起缕缕炊烟；准备开航的机轮船已经生火待发，汽笛不时发出一声悠长的尖叫。

凌云青提只小藤箱，撑着一把纸伞，往码头走来，后头跟着来的是桂品微。她披着紫红的斗篷、手上拿一包书和两盒点心，那是给凌云青的。两人上了船舱,找到铺位,把行李搁下。看看离开航时间还有一点二十分钟,两人就回到河堤上来,来回踱步。这是用片石砌起的河岸,堤边围起铁索的栏杆,人行道旁边栽种着四季常青的天竺桂,当中,间种夹竹桃,树高荫浓,长长的一条河堤叫一行伞状的树阴覆盖,夹竹桃盛开粉红的花朵,红绿相间,缀成鲜艳夺目的锦幔。顺着锦幔的长棚走到尽头再往东拐,走不远就是桂品微姨妈家的街坊——丛桂巷的东头。

丝雨不知不觉停了。桂品微拿她的斗篷铺在树下的石凳上,请凌云青坐下歇歇。两人一时找不到话来作开头,静静地各自眺望着江流和那烟雨迷蒙缭绕的远山。

挨过一阵难堪的沉默之后,桂品微终于先说话,问凌云青还有什么事需要她帮忙的没有？凌云青说,一些来不及带走的行李已经交代房东保存了,教育司的阳老师那儿,来不及去辞行,已经写了封短信,方便的话,请品微去一趟,当面说一说:他同意到岚山县去办教育,先到邕州等候委任;那边的通讯处是——火烧地广源酱料行转交。那是他的表亲家,叫品微写信也寄到那里。桂品微觉得要说的话那样多,可是乱糟糟的,总也找不到适当的语言来表达。两人坐着,仿佛心情都很沉重,如同两尊雕像,让时间在身边悄悄流逝,叫路人投以诧异的目光。

“我送你回家吧?”云青突然开了口。

品微如梦惊醒,愕然睁眼凝视身边的人。两人默默地站起身来。凌云青替她把斗篷披到肩上。两人心事重重,又是一言不发,沿着河堤一步一步走,树上不时滴下一两点雨水,落到头发,落到额前,落到双肩,落到各人的心田……

一会,桂品微才忍不住地、带着犹疑、猜想的口气说起午晌时他们怀疑的事件的由头。

“从你身上这件事来看,王兄他肯把机密的话让我来转告你,可见他还是够朋友的。”品微反复沉吟地说,“如果照你猜测的那样:传单是他交出去,是他告密,出卖朋友,那他又何苦来通知你躲开呢?”

凌云青喟然深叹:“也可能是我心胸太窄了!”

“不。我不准你给自己下这样的断语。”

“品微!”凌云青抑制不住激动,嘴唇颤栗,欲言又止。

桂品微愕然相望,也不知说什么好。

“你把人看得太单纯了……”凌云青说。

桂品微不知他指的是哪些事,也不好反问。云青又不肯直截了当的讲出来,话头又断了。两人又信步前行,走了有三四十米之后,凌云青才鼓起最大的勇气和狠心,把不好出口的话忍心地向桂品微说了。他说王光宗把他同她的事,告诉他了。本来,凌云青是不想让桂品微知道王光宗这样做的。但是,他要走了,不愿把话存在心里带走,说出来,也许对她了解人有点帮助。

“但愿你们幸福!”凌云青最后说了一句。但他不等桂品微回答,马上又补充说道:

“我,还是重复讲过的话:对生活并不作过奢的苛求,只望……”

“不,云青,我的好人,别说下去了:什么幸福,我是不会得到的了。花环,你一定会得到! 让我的头发留作编成花环吧。”桂品微含泪颤声,全身的血液一下子涌到头上,眼里冒着火星,抱着脑袋扑到树干上,两肩抽搐不止,频频抹着眼泪。

凌云青站到她背后,轻轻搬动她的肩膀。两人转回河堤路上来,继续踯躅漫步。

一会,凌云青喃喃自语:“我走了。你对我讲过的:对我的期望和要求,我一齐带走;我曾经许愿过的,我将让它留下。但愿分开是暂时的,只要有你一声召唤,我会立刻飞到你身边!”

“云青! ……”桂品微异常动情地用十分温柔、亲切的口吻叫出这个名字。

凌云青用单纯而虔诚的目光注视着对方:

“你们什么时候结婚,别忘记告诉我吧!”

被注视的眼睛,流露着又感激,又抱愧,又痛苦的复杂情绪,久久长叹一声,疑惑地自语:

“人为什么一定要结婚? 把两人拴在一根绳子上?”

“可怕就在这里。”凌云青说,揪下一把叶子,把它揉碎,抛撒到栏杆外面。

路已走到尽头,桂品微踌躇起来,没有马上朝归家的巷口拐去。稍停一下,她又坚决地转过头来，跟凌云青并肩沿着河堤林荫道往回走。

“云青，”品微亲切地呼唤，“我想过，思索过，反复地品过，我觉得你呀，如果能够把你对我这种忘我的友情用于改革社会的事业上，那，你可是太伟大了！”

“伟大？很抱歉，我可没有企图死后有一块纪念碑，我没有非分的奢望，只望——”

“只望有一个花环！”品微抢了他的话，接着说，“这，你就放心吧，不会使你失望；柔肠也不会被踢断的。但愿友谊的相互信任和了解能成为精神生活的支柱吧。”

“但愿如此！”

这两人就这样，从个人恩怨谈到国家兴亡，从眼前的离情别绪想到他日重逢的梦寐。心情是那样沉重又那样缠绵，那样洒脱又那样踌躇。两人你送着我踱回来，我又陪着你往家走去，走了好几个来回，流连不去。

终于，轮船的汽笛一吼，撕裂着旅人的心。

“船快开了。”凌云青对着桂品微说，“你回家吧，不能太晚回去。”

桂品微点点头，仰起头来凝眸注视着对方，约有两分钟之久。仿佛叮咛一句：“千万把话记住呵！”为了回避眼泪夺眶而出，迅速转身往丛桂巷口急步走开，到了巷口又回过头来，盼顾一眼，终于无可奈何地掉头走了。

凌云青却直立不动，目送着那飘动着的紫红色斗篷，直到背影隐没了才机械地移动沉重的脚步，朝着码头走去。

回到舱位，看看挂钟，离起锚的时间还有二十分钟。觉得一阵空虚、怅惘和烦躁。一分钟都有一天那样难挨。云青把品微方才替他挑选拿来的那包书打开来一瞧，是一些小说、明人笔记和一些诗话之类，还有两三本新到的《新青年》和《每周评论》。他拿起一本薄薄的沈约的《浮生六记》来翻了一下，觉得也无味，把它丢下了，踱到甲板去望了望江边、河面和云天，不免触景生情，诗兴顿发。回到铺位，找来一张信笺和一支铅笔，写下一首七言绝句，自己吟咏一番，不觉得意。想了想，把它叠成三角装进信套，写上：“送交丛桂巷9号，桂品微女士亲启”。然后走下甲板，找到旁边的艇家，花两只“双毫”银币请一位艇家的小姑娘，要她等到轮船起航之后，照着信封上写的地址送去交给本人。小姑娘点点头,把信和银币接下来。

轮船提前一刻钟到下关上税,放了一声长长的汽笛,开走了。

船开出不到三分钟,码头上赶来一男一女,衣冠楚楚。男的穿一身米黄色山东绸西服,戴一副平光金丝眼镜,脚穿一双白帆布、尖头、后跟镶着黑皮的皮鞋;女的打扮也特别令人触目:上衣是一件湖水蓝绸料的高领旗袍,衣领别着一枚闪闪发光的乌金宝石花,手里拎着一只小巧的提包,一双银色的高跟鞋,配着肉色的丝袜。

他们来迟了,睁眼瞅着开出去不远的轮船,船后尾激起一股浪花。女的表示遗憾,男的松了口气。

江边的船家看了这两人都有点好奇,那个方才接受委托的小姑娘走上码头来,望着女士瞧瞧,想问话又胆怯。

"小姑娘,你有什么事吧?"女士低下头来,问着女孩。

小姑娘盯着女士的高跟鞋问:"你是不是从桂巷姓桂的小姐?"

"不。我不是姓桂,我姓海。你有什么事?"

"你是来送船的吗?喏,船上一位先生方才叫我送封信去……"

"送封信?拿来!"那男的迫不及待,伸手去捉着小姑娘的小手,几乎要把信抢过来。

小姑娘把手缩回背后,退了两步,睁大两只小眼瞅着这个粗鲁的家伙,好像在判断他到底是好人还是坏蛋。

女士赶紧解释说:他们是来给刚开出去的船上一位姓凌的先生送行的。从桂巷那位桂小姐就是她的同事。

"凌先生的信交我替你送吧,我叫海银华,同桂小姐一起在女师'附小'当老师,不会骗你的。"

这时,河边一只篷船有位四十来岁的大婶站到甲板上来,向她小女孩高声喊叫:

"阿珍,你就把信交给她们吧,快来吃饭。"

小姑娘把信交给银华。银华看了看,然后瞅了男的一眼,脸上挂着讥讽的笑容,说:

“这该你做义务的信使了!”

“不。我今晚要陪你走走。你不乐意吗?”

“无所谓。”银华拿起小姐架子,态度骄傲。

“你恐怕没有那个胆量吧?”

“为什么?你能把我怎的?能吃了我?”

“能吃的东西倒不值钱了也。花朵比稻谷可贵,就在于它不能吃。它的妙处就在于它叫人赏心悦目,玩味无穷。嘻嘻……”

“王科长,你要再说下去,我可要生气了。”

“嘻嘻。那,换个什么题目呢?天地大舞台,舞台小天地,人生本来就是不能太认真的。”

两人边说边走。现在雨已停了,天空出现星星和半边新月。这两人走到河堤路西头,然后拐到湖滨的环湖路。这里,特别幽静,可以听到静夜的虫鸣,看见金蛇似的倒映在湖里的灯火的金波,可以领略清新的空气,可以使人得到安静地喁喁私语而不受干扰。

王光宗的为人,银华是心中有数的,银华的“蝴蝶哲学”王光宗却未必了然。两人同样为着好奇而试探对方的神秘,同样为着追求各自的浪漫的幻想而做冒险的游戏。

他们绕着柳湖走了一圈,脚跟不免酸麻了。在一个僻静的突出湖面的小半岛上有座凉亭,里头有石凳,周围无人,他们坐下了。王光宗掏着口袋要烟抽,无意掏出刚才那封信,心头悸动一下,狠着心把它拆开来,就着路灯看了半天,不觉冷笑一声。

银华好奇地问:“信上讲什么?可以看吗?”

王光宗把信笺交给海银华,一声不响。

海银华接过来,一边看,一边嚷:

“吔,一首诗。”于是,吟诵出声:

蒙蒙烟雨锁黄昏,

渡头离别倍销魂。

长空失雁归何处?

愁思缭乱橹声中!

“嗨,我说凌兄可不真是个才子嘛。原来我还晓不得那篇快邮代电’稿就是他的手笔哩。今天正说要向他道谢,谁知——唉,英雄多难!”银华赞赏一番,不免遗憾。

“什么玩意?”王光宗将信笺抢走,轻蔑地嘲笑,“无病呻吟,陈腔滥调。枉废他还是新潮派报人呢。如今人家都在提倡白话文,以鼓吹什么文学革命为时髦,他却来这一套,真是迷恋骷髅为宝贝,胡说肉麻当有趣。”他一面说话,一面将诗笺和信封一起,左撕右扯,撕成不能再撕的小纸花,顺手往天空一撒,纸花像雪片纷纷落下。

银华看得目瞪口呆,心想:“这个人怎么是这个样?还说品微是他的意中人呢!”

王光宗瞅着飘落的纸片,说:“你看,这不是也跟你那天撒的传单一样?”

“呵?”银华大吃一惊,拉长着腔调,重新审视他片刻,然后带着挑战的口吻问道:

“王先生好像是对我们的运动有意见?”

“意见不一定有,可也不大恭维。”

“那也是一种意见啰?”

“我总觉得,你们……”

“我们怎么?说吧,痛快点。”

“那,恕我不客气。我说,你们一帮人闹这出戏……哼,老实不客气地说:年轻人,无非是乘机打打闹闹做游戏,年老的呢,简直是热昏了头,借题发挥,抒愤懑,发牢骚。如此而已。”

“哦!原来如此。真没想到王科长竟是如此心肠,是真心话吗?”银华逼视对方。

王光宗避开逼人的目光,冷漠地装出一副假笑,说道:

“嘻嘻,真真假假都有一点。刚才就讲了:天地大舞台,舞台小天地。人生有限,何必那样认真,自寻烦恼？我说……”

王光宗说到这,居然把手搭到银华肩上。银华正为他的话气得发冷,他却趁势毛手毛脚,在人家那丰满而带有弹性的胳膊上轻轻捏了一把。

银华一惊,挣开他的手,喊道:“干什么?”

“嘻嘻,无他,表示一点敬意。”

“讨厌你这种下流勾当。”

“可见你也还是摆脱不开封建思想。这,在人家外国的文明社交,乃是‘司空见惯浑闲事’,有什么值得大惊小怪的,不要紧嘛,嘻嘻。”话刚落音,他竟敢放肆起来,张开胳膊要将人家搂抱,银华机灵地闪开,站了起来,佯装平静的神色,说道:

“好,不必大惊小怪,请你把眼镜取下!”

王光宗满以为有好事等着他了,于是,乖乖地把眼镜除下,塞进左边胸口袋里。

银华乘其不备,伸手朝他脸上“叭、叭”,狠狠地给他两记耳光,立即转身向古南门的城门洞急步奔逃。

“海……海小姐,别误会,别误会嘛。等等!”王光宗一边摸着发麻的脸庞,一边向那越走越远的背影央求。

银华回过头来嘲弄他说:“王科长,你别把自己看得太高了,我还看不上呢。”

“哼,你也别太得意。我要你看着流口水才算我的本事。”王光宗咬牙切齿地自语。

“哈哈,再见吧。”随着一声狂笑,修长的背影被城门洞吞没了。

第三十章

桂品微送走了凌云青回家，当天夜里又发低烧，咳嗽起来。第二天勉强出门，先替云青把事情办了，然后到学校去打个转。学校复课的事，还没有准确的说法：关键在于那天被抓进拘留所去的老师和学生，有的还没有被释放，双方仍然僵持着。银华因为托了人情，当晚就得保释回家了。现在，她同校长为交涉放人复课的事四处奔走。桂品微去了两个地方也没找见他们，只好托一位同事代向学校告个病假，索性在家呆着，什么事也懒得过问了。

由于这样那样不称心的事缠人，心绪郁闷，排遣不开，病情日见沉重起来。每天午晌过后，脸色总是红红的，微微觉得低烧，早晨有痰，胃口不开；织毛线，脖子弯的久了也觉得发酸。请大夫看，说是老病又犯了，叫卧床静养三个月，桂品微却没有完全照医生嘱咐的办，下床还是下床，织毛线，阅读书报，还是照旧活动，只是不出门上街就是了。每天，在小庭院里散散步，上午在阳台作半个小时的日光浴,剩下的时间就在床上靠着,看看报,读读小说,吟诵诗词,有时给衣领袖口绣点花边,有时给言真写信,谈心。

在这段日子里,王光宗来得更勤了。今天拿来不是一束栀子花就是几支晚香玉;明天不是送来从上海刚到的果子酱就是谁从香港寄来的金山橙。只要品微虽然是漫不经心地提起想看什么书报,第二天他准会真的弄到来:《东方杂志》啦,《小说画报》啦,或者是当时风行一时的言情小说——《玉梨魂》《云娘泪史》啦。每回他来,总能找些社会新闻或者什么滑稽故事来东扯西拉,逗人发笑,要不然,就是吹嘘日本见闻——那些令人厌倦的海外奇谈。

这些东西,对桂品微都不合胃口,只是他那股殷勤体贴的热劲,可是能够迷惑虔诚的心。事情逼得桂品微不得不在王、凌两人之间认真的作个比较:她觉得云青的傻劲,那是他的素性如此,并非故意造作;同他能够谈得来,正是同声相应、同气相求的结果吧;至于王光宗此君,虽然有这么一股热劲,却不免令人感到是一种矫情,两人相处,总觉得有点什么东西隔着。但是,此君自有他的特性,你越冷他越热,你越回避他,他越迁就你。这些日子来,品微三天两头闹病,正是所谓"久病故人疏",王光宗反而更加殷勤探望,关怀备至。

"两人性情既然捏不到一块,我又得了这难治的病,对他有什么好处呢,为什么还这样老缠着人?图个什么?……"桂品微只是本着她虔诚而单纯的心思,反复思索围绕在身边的人,百思不解。

"你在想什么?"王光宗好像走进自己房间似的,不敲门就掀开门帘闯了进来,一眼盯着品微的神色,张口就问。

品微出其不意,忽一下红了脸,默默地对这位不速之客瞟了一眼,勉强地带着笑意,说:"就不告诉你!"

王光宗拿来的是一盒子唱片。他打开盒子,一张一张拿过来给品微过目,一边说道:

"喏,这张是梅兰芳《黛玉葬花》,这张是程砚秋的《拷红》。害得我找了好些地方才弄到了。试听一听怎样?"

桂品微听他讲来,觉得莫名其妙,反问一声:"我几时说过爱听这些?"

"那天同姨妈在一块讲笑话,你不是说过呀?你好健忘,我可是记住了的。"

“真是自作多情。”

“哈哈,多情?看是对什么人吧,别人还骂我是冷血动物哪。”

“谁?”

“这,你就别管她了。”

桂品微沉下脸来,审视着他。他却大模大样,拿出烟卷来,往桌上搕搕,噙在嘴皮上。

桂品微沉思一会,向王光宗问:“你最近看到银华了吗?她没有去找你?”

桂品微所以提起银华来,一是对他们的来往有点放心不下;一是太寂寞,想起那位泼辣爽快的伙伴来,就像胃口不开,想吃些辣椒。

王光宗见问,却用冷淡的口气答道:“她,哼,眼珠子长到眉毛上。她瞧不起我,我还不尿她呢。”

“呸,别当我的面吐出这种脏话!为什么那样急眼,人家给你碰了软钉子了吧?喏,别红脸嘛,唔?”

“不跟你讲了,反正你不会信任我。”

王光宗站起来,走了两三步,又坐回椅子,佯装生气以掩饰内心的慌张。

“何必呢,你们再怎样,管我什么事。”桂品微可是真的生气了,立即下床来,对着床头小柜的镜子拢了拢头发,拖着一双发亮的朱色漆皮拖鞋,旁若无人地使劲掀起门帘往外走了。

姨妈在房门口遇见外甥女负气而去,深恐冷落这位年轻有为的未来甥婿,赶紧进来陪客人说话。王科长一见官太太,立即起身弯腰作揖,问候请安。主人也就脸堆笑容,让座请茶。等到阿红给客人斟了茶走开之后,官太太可就憋不住了,好像胸有成竹地终于打开窗子说亮话,看了王科长一眼,然后一板一眼地把话讲了出来:

“王科长,有句话就跟你说了吧。”

“哦,什么事吧?随便,随便。”

“唔,我觉得你嘛,算是常来常往的熟人了。”

“是的,是的。”

“跟我们老头又是同事,我们讲话就不必绕弯弯了。我说:你跟品微做朋友也不是三天两日了不是？是呀，你们俩，各人脾气怎样也都摸熟了，好好丑丑还不是都搁到桌面上的东西了？该怎样就拿定主意吧，别拖啦。季节不等时，年岁不饶人哩，果子该收就早收，竹笋该留就早留。不要拖了别人，自己也耽误了。”

“这……太太，您老人家不知道，这……事情不在我呀。”

“嗨，你是个男人大丈夫嘛，对待一个女流还要人教呀？”

王科长苦笑难言。

门外有包车的铃铛声，阿红伸进脑袋来朝着太太小声说道：

“老爷回来了。”

房间里两人不约而同地一道走出客厅迎驾。

桂品微从偏门回到房间，才将唱片放回盒子去，银华跟着进来。她看看唱片和书，已经猜到是谁拿来的了。

“人在哪？”银华望着品微问。

桂品微朝着帘外客厅撅嘴，用眼色询问银华要不要见他？

“懒得理他，把门带上。”银华说，“那天你去学校找我是吗？”

桂品微把门轻轻掩上，客厅的声音听不清了，房间里静了下来。

“你带得什么好消息来吧，人家寂寞得要死。”桂品微拉过一张藤椅按着银华肩头，要她坐在自己身边。

银华告诉品微说：学校被抓去的人，经过多方调停，官府答应放人，学堂同意复课，商家店铺恢复买卖，一场风潮又平息了。学校决定下星期一复课，如果品微身体还不能完全复元，她就替她代课，叫她不必焦急。这当中，银华问凌云青有信来了没有？觉得云青为着爱国而遭殃实在是令人同情。说那天他走，她赶到码头时，船已开出江面，连告别的话也说不上，觉得“人生未免太残酷了”。

“你手上拿的什么？”桂品微把对方的话头引开，不想听她往这方面啰嗦的太多。

“嗯，这卷报，是什么人寄到学校给你的。看我只顾讲话了，喏。”

桂品微接过来，瞧见封包的字迹就说：“是言真寄来的。”一边说话一边拆封。

"是她的笔迹吗？我一点都认不出来。她的字写得真秀气，我以为是哪一位男士写的呢。"

"看你，老是往男人上头去打主意。"

"哎哟，我的妈呀，你倒挺会逗人哩。唔，里头夹带着信吗，讲什么？她在那边也闹了风潮没有？"

桂品微聚精会神读信，读完一张，递给银华一张。意思叫她自己看，先顾不上说什么。直到读完最后一页，才感慨地自语：

"真是天上雷鸣一个音。是官家都怕百姓造反。"

"嗨吔，她也挨坐了七天班房！不过，她还走运哩，没有挨警棍揍。"银华一边看信，一边嚷嚷。

"唔，她的劲头还不小哩，你听她怎么说。"银华不见桂品微搭腔，自己把信念出声来："如今好比海滨退了潮汐，波涛澎湃已经暂告平息了，但是，海滩上到底留下新的冲积层；被一声鸡鸣惊醒过来的人总不会又照旧鼾睡了吧？'雄鸡一声天下白'，长夜终将过去，黎明必定到来。我是这样看的。你呢？中流同人，当此旋风席卷全国，岂能置身度外？银华波涌，云青高洁，还有'一个例外'的不平……都能早夕相见、书信相通吗？嚯，她还写诗呢，你听，我来哼哼，看像不像诗？"银华果然朗诵起来：

又是蛙声遍地喧，
月光如水映阶前。
昔年往事频入梦，
何处天涯寄素笺？

"怎样？"银华向桂品微问。

"你说呢？"

"我前一回不讲过了吗，我是个俗人，不敢附庸风雅。连什么叫平仄韵律都一窍不通，哪有我说话的余地。"

"诗词之道我也是个'门外婆'。"桂品微说了一句玩笑，"诗言志，言真这四句，不管合不合诗范，只觉得她抒发了对友人怀念的深情，倒是朴素而自然的。”

两人正谈着，通往客厅的门外，有轻轻的敲门声，桂品微望着银华说：

“是他。”

银华从鼻腔哼一声，又撇起嘴，然后拿起小花伞对桂品微说：“我走了。”

经过两个多月的休养，桂品微很难说完全复元，不过，已经比原来好多了。这两天已到女师附小继续教书。校长照顾她病后仍须调养，不让她过劳，她的功课仍旧请银华代上，让她在教务处帮忙办点暑期考试的准备工作。

王光宗自从那天听了姨妈的开导之后，脑子一直盘算这件终身大事：在他想来，品微身体孱弱多病，而且性情乖僻，对自己若即若离，态度时冷时热，阴晴不定，实在叫他忍之又忍。他何尝不曾想到过：天涯何处无芳草，索性撒开手算了。只是，又从另外一个角度来打算，觉得她的背后有个在官场中炙手可热的姨父，这姨父就是自己进入官场的引路人，又是顶头上司，如果违拂这位恩人的旨意，岂不落得不识抬举之讥？终身大事固然非同小可，不过，也得由人来看。俗话讲“妻子如衣服”，为人何苦那样古板呵！王光宗同自己自问自答，踌躇多日也下不了决心。对待官太太继续假献殷勤，敷衍应酬，相与来往。

这天，学期终了。白天，学校为毕业班同学举行毕业典礼仪式，晚间，举办游艺会。老师学生辛苦了半年，明天就开始休假了，大家都像卸下负担，感到一身轻松，为着游艺会兴高采烈，大家欢聚一堂，娱乐娱乐，报答半年来的劳苦。

游艺会的演出项目，是师生共同凑合组织的，当中，银华出了不少力气。她不但出头四处张罗，自己还兴致勃勃准备独唱几支戏曲和新歌。今天一天她就躲在音乐室跟风琴打交道，谁也拉不动她。

银华既然为游艺会入了迷，桂品微失掉了她这个热心的伙伴，自己对这样嘈嘈嚷嚷的场合也就感到孤单，好像没有自己的立足之地，于是游艺才演出两三个项目，她就悄悄地退场了。当她才走出校门，王光宗却迎面而来。他兴冲冲地走到跟前来。没等他开口，桂品微就先问道：

“你怎么来了？”

女性的语言是温柔的，此时此地在王光宗听起来，无异阴雨过后出现的阳

光,给人温暖,浑身舒畅。于是,得意忘形地笑道:

“福至心灵吧。真料想不到……”

王光宗把话又咽回去了,看看桂品微抿着嘴,两人谁也没再说什么。王光宗不完全是为找桂品微来的,也想看看游艺会的玩意,想听听银华的歌喉到底怎样。但是,桂品微既然中途退场出来了,他只好陪着她。桂品微是不是就回家呢?王光宗又不敢唐突打问,惹她生气,只得随她走吧。两人默默地信步漫走。走着走着,不觉来到面临蓝江隐山的大觉寺了。

这座寺庙建在半山腰,依山面水;香客们从山脚沿着石级走,可以到达寺庙的经堂,烧香拜佛。山脚的寺庙内,有个小院落,由平胸高的石墙围住,游人到此依墙眺望江流,在葡萄架下的石桌、石凳歇脚,欣赏院里盆栽的各色花卉,各式各样的假山盆景;夏夜,附近居民都到这里来乘凉、讲古。

王、桂二人来到院里,见到游人太杂,不肯止步,继续顺着石级往上走。在未到达寺庙的山门之前,有座悬在岩上的半边亭子。在这里,可以俯临江面,眺望远山,周围林木荫蔽,地方僻静。夜晚,一般人是不常到这地方来的。现在,王、桂两人到此停下了。他们在亭子找到了座位,旁边没有别人干扰,倒也十分清静。

天空,半边的月亮在薄薄的白云间穿梭而过,时隐时现,亮光斜照进亭子一半;江涛在山岩下发出震荡的回声;蟋蟀和别的虫子开起音乐会,叫人听到悦耳的合奏;布谷鸟不时啼唤两声,蝉儿不断地长吟……突然,猫头鹰叫了一声,增添了 山谷幽暗而阴森的气氛。

“我害怕!”桂品微一惊,情不自禁地拉住王光宗的胳膊,把头紧贴到他的肩上。

王光宗趁势一拉,拖她扑到自己怀里,嘴巴挨在她脸上,颤声地说:

“微……”

“不,放开我!”她使劲挣开他的胳膊。

一下子什么声音都没有了。只听自己的心口在怦怦地跳动,和旁边从岩石淌出的涓涓的水滴声。

“微——”

“不！不能！让我们分开吧！我不能一错再错。我有病，对你有什么帮助？”

“不。我什么也不管，你要进地狱，我跟你一起去，你要上刀山，我跟你一道受罪！我——”

“你……嘿，信不着！”

“微，我……我求求你，我……我赌咒！”王光宗扑通一下，两只膝盖落到地上，跪在桂品微面前，脑袋伏在她膝盖上，居然抽抽噎噎地哭了起来。

桂品微立即感到全身的血液都沸腾起来，心乱得慌了手脚，直直地一动也不动，好像是石雕泥塑的观音，冷得令人冒汗。

薄云继续在海天漂泊，半边月亮依然穿梭而过，时间一秒一秒移动，岩下江涛响起有节奏的回声。两人都成了化石：没有语言，没有动弹，仿佛神话里的幻象。

“微，我什么也不勉强你，也不会怪你对我怎样。”王光宗终于说出他的恳求，“我自己今天到这里来就下了决心——破釜沉舟：你要狠心不肯把手伸给我，我一个人是不单独回去了！你走吧！”

桂品微一惊，手脚哆嗦起来，心口就像被插了一刀，揪的生疼。一会，竟然以凛然难犯的口吻诘问：

“你……叫人说什么好呢？”

“我……唉，哪怕我对别人是个恶棍，可，可对你，我是一片冰心，一点灰尘都不沾！”

“不，不行……我自有我的自由，我的爱好，我的朋友，我的……一句话，你不得妨碍我，不准限制我，一切的一切都得——”

“行，行！什么都行。”王光宗连声答应，却不敢站起来，忍受膝盖和小腿肚叫蚂蚁爬的一样，感到酸麻。

桂品微默想片刻，轻叹一声，伸出冰冷的手给了对方。

王光宗紧捏伸来的细嫩的手，坐回原来的石凳上。

桂品微却躲开挨靠过来的人，站起身来，冷淡地说：“回吧。”

王光宗陪着桂品微走到丛桂巷西头9号，她坚持不让他进屋。他只好悻悻地掉头走了。

桂品微回到自己厢房，马上把房门关了，下决心什么人也不见，什么话也不说，什么事也不想。但是，当她把灯点亮时，桌上却放着一封电报。心头不由悸动，急忙撕开一瞧。原来是无头无尾的两句话，诗不像诗，词不像词：

梦里如同亲眼见，
醒来隔水又隔山。

就这样十四个字，文后也没署发报人的姓名，这就叫她迷惑不解。想了一阵才在发报地址一栏里发现注明是岚山县邮局。

既然是岚山县来的，桂品微懂得是凌云青给她猜的谜语了。虽然是短短十四个字，何尝不比千言万语更能耐人寻味呢。虽然半张纸片这样轻，在桂品微手上却那样沉，她久久忘了放下。

案头闹钟，唧唧的响声告诉主人，时间已过了十一点一刻了，夜已深沉。桂品微却没半点睡意。她从书架上拿出凌云青临走特意给留下的一函《脂砚斋重评石头记》，打开囊箧来把书本翻了翻，不料，里头夹着书主人的一张半身肖像。品微对着照片，不由得淌下泪来。

云彩什么时候散开了，澄蓝的碧海偶然有两三片白云飞过，天地异常幽静。桂品微推开窗户，痴痴地仰视遥远的银河。前尘往事，感慨万千。不得已，关了窗户，坐回灯下来，仍然无从排遣。终于提起笔，试写如下一首七律：

空庭寂寂夜青青，
云自飘飞月自明。
人去空留肖像在，
梦回犹听故人声。
东肆把杯人陶醉，
西窗剪烛泪涕零。
何事红颜伤薄命，

幸得知音恨也平。

写成后,自己呢喃吟咏有声,心中不觉感叹:

“是时代给予人的命运吗,还是个人招来的烦恼?”

“姑娘,时候不早了!”阿红从门缝窥视,轻轻地催着。

“阿红,你来!”

阿红进得厢房来。桂品微让她坐下,拿两只橙子塞到她手上说:

“拿着吧。你家还有什么人?”

“有妈,有弟弟妹妹。妈妈给裁缝店锁扣眼,弟妹还小,做不得工。”

“你在这儿,过得顺心吗?”

“姑娘,你是个好人……”

第三十一章

正当凌云青被放逐的那段日子里，韦步平在云南讲武堂的生活已接近尾声：学科、术科和野外演习等科目的毕业考试，开始陆续进行。在三角瞄准和实弹射击两项的考试成绩上，韦步平达到优异的水平：瞄准满分，射击，三枪全中红心，综合平时考核记录计算，获得分数是98；在野外演习项目内，战术指挥得到的评语是：长处——灵活、机动、勇敢、顽强、坚持性好；缺点——细心、谨慎、沉着不足。沙盘作业这一科目，是测验指挥官的作战计划和战役部署的才能的，韦步平在这方面特别出色，总评分是全堂第一。

术科和野外演习的主要项目考得差不多了的时候，考试的重心转移到学科上。课程还未上完，教官紧在赶教，学员紧在赶学，课堂勤务比平素紧张。学员有的孜孜不倦地死记《步兵操典》，有的聚精会神地默诵《阵中守则》，有的埋头苦干，拼命抄书，打算考试时夹带进课堂。

唯独韦步平在这方面满不在乎：照旧钻图书阅览室，借阅课外杂书，披阅报章杂志。前一段日子以他领头发起搞的“社会主义研究会”，虽然被学堂禁止了，但是，他个人课外自学，学堂却未能完全限制。他依然热衷于世界潮流方向，瞩目于时代精神和学术思想的动态，观察分析社会人心的向背。小团体组织虽然因被取缔而瓦解了，他却维持着几位要好的同学，不拘形迹地常在一起纵谈天下大事，探讨学术思想。他在本地找不到明师，却用通讯办法跟北京、上海某个大学函授班、某个学术团体、某个杂志社取得联系。总之，学堂的规章制度，地域的范围，都限制不了他的思想的飞扬，束缚不住他的行动的奔马。好心的同学见他这样，莫不为他焦急，他自己反而若无其事。说什么：学问是靠平时下功夫的，知识全凭点滴的积累；平日不烧香，临时抱佛脚，自欺欺人，纵使叫你侥幸考上百分，能拿来当饭吃吗？我韦某就不为这种考分当奴隶。

学堂当局对这位不逊的学员是心中有数的：有人主张勒令他退学算了，朽木不可雕也。但是，一查其来历，都知他是目前转归了川军体系的朱旅长保送来的人，事关川滇双方友军的瓜葛，不好草率处置；再说，当今时势，民主、自由呼声，与日俱增，碍难断然遏止。即使军事学堂，也不宜于过分专制，与时代潮流背道而驰；何况韦步平这类思想在学员当中，得到同情赞助者并不乏人，倘若对他这个人处置失当，势必引起风波。不得已，只好在他的名单上暗中打个“？”号。

这时候，是星期六晚上，照理是学堂欢乐的时分。然而，讲武堂这里，气氛异常：学员们几乎把难得的时刻忘了，不论在课堂、在宿舍，还是在操场，处处都见到同学们为应付学科的毕业考试而愁眉苦脸。有硬背《步兵操典条例》的，有死记《筑城学》的计算公式的，有默诵《阵中守则》的。教室灯火明亮，宿舍里鸦雀无声。时间却不称人意，像特意打快板似的，不多一会工夫，嘀嘀嗒嗒的熄灯号吹开了。然而，蜡烛代替了电灯，教室仍然出现着光亮，用功的人继续在啃讲义，抄条文；宿舍里灯火灭了，人声反而唧唧嘟嘟，相互考问。

一位教育长由一位值星教官陪着巡查来了。他们先到步兵科宿舍，这里，说话的人很不注意，声音很高。

“喂，喂，熄灯睡觉了。”值星教官敲敲门说道。

“报告,我们房间有人失踪了!”谁在房间里嚷。

接着,另一个人批评了他:“看你,谎报军情。说得那样严重,危言耸听!”

值星教官立即追问:“谁,谁没有归队?”

“韦步平。”

“又是他。哪里去啦?”

“恐怕还在课堂的吧,队里还有人在那里挖工事哪。”

教育长说:“挖工事? 真会造新名词。是开夜车吧? 走,看看去。”

教育长走在前面,值星教官在后头打电筒给照路。他们往课堂来了。这两排对面的教室,有的是漆黑的,静寂无声;有的却有人就着烛光在那里用功。步兵科学员编成三个中队,一个中队一间课堂,朝南一排是步兵科三间和辎重兵科一间,一共四间,朝北一排是炮兵科两间,骑兵科和经理科各一间,合起也是四间。值星教官领着教育长先到朝南一排房子一间一间地巡视,都没见到他们要找的人。

教育长是新近从督军署参谋部调下来的,对学员情况还不熟悉。向值星教官问:

“他是步兵科的吗?”

“是的,步三中队。”值星教官自在纳闷,自己嘟哝着说,“哪里去了呢? 一匹难驯的马。”

“哦? 难驯的马往往是千里驹呢。”

“那就要看驭驽手的本事如何了。”

教育长问值星教官:听说上学期这里的学员为纪念俄国十月革命一周年,有人在学员当中散发传单,有没有这回事? 查出是谁干的没有?

“就是他——韦步平牵的头。”值星教官说,“在这事件发生之前,韦步平曾经同几位同学私自组织了一个‘社会主义研究会’,学堂当局发觉之后,认为这违背了军事学堂堂规,禁止了他们继续胡闹。但是后来还是发生散发传单的事,在学员当中传来传去,把大家的心思都弄散了,学堂很不好管理。”

教育长听了,问道:“那,能不能就说是姓韦这个学员干的呢?”

“不是他,谁有这个胆量。”

“那，也不能凭猜想来断案。”

“反正他承认‘研究会’是他领头闹的。这个学员，反正是——特别，与众不同。”

教育长一边听值星教官对韦步平作的评语，一边走，不觉走到对面朝北那排课堂来了。这时，在炮兵二中队的课堂里，有七八个学员黑压压地聚在一堆，围着旋下了玻璃罩的电筒当作灯光，聚精会神地倾听一个人演讲什么新闻。值星教官把手电筒拧灭了，和教育长悄悄地站在课堂外头走廊谛听。里头传出小小的声音：

“……我们这里简直是一潭死水，外头，人家大大小小的学堂，哪个不是一锅开水一样闹喳喳的。自从五月四号北京大学领头闹起的示威游行以来，如今全国各地都在接二连三地发生学生闹罢课、工人闹罢工、商人闹罢市，人人义愤，掀起抵制日货风潮。可见民心不可侮。”接着，他讲今天午后他上街，在民众教育馆听到从北京来的一位社会名流做的演讲，讲的非常精彩……

“是吗，他怎么讲的？”有人急忙插话。

接着，有人发起牢骚：“唉，真气死人，外头闹成那样，我们一点也不晓得，真是成了世外桃源了！”

“是的啰，如果说，军人不必过问政治，那，如果做军人的到底为什么要打仗，为谁打仗都弄不明白，岂不成了被人提线的木偶了吗？”

人们七嘴八舌，嘈嘈嚷嚷。

值星教官再也沉不住气了，猛一下跨进课堂，劈头就问：

“你们谈什么那样热闹呀？熄灯号早已吹过了，为什么不按时作息？躲到这里搞什么名堂？”

谁把电筒开关捻灭了，屋里一片漆黑。人们鸦雀无声，乒乒乓乓地移动着桌椅，各自散开。值星教官打着电筒照着他们逃散的背影，顿然发现什么似的，喊叫一声：

“韦步平！”

“有！”一个魁梧的背影转过头来直立不动。

手电筒的光柱在他脸上晃了一下。他脸色沉着而坦然。值星教官断然地说道：

“你跟我们到教务处来一下！”

韦步平一声不响跟着两位官长来到教务处办公室。教育长坐在他的办公桌前面，认真地端详着这位颇有名气的学生，好像是要在他的神态上寻找奇迹。其实，他也不是什么三头六臂的妖怪，并不见得有什么出奇的地方：至多还不是人长得稍为高大粗壮一些，眉毛特别浓密，像是演员特意用墨炭描过似的；嘴巴宽大，两边往下撇，时刻都在准备着斗争的神气；两眼炯炯发光，面对两位官长瞅着，好像早已料到会遇到的事。看他既沉着不慌，又坦然无惧。

“我问你！”值星教官开口先说，“你方才传播那些谣言，是从哪里来的？”

“外头听来的。”

“你几时上街去啦？”

韦步平说，今天下午他们“步三”中队是各人复习功课，他请假外出到邮局寄包裹，回头路过民众教育馆门口，见到贴出的海报，敦请北京大学教授某某莅临来馆演讲“中国之出路”，欢迎自由入场听讲。于是，他就进去听了。

“如果方才我讲的是谣言，那是从教授的嘴里讲出来的，我只是做个传声筒。”

教育长听完学员的叙述，睁着眼瞅着他说道：

“你就要毕业了，应当懂得这是什么地方，唔？”

韦步平抿着嘴，一言不发，意思是说：随你的便，爱怎么说就怎么说。教育长见他态度如此，越发严厉起来，提高调门说道：

“这是军事学堂，不是圩场，懂吗？”

韦步平抿着嘴，一声不响。

值星教官企图作调停，问道：“我问你，你上街回来，向值日班长销假了吗？吹过了熄灯号为什么不回宿舍？”

“不回宿舍的也不止我们几个。”

“别人是温习功课，你是干什么的？”

“我给同学讲……”

“讲‘中国之出路’？——纸上谈兵！”教育长训斥。

“清谈误国！”值星教官附和。

韦步平气鼓鼓地正要顶嘴。教育长不让他开口，立即说道：

“不许狡赖，违反堂规就按堂规执法！”教育长气愤愤地起身来回踱步。

值星教官拍了拍案头的叫人铃，喊道：“来人！”

卫兵应声进屋，立正侍候。

值星官向卫兵使眼色，说道：“把他带去步三中队，交代中队长，送禁闭室。明天星期日禁足——不准外出。”

“报告！”门外一声喊，一位副官突然出现，朝着教育长说话：

“报告教育长，川军一位参谋处长见到……”

教育长嗯一声。向卫兵挥手，叫他把人带走。

因为快要毕业了。学员们都巴望有个星期天上街办些事：有要照相留念的，有要买土产作礼物的，有互换兰谱而饮宴的，也有提前走亲友家告别的，就是没有要紧事的人，也待不住，都想上街逛逛。一清早，人们就陆陆续续往外溜，平素闹哄哄的学堂，一下子就像是飞走了蜂群的巢础，空空洞洞。

韦步平坐了一夜禁闭，早上放回队上了。但是，被禁足——出不了校门，这当然是别扭的事。不过，对韦步平来说也没有什么不好，他可以清静地读一天书。早餐过后，他一个人拿着书独自到学堂的后山去了。这是学堂的风景地区，山坡上种着松柏，从围墙外引进一泓清流，水上架起拱桥。水流两岸栽培好些此地著名的各种颜色的山茶，花圃里还有别处见不到的形形色色的花卉，花丛有绚丽缤纷的蝴蝶飞来飞去。这些都是罕见的景象。山坡顶上，有座六角亭，是纪念护国讨袁阵亡烈士而兴建的亭子。栏杆、碑石都用上等的大理石作材料，石工做得格外讲究；碑石的横额上刻的“浩气长存”四个大字就是蔡松坡的墨迹，刻工十分到位。凡是到这里来做客的，都少不了到这儿来盘桓凭吊一番。平日，学堂的人倒是很少来。一则司空见惯，不足为奇，二则各人的精力时间都用到靶场、沙盘、双杠和木马上去了，这种闲适的去处，并不引起太大的兴趣。只有韦步平却有点特别：只要一有空余工夫，他总是要来：他的那些课外杂书，几乎都是利用星期天和其他假日拿到这儿来读的。

今天,他既然出不了大门,只好到这里来度过他的星期天。此刻,北京晨报副刊一篇《近世社会主义鼻祖——马克思之奋斗生涯》的专论,吸引着他入神。从桥上来了一个人,走上亭子,悄悄地来到他跟前,不知是他“听而不闻”呢,还是闻而不睬?他依然对着书本,对身边的动静,他毫无反应。这就不免引起来人的惊讶。他挨着栏杆,一声不响,对他仔细观察。

来人仔细地端量他的容貌,极力搜索着记忆。恍惚想起往事,独自露着笑容点头领会,打心眼里给自己说话:“就是他!”

“对!‘不是战斗,就是死亡;不是血战,就是毁灭’。”韦步平读到文中引用的警句,不禁拍腿朗诵出口,抬起头来,不觉遇到一道含笑的目光。

“还记得吗?”来人先打招呼,除下雪白的手套,热情地伸出手来紧紧握他的手。

韦步平一下子愣住,睁着迷惑的眼睛瞅着跟前的人:他,个子长的稍矮,然而特别干练,神采飞扬而潇洒。佩带上校军衔的领章,脚穿带马刺的皮靴,一身将校呢军装。这真叫他一时想不起是谁,一时找不到合适的话来讲,弄得挺窘。那人到底是个军人,直爽地作自我介绍:

“我就是章斌——文章的章,文武……”

“哦!”韦步平立即脱口而出,呵了一声,恍然大悟,惊喜非常。把书报挟在腋窝,伸出两只手去重新握住对方的手,摇了又摇,连说带笑地说道:“久违,久违!”

两人就坐在大理石的坐凳上,互相对视片刻。

“记得我们初次认识是——”章斌说。

“是在军事法庭上。哈哈。当时,小弟是处在被告席下,阁下是坐在审判官的位子,现在——”

“现在,阁下将是被迎接的娇客,我却成了牵线的媒人。哈哈。”章斌说了句幽默的话,自己在发笑。

韦步平摸不着头脑,不懂他话里的话,不禁瞠目结舌,困惑不解。

章斌体会对方的迷惑,说道:“你听我说吧,事情是这样……”

接着,章斌就把话跟韦步平谈起来。他说,自从韦步平离开泸州回云南进讲武堂不久,章斌跟朱旅长也就脱离滇军,投奔川军去了。他眼下是在成都督军署当参谋处长。这回是随从参谋长李遇春来昆明和滇督汤希舜斡旋,谈判联省自治的事。听说讲武堂这个学期有毕业生,参谋长请求云南方面输送若干青年干部给川军增添些骨干,汤督果然慷慨应允了。章斌说,以他看来,这,一方面固然是给友军送人情;另一方面也何尝不是下围棋似的,借此在川军一边的棋盘上,放下几个子儿,说不定有朝一日,这点子儿对汤督崛起西南,问鼎中原的野心会有特别用场。至于川督冯千秋的专使——李遇春参谋长这一边呢,章斌说,也不仅仅是纯粹为了给军队补充十来二十个骨干,主要恐怕是企图通过这些人窥伺滇军的内情。总之,你中有我,我中有你,各打各的算盘。

章斌还跟韦步平谈到:李参谋长此行,联省自治的政治交易,虽然没有结果——汤督要亲自出马,到四川某地召集五省军政会议再作定夺,这件附带的小人情却做成了。昨天,章斌奉到参谋长之命,住到讲武堂来,履行人事上的交接事务,让他出面跟讲武堂办交涉:看实际能给多少人,推荐的具体名单,提供的人事档案,介绍每个学员学业特长,等等,都由他一手谈判、了解、审查和挑选。

今天,学堂不办公,他一个人乐得到处逛逛,不觉走到这个地方来了,不想两人在此邂逅。

章斌把一长串的来历和任务讲完了,对韦步平开玩笑地问:“我是作穿针引线的媒婆来的,阁下能给我这个媒人赏脸吗?”

“只怕丑女嫁不出门呢,还敢得罪媒婆吗?”

“哪里,哪里。阁下过谦了。”

韦步平收起了笑容,郑重其事地说道:

“阁下有所不知,所谓‘江山易改,本性难移’。几年来,小弟并无长进,到处碰壁,总是被正人君子视为异类。大概阁下已经看出来了,今天全体同学都得外出,就剩下我一个人在这里。”

“为什么?”

“被禁足!”

“那,又是怎么回事?”

"这怎么说呢？算是爱国有罪、过问时事犯法吧？哈哈！"韦步平笑得有点神经质的味道。

章斌瞥他一眼，觉得蹊跷，摇摇头，喃道：

"不明白。"

韦步平把昨天发生的事告诉了他。

"原来如此！"章斌笑道。随即看着对方手上拿的书报，问读的什么。韦步平把书给了对方。章斌接过来翻了翻，向对方端量一下，稍为斟酌地慢声慢气地问：

"读过《新世界》那份杂志没有？前几年，在那上面连载恩格斯的《空想社会主义与实行社会主义》[①]一本书，那里头，对蒲鲁东的空想作了极为深刻的批驳。"

韦步平一心一意倾听，不作声。

章斌停了片刻，又问他平日课余还读哪些书报杂志，喜欢哪方面东西，文学、历史，还是哲学？

韦步平把几年来读过的，印象较深的都说了说。说是在讲武堂这三年，与其说是学的军事学，不如说学的政治学、社会学更为恰切些。他把课外和正课的位置颠倒过来了。正课马马虎虎，敷衍搪塞，能应付过去就完了，课外时间却集中精力去蹲图书室，生吞活剥，涉猎浏览中外古今的典籍。好些从外国翻译过来的著作，拿到手就翻：亚当·斯密的《原富》啰，卢梭的《民约论》啰，达尔文的《进化论》啰；还有尼采的"超人"哲学，叔本华的"怀疑主义"……总之是，不管政治、经济和哲学，样样都看。读外国人的东西，好像走在不平的道上，读起来虽然有点吃力，道理却新奇，不过似懂非懂，只能囫囵吞枣。偶然也读一读林琴南翻译的小说：法国嚣俄的《孤星泪》[②]，美国人作的《黑奴吁天录》等等。

"是呀，这样博览群书，增长知识，打开眼界，错是不错的。人说'一部《论语》，可以治天下'。这就讲，有用的学问不在乎杂而在乎专。阁下阅览如此广

---

①《空想社会主义与实行社会主义》——即后来译名为《社会主义从空想到科学的发展》一书，当年曾译载于《新世界》杂志上。

②嚣俄的《孤星泪》——一本著名的法国小说，后来译为雨果的《悲惨世界》。

博,也曾作过比较没有？比如说:觉得哪些道理值得可取的？”

韦步平说:本来就为着探索各种流派的观念,分辨它的真伪、正谬,才跟几个同学组织一个社会主义研究会的,谁知读书成了犯法,被学堂禁止了。“读书没有系统,饥不择食,脑子里装的乱七八糟。”

章斌说,那回在军法处,匆匆忙忙捡起几本杂志叫勤务兵给送了去,也没机会面谈,很感遗憾。

“阁下对当前时局很留心吧？”停了一会,章斌着重问道,“眼下,从五月初北京学界领头闹起了风潮,全国各地风起云涌。去年湖南有一批先进青年,以毛泽东领头组织‘新民学会’,最近天津有周恩来等人成立‘觉悟社’,这都是历史潮流的前驱!《新青年》这份杂志,不愧是时代的先声,继续订阅吗？”

“那是精神伙伴。”韦步平得意地笑道,“里头,李大钊、陈独秀的时评,往往能击中时弊,立论精辟,令人倾倒。李、陈之间,李又比陈有斤两,只是文笔似乎未能如陈流畅;胡博士前年连发两篇文章,大谈什么文学革命,提倡白话文,固然自成一家之言,但总觉得立论浮泛,只注重于形式上的改革,而忽视思想内容的革命;不如唐俟的一篇《我的节烈观》,反抗封建礼教,要求改革的精神,倒是要言不烦,一针见血,文笔犀利,入木三分;还有去年鲁迅的小说《狂人日记》,和最近的《孔乙已》,通过人物故事,揭示封建社会人吃人的制度的实质,引起人们感情上的共鸣。总之,《新青年》比较的敢于仗义执言,说出大家心里话,没有那些无病呻吟的叹息,没有那些卿卿我我的无聊,没有骗人的鬼话,没有言之无物的空谈。……哈哈,我居然信口开河,胡诌一通,太不自量了,务请海涵!”

章斌默不作声,不置可否。随手将书翻开,这回,他发现扉页上盖着一颗刻着阴文的印章,是三个这样的钟鼎文——为不平。他抬起头瞧对方一眼,若有所悟地点头微笑。

韦步平见对方这样神色,怪难为情地红了脸。心想:“话说多了,言多必失!恐怕会贻笑大方吧？”

“我们回吧。”章斌站起身来,掸了掸笔挺的马裤。

韦步平看他对自己的见解回避评价,表现冷淡,也就不再往下讲了,勉强地陪着客人往回走。回到小桥上,才想起问候朱旅长的近况。章斌说,他到了川军，冯督军对他倒是特别倚重的，不过，到处杨梅一样花，四川也有四川的气候：那里，地方观念十分浓厚，派系斗争异常复杂。朱公刚到之初，膺任混成旅旅长，不久，部队改制，混成旅扩充成第三师，师长是川军旧人，朱公成了助手，实际上等于安闲置散。感到无可为，只好上峨嵋山治糖尿病。最近消息，说是想到国外去游历，不知后事如何，且听下回分解。

韦步平听罢，不免问道："说实在话，川军到底是什么一个班底！滇军长期占驻人家的地盘，不会闹乱子吗？"

章斌才要说什么，一位勤务兵找到来说，午饭已准备妥了，请客人回去用饭。

"说起来，话就多了，有空再谈吧，再见。"章斌把话说了，举手示意，跟勤务兵走了。

韦步平独自留在桥上，俯瞰着桥下的游鱼。脑海荡漾着方才两人对话的涟漪：

"一部《论语》可以治天下？什么样的一部'论语'，能有这样的符咒呢？"

问号的涟漪一直在他脑海打转转……

第三十二章

中秋,一年一度的佳节又到了。

今年这个节日,韦步平一行是在旅途中过的。他们讲武堂共十三位毕业班同学由参谋处长章斌率领,从昆明到成都报到,经过几天的旅途奔波,昨天晚上到达了内江。驻防在这里的旧川军刘汉雄师长特别好客;极力挽留他们在这儿歇两天,过完节再走。章斌看东道主诚意难却,只好停下。

这里是川南富庶之区,驻军挺复杂。原先蔡锷指挥的护国军第一军就在这一线击败了袁世凯的北洋军,事后,这一部分滇、黔军队就赖在此地驻防,不肯撤回本省去。如今地方上驻扎着川、滇、黔三省部队,番号、建制各自隶属本省督军署,没有统一指挥体系,粮饷却由当地财政统筹负担。这样一来,宾主之间虽然不免发生某些龃龉,然而大体上总能相安无事,内中原因固然是,一方面,滇、黔客军毕竟拥有相当实力,有枪杆掌握在手上,即使川军是地头蛇也无可奈何；另一方面，川军内部有新旧军之间相互倾轧：有保定系跟速成系①的明争暗斗，北洋军阀的残余势力仍然企图死灰复燃，从中作怪装妖。滇、黔军借此钻空子，无形中成了川军新旧派系双方争取的对象，以之压服对手。这就是这支客军能够在这块地盘存在的微妙关键。

刘汉雄师长，一早叫副官给每人送来银洋五块作程仪，好让这些刚从学堂出来的人上街零花，同时给每人发来一份烫金的请柬，请贵宾们晚上赴宴赏月。

白天，大家没什么要紧的事，乐得休息下来。滇军一个旅的司令部就设在这个城里，章斌寻找当年的袍泽叙旧去了。韦步平一行有的上街理发、洗澡，有的到处闲逛，游览市容什么的。

这城规模不小，也挺繁华，有水旱码头，是这一带城乡货物的集散地。柑桔、香蕉、柠檬、葡萄和水柿，各种各样的南北水果在这里不但具备，而且很负盛名；四川榨菜的主要产地就在这里；别有风味的茶馆和小食店，很能引人注目。

韦步平他们经过十来八天的旅途劳顿，在这里，精神为之舒畅。

傍晚，日头落入长江，月光还未露面，好客的刘师长派了好几辆马车到迎宾馆来，把章斌一行人员接走了。不多一会，他们被送到了长年停泊在江边的一艘特别的花艇上。那是藏娇的金屋，是供养名伶歌妓的香坞；同时也是当地达官贵人和富商巨贾吃喝玩乐，兼做政治投机、军事赌博和生意买卖的场所。船舱上下分作两层，顶上是三两间阔绰的单间和一间大开间的敞厅，玩大烟枪的就在小单间里头，敞厅是作摆大筵席用的。要在这里过夜的客人，就在下面一层，那是一小间一小间隔开着的、陈设精巧、香气馥郁的闺阁。

好客的主人宴请驻在本城的滇、黔军团以上的主官，自己部属的几位团长也都请来作陪。包揽了这艘船今晚的全部生意，所有歌妓一个也不得对外出堂。顶上三间房子，两间都预备了上等的云烟②，摆下特别讲究的烟枪；一间是摆着一桌拿象牙制的麻将牌。妓女们午后就个个都在刻意打扮，个个修饰得花

---

①保定系、速成系——北洋军阀在保定设立保定军官学堂，其毕业生派在各地军旅，结成同学联谊会性质的帮派团体，简称“保定系”；“速成系”是各省设立的陆军干部速成学堂，轮训在职官佐。毕业同学也结成派系团体。

②云烟——云南的鸦片烟。

枝招展，莫不企图在刘师长跟前显示色相，争邀竞宠；做菜的厨师也在挖空心思变换菜谱，准备了十大样水陆席面。总之是，奉承刘师长意旨，要有个显赫的排场。

副官长领着手下的人马，来去招呼客人：递茶致烟，寒暄问候。应邀的客人都到得差不离了，东道主也终于依时出现。

此公今天作为私人宴客，穿的是一身唐装便服：月白色的横罗绸衣裳，胸口表袋挂着一条金光闪闪的表链，叫你乍然看到，就像是个开九八行的大老板；个子高大，满脸麻子，仿佛是由于他这点麻皮，反而更加显得脸面闪闪发光，两撇浓密的胡髭，配上铜铃样的眼珠子，就同黑夜里在古庙见到那盏冷酷而阴森的神灯；那股武断、专横的气焰，咄咄逼人。随从他左右的是个长年躺在烟榻上的人，脸色清癯，眼睑浮肿，阴阳怪气，跟他的主人恰恰是个对照。他是刘师长的幕僚，外号刘半仙。刘汉雄迷信，凡是遇到军机大事，难于决断的紧要时刻，都少不了请这位神仙扶乩问卦，以定抉择。

刘汉雄此人，原来是行伍出身，当过清末的兵勇，穿戴过胸前背后缀着“勇”字圆圈的号衣。为人心机精灵，冲冲杀杀，出生入死，经历大小战斗，不下百八十次，总算侥幸混过来了。从一个兵勇，当了十长，从十长升了排长，后来被保送进清王朝为了改造绿营而设置的“官弁学堂”，这就跟那些完全文盲的老粗有所区别。正因为如此，他也学会一定的权术，像久经风雨的江湖上的老艄公，学会了看风转舵。辛亥革命后，他以一个“管带”的身份，率领着一营兵马反正，投革命之机，当了团长。后来，川军内部分成“保定系”新派和“速成系”旧派两股对立的势力，双方明争暗斗，互有摩擦。他自知未必为“保定系”看上，因而向旧派靠拢。“速成系”一派人看他能打能跳，有一套江湖义气手段，可以笼络人心，对他拉得特别紧。就这样，凭他半辈子闯荡江湖，翻云覆雨，居然爬到今天的位置，成为“速成系”一派举足轻重的角色。但是，欲望是无止境的。在他心眼里，当今这盘棋局，要他屈处一隅，率领万八千杆枪的人马，不免大材小用了。因此一有机会，此公总是要卖弄他具有“雄才大略，气吞河山”的气概。的确，也不必讳言，此公自有其豪迈直爽的一面，恐怕就这一方面，往往为他掩饰其野心。

宾主入席让座，相互通名道姓，气氛活跃，副官长站起拍掌，宣告酒宴开始。东道主端起酒杯，站起来，扫视全场，高声祝酒说话，所有的声音都停了，所有的目光都落在一张麻脸上，所有的耳朵都在倾听这个喊惯口令的嗓子在讲话：

“朋友们，弟兄们，都请吧：兄弟带兵，无它，就是图个痛快。交朋友嘛，也无别意，就好讲个义气。今天凑巧，天上人间两团圆，领情友军诸位同袍赏脸驾临，机缘难得，兄弟我非常高兴，不胜感谢！这是头一点；二一点，云南讲武堂诸君，不远千里，肯来敝省军中效力，壮志堪夸；对我川军来说，可是求之不得的美事！在此，兄弟请朋友们，弟兄们，举起杯来，大家一齐干它一杯！谁不干，不算好汉！”

这就是师长刘汉雄。他举起杯，向花厅四五张席面的官佐和插花坐在当中的妓女们，环顾一眼，然后疯狂地一饮而尽，把空杯向大家亮底：“谁不干，不算好汉！”

主人豪情迸发，刚夹两道菜，接着又端起斟满酒的高脚玻璃酒杯，走到别的席上去了。只听他嘶哑的公鸭嗓子叫嚷：

“来，来白的。我这是地道的泸州大曲，你这是什么？老弟，可不是白开水吧？”他走到一位黔军的团长跟前，要同他干杯。

黔军的客人说：“我这是咱们敝省土产——茅台。我们换着来吧？”

东道主对客人瞥了一眼，仿佛领会对方言外之音，临机善辩地答道：“不，我可不能放弃我的泸州，还是你饮你的茅台，我喝我的大曲。来，干！不干，不算好汉。”

就这样，东道主谁也没漏掉。从这一席到那一席，面面俱到：对年纪大些的，就说老当益壮，对年轻些的，就讲后生可畏。见人说人话，见鬼说鬼话，总是找到话来应酬敷衍。

“哦，我一眼就看出来了，你准是个豪爽的男子汉！”刘师长走到韦步平跟前，往人家的肩膀一拍，把酒杯斟得满满的递到对方手上，盯着对方腼腆的眼光，说：“来，放开胆，干一杯！”

韦步平对着主人一饮而尽，说声：“谢谢！”

“好！呱呱叫，年轻人——什么称呼呀？”

韦步平将名字告诉了他。

“为不平吗？哈哈，好，为你这个名字再干一杯！”

韦步平把两只空杯斟满了酒，两人端起杯来碰了一下，一饮而尽。

“好，后生可畏！”东道主一边说一边转向另一席去。他朝着坐在旁边陪客的妓女们瞟一眼，略有所思地走近一位穿黑乔其纱旗袍，梳着长长的刘海，嘴唇涂得红彤彤的娘儿身边，在她粉嫩的胳膊上捏了一下，咬她耳朵说了一句什么，那娘儿拿起檀香扇轻轻朝他的手背打了一下，旁边另一个妓女吃吃地忍俊不禁地笑了两声。

刘大麻子望着其他妓女们故意吓唬说：“你们不给我把客人服侍好，等会给你们算账！”

东道主敬完酒归了座，别人也就跟着回敬来了。每张席面上相互闹酒的风潮接着掀了起来：

有大声吆喝相互猜拳的，有搂着妓女灌酒的……在这种场合，妓女们成了战场的老马，她能够一口不喝，却拿花言巧语，灌得你无法逃避：先灌了你满满一杯，接着就说：“好事成双”，逼着你非喝第二杯不罢手；待到你第二杯喝了，又说祝你“官升三级”，再来一杯，而她手上的酒杯连嘴皮也没沾边。有的则水蛇似的把人缠着，坐在人家腿上，箍着人家的脖子，撒娇撒痴地乘机掏客人的表袋，捏着客人的手，顺手牵羊。是钞票就把它悄悄装进自己腰袋，是金戒指，就把它撸下来，套到自己手上，笑嘻嘻地半真半假。

韦步平悄悄地溜到甲板上来，举目仰望，天空万里无云，初升的明月仿佛落在碧静的水底下的一块圆镜。大江两岸一片寂静，江面掠过清凉的微风。

“你一个人又在想什么？”

一个熟悉的声音从背后传来，韦步平回头一瞧，章斌笑眯眯地站到跟前，和他并肩凭依栏杆，仰视明月。

“不习惯吧？”章斌问，接着又说，“初次遇到这些是不顺眼的，惯了也就不奇怪了。他们往往是在这种场合完成政治、军事的交易。”

韦步平不作声。

厅里的喧声更加沸腾起来。

“疼!”

“哎唷,死鬼,放开我。”

“不,我不来了。”

几个女性的声音,发出娇滴滴的惊呼和微嗔……

“来呀,六(禄)位高升,全福寿!”

“一品当朝,五福临门!”

猜拳的张开嘶哑的嗓子,拼命地大喊大嚷,总是想把对手制倒。

刘大麻子忘乎所以地完全陶醉在这种疯狂的戏谑里头了:看他老摸着发亮的脑瓜,纵情地哈哈大笑。副官长从楼下急匆匆地爬上来,在刘师座的耳边唧唧咕咕,不知讲了什么。刘大麻子脸色一沉,跟旁边的刘半仙交头接耳。

刘半仙沉吟一会,用食指蘸着酒,在席面上画了一个圈圈,然后拿巴掌护着嘴凑在主子的耳边窃窃私语。刘师座点点头,站起身来,朝着大家扫视一眼,高声喊道:

“诸公请稍静一静!”

副官长和刘半仙带头拍了拍巴掌,让人们肃静,听东道主讲话。

“告诉大家一个新闻,有件意外的喜事来了,真是好事成双。我们的好邻居——云南汤督军大驾光临敝地!副官长,贵客已经到迎宾馆了吗?正巧,这么一来,川、滇、黔我们三省驻军的头头脑脑,全都集合在这里了,真是天上人间两团圆。哈哈,机会难逢,良缘天定。鄙人马上就去亲迎汤督军来同大家一道赏月。请诸位稍候!”

东道主讲完话转身就走,刘半仙跟着迈开了步才回头向副官长招呼:把酒席撤了,换上鲜果、月饼和茶水,准备赏月。

主人一走,客人更加随便了:有的抢着妓女进房里鬼混,有的躺在烟榻抽大烟,有的坐到麻将桌去哗哗啦啦地搓起牌来。

酒席撤了,大厅马上换成另一番气象:正当中,安排三张方桌拼凑成长条的西餐桌面，上面铺着新浆洗过的十分素净的台布，桌中间陈列四只景泰蓝的高脚大果盘，盛起此地著名的川柑、香蕉和葡萄，间隔当中是四盘各式月饼，另外还摆着两尊美人耸肩型的白瓷花瓶，上面插着时令的鲜花。全套是青花的江西瓷器茶具和已经搁着上等香烟的福建漆盒：甲板靠栏杆地方，单独安着几张茶几和藤器躺椅，也放着茶具、香烟和鲜果。

副官长先亲自到来检阅一番，似乎觉得没有可指摘的了，然后摇着电话机接通迎宾馆。不到半个小时，唢呐和喇叭声接连响开来了，码头上放射几道探照灯的光芒。副官长诚惶诚恐，急忙喊勤务兵去每间房子请客人出来，侍候迎驾。

军官们个个把风纪扣扣好，把帽子戴正，把皮带重新勒紧，撑撑衣襟；妓女们重新涂抹一层唇膏，扑点爽身粉，在手心抹点香水。大家都像演员，集中注意开幕，准备出台。

军官们听从副官长摆布，下到码头船坞上，站成一路纵队，等候迎接堂堂一位敢于和孙大元帅分庭抗礼的汤督军。没过多久，大家终于看到：一行八个一样高矮，一样打扮，一样服装，一样年轻英俊的护卫队，操着整齐的步伐，走下码头登上船坞，散开两边把守了直到花艇的通道。一会，两台绿呢大轿停在码头河岸上，卫兵把轿帘掀开，大人物钻出了轿子。人们注目不动，鸦雀无声。副官长喊一声口令：“立——正！”

大人物举手，触动一下帽檐，然后，让东道主刘大麻子陪着，徐徐走下码头。大人物派头非同小可，气势咄咄逼人。他的一身将军装束就跟刘大麻子的唐装便服成了鲜明的对照：领子别着上将衔的三颗金星，两只肩头缀着一缕金黄色的高耸的丝穗，胸口两枚闪闪发亮的勋章像小钟摆似的在摇晃；两撇往上翘的胡子，就跟日本仁丹药丸的商标差不多；个子比刘麻子短半个脑瓜，眼神特别精灵，鹰鼻深眼，像只饿极的鹞鹰，阴森森地瞅着人，时刻准备攫取食物。

“这就是自命为革命前驱的大人物吗？”

韦步平跟着大人物上到花艇的大厅后，瞅着汤督军被东道主让好了座位，才悄悄地同旁边的参谋处长章斌说话。章斌还没有说什么，旁边两个妓女正在唧唧哝哝地品头品足：

“你看他，那一嘴巴胡须，好不扎人！”

“嗤！”另一个妓女在她的伙计大腿上捏了一把。被捏的人“哟”了一声。

“嘘！”第三个妓女盯这两人一眼。

刘大麻子站起身来，向在座的人望了一眼，用手向大人物稍微抬一抬，说道：

“诸位，这就是我们久仰的非常军政大元帅府的副帅！汤督军大人，今天有幸路过敝境，深蒙不弃，应邀前来同我们一道赏月，大家欢迎！”

东道主话刚落音，各人噼噼啪啪，拍了两三巴掌。

汤督军随即站起，两只手撑着桌沿，那阴森森的眼光向在座的人都扫了一眼，态度威严，虽然跟前不过只有二三十个官佐，十来八个妓女，可是此公却像是举行大阅兵式的神气，盼顾自雄地岸然说道：

“我汤某人因事路过此间，有幸与诸君共度佳节，十分高兴。在座诸君，都是滇、川、黔三省军中骨干，护国干城，在此欢聚一堂，可见平日通力协作，敦睦无间……”

东道主马上插话：“我们都是同一条船上的人了，哈哈。”引得大家也禁不住发笑。

汤督军继续说：“是呀，我们大西南局面——滇、川、黔三军举足轻重，影响全国政局非同小可。我汤某此来，就为国事奔波，遵从广州非常军政府孙大元帅建国方略，特来贵省与豫、鄂、川、滇、黔五省军政首脑磋商，准备北伐，问鼎中原，驱除北洋势力，统一南北局面，自知责任重大，前途维艰，汤某何能，敢云膺斯重任？无他，端赖诸君以国事为重，鼎力相助，事方可图。刘师长讲得好，我们现在是同在一条船上的人，应当风雨同舟，和衷共济——”

“要讲革命，为国家，我们川军不会是开小差的孬种吧？”刘麻子对着他的几位团长瞪了一眼，向汤督军表示他的高傲。

“我们滇军把人都送来了。”一位滇军的副旅长轻轻地插话，冒了一句，拿眼光指着韦步平一行十三个青年军官。

汤督军胸有成竹地继续把话讲出来，接着说："为国家，干革命，是不应该存地域观念的。"他一只手玩弄着火柴盒，一边沉吟，有板有眼地说下去，"不过，按当前形势看，滇、川、黔三省的分合，关系全局得失至大。兄弟倒是有个临时腹稿，以为今天这样聚会实在机会难逢。如果只是为了赏月，为了尝尝广柑就散了，未免可惜。兄弟早有一管之见，以为倘若有个团体，将我大西南三省军人联成一体，以全副力量贡献于国家，促进全国统一，不愧于自身之职责。只因苦无机缘。今日幸会一堂，欣逢团圆佳节，何不趁此作为三省'共进会'的开端，往后谋其逐步推进，目标在乎团结为国，和衷共济。诸君以为如何？"

汤督军说罢坐了下来，望着刘师长。刘师长同大家一样，不想竟然遇到这意外的伏袭，不觉发愣，同大家面面相觑，一时没话好讲。

刘半仙把刘师长袖子拉了一下，两人交头接耳，刘师长点点头，别人都不言语。一会，东道主打破了沉默的僵局：

"诸位怎么不吃东西呀，尝尝。月饼是特制的，比市面大不相同。尝尝！"

人们开始剥桔子、摘葡萄、倒茶、抽烟，空气活跃起来。江风吹来，帘幔微动。

"汤督座！"一会，刘师长说话，"共进会的事……，主意好是好，在下的双手赞成。是不是今天就算出道题，让大家带回去捉摸捉摸，从长计议，改日再定？"

"也行呀！"汤督军淡淡地说一声。

"那就这样的吧。"刘师长松了口气，转对着大家说道：

"诸位这样正襟危坐，太拘束了，随意，随意！外面甲板有座位，可以赏月；房里有麻将、有大烟，各随所好。当兵的要玩就玩个痛快！这里不是操场，没有死军令，非得服从不可的事。大家随便玩玩，务必尽兴而返！"

人们慢慢离开座位，各寻各的趣味散开去。

刘大麻子朝着那穿黑旗袍的女人招手叫唤："素素，来！"

那女人扭着蛇腰，轻轻地摇着檀香扇子，瞟了师长一眼，嫣然一笑，移过身来，一屁股挨到大麻子腿上。

"你给汤督军剥只川桔呀！"刘麻子向那女人挤眉弄眼。

那女人好像是久经沙场战马，对旁边这位威严的将军并不在乎，用挑逗的眼色给他递媚眼，面带笑容，拣起一只丰满的广柑，照着对方的脸一晃：

“喜欢这个吗？嘻嘻。”

汤督军把粉嫩的胳膊一拉，那女人顺势往那张开的怀抱歪下去。男人将女的脸蛋轻轻抬起，盯着那双水灵灵的媚眼，问：

“你给我弹支什么来解馋呢？”

那女人挽起督军胳膊，扶到甲板的栏杆旁边，两人挨着坐在藤椅上，面对着江面。另一个小姑娘捧来一只琵琶，那穿黑旗袍的女人向督军介绍，说姑娘是从上海来的，评弹做得挺好。督军说：“好呀，弹来听听。”女人给姑娘使个眼色，叫她弹支“平湖秋月”，姑娘就边唱边弹起来。督军眯着眼睛爱听不听的样子。

一会，一位副官领着卫兵端来一只木箱，副官长向刘师长悄悄地说：“东西拿来了！”

刘大麻子叫把箱子打开，搁在桌子上。大家一瞧，原来是崭新的一支一支乌黑发蓝的德国克虏伯厂出品的三号左轮手枪。一共是十三支，整整齐齐地排列成一行，这一来，琵琶声断了，手枪替代了评弹的魅力，个个都围拢过来观看。

刘大麻子向韦步平他们一行人说，想不到什么合适的东西送给他们作个见面礼物，最近从香港买来一批手枪，可能为大家所喜欢，特地每人送一支作个纪念。

“我刘某人就是这样一个人。”他两手叉着腰，就像是没有督军在场似的，“自己虽然没拜过孔圣人，可挺尊重读书识字的先生。我说，我这个老粗、扛大枪出身的兵，今天居然是个带上万来个兵马的师长，你们这些满肚皮文墨的鬼儿子，能文亦武，将来不知成什么样子的了。总之，跟诸君也是有一句话：他日‘苟富贵勿相忘’！是不是这样？请，见者有份，拿，一人一支。”

刘师长说完，亲手拿起一支递给身边一个人，别人就一个跟一个挨着拿走，随口道谢一声。只有韦步平不动声色，临到末了也没主动伸手去取。刘师长望他好生奇怪，问道：

“唔？你这位青年人怎么的啦？没玩过吧？手上没武器怎能‘为不平’哦？

哈哈,拿吧。”师长亲自把枪交到韦步平手上。

韦步平接过枪,说声谢谢。把枪弄了一下,装进五颗子弹,转过身去瞄准挂在船头桅杆上作风号的葫芦,“叭”一声,葫芦的碎片落下江面,剩下的颈脖子那一小点还挂在绳子上摇晃。

突然的枪声震惊了四座,妓女们失声惊叫,几个卫兵迅速掏出盒子枪,护卫住督军。

“哦!好枪法,好枪法!”刘师长从容自如,望着开枪的人连声赞赏。

督军撇开了女人的纠缠站起身来,睁着铜铃一样大眼审视打枪的年轻人说话:

“你怎么乱打枪呀?”

“我要瞧瞧葫芦里装的是什么东西!”韦步平沉着地不动声色地回答。

督军一怔,仔细端量着他,打心里点点头,嗯嗯两声,然后望着韦步平问:

“是讲武堂刚毕业来的吗?年轻人,好好干!可要记住:别叫泸州大曲给灌醉了,辜负了把你们喂大的昆明的湖水!”督军意味深长地环顾韦步平他们十三个人。

韦步平说:“我可没有忘记,把我喂大的,不止是昆明的湖水,还有我敝省山国的玉米。”

“哦?”督军睁开大眼睛,“你是陆帅那里的人呀?哎呀,都是一家人嘛。——”

一位参谋匆匆忙忙闯了上来,把督军的话给打断了。参谋向刘师长报告:

“成都来急电,询问督军行踪。”

没等师长说话,督军抢过来指示:

“回个密电去:人已到此,平安无事。”

“督军是不是到房里躺一躺?”刘师长向汤督军躬身问候。

“好嘛,试试四川味道。”

人们让开路,刘师长和那穿黑旗袍的女人挟着这位大人物往预备好大烟的房间走去。

甲板上，人们对着天上的明月，还是俯视水底的铜镜，都没有苏东坡当年那么大的豪情感慨，一个个回到房间里寻求人间别样的悲欢离合去了。只剩下一个韦步平独倚栏杆，仰首凝视被新起的薄云遮住的浩月。江涛好似在呜咽，房里麻将声和凄凉悲切的琵琶调调混淆一起，鸦片烟的气味随着微风飘散开来，弥漫着整个大厅。

章斌发现韦步平独立船头，不免诧异，轻轻走到他身边，用体己的、平静的语气问道：

“阁下今晚感慨不少吧？”

被问的人没有立即答话。

章斌沉吟片刻，自己喃喃有词，吟起两句诗来：

今夜月圆人尽望，不知秋思属谁家。

韦步平回头一瞧，不觉正遇章斌询问的目光。自己也就信口唱道：

海内风尘诸弟隔，河山涕泪一身遥！

章斌听罢，往韦步平肩头拍了一下，笑道：“我说呢，阁下在想家吧？”

韦步平一怔。不胜感慨说道：“家？革命不成，何以为家！”

“好！阁下不愧是个四海为家的好儿郎啊。”

韦步平无言，沉默片刻。又自言自语，念道：

俱怀逸兴壮思飞，欲上青天览日月。

章斌重新认真地打量对方，心想：“此人头脑可是不简单。”

“请问，四川的月亮比云南又如何？”韦步平问。

“难说。”章斌答道。想了想，反问：“难道阁下看出什么征候来了吗？你们十三位太保,居然成了两军争夺的‘高地’哩,哈哈。”

“所以我就不客气地试了一枪看看葫芦里卖的什么药。”

“好。这一枪打得准!”

“我看,那位半仙半人的家伙倒是怪特别,去请他扶乩试试怎样?”韦步平提议。

“阁下怎么对骗人的玩意发生兴趣?”

“醉翁之意不在酒。只是这位先生使我想起当年在本县为人打官司,在客栈遇见过一位算卦的江湖骗子。”

两人正谈到这里,有三五位讲武堂来的同学,朝着章斌来请示:说是明天一早,他们还得起早赶路,是不是就向主人告辞先走呢?

章斌想想,大家说的也是个事。于是望着韦步平说:

“那,扶乩的魔术,我们就无缘领教了。”

韦步平答道:“来日方长,机缘不会没有的。”

第三十三章

韦步平一行人到了成都后,休息了一个星期。十三个人全都被派遣在新军里,有的下连队做见习排长,有的派在团、旅司令部当副官或参谋;韦步平个人,章斌把他留在督军署参谋处作战科当参谋。根据他进讲武堂前的中尉衔,同时参照他在学三年的成绩考核,擢升了一级,官阶是上尉。

参谋处平时的事务是不多的,大事有参谋长、处长管着,小事由见习参谋去跑腿、动手,中间这一层是承上启下,是个转手的环节,不想揽事的话,大可以偷闲。

韦步平既不肯去逛妓院,又没兴趣搓麻将牌,对玩大烟枪更是反感。于是,自己把时间都花到游览名胜古迹去了。杜甫的草堂,孔明的武侯祠,薛涛的竹园故居,西玉龙街的书市……这些著名的地方,他都一个一个地去凭吊、瞻仰了一番;剩下的空闲就只有以读书做消遣。他,书读得不专,旧习惯改不掉:相信开卷有益这句话，认为好书坏书，懂得它就是知识。另外，还特意买来一副围棋，书读得腻了就找棋友对弈，调剂脑筋。日子就像成都这座古城，过得倒也平静。

但是，平静只是两头波涛的间隔，生活可不是一潭死水。

这一天，夜已深沉。韦步平读到《三国演义》诸葛亮《出师表》的地方，联想他前些天拜谒武侯祠见到的周围景物，不免有所感触，于是，草拟了一首七言怀古《过武侯祠》：

三分天下何为计？
皮匠三人胜卧龙。
松柏尚存唯有土，
岐山失众霸图空。

信手写来，不及推敲，章斌突然深夜登门。韦步平回头看见不速之客，神色非同寻常，不便唐突就问。对方却装着若无它事，瞅着诗稿表示诧异：

“哦，居然借古以寄慨来了？”

韦步平一阵羞赧，一手把字纸拿起，揉成一团掷进纸篓。

章斌说：“成败论人，总不能超越历史的局限。”

“现代的局势怎样？”

“现代当然不同啰，所以你才有最后这句话的看法不是？”章斌盯着韦步平眼睛问。

“我是胡诌的。”

“先不管它是胡诌还是明断吧，我们犯不着去作听评书而垂泪，替古人去担忧。还是言归正传。”章斌说。

接着，他对韦步平传达一项通知：说是汤希舜这位滇督所倡议召开的南方五省军政会议，原来拟在重庆举行的，现因汤督临时提出异议，最后决定改到合川去。地方在重庆东南二百七十公里的江岸上。川军冯千秋督军交代参谋长李遇春：他本人为了尽东道主之谊，必须亲身赴会，要全部参谋人员随从前往。

章斌还说这是军事秘密，明晨天亮前从水路坐船走，要韦步平赶紧收拾好行李，准备出发。

韦步平笑着问："这样说，我们要做'群英会'跑龙套的去啦？"

"群英会？你怎么想的？"

"没有怎么想。这两天正在读《三国演义》，随便联想起来的。"

章斌沉吟半晌喃道："谁知他们葫芦里装的什么药，且听下回分解。"

韦步平问："朱旅长还没下山吗？"

章斌说，他还不忙下来，正是所谓坐山观虎斗，想看这一盘棋结局如何再讲。章斌好像还有话，欲言又止，立即改口说道：

"不耽搁你了，赶快收拾吧。还能睡一觉。我走了，等一会勤务兵来招呼你。"说完，走出门槛，顺手把门带上。

章斌一走，屋里显得特别空。人在其中，就像是置身于苍茫大地的中心，不知走向何处。韦步平顿时感到茫然。棋盘上一只卒子，不知会遇到什么命运？

翌日，拂晓前，韦步平和章斌他们随从冯督军已经登上一只驶于内河的小型炮舰上，向着长江下游开动。

此刻，太阳还没露脸，天空布满紫红色的霞光，甲板上的薄霜还未消失，冯督军已经出现在甲板上了。他穿的是一身薄绒的睡衣，头戴一顶法兰西式的开司米的毛料睡帽；同两名卫兵一起，打着太极拳。一个卫兵刚学着打，动作不熟练，督军几次停下来，耐心地给年轻人纠正，弄得他浑身发热，沁出微汗，把睡帽取下塞进睡衣胸袋里，又继续把整套吴家的路数打完。

吃过早点后，督军找几位参谋人员到他的小客厅去。他现在穿着一身草绿色将校呢军装，上将衔的领章却没有别上，衣扣全都解开来，前襟露出雪白的衬衣。看他样子，有四十上下年纪。是个正直、豪爽而洒脱的人，在另一面看来，又像是个教书的先生，没有那种令人生畏的将军的威风。

督军请几位参谋人员围着一张长桌坐了下来，然后朝着韦步平稍微端量一下，马上开门见山地说道：

"昨晚突然袭击，大家没有睡好吧？喝杯咖啡，提提神。"说着，夹起一块方糖投进杯里，用小银勺轻轻搅拌，玻璃杯发出轻微的响声。

参谋长李遇春接过来要介绍新来的参谋韦步平，督军忙说：

“知道了。”督军转过脸来，对着韦步平问，“听说你在内江花艇上给汤督军吓了一跳？”

章斌接过来说：“就因为他那一枪，刘师长向我蘑菇了半夜，想把他留下，当他的警卫队长。”

“哦？”督军一怔，“恐怕不止这一点意思吧？刘汉雄这个人……嘿嘿，他有他的算盘。”

督军这样一说，大家都不知该说什么好，只管喝着咖啡。

“大家随便谈谈吧：我们这一去——是参加群英会？”督军的老习惯，一边说话，一边用手指摸着眉毛在寻心思。突然，睁开眼，向韦步平问：“韦参谋，你不是一枪把葫芦打碎了吗，你看它里头装的什么玩意？”

章斌不等韦步平开腔，又抢先说：“那天在船上，汤表面上冠冕堂皇，讲得倒是挺动听：‘联合五省革命实力，共同北伐反动军阀’。”

“是呀，他的广告是这样的啰。你们是怎样看呢？”

督军有意在考他的部属，环视每个人的表情。

各人都不敢唐突，谁也不讲话。

一会，冯督军才又望着部属问道：“你们知道他有一颗很有名的水晶图章吗？”

大家瞪目不知所问。

督军呷了一口咖啡，说：“那是他在日本士官学校时刻的一方宝贝图章，上面四个篆体字：‘东陆主人’。图章说明他的抱负。以后凡是一切应酬的题字作书什么的，他都用这方图章作代号。”

“原来如此。”章斌说，“云南就有一所‘东陆大学’，董事长就是这位汤督军。”

“大家想想：这是什么意思？”冯督军说，“人既有如此抱负，区区一个昆明的湖是盛不住的。从青年时代起，他老哥就宣称他的处世哲学：宁为鸡口无为牛后，当个十长也比做个副帮带的强。可见他此次发起五省联防会议，这一着棋就大有文章。”督军站起身来，在不太宽敞的舰厅上走了两圈，又坐回椅子，摸摸眉毛,寻着心思。

参谋长到此表现异常冷静,介绍他搜集到的情报。说是云南的客人,自从来到四川,一个多月以来,活动异常频繁:到过几个驻军的防区,不仅跟他的部属滇、黔军走得很近,就是跟四川旧军“速成系”也互相打得火热;甚至有人讲,他跟北洋那边也密派信使,互通款曲。

“我们在昆明见过面,”李遇春带着试探的口气继续说,“他是口口声声表示拥戴孙大帅,服从广州军政府统一调遣的。中秋节那天在内江的花艇上,他开口闭口不离革命。可是我就纳闷:他既拥戴军政府,为何孙中山先生再三敦促他和广西陆干卿调人赴粤履任,他却迟迟不肯成行?又不肯就地宣誓就职呢?”

“症结就在于此,问题也就在于此。”冯督军把手上的杯子往桌面一搁,咖啡洒到雪白的台布上。

韦步平听到这里,用疑惑不解的目光,望着参谋长和督军问道:

“那样说,此次五省联防会议,他是以副帅身份召集呢,还是奉孙的委任而照办的呢?”

“两样都不是。”督军说,“是他个人发起的。我就未接到中山先生手谕。”

参谋长迟疑地说:“看来——”

“看来汤的胃口不小。”冯督军说。

李参谋长听督军把话说了出来,眼睛一转,若有触动,也没流露自己明显的意图。

这时,外面甲板上警卫连的士兵们喧嚷起来:他们发现江面的浊浪中漂流下来一具尸体。督军和几个参谋人员的谈话被打断了,都站到窗口去瞭望。

江面滚滚浊浪,一会又漂来整株芭蕉和树枝;一会又见浮起戽斗、木瓢和箱笼;一会又有肚皮鼓胀的猪、狗逐波而逝……岸上一大片地方,树杆和房屋留下触目的水痕,村道是一滩一滩的泥浆,稻田被水淹没了,望去是一片汪洋,四乡灾民拖儿带女,蹲在高地上,瞪着无告的饥饿的目光,瞅着滚滚的浊浪,瞅着手边被冲走的财物,瞅着白白被糟踏的田园。近处,充耳听闻号啕的哭声。

“天灾人祸,怎么得了啊!”冯督军深深长叹,颓然坐回椅子来。

厅里缄默片刻。

“怎么啦,都不讲话?对手的底牌既然不好猜就不去费那个脑筋了吧。”督军说,“来别的,换换脑筋怎样?来盘围棋。谁来?参谋长来一盘。”

“不行,不是对手。得让我两只子。”

“韦参谋试试吧。”章斌望着韦步平说,“近日来,看你很专心,进步不慢呀。”参谋处长用意是想把韦步平介绍给冯督军。

“哦?”督军高兴地瞧瞧韦步平,“你的兴趣挺广呀。刘麻子一下子就盯上你,可见他也是粗中有细的人哩。”

韦步平要的是黑子,开始下起棋来,一边跟督军对话:

“刘师长太天真了,一支手枪不可能把一个人的志趣轻易改变的。”

“是呀,也许他是太天真了。嗯,你在我们这里一个多月,觉得怎样呢?”

“还好。不过,有个想法:中国军人是不是太多了?当兵的一天没事做,徒然耗费粮饷。”

督军一边下棋子,一边说话:“那?你的意思是:勿须养兵,也不要政府,人人一样去做工种田,个个都是平民百姓?这,似乎有谁提倡过,事实上是办不到的。那才是太天真了。章处长,这叫什么,虚无主义?唔,空想社会,乌托邦,哈哈。”

韦步平脸上发烫,觉得不顺气,想说个什么又不敢冒失顶撞这样一位长官。正当窘惑时刻,一位副官进来说,午餐预备好了,问什么时候开饭?

“那,我们的围棋得让位了。做军人就这一点不好,不能不按时间表办事。”冯督军说,站起来往餐厅走,一边还对韦步平说:“你的问题一下子说不清,跟章处长谈过吗?”

韦步平望章斌一眼,意思是说:“这怎么说呢?”

一天晌午,冯督军的炮舰在合川码头停泊了。

合川是嘉陵江上的重镇,市面繁荣,同内江不相上下,是江北一带货物集散的中心。当年入川的护国军——滇军的前锋打到这地方时,袁世凯气死了,洪宪帝统随之瓦解。护国军也就没有再往前推进,就地驻防待命。一待就待了好几年,城里城外,全是戴红边帽的滇军把守。他们个个耀武扬威,俨然是这里的唯一的统治者。

汤希舜这次来视察他的老部属，看了看这方圆百来八十里地面全是他自己人马的防区，水陆交通极为方便，于是，临时改变计划，把五省联防会议的地点从重庆移到这里来。

为了表现他做盟主的威风，汤督军把欢迎各省督军的仪式铺张得十分排场：从码头到宾馆，几条长长的热闹街道都搭起好几座用松针、彩绸装饰成的牌楼。街道上，限令家家户户都拿水冲刷过，不准有垃圾、污泥。码头两旁排列着将近百人的军乐队，乐器全是闪闪发光的洋号、洋鼓。警卫队通通佩挂起德国造的盒子枪，人也是经过特意挑选的，都是二十来岁的小伙子，五官端正，肌肉丰满；服装是一色米黄的斜纹布料，打着整齐的腿绊，气焰骄横，五步一岗，十步一哨，咄咄逼人，威严异常。

汽笛高鸣三声，冯督军的坐舰徐徐向码头靠近。码头上的军乐奏起来了，那四支过山长号才威风哪，管子有五尺来长，喇叭有脸盆那般大，吹起来“波波”的响个不停。一位副官长领着一群文武官员拥上炮舰来迎驾，请冯督军一行上岸。

当冯督军他们一步一步走上码头时，军乐齐奏，江岸上列队迎迓的队伍肃立目迎目送。队列的前头是骑兵，这就很有气派：马的毛色有乌青、姜黄、雪白和枣骝四色各成一对，排列齐整而对称；骑兵统统背着捷克造的马枪，另外各人还挂着一把战刀，脚上都穿着配有马刺后跟的皮靴，头戴钢盔，服装一色米黄。接着骑兵后头的是“佽飞军”：这队人背的全是驳壳盒子枪，脑瓜也戴的钢盔，扛着方天画戟，雄赳赳气昂昂，神气十足。一位骑在一匹枣红的蒙古大马上的旗官，撑着一面杏黄滚金丝穗的大红旗，旗心绣个斗大的黑绒“汤”字。后头停下一顶绿呢八抬大轿，轿里摆着一只绣着金龙的黄缎褥靠垫，轿顶安上一只五岳朝天的锡鼎。

副官长引路，巡视完了长列的仪仗队，到了轿前，请冯督军上轿。冯督军看看这个派头，心中颇不自在，推让了一番才不得已进入轿里。参谋长李遇春和章斌、韦步平一行随从，各人都骑上配着紫金鞍的骏马跟在后头。接着才是副官长率领的“佽飞军”，浩浩荡荡通过大街，朝着宾馆冉冉而来。看热闹的市民阻塞了街道。

冯督军和其他各省的首脑一样,都被安排在宾馆的别院名叫逸园的一间花厅里。这是清朝一位巡抚经营的一座豪华别墅。辛亥革命后,被没收过来辟为宾馆,作为当地军政要人出巡驻跸之所。里头山石台榭,玉树名花,都还保留原样。由于门深墙高,警卫森严,历来被视为禁地,与外界几乎是隔绝的。

现在,各省军政长官带来的随从,除了参佐人员,其余的卫队全都被安排到另外的住所去了。这里的警卫和勤务,通通由滇军方面担任。

“这不是叫做‘请君入瓮’了吗?”韦步平观察一番形势之后,悄悄地同章斌说道。

章斌望了望他,苦笑稍停一会才幽默地说:

“你不是学会了下围棋吗,从这个角上看来,这一方似乎是被包围了,如果你是高手,也可能在另外一角给对方来个反包围,死地又变成活路,关键在于看你手段高低。”

韦步平听完章斌的幽默,沉吟一会,瞅他一眼不言语。意思是说:“是这样吗?”

冯督军下榻处是稍靠后头的西花厅。才住定没半个时辰,他就亲自到几位参谋人员的房间来看望大家。他平素那种乐观、坦率、开朗的神色,好像是一下子给阴云遮掩了的晴空,忧心忡忡,话也不多说一句,跟大家简单打个招呼之后,单独望着参谋长和处长两个说:“你两人到我房间来一下!”两人也没作声,跟着就走。

闷极了,就像雷雨前的天气。

晚间,汤督军办着狗肉宴。宴请与会各省首要和他们的随从,驻军的旅、团长出席作陪。

宴会设在荷花池上的水榭亭,地板铺着青松针,洒上花露香水,满厅散发一股浓香;窗棂垂挂湖水色轻纱,天花板下两条交叉的线索,悬挂纸印的万国国旗,每张席面搁着一尊花瓶,插着鲜丽的花簇,一色象牙筷条,酒壶是银制的,杯盘勺匙,一整套餐具全是双龙戏珠图样,是景德镇的名瓷。场面十分阔绰。

一阵军乐鸣奏,汤督军领着各省头头穿过荷花池上的九曲桥,慢步进入宴会厅。这时,汤督军比在内江途中神气多了:满面红光,胡须经过修剪,两头翘起更为刺眼,那套元帅戎装,灿烂夺目;看他那眼神就像只饥饿的鹞鹰,盯人一眼就要把人啄一口似的。各省首要,川、滇、黔的督军来了,鄂、豫两省只派来代表。他们有的穿军装,有的穿唐装便服;有的是挺胸突肚的大胖子,就跟吃饱了的猪猡似的,什么也不太在乎;有的脸色黧黑,横眉竖眼,提心吊胆,时刻防备别人突然袭击的神气;有的不动声色,老于世故,像只专等空子钻的狐狸。

韦步平对他们一个一个品了一番,心想:这就是国家的干城、社会的栋梁吗?凭这么几块料,岂能撑起大厦于将倾?他越想,脑子越浮起这样那样的问号。

汤督军以主人身份请宾客入座。副官长在督军耳边说句什么话,督军嗯了一声,然后严肃地朝着全厅扫了一眼,慢慢站起来,端起高脚的玻璃酒杯,望着大家来个开场白:这次会议本来是拟在重庆开的,后来考虑到这是军机大事,关系重大。重庆地方,来往客商混杂,保密、保卫都容易出岔;成都地方又太偏,各省来往费时,只好折中,改到这里来开。这地方小,食住都不那么称心,不免委屈了大家。恳请诸公既来之则安之,将就一下。

几句开场白过后,戏文才正式开始:

“兄弟我,”汤督军继续说,“此次劳驾诸公,千里迢迢来到此地,所为何故呢?”说着把酒杯放下,又重新扫视全厅,“一句话,还不是为国家,为革命嘛。鄙人不说,诸公也会晓得:我汤某人自从日本学成归国,十载于兹,夙夜匪懈,惨淡经营,无非一心为国,追随革命。经历护国讨袁,辅弼蔡故将军首先发难,一举而驱逐北洋势力于西南,为民除了祸害。至今四川百姓,仍不忘当年壮士为国捐躯之情,挽留我军居留,绥靖地方。事实俱在,毋庸赘言。不幸松坡将军中途弃世,袍泽同悲。汤某不才,继承重任,陨越堪虞。只因为国图强,一片冰心,始终不二。迩来国难频仍,军书旁午,段执政撕毁民元约法,倒行独裁统治,中山先生倡议‘护法’,号令初颁,鄙人首先响应。当然,此乃革命军人应尽之责,毋庸自夸。眼前必须同诸公磋商者,就是如何遵循广州大元帅府拟定之建国方略:如何讨伐北洋军阀,实现国家统一大业。兄弟戎马生涯,碌碌半生,毫无建树。只望有生之年,于国家稍尽绵薄而已。无奈孤掌难鸣,一木难支大厦。国家大事，还有赖于诸公群策群力，齐肩并进。兄弟不揣冒昧，拟有‘准备北伐’一案，明日正式开会，作为引玉之砖，供诸公议论，在此暂不详明了。现在，兄弟深谢诸公不远千里而来，特敬一杯淡酒，祝愿大家健康长寿，预祝会议成功！请！大家干一杯！”

人们早已听得不耐烦了，一听要干杯才活跃起来。

名曰“狗肉宴”，实际上拿狗肉做的只有“狗扣”和“满坛香”两样，其余还是云南的火腿，长江的鲈鱼，山区的果子狸、鹌鹑，海里的燕窝、鱼翅和鲍鱼……一类山珍海味。

等到尝过两三道菜之后，冯督军举起杯来，望着全场，高声说道：

“各位先生，兄弟今天在此借主人的酒杯给诸位敬一杯：兄弟几年来主持本省军政，不但不能造福桑梓，反而事与愿违，弄得民穷财尽，说来有愧于心。四川百姓拿出钱来养兵，然而为民保安、绥靖地方的事却劳驾于滇军弟兄长期驻防，使得弟兄们多年离乡背井，有家难奔，深为歉疚！再者，四川号称天府之国，物产本来是不匮乏的，遗憾的是，今天席面上诸位已经见到：火腿是云南的，鲍鱼是北海的，茅台酒是贵州的。不妨说句笑话：狗肉倒是四川的了。可见已经到了罗掘俱穷的地步。哈哈，敬祝诸位健康！干杯！”

人们随着督军的笑声，忍俊不禁地也笑起来，只有汤督军的脸色很不自在。勤务兵送过抹脸的餐巾去，他马上接过来抹了抹脸。

宴会进到闹酒时刻，韦步平悄悄地离座溜了，好像小孩时见到大人吵架而躲开似的。他回到自己房间里，思想挺乱，坐卧不适。寻思：这些人到底要搞什么名堂？汤某派头如此堂乎皇哉，口口声声为国为民，心眼里无非抢地盘刮地皮罢了，何尝有什么老百姓？冯千秋处处为四川着眼，胸襟未免狭窄！然而，听其口气，对孙中山却推崇备至，什么道理呢？……韦步平想来想去，自言自语：

“不好理解！……”

“什么不好理解？”突然，章斌推开房门进来，问道。

“一切的一切。”韦步平说。

“那还得了？岂不成了怀疑派了吗？”

“有什么办法，眼前就是一个谜。”

"是谜，就该有个谜底吧，猜猜看？"

韦步平没有猜，躺在床上，来回摇着吊在床前的一条腿。半晌才问道：

"你说，今晚宴席上，居然把狗肉端上台盘，什么意思？难道是汤督军一时的雅兴吗？"

"阁下在云南呆了几年，还没听说汤大人的风流逸事吗？这无非是显示他与众不同，别具一格，正像他的仪仗队，为的是摆摆威风。"

"不。我看他另有居心：不是有句成语——'蜀犬吠日'吗，他是不是给冯督军来一个警告——四川的狗头不要乱叫唤！"

"哈哈，阁下的想像力未免丰富了。"

"也许我是神经过敏。"

韦步平看对方不肯深谈，只好脱下鞋子准备睡觉。章斌却不肯放开他，硬要和他对弈。弈棋是能叫人把时间忘记的，雄鸡啼鸣了，两人还是全神贯注于黑白子之间。电灯到午夜时分反而明亮一些，秋夜已有凉意。

想不到参谋长李遇春轻轻推门进来，见他们还在下棋，意外开心。

"你们坐过来，我讲一个消息。"参谋长在茶几旁边坐下，态度严肃，声音低沉。

两人放下棋子，转过身来，移动凳子凑近李遇春身边，聆听吩咐，屋里立即寂然无声。参谋长站起来，往窗外瞧了瞧，然后才回过头讲起他在冯督军处听来的情报：说是对手的牌底摸得差不多了，汤已将"准备北伐"的方案交到冯手上。一共列了十四项条款。李遇春说，看来有些条款是容易一致的。比方说："靖国军"这个旗号，作为五省联军总称，各省按各自的现役兵员整编成军、师、旅、团建制。这方面，估计不会有太多争议，只有三条不能不叫四川方面为难：其一，要四川把重庆兵工厂拿出来，交归"靖国军"统一调度；其二，要四川把地方所加的厘税金额全部拨作"靖国军"军饷；其三，原滇、黔护国军驻扎在四川一线，北伐未开拔之前，防地维持现状不变。

"就这三项把冯督军难住了，特别是二、三两项，冯感到棘手。所以才有宴席上的牢骚。"参谋长最后说。

章斌不禁询问："那，对策是什么？"

“你们说说!”李遇春反问章、韦两位助手。

“我们都不是土生土长的本地人,对四川情况不清楚。其实,讲起百姓负担,各省都差不多。今年才是民国九年,拿我家来说,田赋已经缴到民国十七年了。反正是,我们这边不征,让北洋军来了,征收的附加捐税还要多。”

“你讲了半天,到底是赞成还是反对,总该有个意见嘛。”

“我的意思是,”章斌说,“看北伐方案是不是真的为国为民。真是,那四川方面忍一时之阵痛,诞生一个全国统一的革命政府,又何尝不可。”

韦步平只是听他们两人对话,没插嘴。

参谋长说:“方案是无可非议的。就怕冯督军一时转不过弯来。”

李遇春说,冯督军对内对外都有为难的地方:一来,川军内部就有不和,全省各个防区自成天下,各自为政。这回各防区的长官都未见来,无从商量。二来,北伐一事,广州大元帅府并无明令下达,汤希舜单独出面召集会议,各省怎好表明态度?这些都是很费踌躇的事。冯督军说他有个腹案,看各省拿什么主意,自己再讲。

“那,我们现在还谈什么呢?”韦步平冒了一句。

“睡觉吧。明天再看行情。”参谋长说完回隔壁自己的房间去了。

韦步平目送李遇春出了房门,转对章斌问道:

“参谋长究竟拿什么主意,自己不置可否,要来问我们,是什么意思?”

章斌不作声,屋外一片岑寂。

第三十四章

会议进行了三天了。

三天来，会上的焦点成了冯、汤之争：汤抓住“革命”“北伐”“统一全国”这张王牌不肯放，要四川交出兵工厂、厘税。冯抛出他成竹在胸的腹案：坚持主张“各省自治”。所持理由，认为各省内部尚且不能自治，无从与言统一全国。举四川为例：军界有新旧两个派系相互摩擦；政界有“坐南朝北”吃里爬外的奸细。倘若一省之内，未能统一自治，势必造成军队在前方北伐，奸细在后方捣鬼的局面。两头受敌，当局难以应付，固不待言，百姓遭殃无穷，于心何忍！但是，汤认为各省自治之说，无异与广州大元帅府的意旨背道而驰，是北伐进军之障碍。希望川督为此三思。会议僵持不下。

会期本来预计为时四天，最后要求是——滇、黔、川、鄂、豫五省军政首揆共同签署一项文告——“北伐宣言”，通电全国，声讨北洋反动政府，完成南北统一大业。按日程说,明天是最后一天了。僵局如何打开?双方如何让步?两边都处在异常紧张的时刻。

深夜,章斌把韦步平带到冯督军的客厅去。他们进来时,冯督军正在厅里来回踱步,神色掩饰不住他精疲力竭,情绪烦躁的苦恼。他来回走了两转,等他的参谋人员坐好后,自己才坐回一张躺椅上,稍微克制烦躁而愤懑的心情,望章斌、韦步平一眼,用愤愤不平的口吻说道:

"章处长,你是从滇军方面来的,我们共事三年了。你说我冯某人是个不顾全大局的人吗?能说我是反对孙中山先生,不是存心为国为民着想吗?唉,真是把心掏出来他也不相信!你们吃水果吧,勤务兵,沏茶!"

勤务兵把茶壶拿出去又拿回来,给两位参谋拿回带盖的茶杯,沏起普洱茶。

章斌端茶盅揭开盖,撇一撇茶叶,对着杯子呷了一口,谨慎地说道:

"北伐当然是需要的。"

"需要,谁也不否认。"督军霍地又站起来,走了两步,对着参谋处长问,"你说:汤希舜他那'北伐'方案里装的什么玩意,唔?"

章斌一时说不上明确的答案,只好默不作声。督军转向韦步平,好像新发现什么,幽默地笑道:

"哦,神枪手!再打一枪看,看汤记的北伐葫芦,到底装的什么药?其实,也不用看,那是司马昭的心,摆得明明白白。说穿了,就是一个圈套,要我往里钻嘛。什么北伐呢,还不是妄想把四川一口吞掉!挂羊头卖狗肉,盗用'北伐'之名,云南兵不但不往回撤,相反,将会源源而来,拿四川的钱养云南的兵,榨干百姓血汗,满足个人野心。如此而已,说什么为国为民,全是烟幕弹,乱弹琴!"

督军一气把话讲完坐回躺椅。

章斌对此,不置可否,只得顾左右而言他,问道:

"嗯,参谋长哪儿去啦?"

正说到这里,参谋长进来了。他脸色很激动,对冯督军说,汤很固执,非要冯接受他的北伐方案不可。说是别的省已经没多大意见了,通电至迟后天就得发出。现在,要冯再考虑一天。如果坚持执意不从,那,其他四省自应义不容辞,即将采取一致行动;四川是滇黔两军必经之路,到时,如有不幸而发生冲突,蹂躏地方,后果应由四川负责。参谋长说,汤还明白地告诉他:川军各个防区的主官都未必是冯的算盘珠子,随意可以调拨的。比如驻扎内江的刘汉雄,他就十分赞成北伐。

“汤对我讲,”参谋长说,“‘你回去同冯督军讲——’”

“唔,要跟我讲什么?”冯千秋问,直瞅着参谋长的眼睛。

参谋长回避长官的眼光,说:

“他讲,识时务者为俊杰,冯公本不愧为儒将,何以聪明一世,糊涂一时哉!”

“哼,多谢他的恭维。恰恰相反,我冯某人宁愿糊涂一世,也不肯聪明一时。因为这宗买卖关系到全省六千万人的安危利害。告诉他,我冯千秋的手指头不能画这个押。”督军的话异常坚决。

“那,……”参谋长很为难。

“那就立刻向各师旅主官发电报,征询他们意见。倘若大家真是如汤希舜所讲的那样,而只有我某人从中作梗,而导致北伐受阻,那,我个人可以下野。”

冯千秋态度凛然,端坐不动,如坐石山。

李遇春眼珠子一睁,喜形于色,但立即又收敛下来,沉吟喃道:“这个……”

章斌和韦步平面面相觑。静默片刻,章斌才说:

“电报发出去未必马上有答复。向军政府拍去的电报已经三天了,迄今杳如黄鹤,不见踪影。”

参谋长提醒冯督军:“我们现在的处境很局促,汤的气焰很盛。此次督军亲自出马,不免有点失算。这里周围全是滇军防区!”

督军吸着烟卷,不作声。

屋里又趋于寂静。每个人的心头都坠着一块铅。冯千秋把烟屁股往烟缸一拧,又起身踱步,踌躇难决。

韦步平和章斌交头唧咕,不知说了什么,章斌连连点头。参谋长注意着韦步平问:

“你们谈什么?”

韦步平脸色赧红,不敢贸然造次,瞅章斌一眼,意思要他讲。章斌也不敢在督军面前随便开口,从表袋取出备忘录的小本本,撕下一张来写了几个字交给李遇春。参谋长看了,不置可否,递给了冯督军。回头瞅韦步平一眼,那表情与其说发现了对方什么,不如说警惕自己被对方看穿了什么隐私而戒备起来。

冯千秋接过纸条,不禁惊喜,朝着韦步平注视,赞赏地问道:

“是你想的锦囊妙计吗?”

韦步平又红了半个脸,不好意思地嗫嚅着答道:

“我想:他既然把督军请到这里来,我们也可以把他送回去。礼尚往来。”

“好!礼尚往来。明天一早发请帖。”冯督军好似挣脱了手脚的绳索,浑身是劲,神态开朗,“为了预祝后天发出通电誓师北伐,明晚六点,我以东道主身份请大家吃鳖,还他的狗宴。哈哈!韦参谋,你的围棋学得不错!”

第二天傍晚六点,依照宴会约定的时间,参谋长李遇春正在逸园的东花厅代表冯督军殷勤地招呼着贵宾,而冯督军的炮舰已经在嘉陵江上的下游航行了三个小时了。舰艇上少了来时的一位参谋长,却多了几位娇客,那就是汤督军和督军的副官长以及一个秘书、八个马弁。

事情的蹊跷是这样来的:汤希舜满以为自己蓄意的预谋得逞,利令智昏,一时忘乎所以。冯督军送来宴会请柬,附上注明:在赴宴之前特派炮舰前来,请他上舰参观,顺便到江浜桔园游览,观赏菊花。汤希舜一来得意忘形,二来表示附庸风雅,只带几个必要的随从,便欣然赴会。汤希舜一行登上炮舰时虽然没有军乐队迎迓,不过冯督军和章斌、韦步平以及侍从副官等卫队都在舷梯口鹄立迎驾的。汤督军被迎进客厅后,随从的八位马弁就被请到一间舱房去了,副官长和秘书被招呼住到一间小房。门口放了岗哨。冯督军同客人寒暄三言两语,托故身体不适,表示抱歉,叫侍从副官陪汤督军到小套间休息。

炮舰开出江岸驰到江面,舵手掉转了方向,航速加快。舰艇上挂钟当当响了六下,逸园的宴会这时正在开始干杯吧,作东道主的冯督军却在这里被钟声闹醒过来。侍从副官进到督军房间来报告:客人不肯吃饭,声言要绝食。

“看来还得我亲自出马,给他一颗定心丸才行。”冯千秋说。招呼章斌和韦步平一道往汤希舜的房间走去。

汤督军现在躺在睡椅上眯着眼睛假寐,冯千秋等人进来,也不理睬。冯看了看茶几上一盘新鲜的桔子和一盘正熟的香蕉都没有动过，床上临时搁着一张烟榻，烟灯独自亮着，没人凑近，好像有点儿寂寞；烟盘旁边搁着一对紫色缎面套子的鸭绒枕头。冯拉过一张藤椅凑近汤希舜旁边坐下。望了望对方脸色，然后说道：

“很抱歉。委屈舜公了！这个……兄弟实在是有苦衷，不得已而为之，万望舜公见谅！”

汤希舜怒气冲冲，大发雷霆：“哼，这成什么话？简直是绑票土匪！你危害我，就是蓄意破坏革命，阻挠北伐！……”

冯千秋以水制火，以柔克刚，看对方火气太盛，却不跟他计较，只是平心静气地说：“事情，谁是谁非，将来历史学家自有公论。你我在此饶舌都是无谓的。”

“哼，请问：你打算把我置于何地？”

“哦。这点请舜公放心，不会弄到什么地步的。兄弟实在是迫不得已，只好请舜公跟我们一道回成都走一趟，听听四川父老的呼声：打算召开个省议会，请地方士绅来议一议，看看舆情动态，观察人心向背，再作定夺。倘若地方父老对舜公所提条款不持异议，川军部属也都赞成。那样，我冯某一人可以下野，绝不作老马恋栈，贻误戎机。”

“哼，算是我汤某瞎了眼，想不到你居然还我这一手！”

“嘻嘻，这一手……”冯千秋说到这，瞟了旁边的韦步平一眼，脸带笑容地说，“这一手还得感谢舜公的慷慨呢。”

“什么？我不懂。”

“喏，这位年轻人不是贵省讲武堂栽培出来的吗？”

冯督军指着参谋韦步平说。

汤希舜瞧了一眼，眼光正和韦步平相遇，不觉一怔。韦步平的眼色告诉他；我们曾经是有过一面之缘的呵。

冯千秋不等汤希舜说什么，接着就说：

“说实在话，几天来脑筋很乱，没有年轻人给提醒，我是想不出请舜公来成都一趟的。就是韦参谋他想得周到；舜公既然请我们去合川赏菊，我们回请舜公来成都拜谒武侯祠,礼尚往来也是应该的。"

汤希舜听了冯千秋一阵奚落,更是火上加油,余怒又冒起来,狠狠瞪韦步平一眼,斥责起来,"哼,简直是忘恩负义,昆明的湖水白白把你喂大了。"

韦步平却扑哧一声,不禁发笑。

冯千秋说:"舜公保重,后天这个时辰我们就安全上岸了。酒席预备妥了吗?"冯督军向侍从副官问。然后又转过脸,朝着汤希舜说:

"我们还是遵照请柬践约,请舜公赴甲鱼宴!唔,两广人叫它什么?'山瑞'?——水陆两栖的鳖!请,请!"

"我不饿;没那个胃口。"汤希舜装腔作势,一动不动。

冯千秋无可奈何,眼珠转了一下,瞥见床上烟灯,灵机一动,说道:"那就先来两口,请,请!"以眼睛指引着汤督军往烟床看去。

烟榻上的烟灯、烟枪、烟盘和鸦片烟的气味对汤大人是不可抗拒的诱惑。他赶紧用手捂着嘴,掩饰将要打呵欠的动作。……

炮舰驶近重庆江面,冯督军要参谋处长章斌作专使,携带亲笔函信上岸去,送给警备司令部的一位师长和重庆的一位镇守使,限令他们在三天之内赶到成都。章斌好像是在重庆有什么私事要办,对这一差遣特别乐意。临行,对韦步平说了一句意味深长的话:"再见,阁下请等着,回来时,准有喜讯奉告!"说完就下了小舢板,往江边码头驶去。

"能有什么喜讯带来呢?难道他顺便把新婚夫人带来?可他平日并未谈起这方面的事?……"韦步平一时也猜不准章斌到重庆另外有什么可乐的。

回到成都的头天晚上,韦步平的时间全部被私人来往的信札和新到的书报填满了。凌云青来信诉说他个人为"遥寄北京学界"的文稿惹祸遭殃的命运;以及因此而来的凶吉,到岚山县当了劝学所所长的种种景况。

凌云青信上先说他到岚山任所长,霎眼工夫,快半年了,在那儿,见到平民百姓的贫穷、愚昧、受欺和忍辱,实在目不忍睹;同时,眼看土豪财主贪赃枉法,鱼肉乡民,不免义愤难平。但是,自叹一个书生,徒唤奈何!其次谈到王光宗和桂品微突如其来地向亲友发出结婚请柬的事,并说据其亲戚杜悦诚传出话来:

王兄官运亨通,居然钻营得到县知事的高位,可能出任岚山。临末,凌云青说他曾造访韦家,说见其爷爷风烛残年,身体日见老衰了,凤仙和孩子却挺健康无恙,只望步平寄张照片回家,以解渴念。

韦步平很久没有专门工夫来思念家乡事了,经过云青这一提起,就像长时间没整理的抽屉,一下子倒腾起来,觉得十分零乱。一会,拿起笔来,想写回信,但是,国事乡情,头绪万千,一时又不知从何说起。写简单了,不尽欲言,写多了,又觉得没那分闲工夫。正当他握笔苦思时刻,一位勤务兵送来一张名片,背面简单地写着几个铅笔字:

请来一叙!

韦步平心口怦怦跳动,认不出是谁的笔迹,赶紧翻过背面一瞧:那上面明明白白地印着这样三个三号长仿宋体的字:

朱 剑 虹

韦步平抬起头,眼光同站在跟前等候的勤务兵相遇。勤务兵说:

"朱旅长劳驾韦参谋去一趟。"

韦步平带上军帽,扣好风纪扣,扎上皮带,跟着勤务兵去了。

朱旅长预备了几样夜宵的小菜等待着客人。看样子是专门腾出空来要跟韦步平长谈叙心的。两人一见如故,不拘形迹地开始一边喝酒一边聊起来。

朱剑虹说是冯督军的电报把他拉下山来的。昨天一到,冯就把事情的原委全都告诉他了;今早他去见汤,当说客。觉得双方都在打各自的算盘,互不相让,叫他实在是左右为难。

"你以为怎样?"朱剑虹对这位年轻人表示尊重,想听听他的见解。

韦步平露着笑脸,谦虚地说道:"对川军来说,晚生是新来乍到,门牌号码还认不上,难得说什么。"

朱旅长轻轻叹口气:"情况确实复杂,很棘手。不过,阁下人缘不坏,听冯秋公口气,对阁下挺器重。这回请汤,是阁下出的点子吧?真是名副其实的参了谋了。”旅长说着高兴地笑起来。

“哪里,哪里。只不过急中生智,瞎猫碰上死老鼠罢了。”

“不,不见得是瞎猫,要是没有相当的胆识和谋略,岂能随便想出这个妙计!不能小看这一步棋呵。再说,讲对手是死老鼠更不对,那是一只老麻雀,可不好逮住它哩。”

“老麻雀?哈哈!旅座见过斯人吗?是不是还在撒赖?他对我这个冒失鬼说了不好听的话吧?”

“他对你倒是念念不忘:不但不以为恨,言语之间好像反而引以为荣似的。他讲,你是他的讲武堂栽培出来的人才。遗憾的是:你在炮舰上请他‘吃鳖’,那是‘请君入瓮’,对他是极大的嘲弄。”

“那是‘以其人之道,还治其人之身’,哈哈。”

“你不要看他是身经百战的将军,其实非常怕死。说是只要能保住他的脑袋,礼送他出川,他的什么‘北伐’一案,可以妥协,回头双方再从长计议,不必操切即行的。”

“冯的意见呢?”韦步平问。

“还是坚持各省自治。要汤答应滇军全部撤离四川。”

“哼,哼!”韦步平从鼻孔哼两声。

屋里登时静了下来。

半晌,韦步平才说道:“说过来讲过去,归根结底,无非是为了抢地盘刮地皮就是了。‘北伐’——我要求占你的地盘;‘自治’——请你从我的地方撤走!如此而已,岂有它哉”

“依阁下如此一说,是非全都没得了,这个世界岂不跟我这道烟一样:虚无缥缈?”朱旅长喷出口烟,看它在头顶上飘散。然后把烟蒂往烟缸捻灭,端起酒杯,对着客人:“来,喝一杯!吃菜,鹌鹑没有炸酥。”

韦步平不言语,默默地夹菜,吃了一口。朱剑虹用餐巾抹抹嘴,接着说道:

“昨天同冯秋公一见面,他就开门见山,提出要我出来支撑这个局面。我一口谢绝了。这个烂摊子谁能把它收拾得好?我个人主意已经定了:打算到国外去看看，考察考察人家是怎样把国家治理得富强起来的？可不是学老子那样，骑上青牛出关，当逃兵。”旅长讲到这地方，态度严肃而庄重。

两人正谈到这，一位副官来了，说是督军有请韦参谋。韦步平凝视着主人，主人说：“你去吧！”随即提起银制小酒壶往杯里斟满，“来，干一杯，祝你成功！”

韦步平跟着副官离开朱旅长的官邸走到街口，那里停着一部道奇牌的小汽车。副官请韦参谋上了车，对司机说声：回督军署。汽车疾驶督军署，进入小客厅，督军并不在那里。只见参谋长李遇春等得不耐烦，来回踱步。回头一见韦步平来了，装出一副笑容问道：“哪儿玩去了？”韦步平照直告诉了上司。李遇春乍一听，脸色一沉，惊疑地打量对方。韦步平觉得这眼色有点异常，心想：“此公留在合川几天工夫，难道遇到什么邪恶了吗？”

李遇春马上掩饰自己的心情变幻，极力保持他平素那种冷静而阴沉的神气，用稍带讥刺的口吻说话：

“剑公在我辈袍泽当中，满腹经纶，不愧是个干材，可惜，调子太低了。同当局合不上拍，不免有点怀才不遇的牢骚吧？”

韦步平不说话，显得屋里一片寂静。挂钟嘀嗒嘀嗒均匀而有节奏地响动，时间已经是深夜零点一刻。

参谋长让韦步平放开怀来喝茶，等到他情绪平静自在之后，他才慢慢地把几天来他在合川跟各省首要磋商的眉目，回来后，同冯督军交换了的意见以及方才他去跟汤希舜谈判的情形，一一告诉了他的下属。说是川、滇双方的分歧已经在向靠近方面转化：汤大人表示可以让步，“北伐宣言”暂时缓发，等待各省回去统一内部，后方巩固之后再说；冯则仍然固执，一定要求滇军开拔返回本省整编。在这一点上，汤虽然原则上同意，但是，说是军队马上开拔有困难，因为部队在这个地方几年了，一旦撤离，有不少善后事宜要办。

“就在这个问题上卡了壳。”参谋长说，“冯公因此将计就计，亮出牌来：请汤留下，以副帅名义指导四川军政。汤觉得没法，答应在此可以多待些日子。为了表示好整以暇，提出来希望能到各地走走，观光名胜古迹。”

韦步平一直在听，也不插嘴。

末了，参谋长才言归正传，说是冯的意见：汤要到各地走走可以，就是要有自己人陪他。这个人叫李遇春一定得物色好,不但要机灵、忠诚、果敢,既不为对方左右,又能受对方欢迎的人。

"这样的人才不好物色呀!"参谋长试探性地瞧韦步平的表情,韦步平却不露声色。

一会,参谋长终于向韦步平说:

"我说,韦参谋你是从他那里来的,你陪他去逛逛当个向导怎样?执行勤务吧?"

韦步平沉思一下,说:"既然派下的勤务,只好执行了。不过,事关重大,冯督军能信得我这个人吗?"

"那就不必过虑了。阁下'礼尚往来'这盘棋不是下得十分出色吗?无疑,它可是帮了冯公好大的忙呵。就这样讲定了:明天就开始执行导游任务怎样?"

韦步平点点头:"走着瞧吧。"

就这样,韦步平从冯千秋的侍从参谋变成了汤希舜的向导。头天去西门外观光杜甫的草堂,平安无事,依时回来了。第二天到南门谒拜武侯祠,平安无事,照样回来了。第三天,说汤连日活动累了点,休息一天。第四天,汤说要去南门外薛涛的故居看竹子。因为路途较远,准备吃的东西,午晌就在那里野餐。

正巧,那天一早,韦步平准备要出门的时候,章斌从重庆回来,刚要进门,两人正好遇上。章好像回了一趟娘家来似的,一见韦步平就紧紧拉住手不放,看样子是有千言万语要说。汽车却等得不耐烦,连连响起喇叭催人。章斌只好推开韦步平,诡秘地盯他的眼睛说:"你去吧。晚上回来有话跟你详细谈!"

韦步平带着一个哑谜上了汽车。

汽车只有四个座位,汤督军、韦步平、侍从副官和李遇春的一个亲信马弁,已经满员了,参谋长就没有来。

为了掩人耳目,汤督军化装文官的装束:穿着米黄色杭纺的长衫,戴一顶十分讲究的台湾草编的草帽,拄着一根发亮的紫竹拐杖,戴一副墨镜。

正当汽车驶至竹园前面时,发现有一辆同样的轿车已经在那里抛锚。车旁站着一个人,戴一副同汤督军一样的眼镜。他向这辆驶来的司机摆了摆头,司机按了两声喇叭,公里表盘上的指针,从40突然升到80,"嗖"一声,拐过竹园,车辆底盘碰到土磴，跳了一下。

韦步平脸色刷白，问司机怎么回事？司机全神贯注直瞅前面，佯装什么也听不见。后头那辆车跟上来了，“波波”叫了两声。

汤希舜取下墨镜，露出奸猾的笑容，对着身边的韦步平得意地说：

“我的韦参谋，请放心！我汤某人决不会请你吃鳖就是了！哈哈。”

这，仿佛是在噩梦中听到的妖怪在发笑。韦步平抿着嘴，一言不发。

两辆汽车，一直往南奔驶，灰尘飞扬。过了新建就下彭山，彭山过了直趋眉山；从眉山再往前去就是乐山县境。到乐山已经过了大半天了，汽车还是不肯停下，一直到五通桥市时，车头才折向东驶，奔荣县、自流井。沿途驻军检查，都由后头那辆车出示督军署的执照而顺利通过。

自流井已经是滇军某师的防地，情形同合川差不多。汽车开进市区时，正是万家灯火，到处可见游荡的官兵和妓女；戒烟馆和当铺触目皆是。

汤督军驻跸的地方是原先美孚煤油公司经理的花园。驻军师长为了给上峰压惊，已经摆好酒席，烧好烟膏等着，另外还请来几位刚从重庆新来的歌妓在那里专门等候了。

韦步平，梦一样的过了一天一夜。第二天才发觉自己是在一间单人的厢房，对面住着卫兵，饭菜是勤务兵端送上门来供奉的。他一天都没跟别人说过一句话。

第三天，实在闷的不行，才向勤务兵要报纸看。不想，报纸新闻使他吓了一大跳：重庆《巴蜀日报》头版披露耸人听闻的头条消息是：

滇督汤希舜就任“靖国军”总司令，统帅五省军旅，誓师北伐

川督冯千秋不恰舆情，引咎下野

参谋长李遇春出任川省省长，代行督军职务

“卑鄙，无耻！”韦步平深恶痛绝，啐了一口，把报纸往帐顶一撂，哗一声，报纸划破一大块。

夜半，汤希舜过了瘾，侍从副官把他平素喜欢吃的几样夜宵菜肴——松花皮蛋、云腿、香肠、焦盐炸乳鸽、淮杞炖子鸡、奶油炒白菜和小壶茅台，全都预备

停当了之后，才来请他上席。汤希舜兴致勃勃，吩咐侍从副官：

“请那个韦参谋。”

韦步平走进房间时，汤希舜正在搂着一个女人，给她灌酒。韦步平愣了一下。女人从镜里看见来了人，赶紧挣开，走到窗前掠掠散乱了的头发。汤督军回头瞅着来人，从头到脚打量了一番，指着桌边凳子，说：

“坐！报纸上的新闻看到了吗？”

韦步平直立不动，默不哼声。

汤希舜眼皮跳了一下，又盯着这位倔强的年轻人，说：

“我说，你这又何必呢。我汤某既非曹操，你也勿须做徐庶嘛。你在那边是个上尉参谋吧？我给你连升两级，中校。”

“卑鄙，无耻！”韦步平啐一口唾沫，夺门而出。

“哎哟，是个什么人呀？敢在太岁头上动土！”那女人扭着蛇腰，又坐回男人怀里，摸弄他的仁丹胡须。

男人把她的小脸蛋轻轻捧起，笑道：“明天派你去把他俘虏过来，行吗？”

“不，我不干。茅房里的石头，又臭又硬，懒得理他。”女人撇下两片红喷喷的嘴皮。

报纸一天一天吸引着韦步平。重庆报纸说。“靖国军”从滇、黔方面分头源源开入川南、川西；原驻川的滇、黔部队改编“靖国军”业已就绪，眼下与川军协同行动，进军神速，成都北洋军残部以及部分叛军据城困守顽抗……但是，成都报纸却揭露：滇、黔军与北洋军勾结，挂羊头卖狗肉，盗用北伐名义，窥伺成都，为川军某部堵截于养马河一线，战事胶着；……外地报纸如此一正一反，相互矛盾。道路传说，莫衷一是。自流井街上连日来鞭炮声不断，各家商号铺头，奉命庆祝“靖国军”北伐胜利……

“这……搞的啥子名堂呵？”韦步平烦躁极了，打心里喃喃自语。就跟误飞进房间来的蜜蜂，想飞出窗外而不得似的，来回踱步，一股劲搔头。

他不能到什么地方去，也没有理由要去干什么。因为什么事都有勤务兵代他办了。他跟外界隔绝了；天下大事只凭每天报纸透露一点半点风声，而这些近乎造谣的新闻又只能叫人胡猜，不可全信。

第三十五章

如此继续了将近二十来天。一天夜半，自流井城里登时响起不再是听惯的鞭炮声了。那是步枪、手榴弹和机关枪的声音。有时还夹杂着几声迫击炮的爆炸，枪声越来越密，什么地方起大火，烛照了半个夜空。

韦步平被惊醒过来，听到门外有急促奔走的脚步和紧张相告的声音。一种战事逼近的预感，使他下床来，穿上衣服，准备迎接突然的事变。但是，城里既然都是滇军的防区，怎么会发生武装冲突呢？韦步平自己在纳闷，想不出个要领。

拂晓，枪声就跟天星一样，渐渐稀疏了。突然，院外响起汽车的喇叭，紧跟着就有二三十个佩带驳壳枪的卫队冲进这座“靖国军”总司令的临时行辕。走在卫队后头的是刘大麻子和他的侍从“军师”刘半仙。

一会，一位警卫队长带领四个卫弁，逐个房间搜查。卫队长发觉韦步平有点面熟，却没有马上认得出来。

“你是谁？”卫队长吆喝一声。

“我是俘虏。”

“俘虏？嘿，叫什么？”

韦步平从表袋拿出名片，卫队长把名倒着瞧了瞧，又端量对方一下，将名片往地上一扔，掉头就走。

“你回来！”韦步平生气地拿长官派头发了一声命令。

那警卫队长平素听惯了命令，本能地停步，乖乖地转回头来，听候吩咐。韦步平瞪他一眼，说道：

“你把名片交给刘师长！”

旁边另一个卫弁立即过来捡起名片，用袖口抹一抹上面的灰尘。卫队长向手下的人摆一下脑瓜，走了。

晚上，已经九点钟了。一位马弁来到韦步平房里，把他请到刘师长那里去。一进屋，主人就如逢故旧，喜形于色，开口侃侃而谈：

“没想到吧，又见面了！可见我们俩是有缘分的。大概是彼此前世的坟葬在邻近，今世又碰在一起了。是不是这样，刘军师？我这位军师正如他的大号一样，顶半个神仙，扶乩可是灵验得很。嗯，我问你，”刘大麻子转向韦步平问，“汤希舜这个老麻雀，怎么把你老弟软禁起来呢？这帮鬼儿子，我早看他就不是好东西！他在他老窝称王称霸可以，山中无老虎猴子称霸王。哈哈。但是，他要不识相，爬到我老刘头上来拉屎，哼，看他还差一节哪。老弟，你脱了这场灾，落在我老刘手上，可是交好运啦。我看你就是能文又能武的活宝嘛。冯千秋老家伙给你封什么官？上尉参谋？太小气了，大材小用。我现在就给你委任，当个上校参议，高升三级如何？你今晚连夜就给我起草一份安民布告，准备一进成都就贴出去。”

韦步平听完这大篇演说，几乎晕了过去。什么时候坐到凳上，自己也都感觉不到，仿佛在做梦。直到后来，被刘大麻子挟持，同他们一伙向成都进军的路上，才慢慢地弄清这场翻云覆雨的棋局是如此变化多端。

原来冯督军的那位伪君子参谋长李遇春，跟刘大麻子是穿一条裤子的老搭档，两人都属于旧川军的“速成系”人物。他们为了排挤新川军的冯千秋和朱剑虹的“保定系”，先则与主张北伐派首领汤希舜的滇、黔军暗通款曲，放走汤督逃出成都，让他到泸州通电就任“靖国军”总司令，宣誓北伐。李遇春则在成都联络“速成系”人马发动兵变，以为呼应，逼迫冯、朱的“保定系”交出军政大权。同时，又密令防守川南一线与滇、黔军互为犄角的旧川军刘师（刘大麻子），乘滇、黔军疏于戒备之机，以迅雷不及掩耳之势，直逼泸州，宣布起义，提出“川人治川”口号，逼迫汤希舜下令其部属撤出川南，退回老巢。然后进军成都，宣告代行督军职权，服从广州大元帅府调遣，建议大元帅选派李遇春代省长职务；刘半仙署理参议长。

一场军阀混战的棋局就如此这般地变化多端。

眼前正是淫雨季节，到处遇到雨水。道路成了泥塘，部队运动十分艰苦。刘师进军成都途中，屡接李遇春十万火急电报，催促星夜兼程。刘大麻子急得像热锅上蚂蚁。汽车在泥泞的公路上变成掉进糨糊里的苍蝇，行驶失灵。不得已只好以马代步，但也未能尽如人意：马蹄常常陷入泥坑，不能任意驰骋。队伍即使强行军，一天至多也只能赶上四五十里地就得宿营了。有时，前头部队遭遇撤退下来的滇、黔军，发生小规模的战斗，去路受阻，又不得不停下。原来是打算双十节凯旋成都，庆祝胜利的，眼看这一预算要打折扣了。

这一带地区，南军来北军去，你夺我抢，来回不少次数了，老百姓一见当兵的，如同惊弓之鸟，纷纷关门闭户；年轻的姑娘媳妇怕被奸污受辱，少壮的男子怕拉伕抓兵，干脆都逃到山里躲开了。圩镇村庄到处都是一样：铺头商店不得已才勉强开半边门，骡马粪便，果皮蔗渣，以及穿了底、断了耳边的烂草鞋，破军帽，丢了满地，绿头苍蝇在这里找到了乐园；要饭的老头和无家可归的孤儿踯躅求乞，特别惹眼。他们好像是突然从什么地方一齐凑到一块来似的，个个睁着乞怜的目光，眼巴巴地望着那些贪婪的饱餐者碗盏里的残羹冷饭。

军队里，不管是当兵还是带兵的，他们每到一村，每过一镇，不是寻吃的找喝的，就是追逐娘们，开灯抽大烟。刘大麻子为了扩充队伍，发出号令，让各连营想法招募新兵：当排长的你能招来三五十人，你就是连长；做连长的，你有本事拉来百来八十的，就提升你当营长。这样一来，抓壮丁拉伕役，到处发生。苦主能拿出二三十块银元,可以把人领回,成了变相绑票,真是闹得鸡犬不宁。“兵家过,篱笆破”,在这里显示生动的形象的注脚。饥饿、荒凉、凄惨的景象就像这季节的淫雨天,笼罩着每个村庄和市镇。

刘大麻子驱走了汤希舜后,趾高气扬,一心叨念着刘半仙拆的字,要在十月小阳春进入成都。他向部属许愿:部队入城,允许各人“自由行动”三天。这意味什么,过惯军营生活的老兵心中都明白,那是不必明讲的。只这一句话,顿然成了巨大的动力。进军速度加快了,为了抢先赶路,拉伕挑担,抢牲口驮辎重,像野火烧荒,到处燃烧。

一路来,只有韦步平始终是闷闷不乐,瞧着眼前这些情景,实在是忍无可忍。有一次,他找新督军刘大麻子去了,说他要是想成大事,必须严整军纪,维持地方安宁,留心人心的向背,以取信于民。刘大麻子听了哈哈大笑。这,一边是高兴韦步平终于不是徐庶,到底开了口,为他出谋划策,一边是笑他毕竟是书呆子之见识,少见多怪。

“老弟,”刘大麻子拍拍年轻人的肩膀:“民心不能不要,可是,我是个带兵的人,维持不住军心,鼓舞不起士气,我不是成了光杆司令啦?嗯,你……多吃上几斤盐巴就懂了。现在跟你啰嗦,你是听不进耳朵去的。去吧。”

“这成什么话?”韦步平无言,心里自己唧咕。憋着一肚子闷气,就像上了贼船,想逃又逃不出去。当然,逃不出去还有另外一个因素在起作用,那就是他想起在成都还有章斌等着他;章斌曾说有喜讯要同他详谈。什么喜讯呢?这对他是最大的诱惑。其次,在成都还有他那些心爱的书,也许还有亲友最近的来信等着他拆阅和答复。就是这些欲望支持着他的行军,使他暂时忘却道路的泥泞和日夜的漫长,也不去计较刘麻子的可憎和刘半仙的卑鄙。

一天,部队进驻一个有四五百户的大庄子。勤务兵替他找到一家比较清静的房屋来投宿。房东是个半身瘫痪的老头,长年躺在床上,半辈子就依靠独生儿子和媳妇供养服侍。儿子是个淳朴厚道的庄稼人,昨天听说要过兵了,让媳妇抱着不满周岁的娃仔到山里的娘家躲去了,自己守护着父亲。韦步平刚进屋来,他还不敢露面,到晚饭时候才悄悄地从后园溜回家来。看到韦步平这位官长跟他父亲问长问短,说这说那,看他言语举动跟别的带兵人不大一样,这才叫他父子俩放了心。却不想,半夜里,隔壁邻舍被闹腾起来了。狗在狂吠,鸡在惊飞,人被鞭挞的惨叫和乞怜的哭泣,凶狠的吆喝和恫吓,撕裂着冬夜的寂静,惊醒了人们好不容易才入睡的梦境。

"砰,砰!"门板被枪托撞破了。一道电筒的光柱射向堂屋乱晃。两个扛着大枪、凶神恶煞的丘八,大模大样地走到韦步平床前,掀开帐门一瞧,原来是一位自己的弟兄!不敢造次,转身冲进里屋去了。一会,房东的儿子被他们抓到了,把人推推撞撞地架到堂屋来。

"老总,可怜可怜我这个老不死的人吧:我就指望他一个儿子养活哪!你们要把他抓走,干脆就把我一枪打死吧。"房东趴在床上直磕头,连哭带嚎地哀求。

"你就只一个儿子吗?为什么不多生一个?走!"两个兵一边说,一边把人推着走。

"谁到这儿来胡闹?给我把人放下!"韦步平喊道,掀开帐子伸出电筒,往两个兵脸上照看。

那两个兵痞看了看这官儿也不怎的,从鼻子哼了一声:"你算老几,走!"他们居然将人往门外猛推。

那后生甩开膀子扭身一挣,其中一个丘八自己没站稳,身子闪失,随即跌了一跤;另外一个丘八立即向那后生飞起一脚,举起枪托往人家小肚皮上使劲一撞,那后生"咳哟"一声绝叫,弯下腰来捂住小肚子。两个兵痞七手八脚解下裹腿,将人家胳膊绑了,使劲往外硬拖死拉。那后生哭着叫娘喊爷求饶,房东老头捶床跺脚,直发急;邻屋同时迸发妇人的哭泣声……

韦步平跳下床来,披着上衣,端着手枪,冲出门去。只听"叭"一枪,一个兵"哎唷"一声,歪身倒下,另一个拔腿就跑。那后生吓得发了傻,呆呆地站着,不知动弹。

韦步平叫勤务兵给房东的儿子解了绑。

一会,一位排长带着一班弟兄赶了来,一面料理负伤的人,一面气势汹汹,闯进屋来问罪。拿着盒子枪指着韦步平诘问:

"你是什么人?胆敢把我的兵给打了?"

韦步平不屑理睬,一边系着鞋带,一边说道:"我打的是掳掠百姓的土匪。

你承认是你的弟兄吗？你叫什么？……你——”

韦步平抬起眼皮一瞧，不觉结舌。那排长一看这双炯炯发光的眼睛，手脚立即发软。

原来，这个排长不是别人，正是当年在滇军做过韦步平勤务兵的宋英。

“哦，原来是你呀？已经当了官了？”韦步平对宋英上下打量，逼得对方深感愧疚，无地自容。

“长官，我不知他们到这儿来胡作非为……”排长支支吾吾。

“嘿，你忘了是谁喂饱你们的肚皮了。你把百姓都给捉走了，东西都抢光了，你们去啃树皮吧。走，同我去见刘师长，我打了人我领罪，大丈夫敢作敢当！”

“不，长官请息怒，是部下管教不严之过——”

排长的话没有说完，猛然，集合号响了。接着就是哨子声、脚步声，马嘶、人叫、犬吠和鸡啼，整个村庄都沸腾起来，天空挂着半边冰冷的寡妇脸孔的月亮，邻屋一位老妇人独自深深长叹，咿呀一声，把门关上，吹灭了灯。夜色更加漆黑，离天明还得一个时辰呢。

韦步平还是跟着这个队伍继续赶回成都。路上，他把打伤士兵的事向刘大麻子讲了，请求处分。

刘大麻子却哈哈大笑：

“老弟，我说你真是书呆子，何必这样认真嘛，打伤一个兵算得屌毛，即算打死了，还不是同树上掉下一张叶子一样。”说着举起马鞭往一株乌桕树叭一声打了一下，落下好几片叶子。

一场风波就这样平息了。也许是刘大麻子说的，书呆子气作怪，韦步平自己却觉得，得到的宽恕比受到的处罚还难受万分。

刘半仙扶乩并不灵验：刘汉雄的部队进入成都的日期，比他预言的推迟了一个多月。新的川督刘汉雄就任大典，已经不是刘半仙测定的立冬吉日而是大雪隆冬的季节了。

川督易人，招牌却未变，军队番号重新整编，“靖国军”的旗帜却依然树立。

官员们有的“蝉曳残声过别枝”——投奔新的主子去了;有的“老马恋栈”,静观待变;有的暂时退隐养病,密谋“东山再起”……人心浮动,局面稳定不下来。刘大麻子虽然是老粗,但,听信刘半仙的出谋献策,进城后,多方笼络人才,收买人心:一方面,睁只眼闭只眼,暗中许诺前约,给士兵放假——“自由行动”三天,另一方面,金刚怒目,公开狠狠惩办两三起情节十分恶劣,难以包庇的小兵作案的事件;一方面对前任的文武官员量才使用,一律给予安抚,另一方面,对于某些权据要津而心怀携贰的异己分子,则采取礼送程仪遣散,或者给挂空名无实权的位置。可是,在宣誓就任督军的宴会上,却振振有词地宣称,说什么英雄不问出身,不管谁个,只要今天肯跟老刘一块干的,都予一视同仁;有真才实学而受前任埋没的,在他手下一定使之人尽其才;有冤难伸的,一定予以昭雪。

“总而言之,统而言之,”刘大麻子从刘半仙的教唆,记住某些不文不白的口语,说道,“一句话,请诸位放心。只要跟我好好干,一定错不了。我老刘这号人,孔圣人拜得少,你把我倒挂三天也吐不出半点文墨来。可就是有这点好:我就没有孔圣人那么讲究——什么礼义廉耻,全是放他妈的屁!我看呀,窑姐儿从良,比红花女偷人还规矩一点呢。总而言之,统而言之,一言为定:只要肯跟我姓刘的干,包他不会吃亏就是了。从今而后,只要有我刘某在,也就有诸位!诸位今天肯赏光驾临,兄弟十分欢喜。诸位既然肯来,那就是说,我们大家都是坐在一条板凳上了!哈哈。请诸位举起杯来,干!好!不过,最后还得提醒诸位一句实在话:为人切戒脚踏两只船!那样干,十个有九个要失足落水的。”

由于新主对旧部采取如此手段,章斌也就被挽留下来:职务提升为督军署少将参议——明升暗降。韦步平这时候被刘督军赏识的,倒不是他的枪法(因为这玩意在刘大麻子眼里是司空见惯,不足为奇),而是他写的那份安民布告的文采。刘督军果然说话算数,破格提升,委他在督军署当秘书处长,军衔是上校。

这一天是冬至,全城到处落满了雪花,原来是清静的城池,更加显得清静了。冬至日头短,有些人却觉得难挨的悠长,成天灰蒙蒙的混沌一片,不分早晚。

韦步平一个人困在书房,闷得发慌,找章斌去了。这时,章斌掩门闭户,独自围炉读书。听见有人敲门，急忙把书塞进枕头底下去。其实，韦步平早已从窗帘缝里看在眼里，进了房间来，顺嘴喃道：

"'雪夜关门读禁书'。"

章斌没有搭腔，只忙让座斟茶，完了才说："今天下了雪，天气倒是暖和一些了。"

韦步平嗯了一声，也没有接着说下去。

勤务兵往炭盆添两块木炭，接连爆出好些火星，有一颗跳进章斌怀里。他赶紧拍打，手上的茶杯一晃，茶水泼下火盆，腾起一股烟灰。

"我们走吧。"章斌站起来，皱着眉头，叹了一声，"乌烟瘴气！"

"哪里去？"韦步平不觉惊喜，也站起身来，以为有了什么别的出路。

"到锦江楼吃饭。"章斌说，"你这趟凯旋归来，还没有给你接风哩。走吧。"

韦步平一听吃饭去，表示冷冷淡淡，随着主人上了马车。

韦步平经历了几个月的动荡、倥偬的戎马生涯，感慨万千，憋了一肚子的闷气。刚回来那两天，原想要找章斌谈一谈，解解闷，几回都见他忙这忙那，应酬很多，话没说到节骨眼就被岔开了。章斌也像是有什么话要跟他聊，却也腾不出工夫。现在，章斌特意请上馆子，恐怕就是要找个僻静的地方，两人好谈个体己话吧。

这是城里第一流的川菜馆。他俩到得迟了，那几间头等厢房虽然还空着，房门却挂了牌牌，什么"李宅喜筵""赵家寿宴"；东头那厢是禁烟局长的银婚，南边厢房是草堂诗社的雅集……全都给号上了。章、韦俩人转了一圈，好容易才在次一等的小单间找到个空房。左右两旁的房间虽然占了人，喝酒猜拳，喝吆呼六，嘻哈调笑，烟气酒味很浓，但是，小房间里倒还雅静。

章斌叫跑堂把菜谱拿来，让韦步平点。韦步平心不在焉，无可无不可。章斌只好点了四菜一汤，叫跑堂拿走，看韦步平闷声不响，于是，问道：

"瞧你气色不正，不是升了官吗？不会怪我这个'媒人'骗你嫁到这里来吧？"

韦步平冷笑，瞧对方一眼，那眼光是说："这叫我怎么说呢？"

章斌静静地等着对方开口。沉默叫人感到窒息。过了将近五分钟，韦步平

终于叹口长气,说道:

“从护国到护法,从护法到靖国,我都经历过来了。逝水年华,五年光阴虽然不复再来,但是,也增长了不少阅历。我,一个书生,投笔从戎,从一个兵当了副连长,一个副连长一下子突然成了囚犯,一个囚犯一变而当了讲武学堂的学员;接着,有阁下做媒,成人之美,使我一个中尉的下层官佐,只因一枪中的,居然一步登天,置身于将校之林。回顾这场戏剧当中,我扮演什么样的角色呀:一下子成了阶下囚,一下子又当了座上宾,昨天,在那边集团被封为中校参谋,今天到这边营垒来,马上受命为上校秘书。变戏法也未必如此滑稽,说来谁敢相信!但是,这完全是事实,实实在在是我的亲身经历的故事。滇军,我从那里出来,川军,我现在还吃它的粮饷;下级军士生活我尝过它的滋味,高级将领们的胸襟我略见其一斑。你要我对这些说什么好呢?”话说到这,停顿下来,望着对方。

章斌态度庄重,不随便说话。

“讲个人命运,”韦步平见对方不言语,又继续说道,“虽然受过奔波,经历危险,到底还是平安无恙,而且还当上高官,本该是满足了。不过,很抱歉,我却未能就此对阁下感恩,感谢媒人的援引。”

章斌眉毛一跳,不禁惊异,睁着窘惑的眼光,听他说下去。

韦步平说:“君不见马戏团的猴子吗,不要去羡慕它有人供养,打扮得像个人样,可悲的是,它表演得越好,脖上的链子越是难得去掉!”

憋了一肚子的闷气,一下子都吐出来了。

章斌看韦步平把话说到这个节骨眼上,也不准备发表评论。沉思片刻才问道:“这么说,你自己对前程有什么打算呢?”

“打算把脖上的链子挣掉!”韦步平说得十分干脆而坚决。好像是身上感到发热,解开风纪扣。

“奔哪儿去?你方才问我,现在你自己怎么回答?”

“人是猴子变的,野性难驯。还是回到老祖宗的地方去。”

“孙悟空,回到水帘洞?”

“那倒不是想到那儿去称王。”

“我似乎觉得你失望了。”

“这……要看怎样理解了：人往往是对这一方面的失望，正是对那一方面的向往；这件事情的结束，正是那件事情的开端；‘山穷水尽疑无路，柳暗花明又一村’；鹰隼不甘栖于篱落，正因林莽有宽阔的天地。”

章斌微微点头，嘴角流露笑影。

跑堂的端着菜盘进来了。先是一盘麻辣鸡和一盘炸乳鸽。跑堂把菜放好，问要用什么酒？

“来泸州大曲。”章斌说。

跑堂出去一会，拿来银器酒壶和两只凝脂一般小瓷杯，上面画有蓝色的山水，题着“岐山入梦是”的几只细小隶书。章斌拿起小酒杯把玩了半天才斟上酒，递给韦步平，说道：

“来，干一杯！”

两人对饮，尝了两口菜，气氛还是挺闷人。章斌放下筷子，端酒壶往杯子斟满，放在那里，谁也没兴趣喝它。

一会，章斌才说：“不管怎么讲，把你拉到川军来，使你落到今天这个尴尬的局面，事先是预料不到的。冯被迫到上海作寓公去了，何日东山再起，我们不是刘半仙，很难为他扶乩。本来冯是有意让朱出来支撑危局的，不想朱眼看事不可为，只好悄然出国——到欧洲游历去了。这样一来，滇、黔客军虽然退回它们老窝，但是，四川政局内部，何尝从此统一？自治更谈不上。”

韦步平对这些军阀混战的棋局好像是兴趣不大，引不起好奇心。等到章斌把话讲完就说：“先不谈它那些事吧。我倒想知道阁下重庆之行，收获如何？记得你归来那天，说是有‘喜讯相告’，很遗憾，当天我就上了贼船，未能亲聆教言。现在，喜讯恐怕已成了噩耗了？”

章斌脸色一沉，想了想，说道：

“那，原来说的喜讯只不过是腹中的胎儿，还不是已经呱呱坠地的生命。不过，孕育成熟，终会诞生的。那是一股地下的潜流，一团火种的埋藏。”

“革命吗？”韦步平马上问。

章斌用眼色作了肯定的回答。韦步平顿然眉飞色舞，等待章斌说下去。

“是革命。”章斌说得很肯定,瞅着对方,“难道它对你不也是个喜讯吗?”

韦步平寻思一会,说道:“当然,烤羊肉,味道倒不坏,就怕又是一场狗肉宴!”

“哈哈,阁下可是个幽默大师。”

跑堂的又端进两盘菜来。一盘是鲜冬豆粒配着玉色的鲜虾仁,一盘是清蒸鲑鱼。章斌对跑堂的说:“来两碗担担面。”然后招呼韦步平,“来,趁热!”章斌用羹匙舀起虾仁尝了一口,觉得味道极鲜,随又舀了一羹匙。

韦步平尝了菜肴,拿起餐巾抹了抹嘴,说:“我倒也想同朱剑公一样,到国外去走一趟看看。”

章斌望他凝视片刻,想了想问:“想到哪儿去?东洋还是西欧?”

韦步平说,明治维新的文化武功,去考察的人已经不少,也没见取得什么好经回来,在武功上,只不过办了几间陆军学堂,盖起几座新式营盘,建立海军的经费却被慈禧老太婆拿去挖了一个昆明湖;在文化上,废除科举,提倡普及小学,等等,目的无非为野心家培植爪牙,在千疮百孔的国门装饰门面,真正的病根还是未见祛除。

“那,到苏俄去,去那里看看工农专政的新世界如何。你不是想尝尝烤羊肉串吗,俄国餐馆的高加索烤羊肉可是别有风味哩。”章斌笑了笑。

“那边的新天地,想是想去见识见识的。不过,先古后今,先弄清楚历史再来考察现代,那可能更容易理解。我倒是想先到巴黎去看看。”

“噢,那是花花世界!”章斌说,脸上露着笑意。

“不。花花世界对我来说是太奢侈了。我是想,那里的巴黎公社的遗迹是值得凭吊的。你说,太荒唐了吧?”韦步平笑着问。

章斌庄重而严肃起来。过了一会才说:温故而知新,古人已有明训,不过,也不妨把它颠倒过来:先今而后古,比方人走道,从近到远比较实在。与其怀思古之幽情——先去凭吊巴黎公社、凡尔赛的遗迹,倒不如先去看看俄国水兵进攻冬宫的弹痕;前者到底已成了死的骷髅,后者却是方生的婴孩;历史虽然可供借鉴,现实毕竟是个活榜样,对活人更为亲切。

“不。”韦步平打断对方的话,“前车之鉴是值得记取的。不懂历史,现实也难理解。做学问，究竟是先今后古乎，还是先古后今乎？这是学术范畴的争论，先不去谈它了。现在我只从费用上来打算！”韦步平说马赛曲诞生地——里昂，有中国人开办的勤工俭学团体，到那里一边做工，一边可以读书。他想到那里听听马赛曲的余音；如果到那里又像现在那样使他感到不对路，对不上门牌号码，到时再转向东方来，考察冬宫的弹痕也未尝不可。无非绕点弯路，阅历却是增广的。

章斌耐心地听完对方申述了这番志向，然后开口说道：

“韦兄，我们相识一场很不易。本来早就想同阁下好好深谈一次的，无奈一直腾不出空。”

“是呀，我也闷得慌。有何见教，开门见山直说好了，不必拐弯。”

“假如我能帮你什么，我绝不悭吝。……唔，你自己觉得缺少什么吧？”章斌注视着对方，等待回答。

韦步平愕然，摸不清章斌的意思。自问地喃道：“缺什么呢？官位已经不低了，衣食禄位样样齐全。”

“不，我说的不是这些，这些，你是不缺的，而且你对它也不在乎。”

“那是什么呢？”

“我指的是你的信念——精神方面的衣食。”

“信念？”韦步平感到迷惑。略为沉思，然后说：也许他现在还是缺少宗教信徒那种盲目的虔诚去皈依一种什么经典，深信不疑地去膜拜某种学说。不过，他说他从小见到人间到处存在这样那样不平的人事纠纷，因而产生一种幻想：但愿天下的人都能平等而自在地生活，人人有田种、个个有工作，有吃有穿，有屋可住，有书可读，这多好呀。后来人长大了，上学读书，出门当差，增长了学问、阅历，逐渐明白：老百姓的不幸和社会风气不良，这种种现状，直接间接都跟国家政府当局的治理有关。他说，一方面懂得自己的国家是具有五千年文明的古国，另一方面却看到到处是疮痍满地、哀鸿遍野的现象。什么原因啊？想来想去，觉得从内部来讲，在上者，有一批祸国殃民的汉奸卖国贼从中作祟，在下的，有大批贪官污吏、土豪劣绅为非作歹；打外部来看，帝国主义列强各国对我虎视眈眈，掠夺资源，侵犯主权。总之是，这些爬在身上的虱子，在人民生活中吸血、传播病菌，这些从门外闯进屋来的豺狼，对国家民族的生机，造成巨大的破坏，使他感同身受，深恶痛绝。

“只要我一息尚存，”韦步平越说越兴奋，“我一定得跟这些虱子和豺狼斗到底！要我说有个什么信念的话，那就是，希望有一天我们有五千年文化的黄帝子孙，在世界上成为受人尊敬的民族；但愿四万万同胞，人人得到平等、自由，安居乐业，出现一个崭新的社会！这就是我的幻想，也许这是我个人的信条吧？”

章斌对着韦步平看了半晌，斟酌了一下，拐过弯问他：

“你在云南讲武堂时候不是组织过‘社会主义研究会’吗？对社会主义应当是有过一番见解啰？”

“研究说不上，只能说一知半解。当时的用意只不过想借此跟几位谈得来的同学不拘形迹地海阔天空纵论天下大事，跟踪时代步伐，不致落伍就是了。不想，婴儿才落地，狠心的当局却一手把它掐死了！可悲也夫！”韦步平说了一句文言，呷了一口酒。

“来，吃菜。担担面还不来哪。”章斌说。

韦步平吃了点菜，接着唧咕：“人的脑瓜就装个孙悟空：别人想要限制、强迫它是徒劳的，团体可以解散，可我的幻想还是没有去掉。”

章斌说：“那倒是真的。不过，社会主义不应当是幻想，它应当是实实在在的客观存在。当然，如果把它看作幌子，那也可以同王麻子膏药一样，有各种各样招牌。在重庆我就见到三个膏药铺接连挨在一道的招牌：头一间叫做‘王麻子膏药’，第二间叫做‘这才是王麻子膏药’，第三间你说他怎么叫法？他并不嫌啰嗦，居然叫做‘这才是真正的王麻子膏药’！你别好笑，事实如此。一部《庄子》，不是有五十多家注解吗？可见同一个社会主义的名称也有各种不同的观点和说法。我倒想知道阁下要研究的是哪一家？”

韦步平说，他对哪一家也不存成见。说是理论这玩意，公说公有理，婆说婆有理，没有经过实践考验，真理和谬论的界限是划不清的。

“王亚南翻译的《资本论》，读过吗？”

韦步平摇摇头。

静了片刻，两人又喝了一口酒。

跑堂将热气腾腾的两碗做得十分精致的担担面端上来。章斌说:“把酒喝了就吃面。”两人碰了杯,杯里的酒干了。章斌把面吃了才说:行动是重要的。拿瞄准来讲,不经过几次实弹射击,即算你把射击要领的条文背得再熟,枪还是打不准。不过,只会打枪,不懂瞄准原理,命中率就有限。知其然不知其所以然,心里还是不踏实。

“哈哈,我这算是乱弹琴,不成调调。”章斌说。

“说得好,给我脑瓜开了窍。”韦步平信服地说。

“闲话少说,言归正传。”章斌说,“谈谈你的实际行动吧?到底下了决心没有?”

接着,章斌讲,他有个族伯叫章玉瑚,平生热心教育事业,对栽培人才特别关怀。如今主持办理勤工俭学出国手续的事。曾经问过章斌本人,愿不愿意去国外深造?章斌说他还在考虑,没最后下决心。如果韦步平真想去法国,他倒是可以为他出一臂之力。另外还讲,朱剑公去了德国,最近有消息,说他在那里也参与勤工俭学的事;说朱为人富于正义感,对新思潮、对年轻人,一贯都很关注。到了那里,要遇到他,有些事可能得到帮助。

“那就太好了!”韦步平兴致勃勃说道:“如果这样,真是瞌睡碰上枕头。”他表示如果有章玉瑚先生帮忙,他就挂冠而去;回老家筹点款,安顿家小,然后出镇南关,到河内,过西贡,从太平洋横渡大西洋。海阔天空,任情飞翔了。

章斌说:“看看吧。能办到的话,一定为阁下尽力。要是手续办得来,路费倒是不必自筹的。不过,话又说回来,如果为了干革命,倒不一定远求的。还请阁下三思!”

“那,你自己不是也考虑要去吗?为什么又说——”

韦步平正要辩驳,章斌却把他拦住,说:

“你现在先不用讲,回去好好想想,回头我们再仔细商量。”

第三十六章

五天之后,章斌来对韦步平讲,勤工俭学的事,章玉瑚先生说,出国手续可以办得来,就是要本人认真考虑周到。勤工俭学同官费和自费的留学生不一样,不可能专门读书,要一边做工,一边上学,半工半读,生活艰苦,工作也挺辛苦。问他有没有吃苦耐劳精神。在章斌个人来说,倒是劝他不如留在国内为好:中国这么大,东边不亮西边亮,此处不养爷自有养爷处。如果想到广州方面去,他也可以帮想办法。当然,各人景况不同,何去何从,只有自己三思而定。

韦步平为此反复考虑了两天,最后,还是填了一份学历表,写了一份申请书,请章斌当介绍人,决心出国。然而也不拒绝章斌的嘱咐:路过桂林时,拿他族伯章玉瑚先生一封信函去拜谒广州军政府秘书长林木秀。此人目前随从孙中山大元帅正在桂林行辕,督讨桂系军阀陆干卿,绥靖北伐的后方。信函机密,火漆封口。这是特殊重托,一定要韦步平面呈。同时,要韦步平当面向林秘书长陈述在此目击的种种现状。

事有巧合，韦步平才把出国手续办妥，家书随着电报飞来。电报急告祖父重病垂危，催促速归。借风张帆，韦步平拿着电报去找刘大麻子，恳求乞假归省。刘督军为表示他豪情气概，当即准假三个月，同时给军需处下条子，馈赠程仪五百元，另外吩咐侍从副官，采办不少名贵土产，丝绸匹头，滋补药材以及干鲜果品之类，作为礼品。

临行前夕，章斌拿来一本包得挺仔细的书，笑着说：

“没有别的作纪念，给你介绍一位精神上的旅伴吧。”

韦步平掂着书，感到无限温暖，仿佛有股热流，迅速在血液里沸腾，手指自在打颤，面带笑容，幽默地问道：

“一部论语吗？”

章斌瞅他一眼，说：“是不是呢？一言难尽。真理与谬论，个人的见解难免受主观上的局限，客观的历史却会作出证明。正如阁下前次说的，理论经过实行之后才能辨别它的是非。愿君慎重选择！”

韦步平深为感激，把书珍惜地放进皮包里。章斌接着又说：

“阁下这就远走高飞了。不久的将来，我也可能出川。”

“出川？鲲鹏展翅，往哪方向飞呢？”

“也许南下——到广州，尝尝‘龙虎斗’的味道，也许北去——到彼得堡看看冬宫的弹痕，也许往西——追随阁下骥尾，一道听听雄壮的马赛曲。眼下都未能定得下来。”

韦步平抬起梦寐的眼光，望着章斌说：“山水有逢时，说不定有一天我们会殊途同归。”

“但愿如此！”章斌伸出手来，“再见，祝君一帆风顺！”

“后会有期！”韦步平回答。

一艘开往下江的轮船把韦步平载走了。船离了码头，过了海关，慢慢地将城市的灯火和喧声抛在后头。韦步平站在甲板上眺望很久，觉得有点凉意，才回舱房来。此刻旅客都已躺下，有的已经打着均匀的鼾声；只有过不惯的婴儿还在哭闹，年轻的母亲焦急而耐心地哄着，把奶头塞住吵人的小嘴。

韦步平的心情有如江波，平静不下来。就像刚做完一场梦才醒过来，没一点儿睡意。他把章斌那包“礼物”打开，“精神的旅伴”请来了：原来是一本《共产党宣言》！在扉页上，章斌签了名，题了这样一句话——

让它作为阁下的向导！

这本书，并不是他头一回接触，但是，以往他把它轻轻放过了，就同小孩在海滨拾贝，分辨不出明珠。此刻经人点明，不禁恍然若失，然而，随即感到惊喜。两手把书捧着按在胸怀，心头怦怦直跳。

“‘一部《论语》可以治天下’！说的就是它！”韦步平暗中喃道。

这一段行旅，全都在水上漂泊过的。一开头，顺着长江东流，出三峡、过汉口，直抵上海；接着，改乘招商局从上海开往香港的海船，到了香港，遇上有内河的轮船开往梧州。梧州是广西几条水道的汇合口，进出港粤的门户，每日都有小型轮船接运从广州、香港进来的客商货物，溯江而上，从抚河向北，驶往桂林；从西江向西抵达南宁，从浔江向西北可通柳州。韦步平归心似箭，沿途无心流连，所过埠头，都没上岸逗留。到达梧州当天，正巧有船待发桂林，随即购得船票，转过抚河开往桂林的船只，亟待了结他的信使差事。

1922年初的一个深夜，轮船的汽笛向蓝江报告它的到达。轮船需要报关检查，当晚，旅客还得在船舱过夜，第二天早上才能上岸。这阔别七年的城池，对韦步平来说是如此熟悉又是如此陌生：江边的渔歌，竹排上的鸬鹚，象鼻山的倒影，立人峰顶的烟霞……这些，仍旧是风景依然，仿佛岁月的飞逝与它们无关。街市上，有些商号的招牌似乎是剥落了；行人冷冷清清，晨操的军队，这里一队，那里一排，口令声、军号声、跑步声，过早地吵醒了安静的城市；“欢迎孙大元帅幸临！”“拥护北伐！”……红红绿绿的纸头标语没有完全脱落，有的还剩下半截贴在墙上，冷风吹得息索作响；用松针扎起的欢迎大元帅的牌楼还竖在中心街道，松青已经枯萎了，微风吹着悬挂的红灯笼，轻轻摇摆。

韦步平旅途劳顿，进入旅馆，开了房间，早餐也不用就躺下了。醒来时，立人峰的午炮已经响过。洗脸时候,对着镜子一瞧,哟,发脚快盖过耳边了,满脸胡子,特别显眼,真够得上风尘仆仆的了。

洗完脸就出门,无心于衣饰。依旧穿他那套从成都穿到今天的军装,皮带也不扎,领章早已除下;外面披件呢料的草绿色军大衣。

他进到一间小吃馆随意吃点东西。刚坐下,跑堂的老头过来招呼。他随便叫老头要一菜一汤,完了,叫住跑堂等一等,问:“近来有什么新闻吗?”

老头看了看客人:打扮的倒不怎样,长相可是个正直人。跑堂放了心反问他:“新闻天天有,看贵客要打听的是哪一路?”

“是新闻就听。”韦步平望着跑堂说。

这时馆子客人稀少,老头又是喜欢同顾客聊两句的人,于是,话匣子打开了。说是这一个多月来,最大新闻就是孙大元帅幸临省城的盛况。“人家可是个将星呀,真了不得。将星降临,云南、贵州、广东和湖南,各省督军、省长也都一窝蜂跟着来了。先生你也是外省来的客人吧?嗬,孙大人这回一来,我们这座小城池,一下子可是冠盖云集,车水马龙,成了热闹世界了。正是读书人说话:‘八方风雨会中州’哈哈。”这位跑堂的有点儿诙谐。

韦步平问:“你老见过孙大人吗?”

“要说见也算是见了。”跑堂的说,“那天我们全城男女老少全出动,各人手上拿着三角小纸旗站在街道两边迎接孙大人。嗨,人家可真是个非常大元帅,你说,比清朝巡抚的官位高点吧?比民国的督军就不必说了。可人家反倒没那种大人物的派头。你看,人家从海关码头上岸,照直朝着正阳街,走步到省参议会——那是欢迎筹备会给他预备驻节的行辕,长长好几里地的长街,他就是不上轿,满面笑容,不断向街道两边的百姓招手。看他是个有福相、宽厚的人。听人讲,他连日来在王城①议会会堂演讲,说是从前封建时代,老百姓是帝王将相、大官小吏的奴仆,如今民国时代了,当官的不过是百姓推举出来管事的公仆就是了;说是谁个有事要见他,都可以去。你说,从前那位张巡抚哪有这样的气度!”

---

①王城——明朝末年最后一个皇帝桂王的宫城。

韦步平只管静听，却不言语。

跑堂的退下去了。不一会，端着饭菜回来。看看还是没见顾客上座，空着没有事干，仔细端量韦步平片刻才又说道：

“贵客你要想看到孙大人，这倒不难。他每隔两三天总要在王城会堂演讲。爱听的都能去听。”

“是吗！”韦步平不禁好奇，颇感兴趣。

他匆匆忙忙吃罢饭，走到街上来。头件事先把头发剪一剪，然而，理发店却没有饭馆那么空，一连走了两三家都是满员。索性先找个亲戚，回头再说。他一个人踽踽独行，走到王城前面的南大街——正阳门，看到学校老师、政府官员和一些高年级的学生，三三两两朝着王城走。韦步平也顺着那条街走去，到王城南口，见到墙上贴有一张海报，是全省学生联合会举办讲演会的消息：敦请孙大元帅演讲《三民主义》——关于民权问题。正当韦步平驻足观看之际，一位穿紫色丝绵袍、脖子围着绿色围巾、腋窝挟着一包文件的女士，从他身边擦肩而过。她走过两步，韦步平也继续走了。女士回过头来，用猜疑的目光盯他一眼。

她，不是别个，正是我们已经熟悉的海银华。但是，韦步平不认识她，她也不认得韦步平。因而，面对这个陌生的、满面风尘的尾随者，难免产生种种猜疑：仿佛是不放心，又仿佛是对追逐者的鄙视。

韦步平对她回眸盼顾的眼色感到好笑，打心里想：“人家可要误会了！见她的鬼去吧。”干脆不予理睬，走自己的路。仍然跟着她往会堂走。

银华走到会堂门前广场时，回过头来又看到韦步平在她后边，好像是盯她的梢。这就更是增加她的疑心。她机灵地走到一个戴鸭舌帽的男人跟前，把他的袖子扯了一下，那男人跟她走到石狮子旁边去。她向他耳语什么，朝着韦步平斜视一眼，那男人顺着她的目光瞅了瞅。银华算是交代了任务，飘然进入会场去了。那男人故意佯装没事，来回踱步，眼光却不放松韦步平。韦步平坦然处之，满不在乎。

这时，离演讲时间还差半小时，人们都在会堂门前的广场闲散着，有的独个沉思默想，有的见到熟人寒暄交谈，舍不得离开温暖的冬日的阳光，提前进入会堂。

不一会，来了两个穿礼服呢圆口布鞋，扎着裤腿，穿着棉袄的汉子，两人都注意看着戴鸭舌帽的人眼色行事。戴鸭舌帽的把嘴皮上叼着的烟屁股一掷，向那两个汉子以目示意。然后，抖抖衣襟，走到韦步平跟前，露出一脸得意的奸笑，问道：

“先生，你是昨晚从外埠来到的吗？有劳贵步，请跟兄弟我走一趟。”

韦步平不禁愕然。那戴鸭舌帽的家伙向两个汉子摆一下脑袋，两人立即拥了上来，一人一边架住韦步平的胳膊。韦步平使劲挣扎，大声叱责：

“你们要干什么？”

两个汉子不问三七二十一，伸手搜身，一下子在韦步平的腰带掏到了一支左轮手枪，如获至宝，不禁惊呼：

“嚯！这是什么？好一个奸细！”

忽一下，人们都围了上来看热闹。一个汉子拿着手枪顶着韦步平说：“不许动！”另一个汉子继续搜身。韦步平神情镇静，态度自若，嘴边露出笑意。

“狡猾的家伙！”戴鸭舌帽的人恶狠狠地瞅着韦步平骂了一句。他自以为是立了大功，趾高气扬。

那汉子从韦步平的大衣里头的胸袋里搜出了一封用火漆封口的大信套，他不认识字，瞠目地问道：

“看，这是什么？”

原来信封上写的是这样的款式——

面呈　桂林大元帅行辕 林秘书长　　　勋启 章缄

旁边的人看了，不觉惊讶，窃窃私议，紧张的气氛立刻改变为疑惑，面面相觑。戴鸭舌帽的人沮丧地向手下的人说一声：

“带行辕！”

韦步平镇定地说:“本来我是要把胡须刮了,把头发理一理,再去拜访林秘书长的。你们这样一来,不但是把我的时间表给打乱了,还叫我在林秘书长面前失礼。”

“快走吧,别啰嗦!”戴鸭舌帽的家伙把烟卷一扔,给两条汉子使个眼色,“看这个熊样,还想见到秘书长! 嘿嘿。”

人被带走不远,海银华从会场里头急冲冲地跑出来,踮起脚跟伸着脖子往别人肩头窥探,问道:

“带走了吗?”

“走了。”

“说不定是个大角色哩!”

“可不是,你看他多沉着。”

人们唧唧喳喳,你一言我一语。

银华问:“是怎么回事?”

“是个大邮差——给行辕送信来了。”

“哦?”银华睁大眼睛,惊异非常,同时又好像是错过了机会,赶紧走上前去看究竟。“大邮差”却被两条汉子护送走远了,只见那大氅的后摆在风里飘动。

那三个便衣暗探把人带到行辕的传达室。一位值勤的侍从官叫一位卫兵把人看着,拿信送进里头去,过了将近半个时辰才转回,面带笑容,问明韦步平下榻的旅社的招牌和房间号数,然后叫一位马弁去那里把客人的行李取到行辕来。

侍从官很客气,给客人倒茶、敬烟什么的。说是秘书长正在跟一位外宾接洽,分不开身,嘱咐他转告客人:先搬来行辕住下,晚上再当面叙谈。

韦步平舒了口气站起来。

“请吧,我来带路。”侍从官同客人相让,走出传达室,又回头去对着那三个暗探说道:“没有你们的事了,请回吧。”

三个暗探面面相觑,大失所望,鞠躬告退。

侍从官回头同客人说:“难为他们警觉性高!”

韦步平嘴边露着笑影,说:“这,应当归功于一位女士。”

“哦?”侍从官不由惊讶。

韦步平被招呼住到一间厢房,侍从官陪客人坐下,两人继续对话,把方才的遭遇描绘了一番。

侍从官说:“那,恐怕就是海小姐了。那可是一位巾帼英雄哪! 听说是贵省第一位女党员呢。”

韦步平马上问:“女党员? 什么党?”

“国民党呀!”

“哦!”韦步平冷冷地呵了一声,说,“我对于这个党那个派都没多大兴趣。”

“你对国民党也是这样吗?”

“那,要看它的宗旨到底是干什么的,同时还得看它是什么人干。”

“你对中山先生难道没有——”

“对不起,我不回答你的审问。”

“哪里,哪里。”侍从官带着歉意陪笑脸。

韦步平看侍从官并无恶意,于是,也老实把话讲出来,说他对中山先生的道德文章是敬佩的,辛亥革命到底是把几千年的封建制度推倒了,这一丰功伟绩谁也不能抹杀。至于说国民党,韦步平说:

“很遗憾:根据在别处看到的一些自称国民党员,口头上标榜的跟其实际行动并不是那么一回事。”

侍从官注视这位客人,想了想说:“也许你不是个诽谤者,但是,恐怕你所见的未必是真正的国民党。”

韦步平苦笑一声,不加辩解。

夜幕降临,一个听差端来一盆炭火,房里增添一点暖气。墙壁新刷的石灰,墙脚的地砖上洒满了白点。床铺上一色素净的新铺盖,俨然像间病房。韦步平一心等候接见,然而,时间已经不早,侍从官招呼卫兵送来晚餐之后,再也不见露面。

“难道又是一个圈套? 自流井的戏又要在这儿重演?”韦步平狐疑起来。

时钟,当当连响九下,侍从官来了。说是很抱歉,秘书长事情多,忙不过来,让贵客久等了。接着,韦步平被请到一间新布置起的小客厅。

这是能容纳二三十人的小会议室：当中摆着长条方桌，上面铺下一张鸭绿色的金丝绒桌幔，桌子中间放着一尊窑变的深红色的大花瓶，插有碧桃、梅花和红山茶——一簇新开的鲜花；两边板壁摆着一色镶嵌着大理石的紫檀八仙椅，每张椅子铺有一块红色绒面的坐垫；东头墙角斜放着一副古董架，上面格子里搁着三四件贵县出土的汉墓的陶器，有武鸣出土的窖藏的商代青铜的卣，有柳江出土的人猿牙齿的化石，此外，就是几件名贵的瓷器：宋代的碗，明代哥窑的笔洗，清代雍正、康熙的花瓶等等；南北两头是一对大清花瓷缸，各栽植一株四季桂；中堂墙上悬挂一幅紫檀镜框镶嵌着的中山先生的手迹的对联：

大道之行　天下为公

在摆设上尽量显得高贵、古雅、庄重而安详。

韦步平才坐下，马上进来一个人，满面笑容，热情洋溢地伸出手来和客人紧紧拉住不放，又是高兴又是抱歉地说：

“很对不起，叫阁下久等了。”

侍从官在旁向韦步平作介绍：“这就是林秘书长！”

这人大约四十来岁，中等身材，长得挺结实，举止特别灵敏，朝气勃勃。韦步平从他风度联想到小时候拿核桃木做成的陀螺，看他转动起来，周身都是劲似的。

“阁下怎么对党派不感兴趣呀？”秘书长开门见山地问道。

韦步平没有想到，遭遇突然袭击，不免有点儿招架不来的神色，只得含糊其辞，半吞半吐：“晚生……”

秘书长马上抢着说：“阁下的情形，章瑚公信上全都介绍得仔细了。你们没有见过面吗？可是，章瑚公对阁下的道德文章、言行志向，了如指掌，调查得清清楚楚，他要我在此拦路绑架，哈哈。意思挽留阁下，留在国内，大家共同奋斗，救中国，毋须到国外去了！”

秘书长把话摊开讲了，注视韦步平的反应。

韦步平看了对方一眼，鼓起勇气说出自己的看法：“国内的事，晚生经历不少,这样那样的花招领教的相当多。救济贫穷落后国家的药方,不管张三李四王二麻子都见过,无非是换汤不换药,治不了病!”

“嗨,不得了!”秘书长听对方失望的口气,不胜惊讶,“你这位年轻人居然看破红尘呀?不行,不行。我们好好谈谈。”

秘书长叫卫兵把火盆挪动一下,往韦步平一边靠近一些。然后,把他这两天来跟列宁派来同孙中山会谈的特使双方所谈的大致内容、国民党准备改组的方案,以及目前积极筹划北伐的重大战略方针,隐隐约约,透露了一些眉目。

“看来,我党这一改组,”秘书长林木秀说,“内政外交,必将改弦易辙,局面可望改观!阁下所忧虑的种种迷雾,势必烟消云散。”秘书长充满信心,表示十分乐观。

韦步平静静地倾听,拿着火钳架起炭头,火苗一时升旺,蓝色的火舌伸出空隙,火苗不时爆开火花;炭盆旁边搁着的水杯,嗞嗞地冒着水气。

“方才把章瑚公的信请孙公看了。”秘书长接着说,“孙公对玉瑚同志的推荐甚为高兴,欢迎阁下回到本省来工作。希望阁下能到南宁去,到那里协助马省长把事情办起来。马君是个学者,书生气十足,应付军人很感棘手。几次来电催派一位懂得军事的同志去襄助。我们这里一时又物色不到合适的人。阁下这一来可是求之不得了!”

“章玉瑚先生对晚生恐怕是过誉了。其实,晚生在军队几年,真是尸位素餐,毫无建树。”

“那倒不必妄自菲薄,优劣自有公论。”

“何况做官为吏,晚生真是敬谢不敏!”韦步平说,停顿了一下,他看秘书长不作声,于是,索性把话说完:

“因为当了官,跟老百姓就不可能坐在一条凳上了。”

林木秀望着青年人想了一下,说:

“百样米养百样人,当官的也不全是人人如此。见了几棵树不等于就是森林。”

韦步平听这一说,不禁脸上发烧,仿佛挨了一记耳光,很不服气,正要声辩,忽然,门帘掀开——

孙大元帅和夫人进来了。

中山先生满面红光,精力充沛,态度和蔼可亲。穿着雍容大度的便服,在狐皮袍子上面罩着玄色的织有圆形寿字锦缎的马褂。夫人披一袭华贵的反毛的紫貂大氅,仪态大方而端庄。

大元帅和夫人是送外宾回宾舍,回头进客厅来接见远来的使者。秘书长和韦步平同时肃然起立,鞠躬致敬。大元帅慈祥地点头回礼,坐到会议桌的上首,秘书长招呼客人凑上来,各坐一边相对,夫人挨着大元帅左首轻轻入座。

秘书长向大元帅介绍韦步平。

中山先生等到林木秀秘书长介绍完了,看了看客人问道:

"噢,后生可畏,韦君不远千里而来,辛苦了!住处都安顿好吗?"

秘书长林木秀向大元帅讲,将就腾出间房来住下了。

"那好。既来之则安之。唔,我倒很想知道冯千秋怎么反对我北伐呀?"

"据晚生所见,冯督军对大元帅是衷心拥戴的。"韦步平说。

"那,他为什么要反对汤希舜的'北伐方案'而独树一帜——闹什么'联省自治'呢?"

大元帅不禁稍微激动,态度严肃。

韦步平不亢不卑、沉着而自信地说:"可惜,汤督的北伐,未必就是真的要革命。"

"哦?"孙中山听得话里有文章,不觉诧异,望着韦步平:"有这样的事?你说说看。"

正在这时刻,一位马弁拿来一张名片交给夫人。夫人一瞧,轻轻地对大元帅说:

"学生联合会的海女士来见。"

夫人起身往外走。孙中山追说一句:"等一会请她到这儿来。"

"好,你说说,冯千秋和汤希舜到底闹的怎么回事?"孙中山回过头来对韦步平问话。

韦步平呷了一口茶水,然后从容不迫地将他在云南、四川这段期间耳闻目见的种种状况,原原本本地叙述了一番。

听话的人很有耐心。遇到关节地方,秘书长记了笔记。等到客人把话讲完了,大元帅才对秘书长说话:

“你看怎样?这就逼着我们的党非改组不可!同时,也就促成我下决心:中国革命非以俄为师断无成就。‘宣言’稿弄出来了吗?”

“还有个尾巴,今晚赶一赶就可以杀青。”秘书长说。

“明天把它闹出来吧。得请对方过目签字,在报上披露,通告全国、全世界。”

孙中山跟秘书长叮咛之后,转向韦步平说:

“年轻同志,你刚才一席话十分紧要。我们闹了几十年的国民革命,宗旨就是要天下为公嘛,而他们偏偏闹的是天下为私!这岂不是风马牛不相及了吗?”

“这,不止是风马牛,简直是背道而驰。”秘书长插了一句。

“怎样,谈妥了没有?”孙中山望着秘书长问。然而,又不等答话,自己就朝着韦步平说:

“韦君,你就到马省长那里去襄助他一手,把封建余孽肃清,使贵省政局稳定下来,北伐才有可靠的后援。别的先不多讲,就这样一言为定。马省长是个文人,同盟会成立宣言还是他起草的哩。在总统府任过秘书长,我了解他:为人忠实有余,办事则魄力不足。所以急需一位能员去协助。就这样吧,外国就不去了。容县的沙田柚,广东的潮州柑,都是在当地的土壤和气候下才有好结果的。”

秘书长说:“是呀,外国的办法,可以借鉴,但是不可东施效颦。不同的国度有不同的面貌。列宁的十月革命是在俄国的土地上开花结果的。”

“那,我们中国的道路怎么走呢?”韦步平谨慎地向秘书长问了一句。

“这,……”秘书长犹豫了一下。

孙中山接着说:“我的主张已经写在宣言上,不久即可公之于世。详细方略,你见到马省长他会跟你谈的。”

“是呀。”秘书长说。

韦步平还想说什么话,大元帅却拦住他:

“年轻同志,革命需要更多的同志来共同奋斗,就这样定了。”

“只怕晚生才疏学浅,陨越堪虞——”韦步平讲两句客套。话没有讲完,门首来人把话煞住了。

进来的是夫人和学生联合会主委海银华,两人推让进门,韦步平抬头,眼光跟银华碰到一块。她不禁赧然红了脸。韦步平知趣地立起身来告辞。夫人忙迎上来拉着银华的手,瞧着她和韦步平两人的眼睛,问:

“都认识吗?”

银华敏捷、大方而热烈地伸出手给对方,响亮地说:“我叫海银华。”

韦步平冷淡地把伸过来的手握了一下,小声报了自己的名字:“韦步平。”

“哦!……”银华像是叫蜜蜂螫了一下,几乎脱口惊呼。

韦步平却急忙告辞走了。

夫人不禁惊讶,盯着银华眼睛问道:“怎么,他是——”

银华怪不好意思地说:“他是我一个朋友的朋友。”

“可不是冤家吧?”夫人带着笑意问道。

海银华红了半个脸,掩饰不了的尴尬。

第三十七章

这一天清晨,冬雾封锁着碧绿的西江。一艘惊魂未定、空空落落的机动轮船,拖着有气无力的哀号的笛声,驶进洋关码头。那些专为旅客挑脚的妇女和那些专为轮船搬运货物的码头伕役都被船员摇头摆手的暗示,拒绝上船。一会,船舱走出一个一个空着两手的旅客,就像一队从战场退下来的俘虏。码头上这些拿着扁担、绳索的妇人,这些肩膀搭着麻袋和肩搭的码头伕役,松懈地垂手而立,以惊疑的目光瞅着一个一个愁眉苦脸的旅客走上码头来。有个船员走到码头上来向围睹的人宣告:说是昨夜船到伏波滩,山上架起机关枪,直对江面轮船,威胁停船;船长无奈而屈服,停船受劫。舱里的货物,旅客的行李及其本人的腰包,通通惨遭洗劫。

在受劫者行列中,韦步平也在其内。他当时临急生智,将钱袋二三百元白花花的银元洒下地板,让抢劫者争夺,乘机将手枪和皮包,夹在大氅里头。此刻，他唯有大衣一袭和皮包一只，回到离别多年的城市。

太安栈是他家乡——岚山县和邻近几个县份的客商来往落脚的店铺。店掌柜对哪边来往的客人都当作乡亲相待，特别照顾。但是，当韦步平进店要求开房间的时候，虽然说明了他的县份，店掌柜见他的狼狈样子，手边又没件行李，却不免犯疑，于是借故推诿，说客满，没了空床位了。不料，正在说话当中，有个房客要结账离店，韦步平接过来说，就顶住那个空出来的床位。这叫掌柜没话可说，只好让他登记住下。不过，又说只能住人不开客饭，没有行李的还得要押金。弄得韦步平十分恼火。他把皮包往柜台一搁，说道：

"呐，给你这个。"

掌柜瞧瞧这只乌黑油亮的公文皮包和它的持有者的狼狈相似乎不甚相称，不免疑惑地轻轻把皮包打开。里头就是几本书，两本杂志和几张报纸。掌柜对此不觉索然。

韦步平忽然从大氅里面的口袋掏出左轮手枪来，退出子弹，咔哒一声，亮在掌柜面前的柜台上，说道：

"把它作抵押怎样？"

掌柜的手在打颤，赶紧取出"来客登记簿"来，请客人填写。

韦步平把姓名、年龄、原籍和来路与去向，逐项填完，职业一项留下空白。跟着店伙认了房间号码就上街去了。

掌柜提心吊胆，连忙叫店伙去警察局报警。

省长公署就是原先的道台府衙门，地址在牛角弯街口转过不远的东大街上。府前既没有吓人的大石狮子，也没有气派威严的门阀和凶神恶煞的警卫。韦步平放了心，大摇大摆地照直扬长而入。不料当他要跨过卫弁室的警界线时，一位佩带驳壳枪的卫弁站出来把他叫住：

"喂，你懂得规矩不懂？你看这是什么地方？"

"我要找你的省长！"韦步平望着卫弁说。

"嚯，架子倒不小。"卫弁把人上下打量，说道，"我的省长？难道省长就不是你的啦？你是什么人？来，站住！你不要跟我装疯卖傻，老子不吃你这一套。"

"闲话少讲，我要面见马省长！"

“嘿，见马省长？”卫弁拿不屑的眼色，瞅韦步平一眼，“马省长那样容易叫你见呀？挂金边肩章的将军，穿长袍的议长来了还得候一候哪，就凭你这块料……哼，等着吧。证件，没有？名片？”

韦步平摸摸口袋，名片没在身上。

“连名片也没有？老百姓告状还要有张状纸呀。你倒是干什么的？”

韦步平气极了，狠狠瞪了对方一眼，但是，又无可奈何。

两人僵持一会。一个小职员模样的人抱着一包公文卷宗出来，问卫弁是怎么回事。卫弁说：“他要见省长！”

这个小职员模样的人斜着眼瞧了瞧，说：“省长今天不见客。”掉头走了。

韦步平不服气，嘟哝着说：“民国的省长又不是封建王朝的道台，为什么不见老百姓？”

“少啰嗦，你快走。”卫弁露出打算要撵人的神气。

“嘿，我不能听你指挥！”韦步平说着移动两步，沉思一下，抬起头来向卫弁下命令似的说道：

“你给我拿笔墨来！”说罢，随即走进卫弁室去。

卫弁拿笔墨给他。他把大氅里襟的线缝口拆开，掏出林木秀给马省长的信件：信封面上印有“大元帅行辕”的衔头。卫弁看了，不由得伸一下舌头。韦步平想了想，在信封背面，信笔疾书，写成这样四句话——

十年献赋欲何求，
书剑飘零家国忧。
方期官民为一体，
马公何事学封侯。

书罢，张口呵气，把墨迹吹一吹，然后交给卫弁说：

“喏，你给我亲手送到马省长跟前去！”

韦步平从省长公署出来，发觉肚子饿了，口袋里却不名分文，也不知这里有没有熟人可以投奔，毫无把握地往原先的同乡住家看看，一连找了两三处：从水闸门到镇北桥，从镇北桥转过新西门，全都扑空；有的门牌换了，有的已经搬了家。

这城市，当年韦步平投奔“护国军”去的时候曾在这儿整编队伍，呆了十天半月工夫，街道不很熟。他走着走着，不觉来到了商埠公园。这是文庙的旧址，王阳明曾经到此讲过学，如今剩下一块石碑，上面刻画这位学者肖像，记载着他的事迹。

眼前正是冬日将尽，新春未来的季节，梅花正在绽开，山茶含苞欲放，一品红却早已张着红伞迎接将要含笑而来的姐妹。水缸里的金鱼躲到水藻底下去了，榕树上的金丝猴向稀稀落落的游人唧唧叫唤，乞求人们赐予食物；园里好久没有打扫了，败叶满地，蔗渣、果皮到处都是；坐椅有的已经缺腿断把，有人索性把木头就地烧火取暖，亭子跟前留下一堆炭灰；挂有“禁止小便”牌子的墙角，偏偏是成了小便处……这些景象就同残冬一样，显出处处是兵荒马乱，百废待兴。

面对这些破败景物，韦步平也就失掉游览的兴致。可又没处投奔，依然踯躅街头，东张西望，这里瞧瞧，那里走走。

前面就是火烧地的交易场。这是城郊四乡农民、商贩和附近各县来的行商麇集的地方。日用杂货、洋什土产、家什农具、牲畜和米粮……都到这里来交易。人来人往，鱼龙混杂：有耍猴子卖膏药的，有摆摊算卦的，有拉客的私娼，也有插标待沽的小孩……这些，同大街上的商业区又是另外一个世界。这里，比乡下集市热闹、庞杂。可是，热闹中使人感到的不是兴旺而是衰落，庞杂中叫人见到的不是新鲜、丰富而是腐败、萧条。

韦步平在此踯躅半天，心想：“家乡六七年来，到底变成什么样了呢？”

想到这地方，不觉勾起了乡愁来了。他一边巡逡，一边担起心思。

“先生，你的大氅想卖吗？”一个歪戴呢帽子的小贩，从背后扯一扯韦步平的衣襟。

韦步平回头狠狠地瞪他一眼，小贩发现认错了人似的，怏怏地溜走了。

接着，对面走来两个招摇过市的女人，斜着疲惫的眼睛，妖里妖气，瞟着韦步平送媚眼，吃吃发笑，走到跟前悄悄地问：

“先生，中意吗？请去我们那里开开心嘛。”

这一下,叫韦步平发现吹风蛇似的,身上立即长了疙瘩,赶紧跑出这个地方。他感到乏了,脚跟越走越沉,问了两三道交通警才回到当阳街的太安栈。

客栈里有两条汉子等着他。他刚一进门,店伙马上给那两条汉子使眼色。两人同时站起,迅速围上来,向韦步平盘问:

“你叫什么名字?”

韦步平向掌柜看了一眼说:“叫什么名字,掌柜已经告诉你们了吧?”

两条汉子用眼色望着掌柜发问。掌柜说:

“就是他。”

“走!”那两条汉子齐声吆喝。

“慢着。请问,往哪里去?”

“警察局。”其中一个人拿出一张卡片亮了一下。

“正好。我正找不到吃饭的地方呢。”

韦步平从容不迫,正要跨出门槛,一个气喘吁吁的卫弁冲了进来,对着将要出门的三个人喝住,声言店里所有客人一律不准离开,等候检查!韦步平停步,两条汉子也只好站着看是怎么回事。卫弁向掌柜说,省长公署传令,要检查一位客人,向他要“来客登记簿”。掌柜双手将簿子恭敬地端到卫弁跟前。卫弁接过一翻,不由得惊喜地指着一个名字向掌柜的问:

“这位客人在房间吗?”

掌柜向韦步平看一眼,说:“就是他!”

“哦?”卫弁不胜惊讶,转向韦步平问:“你就是韦步平?”

“怎么?”韦步平傲慢地瞪着眼,反问,“有哪一点不像吗?”

卫弁向两个便衣警察问:“你们是干什么?”

韦步平抢着说:“他们请我去警察局管饭。”

“你俩请回吧,没你们的事了。”卫弁说完,转身去摇电话:“……是我,找到了。在太安客栈,好吧,我等着。”

两个便衣警察悻悻地走了。

卫弁请韦步平坐下,两人都不作声。

约摸过了半点来钟,一乘四人抬的绿呢大轿来到客店门前停下。城里人不少认得这是马省长的专轿，怎么会无端光临呢？这可把店伙和掌柜弄得惊慌失色，诚惶诚恐地迎了上来。不想，轿里并没有人出来，韦步平同卫弁走到轿前，卫弁掀开轿帘，对韦步平说：

“韦先生，请上轿，省长有请！”

掌柜和店伙发愣。掌柜赶紧斟来一杯茶，两手捧到韦步平面前极尽谄谀之能事，说道：“嘻嘻，恭喜韦大人，请茶！”

接着，赶来一个骑马的卫弁，捧一张名片递给韦步平。

名片的正面印着三个长仿宋体的字：

马　逢　伯

背面草书几个水笔字：

敬请命驾一叙！

并签“逢伯即刻”四个小字。

韦步平拿着名片，对着两个卫弁说。

“走吧！”

“韦先生请上轿！”

“我坐不惯！”韦步平大步跨出门槛，飘然而去。他的大氅后摆在人们的眼前晃动。

“这……真是个奇人！”

“准是个大人物。”

……

人们议论纷纷。

掌柜的不胜感叹，喃道：“我这双老花眼，人来客往看的不少，这回可没看准。我看他是个——唔，伙计，快去腾出一间特等房来，收拾好点；再去警察局把他的手枪和皮包领回来。”

方才卫弁在太安栈打电话那阵工夫，马省长正在同一位水利工程师研究河道交通的疏浚工程。一位秘书告诉他：卫弁来电话，人在太安客栈找见了。

“派我的坐轿去请！”马省长说，“通知全城各处停止查访。”

秘书刚走不一会，省长又想起件事，拿张名片写几个字叫卫弁赶快专送太安栈。

工程师问来了怎样一位客人？马省长从写字台的抽屉拿出一只信皮，交给工程师，请他看看背面那首诗。工程师看了，瞠目不知所云。

马省长说：“客人就是这首诗的作者。”

工程师又拿起诗来看了一遍，轻轻地放回桌上，谨慎地说：

“诗人对自己，不免自负，对别人，则又责之过苛。”

“他敢于吐露真情，勇气是可嘉的。”

两人正说着话，卫弁把韦步平领来了。工程师挟起皮包准备告辞，马省长却挡他的驾，把他和韦步平介绍一下。

“哦，久仰，久仰！”工程师客气了一番。

马省长向韦步平解释：“我们正在筹划西江的疏浚工程。”

韦步平看了看省长。省长从容不迫，显得是安于书斋生活，大有不闻窗外事的学者风度。心想：

“此公何其迂腐？眼前就在百里之内，盗匪尚且如此猖獗，身为一省之长，不去图谋维持地方安宁，反而醉心于斗室，奢谈交通建设的规划，岂不等于画饼充饥？”想到这，不觉露着嘲笑的神色。

省长和工程师瞥见客人嘲笑的神气，不由愕然。

“阁下有什么高见吗？”省长问。

韦步平说：“高见是说不上的。感慨倒也不少：非洲的鸵鸟，藏头露尾，人们都知道这是逃避现实的愚蠢办法。可惜，人们自己有时也干类似可笑的事，聊以自慰。”

省长脸色很难堪，然而又能克制得住。工程师急于摆脱这种尴尬局面，挟着皮包说：

“省座忙吧，晚生告退！”

省长把客人送出房门，转回头来，请韦步平坐下。

在韦步平看来，今天上午在传达室所想像的省长派头跟眼前这位读书人的本色，完全是相反的类型。这人实际年龄只不过四十左右吧，样子却像近五十岁了。一眼就看出是个好用脑筋，精力消耗过多，是个涵养有素的教授。他没有正面回答韦步平的嘲笑，如同和蔼的长者不计较孩子们幼稚的胡闹和无心的过失。

“今天早上你就来了一趟？”马省长问，“尝了闭门羹？后来到哪儿去啦？我看了信，马上叫人把全城所有大小旅馆客店全都查遍，务必把你找到。其实，阁下是误会了。这当然不能怪你，也不好怪门房——他们只是照规则条例值勤不是？说来说去，恐怕只怪我自己，自不量力，冒昧接受中山先生委托，挑起这副担子。”

接着，马省长讲：“孙大元帅要我回本省来主政的时候，我是很犹豫的，知道当一省之长，既不同于试验室里算公式、弄仪器那样具体，也有别于在办公室起草文书，拟写宣言、电文那么空泛。事业如何着手，很费踌躇。后来逸仙先生一句话把我点破了，他说：‘你不愿去，他也不愿去，难道把一省千多两千万百姓和大片土地白白让给封建余孽继续糟踏破坏吗？’话既然说到这节骨眼上，我只好勉为其难地硬着头皮滥竽充数。”马省长一口气说下去：“我是去年八月来的，快半年光景了。地方上千疮百孔，应兴应革的事很多，把我弄得一筹莫展！昨天夜里告警，一艘轮船在西江上被拦劫。正常交通维持不了，其他事业无从谈起。”

马省长感慨万千。韦步平却不作声。

“是呀，地方上的交通，”马省长看客人不吭气，自己继续抒发宏论，“如同人身的血管。血管硬化，血流受阻，人就会瘫痪。地方上交通不灵，岂不造成社会凋敝？所以有个打算：想把全省几条主干河流的礁石实行疏浚，到冬季枯水期，船只不至于被迫搁浅。像昨夜的事故就少发生了。”

“昨夜的事故，原因不在乎河床的礁石而在于人为的匪盗。”韦步平终于开了口。

“唔，道理是这样。不过，伏波滩如果不是滩险水急，船行缓慢，拦劫者就阻挠不了轮船的航行不是?”

韦步平说:“讲到这一点,昨夜的事故晚生就是目击者,问题不在礁石影响船只行驶快慢,实在是抢劫者太猖獗。”

“哟?”马省长惊讶,“你见到是什么人干的? 是土匪吗?”

韦步平瞪起眼,不知说什么好。

马省长好像是已经猜到了无言的回答。于是,发起牢骚:

“这些家伙,你看他是土匪吧,他们却打着什么‘定桂军’‘自治军’‘讨贼军’种种好听的名目旗号,其实,统统是骗人的把戏。全是一群大小的野心家、流寇、亡命之徒! 他们干的跟他们所标榜的,恰恰相反:祸国殃民的家伙!”

省长说得深恶痛绝,神情十分激动。韦步平频频点头,表示同感。停了一会,省长又讲:

“可悲的是:混在那里头伙同干的,还不止是一帮遗老——封建余孽,然而竟有一群遗少:在浔江一线闹的‘定桂军’头目就是保定军官学校毕业的黎柏初一伙,在西江上游闹的是原陆军小学堂出身的夏雷,这真是‘后生可畏’了! 嘿嘿!”马省长带着哭笑不得的讥讽。

“原来他们都在那里鬼混!”韦步平不觉诧异。

“你认识他们?”

韦步平把当年“风雨社”的往事向马省长叙述了一番。马省长听了,喜出望外。说眼前全省的局面打不开,就是缺乏懂得军事的人才来协办平靖地方上的混乱。省长说,韦步平一来懂得用兵,二来同黎、夏他们有旧,工作可望顺利发展。万望他答应留下来协助,无论如何不要推辞。韦步平看这位长者言语恳切,态度是真挚的,多少也动了心,觉得在这里也许能做点造福桑梓的事。心想:倘能因此而减少地方糜烂,解除百姓于倒悬,未尝不可勉为其难。

停了一会,马省长又紧追着说:“当然,不是我当面恭维,实际上阁下是文武全才,对当前政局来说,一文一武必须倚重。”

“晚生能力有限,即令竭尽绵薄,也成不了大事的。可能还会自以为聪明,反而做出蠢事也难讲。历年奔走,碰的钉子不少,往后步子到底朝哪方向迈?眼前还辨别不清一条明道来。”

“这，一时也还说不清。你来以后，大家一起，再从长计议吧。”

两人谈了老半天，韦步平的去留还是定不下来。最后，提到祖父垂危，而且多年离家，家小都盼他年前赶回团聚。马省长听说他是岚山县人，想了想就说：

“既逢年关在即，回家叙叙天伦之乐。我就不好过于拦阻了。那边有点事，是不是请阁下就便调查调查？”

“什么事呢？”

“那边的政情一团糟，真是不堪设想。”马省长说，“鸦片烟帮走私泛滥成灾；土豪劣绅为非作歹，鱼肉乡民，人民良莠不齐，兵匪不分……总之，乌七八糟，一言难尽。我这里又鞭长莫及。徒唤奈何！”

省长有愧于怀，不觉浩叹。

停了一会，省长见韦步平沉思不言，自己又说：

“要不然，阁下如肯俯就，回本县任知事，把那边地方靖清了再上来，经过实验，有了阅历，对全局也许更有把握，你看怎样？”

“那里的知事是谁？”

“王光宗。”

“他干得不好？”

“实在太糟了。阁下俯就一下，挑起这副担子吧。”

韦步平迷惑不解。

马省长看韦步平摸不到头脑，接着就说：“王光宗斯人如何，没有跟他见过面。可我才来不到一个月工夫，他却差使专人送来三百两大烟土。当时我就想：此人准是个贪官，其政绩如何，大可不言而喻。果然，不到两个月，接连收到控告他的状子不下十件之多。”

“控诉的都是哪些方面的案情呢？”韦步平问。

省长起身打开公文柜，抽出一份卷宗，送到韦步平面前，说声：“请看！”省长看客人不作声，忍耐不住，接着说下去，“贪赃枉法，构陷无辜。封建官僚的幽灵居然在年轻一辈的身上复活，真是令人痛心！”

经马省长一说，韦步平心想：历史真是无情，不到十年工夫，已经把人一个一个的真面目揭示出来了。再过十年，又会变成怎样呢？有的人越来越完美，有的人却一天一天堕落。花木有的在霜雪中吐露芳华,挺直枝干,笑傲寒风;有的则望风凋零,随波逐流,委弃尘埃,徒然增添一堆垃圾于地面。花木的荣枯是因气候和土壤,还是由于品种和习性决定?人的善恶,是先天带来还是后天养成?世界弄成这样一团糟,固然是有人损人利己、争权夺利的恶果,但是,倘若没有衙门官吏,没有市利盘剥,那,所谓争权于朝,争利于市,也就无从产生吧?

韦步平这段心思本想把它说出来,然而一想:这会不会又是"只见几棵树木而把它当作森林"呢?话到嘴边又咽了回去。

省长留客人一道吃便饭。席间,省长情意恳切,希望客人多待两天。出国还是留下?回本县当知事还是在省里任职?请韦步平仔细思量,拿定主意再回话。

第三十八章

韦步平回到太安栈不一会，卫弁送来一百元，说是马省长给他添置服装行李用的。

日落时候，他到江岸码头去打听船期。寒风刮过电线，发出丝丝的鸣声。乌鸦张开翅膀在天空翱翔；一会，飞到一株落尽了叶子的苦楝树上，啼叫两声，仿佛乞求同情它们没有巢窝的寒冷。这时，从街口走出一个正在要下码头搭船的旅客。他穿着短打便服，头戴一顶灰色博士帽，脚上穿的是一双时兴的胶底球鞋，右手提的是一只不大不小的藤匣，左手抱着一些用纸盒装的糖果之类。韦步平转回头恰好和这个人打个照面，两人眼光相遇，不觉发愣。

"你……"韦步平脱口惊叫，"你不是少英吗？"

"则明！"梁少英放下藤匣和盒子，几乎是扑了过来，紧握韦步平的手不放。

韦步平直盯着他的眼睛，叫对方情不自禁地赧红了脸。

“我以为你——”韦步平的话说了半句。

梁少英接着就说:“我……唉,叫我怎么说好呢！这样的吧,你是不是也要回家?”

梁少英学得更油滑了,察言观色、阿谀奉承那一套世故,在他已经成了习惯。

对韦步平来说,这意外的奇遇本来是高兴的。不想,从对方几句话,几个动作,使他感到这位伙伴好像跟自己越走越远了。因而,克制一下,不敢对他付出过分的热情。

“你是要回家?”韦步平审视着他,“我来打听船期,打算回家看看。”

梁少英马上说:“哎哟,不巧。我船票已经买好了,八点开船。下一班还得两天,不然,我们兄弟俩一路多美！一霎眼就过了五六年了。正该好好谈它三天三夜呵！嗯,你这趟回来——”

“回老家当县太爷!”韦步平半开玩笑,说道,“你看怎样?”

“好呀!”少英欢呼起来,“你知道现在是谁在县上掌大印的吗?就是姓杜那小子的小舅爷王光宗。杜团总老东西借着小舅子的狮子头越发要开威风,纵容杜悦诚小子当县警队队长,更加横行霸道。你回去吧。回去把大印抓过来,再由不得那帮土豪闹事了！嘿,乖乖隆的咚。快回吧,我当掉裤子也要买五千头猩红鞭炮等你上任!”

船上汽笛响了。

“好了,千言万语讲不完,我要下船了。好了,我买鞭炮等你!”

梁少英拎着东西急忙跑下码头。韦步平望着他走去的背影,觉得失言了。心想:“他……漏斗嘴巴,要是他把话当真传出去,岂不成了——”正要撵上去封他的嘴,却见那背影挤进人群里去了,轮船开始离岸。

下一班船要到后天这个时候起航?韦步平去轮船公司预订了船票之后,顺路在大沙街添置衣物,同时也买些日用物件准备回家送给亲戚朋友。这时,他想起了凤仙和那个未见过面的孩儿,想起蓝大妈、志高、盘大爷,想起家庆、罗汉,想起年迈的爷爷和淳朴浑厚的姨妈姨父……好些人的面影一个接一个都来到眼前。他在琢磨着给他们买点什么,同时也在猜测他们的命运。从他离开家以来，又过了六个年头了。“小孩该长大上学了吧？少年时候的伙伴，各人也该成家了？长辈老人也许已经一头白霜？在这兵荒马乱的年月，不知他们能否躲过风险？在豺狼当道的路上，有没有侥幸者的平安呢？……”想到这些，不免懊悔方才没有向少英多打听几句，也懊悔没有在马省长那里把卷宗翻开来瞧瞧，看受冤告状的是什么人，控诉的什么案？想到这些，不禁归心如焚，觉得冬夜太长了。

他一夜就没有睡稳。做着各种各样离奇怪诞的噩梦，醒来，觉得特别疲乏。原来不大紧要的龋齿，用冷水漱口，突然疼痛起来，仿佛触电似的，一阵一阵闪痛，即令顽强的意志也顶不住剧痛的袭击，不看牙科不行了。

城里有名的牙科大夫是一家法国天主教堂开办的“小乐园”医院，只好到那里去就诊。在那里，他挂了号，正在候诊室找个空位坐下读报。这时一位病号把他认出来，问一声：

“是步平吗？”

“嗨，品微，你好！”他喜出望外地站了起来，朝着站立在眼前的故人：她穿着医院病号的素服，凝视着他。眼光还是那样又深又亮，那样深思默想，对这时的邂逅感到特别喜悦。

桂品微婚后，病魔一直把她缠着，一年到头，稀稀拉拉，三天两头闹一阵，没个利索的时候，就同南国的梅雨季节似的，阴雨连绵，成天累月，见不到阳光。原先她曾跟王光宗到岚山县任上住了三个来月，那边高寒山区，气候不适应，病情更加沉重。姨妈去电报，说她家随着姨父的衙门——政务厅迁到新省会来了，这里，有外国人开办的医院，传说有位名医，专治她那种肺痨的，催她回来就医。不想进院容易出院难，一呆就是两三年。一个人长年在病房闷着，没个谈心的朋友，真是度日如年。今天阳光很好，大夫允许到户外散步，作日光浴，吸收紫外线。不期而遇，见到这样难得的故旧。

是疾病改变她青春的容颜呢，还是婚姻增添她眼角的鱼尾皱纹？在韦步平的记忆里，七年前那深情脉脉的眼神，娴静而雅淡的秀美脸庞，此刻只剩下隐隐约约，依稀可见的痕迹了。

品微发觉步平端量着自己，怪不好意思地带着笑意问道：

“为什么这样看人？眼角高了，不认得啦？”

“也许一身号衣把原来的面貌掩盖了。”韦步平说，“刚才要不是你先招呼，真不敢唐突玉人哪！”

品微看了看自己披着几乎拖到地上的睡衣，笑了笑，说：“什么玉人金人，你看像个日本主妇了吧？”说完满脸通红。

韦步平一时困惑不解，问道：“干吗联想到异国情调去呢？难道是他要在你身上体现他所憧憬的幻象？”他直盯着她的眼睛不放。

“哎哟，你还是原来的英雄本色呵，话里总是带刺。”

韦步平轻轻叹口气：“是呀。英雄倒未必是，本性却难移！七年的岁月过去了，可是我还是我，没个长进。”

桂品微也跟着深深地叹了一声。邀韦步平到小花坛旁边的长条靠背椅子坐下。她虽然想借此与友人话旧，排遣内心的积悃，又唯恐自己的烦恼感染给对方，因而言语中不免有所保留，尽量找些轻松的话来讲。她谈起在岚山县时候所见所闻的乡土人情；谈起那边山泉林木的幽美，谈起那些奇丽的蝴蝶和悦耳动听的鸟声；谈她到过乡下，赶过集市……

“不是我当面讲恭维话，”品微郑重地说，“你们家乡是蛮好玩的。离你屯上不远有个八仙岩不是吗？我好奇，也跟别的香客一道，上去朝拜了一趟。那神庙就在一座石山的半山腰一个洞里。都说神明灵验，香火很盛；山洞真宽敞，千八百人也能容得了。”

韦步平望着她高兴的神气，想了想才说：

“好玩的地方也许是这些，不好玩的地方恐怕你还没有见到哪。”

“那当然啰，我才呆多久呀，一百天还不到。”品微说得那样单纯，就像是一个十六七岁的姑娘那样天真。

“老王怎样？”韦步平突然问了一句。

“什么怎样？”桂品微看了韦步平一眼，摸不着头尾，闹得不好意思。

“他还是从前一个样吗？”

“还不是那个调调。”她冷淡地漫声说道，回避开这个话头，突然望着围墙下一株梅树，说，“看，梅花开了！”

韦步平沉默片刻，终于说道："老王……唔，不知怎么搞的，地方上有人告他！"

这消息对桂品微来说，好像是料想中的事，并不引起特别震动。只是轻轻地叹了一声，爱理不理地说道："他……他的事，我从来懒得过问。谈起来又得吵嘴。"

看得出来，品微宁肯把悲苦让自己忍下来，也不愿给别人受点伤害。韦步平也知她素性不惯背后议论别人，话头也就断了，让沉默落在身边。

这时，一只黑狗从厨房后门含着一根骨头躲到墙角去死啃，给另外两只一大一小的黄狗发现了，赶上来互相争夺，又叫又咬，缠在一起。那大黄狗抢到了骨头，两条后腿立起来，不让对手抢去，另一只小黄狗一跃跳上，抢了就跑，其余两只紧跟在后头，拖着尾巴就撵，撵到垃圾箱旁边，三只狗咬成一团，汪汪直叫。

"好多事都是姓杜的团总——他那宝贝的姐夫招揽的。那帮人简直是一群红头的绿苍蝇，成日忙忙碌碌，嗡嗡乱叫，真叫你烦得不行。"

桂品微停了片刻，到底憋不住，好像头一次把心里话说了。

韦步平说："没有发臭的气味，苍蝇是不会来叮的。先是那地方肮脏，人家才将垃圾和污秽往上面倒。"

"是呀。"品微又在叹气，"你还不知道吧，他还上了大烟瘾啦！"

桂品微讲到这，又激动又伤心，拿出手帕抹泪，随即连咳两声。她瞧韦步平没话可说，眼光里只流露着同情。一会，她说：同王光宗的感情，"像只瓷杯，摔碎了！"然而，面子上夫妻的关系还是维持着。这本来是事情的必然归宿，但是，往往是偶然的导火线引起的爆炸。

那是桂品微接到姨妈电报，催她回家治病。临行头天晚上，桂品微正待王光宗来谈判，决定阿红的去留。等到将近十点了，还是不见他回房里来。桂品微实在不耐烦了，索性就到她平素不愿去的王光宗的私房去，找他谈几天来一直没有谈成的问题。那里是个套间，外头是小客厅，里间是抽鸦片烟的烟榻，中间一堵墙隔着，墙上开一孔圆窗，即使里间的隔门拉过来关了，内外房间的声音还是从圆窗透过，依稀可闻。桂品微脚步轻盈，她悄悄蹑进小客厅，并未引起里间的人注意，而里间的人说话，反而使外屋的人听到了。声音很熟悉，原来是杜耀光和王光宗郎舅两人在密谋一件案情:杜耀光的大老婆的父亲——汪举人的一个丫头,不肯成全举人给跟班的旱天雷的承诺,宁死也不愿跟比自己大二十来岁的人做老婆,终于跳下深谷,连尸体也找不回来,这可是人命关天,令人棘手,逼得郎舅两人紧急密谋对策。桂品微来到小客厅,驻足聆听,只听杜耀光的声音说道:

"我说这样的吧:把阿红顶替——封住旱天雷的嘴……"

"不,不行。要紧不在旱天雷漏出去,要命的事是丫头家的人来向你要人!丫头是哪一家的闺女?"

"她……哥俩是……唔,能不能这样……"声音压低下来,外屋听不清。一会,声音又放高些,听到说,"那大哥是个牛贩,坐过牢,说他把人拐到外地卖了。嘿,叫他有口难辩!……"

桂品微听到这儿,眼前仿佛瞥见一群豺狼撕碎一只羊羔,不禁毛骨悚然,迅速往回跑。第二天,一清早,她悄悄走了,免得王光宗纠缠,也不愿再见他丑恶的嘴脸,连阿红也没告诉,就跟几位上省城来投考学堂的学生结伴同行,就此离开了岚山。

"唉,"品微讲到这,不由深叹一声。停了片刻,又自怨自艾地喃道:"真是'一失足成千古恨,再回头已——"

韦步平不让她把话说完,拦住问道:"云青不是也在岚山吗?你们……"韦步平不便唐突讲破,只盯着对方眼睛。

她,脸泛红霞,躲开询问的目光。

一会,韦步平终于打破令人窒息的沉默,独自沉吟:"原先我以为你们会……"

"不……过去的事,别……"品微几乎掉下泪珠,不愿去触动那个令人揪心的伤疤。

然而,韦步平却很坚信他的愿望,说道:"我就不明白,为什么你俩不能在一起?"

"也许是命运吧?谁知道。"品微好像得到解脱,口气稍微松快一些,喃喃自语,"'文章憎命达,鬼魅喜人过',凌兄的遭遇,都因文章惹了祸,叫人给放逐了,人分两地,天各一方……"

韦步平明白后面没说出来的话的意思，不忍继续这个不愉快的话头，于是改换话题，问凌云青本人在岚山县工作状况。

“他还好，办教育挺热心。”品微欢喜地说，“当然啰，人心不齐，一个人为大众办事，总难免有人说好也有人说坏。‘顺得姑来失嫂意’，媳妇是不好当的。”

“说他不好的都是哪些事呢？”

“说他什么假清高啰，酸秀才啰，目中无人啰……如此这般，无非一派胡言诽谤。”

“他现在还是一个人吗？”

品微望着步平眼睛，点点头说：“一个人。”

两人沉默片刻。

“像他这样的人，曲高和寡，知音难遇。寻找志同道合的对手很难！”品微喟然叹道。

“人在婚姻上也许不走运，在事业上倒可能是一帆风顺呐。”

“我方才不是说了嘛，他办教育是有成绩的。事实俱在，谁能抹杀！”

“那，让他当个县知事行吗？”韦步平忽然心生一计问道。

桂品微一听，也恍然而悟，说道：“是啵，他要当县知事，准比他做得好。”

韦步平懂品微说的后一个他，就是指的王光宗，于是在大腿上拍一下，说：“好！就这样办！”

桂品微莫名其妙，瞠目相对。

韦步平就此把马省长打算要他回本县当知事的意图告诉了她。她审视步平一下，问：

“那，你自己为什么不愿走马上任？”

韦步平笑了笑反问道：“我？你瞧我这个派头能像个当官的架势吗？”

桂品微笑而不答。过一会，她瞟步平一眼，用试探的口吻问道：

“原先‘中流社’的同人，你都还记得吗？”

“你说谁吧？”

“言真。”

“噢，记得。虽然接触不多，但印象很深，那天晚上路过她家，她热情地给我一盏提灯照路……她现在怎样？好吧？……”

“好，在上大学呢。唔，人家对你可念念不忘哪。”品微盯着步平的眼睛，流露着无限深情。

“她父亲是我的恩师！”韦步平表示感激不尽，“当初不是遇上她父亲，我就不会有今天。我幼年丧失父母，老夫子栽培我一场，恩重如山。可惜我却未能报答一二，思之抱愧于心。你要写信，请代我致意问候。”

品微回过头端量着步平，好像是说：“你说的都是真的吗？”

晚夕，韦步平主动去拜会马省长。他把凌云青向省长推荐：认为以凌代王会好些。至少，不至于与地方的土豪同流合污，祸害百姓。省长说：也听讲到，在那边办教育的有凌云青其人，本人也上过法政学堂，委他做个知县未尝不可。只是，认为教育事业也很重要，当前热心教育的人不是太多而是太少了。凌云青乐意这方面就很难得，还是先不变动为宜。

“我自己还想回我的老行——办教育、搞科学研究去呢。”省长说，“我看，中国的病症就在两个地方：其一，政治上缺乏民主思想，封建奴役的枷锁未能挣脱；其二，文化科学不发达，因袭迷信的袈裟，窒息了生产技术的改进。这两条都与教育的发达程度大有关系。我在德国留学几年，觉得人家工业如此突飞猛进，原因就在乎国民教育得到普及，科学的发明进步才有扎实的基础。回头看看我们国度，百分之九十左右都是目不识丁，遇到不能解决的问题，唯有找土地庙去求神拜佛，磕头烧香，到巫婆、道公那里去占卜算命。你说这怎能使得国家富强起来呢？”

马省长振振有词，好像这番宏论是他的新发现。韦步平听了觉得似是而非，半信半疑。终于大胆直言：

“道理似乎是对的。然而，老百姓要上学读书，肚子总得有东西吃才行。再说，要办学堂，传授知识，发扬文化，没有势力做后盾还做不来呢。”韦步平讲到这，顺嘴就把六年前在南溪小学堂被排挤打击的故事，发了一通牢骚。

马省长留心听讲，点了点头，长叹一声：

“是呀，事情复杂。那样说，两天来阁下考虑——”

“考虑了一下，”韦步平说，“先回老家看看，看乡亲们需要我干什么就干点什么。”

省长沉默不言。

片刻的静默过去，韦步平终于说话：说他可能就从老家过紫沙江，从镇南关出国。马省长沉吟一会，说是林秘书长信上，将他出国之事讲是讲了。但是，省长的意见，以为出国深造，为祖国将来贡献的更多，本应赞助的，但是，回本县做知事，为眼前民众解除倒悬，或留在省署协同绥靖地方，稳定北伐的后援局面，都是各有千秋，无可厚非。“再说，”马省长最后说道，“人各有志，不好强求。还是请韦君自己权衡轻重，三思而行吧。看有什么事要在这儿办的呢？出国的盘缠、护照等等，都在四川办妥了吗？当然，要照我的意思，是希望阁下留在国内，大家通力合作，支撑孙逸仙先生北伐大业，完成建国方略。”

韦步平看看对方言语恳切，盛情难却，只好把话讲得活一点：

“那，去留先不定，回家看看，回头再讲。”

“那就好！”

就这样，韦步平决定回岚山。

临行的头天晚上，太安栈来了一位新客。人有三十多四十岁年纪，个子粗壮，四方脸，样子浑厚憨直，像是常见的老实农民；然而，你要仔细品他的神情，听他讲话口吻，却是个性情开朗、举止机灵、出门做买卖的商贩。听口音是岚山、巴龙一带的。韦步平认不得他是哪里的，他也认不出韦步平是什么人。两人住的是隔壁房，他要抽烟，没了火柴，过韦步平房间来借火，两人就聊起来。

客人是要向高等法院诉讼来的。被告是岚山县南溪区团防总局局长杜耀光。案情十分冤枉：他一个妹子十二岁那年，因他平白无故吃了一场官司，要花一笔费用，负了债务，加上当年大旱，田地颗粒无收，官府税款却照章要缴纳，地主的租债也照旧紧催，把人逼得没法，只好让妹子到南溪汪举人家去当丫头顶债利；债底还不起，利息利上加利，妹子一年比一年大，利息一年比一年增加，哥嫂想将妹子赎回家的希望，一年比一年渺茫。前年过了春，妹子已满十六了，像四月的桃子，褪了毛毛，长的正当时候。从外县来给汪家打石碑的一位年轻石匠，说相中了她，托人向做哥嫂的说媒，愿出聘金把人赎回来。哥嫂懂得石匠是个老实的手艺人,只听媒人怎样说就怎样好,自家也没二话。谁料,汪家那个跟身的旱天雷的老婆得麻风症,按村里习俗,被众人赶上山给烧死了。汪“锯人”为了笼络旱天雷这条走狗,答应给他讨个人来填房。旱天雷这家伙乘机提出要娶这位比他小二十来岁的丫头。“锯人”婆怕丫头一年比一年长大,留在身边总难防范,不如落得做个人情,满足旱天雷的欲念。于是,一口答应下来了。只是几时合房,却迟迟也定不下来。等当哥哥的到来提起赎回妹子的事,这才触动了他们的心眼,居然采取先下手为强的手段,急忙择定重阳过后第二天,就让旱天雷把人接走。一个可怜的小姑娘眼看就要做比自己大二十来岁的老家伙的填房了。小姑娘听到这风声,想逃又无处可逃,门限关得十分严实,无从脱身,每晚只有背人落泪。正好农历重阳节来了,小姑娘同另外一个丫头阿凤两人,挑担祭品上山扫墓,路过一处深谷的边沿,小姑娘借口要解手,落在别人后尾。她乘人不加注意,向深谷纵身一跳,旁边阿凤伸手扯到她的衣襟,哗一声,衣襟撕断,人,一缕烟似的坠下深谷去了,阿凤手上空留一片碎布!可恶毒的汪锯人依仗女婿杜耀光团总的威势,不但不去寻找尸首,反而制造谣言,血口喷人。硬说人逃回家躲起来了,派来团练追捕。幸亏那天哥嫂俩到外婆家过节,团练扑空,也没捞到草鞋钱①。然而,事实虽然这样,杜团总并不甘休。他为了掩饰其罪恶,又故意散布谣言:说是哥哥把妹子拐带到别处卖了。

这位土霸王就是这样:依仗女婿团总做靠山,而团总又凭小舅子当县知事这个狮子头,恶人先告状,颠倒黑白:被告反而成了原告。县公署几次派遣差人传讯,这位哥哥是曾经受过冤枉蹲过班房的人,懂得衙门八字开,有理无钱莫进来。他哪里敢去公堂对讯?只得东躲西藏,不敢露脸。前些日子遇见县里一位劝学所——教育局凌所长下乡视察学堂,他把案情的原委讲给所长听。所长倒好,当晚连夜替他写了张状子,还送给几块龙洋,叫他到省城来向高等法院上诉。

“哎,真背时!”客人深深叹气,“人给逼死了,亲人倒反犯了罪!”接着解开小包袱,拿出一块蓝靛染的布片,泪眼汪汪地说:

①草鞋钱——旧社会警兵到民家催捐收税、传讯捉人,向民家勒索差费。

“这就是舍妹被她那姐妹扯下的衣襟。人死的真冤呀!”

老乡客人说罢,欲哭无泪,又伤心又愤恨,两眼发直。

韦步平听罢,证实了桂品微讲的故事,气得嘴唇发抖,往桌子狠狠捶了一拳,哗啦一声,打翻了茶杯,掉到地砖上成了碎瓷片。随即站立起来,竖起浓眉,气呼呼地喊道:

“暗无天日,这样下去怎么得了! 老乡,你的状子就算告到了。你跟我回去。”

老乡抬起头,拿衣袖抹了抹眼眶里滚动着的泪水,睁着疑惑的眼光。

韦步平走来走去,好像是身上着了火,坐不下。一会,又说:

“告状白花钱,没用。”

茶房进来,向韦步平说:省长公署的电话,请他说话。韦步平出了房间,茶房一边收拾地上茶杯的碎瓷,一边回答客人的询问。客人问他:这位先生是什么人? 茶房说:

“大角色,马省长的客人。”

“叫什么名?”

“韦步平。”

老乡如梦方醒,喜从天降,情不自禁地立即夺门而出,冲到电话机旁等候。韦步平挂上了耳机回过头来时,不觉见到一双无以形容的感激眼光迎着他。老乡搓着两只手,噙着眼泪,连声说道:

“韦家兄弟,是你呵! 唉,救命恩人呀!”

韦步平直发愣,问道:“你是——”

“我就是六年前蒙你搭救过的人呀!”

韦步平越听越糊涂,一时说不出话来。他仔细端量这位乡亲,想了半天也记不起这人是谁。老乡也在观察这位未见过面的大恩人。人倒是同他想像的那样:正直、豪爽,和蔼可亲。

“韦家兄弟,记得六年前在县城客栈里有个妇女哭得叫你睡不好的吧?”老乡问。

这一下子,就像揭开了焖着的火种,韦步平记起来了,脸色立即显得畅朗、

喜悦,忙说:

“呵,这样说,那位受冤蹲大狱的就是你?”

“是呀,是呀。”老乡连连点头,“我是岚山南溪区巴羊屯的,小名马远甫。那回要不是遇上兄弟你的善心,我这条命哪还有今天。韦家兄弟,你的恩情可是大过天呀！只是我俩缘分浅,难得见面。你嘛,从小在外读书做官,我呢,为了一天两顿饭,常年东奔西颠,虽说同受一个团防局管辖,村子离的也不远,可从来也没见过面。只不过,韦家兄弟,你的为人行事,倒是听的挺耳熟了。”

“你明儿跟我回吧。”韦步平说。转向旁边的茶房吩咐:

“请帮打个电话去轮船公司,订张往田州的船票。”

“那,我这状纸——”马远甫迟疑地问。

“回去跟他们当面算账!”

“也好。他们的账可有得算的呢。”马远甫说着话,把腰带使劲勒紧,壮起胆子。

“老让他们这样横行霸道下去,怎么得了!”韦步平站起来,重新斟杯茶喝一口。

马远甫怀着朦胧的希望,喃道:“等到有那么一天,来个清官就好了!”

“清官,靠不住。压在身上的石头还得靠自己把它掀倒!”

韦步平将茶水一泼,拿空杯往桌上反扣,目光炯炯,自信而坚决地说:

“我要把这不平的世道同这只茶杯一样,打翻个个!”

第三十九章

严冬的夜晚，山村里更觉特别寂静。一只水獭听到人的脚步声，从鱼塘边上迅速地梭一般横穿过道上，过路的人一惊，跺着脚，“叱”一声。村边谁家的狗汪汪的领头叫唤，把邻近好几家的狗都惊醒起来，同声呼应，震动了半个村庄；已经来到了草垛的黄鼠狼和抓鸡虎惊走了，猫头鹰在暗淡而稀疏的月光下，移动了一下位置，躲进黑暗的密叶里，蝙蝠箭一般往树林飞掠，发出唧唧的细声。

凤仙刚哄得平平睡着，听到狗叫，拿起一支松明到上房去看看爷爷睡了没有。老人家近来身体一天比一天衰弱，夜晚熬不了好久就睡了，狗叫了半天，也没醒过来。凤仙又到牛栏和鸡窝去转一转，没什么动静才宽了心。当她正要转回房间时，突然，大院有敲门声。凤仙心头怦怦直跳，耳根热乎乎的，她吹灭了火，拿起一把锄头轻轻走到院门跟前谛听。

门外有两个声音说话，门板又被擂了几下。一个熟悉的声音喊：

“开开门。是我!”

凤仙那紧张的心口哗啦一下松开了。多么热乎而甜蜜的声音呵！锄头从手上落下,伸出手去搬开顶门杠,门开开来,一个高大而亲切的身影领着一位陌生人跨进了门槛。

一个被长年等待归来的丈夫终于在妻子面前出现。

“爷爷身体怎么样？平平呢？惦着爸爸吗?”作为孙子和父亲的韦步平,一进屋就急着问。

“都睡了。谁叫你选这时辰才回。”做妻子的瞟了丈夫一眼,更多的言语,更激动的感情,更喜悦的神色,短短一句话是包含不了的,然而,也只有这短短一句话才表达得那样充分。

丈夫报妻子以微笑。然后端起高脚的盘灯,招呼着同路的客人:

“老马,你来,看看我的宝贝!”

客人跟着主人的灯光进入卧房,轻轻揭开用蓝靛染织的麻纱帐门。孩子睡得十分恬静,轻轻发出均匀的鼾声。

“平时能有这一半心思就好了!”妻子说。

“心思又不能掏得出来让别人看见,我说多少也没人信。”丈夫瞅着妻子说,“日子过得怎样？还自在吧？可难为你了。”

“还讲这些哪,反正人回到家就是万福。不再去了吧?”

“唔。……你说呢?”

“我？……不知道。”凤仙含嗔瞟丈夫一眼,突然说道,“哦,你们还没吃饭的吧,我给弄去。”

凤仙到火房生火弄食去了。

一会,大院又有敲门声。

步平一怔,出去一会,把一位大婶接到堂屋来。她是步平少年时代的十友侬老八的娘,说是来找平平他妈商量件事,一直走进火房去了。不知她们嘀咕什么事,凤仙在里屋一边弄饭,一边大声说道:

“这有什么不好意思的,他既然在家就当他的面一起说说呗。”

凤仙端起碗筷出堂屋来,对着丈夫小声说:

“侬家大婶说,年关过不去了,官府捐税逼得要紧,想借几个钱。”

韦步平说:“那有什么不好讲的。”随即往火房叫唤:

“大婶,你出来我们说说话。”

韦步平拉过小凳,让大婶靠近火盆来坐。

大婶坐下,瞧了瞧客人,说:“这位是——”

“他是巴羊屯的。”韦步平代客人回答。

“大号是……”

“大婶,小的姓马,叫远甫。”

大婶看了看对方,迟疑地说:

“是不久前挑个货担游村做买卖的吧?怪不得脸有点熟呢。怎么你两人遇到一块啦?”

“唉,说来话就长啦。”马远甫说。

这时,凤仙把饭菜端了来,还多拿了一份碗筷请大婶一道吃夜宵。大婶先不好意思地推来推去。韦步平却执意要她吃一点不可。凤仙在旁也劝:

“大婶,就当着夜宵吃一点吧。”

“我们呀,正餐都吃不饱,哪懂得什么夜宵呵。”大婶一边说话,一边接过凤仙给端过来热腾腾的米饭。

韦步平往她碗里夹了一块腊肉,说:“吃啊,大婶别做客呀。布谷还好吗?”

凤仙插话:“人家大年叔都做了老子了,还叫人家小名。”

大婶马上接话:“唉,大嫂子你也真是:我们这种耕田佬又不是当官做老爷,还分什么大号小名的。他们哥俩从小玩在一块,叫惯了,还拘这个!”

韦步平惊喜地问:“大年是当了老子啦?成了家就好。”

大婶又叹口气:“唉,落到我们这种命,有什么好不好的呵。东拼西凑,左赊右借的,总算是把人接进屋来了。富贵人家,娶了媳妇姑婆享福,可我们穷人苦命,倒是俗话说的:‘媳妇堂前拜,公婆背利债。’媳妇过门两年。早不生晚不生,今年正是五荒六月,紧人紧吃的,孙子却凑热闹来了。这两天又闹病,今天他跑去求盘大爷要回一些草根树皮,正忙乎给娃子煲药呢。”

马远甫表示同情,说道:“这年月真是不好过呀。”

大婶说："要说天灾、病症，那是谁也没法躲不是？就是怨那贪官恶吏，地主老财，个个都往穷人身上打主意。打比说吧，我们做工种田的百姓，真是榨干的甘蔗渣似的，再榨就成了木糠了。"

凤仙瞧着大婶吃得挺香，打心里高兴："来，再盛一碗。"伸过手来把空碗接过去。

大婶客气地说："先让客人吃饱呵，你们出门走道的，该多吃点。"

马远甫说："我会吃的，大婶你要吧。"

凤仙说："还有哪！"

"多吃菜！"韦步平又往大婶饭碗里夹块透明的腊肉。

侬大年寻他娘来了，进到大院大声喊。凤仙不让丈夫走动，立即出了堂屋去把人领了进来。同这位十友分别了六七年又见面了，韦步平高兴得什么似的，亲热地拍着大年的肩膀，笑着说：

"大婶把你的事讲了一下，你也当了老子了。嫂子是谁？哪个村的？我认得吗？"

凤仙瞟丈夫一眼，嗔道："看你就爱打听这个！"

大婶说："怎么不认得？就是村头李家的呗。"

"李家？……谁？"韦步平睁着眼珠子搜索记忆。

大年说："说你也不认得——"

步平问："是谁做的媒呀？"

"是人家俩对歌对上的。"凤仙说，嘴边露着微笑，瞧着侬大年，叫对方不好意思，害了臊。

这位十友小名叫布谷，同步平的年纪不相上下，但是，两人并排在一起，就见得相差十岁还不止。一个是长年雨淋日晒，吃不饱睡不足，显得枯槁、黑瘦，眼角过早出现鱼尾，像是个老成的中年人了；一个则精力充沛，生龙活虎，信心十足。

布谷看了看童年的伙伴，看了看他带回藤篮里简单几件常用家什，不觉困惑地问道：

"不是说你要回来接任县知事的吗？"

韦步平忙问:“谁说?”

“少英回来嚷嚷的。”布谷说,“团防局那帮老爷一听都惊了,到处打听真假。马王七也故意装着不信,要同少英打赌。其实人家是想套他把话讲明的,少英也有他一套:藏头露尾,说一句留半句。”

屋里立即静下来,大婶、凤仙都睁着眼,期待韦步平说话。一会,他才说:

“少英这家伙,他那张嘴真是一只漏斗,什么也留不住。”

凤仙把饭桌收拾走了,马远甫卷起纸烟,布谷拨着蒙上一层白灰的炭头,重新架起炭堆,大婶伸出食指挑剔塞住牙缝的肉屑。片刻,大婶瞧了瞧步平问:

“少英他在省城见到你了吗? 可不是又车大炮?”

“不是他车大炮。倒是我自己嘴巴脆,说话走了火。”韦步平不免懊悔。

大年高兴起来,说:“那,马王七输了啰! 嘿,乡亲们这两天一听说你要回来当知事可是乐了。”

步平忙说:“乐什么呀。只要天下还分穷人和财主,丫头和太太还不能坐在一条板凳上的时候,谁当官还不都是财主富户的大管家,对贫穷百姓能有什么好处。”

“既然是他们的管家,”大婶有点不明白,问道,“那,派捐收税应当是富户地主他们出多点嘛,为什么反倒往我们穷人小户身上挤脓? 我长那么大岁数了,也没见有过这么多名堂的捐税。田赋一年收几回,广东的红头军刚征完,云南的烟枪兵又来收附加税;今年才是民国十一年不是? 田粮却征到民国二十年了。这两天又有新的花招,说驻防军要收冬防捐,每家每户,不管穷人富户,通通要缴七百文铜钱。七百文铜钱在富户人家不算个事,可我们穷苦贫民,年卅晚要买两斤盐,几炷香,三四百文铜钱都拿不出来。官府衙门哪个管你死活,死劲的逼。保甲长、团练、驻军的兵勇,个个凶神恶煞,这个来那个去的,赶得你鸡飞狗走。这些家伙一进你屋来,就是黄鼠狼钻鸡窝。拿不到钱,他就赖着不走,非得赔他几文‘草鞋钱’不可,另外,还要管他们一顿饭,才能把瘟神送走。你说气不气人!”

大年接着他妈说:现在驻军派来一排兵,连夜坐催。在土地庙前大榕树下点着“大光灯”①,由保甲长领着兵丁把各家户主抓来,好像绑架一样。一个一个逼迫缴纳,真正交不起的就具结画押,写欠条,迟缴一个月,多交三分利息。

步平听到这些,气得脸色发青,急着追问:“我搞不清,你说明白:什么名目的捐?冬防?是什么样的驻军收的?自治军?哪里来的?头头是谁?”

大年说:在这一带地界驻防的都打自治军的旗号,司令驻在河口,名字叫冯岳军,是个“绿林”出身,专搞“烟帮”②起家的。

步平改变口气,试探地问:“王光宗不是当县知事吗?他是本县城里的人,多少也该懂得百姓艰难吧?为乡亲办点公益事嘛。为什么不为乡亲们说说话?”

大婶和儿子一听,不约而同地“唉”了一声,稍微停了一下,叹道:

“趁早别提这个人了!”

步平心中虽然猜想到这话里有话,又弄不清是什么回事,不免露出迷惑的目光。大年接着讲:王光宗是杜团总小妖婆王桂珍的兄弟,自从他回本县当知事以来。杜团总凭小舅子这只狮子头,对待乡邻要威风,下毒手,更加不得了。县知事有姐夫杜团总作爪牙,更加耀武扬威,不可一世。杜悦诚小子到县里当了县警队长,那更是狐假虎威,为所欲为。他在本地张罗了几件很不光彩的事:一件是,在南溪圩场东头修了一座大院,做杜氏一宗祠,借口说兼作学校使用,向各乡各户派工派料,起初说是要付给工钱的,到头来,扣去这个捐那个税,干活的白白流了血汗,分文也拿不到;第二件是,为他母老虎的娘圈了一大片坟地,霸占了好几十亩公众的山林,还不让人家上山打柴草。

“反正是叫人都给气死了。”大婶叹口气。

在场的人像给压下大块石板,喘不出气。

停了一会,大婶怨气还不见消,又说:

“平平他爹,你看老这样下去,我们还能有活的日子吗?”

“有!”步平狠狠往桌上捶了一拳,灯火跳了一跳,“没有了穷人百姓,谁给他们埋葬!”

---

①大光灯——方言,旧戏班舞台用的汽灯。

②烟帮——是专做鸦片烟生意的商队。

“没有我们这些做工种田的，他们也活不成。”马远甫对着灯火点烟。

“让这帮人这样闹下去，怎么得了？”韦步平解开衣扣站起来，搔着头发，走来走去。最后，他决定亲自往河口走一趟，天明就动身。

啼明的鸡开始叫唤了。

大年说：“娘，我们走吧。”

大婶站起，跨过火盆，掀起围裙烤烤火，让热气暖身，完了对步平说：

“你们也睡吧。马大哥，你跟大年合铺去吧。”

凤仙说：“蓝大妈回她老家了，铺盖空着，马大伯有床铺，不必大婶费心了。”说着回房里从自己的枕头箱拿出两块袁大头的银元来，塞进大婶手上，大婶不好意思地推让一下。凤仙说，“拿着吧，先对付过去再说。”

天没亮，凤仙就起来在灯光下给丈夫做的腊肉蒸糯饭。韦步平叫醒了马远甫，两人匆匆忙忙吃了早餐，用包粽巴的“叶精”①包了一包糯饭准备上路。

爷爷和小平平都还睡着，步平也没去惊动他们。只好把带回来的不倒翁、小宝剑和小皮球等几件玩具轻轻地搁在孩子枕边；吩咐妻子向爷爷问安。完了又劝马远甫先回家去躲两天，等他回来再讲。马远甫却执意要跟他一道走一趟。弄得步平没法，只得同意。两人离开村子走了。

清早，太阳还没露头，村庄还在贪睡呢。道上铺着一层薄霜，常年不枯的树叶，盛起沉重的露水；斑鸠趁着无人惊动，落在道上来寻觅食物，咕咕地呼唤着伴侣，喜鹊飞上落叶的木棉枯枝上唱着晨曲。那躲在密林的画眉鸟开始练它的嗓子，唱得婉转悦耳；天空一片紫红的彩霞，倒映在碧绿而明净的水面，显得十分绚丽。昔日那葱郁如绿球的芒果树，经历着风霜，依然如故，那清澈见底的小溪河，依旧涓涓流过。这一切，韦步平觉得那么亲切，这一切，把他带回记忆的童年：童年的记忆是难磨灭的。然而，时间的长河却使历史的面貌有了好大的改观。时代的步伐迈得多远呵，世界潮流正是日新月异。故乡，大地的母亲，年年岁岁依然无私地孕育、抚养着一切。而人，都做了些什么呢？六年前韦步平曾经怀疑那些过时的老一辈人所推崇的道德行为与传统的观念，因而把希望寄

①叶精——壮话。大叶子的意思。是一种种植在屋前屋后菜园旁边的草本，叶子形状椭圆，长约二尺。宽约八寸，是过年节用作包粽巴的材料。

予年轻一代，满以为人同此心，别人也会同自己一样，把满腔热情造福于人类社会和国家民族。不想，如今竟有不少年轻一辈又在那些过时的老辈人的脚印上照旧寻找他们的归宿！而贫穷无靠的百姓依然辗转在饥饿死亡线上……

韦步平且走且想。心绪格外懊糟。有如怀抱病婴的母亲，深感揪心的焦急。两人各想各的心思，一路上很少说话。他们快走过一道山坳时刻，隐约地听到半山腰的石丛中传出凿石的音响。随后，猛然飞起悠长而激越的山歌，歌声在峡谷中引起震荡的回声。两人稍停脚步谛听：

山顶有花山脚香啰，
桥底呀，有水桥面凉。
心中有了不平事啰，
山歌呀，解恨出胸膛。

"是他！"韦步平睁起喜悦的眼睛，脱口而出，立即拿手掌拦着口风，朝山腰高声呼喊：

"哎……罗汉！罗老大！"

山岩立刻响起回声。

凿石人立起来张望，喊叫："谁呀！"韦步平把雨伞向他摇晃，大声喊："是我！"

"哦，韦老二——"

人从山岩飞奔下来。

马远甫同韦步平说，他和这位石匠从未见过面，意思是不想在这时候让他知道自己就是那个不幸的姑娘的哥哥。

韦步平等罗汉来到跟前时，也就没有给他们介绍。

罗汉长年在山地里跟石头打交道，锻炼得更加结实了，浑身就像个铁蛋，两只手臂的肌肉丰满，脸盘黧黑，眼神锐利，胸膛开阔。见到长久不见的伙伴，仿佛感到自豪，眯着眼睛笑，问道：

"怎么回事，昨夜里才来，一早又要走？哪儿去？找家庆去，还是去瑶寨看志高？”

韦步平告诉他：要赶到河口去找自治军冯司令，为乡亲们谋求减免冬防捐，过五六天工夫就能赶得回家团年。叫他见到家庆和志高时，转告他们，新年来玩。罗汉说，他好几年不回老家了。今年卅晚想回去看看，明年开春再来。“去河口怎么走这条道？”稍停一会，罗汉问。

“走小路近，能赶早一天是一天，乡亲们过不了年关啦。”

罗汉坐到石头上，卷着喇叭烟。叹口气说：“真不知是什么世界，老乡被逼得快要上吊了。唔，你在自治军有熟人吗？”

“可能有。”韦步平说。说是那个冯司令是从滇军方面过来的，跟原先四川冯督军是本家，去碰碰看。

罗汉把烟荷包递给马远甫请他卷烟，说：“要能请得免征令，老乡可要烧香磕头了！”

韦步平看望山腰上，没见到别人，也没听到凿石声音。问罗汉，他的父亲可好？罗汉眼圈一红，把头拧过一边，哽着喉咙，也说不出话来，片刻才说：

“他老人家过去了！”

“真可惜！”步平说，“见不到了。他六十还不到的吧？”

马远甫这才开腔，说：“罗大叔我见过，至多就是五十出头。”

罗汉说：人本来是不该死的。都怨汪举人的祠堂用的石柱活催得紧，限期落石奠基。逼得罗汉他父子俩每天鸡叫就得上山，日落才回得来。日赶夜赶，劳累了三四个月，人瘦成禾秆一样，平时走道，步子都走不稳。那天几个人从山上往回抬石柱，本来大家已经很吃力了，汪举人的那个打手旱天雷，带来几个家丁，一边吆喝，一边用枪托赶人，就跟押解囚犯似的，急如星火，不让人家喘口气，硬逼着人家快运。不想罗石匠脚步一闪，腰骨扭了，蹲下来走不动了。那旱天雷当他是故意捣乱，不问三七二十一，举起枪托，狠狠揍了老人家好几下。

“就这样，”罗汉把烟蒂一扔，说，“人成了五痨七伤，养了一冬也不见效，到今年开春就过去了！”

周围一片沉寂。三个人唏嘘相向，各人胸口像是压下一只磨盘，一时做不得声。

不远的山岭燃烧着野火,升起带着火花的浓烟,鹞鹰在天空盘旋;八哥鸟三五成群,飞到裸露的田地里寻食,一只鹧鸪在光秃秃的阳坡上高声啼唤。

罗汉说,他有时同家庆在一起闲聊,都在纳闷:两人都那样倒霉,不是碰到姓杜的就是遇到姓汪的对头人。

马远甫说:听人讲,杜家的祖坟葬在老虎岭,在这一带地面上来讲,是最高的山头,像老虎嘴;凡是被它望得到的人家,祖祖辈辈都逃不出杜家的手掌心。还说坟山对面是桃花岭,所以姓杜的子弟个个都是色鬼。

"他妈的屁,等到有一天我找几个人去把它挖了,解解恨!"罗汉说。

韦步平笑了笑,说:"这能顶事啦?"

"我们实在受够他的气了。"罗汉又卷起第二支烟,伸着舌头用口水把纸沾上。

韦步平看看罗汉身上穿的单薄,里头贴身的只是一件单褂,外头的夹袄,肩上已经磨破一大块。心想:十冬腊月穿这样单薄,干起活来不觉得,等到收工下山时候,怎能顶得风寒呵! 想了想,将手上拿着的小棉袄披到他肩上。

罗汉推开步平的手说:"你这是干什么?"

韦步平说:"你的衣服太少,夜晚刮风,早晨落霜,寒气重,着凉容易闹病,你留下穿吧。"

罗汉说:"我捱惯了。回到屋里有火烤,干起活来浑身发热,冷不着。你出门在路上用得着。"

韦步平说:"这小棉袄是我父亲当年留下的,刚才凤仙从箱底翻出来,硬要我带上。其实,我有大氅,用不上的。你要不收,就不是我的兄弟了!"

罗汉深知韦步平的脾气,感到再推却反是不好,眼眶噙着泪花,望了他一眼,没有再说什么。

第四十章

岚山县在全省来说，只是个二等县，但在地理位置上却很重要，它是与邻省来往交通的孔道。若按孙中山《建国大纲》的“南方铁路建设规划”，这地方正是通往云南、贵州的铁道交叉点。县城规模并不宽阔，居民不过千家，是原先土司官的府治。街道铺着片石，临街的民房商店也还整洁；县城坐落的地方相当幽美。西北面以一垛高耸的石山做屏障，东南面有一条小河绕过，跟城池连到一起，水边两岸不是种着终年苍翠的竹丛，就是长着水柳、芭蕉，水中种着莲花。从外地来到的旅客，经过几天山道的跋涉，风尘仆仆，见到这个地方，心情顿然舒畅。

城里除了一个让老百姓随意进出游玩的公园，还有一个只有官家才能去得的土司的后花园。那是在县公署后院的一片地方。有百来亩地面，是当年建筑土司衙门时候挖土方的洼地，后来经过加工修葺，成了一个人工湖。湖心露出一座小岛，周围种植花卉果木和垂柳绿杨，当中建起一亭别墅，叫做印月台。衙门后面有条石桥通达岛上。湖面常备两艘小艇，打鱼、游玩都用着它。环湖岸边种着各种花木，四季都见花开。每逢月夜，湖水清澈见底，月亮落下湖心，犹如明镜；每当溽暑时节，或乘上小艇，让其随风漂浮，观赏堤上榴红，或徜徉湖畔，领略蝉吟莺歌，不免别有天地之感。

遗憾的是，到这里的游人和居住者都不是神仙。多少人间的丑恶、污秽的勾当，往往随着他们的脚印把这块净土给玷污了。这帮家伙来到别墅这里，不是打麻将就是抽大烟；不是送旧迎新的饮宴就是进行勾心斗角、贪赃枉法的阴谋。

王光宗衣锦还乡，接任县太爷大印以后，头一桩德行就是拨出巨款修缮这座后花园。小岛上的花卉树木，作了一番修剪、培土和补种。别墅旧有的房屋、亭榭，作了修缮粉刷，另外，又建了一组东洋式的平房和游廊。通往印月台岛上那座石桥，曾经遭受广东红头军的兵燹，桥面的石条断了，长期以来只用不甚牢靠的木板代替。王知事上任后才特意修建，恢复旧观。在湖岸的桥头新安上一道门，上了锁，外面的人就不能随便进得来。里头的人花天酒地，闹成什么样，谁也听不着、看不见。只听人说：王光宗在里头搞什么男女同浴，说是这在日本来说，是家常便饭，有什么大惊小怪。于是经常招一些不三不四的女人来，深更半夜吃喝完了，每人脱得精光跳到湖里作乐。据说，桂品微就为这件事跟丈夫闹了一场才走的。可是又有一说：说是有一回，他们几个官儿同他们后娶的姨太太们一道，吃饱喝醉之余，害起了色情狂，居然干起缺德的丑事，几个人相互抽签抓阄，抓到谁就同谁睡觉，这才把知事的原配夫人气走的……这些人言啧啧，是本地人封建落后，看不惯外来的官儿们男女挽臂过街的文明举动，而添油加醋编演出来的呢，还是王光宗真是已经堕落到这样荒淫的地步？谁也不去证实它的真假，只是姑妄听之。

炎热的季节过去了。湖面的娱乐转移到床第上来。王光宗起初是禁止大烟灯在印月台点着的，不知后来是什么符咒把他引进了魔窟，使他一见那柔弱的烟灯居然按捺不住而打起呵欠。不知从什么时候起，每逢更深夜静，印月台少不了有盏灯点着，陪伴着那些工于心计的府吏和乡绅度过漫漫的长夜。

昨夜在这里的麻将桌上，我们的新贵县太爷成了败将，今天一天，闷闷不乐。那些善于察言观色的谄谀者，前前后后，来了好几位，看看要巴结的大人，心境不佳，都识趣地寒暄两句就溜了。

县太爷心情是难得自在的：人来多了感到厌烦，不见人来又觉寂寞凄凉。现在，斗室静寂无声，独对孤灯，无聊极了。躺到蒙虎皮的睡椅上，随手拿起一本从日本带回的裸体画册来翻翻。

丫头轻手轻脚进屋来问老爷：要不要炖参汤？老爷眼睁睁若有所思地朝着丫头斜视，做着猥亵的奸笑，半晌，也没回答。丫头羞得满脸通红跑了。

丫头就是原先桂品微姨妈家的阿红。姨妈体贴甥女多病体弱，才让自己的丫头随着品微过来服侍的。那天，品微负气仓促离开，来不及要她一道上路。后来品微进了医院长期留医，也就没有催阿红跟去陪伴。何况王光宗有意拿丫头当作精神绳索，好牵住品微的腿，两人之间有个牵挂，不至于完全脱离。阿红现在已是破瓜之年的姑娘了，像脱掉毛茸的桃子，脸蛋儿光洁，显示出处女的魅力。以往是桂品微直接招呼她的，王光宗并不怎么留意。这一年多两年，品微不在，早晚都是她在老爷身边来去。晚间，老爷把听差打发走了，别墅这里的家务，全是由阿红操劳。王光宗不但教会她煮咖啡茶，蒸鸡蛋糕，甚至还教她学会烧烟泡。将近半年来，每当没了客人的夜里，老爷就跟丫头平起平坐，要她躺在烟榻上给烧烟泡。起初，丫头多局促呵，就像躺在荆棘上，提心吊胆，惴惴不安。王老爷却挺随便，特意让丫头宽心，两趟三趟、一月两月也没怎么的过去了，生活反复多次，逐渐使人习惯起来。

然而，方才那双异乎寻常的贪欲的眼色却叫丫头心跳，脸庞红到耳根去了。

王光宗啪一下合起画册，沉吟半晌，嘴边露着邪恶的奸笑，斜着眼珠向丫头叫唤：

“阿红！给火盆加点炭，再把烟灯点上。”

他举起手，捏着手指响了两下，哼着小曲子。

阿红遵照老爷吩咐，给火盆添上京炭，又在火盆旁边的搪瓷口盅添满清水，让水蒸气冲散屋里炭气，完了，又到烟榻上点烟灯，张罗起来。

王光宗看她收拾得差不多了，掏出怀表来瞧了瞧，已经九点三刻，估计不会再有什么客人来了。抬起眼皮望丫头说一声：

“去桥头把门锁上。”

阿红去了几分钟转回来，见老爷已经横躺在烟榻上，对着烟灯动手烧烟泡。丫头侍立床边，拧着衣角，忸怩半天，站又不是坐又不是，走又不得，很不自在。

王光宗抽了一口之后，瞟她一眼，说：“你不要站着呀，躺下，给我烧烟！”

“老爷自己来吧，我……”阿红有个不祥的预感，一反常态，言语支吾，很难为情。

“你别给我吊瘾了，我正在看东西。”

阿红无可奈何，躺在烟榻上，同老爷对脸。左手托着烟枪，右手拿起烟签挑起糖稀一样的烟膏往烟斗上一边搓，一边问：

“老爷看什么呀，那样入神？”

“可好看哪。”王光宗眯起眼睛笑，“告诉你，外面的花花世界好玩的事多了。你好好学会侍候我，将来带你出去到处走走，开开眼界。”

阿红绷起小脸蛋，不吭气。把烟烧好，两手捧给老爷。顺手拿过老爷放下的硬皮本本。翻开一瞧，仿佛猛然见到蛇似的，赶紧合上，脸上登时飞红，心口卜卜直跳。她偷偷地瞅着老爷，老爷却眯着眼睛，嘴巴吮着烟枪“咯啰咯啰”地吸着大烟。

老爷抽完了烟，闷声不响，凝视着丫头，居然将一条腿伸过对面去，压到阿红小腿上，小腿轻轻移动了位置。

屋里屋外，一片沉寂。

猛然，丫头的小手被捏了一把，小手立即缩回，心头直蹦。人像被搁到火团里，浑身发烫。小手又给抓住了，抓得那样紧，叫你动弹不得。老爷气喘吁吁地像只螃蟹，张开两只大胳膊把人抱进怀里……

“砰砰！”门口突然作响。“噗”一声，烟灯被吹灭了，屋里一团漆黑。

屋外也没了声音。

一会，门口又响起敲门声。

“谁？”王光宗惊魂未定，含怒地问。

“是我！”

“杜团总!”阿红小声说,极力挣开,往后头夺门跑了。

王光宗十分后悔,原来桥头的钥匙有一把在姐夫手上。杜团总是深知小舅子的胃口的,不敢冒失去撞他,只好稍等一等,于是,退回一间小屋来,干焦急。大约过了一刻钟,团总实在等不了了,要听差再去敲门禀告:说是有十万火急的事,要马上面见商议。

这时,王光宗才一边扣着衣襟,一边开门走出套间小厅来,神情非常尴尬。急问怎么回事?杜团总有所忌讳地瞥视旁边的听差一眼。王光宗会意,对听差说:

“你去弄盆炭火来。”

听差应声走了。

王光宗望着姐夫惊慌的眼色,问:

“说吧,什么急事?”

姐夫把门掩上,然后走回小舅子身边,压着嗓子,十分诡秘地说:

“了不得的大事,——你手上的县印要保不住了!”

团总把话顿一顿。县知事像是挨了一拳,晕了似的,说不出话。团总接着又说:

“送去三百两烟土算是白丢了!人家马省长已经另外委派人啦。原先我就说你自己去跑一趟,你不去,唉!”

“我不是讲过嘛,我同姓马的没交情,去了还不是白跑。老丈人面子还不比我的大?他都无能为力,我……”王光宗情绪败坏,神志颓丧。

杜团总却不同县知事一般见识。鬼鬼祟祟地对小舅子说:

“这就不一样啦。桂亲家那里,面子虽大,到底是隔了一层,有的话他老人家哪能替得你讲呢?你可知道,这不全是一朝天子一朝臣,照例换班,而是其中定有蹊跷。”

王光宗抱怨姐夫原先给出的主意,说道:“什么蹊跷,我看就是东西送错了。姓马的本来是个学者,我就说他不会端这个碗的,何况这些个黑家伙他能领得下吗?唉,这张牌是打错了!”

杜团总叫小舅子这么一说,脸面不好放。

听差端着火盆进来，县知事又指使他上街买麻花和云片糕来作点心。

等听差走后，杜团总才又小声说道："我听到一点风声，说有人上省城递了状纸。"

"谁？哪一个敢拔老虎胡须？"

"听说还不止一个呢。说是三五桩都有。巴羊屯姓马那一案也算在你账上：说你勾结乡绅，徇私受贿，人已经上省去几天了。还说状纸是教育局局长给做的。"

"教育局长？凌云青他也唆使别人告我？"王光宗诧异，"不会的，他不是那样的人。不要听信坏人造谣中伤。你这些话都是哪里听来的？"

杜团总越听越急："唉，你真是！说起官职来，你是上司我是下属，得听你的。可讲起人情世故来，你还差一截呢，大概你也不信马上要来接任的就是跟你在法政学堂那个姓韦的小野仔吧！"

"什么，什么？姓韦？是他来接我的印？他哪里来？天上掉下来的吗？谣言！"

"什么谣言。我就为这个凶讯三更半夜来找你商量的啰。要说是旁的人来接任还罢了，至多调换个地方嘛，可姓韦那个野仔来了，你想想，他能把我姓杜的轻易放过吗？"

"别说这些了。"王光宗烦躁起来，甩开火钳，"你说，消息哪里来的吧。"他睁着眼盯住姐夫。

杜团总说，消息是本乡梁少英打省里回来传的。说是亲眼见到姓韦的到码头打听船期。回来当县知事的话就是他亲耳听姓韦的告诉他的。说梁少英为这件事还特意买了两封壹千头的猩红鞭炮，预备姓韦的走马上任时烧的。

"他妈的！"王光宗骂了一句，拿起火钳夹木炭添火。

屋里静下片刻。

"这怎么办？"王光宗一时也没了主意，望着姐夫。

姐夫沉思一会，说："办法倒好想，就是看能不能下狠心干。"

两人商量了半天。最后采用杜团总诡计：在卸任之前捞一把。趁着年关，各家各户多少也有两个钱办年货，乘机催各乡粮户完粮纳捐，把钱捞到手。此其一。其二,杜团总认为:当今乱世为王,人家没有掌到正印的,还自封这个司令那个督军的,王光宗现在印把还拿在手上,什么章程还定不出来?这地方离省城远,上头号令,鞭长莫及,管他姓韦还是姓魏,谁来也不买他的账,干脆拒绝移交。谅省署也无可奈何。

“再不然,就这样——”姐夫挪动板凳凑近小舅子身边喁喁耳语。

小舅子嗯嗯地点头答应。

杜团总最后说出声来:“先发制人,给他来个下马威,叫他上不了台阶。”

“那,要看准火候,等他真的来到了,再动手才好。”

“这个自然嘛。”杜团总看到小舅子肯听话,不免高兴,接着说,“你这两天是不是到四乡去巡视巡视?显显威风,这对征收冬防捐有好处。”

“看看吧。这时候南溪能不能搞到果子狸来换换口味?”

“果子狸还不容易。堂堂一个县知事出巡,爱吃爱玩还不是随你的意。”

“王知事……唉,不好了!”听差慌慌张张,连喊带嚷闯进屋来,门口跟着吹进一股冷风,灯苗吹动了一下。

王光宗厌恶地瞪着眼问道:“怎么的啦,见了鬼啦?”

“唔,一个披头散发的女妖,手上拿把刀从后屋跑了……”听差把买回的糖果点心搁下,脸色十分惊慌。

“什么?跑啦?”王光宗一惊,站起来,立即向听差下命令:“追,给我抓回来,她妈的!”

……

杜团总从县城赶回南溪已经是更深人静了。路上不免受到风寒,赶紧回到家来暖和暖和。不想,三太太莫秀英不知哪里去了,闺房冷冷清清,火盆也熄了火。好不叫人窝火。

“来人!”杜团总咆哮一声。

二太太汪玉凤进来看了看,猜到是怎么回事,抿着嘴冷言冷语地说:

“哼,这时候才见怪,早就是这个样了。”

“什么这样那样?你就会抱着醋罐没个够。”

“哎哟,好心告诉你,你还当宝贝护着!你自己找去吧。”二太太是汪举人的最小闺女,平素娇生惯养,受不得半点委屈,掀开门帘走了。

杜团总气咻咻地瘫在椅子上。

马王七轻手轻脚地溜进房间来,笑嘻嘻地问:“老爷回来啦?”

杜团总瞪他一眼,愤愤地问:“你见到她哪儿去啦?”

马王七翻个白眼,说:“嘻嘻,这个,小的可不敢说。”

“你说嘛,你!”

“话说出来可不好听呀。”

“哦?”杜团总惊讶,睁着眼直瞅着跟身的人,“什么事,你讲!”

马王七凑到团总耳根,窃窃私语。杜团总听了脸上发红,觉得很窘。

末了,马王七喃道:“水牌货①本性难移,跟巴羊屯姓马的,早就那个了。姓马那小子如今在自治军里头是个十长。”

“好呀,居然叮到我的眼珠来了!妈的,无毒不丈夫,看我把他收拾干净!来,把烟灯点上,我俩商量事。”

马王七上了烟榻,同杜团总对脸躺下。马王七进一步讲明三太太的事之外,又告诉杜团总一件要紧新闻:说是前天夜里韦步平回到家,第二天大清早又走了。身边带着一个人,好像是巴羊屯那个上省告状的马远甫,也就是那个冤家十长的亲哥。

“消息可靠吗?”杜团总既像惊弓之鸟,又像是猎狗闻到猎物的气味,又惊又喜。

马王七说,话是侬大年传出来的。没有十足可靠也有八九成。因为姓侬这个人要他讲句假话,脸都会红,他说亲眼见到。

“是前天夜里吗?”杜团总问。心里头打了结。寻思一会,自言自语:

“刚回到家,马上又走?往哪儿去?”

“是不是去瑶寨看他的蓝大妈?”

两人直打闷葫芦。

一会,杜团总又压低声音说:“你看是不是这样——”

马王七歪着脖子,把耳朵送到老爷嘴边去。

---

①水牌——妓女的通称。当时该地省城的妓女都是固定在船上挂牌招揽生意的。

“你再去打听打听，要是姓韦那野仔当真回来过，我们就下手——”杜团总鬼鬼祟祟，向马王七耳语。

马王七一边点头，一边应声：“好，好，妙！”

“这样，”杜团总说，“一个是因奸亡身，一个是畏罪潜逃。一箭双雕。”

“对，妙计！老爷远谋深算，真有高招！”马王七当面恭维。

两人谈到这地方，三太太莫秀英回来了，一进房间，见到人早已躺在床上，仿佛踩上蛇，不禁战栗。但是，她能立刻装着一副笑脸，赶紧扑到老家伙身边亲热。

杜团总十分冷漠，就像跳上来的是一只小猫，不加理睬。女人却不管冷热，只是扭着蛇腰伸出双手去搬动那侧卧着的身躯，撒娇撒痴地努着嘴，咕嘟：“唔，你不给人说话，我就不让你过瘾。”她把烟枪拿过来。

老家伙直瞅着女人：她，油头粉面，打扮得格外花哨。

“干吗这样盯人？”女人不免心虚。

马王七觉得自己处境尴尬，起来要走。杜团总嘱咐他，照方才说的行事。

“好，好！一定照办！”马王七悻悻地耗子一般，轻轻地溜了。

杜团总这时跟审案的法官似的，直盯着女人的眼睛，凶狠的目光像两把利剑，十分冰冷，问道：

“你哪儿去了？”

“能到哪儿去？来回还不是这几家人。”女人满不在乎的样子，“别人谁愿跟‘金边蚂蟥’的家人来往。”

“住嘴！”杜团总咆哮起来，“嘿，‘金边蚂蟥’这种屁话也打你嘴巴出来了？岂有此理！你马上给我把裤子脱下！看看你到什么地方去了！”

老家伙发了大火，像一匹要扑人的狼。

女人却不屑理睬，堆着笑脸，伸出胖乎乎的胳膊去箍住男人的脖子，怪里怪气地说：

“敢情遇到什么邪了吧，唔？你说话呀？”

“谁干了什么，自己知道。放开我！”

老家伙把女人使劲一推，女人趁势往床上倒下，又哭又喊：

“哎呀，打死人啦，救命呵！……”

第四十一章

今天是南溪圩在一年(农历)当中最后一趟集市了。天没亮,更伕伯爷就拿起长长的用细竹枝扎成的大扫帚,沿街扫除垃圾,各家各户提着水桶来,在自家门户洒扫尘埃;街头巷尾到处摆下一块两块断砖,或者搁着一条扁担、一张小板凳,算是号上了地摊的位子。谁来占用这位子的,到晚上要收摊时,谁就得拿一定的代价——一株白菜,二三两猪肉,一根甘蔗或者一把包粽巴用的粽叶。总之,你卖什么就拿什么,交给事先替你号上摊位的当街铺头的房东。卖蔬菜的姑娘来得特早。街上人家一早出门来就见蔬菜行摆得满满的了:这一挑是红根绿叶的菠菜,那一担是姜黄、枣红相间的胡萝卜,这位妹子拔来的是洗得干干净净的大蒜苗和葱,那位大婶采来的是鲜红的番茄和墨绿肥胖的菜椒;这里,平时不常见的茨菰、冬豆、沙姜和芥蓝,等等,今天全都上市了。卖主多半是年轻的姑娘和媳妇。菜蔬是色彩鲜艳的,卖主的穿戴可就没有那样多彩,然而个个都像赶庙会、走亲戚那样,穿戴得挺整洁,几乎同样都是头发包着一块用米汤浆过的高丽巾,腰际系着一片白头的青布围裙。但是,由于各人长相不同,眉眼传情不一样,各有各的风姿。

因为今天是一年中最末的一次圩期,邻近四乡居民,大人小孩,男男女女,不管是做买卖的,还是随便来逛大街看热闹的,凡是有空能走得动的都赶街来了;外地走江湖、跑码头、卖膏药、拉洋片、耍把戏的,也都要在这时节多赚几个钱,来得早散得晚;那些平时专做算命卜卦和代人书写信函、契据的人,这时还代人书写春联。一副春联付与代笔先生的笔墨费三五只铜板不等;对联有一定老谱:

一般人家的写——

爆竹一声除旧
桃符万户更新

做买卖的铺头,就写——

生意兴隆通四海
财源茂盛达三江

有个理发铺的老头对写字的先生说:"新年新年,应当写个新玩意嘛,老一套就没味道啦。我来说,你替我照写吧。"

写字先生说:"那好,你讲我写。"

于是,挽袖提笔,照着理发老头念的写道:

请问天下头颅几许
且看老夫手段如何

写完,围观的人们不禁哈哈大笑,都赞理发师傅想得绝。师傅连忙声明,说不是他想得来的，不敢掠美。他要有这个肚才，就不干这个行当了。只因他少年时听讲故事的老头讲起一个什么英雄好汉，也是年卅晚到剃头铺去理发，师傅请他写春联，他提起笔就写了这么两句，掷笔就走。师傅也没向他要理发钱。不一会，官兵来追捕他，他却无影无踪，不知往哪儿跑了。但是，这副对联，却使理发师傅忘不了。

年关集市的确是色彩缤纷，鱼龙混杂。孩子们到这里来，不是要看西洋镜，看猴子骑绵羊，就是要看石头变鸡蛋什么的；有的一心就为了买鞭炮，有的却对不倒翁和泥塑的小公鸡特别感兴趣；姑娘们热衷于选购刺绣鞋面的丝线、扎辫子的红绒绳和小梳子、小圆镜等等；年纪大一些的则借此机会，希望见到奉父母之命、听媒妁之言而下了聘礼的未婚夫，有的则利用这个场合跟相好的意中人眉来眼去，企图在擦肩而过的一刹那，两人交换信物，或者暗示幽会的密约。

做父母的人，已经忘却了小孩的兴趣和青年人的心了。各人脸上的皱纹莫不镂刻着穷愁悲哀的文字，背上仿佛背着一块磨盘，脚步那样迟疑，眼神那样惊恐而忧郁。他们挑来两只原来预备过年自己吃的阉鸡，指望能卖个好价钱，完纳了捐税，剩下的钱买两三斤食盐度春；有的希望一担木炭能早脱手，躲过债主，买回炷香、蜡烛，好在大年初一对财神和祖先表达一番虔诚，保佑来年的吉利。

同劳苦百姓对照的，正是那些收税的官员和衙役，那些逼债的财主和横行无忌的豪绅，他们在这里施展着淫威。这里，有可寻开心的淳朴健美的乡村姑娘，有可供奴役盘剥的佃户，有廉价的山珍兽皮和鲜美的瓜果。所谓国家王法、社会道义和个人良心，种种冠冕堂皇的语言，在这里有着各种各样不同的解释和体现。总之，在十万分之一的全国地图上，未必有它的标志的这个小地方，全国其他地方存在的世态人情，它也应有尽有，毫不例外。

这里，似乎是穷乡僻壤，并无水旱码头，然而，也并非世外桃源。

用不了多少时候，圩场的生意开始了。卖米粉的，做油爆粽巴的，煮汤团和糖粥的，以及开饭铺的，烟火逐渐升起来了，肉香油味逐渐弥漫了圩场。光鲜肥嫩的整只白切鸡，整只卤好的猪肚和猪肝，悬挂在米粉摊和饭铺的横杆上，油炸花生和春卷，一盘一盘摆在案板前面。北帝庙门前的广场附近，几个戴老花眼镜的算命先生，来得早的已经摆好桌子，在那里正襟危坐，拿出姜太公钓鱼的姿态，等待“愿者上钩”；来得迟了的，正急急忙忙地扛起围着桌围的小方桌，到处挤地方落脚。

这时，梁少英走到街头来了。他两手插在棉袄的口袋里，嘴角叼着支烟卷，歪戴一顶人字花呢的鸭舌帽，游手好闲地逛到大榕树下。

这是圩场的东头，北帝庙就在这里，坐北朝南，面对大街。庙前一株有四抱的大榕树，像把大罗伞，遮盖着大片空旷的广场，淡季时节，这是牛行、马市——买卖牲口的地方，每到冬令旺季，赶集的多了，街里挤不下，那些算命卜卦的摊子、那些走江湖卖膏药的地摊、那些拉洋片的箱架和一些赌摊的帐篷，杂七杂八的生意买卖，全都归拢到这里来了。

梁少英没有正经的生意要做，只是随意游逛寻耍罢了。我们都还记得六年前在泸州那个中秋节晚上的事吧？那天晚上，韦步平拿只金戒指托他去兑钱，为那个挨打受伤的逃兵买药治伤。戒指他留下了，用自己手上的零钱去药店买回跌打刀伤的药酒和药膏，刚巧回到营盘附近的街口，不想见到韦步平给两个卫兵押出营盘来，估计凶多吉少，唯恐连累到自己，三十六计走为上计，心一横，拿金戒指去金铺兑换了现钞作路费，连夜开了小差，逃回了老家。回到家来，几年工夫也没个正经固定的职业。起初，在南溪小学当初小老师，一来是嫌薪水少，生活清苦，二来是跟校长合不来，只当了半年工夫，下个学期就没接到学堂送来新的聘书。往后，跟人合伙承包赌捐、酒税，挣的钱也不够买草鞋的，第二年也不再干了。接着，跑过烟帮，赶过马驮什么的，干些七七八八的事。有了钱就大吃大喝，今朝有酒今朝醉，没了钱就东挪西借，到处打秋风。好在讨了个勤劳能干的老婆，家务事不需操劳。在外头找不到好的吃喝，回到家来，两碗稀粥还是不愁的。三天一趟集市，不管刮风下雨总也少不了见他的面：有时，到牛行做个经纪人，捞到三五角佣金；有时遇到外来走江湖卖膏药的，就同人家拉拉扯扯，赖上同人家吃一餐两顿，有时赌赢十块八块钱，就飘飘然，大吃大喝几天。

此刻，看他好像是什么杂念都少了，一心一意巴望韦步平走马上任当上县太爷，自己少不了也能捞到一官半职，抖抖威风。几年来，有时半夜醒来也曾想到：那年在泸州只顾自己逃命了，不管朋友患难，在情谊上是说不过去的。不过，那天在省里码头上的邂逅，看来人家步平并不计较前嫌，对他还是一见如故。这就把他心上的冰块块溶解了。这几天来他老在想：“大人大量，人家是做大事的人，哪有工夫老挂记这些鸡毛蒜皮的小事呢？”想到这，自己得到了安慰。于是，心安理得地给自己打算盘：以为步平当上县知事，王光宗下了台，那帮喽啰也会一齐滚蛋，杜团总没了狮子头，威风也要不起来了，杜悦诚的县警队长也当不成了。“那时，”他想，“到县公署去，至少捞它个‘录事’！要不，县警队即算队长当不上，副队长总可以的吧？”

梁少英正在大榕树跟前无聊地巡游，那占卦看相的先生斜着眼睛向他观察了一阵，然后对他说：

“相公，来问个前程吧！”

少英留心看看这个老头的课桌。桌前围着一块变成灰色的白布帘，上面贴着两排小碗口似的圆圈，每个圆圈里写上一字，联起成这样一副对联：

灵不灵当场试验

准不准过后方知

横额是三个字，也是写到三只小圆圈上的，叫做：

天　晓　得

少英瞧了瞧，嘴边露着嘲笑的意味，一屁股坐在旁边的条凳上，朝着看相先生说道：

“你看看我怎样？几时能走运？”

看相先生移动一下老花眼镜，凑过来仔细端量问卜人，揣测了一会，才谨慎地说道：

“看来……气色旺盛，出了春准有变化。相公眉长过目，弟兄五六。排行老几呀？”

“老三。我是最小。”

“哦?”看相人一怔,戴上老花镜,故作正经地重新瞧瞧对方,改口说道,“方才没看仔细,唔,这就对了:原来是眉毛弯弯,兄弟两三,丝毫不差,对不对?”

“又对又不对。”少英说。

“要不对,再抽条符试试。”看相先生说着,顺手把案头一叠裁成一尺来长、两寸来宽的米黄色的符纸,叫少英随意抽一张。

少英存心跟这位先生开开玩笑,抽出一张交给老头。老头把纸条浸进案头一碗清水里,嘴里念念有词,约摸过了三分钟,又把纸头拣起来说:

“瞧,上面不是显出字来了嘛,唔,你自己认吧。”

少英接过来一瞧,上面写的是——

富贵权在命,

成败不怨天。

顺风撑好舵,

官道自不偏。

“这,说的什么呀?”少英瞪着大眼珠问。

这时,闲逛的人渐渐围拢过来看热闹。老头支支吾吾,说他文墨有限,字面上怎讲就怎讲,他也没别的解释。

少英说:“老家伙,什么文墨不文墨的。你当我是傻瓜,不懂你的鬼名堂呀?”

“相公,相公,请高抬贵手,务必包涵!”看相老头诚惶诚恐,苦苦哀求。

梁少英却只求痛快,显示自己高明,哪顾得上老头的饭碗?于是,他转向围过来看热闹的人说:“这把戏是,事先用五倍子泡的水,把卜辞抄到纸头上,晾干,笔迹就看不出来了,只要把它放到白矾的溶液里稍停片刻,字迹就又显出来。不信,可以当场试验。”

“是吗?试试看。”旁边的人为了好奇,伸手去拿符纸。

看相老头赶紧伸手把纸头捂住,脸色发青,苦苦告饶:“不,不。高抬贵手,高抬贵手——”

“哈哈！沙煲被捅穿啦！”好几个人在取笑。

这时，有个穿长夹袍的先生，慢慢地踱步过来，看看老头哭笑不得的狼狈相，做好做歹地向大家说：

“算了吧，敬神如神在，信鬼鬼自灵。信不信由你嘛。”

大家一看是教育局局长，也都不再闹了。

凌云青到岚山县几年了，起初叫做劝学所所长，到了马省长上任后，因为注重推广教育事业，不久前才把劝学所改称教育局。所长也就改为局长。不过，老乡们早已“所长所长”的叫惯了，一时改不过口来。他一年总有一两趟下乡来视察督学，不少老乡也都认识他，见面少不了向他打听这打听那，以了解高头和外地的新闻；遇到官司公事什么的，总要向他请教。这，他倒是乐意按道理给解答。只是涉及诉讼的官司，请他帮忙向王知事疏通人情什么的，他可是不肯随便沾手。唯有确属冤情，苦主又拿不出钱去请那些讼棍代写状纸的，他才偶尔给代笔一回两回。至于那些上省控告王知事的状纸，他连知都不知道，更不用说是他写的了。可是，从杜团总和他的跟班马王七那里却传出风言风语，说什么凌局长名为下乡视察教育，实为包揽民间诉讼。这些谣言中伤，凌云青不是没有耳闻，只是不把它放在心上，依然我行我素，一心想把教育事业推广，普及于农村，抵制那些三家村学究在私塾里宣扬孔孟之道。

他跟平民百姓固然不是一般的色相，但是，又有异于官吏豪绅的装束：始终保持贫寒的书生本色。现在人们见他穿的是一身棉布夹袍，戴的是一顶酱色的鸭舌帽，手上拿的是一把修补过的洋布伞，脚上穿的是一双双梁的布鞋；胡须长得像杂草，特别显眼。

今天一早，凌云青是从山圩第三高等小学到这里来的。走了二十来里地，还没有吃过东西，这时觉得肚子有点饿了，便到一家米粉摊找个座位，要了一小碟白切鸡的翅膀，一碟煎牛肝，五分钱炸花生米和一碗青菜汤，一个人细细地吃喝起来。

在凌云青吃喝的工夫，一位瑶族后生挑来一担松木劈柴，向卖米粉的老板娘求售。两人正在要价还钱，两个团练走了过来，装模作样，拿根铁条往柴担敲打两下，然后怪声怪气地问道：

"谁的柴火?"

"我的。"瑶族后生回答。

"挑到柴行去!"

"已经卖了。"

"交摊位租。"

"什么摊位?"瑶族后生不肯示弱,瞪眼反问,"我一担柴火,既不是摊子,又没摆下占位子,交什么租?"

"哼,你吃了豹子胆,敢抗官府捐税?"另一个家伙抓住后生衣领,狠狠一推。

后生不防,跌倒地上。旁边过来两个瑶族姑娘,向跌倒的后生惊叫:

"志高!"

其中一个情不自禁地弯下腰去把人扶起。

志高已经长高长大了,站起身来比当中一个团练高出半个脑袋。他怒不可遏地拿起扁担正要跟团练干仗,另一个团练眼明手快,把他两手抓住,往背后反剪过来,吆喝一声:

"你敢!"

"拿绳子来——"

"住手!"凌云青把筷子往桌面一拍,立起来,用愤怒的目光直盯两个行凶欺人的家伙。

一个团练回过头来向凌云青打量一下,半客气半嘲笑道:

"哦,是凌所长。请用饭吧。这不属学堂的事,凌所长就不必费心了。"

另一个团练把人给绑了,推推撞撞,要把人抓走,嘟哝着说:

"狗捉耗子,多管闲事!"

"唉,"凌云青跺脚,颓然坐下,"真是暗无天日!"

"志高!"姑娘疯狂地冲开人群,向被抓走的志高撵去。

在她后头的姐妹捡起她掉下的头巾,喊道:

"玉姑!"跟着也跑上去。

梁少英不知什么时候站到凌云青跟前,小声说:

"凌所长,你看我们这里的团练就是这样蛮横,成个什么世界!"

凌云青说不出话来，也忘了吃喝。梁少英挪动条凳，挨着凌云青坐下。凌云青请他一道吃东西，又要了一碟烧猪肚和一碗米粉。

梁少英一边吃，一边说：

“步平要回本县接任知事大印，凌所长你耳闻了吗？”

“没有。”云青很诧异，“你听谁讲的？”

少英正要开口，更伕伯爷拿着棒槌敲着大锣从大街里走来，一边向众人呐喊：

“各家各户百姓听啰，县公署来了紧急限令：三天之内，各家各户的冬防捐一律缴清！过期加倍罚款，有意违抗，拘押论罪！”

“当，当！”

呐喊和锣响互为对答，盖住了嘈杂的市声。

两个团局的人拿着钱粮户口的花名册、算盘、装铜钱的竹筒和砚台笔墨等等来到街口，把手上的东西往一张算命卜卦的桌面一搁，对算命先生说道：

“对不起，老家伙，借你桌子用一下。”

就这样，硬是将人家的签筒、罗盘、小龟背和一本通书、一本算命用的流年抄本，统统推开。在“天晓得”的那面桌围上，覆盖了一大张纸，上面写的是——

冬防捐征收处

另一个家伙拿一张告示，往大榕树上去贴。那么大的树身，早已乱七八糟贴满了五花八门的商标和大小不一的寻人寻牛的招贴。这家伙是个文盲，不但把告示贴在人家的广告上，居然把告示贴倒了，引起识字的小孩们一阵笑声。可是他却颟顸地当众大声宣布：

“从现在起，实行封圩，莫缴清冬防捐的户主，不得回家！”

另一个家伙把小方桌朝大街口一横，当作关卡，谁过来谁自报姓名和家在何乡何屯，说明是否缴了捐，没有缴的不放行。紧接着来了两个持枪的自治军驻军的丘八，那个团局的人，叫丘八把守街口，不准一人走掉。看其气势汹汹，如临大敌，弄得老乡们惊惊慌慌。

凌云青倒也潇洒自如。他吃罢饭,慢慢地踱到大榕树下,发现告示是倒贴的,不禁失笑。

拉洋片的人根本就不管这些,一心一意只顾招揽生意;他坐在西洋镜的箱架旁边,拿筷子一般的小棒槌,敲打那面发亮的小铜锣:——当,当当。嘴里唱道:

“睇呀,北洋政府段祺瑞收买两广巡阅使、耀武上将军陆荣廷啦。睇呀,骑马的那个,就是陆大帅……睇呀,睇佢地多架势呀……”①

当,当当。

“又睇呀,孙文大元帅在广州当上非常大总统啦!……”

这边是拉洋片的声音在叫唤,那边是要把戏的卖唱叫个不停。

一位走江湖的壮汉刚放下三把叉,又拿起一块黑红两面的小方块桌布,望着周围的观众抖了抖,然后说道:

“来,来,睇睇兄弟手势:大把戏不离毡,小把戏不离扇。来,来,睇睇兄弟要把戏。”

一个戴墨镜,背着小药箱的瘦个子,手上举起药膏,不厌其烦地吆喝:

“喂喂,请各位听我讲两句:跌打刀伤不用慌,伤风咳嗽勿使②愁,只管问我何天寿!”

声音一个比一个高。整个圩场成了一窝蜂房,人头攒动,声音嘈杂。

凌云青走到大街口时,人们睁起无告的双眼呆呆地瞅着他,好像向他讨怜悯,又像是求解答。他浩叹一声,自言自语:

“苛捐杂税多如牛毛,天灾人祸不绝如缕。长此以往怎么得了!”

旁边有人问:“凌所长,王知事是本县的子弟,难道还不懂得我们这些穷山恶水地方是老鼠尾巴,挤不出多少脓来的吗?他该为乡亲周全周全嘛,倒反是,把我们也箍得那样紧?”

这人说开了头,第二个接着也说:“县公署告示期限三天,团防局打了折扣,改成马上就要纳完;层层加码,把百姓都逼上绝路,叫他当官的喝西北风去。”

---

①睇、佢地、架势——都是广州话。“睇”是看;“佢地”是他的;“架势”是威风。

②勿使——广州话,意思是不用。

“哼,知事,知事,就知自己捞钱,哪知百姓死活。”

人们一个接一个,七嘴八舌,议论纷纷。突然,人丛里窜出两个人来,横眉竖眼地向周围的人质问:“谁在这儿嘈嘈?”

大家循声一瞧,原来是杜团总和他的跟身马王七。杜团总的目光同凌云青的相遇,脸色刷一下变得很难堪,装个笑脸说:

“哦,凌所长在这……几时到的,请,请移玉步,到团局一坐!”

凌云青傲然直立,面不改色:“谢谢。鄙人在这,听听乡亲们的呼声。”

杜团总打鼻腔哼哼两声。然后转向那些走开去的背影和一些站着不动、朝他射来敢怒而不敢言的目光的人们,气势汹汹地喊叫:

“你们快把冬防捐给我缴来! 谁不缴,别想回家!”

团总把话说完,迈开腿就要走,一个要饭的挡住去路,伸出一只骨瘦如柴的手,举起破碗向大人老爷讨饭、求施舍。马王七瞪起凶恶的三角眼,扬手一挥。不想,哗啦一声,破碗飞落到炸粽巴的油锅里,烫滚火燎的油立时溅到周围人的身上。有的手背被烫,有的膝盖沾油,有的捂着脸,顿时呼喊乱叫,你挤我撞,乱成一团。一个插着草标要出卖的八九岁的小女孩,手背被烫,一下子鼓起水泡,哭不成声,旁边做母亲的,跪在地上号啕大哭……

杜团总气得两眼直瞪,就像一只要咬人的老疯狗,破口大嚷:

“妈的! 谁敢再闹,给我通通绑起来!”

人们压抑着愤怒,慢慢走散了。

梁少英悄悄地将凌云青的袖子扯一下,对着耳朵,小声翼翼地说:“看他的臭架子!”

凌云青正要往大街里走时,迎头来了一队团练,押着一个犯人。近前一瞧,原来是刚才被绑走的瑶族后生蓝志高。他现在被捆得像只粽巴一样,游街示众。更伯走在前头敲着锣喊话:

“各位父老兄弟姐妹听着啰! 谁要捣乱圩场,抗捐抗税,就得同他一样!”

瑶族姑娘玉姑眼泪汪汪,跟在后头,生怕人家把她的人抢到哪里去,放心不下。

凌云青和梁少英转回头来,看看这些团练到底要搞什么勾当。

团练把人押到大榕树下，马王七向他们挥手下令：

“把他绑到前面拴马的柱子上。”

团练的头目应声，指使他的喽啰七手八脚，将志高推到柱子旁边绑了起来。

马王七向周围的人扫视，大声嚷道：

“都看到了吧，谁敢捣乱，抗缴捐税，谁就得这样！”

蓝大妈挑着两只阉鸡到了大榕树跟前，抬头一瞧，猛然发现被绑在拴马柱上的人，不由失声大喊：“志高！”随即丢下鸡笼，直奔过去，扑到儿子身上，呼天喊地，又哭又闹。团练凶神恶煞一般把她拉开，举起枪吓唬她。玉姑拿起鸡笼过来，扶着大妈走到一边去，告诉她事情的经过。

蓝大妈以往在步平家见过凌云青这位劝学所所长，两人相互认识。此刻，大祸临头，正是有冤无告，凌所长既在跟前，真是求之不得，情不自禁地抓住了所长的手，立即跪下，连声哀求：

“凌所长呀，救救他吧！”

凌云青连忙扶起老人家，冷静而沉着地安慰这位焦急的母亲：“大妈宽怀，先别急，没大不了的事。”

这时，远处隐隐约约地传来过山号军乐声。杜团总和汪举人等三五个穿长袍的豪绅和学堂的先生连忙从大街口走出来。他们一边侧耳细听那由远而近的啵啵的铜号声，一边举眼朝着南边的山口张望。马王七挨到杜团总身边，笑嘻嘻地说：

“来了！”

杜团总对跟班的下命令：“快！吩咐团练维持市面街道，谁也不许走动！”

马王七连连应声，转向团练们交代，然后对着老乡们高声大叫：

“各位乡亲——”

“谁是你的乡亲？他妈的！”有人在别人的肩头后面轻声咒骂。

人们大声嘈嘈，不理睬这只走狗狂吠。马王七没法，把更伯手上的锣抢过来，使劲敲了两下，提高嗓子喊：

“大家听着：县知事快要到了，赶紧把路让开，谁也不许乱走！”

人们一听，是县知事大人驾到，不觉静肃下来。团练们分头把那些摆在路面上的地摊——卖菜籽、草药和一些鸡笼、竹器的零星货物,手推脚踢,叫人把道让开。

梁少英自作多情地雀跃,拉住凌云青的手说道:

“我看准是步平来了!”

更佚伯爷在他背后听他讲这话,睁起惊疑眼睛,望着他问:

“谁?你说则明他……”

梁少英说:“反正我说话你们都不信,看吧,马上就有戏睇了。”

“见到再说,别高兴得太早。”凌云青半信半疑。

蓝大妈在旁边听不懂他们的话,问:

“你们说什么,则明——”

“等着瞧吧,马上就见到了!”梁少英心花怒放。

第四十二章

过山号啵啵的声音越来越近，团练们越来越紧张。他们蛮不讲理，硬是要圩场上的老百姓让出大街来，叫人站成两排，不许走动。人们踮起脚跟，伸直脖子，挤挤攘攘，个个探头窥伺，鹄候知事老爷的光临。西洋镜没有人看了，耍把戏的叫唤已经停止；卖米粉的也暂时没人光顾，只管拿纸扎的掸子驱逐着苍蝇。

杜团总跟马王七两人交头接耳。

一个团练从另一条小道赶来，扯着马王七的袖子，鬼鬼祟祟，不知嘀咕什么。马王七点点头，然后向杜团总小声说：

"事情办妥了。"

"手脚要干净利索！"杜团总说，"鞭炮呢，把它预备好。"

县知事的仪仗来了。头前是一对过山号，有五尺来长闪闪发光的铜管和脸盆一样大小的闪闪发光的大喇叭，吹起啵啵的声音。吹奏的乐手，两手捧着铜管，先从地面徐徐抬高，到平举地方，换换气，再鼓胀腮帮，仰头使劲吹起，喇叭慢慢向上升起，直到头顶才一点一点逐渐落下。这样，从低向高，又从高向低，一上一下，啵啵的响个不停，朝着前面开路。过山号后头是一对洋鼓和两对小号，吹吹打打。接着，一位高个子壮汉双手撑起一面黄底缎面、红穗子滚边的旗子，旗心镶着一只黑绒的“王”字。跟在大旗后面是一乘四人抬的轿子，轿帘下伸出两只乌亮的皮鞋。轿子后头跟着二三十个县警队，队长杜悦诚骑在一匹乌骓马上作殿后，气派威风凛凛，吓得站在两旁的百姓目瞪口呆，屏着气息。

梁少英失望地向凌云青耳语：“他妈的，原来是他！看杜悦诚，臭美！”

“嘿！”凌云青哼了一声，退到米粉摊坐回原来的凳子，继续吃他的饭菜。对凌云青来说，王光宗是老同学又是“风雨社”同仁，如今又在这儿共事，本是难得的机缘，理应合作得很好吧，却不想事实并非如此。这，在别人看来，也许以为凌云青因王光宗抢夺桂品微的爱情而嫉恨。其实，最使凌云青难以忍耐的是，王光宗竟然同杜团总之流不相上下。

“王知事大人呀，小民冤枉！……”

猛然，一声撕裂人心的绝叫，仿佛是旱天焦雷，把啵啵的过山号声给盖住了。原来是蓝大妈披头散发，疯狂地冲到轿前跪在地上。仪仗登时愣住，轿伕停步不前。马王七脸色煞白，同杜团总面面相觑，一时失了主意。团练蜂拥过来，正要动手拉人，轿帘一晃，露出半只脑袋，喝道：

“不要妄动，下轿！”

团练变成了木头人，直立不动，轿伕把轿轻轻放下。

人们围成一圈，就像是要看马戏团。凌云青和梁少英也不理米粉摊老板的阻拦，站上凳子瞧着突然出现的波澜。

王知事从轿里惊疑地走了出来，环顾周围的百姓。百姓众目睽睽，都在等待县太爷如何秉公处理。王知事懂得众怒难犯，立刻改变态度，假仁假义地亲手扶起敢于拦路告状的老婆子。

蓝大妈却有股瑶人的倔脾气，硬是不肯站起。一把眼泪一把鼻涕，又哭又嚷，指着绑在木桩上的儿子，说道：

“县官大人，我儿子没有摆摊，怎么就收摊位捐？还把他当牲口拴起，他到底犯了什么法？你们要不把他解下来，就把他的娘埋在这块土地上吧！”

蓝大妈全身力气都使出来了，语言像是钢刀铡在石头上，迸发出火花。

王光宗脸皮跳动一下，脸色变得有点儿发白。杜团总看他一眼，意思是要他拿出官威来压一下；同时表示遗憾，料想不到瑶古佬有这股蛮劲，敢于干出这桩事来！

王光宗又向周围沉默不言的人扫视一眼。不想，就这一瞬，跟凌云青的目光碰上。凌云青盯着他，似乎在质问说：“你这位父母官呵，把老百姓搞成什么样子了！”

王光宗沉着脸想了想，向杜团总示意说：

“去把人解绑！”

杜团总装模作样，对着团练的十长面斥：

“还不快给我去把人解开！”

眼看儿子被解了绑，当母亲的才宽了心，站起来望着县知事说一句：“多谢大人恩典！”立刻奔到儿子身边。

王知事乘机向百姓高声说道：“各位父老兄弟姐妹，这是一场小误会。人家没摆下摊子，就不能收人家摊位捐嘛。凡事都得听官府明令，秉公办理，谁也不准乱来。冬防捐是官府奉令征收的军饷，一定得按期完纳。我王某人虽然是本地子弟，也只有照章办事，谁要违抗，法令无私，请诸位见谅。走！”知事把话说到这，用手杖敲一下轿杆，钻进轿里去了。

杜悦诚坐在马上，扬鞭吆喝让路。过山号又啵啵吹起，洋鼓洋号吹吹打打，劈开人群，进入大街。

人们眼巴巴地望着扬起的尘埃。蓝大妈瞅着轿子啐了一口唾沫，更伯跷起脚板，将烟斗往鞋底狠狠敲了两下。梁少英自已嘟哝：

“怎么搞的，步平变了卦？他妈的，莫非姓王的祖坟葬到龙口了？还不该倒他三代祖宗的。”

说着，覃家庆挑着两小筐木薯片来到，看见人们唧唧喳喳，一边议论一边散开，感到非同寻常；见到少英，问他发生了什么事？

少英叹口气：“反正是当官走运，百姓倒霉。你这担木薯有多少？唔，恐怕卖不到七百枚铜板吧？你瞧，冬防捐!”少英指着倒贴在榕树上的告示，“你要缴不起，今晚就回不了家，挨一顿‘金菜焖鱼’[①]了。”

家庆问：“限定非得今天缴齐不行吗？能宽限两三天就好了。”

少英听家庆话里有话，问：“为什么？”

家庆左顾右盼，见凌云青也在场，请他和大伙走到一边去，然后悄声说罗汉对他讲的事：韦步平前几天回家来过，只待一晚，第二天就赶去河口了，说是找驻军冯司令交涉免捐。……旁边的老乡听家庆这么一说，不胜雀跃，议论纷纷。有的说，要真能交涉得来，年关就好过一步了；有的却担心远水救不了近火——今晚就回不了家；有的则发感慨，说什么韦步平要真的回本县掌大印就好，他小时候就会体贴穷苦弟兄，谅他当了官也不至干缺德害理的事；但是，有人却不以为然，马上顶嘴：

“反正是当官的都得收税，嘿，到什么山唱什么歌，我就不信他当了官，还肯跟穷哥们坐一条板凳!”

“我说，也不能往一只窟窿眼瞅人。五个指头还有长短呢，百样米粮养百样人，哪能个个一样？”

更伯爷放下锣来，装上旱烟袋想吸烟，火镰敲不出火，走到米粉摊的火灶去对火，说道：“是的嘛，人家则明从小就不跟那些个地主老财的少爷一样。”

一个老头却不服气，站了起来，把一条空布袋往肩上一搭，说：“谁信谁就等着瞅吧。”

这老头一走，人们一个一个也走散了。做买卖的，做买卖去了，卜卦算命的继续骗人，卖膏药的继续吆喝招揽生意，游手好闲的，这里看看那里瞧瞧。圩场又恢复了原先的热闹气氛。

家庆见凌云青不作声，自己也不忙走开，在米粉摊旁边蹲下来歇着。

凌云青独自寻思：穷苦百姓太老实了，逆来顺受，受压迫，不敢反抗，听天由命，遇灾难，不知来由，只有求告于神明。……这些精神上的瘟疫，世代相传，何年才能破除？当局者一面在提倡国民教育，开化民智，一面却允许迷信骗人，正

---

①金菜焖鱼——金菜又名黄花菜，因它晒干后类似稻草，人躺在稻草过夜，就同拿金菜垫底焖全鱼。这里比喻蹲班房。

如一面设立戒烟局以禁流毒，另一面却准许烟馆营业，贩卖鸦片。世道人情，处处都在自相矛盾。……

凌云青一任遐想的风筝飞翔，没个着落，不免深感孤独的悲哀。自从桂品微一去不回，顿失可谈的知友。探索社会人生的奥秘，排解个人情感的烦恼，这可是不能没有朋友的呵。然而，高山流水，知音难遇，哪里寻找呢？多年来他虽然生活在大众当中，可是寂寞、孤独的影子却一直追随他的左右。

此刻一听阔别多年的老友即将见面，自然是格外兴奋，急切要求家庆把罗汉讲的情形说得详细一些。

事情往往有凑巧的时候。正当家庆向凌云青说话的工夫，从前面山岭逶迤下来的路上，一匹飞奔的轻骑，旋风般疾驰而来。霎眼工夫，这团旋风立刻落到岭脚，接着，牲口长嘶，不到说句话时间，马儿已经奔到大榕树下。牲口一身精湿，嘴边吐着白沫。马背上的人跳下来，把马托给专门代客管马的马伕牵走，只拿着皮鞭，脸上堆满笑容，朝着大家爽朗地打招呼：

“乡亲们过得好哇！”

凌云青推推鼻梁上眼镜凝视一会，不觉惊呼：

“哦！是你——‘一个例外’，你……”

凌云青迅速过来，紧紧拉住对方的手。两人相对凝视片刻，不胜惊喜交加。

“凌兄，你在这儿，好啊！”韦步平十分开心，“在省里，见到品微，她把你的事跟我讲了。”说着，往凌云青的肩膀拍了一下。

“品微！她的病怎样？”凌云青压抑不住的激动，睁大眼睛等待韦步平的回答。

“她还好。她的病……友谊比药物更为需要。”韦步平意味深长地直视着凌云青的眼神。

凌云青流露着感伤，喃道：“友谊……她——”

凌云青的话没有讲完，梁少英冲了过来，望着韦步平叫一声：

“则明！你……你可来了也……”

“呵，少英，你……”韦步平正要对他说什么，突然又把话咽回去了。

“不，闲话少讲，走，到那边坐下仔细聊聊。”少英一边说话，一边拉住步平的手,把凌云青一起让到米粉摊旁边的空桌子位置上。

少英望着步平神色,问:“你饿了吧,想吃点什么?”

韦步平先倒一碗茶水咕嘟咕嘟地喝了。这时乡亲们都围拢过来,看他,听他说话。他穿的是一身半新不旧的军装,披件大氅,络腮胡须有三四天不刮了,长满一脸。更伯推推攘攘,挤到跟前,歪个脑袋,打量了一下,眼角堆笑纹,高兴地嚷嚷:

“是则明嘛?可是长高了,嗓门也粗了。”

“力气也大了呢。来,比比手劲!”步平说着,往桌面竖起肘子,要跟更伯扳手。

“来,试试。”老头说,放下铜锣和棒槌,把手给对方握住,“不行,手心发汗,拿支筷条隔住。”

两人尽力挣扎,面红耳赤,老头脖子的青筋像蚯蚓暴突起来。双方势均力敌,坚持十来分钟也相持不下。最后,老头的手一松,倒下了,舒了口气说:

“这回输给你了。真是后长的胡子比先长的眉毛长,哈哈。”

更伯拿起铜锣和棒槌要打锣去,韦步平问他为什么事打锣?更伯说:“催缴冬防捐。”

韦步平拦住说:“更伯,等一等,先别打。”

更伯停下,疑惑不解,用反问的眼色对着这位漂江归来的后生。围在一旁的乡亲也都一样,等待回答。

韦步平懂得乡亲们等待他说话,于是站起来,环顾围拢过来的人。没等他开口,凌云青却抢先向他低声问道:

“不是说你回来要接王兄的县印的吗?”

韦步平反问:“谁说的?”

“管他是谁说的,你就说有没有这么回事嘛。”

“是说我当县知事吗?哈哈,大家看我这个模样,能像个县太爷嘛!”韦步平摸摸络腮胡,自我解嘲地望着乡亲们笑。

“看相我们不会。”少英说,“喏,请算命先生瞧瞧。”指着旁边的算命占卦的老头。

这位被收税员占了课桌的老头正闲手闲脚地没生意做,听说要请他看相,果然煞有介事地朝着韦步平端量一番,然后,故作惊讶地赞道:

“哎呀,这位贵人可了不得:眉似卧蚕,鼻如悬胆,天庭广阔,眼若明星。唔,唔,龙非池中物,当世将相之才也,区区县令,何足道哉!”

“哈哈,”韦步平放声大笑,“老头真会恭维!可惜,纸上画的饼是填不饱肚皮的,听起来舒服的话,只能使人麻痹就是了。”

凌云青接过来说:“以我之见,迷信之所以流传,使得人之安于天命,事事乞求于神明,其病在于文化教育未能普及,科学技术则无从发达,人未能尽其力,地未能尽其利,以至国弱民贫,外受列强帝国之侵略,内遭军阀混战之蹂躏……”

韦步平看凌云青一眼,不等他把话讲完就插了话:“凌兄,你说的是教育救国论吧?多年不见,各人经历不同,见识也自有参差。阁下职守为劝学所所长,呵,改称教育局了。好,教育局局长,卖瓜说瓜甜,难怪阁下忠于职责,维护本职尊严。不过,以我浅见,国弱民贫,病不在乎教化。当然,你自有你的道理,也许你是对的。事情都不简单,不好一概而论。另外找时间辩论吧。”

“是呀。”凌云青说,“我正有一肚子疑问,自己也想不通。对啰,王兄今天也下乡视察,已到团防局了,去见见他怎样?”

“见是要见的,不过,不一定现在。你们相处还好吗?”

“孺子不可同谋!”

这时,大街口的收税员拦截两位瑶族姑娘,双方发生吵闹,惊动了周围的人,一窝蜂似的,都围拢过去看热闹。

原来是玉姑和她的同伴——一位十五六岁的小姑娘叫收税员逼着缴纳冬防捐,硬将她们手上挽着的小篮子抢了过去,打开搜索,故意刁难人。小姑娘说她不是当家人,不懂得要缴的那门捐税。收税员却嬉皮笑脸,乘机动手动脚,扯辫子,捏手心什么的。

旁边的后生们就此起哄。那收税的家伙恼羞成怒,干脆把街口挡住,叫人一个接一个通过,像过大堂问案似的进行盘问,凡是查出没缴过冬防捐的,都得马上缴,没现款就拿手上买回家的东西作价代替。有人买的片糖,有人买的食盐,有人给孩子买的瓜皮小帽,有人给姑娘买的羊肚头巾,手上已经没了现款,收税人就把这些东西折价当作冬防捐扣下。

韦步平走到收税人跟前,默默地看了一阵。有一个老头怀里揣着一只金银花猫,没现款缴捐,叫收税人一手把猫抢了,硬是要留下顶数,老头不肯松手,互相争吵起来。韦步平往桌子上狠狠地一拍,一支搁在砚池上的笔蹦起来,墨汁溅到一个收税人的衣襟上。

“住手!”韦步平大喝一声。

立时,周围的人全都怔住了,两个收税人目瞪口呆。两三个团练包围过来,看看这披着大氅的人竟敢这般神气,一时也没了主意。

韦步平两眼炯炯,盯着收税人逼问:

“是谁要你们收这种捐的?”

一个收税人抢先带着笑脸说:“嘻嘻,是杜团总交代的差事……嘻嘻,小的是——奉公行事……”

韦步平命令他:“赶快把东西退还老乡!”

另一个收税人很为难,迟疑地说:“这个……”

“什么这个那个?冬防捐免了!看,公事在这里。”韦步平从大衣口袋掏出一只大信套摔到桌上,“你们不是为自治军代收冬防捐吗,现在自治军司令亲笔下了手令,禁止这种巧立名目的苛捐杂税,懂吗?”

“哦,是,是!”收税人不敢看公事信,只是斜着眼瞧瞧信封上的衔头关防,心中暗暗叫苦。赶紧把收下的东西,一样一样退还老乡。

老乡们个个笑逐颜开。有一两个坏人浑水摸鱼,不是自己的东西想乘机冒领,发生争吵。韦步平说:

“乡亲们,不属自己的东西,可别顺手牵羊呵。”

这时,覃家庆从街里头买了年货来到大街口,韦步平一眼就见到他,高兴地叫道:

“噢,老表,拿你的四红纸来,我给大家写一副对联。”

覃家庆把手上的一张四红纸递给表哥。梁少英接过去裁成一半,铺在写春联的桌面,挽起袖子来磨墨。韦步平蘸好笔端,举臂一挥,猩红的纸面,出现这样两句话:

财神地主了不得

穷人佃户不得了

“哈哈，这副对联倒也新鲜。”少英带头称奇。

韦步平回头向凌云青问道：“你看怎样？”

“要得，别开生面。”凌云青回答。

“谁把它贴到大榕树上去！”韦步平朝着大伙问。

家庆赶紧跑到米粉摊去要来两条米粉当作糨糊，跟少英一道，把对联干脆贴到刚才被贴倒了的告示上。

韦步平和凌云青一边低声交谈什么，一边朝着大榕树走去。

马王七气急败坏地赶到大街口，看见赶街的老乡毫无阻拦地往四乡的路上走去；两个收税人哭丧着脸，望着人们，讲不出话。

“你们为什么把人放走不收捐？怕什么，真是草包。”

“草包，草包。喏，公事在这儿，你有本事跟他要去吧。”收税人把信往马王七怀里一摔，摆个脑袋指着在大榕树下被乡亲们围着的韦步平和凌云青。

马王七拆开信一瞧，脸色立变，瞪着三角眼，马上转身，往回溜号。

收税人跟着给哄走了。人们唧唧喳喳，奔走相告。贴在倒贴的告示上的对联成了引人兴趣的磁石，人越聚越多。

韦步平看了看大家，站到对联跟前的石凳上，面带笑容，开口说道：

“乡亲们，我来给大家讲解讲解这副对联吧。”

“嘘，别嚷嚷，听着。”

“是不是后天就是大年三十啦？”韦步平向周围静下来的人们扫了一眼，“记得老人有句话：‘冬至就是年，冬至就是钱’——”

“是啵，亏他还记得我们乡巴佬的土话。”

“嘘，别嚷嚷，听人家讲嘛。”

“乡亲们别瞧我也是穿的一身老虎皮。其实，我也是这条南溪河的水养大的。虽然出门多年也没忘记这片土地和老乡。我现在就要问问：我们大伙一年三百六十天，长年累月，辛苦劳累，务农的，种得谷粮，养大牛羊鸡犬，收得棉花，学会纺纱织锦;做工的,懂得烧瓦打砖,造成房屋宫殿。可为什么,到头来倒反吃不饱、穿不暖,住的挡不了风和雨?那是什么道理?大伙想过没有?”讲到这,把话顿一顿,环顾周围听众。

听众鸦雀无声。玉姑把蓝大妈和志高引来。志高愣头愣脑,一见韦步平,情不自禁地要冲到前头去,蓝大妈一把将他拉住,要他好好听。韦步平接着说下去:

“想想看,这是什么道理?难道是算命先生讲的:‘贫富该命定,半点不由人’吗?不!完全不是那么回事。这些,不止是不成理由,倒反是货真价实的骗人鬼话。这些鬼话都是地主、老财、当官为吏的人怕我们种田做工的人造反,不给他们交租纳税,叫他们不能享受富贵荣华,才让这些算命卜卦的家伙来散播欺骗我们,叫我们不敢造反,祖祖辈辈安分守己,给他们那帮吸血的蚂蟥当牛做马使唤。想想看,是不是这样?”

韦步平声音高昂,十分激动。

“可不是怎的?我看说的有道理。”

“是呀,是呀。”

人们悄悄地议论。……

“看他的胳膊多大劲,石滚也能拎得起。”

“看他两只眼瞅人像闪电。”

玉姑和她的同伴交头私语。

“乡亲们,想想看,这是什么世道?再这样一年又一年,一代传一代下去,那就是这副对联说的:‘财神地主了不得,穷人佃户不得了’——”

“财主越来越豪富,穷人愈过愈贫苦。”凌云青插话。

“是呀,这个世道……”又有人嚷嚷。

“这个世道合理吗?”韦步平接着问。

“饿着不死就行了,管它合不合理呢。”

“不合理又怎样?唉!”

人们唉声叹气,声音嘈杂。

韦步平猛吼一声:“不合理就把它推倒,革它的命!”

这时,凤仙从山脚的道上飞奔而来,丧魂失魄地几乎撞倒旁人;她挤到被乡亲们围拢的人跟前,两眼发直,半晌才猛喊一声:

"哎呀! 你……!"

韦步平一眼瞅见妻子惊慌失色的样子,以为是祖父的噩耗,把脸一沉,跳下石凳,拿眼色询问妻子到底发生了什么事?

这时,蓝大妈和志高也走上前来,同韦步平打招呼,听凤仙说话。凤仙看看旁边那么多人,欲言又止。

"你说呀,出了什么事?"韦步平问。

凤仙说:家里出了人命了。屋后菜园的草垛里头,有个死人,是巴羊屯姓马的,驻军的十长……

乡亲们一听,不觉震动,窃窃私议;算命老头唏嘘长叹:

"唉,'天有不测风云,人有旦夕祸福',天机难得预料呵。"

"乖乖隆的咚,这可有戏唱了!"

人们你一言我一语……

这突然袭击,叫韦步平一时也没了主意,不免困惑地审视着妻子的脸色,问道:

"那,你跑来……"

"我来报案!"

"向谁报案?"韦步平态度严峻,"嘿,居然有这样的怪事!"

凤仙受不了这冰冷的目光和语气。"哇"一声,委屈地抱住蓝大妈伤心地哭起来。

蓝大妈瞪了韦步平一眼,说:"我就不信是她惹的祸。别哭,孩子!"

凌云青对韦步平悄悄地说:"提防小人。"

"对啰,我看这里头准有鬼。"家庆说。

"是那个镶金牙的十长吧? 哈哈,那个风流鬼,就是三姨太的相好嘛。跟'金边蚂蟥'两人穿一条裤子。哈哈,乖乖隆的咚……"

更伯向站着发呆的韦步平小声说道:

"害人之心不可有,防人之心不可无。我说则明,人家可不跟我们穷乡亲一样,都盼着你回来的啊。"

韦步平一时猛醒过来似的,稍微一想,决然说道:"随他弄鬼去吧。我姓韦的是顶天立地的男子汉,大江大海都漂过来了,凭它这点点小河沟能淹得死我?哼,别做梦!"

凤仙抬起头望着丈夫。

志高走到步平跟前,挽起袖子,露出一道道紫血斑纹的胳膊,说:"明哥你瞧,我要报仇!"

韦步平瞪目,不知怎么回事。

更伯接过来要说话,马王七领着二十来个团练和一排全副武装的驻军,来势汹汹,冲着更伯叫嚷:

"老鬼,你躲到这儿来想造反呀?"说着拎起老更伕的衣领使劲一推,"给我快去,里里外外,打起铜锣,谁也不许走动,等候清查坏人。驻军一位十长在那平村给人杀害了,一定要拿到凶手归案。"

这,真是发生了地震,人人惊慌失色。有的悄悄溜走,有的挑起担子想躲,有的索性要逃。有个丘八往天空"叭"一声打了一枪,有人吓的停下步,直打哆嗦;小孩则喊爹叫娘;人们吵吵嚷嚷,顿时乱作一团。

团练和驻军的丘八们跑步到几条路口把守起来。声言抓不到凶手,谁也别想回家。周围气氛十分紧张。

凌云青看了看,对韦步平说:"走,找王兄谈谈。"

韦步平正要走,覃家庆把他拉住,说:"不。则明不要去,小心上圈套。"

凤仙看看被围困的乡亲,个个哭丧着脸,怪可怜的样子,感觉特别难受,心一横,猛然向把守路口的兵丁大声喊道:

"人是我杀的,你们把我抓走吧,不关乡亲们的事。"

她昂然往街里走去。团练和士兵转身撤走,人们便蜂拥奔逃,像决堤的洪水。蓝大妈和玉姑转过头,追赶凤仙。韦步平正要移步,家庆的二弟家福,突然气喘吁吁跑来,一见家庆他哥哥立即大声猛叫:

"大哥,不好了,外公……"

"什么,家福,你说——"韦步平一把抓住他的胳膊,直愣愣盯着他的眼睛。

"哎哟,则明表哥!你快回吧,驻军一大帮人,抄你家去了。口口声声要捉拿凶手,外公气晕过去了!呜呜……"家福说着,放声哭了起来。

韦步平两眼直竖,说一声。

"好呀!"

他向身边的志高和家庆喊:"志高,你快回家招呼盘大爷带上药连夜赶来;家庆,你也快走,把马给我!"

韦步平说完话,接过家庆牵来的牲口,立刻跳上马背,箭一般往家飞奔。

第四十三章

韦步平警惕后面来追兵，掉转马头拐进小道，扬鞭催马飞速奔驰。赶到家门一瞧，不由得怔住了：大院闸门洞开，上屋却落了铁锁；院墙角落的鸡棚空了，地面上落下好些新的羽毛；一只喂奶的母狗被人用枪打死，躺在地上，身边淌着一摊血；五只毛茸茸的狗崽蜷缩在母狗尸体怀里，伸出小尖嘴，吮吸母亲的奶头，发觉奶头冰冷而干瘪，汪汪叫了两声。

邻屋的侬家大婶听到马嘶，走进院里来，一见是步平，情不自禁地落下眼泪，哽着喉咙诉说这场天外飞来的灾星：说是今早，她一家人正要打点上山割茅，凤仙突然慌里慌张冲到她家来讲，她一早开门到后院菜园去取柴火，不想发现草垛里藏着一个死人，叫隔壁邻舍的乡亲去验认。大家赶去一瞧，认出是驻军的一个十长，巴羊屯马家的兄弟。凤仙赶紧往南溪团防局报案去了。不多一会就来了一帮吃粮当兵的，闯进院里，向韦镇堂老人家问罪，口口声声，硬说是他家杀害了他们的十长，要抄家捉拿凶手。凶手没捉着，把笼里几只留着过年的阉鸡和墙上挂的腊肉风肠全都给拿去了。镇堂老人被绑了手，说是要他去团防局归案论罪。平平见公公叫人抓走，追到村头塘边抱住公公的腿，又哭又喊，不肯放手。其中一个丘八，像凶神恶煞，挣开孩子两只小手，狠狠一推，扑通一声，人掉进了水塘，公公死劲挣扎，要救孩子，挨了几下枪托。幸亏大年的媳妇正在塘头汲水，看见这番情景，急忙蹚过齐腰深的水去把人抢救起来……

“要不，小孩给淹死了。这帮家伙，比狼还狠！”侬家大婶说到这，稍微停顿，望着韦步平。

韦步平急切地问一声：“平平现在在哪？”

“在我家。”大婶说，“孩子受了惊，直喊要公公要妈妈的，大年他媳妇给哄了半天才睡了。”

韦步平沉思片刻，牵着牲口走出大院，跳上马背，正要扬鞭，侬家大婶一手把马缰拉住，问：

“你还要到哪儿去？”

“撵爷爷去！”

这时，村头迎面跑来几个邻居，气喘吁吁地叫唤：

“嗨，韦家兄弟，不得了啦，你听我说，——”

“怎么回事？”韦步平立即跳下马来，目光炯炯，盯着满头汗水的乡亲。

原来是韦镇堂老头素性倔，宁死也不肯在姓杜的面前低头。当他被押解到小溪河桥上时，趁着差兵不防，纵身一跳，人落到河心去了，凶狠的差兵举枪，叭叭打了两枪，河面立时泛起一片血红……

韦步平如雷击顶，痴痴地瞪着眼睛。他面庞肌肉在抽搐，比哭出声来显得还要悲伤。

布谷他娘怨恨地说道：“真是黑了天啦。这样的良心喂狗狗也不吃，看他们不定哪一天叫雷公都劈死！”

另一个乡邻说：“别的话先不讲它了，把尸收回来要紧！”

“对，对。大家快找门板、杠子，抬人去。”

人们焦急地散开。

韦步平抹抹发涩的眼眶，掉转马头才要抬腿踏上鞍镫，准备跨马上路。突然，家庆飞奔来到跟前，上气不接下气地张开两只臂膀拦住马头，说道：

“哪儿去？是人家安下的牢笼，不能往那里钻！”

“对，好汉不吃眼前亏。则明不能去，等我们去把老人家扛回来吧。”

家庆不胜惶恐地说：官司闹大了，团防局把话放出来，说是凶手捉不到归案，不准收尸。

“好吧，让他们把死尸腊起来好了！”韦步平忿慨填膺。

家庆牵着牲口缰辔，说：“先回屋商量。”

天色渐近黄昏，太阳本来是不露面，这时更是阴沉下来；北风呼呼，摇撼枯槁的树枝，发出凄厉的悲鸣，乌鸦停在光秃秃的梨树上呱呱叫唤。

不多一会，蓝志高赶了回来，也是气咻咻地，将手心捏着一张纸片交给韦步平，说是凌所长叫带来的。韦步平立刻把它展开一瞧，上面凌云青用铅笔草写了两行字：

秀才遇着兵，有理说不清。

三十六计，走为上计……

骤然间，有人狂呼：

“兵来了！”

家庆脸色发青，催着表哥：

“走！”

大婶大惊失色，求着步平：“则明，放心走吧，孩子我给照顾。”

“快走！外公后事，有我们料理！”家庆说。

韦步平上了马。志高望着他喊：

“嫂子说，照管好平平，不要记挂她！”

马蹄声由远而近，气氛已经非常紧张。

韦步平说不出一句话来，仰望长空。天空已经灰暗，屋顶的树影模糊了，全村笼罩着愁惨的暮霭。最后，他下了决心，望着家庆说：

“赶快去叫你爹妈来料理！志高，上马，跟我走！”

志高跳上马背，抱住韦步平的腰。韦步平勒紧缰绳，扬鞭催马，向乡亲们招呼：“多谢乡亲帮忙！”牲口扬起四蹄飞入林木深处……

好比春联一样，宣告韦步平畏罪潜逃的通缉令和悬赏捉拿凶手归案的海报，就在年初一那天到处张贴，流言蜚语到处传播。说什么“凤仙素性风流，丈夫出外多年，耐不住孤枕冷衾，竟与马十长暗渡陈仓。不期某日夜阑人静，正当鸳鸯交颈而眠之际，丈夫突然归来，惊扰美梦。冤家路窄，奸夫被刺三刀，登时断气。主犯事后发现死者身着军装，人命关天，罪加一等，为了施展金蝉脱壳诡计，黑夜潜踪，后来又假借自治军免征冬防捐手令，欺骗乡民，转移罪责……”故事编得有根有梢，流言讲得活龙活现。不明真相的局外人听了这些，半信半疑。但是，事涉桃色命案，难免耸人听闻，唯有当事者方知，这，无非是官字两个口，颠倒黑白，罗织成罪。然而，当权者一手遮天，冤枉向谁申诉呢？

正是这些诽谤、栽赃的流言甚嚣尘上的时刻，我们的主人公韦步平已经远走他乡。他来到镇南关十来天了，正在等待“对讯督办署”给他签署出国护照，这些日子来，他心潮一直起伏不定。申请出国的文书虽然递上去了，然而，出国还是留下，矛盾的波涛仍然平静不下来，踌躇还在纠缠着人。案情发生后，韦步平本想上省署去谒见马省长，面陈原委，使冤情得以昭雪。但是，如今执政当局，莫不官官相护，不信竟有包拯，力除弊政，又何必贸然而去，自讨没趣。但是，想到祖父暴尸未埋，妻子遭难，居然弃之不顾，私心不免恻然。然而，又想到平生抱负，大公无私，革命不成，何以家为？自觉又何愧于心！不过，杜家父子横行乡里，鱼肉百姓，而王光宗身为民国之父母官，竟然纵容封建余孽，继续反动专制，眼看豺狼当道而不问，哀鸿遍野而不闻，在这种情况下，倘若自己离乡远去，投奔异国，于公，则见义未能勇为，见死而不救，于私，则难免畏罪潜逃，为大丈夫之耻！当然，“行大义不拘小节”，出国无非是为了“取经”，考察别国革命经验，盗得火来，烛照祖国漫漫长夜。倘使民族得到独立，国家得到富强，社会得到进步，人民大众得到安居乐业，则个人的荣辱、恩怨，那只不过沧海一粟，何足道哉！去吧，去吧！夜长梦多，思虑过了头，行动往往使人却步。

出国护照终于拿到手了。这一夜他几乎未能成眠。原来已经平静了的心潮又掀起一番波澜,因为明天随着黎明的到来,他就要跨出祖国的大门,踏上异国的疆土。这是一生旅途的转捩,谁能无动于衷呢?几天来反复思忖的问题又激起浪花——

"出国'取经',不就是求其借鉴,以报国安民吗!然而,当前国事,正是风雨飘摇,亟须爱国志士同仇敌忾,促进革命大业。为何反而舍近求远!俗话说远水救不了近火——是应该三思而行啊……"

韦步平在这节骨眼上,想起章斌在成都讲的一席话,想起在桂林大元帅行辕林秘书长的挽留,想起在南宁马省长借重的恳切……想起这些忠言劝勉,自己脑海又翻腾起来:

"列宁的十月革命,也只有在俄罗斯的土壤才能开花结果的。"

这,章斌的一句话,却给韦步平留下难以忘怀的记忆。这时候,它在耳边响起,犹如晨钟,警醒了旅人的梦寐。人的思想是一匹不安静的野马,往事不断出现:杜耀光父子蹂躏乡里的恶行,乡邻百姓那些求乞无告的目光,走马灯一样,一个接一个挤到他眼前,耳边仿佛听到哀号哭泣的悲声……

"不,我不能走!"

午夜,韦步平握着拳头往床板猛击一下,自言自语。

他霍地起身下床,点着了灯。

客栈老板以为客人要上路,进房里来说:时辰还早,五点还差一个字(五分钟);说外国人办事很死板,不到九点不开关。睡一觉还来得及。

"不。管它开不开关,我走我的。"说着,顺手将护照往灯上点着,转向店老板说:"给我预备饭,吃饱好上路。"

店老板不禁愕然。

一夜风雨,春雷惊动了天地。草木冲破了春寒的禁锢,默默地伸展它的生命。河岸上的草坪已经呈现一片青绿。竹子在一场春雨过后,争先恐后地冒出了笋尖。燕子回来了,一路来,西江的春意正浓,一年农事开始进入大忙季节了。不料,走了两天,过了西江河谷,转进南流江一带,却是另一番景象。开春以来,天气反常,惊蛰已过,春雷还未归来。春寒料峭,田地龟裂,一如干瘦的病人躺倒路旁,无人过问。使得熟悉乡情的游子乍然踏上故土也不免迟疑。这里明媚的春光躲到哪儿去了?盈眸尽是一片枯槁。村边挖起的塘泥,一堆一堆搁在那里,没人理睬;柳条长不出细叶来,立春、雨水、惊蛰、春分,节气一个接着一个,玉米和花生都没有下种。立春以来没下过一场透雨,板结的田土耕犁不开,牲畜传染着瘟疫,人们到处求神拜天,祈祷龙王开眼。龙王却不给人间以怜悯,天空还是那么高阔,那么蓝,好容易掠过一朵乌云,顷刻间,又飞散开了,总也不见落下雨泪。

这一天清早,瑶寨还在寂静中酣睡,山头的鹧鸪高声啼唤,声音在山谷回响。往寨里来的小道上,出现一位远道而来的客人。看他披着一身霜露,鞋袜全是黄泥,肩膀背着一条布袋,脑袋上包着羊肚手巾,就同外地来游乡过寨的牛贩子。此刻,山脚下一个石缝旁边,有个十六七岁的姑娘捧着水瓮接住竹筒的漏嘴,等着注入涓涓的泉水。她抬头看见这位陌生人吹着口哨,直走到跟前,不觉一惊,连忙盘问:

"你是谁,干什么的?"

陌生人停步,温和地说,来找盘大爷,问她知不知道他老人家在不在。姑娘从上到下仔细打量陌生人,瞧瞧他一身打扮,鞋袜沾了黄土,满脸的络腮胡须,不免起疑,摇摇头,不作声。陌生人却不急不忙,顺着屁股靠在一块石头上,歪个脑瓜,面带笑容,细细地注视着从未见过的姑娘。姑娘就像树叶上的露珠那样纯洁,脸蛋儿闪耀着鲜艳的霞光。

"你瞧,水满了。"陌生人望着快要溢出来的水瓮,提醒姑娘。

姑娘转身把注满了水的水瓮移开,又将另一只空的接上滴水的竹筒,然后转过脸来,摆一下脑袋,甩开又长又粗的乌亮乌亮的辫子,带着疑问的眼光朝着陌生人问:

"你一大清早来找盘大爷干什么呀?"

"向他买药呀。"

"你晓得他是卖药的吗?"

"何止晓得是卖药的呢,他家啥事我都知道。"

"那,你讲,他家几口人吧?"

"三口:他妹妹蓝大妈,和大妈的小子志高,对不对?"

"不对。"姑娘说。

陌生人可是诧异了,睁着惊讶的眼睛审视着姑娘。

姑娘说:"你少说了一个了。"

陌生人问:"难道志高娶了媳妇啦?"他瞟视她一眼,盯住她的眼睛。

姑娘红了半个脸,揉搓着辫梢,伤心地说,"本来是要娶的了,因为出了事,又搁下了。"

"出了什么事?"陌生人惊讶起来。

"看你,这就不晓得了吧?"姑娘说。

陌生人不哼声。

姑娘说:"是蓝大妈原先的东家吃了官司,大妈到东家帮忙料理去了。你不知道,人家姓韦的一家人原本是好好的。"姑娘说得满天真,"就因为韦家那老裁缝,平素为人正直,敢讲公道话,直来直去,顶顶撞撞,不免得罪了杜团总那个'金边蚂蟥',两家结了仇。这回,韦家那孙子本来是一片好心,为老乡办好事来的,不想好人不得好报,自己倒反落个人亡家散,你讲,多冤!"

陌生人故意问:"你听谁讲的,我为什么晓不得?"

"你,你是——哪里人?"姑娘重新打量对方,"我们这里到处都传开啦,谁家不晓得,你准是外乡人,来贩牛的吗?"

"瞧,水满了。"陌生人望着水瓮,把话引开。

姑娘挑起水瓮上山,陌生人跟在后头。姑娘回过头来故意逗着客人:

"你怎么跟着人家来呀?"

"我找盘大爷取药嘛。"

"人家不是盘大爷家的。"

"人家只是奔大爷家去,不是跟你走嘛。"

姑娘回头嫣然一笑。她到了盘大爷的门楼,放下水瓮,掠起额角刘海,朝屋里喊。

"爷爷,有客来啦。"

“谁呀?”盘大爷在里屋应声。

“讲是买药的。”姑娘说,把水瓮提上门楼的阶梯去。

楼门咿呀洞开,盘大爷伸出头来,瞥见客人正在拉下头巾,抹着脸庞的风尘,不禁惊喜地脱口而喊:

“哎哟,好一个买药的!”

盘大爷连说带笑,三脚两步,跨下阶梯,趋奔客人跟前,叫姑娘瞅得发愣。

“则明呵,你可又回来了！好,好……”盘大爷拉过木头凳子来,要客人坐下。

“哎吔……”姑娘惊奇地叫了一声,脸蛋飞红,“是——”

“就是则明哥!”盘大爷说,“你说人家是买药的？哈哈。”大爷高兴的大声笑起来。

姑娘睁大眼睛,由衷钦佩;韦步平愣在一旁,感到迷惑。

盘大爷对着步平说:“你还不认得她？讲起来又是一桩故事哩。你吃过早饭没有？重九,给客人做饭。”

“呵。”姑娘欢欣地应了一声,转身就走。

韦步平目送着姑娘背影,转回头来跟盘大爷的目光相遇,随口问道:

“这姑娘是谁？哪来的?”

盘大爷眼珠打个转,稍为犹豫一阵才幽默地答道:

“是外乡来治病的,病好了,认大妈做干娘,不走了。”

“叫什么名?”

“是九月九来的,给安个新名,叫重九。”

“志高送我到半路就回来了。他和玉姑还没有成亲吗?”

“本来是该到时候了。就是玉姑她家硬想叫志高嫁过去。你大妈却执意不从,不让志高走,两边正顶牛哩。”

韦步平沉默不语。

“唔,你不是又要走?”盘大爷问。

“本来是走的。”韦步平说,“一想,走开,太便宜他们了。偏不走,看看他们怎样收摊。我家的事……”

“你家的事都知道了。你大妈去那江你姨娘家帮带平平，志高和家庆为你媳妇的事，两头奔波，正找凌所长疏通人情哪。”盘大爷从嘴巴里拔开竹筒烟袋，掸掸烟灰，然后又接着说话：

“你不知道吧，那个死在你家菜园的十长，就是杜团总三姨太的姘头。那个女人是个骚货，平日就同马王七不干不净，这回准是为争风吃醋把人给弄死了，反而往你家栽赃，真是黑天冤枉！听说，马王七还唆使巴羊屯的人向那平村的人打斗呢。好在巴羊屯那姓马的亲哥不敢露面，没人领头，他马王七想闹也闹不起。”

“那姓马的亲哥躲到哪儿知道吗？”韦步平问。

“没听说，你认得他？”

“唔。不，不认得，也许是同宗的吧。”

“同宗？也姓马？”盘大爷问。

韦步平“唔”一声，然后将他在太安栈遇到马远甫的事讲了。盘大爷正要开口细问，姑娘从里屋出来说：饭做好了，问客人是不是马上就吃。

韦步平这才留心端详姑娘的容貌。人长的倒不怎样特别媚人，只是一双又粗又黑的眉毛配起一对伶俐的眼睛，却显见她具有聪明而不平凡的天赋，一只稍微往上翘的鼻子，两片曲线分明的嘴唇，加上左边的腮帮当中长着一颗黑豆大的胎痣，给人留下的印象格外深刻，见过一面就不易忘记。

“饭好了就端来吧。”盘大爷说。

姑娘端一大海碗热气腾腾的玉米糊糊出来，一双筷子搁在上面，两手捧到韦步平面前。等着对方接过去之后，沉思一会，睁起溜圆的大眼睛，带着单纯而稚气的神情，望着客人说：

“快想法去把嫂子救出来吧！”

“你对她倒是挺关心啊？”

“她是好人，谁不关心，难道你不关心吗？”

韦步平苦笑，拿起筷子喝粥。

吃罢饭，韦步平就在志高的铺位呼呼睡着了。久不久为噩梦惊醒，迷迷糊糊，嘟嘟哝哝说些不连贯的梦呓，随即翻过身，又呼呼睡着了。不一会，又突然惊呼起来，睁开惺忪的眼睛，不觉发现重九揉搓着衣角，站立在床前。他揉了揉眼皮，认清了站在跟前的人，笑着说：

"你听见我喊了什么话？"

重九摇头微笑，腮边显个笑窝，问道："你睡着觉总是要讲话的吗？"

韦步平瞪着迷惘的眼睛，想了想才说：他刚才在梦里仿佛见到同几个伙伴去放鹰捉鸟，遇见一只斑虎打山涧一丛芦苇里头纵身一跳，向他们几个人猛扑，当中一个人被斑虎抓住了肩头。他上去一手扯住斑虎尾巴，老虎立即掉过头来，张开可怕的大牙咬住他的脖子，他失声大叫，才醒过来了。

"老虎开头要抓的那个人是谁呀？"

"好像是家庆，一下子又好像是志高，定眼一瞧，却是罗汉。罗汉那个小石匠，你认得他吗？"步平凝视着姑娘的眼睛。

"见过。"姑娘不好意思，低下头来跑开了。

傍黑，正当百鸟归巢的时候，山寨早就升起暮霭的帷幔。盘大爷点起松明，帮助重九安桌子摆碗筷，招呼步平晚餐。今晚老头高兴，特意弄了几样山味：让步平尝尝多年腌的酢鸟和腊干的果子狸，另外，还炖了一大海碗的香菇，又从地窖里起出一坛三蛇酒。

刚要举杯相敬的当口，志高突然归来。

他给家人带来好消息，同时又带来了凶讯。原来是凤仙经凌云青在王光宗面前极力说情、担保，终于被释放出狱了，这不能不是一桩喜讯。但是，另一桩叫人揪心的官司，却又无端落到他们所熟悉的朋友身上——罗汉居然被送进班房。案情是"拐骗妇女之罪"。人从田州解回岚山，已经有半个月了。一天，班房放风时候，凤仙无意中从铁窗望见罗汉夹杂在男犯里头，腿脚上镣……

韦步平和盘大爷听了，相视无言，直愣着眼睛，对着桌面酒菜。谁也无心吃喝了。

沉默笼罩堂屋，半晌，韦步平喃道：

"他……能干出这样的事？"他望着志高问，"说他拐带的人是谁？有人证吗？"

"说是拐了王知事的丫头。"

韦步平一听，火起来："那不是活见鬼！罗汉能跟衙门的人沾在一块吗？又是一桩无头公案！"

志高睁大眼珠："不啵，人家讲，他真的是把人拐骗到田州，两人一道住客栈，客栈还登记有名字。"

盘大爷疑惑："小石匠能干这个？要是真有这回事，倒是俗话讲的：'知人知面不知心'了。"

"我不信！"韦步平斩钉截铁说得十分坚决：他说罗汉怎么会跑到田州去了呢？他说他去河口那天早晨，还在路上遇见他打石头。

志高说："嫂子讲，就是你去河口当天夜晚，罗汉来你家，对嫂子讲：他家姐托人带口信来，要他务必在年前赶回老家过年。说有门亲事，女方家想招人上门入赘，叫他回去相亲，看中不中意。罗汉自己也想回去一趟，探望亲戚朋友，不管亲事成不成，开春再来。嫂子说，罗汉还讲：你要回来，就让嫂子告诉你这件事。说着还把一件小棉袄还给嫂子。嫂子说，叫他带着，路上防寒，放着也没人穿，白垫箱底。推让了半天他才勉强拿走了。……"

盘大爷拦着志高说："吃饭再讲。"

韦步平一边饮酒，一边说道：

"反正我不信他会干坏事！"

韦步平吃喝无心，匆匆忙忙吃了几口饭就撂了筷子。重九端了一木盆热水来，请他洗脚。志高坐在旁边，对步平说，听他阿妈讲，凤仙回到家来，心情好像都变了，见人不像平素那样，爱讲这讲那的，眉头老在打结。说是叫人往身上撒了大粪，走到哪臭到哪。丈夫多年不在一道，哪能信得过！他要不起疑心，为何没等她出来就那样狠心把家和孩子撂下，自己一个人走了？……说是这趟出去，又不知哪年哪月才回得来了。叫她装下一肚子委屈，向谁讲去！

韦步平洗完脚，把脚搁在木盆边沿上，让它晾干，静静地听志高说话，一边轻轻拍了拍鞋上的尘土，慢慢穿上。停了片刻才开口说道：

"脚正不怕鞋子歪。她自己是什么人自己应当明白，有什么委屈的。"

盘大爷吹掉烟灰，重新给烟斗装上烟末，凑到松明的火上点着，悠然吸起来。一会，才说：

“别人我不敢担保，凤仙我敢打赌，观音娘娘也未必有她正经哪。”

韦步平呆呆地不哼声。过了袋烟工夫，才望着志高问：

“凌所长他现在住在城里吗？”

志高点点头。

重九端起半桶洗碗水下门楼去，倒进芭蕉树丛里。不料跳出只蛤蟆，叫她吓了一大跳，连忙跑上楼气咻咻地冲进屋来，把门板撞得哗啦响，说是有只什么怪家伙要咬人。志高拿起步平的手电筒出去四处照了照，什么也没有，回来指着重九笑道：

“准是你见到了鬼。”

“你才见鬼呢。”重九反嗔一句，接着说，“明明是跳到人家脚背上，好麻人的。”

“嗬嗬，我还忘了告诉你，”志高看着重九说，“阿妈要我告诉你，你在这儿要老老实实呆在屋里，别到处乱跑。叫山主的狗鼻子闻到了，又惹祸。”

重九眼睁睁地说：“人家不是规规矩矩地呆着的嘛，哪个乱跑啦？”

盘大爷说：“则明，你讲，等到什么年月，我们这些小百姓才能平平安安过日子呀？”

韦步平很有信心地说：“会有那样的日子的。等到把那些坏蛋都除尽杀绝了，我看这个世界就平静了。”

盘大爷深叹口气：“能把他们都除尽杀绝嘛？又不是地里长的草，伸手就能拔掉。何况就是草也铲不净；去年除了，今年不是又长出来了！坏蛋有子有孙，稗草有根有籽，总是不会断种的。汪举人成了‘锯人精’，杜家父子，一个叫金边蚂蟥，一个叫竹叶青。我讲，乡亲也真会安名呵。”

韦步平沉吟片刻，说：“从某种意义上说是这样，不过，从大处来想，世界总会是越往前越进步的，比方从前的老祖宗只懂得点松明、点盘灯照亮，如今已经有了这种新玩意。”他拿起电筒捻亮，朝着屋梁照了照，“大城市里头，还有比这玩意还亮还方便的电灯。在我们这山弄地方，出门走路、来往交通运货，全靠一副肩膀两条腿，至多也只有牲口驮运。在外地，人家已经有在小道上也能骑的脚踏车；在公路上有能载人运货的汽车，在铁路上有能装上千八百人，拉好多万斤货的火车；在大海洋里有鱼一样的潜水艇，沉下海底停多少天也没事；在天上，有鸟一样的飞机；人可以入海可以飞天。要照古老的眼睛看，这，不是连神仙也想不来的事吗？可神仙想不来的东西，如今人家已经能办到了。事在人为，只要你肯干，天大的事也能干得出来。我相信世界总会一年比一年进步，一代比一代文明起来。”

“只怕到那一天，还离得远呢。”

“不管多远，只要不停步子朝前迈，终归走得到头的。噢，我得走了。”韦步平说。

“你要走？哪儿去？”盘大爷惊讶地问。

志高和重九也瞪起眼，疑惑不解。

韦步平却早有打算地说：“我得赶夜路搭救罗汉去！只要有我在，一定不让坏蛋横行霸道！”说完，拿起身边劈柴斧头，将一节竹筒狠狠地砍一下，竹筒跳起蹦到楼门又弹回来落在面前。

盘大爷看看他：“你不能呆一夜养养神，明晚再走？”

“不。今天的事今天就干，不能等，明天又有明天的活路。”

韦步平才要抬起腿迈步，门外一个爽朗清脆的女子声音冲着门喊：

“回来了吗？”

随即，门扇“呀”一声被推开来。韦步平停步，躲到门后，警惕地注视进来的人。原来是玉姑。女大十八变，人比重九高半个脑袋，浑身丰满粗壮；圆圆的脸盘，容光焕发，在瑶寨算得上是个美人了。重九晓得她是找志高来的，看她那股野头愣脑的劲儿，心里头有说不出的别扭，冷冷地讽刺她一句：

“哎哟，鼻子真灵，不到半个时辰就闻到味了。”

玉姑却好像什么也不注意听，一心就盯着志高，看个不够似的。

志高转向墙壁，从木钉上取下刚带回的口袋，掏出一小包东西，交给玉姑，说：

“喏，凤仙嫂给你买的绣花丝线。”

韦步平从门背后出来，望着大爷、重九和志高说：“我得走了！”

“见到巴羊屯那个马大哥，就让他到这儿来一次！”盘大爷叮咛一句。

韦步平稍为迟疑，但随即漫应一声："好吧。"话音未落，人已经跨出了门槛，门板"砰"一声，反关上了。

玉姑掉过头，追上来推开门，问志高：

"他不是那天在圩场演讲的韦家阿哥吗？来了老半天，也不告诉人！"

盘大爷瞅着她说："看你一张漏斗嘴，要把话漏到山主耳边，小心挨打断腿！"

"大爷，你等着瞧吧，看我玉姑是不是那号人！嘿。"玉姑不服气，掉头就走，"砰"一声，把门关上。

"哈哈，这丫头倒是有个火性。"盘大爷笑着说。

第四十四章

农历二月中旬，惊蛰已过。野地里四处是虫鸣鸟叫，春意盎然。布谷鸟催人播种插秧，杜鹃和纺织娘絮絮叨叨。这地方一连十天半月都刮西南风，白天热，夜里凉。老农说："日暖夜寒，东海也干。"旱象笼罩着大地，烧焦着每个庄稼人的心房。

人们白天下不了田，闲着没活路干，夜晚都聚在一起聊天解闷。巴羊屯河边有间磨房，每晚都有人来讲古消遣。这时，有五六个中年人和老头正在说话。韦步平家发生的变故已经过了一个多月了，开头，人们议论很多，后来大家逐渐明白个大概，也就谈得少些。这几天，因为凤仙回了家，人们才又旧话重提，谈起有关韦步平的闲话。

其中有个人疑问："凤仙被放回家，是不是人家老公去省城找到马省长讲的人情呢？"

“他敢?”

“为什么不敢? 不是说马省长跟他是平起平坐的吗?”

“那是什么时候的事啦,你真是蒙在鼓里不听声。上一回圩日,邮差梁大炮不是讲了吗,省长又换了人了。姓马的已经下了台,如今是陆大帅手下的爪牙,不知是姓林(俊廷)还是姓蒙(仁潜),接了任。反正是轮流坐庄,胜者为王败者为寇,没个定准。”

“梁大炮车(吹)的也还不是没个准头。”

……

五六个人你一言我一语。

马远甫不知什么时候来的,悄悄地蹲在门槛的石凳上,闷声不响,卷着纸烟,跟旁人对火,一边吸,一边在寻思。屋里,人声稍停下来,外头布谷鸟的声音显得格外分明,水声从磨房底下发出淙淙的流响。

“我看呀,还是听听远甫讲他去年上省城见到的花花世界吧。”

“对啰,讲讲你怎么那样巧遇到则明呢?”

马远甫从暗淡的月光下,发现几双眼睛都在等待他开口。他稍停一会,把烟吸了一口,然后说他无意中和韦步平相遇的情景:那是腊月十七那天,他赶到省城,投宿在当阳街太安栈,就是为了抽烟才过隔壁房去找火柴,不想住隔壁房的房客,就是六年前在县城搭救他出狱的大恩人。两人互通姓名和家乡之后,马远甫他把打官司的事说了。韦步平听完,干脆叫马远甫不必白费钱去递状纸了,要他一道回家,跟金边蚂蟥算账。

“本来说第二天就下船动身回田州的。”马远甫说,“想不到,轮船临时给兵差征用了,走不了。则明他就领我去逛公园。嗨,公园有好几种鸟兽挺出奇:有只比野鸡还要好看的大鸟,则明说它姓孔,你别笑,人家把鸟都安上名字的,笼外头都挂了牌牌。这个姓孔的大鸟,笼里装不下,专门造了一间有土地庙一般大的房子让它呆着,比我们穷人住的茅寮还阔气呢。这只孔鸟挺出奇,见到穿花衣服的小姐太太来了,就竖起屁股上的翎毛,像把张开来的色彩十分好看的大扇子,别人说,那是要同穿花衣服的人比美。则明讲,这种鸟在云南一个什么地方就跟我们这里的野鸡一样多。另外有一头跟这间磨房差不离的大家伙,像黄牛，脊背上冒出两座小山包，像身上长出来的马驮鞍架似的。则明说它也有个名字，叫做骆驼，专在走几天几夜也见不到人烟、见不到水草的大沙漠当中来回运东西，外号叫做沙漠船……”

“什么叫沙漠船？”有人问了一声。

马远甫把韦步平跟他讲过的知识向大伙演说一番。

“嗨，你可是开了眼呵。就只逛了一趟公园吗？”

大伙又羡慕又好奇，都想多听这些新奇的玩意。

马远甫说，韦步平还请他上过一次茶楼。

“茶楼只供茶点，不卖酒菜。那地方，东西才贵呢，一盅茶一毛（一角）钱，一只小小碟子，装上两块有火柴盒一样大小、颜色像刚出壳的小鸭仔那样黄黄的发糕，也算一毛。则明说，这不叫发糕，叫鸡蛋糕，味道也不怎样。要我说，不一定比圩场黄大娘的发糕强呢。”

“哈哈，老马哥，你看上黄大娘本人了吧？……”

“去你的，别胡说八道。”

“喂喂，别打岔。听远甫再说，还见过什么新玩意。”

“还看过一场影戏。嚯，那才是开洋荤呢。看戏的人全都坐在一间黑咕隆咚的屋里，后头有一道比手电筒还大的光柱射到前面的白布上，白布上就显出跟活人一样的影子：走路、干活跟真的人一点也不差，见到嘴巴在动，可就是说不出话来。那天演的不知什么名堂，只见几个兵闯到老百姓家，把鸡抓走，鸡毛到处乱飞……”

远甫讲到这，个个听得入神，谁也不再打岔，聚精会神，专心听他往下讲。很遗憾，他不言语了。停一会才感慨地说道：

“大地方好玩意真多，就是样样都得花钱。人家讲‘有钱南宁，没钱难停’，一点也不假。那个鬼地方，屙屎也得花钱。”

“去你的吧，你就跑了一趟省城也成了大炮了。从古到今，哪个听说屙屎也要花钱的？”

“嗨，你从前没听讲过，那就听我头一回讲好不好？你讲人家那地方，能准你跟我们土佬一样的，到处屙屎吗？不，屙屎尿尿都非得到一间鸽子笼一般大的茅房去,而且非得手边带上纸头去擦屁股不可。纸头不花钱买,你哪儿去拿?”

“是的啵,城里头哪能跟乡下一样,到处都能摘得树叶来代用?”

“看你越讲越难听,别讲这些了。老马哥你说说,则明他跟你一道还讲了些别的新闻吧?那天在圩场,他讲演的一大套道理,可真是叫人开胃哪。”

“是呀,那天他讲‘财神地主了不得,穷人百姓不得了’。一个了不得,一个不得了,三个字变了一下,成了天上地下,亏他想得绝!”

马远甫说,韦步平一路上同他讲了好多好多这类的道理,反复嘱咐他:为人处世千万不要迷信——不要信神信鬼,不要信年庚八字,不要信坟山风水。马远甫说,开头他思想不通,以为千年万代人人都这样传下来,怎能不信呢?韦步平耐心地左讲右讲,摆了好些事实来证明,总算使得他心服了!

“那天夜晚,我亲身跟他回那平他的家。”停了一会,没人插话,马远甫继续说,“一听乡亲为冬防捐过不了年关,连自己的衣食都不顾,第二天,天一亮就上路,奔河口找自治军司令交涉去了。你们说这样的人能干出伤天害理的勾当来吗?”马远甫讲到这,朝着大伙反问。

屋里静默,没人作声。

“我兄弟那桩公案,”马远甫接着又说,“分明是争风吃醋的坏家伙杀了人,给好人栽赃。”

“这,秃子头上的虱子,谁都见到了!”

“你别打岔,让老马哥把古讲完嘛。”

马远甫说:“讲完了。烟,谁有?来一口。”他接过旁人递给他的烟荷包,卷了支喇叭烟卷,又同人对了火,吸起来透口气。

其中有个人问:“老马,你说不信天不信地,那,信什么?”

“信自己,信道理!”马远甫说。

“道理?公说公有理,婆说婆有理。你听谁好。”一个人在角落里嘟哝着,好像话是自己跟自己讲的。

马远甫才要搭腔。“砰嘣”,两张门扇全推开了,一个妇女冲了进来。手上拿着一支熏蚊子的艾绳,火星掉落在地上。一见马远甫就嚷:

“我说死在哪儿啦,原来赖在这儿!你只顾车大炮,问你,什么时辰啦?”

马远甫闹得挺尴尬,做不得声。旁边一个大麻子望着妇人笑道:

“哎哟,急成这样,让老马陪我们一晚都不行呀?”

“嘿,谁急谁自己知道,可别招了瘾,解不了馋,空咽口水。”妇人瞪了大麻子一眼。

马远甫恼了火,朝着老婆瞪眼,高声叱责:“住嘴!你来干什么?”

“要你跟我回家,干什么。”女人见丈夫不肯动,更加生气,“我的老爷,你屁股长了根啦?快起来,告诉你,家里来客啦!”

“谁?”马远甫一怔,站起来盯着妻子。

妻子瞟了大伙一眼,咬着丈夫耳朵说了什么。马远甫“呵”了一声,又惊又喜,急忙对老婆说:“走吧。”跨了一步,又回过头来向大伙笑道:

“各位乡里,对不起,兄弟先走一步。”

“嚯,真是糯粉就着糍粑,一碰就沾上了。”谁说了句笑话。

马远甫回到家一看,果然,堂屋里坐着两个人等着他。一个是韦步平,另一个是梁少英。韦步平迎着他先开口:

“我认不得你的屋朝南还是向北,怕闯祸,请少英带路。你俩都认得吧?”

“认得。我们还是老伙计呢。”马远甫从神龛案上,拿起一包烟丝和一叠有名片大小的卷烟纸头,请客人卷烟。然后对老婆说:“客人未曾吃饭吧?拿几个脚板薯煮来吃掉算了。老天爷不落雨,种子也懒得留了。”

马大嫂说:“早问过了,韦家相公——”

“不,不。大嫂,可不能这样称呼,我们是弟兄,老朋友了,不必客气。”

马大嫂说:“还说客气呢。一个天大的恩情,我们还报答不来哪。”

韦步平说:“什么恩情呵,人家还唆使我们两家成仇呢。”

“他唆使是白放狗屁,我就不信这个。”

“大嫂可是个爽性人。”韦步平望着马远甫说,“七年前在客栈,听她老是唉声叹气,以为是爱流泪的婆娘呢。”

马远甫却心想别的事去了,对自己女人的话不想插嘴。马大嫂倒是说:

“我这个人呀,就是一根烧火棒,直来直去。”

大嫂说完话,点着松明拿回里屋去了。

马远甫望着韦步平小声问:“不是说走镇南关去了呀?怎么又打回头?”

韦步平说:“这事慢慢再讲。眼下有件紧要的事要商量:你知不知道,小石匠罗汉出了事了。”

马远甫说:“听是听讲了,就是不敢相信。唉,尽是遇到倒霉的事。你现在怎么着?凤仙弟妹虽然由凌所长保出来了,可捉拿你的告示还没扯下呢。你能为别人出面吗?”

“你就同我去作对证,证明我同你是一道回家,又一道上河口的。”

“那倒是事实,只怕人家不容你分辩。”

马远甫一边说话,一边取下卧房两扇门板,在堂屋安下一张床,让客人睡觉。

梁少英一倒头就打起鼾来了。韦步平却坐着思索,不肯躺下。马远甫又不好意思走开,两人默默相对。

夜已深沉。墙上一只壁虎,偷偷爬到一只小虫旁边,乘其不备,张开嘴,伸出舌头,突然一口,把虫子吞掉,梁上的燕子翻着身,吱吱发着梦呓;附近石山,不时传来蛤蚧“哆咯哆咯”的叫唤。

韦步平看马远甫既然不肯走开,索性把他为什么不肯出国,又转回家来的心情,讲给老马大哥。说他这十天半月来,每晚都到附近亲戚家转,乡亲们实在太苦。老天爷再不下雨,先头种下的南瓜、玉米出不来,到了四五月青黄不接,就要饿死人。但是,衙门又出了花招,说要征青苗税。简直是火上加油,百姓怎熬得过?他想溜进县城去找凌云青打听打听消息;看他有没有什么办法为老百姓说说话?

韦步平说:目前时局动荡。粤军头目陈炯明反水,投到北洋军阀方面去了,孙中山回不了广州。马省长已挂冠而去,到上海办学去了。眼下政局十分混乱,属于陆大帅系统的自治军跟新起的少壮派黎柏初的定桂军摩拳擦掌。自治军从柳州一线过了迁江,逼近宾州,定桂军从郁林占领贵县,正在向黎塘推进。双方的目标,都在争夺省会南宁。割据各地的土匪、游勇的大大小小头目,不是自称这个司令就自封那个指挥。王光宗得知马省长已经下了台,省议会的议长代行省长职权,权力施展不到边远的县份,因此,又巧立名目,向各粮户加征青苗税,以代替去年没捞到手的冬防捐。

“这样,天灾人祸,叫人怎么活?”韦步平把话讲完,望着马远甫说。

马远甫把烟狠吸一口,扔掉烟头,说道:

“为了活命,不能伸着脖子让人掐死!”

韦步平不作声,让对方把话说下去。

“这些日子找不见你,心挺烦。”马远甫又拿起纸片抓了一撮烟丝来卷烟,“你不晓得,去年年底,从河口赶到家,正遇上你我两家出了这么离奇的事,真是塌了天一样,心头着火,一时见不到你,不知如何是好。”

接着,马远甫告诉韦步平说,当时屯里的乡邻不明底细,受坏人唆使、挑拨,要到那平去闹架。他就不信那些胡说八道的话,对乡亲们好说歹说,才算把大伙挡住了。等把老弟的后事料理完了,听说韦步平已经走安南去了,于是,连夜上路赶去,想把他拉回来。道上,一气赶了五天,到了西江太平府水陆码头的地方,一打听,客店伙计说,头前两天有个后生来住过一夜,第二天趁着班船下田州去了,说是要去香港。店伙讲的那位客人的相貌,听起来像是韦步平。马远甫以为是他改变路线,走的水路,不走镇南关了,只好打转回头。

马远甫最后说:“你回来就好,不能再走。你刚才不是讲了吗,乡亲们真是热锅上的蚂蚁,走投无路。再让杜耀光、汪举人这些土豪横行霸道下去,我们可就活不成了。”

“活不成怎么办?”韦步平望着他问。

“要我说,再逼得没法,只有上梁山。你方才不是说,人家百来八十杆枪也自称司令吗,陆大帅当初还不是绿林出身。你给出个主意,在头前领着,弟兄们准会跟着干。”

韦步平正在沉思。

马远甫见他不作声,又补充说道:“只要你肯领头干,叫我上刀山下火海也不怕。”

韦步平抬头,瞅他片刻才说:

“一棵树成不了森林,一滴水成不了大海,一个人成不了队伍,要干还得联合更多的弟兄才行。”

“那就联合呗,你说怎样好就怎样办。你看,像你老表家庆那样的行不行?”

“他,人老实,性情慢一点。罗汉倒是条硬汉,人正直,又机灵,可惜坐了牢。唔,你也有把兄弟吧?”

“把兄弟有是有。不过,”马远甫迟疑地说,“不是个个都靠得住。有的倒是比亲兄弟还亲,有的却连路人还不如。只在做红白喜事时候才算是兄弟。”

“当然嘛,没有相同的利害关系,当然只能是‘黄牛过河各顾各,斑鸠上树各叫各’啰。”

“那,你是说,把人聚起,来个大拜把?像老辈人讲的,拜它个什么会?”

“你想,河滩上的沙是一粒一粒散开的不是?风一吹,东西南北各自分散了。可你要把它和上洋灰,搅成一团,散沙就会变成石头,打也打不烂。”

“唔,我懂了。干,只要有你掌舵,我就拉纤,反正我姓马的人不能白死!”

“刚才你哪儿去啦?”韦步平问。

马远甫将他在磨房讲古的事说了说,韦步平听了很兴奋,说:

“好,往后就这样去向乡亲们讲道理,看谁脑筋先开窍就先联络谁。”

时间不等人,啼明的公鸡又喔喔地唱起第二遍。竹笋式的煤油灯没了油,再拧也不亮,只见灯芯结着点点的红炭,灯光越来越黯淡。松明一根接着一根点燃,代替着灯光,两人的话如同泉水,说个没完。

韦步平教马远甫如何讲古,如何去联络人;如何认老同,如何结拜弟兄。目的是反抗压迫,申冤雪恨。两人说着说着,不觉公鸡又喔喔地啼起来。

当前不止是春旱,还加上牛瘟。不知是哪个牛贩子从外地买来的瘟牛,在南溪圩场拉下稀屎,扩散了病菌,不久,附近各村的耕牛,一个接一个,被传染上了,轻的呢,侥幸救活过来,重的就死了。耕牛对庄稼人来说,关系多么密切啊,死掉了牛,比断了一只胳膊还要痛心。有的还不是自己家的,而是一年拿二三百斤租谷向地主家租来的;有的替地主家把母牛拿来饲养,免交租谷,可是母牛下了崽,要负责把它养大归东家。不论是出租谷租用耕牛还是不交租谷而代养的牛崽,牲口一旦死亡,租用人或代养者都得赔偿原先议定的全部牛价。所以说,庄稼人遇上牛瘟,每每如丧考妣,不少人家弄得倾家荡产:由中农变成贫农,由贫农变成佃户、长工，而地主还是地主，照样收租要债。甚至趁此时机放高利贷，强卖强买，霸占人家好田好地。

“又是天灾，又是人祸，磨盘上下两块石头，把穷人挟在当中，都磨成齑粉了。”马远甫说。

韦步平说：“天灾人祸是联在一道的。没有人祸，即算有天灾也会轻些。”

屋外廊庑挂着一只笼养的五更鸟，开始发出清脆的啼声。马大嫂习惯地被唤醒了。她走出房来点起松明，瞪了丈夫一眼说道：

“天快亮了，还不让客人睡一下？”

她准备要煮粥了。

丈夫说：“你把脚板薯煮上吧。”

韦步平打个呵欠，说：“我眯一会就行了。”

马远甫等客人睡下才把松明拿走，窗户已泛着朦胧的亮光。

天已大亮，稀粥和脚板薯煮熟了，马大嫂在灶口断了火，出门外来打开鸡笼。小鸡欢天喜地跳出笼子，扑打翅膀，跟着母鸡咕咕地叫唤寻食去了。马大嫂朝着它们数了数，放了心，才要转身拿水桶打水去，邻屋的二伯娘进来了，说她家向杜耀光租用的水牯死了，昨晚马王七来传话，说他家老爷讲，限她三天拿钱去缴结牛价和牛租，要是拿不出现钱就得要她家三亩六分水田作抵押，立下契约文书，田仍旧给种，但要交租，什么时候有钱还清牛价，什么时候还回田地。二伯娘说完这些，抹一抹眼泪，苦苦哀求：

“大嫂，你也懂得，孩子他爹撂下一群孩子自己过去了，这些年月我们孤儿寡妇就指望那几块巴掌大的水田活命，要是给要了去，我们娘儿几个不就跟拔起的秧苗一个样，得活活的干死嘛！唉，真苦命！”二伯娘说着，泣不成声。

“到里屋说吧。客人还在睡呢。”马大嫂小声说着，把二伯娘领到堂屋的神龛后面去。

二伯娘跟着进了里屋，悄悄地说：“大嫂，远甫他常在外头走动，手头兴许宽裕些个，要能匀给十来八吊，另外跟放利钱的人家挪动点，再就拉下脸皮，去催催小妹子她亲家拿点聘礼，三头凑合，也就可以把祖宗留下的几块田土保住。要不，我们就得找根赶狗棒，要饭去啦！”

“我们家如今也有难处哪,去年腊月为妹子的事跑了一趟省城,跟着就是料理老弟的后事,接二连三,把老本全花完了。昨晚来了客,还不知拿什么招待呢。”

“哪来的客?”

马大嫂瞅对方一眼,说:“外地做买卖的老同。”

“远甫交游广,门路比我们多,等会替我问问看。实在是病急乱投医了。孩子他爹就为保住这几亩田,拼死拼活,给人干活顶债才咽了气的。要是把它典押出去,不说自己断了活命的线,就是到了阴间也没有脸去见他呀!”二伯娘伤起心来,紧擤着鼻涕。

马大嫂答应等会问问男人看。一边送二伯娘出门,一边挑起水桶往河边去。

等到她从河边挑得水回来,马远甫和韦步平、梁少英已经起床了。马远甫拿着小小的洗菜篮,从锅里捞起脚板薯,请客人吃早饭。这本来是留做种的,一只有两斤来重,真像只大脚板。这东西的表皮就同大象的皮肤似的,乌黑乌黑,上面长着又硬又粗的毛针;可是把它掰开,里头是白里渗红的淀粉,跟荔浦芋差不多。

韦步平一边吃,一边啧啧称赞:

“哎哟,好吃。好多年没吃了。还是小时候跟家庆他们上山看牛,用烧窑窖的办法煨熟来吃过的。”

马大嫂说:“韦家兄弟,到我们家来可没好的东西招待呵。”

马远甫随搭腔:“人家可不讲究这个。喏,这个好。”他掰开一个,分给步平。

马大嫂也拿起一只来,分给梁少英一半:“梁阿叔你吃呀!”

韦步平和梁少英吃完,洗了手,准备要走了。马远甫拿伞和电筒给他们。韦步平接过东西,说:

“就这样干吧,过几天再找个地方见面。”

马大嫂从里屋出来,站在旁边插上嘴:

“那么急着走呀,又上哪儿去?”

韦步平笑道:“寻老同去呀!”立即想起件事,又望着她说,“噢,我身上没带钱,你叫二伯娘去我家,问平平他妈拿点吧。她多少总还有一些。”

马大嫂惊讶地问:“什么?你刚才没睡着呀?”

韦步平笑道:“那还用讲,睡着了就听不见了。去吧,就讲是我吩咐的。”

马大嫂睁着眼珠子问。“就这么空口无凭地去,平平他妈能信得过二伯娘吗?”

韦步平说:“我另外托个熟人先去跟她说一声。”

马远甫从外面解手回来,望着女人问:

“怎么回事?”

马大嫂瞪丈夫一眼,诡秘地笑道:“不管你的事,别多嘴。”

第四十五章

眼下正是红棉花开的季节。这些高出林表的猩红而鲜艳的花朵，如同黑夜里的火炬，燃遍了大地。一年花事，到此显得更浓了。人们经受隆冬的严寒，度过春寒料峭，一见这火红的花簇，随之预感寒冷的季候过去了，开始换季改装，枯槁而单调的颜色顿然让位给绚丽多彩的春光。

一年一度的“三月三”，风雨不改地随着木棉花开，悄悄来到眼前。今年天旱，农事闲下来，人们心绪发闷，赶歌圩去寻开心，比常年都活跃。这里头，最会花心思的就是一些年轻的姑娘。她们各人都准备着一只精致小巧的绣花荷包，或者一把描着鸳鸯龙凤的骨把扇子等等，当作礼物，打算拿到歌圩去换取意中人酬报的玉镯、银项圈、雨伞或手帕。但是，最费思量的还不是这些彼此馈赠的小物件，而是各人挖空心思去编唱那些最能打动对方心弦的歌儿。男男女女的年轻人啊，日日夜夜都在思忖，该拿什么样的新颖别致的歌儿唱给对方听呢？

警句不在多,往往一句歌儿就能射中对方的心灵,把人俘虏过来。男女双方都在捉摸,怎样修饰穿戴的事。女的要装饰得更美更动人,男的要穿得漂亮,博得对方的倾心。特别是那些初上歌坛的男女青年,正当赴会的前夜,谁个不是日夜操心,应付这门功课？在这里,我们可以看到青春的火焰在燃烧,爱情的生命活蹦乱跳。

山圩,这是岚山、巴龙和田州三县交界的一个圩场。这里,地方偏僻,交通不便是它的特点。哪一个县的官府都难得管到这个地方来,自然形成它这个政治上三不管的死角。远在太平天国年代,“三点会”就在这一带扎过营盘。当时,官府几次派勇遣兵来剿抚,都感束手无策,无可奈何,一任其自成局面。方圆百来八十里的地面,全是少数民族。五方杂处的山弄和村寨,苗、瑶、壮、汉几个民族的人民相互贸易来往都集中在这里。民间的风俗习惯,彼此受到影响,跟别处大不一样。每年三月三到这里来赶歌圩凑热闹的,就格外拥挤。

玉姑为着要赶今年这场歌圩,半个多月来,她茶饭无心:一边要织新的百褶裙,一边又要刺绣一只准备送人的荷包;一边担心打银铺子不能按期打好她的耳环和手镯,想法先跟别人借用;一边又要同其他姐妹一道,去找老辈的歌娘学歌……另外,叫她牵肠挂肚的就是近来志高跟步平到处奔波,很少跟她有照面,也没见他托人捎带口信回来,这就不免叫人多担了一分心思。不过这位瑶族姑娘,却有个倔脾气,居然抱着野心:想法把自己打扮得比花蝴蝶还美,到歌圩那天,使得后生哥们的眼睛都随自己转动,像花引来的蜜蜂那样,使志高嫉妒,叫他乖乖地向她求饶。

玉姑这么一来,多少使重九受了感染。本来重九是一池清水,心境是平静无波的。不想,几天来经玉姑一怂恿,也就情不自禁地心波荡漾,也想去歌圩看看世面,但是,又不敢向盘大爷开口。她知道老人家爱护她,管得严,估计不会让她去冒风险,心里七上八下。当玉姑再次催促的时候,重九仍旧踌躇不决,唉声叹气:

“我跟你不一样。我这一世人活得命来已经够了,哪还有玩乐的福分呵!”

玉姑安慰她:“你别老往这边想。汪锯人能变乌龟,长命百岁吗？这老狗总会死在你前面,我就不信他能压得人一辈子出不得头！再说,他耳朵能那么长吗,山圩地方,他那些爪牙不定来到。去吧！我替你去求求大爷！”

玉姑才说到这,盘大爷从山里挖药回来了,进屋时听到玉姑说话,连声问道:

“什么？玉姑又给出什么好主意啦？荷包没绣好呀？后天就是山圩的歌坡了。”

玉姑抬起头,望着大爷说:“人家就讲的这个啰。大爷,你去不去呀？”

“我为啥不去,你说我忘了那些歌啦？”盘大爷说着笑话,打火镰吸烟。

“那你为什么不让重九去？……”

玉姑话没讲完,重九赶紧瞪她一眼,扯她的袖口,不让她讲下去。

“我不是讲过了嘛,你这个女娃子不懂事。她去干啥,唱歌哪里不能唱！只要有一个人听就得了,给那么多人去唱,人家不一定听懂你的,有啥味道。”

“吔,你光会讲人家,你七老八十了,为啥也还要去？唱给谁听呀？”

“你说我真是去找相好的对歌呀？女娃仔！”盘大爷敲敲烟斗,“人家有正经事在那儿等着哩。”

玉姑马上问:“什么正经事？唔,韦家阿哥他们也去吗？”

盘大爷盯住姑娘的眼睛审视半晌,笑道:“我看你就记挂跟韦家阿哥一道的那个人吧？”

被盯着的那个脸儿红得像朵木棉花,一时不好意思回话。

重九说:“韦家阿哥要是去那儿,我也想去。”

盘大爷一怔,望着她说:“不行。他去那里你更加不能去。人家是办正经事去的。”

重九又问:“志高哥去吗？他也是干正经事去不是？”

盘大爷说:“不管你们的事,别啰嗦。”

两个姑娘给浇了一头凉水,好一阵也没人作声。但是,姑娘的心正是火红的铁片,浇上点水也难使它冷却。重九想来想去,忽然心生一计,向玉姑耳根吱吱嘟嘟,玉姑吃吃地发笑,回头认真地上下打量她一番,点了点头,向盘大爷问:

“志高他有衣服在家吗？”

“干什么？”老头问。

“借给别人。”

“谁？”

“反正有人要借就是。到底有没有嘛？”

咯哒一声，盘大爷把长长的竹烟斗往桌上一撂，站起来，正想发火，可是走到门口，火气很快又平复了，嘟嘟哝哝地说道：“也不知道你们闹的什么鬼。”

盘大爷从木箱里捡出志高一套半新半旧的衣服和一条头巾，交给玉姑：

“喏，拿走吧。瞧，掉了的纽扣，你替他钉上。”

玉姑捧起衣服，拉着重九吃吃地笑着就走。

这是一个风和日丽的艳阳天。几条通往山圩的道路，一早，行人络绎不绝。人们一边唱着嘹亮的山歌，一边行进，朝山的香客似的，熙熙攘攘，涌向圩场。

盘大爷背起一条麻袋，一个人先走了。

玉姑和一个小仔像姐弟俩，一前一后，远远地跟在大爷后面。玉姑挽着一只用篾皮织成花纹图案的花篮，头顶戴着一顶围着坠子的笠帽。那小仔胳膊上挂着一把布伞，脑袋包着头巾，衣领扣得特别紧，俨然是个英俊的后生。不少姑娘走过还要回眸盼顾一眼，正像小伙子回头瞟视玉姑一样。两人却挺规矩，不敢挨得太近，又不便离得太远。玉姑时时忍俊不禁地偷笑，那小仔却在装模作样，极力克制自己。谁知越克制越发显得不自然。模样那么漂亮的小伙子，却是呆头呆脑的傻子。当他进到圩场来，一些眼尖的姑娘瞧见他老绷着脸，不像哭又不像笑的怪样子，不觉发笑，等他走过了才扫兴地私下议论：

“这个死人，像根木桩。”

盘大爷背着鼓鼓囊囊的麻袋，里头有个东西老在蠢蠢蠕动，叫他脊背发痒。玉姑和那小仔不即不离地跟在老人身后。盘大爷先打圩场走了一转，见不到要会面的人，只好逛到圩场外头的山坡来。这里是男女青年们对歌的歌坡。这时刻，到处都摆下一个又一个小摊摊：有卖凉粉糖水的，有卖京果瓜糖的，有专卖姑娘媳妇们常用的红绒丝线和粉盒小镜什么的。有的摊摊撑起白布帐篷遮荫，有的在货摊的凳腿旁边绑上一把特制的大纸伞，挡着强烈的阳光。山坡临时成了闹市，青年男女们三三两两，成群结队，同春水的游鱼一般，这里逛逛，那里瞧瞧。男女双方眉目传情，相互追逐。有相中对眼的，往往施展回眸流盼的嫣然一笑，引来对方尾追跟踪躲到幽静的树下或偏僻的河边，双方保持一定距离，面对面地，对唱着情歌，彼此放怀吐露倾慕的衷曲。

方才嘲笑不离玉姑左右的小仔的那两位姑娘迎面来了。她们又对这位呆头呆脑的傻小子捂着嘴发笑。等她们走过之后，小仔回眸盼顾，不觉双方眼光相迎。一个大胆的姑娘居然把手上玩着的一只青青的梅子往小仔的怀里掷过来，吃吃地笑出声音。接着开腔唱起：

好笑多啰，
笑你呀，呆头呆脑大公鹅。
笑你口渴白叹气啰，
来到呀，水边怕下河。

姑娘唱罢，又是吃吃笑出声音。

“喏，人家攻过来了。”玉姑瞟小仔一眼，“赶快上阵吧。”

小仔红了半个脸，咳一声，装腔作势地唱：

好笑多啰，
井底呀，蚂拐叫咯咯，
笑你哪知灰埋炭啰，
热在呀，灰里不见火。

盘大爷回头仔细一瞧，认出小仔是谁，不禁愕然，对玉姑狠狠瞪了一眼，叫她到跟前来，悄悄地责备：“你真会胡闹！来，重九，跟着我，小心露馅。”

覃家庆寻过来了,一把拉住盘大爷:

"大爷你早,公鸡带来了?"

"拿来了。"盘大爷说,"人来齐了没有?"

"就缺我们那江屯的没来齐。这位是——?"

家庆看了重九一眼,迷惑地望着盘大爷。重九难为情地把脸拧过一边。盘大爷马上说道:

"是我外甥。"

"外甥? 志高不是……"

"咳,你那样不通气:不准我有两个外甥呀?"盘大爷笑了笑,给家庆使个眼色。家庆仍旧是困惑不解,又上下打量重九一番。

"去吧,你别大惊小怪的。"盘大爷说。

"我先走一步,你们等一下就到——"家庆机密地在盘大爷耳朵边说句什么话。

盘大爷点点头说:"唔,唔,知道了。"

玉姑和重九贪玩,到处逛逛看看。重九头一回开眼界,她要看看谁的首饰配得玲珑,瞧瞧哪个人的裙子绣的花边鲜艳;看看谁的眉毛修得又弯又细,瞧瞧谁的脸儿长得又细又白;听听哪个姑娘的歌儿唱得又高又亮,听听哪个后生的歌儿唱来打动人心。玉姑却担着另外的心事。她这里瞅那里瞧,一心就要寻找志高。志高躲哪儿去了呀? 真叫人扫兴! 玉姑就像无风的柳条,像跑了气的皮球,像落在地上的花朵,脸庞没了笑影,眼神失了光彩,嘴巴抿得很紧,闷声不响。盘大爷挺会捉摸人心,直望着她笑:

"跟我走吧,包准给你找到他。"

玉姑懂得大爷讲的他是谁,却故意撒娇:

"我哪儿也不去,谁我也不找。"

盘大爷懂得按着牛头喝水也不是办法,说:"那,你就在这等着,我替你叫他来找你。重九,我们走。"

玉姑见盘大爷和重九真的走了,自己孤零零地一个人落在人来人往、熙熙攘攘的人海里，顿觉孤单。想立即撵上他们去，脸皮又拉不下。只好独自踌躇，自己跟自己怄气。

盘大爷领着重九回到圩场，照着家庆约定的地方——“唐氏宗祠”的大屋走去。

在这里头，此刻已经来了三五十个人了，倒厅里，黑压压一大片，全是人。烟草气味弥漫。人们有坐在长条凳上的，有坐八仙椅的，有拿砖头、稻草垫着屁股的，有挨墙靠着的……

韦步平早已来了。现在他在大屋当中的一张方桌旁边，拿着笔，登记名单。他要求每个人自报家门，记上各人的姓名、年纪和家住乡、村的地名。

登记完了，韦步平有意无意地让各人扯谈各人的经历身世。覃家庆本来是个不爱多嘴的人，这回他倒带头讲起他那回无辜蹲班房的事，说起他的“小黑炭”平白让汪举人抢走，实在是太冤了。虽然他不会添枝添叶，绘影绘声，讲的怎样生动，但是，事实本身却激起在场的人同声气愤。仿佛火星落到干草垛，怒火一下子点燃起来。个个都想讲讲自己类似的冤屈，发泄心中的愤恨。于是，在场的有人为妻离子散的往事而伤心，有人为眼前一家几口的衣食无靠而叹气……

有个中年人说，他一家原先还是有田有地，不愁吃穿的，后来，老伴得了一场绞肠痧死了，接着儿子娶亲，红白喜事连着来，借了人家印子钱，一年还不起，两年利加利。起初是借债，跟着就是典当田地。典当的不但赎不回来，利息越积越多，到头来只有割卖，当个佃户完事。眼前只有提心吊胆过年月，要是不留神，惹起地主不乐意，一旦拔了租，一家几口只有喝西北风。

另一位二十四五岁的小伙子，说自己生来八字不好。七岁那年，父亲就在歌坡上用言语冒犯了汪举人，后来，人家举人就给你小鞋穿，暗通团总，抓壮丁派伕役，样样苦差都落到你头上来，气得不过，忍心弃家逃亡越南当苦力，至今生死不明。家里无田无地，只靠母亲赶圩做小贩，贩卖菜籽、蒜头、胡椒等等零碎杂货度日。但是，穷到这步田地也没得安生。一次，只因抗拒一个耍无赖的张财神，使其怀恨在心，制造流言蜚语，诬赖他母亲勾引李村姑娘媳妇去跟外村人耍风流，犯了乡规。一天傍晚，她一个人从圩场回到半路，居然被地主的爪牙拉到山坳去活活打死，然后扔下深谷，连尸体也没找见……

大伙听到这，好像讲的是自己的事，感同身受，莫不气愤难平。而这些冤枉，直接间接，或多或少，都同杜团总、汪举人有着这样那样的瓜葛。

盘大爷领着重九来到门槛的时刻，正是马远甫向着大伙控诉他的仇恨。覃家庆在门口把门，见他俩来了，引他们到墙角空地去坐下静听。

到这里来的都是一些种庄稼、做小手工艺的乡亲，有些盘大爷是认得的，有些虽不认得，却似乎面熟，只是叫不起名，也不知哪乡哪屯就是了。

"讲起来，"讲话的人大声说道，"我一家人遭受的冤枉跟金边蚂蟥的杀人不用刀的阴险毒辣是连带着的，要讲，三天也讲不完。"

接着，他继续往下讲，说是杜耀光这个团防头目，名曰廉洁奉公，可从来就莫主持过公道；判案不分黑白，问事不辨是非。说八年前，一个小贩在他家抽了一袋旱烟，走到路上死了，硬说他下的毒药，谋财害命，被抓去蹲了大牢。害得他倾家荡产，将小妹卖给汪锯人当丫头。当丫头受折磨的苦楚就不多讲了，最可恶的是，妹子才成人，汪锯人又起坏心，硬逼一个十六七岁小姑娘嫁给一个三十多岁的汉子——他那个跟班旱天雷做填房。事情泄漏给丫头知道，小姑娘就受不了这个委屈，去年重阳节，给东家挑供品上山扫墓，路过一处深谷边沿，丫头见空跳崖，汪家不但不找回尸体埋葬，反而凭他女婿杜团总的狮子头乱舞，咬人一口，诬赖丫头逃回娘家，硬逼哥嫂交出妹子来，使得他当哥哥的走投无路……

重九听到这，大吃一惊，心头直跳，嘴唇哆嗦，猛一下要站起来。盘大爷赶紧把她拉住："别动，讲话的是谁？你认得他？"重九捂住泪眼，低着脑袋伏在膝盖上，两只肩膀在搐动。盘大爷迷惑地瞧着讲话的人，心想："难道就是他？"

讲话的人继续说："真是俗话讲：福无双至，祸不单行。我马家真的背时透了！去年年底吧，我那个在营盘上吃粮的兄弟，被金边蚂蟥那个三姨太女妖精鬼迷心窍，上了人家圈套，送了命。杜耀光就这样谋杀了人还不算，还要借尸栽赃，诬赖好人。气死了韦家大爷，败坏了韦家大嫂名声，害得人家家破人亡。这些还不够,另外还要唆使巴羊屯跟那平两个村的弟兄打起来,挑拨我马家同韦家成仇,让他从中得利……”

“他妈的,岂有此理!”

“杜、汪两家真是阎王殿!”

“杜耀光他儿子当了县警队队长,比他老子还可恶,真是一条‘竹叶青’——毒蛇。”

“一条毒蛇,一只蚂蟥,都是吸血的家伙。”

人们议论纷纷……

讲话的人等待声音稍停下来,从口袋掏出一块破布向大家摇晃,大声嚷道:

“弟兄们,这就是我妹子跳崖时候,被她旁边的姐姐扯下的衣襟,人证物证俱全,可恨汪锯人他凭金边蚂蟥团总做靠山,金边蚂蟥又拿当县太爷的小舅子的官印作符咒,为非作歹。……弟兄们用心想一想,这是什么世道人心?”

重九再也压抑不住激动,蓦然蹦起来,也不管盘大爷的阻拦,疯狂地奔到讲话人的跟前,叫一声“哥!”抓起衣襟的破布蒙住脸泣不成声。

在场的人全都发愣。几十双眼睛集中落在这个瑶族打扮的小伙子身上,惊奇不已。

韦步平站起来,诧异地拿眼睛向盘大爷询问?马远甫也在做梦似的,又惊又喜,仔细端量眼前这位瑶人打扮的小仔……突然失声呼叫:“阿连,你活着呀!”做哥哥的,禁不住哭了起来。

“这,倒是怎么回事啊?”人们莫名其妙,面面相觑。

“好,我来讲吧。”盘大爷站到场当中,望着大家说道。

事情是这样来的:去年九月九,盘大爷上山采药,午晌,在山崖背阴地方,找个静处打盹。没想到,才眯不到烧袋烟工夫,突然“扑突”一声,从山顶滚下一大捆东西。把大爷吓了一大跳,急忙翻身站起,一瞧:嗨吔,不得了,前面不远的山脚下,在一垛香茅草堆里,直挺挺地躺着一个人,哎唷哎唷地叫唤。大爷赶紧跑过去仔细察看,原来是从山顶悬崖掉下的一位十五六岁的小姑娘。老人家赶紧把小姑娘挪动挪动看:左边肩胛骨脱了臼,右边脚踝也扭了,脑袋受震荡,人昏迷过去了。大爷侧着耳朵往她胸口谛听一阵，心头还跳动，鼻腔还有气。老大爷就近采来跌打刀伤的草药，垫着石头用药锄捣烂，撕下衣袖布片，解下裹腿绊，把受伤部位包扎了，另外在她额头包上湿手巾。等人稍微苏醒过来后，才将她背一阵扶一阵地带到家。经过日夜调理治疗，过了个把月工夫，人才渐渐复原。

人是怎么个来历呢？起初，蓝大妈向她怎样打听，也打不破小姑娘的顾虑。后来，盘大爷说：她要不讲，只好送去官府发落，免得消息传出去，官府诬他拐带妇女。小姑娘听大爷这么一说，懂得事情关系到救命恩人的利害，终于把实情一五一十地，一把鼻涕一把眼泪向大爷大妈讲了大半夜。

盘大爷说，她跳崖的地方是一壁悬崖，从那边山上两头都没有路下得这边山脚来、山谷很深，汪家那些人以为她从那样深的山崖跳下去，十成都有九成死了。何况在汪锯人那些家伙看来，自愿寻死的一个丫头，死了也只不过同失掉一只小鸭差不多，也没认真派人追寻。姑娘养好了伤，把实情讲明了之后，盘大爷几次要把她送回她哥嫂家去。姑娘却十分执拗，说什么也不愿回。说是回家去又是躲不过汪锯人的黑手心。只要这些吸血鬼不死，她发誓在瑶寨过一辈子，索性做个瑶人，要蓝大妈收她做干女儿，学讲瑶话，穿戴也都是瑶族姑娘的打扮，把阿连的名字也改了，因为是重阳节那天死里逃生的，就叫做重九。

韦步平听完盘大爷的故事，透了口气：“原来是这样。大爷对我还封锁呢。”

“大爷，就让阿连做你的孙女，服侍你老人家吧。”马远甫真诚地对着盘大爷表示感激。

“人家早就是了。”重九说。

盘大爷敲了敲烟斗，咳一声正要说什么，坐在门口放哨的覃家庆，回过头来大声欢呼：

“嗨吔，罗汉来了！”

听到家庆这一喊，大伙都朝着门口瞧。果然，小石匠迈开大步，冲进了门限，后头跟着的是凤仙。

这可把大伙惊动起来，家庆和志高挤到前面，巴不得要跟他说话。韦步平又惊又喜,也是激动的不行,跨上大步,一下子抓住罗汉粗糙的胳膊,彼此哑然相对,一时说不出话来。罗汉眼眶情不自禁地淌下泪水。

凤仙向丈夫瞅一眼,说:

“罗汉兄弟昨晚到我们家,非得要我带来找见你不可。”

韦步平望着妻子,高兴地打趣:“那样说,你自己就不想来的啰?”

凤仙瞟丈夫一眼,含嗔地说道:“不想。……看你那天在圩场上是什么脸色? 嘿,多心鬼!”

“都怪我不好,急了眼,原谅了吧。”

“得了吧,原谅原谅,我才不计较呢。”

“平平呢?”

“在姨娘家,蓝大妈带着。”

韦步平跟凤仙讲完体己话,转身把罗汉领到里屋一间房子去了一会,然后又一前一后,回到大厅。

罗汉抬起一只脚踏在桌边的条凳上,从桌面上拿起一只陶碗,舀了一碗茶水喝了,取下肩头的高丽巾抹了抹脸角和胸膛的汗水。然后对着在场的人望了望,从口袋掏出装烟叶的小四方扁铁盒,一声不吭地卷着纸烟。

韦步平对大伙说,刚才各人都讲了各人的事,现在再听听这位新来的弟兄讲讲他的故事吧。

谁悄悄地跟身边的人说:“这不是石匠老罗头的儿子吗?”

“可不是怎的。长的跟他老子一个样。”

“他有什么事,去年腊月不是回他老家巴龙去了吗?”

人们窃窃私议。

罗汉猛吸口烟,看见那么多的眼睛直瞅着自己,觉得怪难为情,带着不自然的神色笑道:“弟兄们都看什么呀,我又不是新娘子,有啥好看的。”

“讲吧,凡是到这里来的,都得讲一段才能过关哪。跟外头山坡上小伙子对歌一样,你对不上两句,能走得脱身吗?”

“哦,真的呀? 我讲什么呢?”罗汉略微踌躇,望着韦步平问。

韦步平说:“就讲你那件事吧。”

“我那件事,讲起来可是话儿长了,弟兄们听了可是心口要发胀呢。”

“怎么回事? 说说。大伙别嘈嘈,让罗汉讲。”

好几个人说话。

重九同身边的玉姑悄悄议论:“你看他,要说不说的,有什么了不得的出奇事?”

“你看上人家的粗胳膊了吧?”玉姑对重九说笑。

重九捏了玉姑一把,嗔道:“鬼东西,等回去算账!”

这时,罗汉抬起头,不觉发现站在玉姑身边的瑶族小仔盯着他,两人眼光碰到一起,忽然想到汪家那个丫头。但是,人家明明是个小仔……怎么回事呢?

罗汉正在困惑着,弟兄们见他不开腔,又催:“快讲吧,又不是大姑娘上轿,别忸忸怩怩的了。”

罗汉把烟卷屁股一掷,说:“好,我讲。我的事嘛,好心不得好报——”

他说了这么一句,马上又顿住了,大家也都不作声,眼睁睁地等他讲下去。

第四十六章

罗汉看了看大家,又过了半晌才接着讲下去:

下面就是他的一段遭遇——

他讲,去年腊月十七那天,他从南溪动身回家。早晨,浓雾弥漫,十步以外见不到人,太阳老不露脸。走过附近村庄只听见人声,听见牛羊鸡犬的叫唤,却看不见什么动静。当他走到离县城不远——在奔田州去的官道上,发现路边一间卖茶水粥饭的茅棚跟前,隐隐约约地有个人影躲闪。大概是听到他的脚步声吧,那影子像幽灵一样忽然隐没不见了。这种路店草棚,是附近村里人白天挑出东西来摆摊做小买卖,日落就收摊回家,夜晚是没有住人的。"这么早,谁来这里呢?"罗汉狐疑地寻思,"除非是要饭和偷鸡摸狗的家伙。"

"谁?"他走近店前喊了一声。

没听到答应。

罗汉捏紧木棒,一步一步往里搜索,果然,有个人蹲在墙角缩做一团,抱着脑袋嘤嘤啜泣,像是个女子的声音。罗汉走过去捉住人家的膀子使劲拎起来,一瞧,原来是个姑娘。是剪辫子的,穿洋布裤褂,不像是本地姑娘。她两手蒙住脸,只顾抽抽噎噎地哭泣。

罗汉问:"你是谁?哭什么呀?哪里来的?哎,你为什么不说话,是哑巴?真急死人!"罗汉跺着脚,又不敢去挣开她的手,看看她的脸。

"你叫什么名,是城里人吗,谁家的妹子?"罗汉又紧着追问。

那姑娘打手指缝偷偷的瞄他,估量不是为追捕她来的,这才慢慢地放开手,露出泪痕弥漫的脸蛋,哆哆嗦嗦地说:

"我……姓阳,叫阿红……"

姑娘讲的是桂林官话。罗汉听不大懂,摸不着头脑,用广东白话说道:

"边个管你的是红是白。我问你,你从边处(哪里)来(的)?大胆讲,毋使(不用)怕,我毋(不)会害你的!"

姑娘忽一下,跪到罗汉跟前,哭得很伤心。终于讲了她的身份,说是要赶到田州去上船,回省城找桂小姐,恳求他给搭救。

罗汉叫她站起来。瞧她衣裳单薄,直打哆嗦,怪可怜的样子。于是,打开包袱,把韦步平送的小棉袄给她披上。

"我也要到田州去。"罗汉说,"可是你不能跟我走大路,县官大人会派兵差追来抓你的。"

姑娘一听,又呜呜地哭起来,抓住罗汉的手不放,求他给搭救。

罗汉想了想,心一横,说:"好吧,救人救到底。你要信得过我,你就跟我来。我带你绕小路走,把你送到田州上船。"

姑娘立即抹掉泪水,千恩万谢地说:"你是好人,我相信。"

罗汉说:"走吧,往左拐,跟我来!"

两人朝着一条山路走去。雾渐渐消散,太阳从山顶露了脸,山鸡来到秃坡上迎接阳光。姑娘的情绪好像平稳一些,想讲的话憋不住,走了一段路,终于主动同罗汉说话:

“你是干什么的?”

罗汉马上答道:“打石头的。”

“你家在哪儿?”

“我,四海为家。”

“四海能为家吗,你不老实。我不信。”

“信不信由你。反正担保送你到田州就是了。”

他们走了整整一天,傍晚时分才赶到田州。先到码头打听下水的船期,航运公司门口挂出的粉牌写着,从河口开下来的轮船明天早晨六点到达,七点半钟开。他俩只好当作兄妹,找个客店落脚。第二天天还没亮,他们就到码头去等船。罗汉替姑娘买了一张船票,另外又给她三天伙食费用,送她进了统舱,回头在码头看船离开了码头才走。

罗汉说他把姑娘送走之后,觉得总算做了件善事,感到一阵轻松,高高兴兴地到一家理发店去理了发,又上街买了些小孩玩的和大人食用的年货,准备带回老家,跟姐姐、外甥团年。也没想到,当他高高兴兴地回到客栈时,看见两个县警正在账房窗口的桌面审查来客登记的花名册。县警见罗汉进来,注视片刻,向店老板问道:

“就是他吗?”

老板点点头。

县警立即丢开花名册,面对着罗汉盘问,问他妹妹哪儿去了?

罗汉一怔,知道瞒不过去,也没有什么要瞒的,坦然地把他路遇的情形作了如实的交代。

县警厉声质问:“那,你在登记簿上为什么不老实写上?嘿,明明是做贼心虚!你知道你犯了什么罪吗?”

罗汉理直气壮,说道:“我一没偷二没抢,犯了什么罪?”

“嚯,死鸡硬撑颈。你拐带人口!你不偷不抢?人贩子,懂吗,跟我走!你知道你拐带的是什么人?敢在太岁头上动土。嘿,该死!”

罗汉说,他当时一听,眼睛忽一下冒了火星,站都站不稳,几乎晕过去。

另一个县警逼上一步，拿出手铐来，哗啦一声，把他双手套上。

“就这样，”罗汉说，“好像做了一场噩梦，糊里糊涂被关进了田州大牢。第二天一早，换来两个差兵传话，说是岚山县来电，叫把犯人起解归案。到岚山，过了一次大堂，硬是逼我承认拐骗人口的罪状。我就一口咬定：没干过的事，不能胡说。但是，官字两个口，你说不过人家，最后还是把我关进黑牢。这就是我一段故事。在这里，也有不少弟兄认得我这个石匠不是？看我能干出这种坏事吗？真是黑天冤枉，倒霉透了！”

罗汉把话说完，觉得口干，倒了一碗茶水，一口气喝了大半碗。

马远甫大声吼起来：“我的好兄弟，不是你倒霉，而是坏家伙心太黑！”

覃家庆挤到跟前来，仔细端量罗汉，眼光流露同情心，不胜关怀地问：

“怎么出来的？”

罗汉笑了笑，说：“出来，你说容易嘛也不那么轻巧，你要说难，也没那样了不得。人，只要你有志气，监牢也关不住！要是软骨头，就是走路也会怕蛇咬。我姓罗的从来是几大就几大，天不怕地不怕，至大芭蕉叶。”

“嗬，还是这句老话。”

“是呀，我别的什么也没有，就靠这句话当拐棍走道。故事就这样，讲完了。”

“不，还过不了关，你是怎么出来的？还没有讲到节骨眼上呢？”

罗汉说，故事的后头是这样的：同他住一间班房的犯人身上藏有几只金戒指和金耳环，他故意把它悄悄的托给看守狱卒老头保存。狱卒当然懂得这是什么意思。从此，对这间牢房就睁只眼闭只眼。这样，他们每天就用小便把牢房的土墙角泡软，待夜深人静掏洞，白天再用稻草盖上，连续闹了个把月，终于把墙壁挖通了。之后，狱卒又偷偷给送来一把小钢锯，两人用它把脚镣锯开，在一个月黑的深夜，从墙洞钻了出来……

“那个犯人呢？”志高好奇地问。

罗汉说：“钻出了墙洞，我们就——老虎金钱豹，各走各的道，谁也不管谁了。……只知道他姓周，四十来岁，好像是为了赌钱打架，出了人命案。那个看守的狱卒姓牛，四十多将近五十了，成天不说一句话，样子是个厚道人，不知他为什么干这个差事？……”

韦步平不让罗汉把话扯远，向全场扫了一眼，大声说道：

“弟兄们，各人这么一讲，这个世道是个什么样，都明白了。那些土豪地主、官府老爷，把什么事都弄颠倒了：白的说成黑的，好人被诬为盗贼，坏蛋当了高官……这些颠倒的王法，就是压在我们身上的磨盘！”

韦步平口气斩钉截铁，坚定有力。全场静默无声。

“磨盘推不倒，冤枉的故事永远也讲不完。”韦步平接着说，“但是，你想推倒磨盘，单靠一个人的力气不行。至多只能跟罗汉一样，一个人侥幸逃得性命，多数人还是一代又一代照样受压遭罪，翻不了身。何况你逃得今天逃不了明天，躲过这头躲不了那头。大家想想看，怎么得了？”

“反了吧！”谁吼了一声。

“对，大伙一起，齐心合力，把磨盘掀翻！”

韦步平望了望，群情激怒传遍了全场。于是，因势利导，高声说道：

“好。‘打虎不离亲兄弟’，我们要跟披着人皮的豺狼较量，就非得联合更多的弟兄不行。”

接着，说是老一辈祖宗在这地方曾经为了反抗清王朝，拜过“三点会”，立过“大成国”，今天要继承祖宗的那种造反精神，也得成立一个会，大伙抱成一团才好办事。

“今天凑巧，是‘三月三’。”韦步平说，“我们的会就叫做‘三三会’怎样？”

“好！”

“我来迟了一步，也算我一份行吗？”罗汉问。

“行，收他进会。”

人们争着说话。

有个小伙子拿眼睛逗着重九，说：“你怎么着，别换掉衣服，算你是个男的，你干不干？”

“对。来个花木兰。”

谁这么一讲,大伙都嗬嗬地笑起来。

凤仙不服气,红着半个脸,说:

“怎么,女的你们就看不上呀?没有你妈,你们哪里来?”

“哈哈!……”

又是一阵哄堂大笑。韦步平也忍俊不禁跟大伙笑了笑。凤仙壮了胆,接着说:

“听老辈人‘讲古’说的,闹‘三点会’那年月,还出个女将洪宣娇呢。”

韦步平说:“男女人人平等。只要是真心实意的就行,是男是女都不拘。”他讲到这,见志高在身边鼓着腮帮不哼声,低声问他:

“玉姑没有来吗?”

重九抢着代答:“来了。在外头歌坡呢。”

罗汉说:“刚才我见少英正在追一个姑娘对歌,是不是她?”

“少英?他来了吗?”韦步平惊疑地问。

志高马上拔腿往外走。重九紧跟着撵他出去。盘大爷望着他们的背后,说:

“真是后生仔,有火气。”

在这一段工夫里,韦步平吩咐家庆、远甫和盘大爷他们,把酒、公鸡和炷香准备好。自己动手磨墨、蘸笔,在一张四红纸头上写了八句誓言。

不多一会,少英、玉姑和重九、志高一道来了。

韦步平叫罗汉将写好的誓言贴到墙上,抬张桌子放在誓言下做香案。家庆端着三只装满河沙的碗,平列摆在桌面,插上炷香,桌子当中搁着一坛酒,旁边陈列九只小酒杯。韦步平划着火柴点着了香,请大伙全都站起,把香案围了半个圆圈。韦步平扫视大家一眼,说:

“弟兄们,现在我宣布:我们‘三三会’成立了。红纸上写了八句话,要我们每个入会的弟兄,从今而后,个个都得遵守照办。现在,我先给大伙口念这八句话。”说着,望着红纸上的大字念道——

打倒强权，自立自治；

反对剥削，免租免息。

坐船同命，走路同心；

人人为我，我为人人。

韦步平大声念完，接着说：前四句是对会外讲的话，后四句是对在会的弟兄讲的。

“都背得了没有？”韦步平向着大家问。

“背得了！”好几个声音一起响应。

盘大爷左手捧着一只大公鸡，右手拿着一把七寸，走到韦步平跟前，低声问道：

“动手吗？”

韦步平点点头，说：

“开始吧。”

盘大爷面对全场，郑重其事地念道：

老同弟兄，甘苦共尝；

中途变心，与鸡同亡！

说罢，挟着鸡脖子，用匕首一抹，让鸡血滴下酒坛。

韦步平领头走过去，拿杯子舀起血酒，高高举起，领着大家一句一句念誓词，完了，把酒一饮而尽。

“我来！”罗汉抢到前头，往香案走去，舀起酒，一口喝完。

接着就是马远甫、覃家庆和蓝志高……一个接一个履行入盟仪式。

韦步平说：“我们这叫做歃血同盟。干不干听各人自愿。今天暂时不入会也不要紧，下一次再来也没关系，不必勉强。”

“我也来一个。”凤仙说，走到香案舀起酒，皱着眉头，呷了一口。

大家哈哈发笑。

“我要报仇!”重九也说了一声,拿起酒杯,照样一饮而尽。

人们兴高采烈,一个跟一个把酒杯接过来念完誓言,然后喝酒,等到大家都饮过,又都肃静下来了,韦步平才郑重其事地宣布:

“从今而后,我们在场的都是在盟的人了,彼此称呼就喊:老同——坐船同命,走路同心!”

罗汉大声喊:“打倒强权,自立自治!”

覃家庆接着也嚷:“反对剥削,免租免息!”

少英向盘大爷笑道:“盘大爷,你唱支山歌来赞我们这个事吧。”

盘大爷说:“这件事,大家记住红纸写的八句话就行了。山歌嘛,刚才听了各人都憋着一肚子冤气,我临时编了四句,唱来给大伙助兴也好。”老头咳了一声,果然唱了起来:

天呀天,
财主官府一把钳;
捐税多来租债重,
穷人百姓受熬煎。

话音未落,有人马上就喊:

“好呀,把我们心里话都唱出来了!”

“天呀天,财主官府一把钳!”

“坐船同命,走路同心!”

人们有说有笑,掀起一片欢腾……

正当大伙沉浸于欢欣的时刻,突然间,凌云青闯进了会场。他,手上拿着一把米黄色缎子的法国洋伞,身穿绸料的素净夏装,头戴一顶精致的草帽,神色惶惑而忧郁。他注意到墙上红纸上的誓词和桌上三盘未熄的香火,望了望全场寂然无声的人,然后,盯着老朋友韦步平的眼睛,问道:

“你……这是干什么?”

韦步平坦然笑道:“我们结盟,建立‘三三会’。你也来一个吗?”

凌云青跟着韦步平在香案旁边的条凳上坐下。有些人围在他们旁边不动,有的人散开找座位去了。凤仙给客人倒碗茶水。显然,客人赶路口渴,拿起碗就喝,一点斯文劲都没有了。

“我一连找你好几天了。”凌云青喝完茶,对着韦步平说:“到这村问,说是去那村了,赶到那村一打听,又说昨天来过,今早才走,总是撵不上。”

韦步平看他焦急的样子,问道:“有什么急事?”

“王兄叫我来找你当面谈谈。”凌云青说,回头看了看周围的人,有所顾忌似的,放低了声音,“是不是找个地方去谈?”

韦步平沉思一会,说:“没关系,你谈吧。他有什么话要讲的?”

凌云青还是不放心,再回头看了看周围的人,又不敢讲,又焦急。

韦步平瞧他这神气,笑着说:“不好意思?好吧,到里屋去谈。”说着,站起来转身要走,又回头吩咐马远甫说:

“你招呼弟兄们一下,等会我就来。”说完领凌云青到屏风后头去了。

马远甫站起来向大伙招呼:“我们还是来‘讲古’吧!”

少英说:“讲来讲去,还不是那两句话:‘财神地主了不得,穷人百姓不得了!’”

马远甫说:

“是呀,讲来讲去还是两句话。现在我们就是不让它老这样下去!老这样下去,谁也不用活了!”

“对,对!”罗汉说,“我们要把它颠倒过来。哪怕是石山,也要把它凿通!”

“嚯,真是三句不离本行!”

外头大厅老同们正在议论纷纷的时刻,韦步平和凌云青正在里头房间谈判。凌云青说,临来时,王光宗同他讲:他听到一些风言风语,说韦步平到处招摇惑众,唆使民众与政府为难,这就十分不妙。眼前又遇春荒,瘟疫流行,人心浮动,唯恐有什么越轨举动,那就将贻害地方,于人于己都不利。为此,要他务必找到韦步平面谈，劝韦悬崖勒马，否则悔之莫及。……

韦步平耐心把话听完，不禁从鼻孔“哼”一声，说道：

“于人于己都不利？不见得。恐怕是于他和金边蚂蟥一伙贪官污吏不利是真的！我韦某顶天立地，敢作敢当，绝不后悔！哼，越轨举动？试问，轨在哪里？他把乡亲们祸害成这样，还说别人贻害地方，简直是恬不知耻，马脸不知长。他要有良心，应当扪心自问，悔悟的应该是他而不是我！”韦步平越说，声音越大，“你回去告诉他：我韦某还能自爱，不用他担心。倘若说我不出息，那正是我为乡亲们帮的忙太少，绝不至于给乡亲们添灾加祸！”

凌云青说：“别激动，你让我把话讲完。”

韦步平不作声，让对方讲下去。

凌云青略停一会才接着说：“王兄说，你要是真想接他的县印，他倒是可以让位的。他——”

“他——让位？哈哈，”韦步平狂笑，“他撒这个谎未免太拙劣了，拿去哄三岁小孩也没人听。见他的鬼去吧！你也信他是真话？”韦步平睁着炯炯的目光，直盯凌云青的眼睛。

凌云青在这样目光的逼视下，一时也失了主意，只能含糊其辞地说：也可能是真话，因为前些日子他曾经流露过，不想继续在岚山待下去了。

“到底是不是真心话，这就只有他自己才明白了。”凌云青看见韦步平不吭气，有些难堪，停了一会儿，改变了口气，接着说下去，“我以为一个人为人处世，言而无信，一味要手段，弄权术，实在没有意思！”

“你说没意思，他说是了不得的法宝呢。你说他不愿在岚山待，那倒可能是真话。不过，你说他愿意把县太爷这把交椅让我去坐，那就太天真了。说穿了，那不过是怕我取而代之，才伸出触角来试探罢了。他把这个芝麻绿豆大的七品官看得那样重，未免太可怜了吧？”

“可能是这样。”

“什么可能，完全可以断定，事实就是这样！”韦步平说，“呵，讲到这儿，我倒想起庄子访问惠施的典故来了。凌兄你说，拿庄子对惠施讲起凤凰访问猫头鹰那段对话的寓言，对照一下这回王光宗对待我归来的心眼，不是可以古为今用吗？方才老同他们个个都讲了各人的故事，我自己的还没有讲。正好，等一会我可有故事讲了。”

“他托我带来一封信，你看看吧。”凌云青冷静地从口袋掏出封信，交给韦步平。

韦步平把信拆开，读到末尾，不由得“哈哈”笑起来：“王兄居然也附庸风雅，做起诗来挖苦人哪。”

“是什么诗？”梁少英突然闯进屋来，好奇地问。

韦步平把信笺交给他：“你看吧。奇文共欣赏。”

梁少英把它接过来，边瞧边念，念到末尾，终于念出声来：

小鸟恋巢归树早，

马嘶残垒夕阳斜。

梁少英念罢，瞪着两眼，望着韦、凌两位问：

“什么意思？”

韦步平说：“县官老爷嘲笑我韦某走到穷途末路了！少英，去拿纸笔来，礼尚往来，我也还他两句。”

梁少英把刚才裁下的半张四红纸头和笔墨拿了来，韦步平挽起袖口，蘸好笔端，在铺平在桌面的纸头上信笔一挥，书成这样一副对联：

笼鸡有食汤刀近

野鹤无粮天地宽

“凌兄，你瞧怎样？对得上他那两句吗？”韦步平掷下笔，面对凌云青问。

凌云青歪着脑袋，一边品评，一边喃道：“不坏，不坏，一针见血。”

“妙、妙，妙极了。”少英赞声啧啧。完了，转对韦步平说话，“唔，你俩的体己话完了没有？外头老同都在等你讲古呢。”

“好吧，”韦步平说，转向凌云青问，“怎样，阁下也来吧？”

凌云青苦笑，迟疑地跟在韦步平后头走进倒厅。

倒厅里嘈嘈嚷嚷了一阵，现在稍微静下来了。有的找烟吸，有的扳手劲，有的打武术，有的蹲在地上下牛角棋，有的咿咿呀呀，哼着山歌……

马远甫回头看到韦步平、凌云青和梁少英一前一后出来了，马上过来向韦步平说：

“大家都等着听你讲故事呢。”

韦步平脸上挂着笑说：“故事倒有，不过，你讲我讲，也都差不多。换个调门吧，请凌局长给我们讲讲城里的新闻好了。”

“好呀。”

“那也好，换换口味。”

人们七嘴八舌，一致表示赞成。马远甫朝着大伙拍了两下巴掌，说：

“喂，喂，静一静，听凌局长讲新闻啰。”

人们一下子停止了活动，都坐回原来地方，眼睁睁地望着韦步平和凌云青两人。凌云青很局促，站又不是坐又不是，韦步平对他说：

“你找个地方坐下来讲吧，来，坐这石凳上。”

重九把她自己和玉姑坐的条凳拿过来，放在韦步平旁边，一声不响地回到一边去了。韦步平把凳子拉过来叫凌云青坐。完了，向大家说：

“现在请凌局长讲新闻吧。”

凌云青像大姑娘上轿，忸怩一下，看看周围，不得已才说：

“嗯，是件新闻。杜团总说农历四月初七是他生日，已经向学界发出请柬了，说是要作五十大寿。听说有人领衔向各家粮户派款，为这位乡贤祝寿……”

没等凌云青把话说完，马上有人插嘴：

“他妈的，我们穷人都快饿瘪了。他还要祝寿。”

“什么祝寿做寿，还不是借口捞钱？”

“捞钱，谁有钱给他？”

“马王就是蚂蟥，把我们穷人的血都吸干了。”

“这回，我们有了‘三三会’，算盘不由他拨了。”

“对，对……”

“祝寿，嘿，叫他作‘臭’去吧！”

说话的人很正经，听话的人却哈哈大笑。大伙七嘴八舌，情绪格外活跃。韦步平看看大家那样兴奋，也趁着热闹，说道：

“团总要做寿，百姓就得送礼啰。弄副对联去怎样？”

罗汉接着说：“对啰，送上一副对联，吃它一顿！”

马远甫说：“要去就不止吃它一顿了。”

覃家庆问：“怎么着，你讲？你出个主意。”

马远甫向韦步平望一眼，说：“听韦老同讲吧。”

韦步平稍微寻思，然后环顾全场，个个都睁着期待的目光。于是，开腔说道：

“记得在一本书里有这样一句话：‘财产就是赃物’。我心想，既然是赃物嘛，财主佬的钱财是抢来的啰。那么，我们现在去把它要回来，是物归原主不是？”

话讲到这儿顿了一下，全场鸦雀无声。凌云青取下眼镜，用手帕抹一抹，然后慢条斯理地把它戴上。沉默片刻之后，韦步平又接着讲：

“我说是，要回来是应当的。想想吧，我们一年累死累活，生产出来的东西都叫财主佬抢占走了嘛，现在去向他们要回来，就叫做物归原主。不正是天经地义吗。不过，为富不仁，人家财主佬已经捞到手里的钱财，你要他们乖乖地拱手退还给你，那是做梦也不会遇到的事。你要跟他们要回来，那是要从虎口抢回东西，少不了有一场拼命的搏斗。这就看你有没有那份胆量和勇气。”

罗汉拍着胸膛：“讲胆量，要多少有多少。”

“单凭胆量行吗？”少英说，“我看呀，还得有锦囊妙计配合上才成套哪。”

韦步平向大家问：“锦囊妙计谁有呀？我看，有了胆量，妙计也就会跟着来了。三个臭皮匠顶个诸葛亮。大伙商量商量，妙计就出来了。”

“对啰，商量商量。”

“家庆，你看怎样？胆量够不够？”罗汉往家庆肩膀拍了一把。

覃家庆说：“什么都好，我横直是跟着大伙。”

“干吧，我们都给杜团总拜寿去！”马远甫大声呼唤。

“好，武松一个人还能打死一只虎，我们那么多老同还斗不过一只金边蚂蟥，我不信。”

“一只蚂蟥还不止，还有他当县警队队长的儿子那条‘竹叶青’（杜悦诚）毒蛇呢？”

“不管他。人多人强，狗多咬死狼。怕他个屌！”

“怕他个鬼，至大芭蕉叶！”

……

人们你一言我一语，激昂慷慨。

凌云青悄悄扯着韦步平袖子，小心翼翼地说：

“凡事三思而后行，不可意气用事！”

韦步平却不动声色，成竹在胸，态度沉着，一会才说：“听从兄弟们的意志行事吧。”

第四十七章

这天，团总杜耀光在南溪街上的杜家大院作五十大寿，大摆流水席，整天人来客往，笙歌不断。圩场街上的商号铺头为了巴结这位红人，特地从城里请来一班男女同台的戏班子，预定连演三天。一早，一些送寿礼的人群，吹着唢呐、敲着锣鼓，涌进杜家院场。

这时，正厅、倒厅全都挂满寿幛和寿屏，气象十分阔绰。南屋正厅的香案摆着一座银鼎，上下有三尺三寸高，重量三百三十三两三钱整，当中镂刻“三多九如”四个大字，下款罗列各乡乡名，总称“全体粮户联合敬贺”。这是从各粮户派捐来的款，再派遣专人到省城专做首饰的银店特制的。那么多的寿礼当中，唯一讨得寿星公欢心的就算这件宝贝了。为这件宝贝，寿星公一天满面笑容，说是他杜家就缺件传家宝，这回各乡保甲长可是成全了他的心愿了。

小舅子县知事王光宗昨天从城里赶来给姐夫祝寿，今天本来是打算过了午晌就回去的，无奈姐夫一再挽留，也不好任性，只好多待一宿，顺便也想等马王七把物色到的丫头送来看看，何况有些事昨晚同姐夫计谋的也还没定夺，晚上再仔细算计算计也好。

掌灯时候，客人逐渐散了。回家的回家，看戏的看戏。杜耀光松了口气，回到厢房来找小舅子说说体己话。

王光宗现在是躺在烟榻上，让三姨太给烧烟泡。不知他又讲了什么好笑的洋玩意了，逗得三姨太忍不住，吃吃地发笑。杜团总来烟榻跟前，见到这情景，皱个眉头，朝着三姨太一瞪眼，愤懑地下驱逐令：

“你去招呼一下客人！”

“招呼客人不是有人包了吗？我这号人还能端得上台盘？”三姨太撅着嘴，显然对大太太不让她出面见客表示不满。

“得啰，得啰，看戏去吧。我们有要紧事商量。”杜团总上了榻，把三姨太拉开。

“嘿，戏我也懒得看。什么要紧事？看你又扯到三更半夜也不完。”三姨太赌气把房门嘣一下关上，走掉了。

“哎吔！”门外三姨太忽然一声尖叫，“哪个短命鬼，你瞎了眼啦？”

马王七的声音：“哦，对不起，对不起，三太太，小的有急事……嘻嘻……”

“呸，看你鬼鬼祟祟样子。人找得来了吗？”

“呵，这个……还……还没有。嘻嘻。”

“哼！我说你就会吹牛皮骗人。”三姨太得意地走了。

马王七轻轻推开厢房的门，赶紧冲到团总跟前，膝盖直打颤，嘴巴嗫嚅半天说不出话。杜团总厌烦地瞪他一眼，发问：

“有什么事？”

“呵，唔，有……有件……不，不是——”马王七本来是想表功来的，一进来看到老爷那副不高兴的脸色，县官大人又是如此不理不睬、大模大样的神气，把话又咽回去一半。

“看你吞吞吐吐，有话就说，有屁就放。”杜耀光不禁发火。

“不是什么大不了的事，不过……唔，是听到一些……一些不三不四的话——”

“什么？什么不三不四？”团总咆哮起来，瞪着三角眼，逼视着跟前这个跟身。

马王七稍微镇定下来，说他刚听到从山圩回来的牛贩子讲：说是韦步平逃到那里，领着一帮人立了一个叫做“三三会”的社团，歃血结盟。请武术师傅教打拳、练武，还找来些铁匠，开炉锻打长矛、大刀。眼下春旱，庄稼人下不了地，没活路可干，不少人都往他那边跑，看样子，恐怕要造反，要不然，就是做强盗，拦路抢劫“烟帮”。三月三，他们聚了一回，当天就散了，各人回到村寨，到处联络人。昨天山圩赶街，他们又聚起，天黑也没见散。

杜团总问：“说这些话的，是什么人？他怎么知道这么详细？”

“是外路来的，讲宾州口音。说是有个卖主把牛卖了，同他两人喝酒喝醉了，把话漏出来的。”

“嘿，跳梁小丑，闹不成什么气候的。”王光宗吐出口烟雾，表示不屑的轻蔑，“广东陈炯明一倒戈，孙大炮的老巢给端了，已经挟起尾巴溜到上海当寓公；我们那位书呆子马省长连小老婆都保不住，逃到贵县被黎柏初他们那帮定桂军打死在船上。眼前，自治军和定桂军双方争夺省城，鹿死谁手，尚待分晓。”

杜团总听小舅子这么一说，好像吃了一颗定心丸，神色稍微沉着一些了。

“这样说，我们……”团总沉思一会，向县知事问。

县知事满不在乎，说道：“我们坐山观虎斗，看看行情怎样再下注。其实，我也不稀罕这个巴掌大点的鬼地方，住得腻了。太太又不肯迁就，长期身边没个伴，真不是滋味。巴不得换个地方玩玩还好。”

“那，这地方——”

“这地方怎样，地方还不是地方。唔，我要走了，你下点本钱，拿来我替你去捐个知事，印把子拿在你手上，江山还不是……”

杜团总心头酥一下，不由得脸皮发胀，迟疑地喃喃道：“这个……”

“有什么这个那个的？眼前抓紧把青苗税捞到手！去年抗交冬防捐的，加倍缴纳。趁此时机，打击姓韦那小子一家伙，让那些人看看他到底是救星还是灾星。”王光宗越讲越得意。

“姓韦那个野仔，该除了他！有了他真是他妈的裤裆钻进了跳蚤，不好对付。”

“只要有印把子抓在手上，什么文章做不出来？姓韦那小子我懂得，只会唱高调，闹不成什么气候的。”

杜团总回头发现马王七还站在一边侍候，不免厌烦地问道：

“你怎么还不走，还有事吗？”

“还有几句话没讲完。”

“什么话，快说。”

马王七说：“姓韦那野仔编了几句山歌，教人到处唱，一传十，十传百，传得可快啦。”

“什么歌？”

“唉，好难听的——”

“你管它好听难听，唱来给我解解闷。”王光宗打个呵欠，吃块酥糖。

“那，我可是献丑了。”马王七为了表功，真压着嗓子唱起来：

天呀天，
财主官府一把钳。
捐税多来租债重，
穷人百姓受熬煎。

王光宗听罢，不禁火起：“岂有此理！团防局出告示：禁唱！”

杜团总说：“这件事，要劝学所（教育局）去办为妙。一来，此事有关社会教化，并非团防事宜；二来，弄得不好，易犯众怒。何必玩火——”

“是的啰，团总言之有理。”马王七立即插嘴，“眼下大旱，人心浮动，不得不提防。跟穷光蛋作对，可不能逼狗跳墙呀。”

一个团防局的听差来到门口禀报一声，说城里送来礼物，要马王七出去接。马王七出去一会，拿回一个大封包。杜团总叫打开来看，马王七把封包拆开，原来是写在四红纸上的一副对联，他把对联铺在地上，念出声来。团总和县知事两人听了，仿佛叫蜂螫了一下，不由得跳起来。杜团总连声喊叫：

“什么，什么，谁送来的？”立即摔掉烟签，滚下床来，瞪着三角眼，朝地面上的对联细看。

原来，对联写的是那天韦步平在“三三会”上写的那两句：

笼鸡有食汤刀近

野鹤无粮天地宽

上款写：

“都要光”团总大人龟寿志喜

下款落的是：

“三三会”全体老同诅咒

“他妈的，小子欺人太甚！谁送来的？”杜耀光怒不可遏，跨出门槛，要抓住送礼的人。马王七紧跟屁股后头侍候。

王光宗打着呵欠，两眼惺忪，半睡半醒地冷笑，自己跟自己说话：

“什么玩意，抄袭来的东西。拾人牙慧，没出息！”

正在这时刻，戏台锣鼓响了，“打加官”的已经走过场，邕州班《夜吊白芙蓉》的戏目开始登台。观众全神贯注，那花旦和小生的打情卖俏，把人逗得挺乐。戏台四周到处是小赌摊和卖零食的，好像是整个圩镇和附近村屯的人全都被引到这里来了，家家户户几乎都上了锁。只有杜家大院，屋里灯光通亮，廊庑下还吊着一只灯笼，烛照着阴森森的庭院。

一个外地要饭来的老头寻到这个还亮着灯的院子来，苦苦哀求施舍。临时请来的大师傅给他端来一碗残羹剩饭，左右看看，没见到别人，跟他唧咕了什么话，要饭的赶紧溜走。大师傅才要转身，马王七陪着杜团总出来，瞥见急忙溜掉的背影，厉声问是什么人跑了？大师傅说，是个要饭的。杜团总追问：

“刚才送对联来的人呢？”

大师傅茫然不知何事，答道：“晓不得，我没看见。”

“见鬼！”杜团总怒气未息，瞪着凶狠的眼珠。

突然，院外响起唢呐声，送寿礼的来了。四个壮汉抬着两架抬盒，跟在吹鼓手后面，涌进了大院。马王七看看这几个人都是陌生的面孔，不免生疑，先不看封包就大声问：

“哪里的？”

一个抬盒的人说：“山圩的，给杜团总老爷送寿礼。路远，来迟了！恳请笑纳！”

杜团总拆开封包，里头是两双象牙筷子，两只扇坠的翠玉，附上简短的贺信，罗列抬盒里寿礼的清单，落款是山圩商会董事长的名字。

杜团总掩饰不住的高兴：“谢谢。难为你们董事长费心！”交代马王七把礼物送到正厅去，然后对大师傅说：“大师傅，招待客人吃饭。”

大师傅应诺一声，向来人使个眼色：“跟我来。”接着领几个送礼的人把抬盒送到大厅之后，一起往后院去了。

杜团总又回到厢房，王光宗已经睡着了，正在打着呼噜。姐夫把烟盘端走，轻轻搬动小舅子直挺挺的身躯，让他直躺到床当中去。小舅子嘟嘟哝哝说着不连贯的梦话：

“三……三太太，唔，唔，不好。你，你，你是……唔，唔，来嘛……”

姐夫皱着眉，尴尬地走开了。

看戏的观众正在为台上的戏文着迷的时刻，夜空忽然出现一盏孔明灯，叫孩子们先发现了，嘈嘈嚷嚷，接着，一声长长的吹牛角声响起，压过了戏台上的锣鼓镲钹的声音。戏台后头的北山出现跃动的火把，附近猛然响起拜山坟烧的竹筒式爆声。戏台的大钹一停，隐隐约约地听到马蹄敲击着大地，越来越响，越来越近。

看戏的观众骚动起来了，有的惊慌失措慌忙往回跑，有的踩了人家的鞋跟挨骂，有的拿错了别人的小凳互相争吵，有的揍着啼哭的小孩，有的拉着别人，打听是怎么回事……

猛然，有个人跳上戏台，朝着骚乱的观众挥舞着胳膊，高声呐喊：

“乡亲们，静一静，别慌张害怕！有人给杜团总老爷送礼、要账来了！……”

“又是送礼又是要账？怎么回事？”

“唔，他不是小石匠罗汉吗？”

“是，是他！”

“乡亲们，大伙都跟金边蚂蟥算账去！”台下有个人站上条凳，向场里大声疾呼！

“好，去！”

像开了闸的水坝，人们呼啦一声，戏台上下掀起一片嘈杂。妇女尖声咒骂，小孩哇哇啼哭；牛角声呜呜的响起，爆竹声愈益紧密了。

几个擎起火把骑在马背的人，突然奔到了圩场。当中一个，翻身跳下马来，立即跳上戏台，手里举起熊熊的火把，两眼炯炯，发射坚决果断的光芒，一声不响，注视骚动的人们。人们一下子为之愣住，仿佛两条腿不听使唤，舌头也不会讲话了似的，睁着困惑的眼睛，直瞅着台上突然出现的人。

“嗨，他不是巴羊屯老马吗？”谁失声惊呼。

“乡亲们！”马远甫张开口，呼喊一声。

这一声，像暴雨中的霹雳，震慑了全场的骚动，还未走开的人停下了脚步，母亲们低声哄住孩子，千百只眼都落在马远甫身上。马远甫现在像一座石山直立在千百人面前，挥舞着粗壮的胳膊，摇晃手上的火把大声呼喊：

“不用惊慌！我们是跟‘金边蚂蟥’算账来了。是他抢走我们的钱财，债是他该我们大伙的，现在轮到我们向他讨债的时候了！眼前我们都快要饿死人了，他管的义仓，不开仓救济，倒反假公济私，拿义仓的谷子来放高利，这是什么王法？乡亲们，没米下锅的都去，去把义仓打开，拿粮回家救命！跟我来！”

马远甫跳下台，擎起火把，拨开人群，直奔杜家大院。一人开了路，无数的人像潮水般都跟在后头大声叫唤：

“走呀！”

顷忽之间杜家大院一片沸腾，里里外外全是人了。这时刻，人们不是叫杜团总的寿酒给灌醉了,就是受马远甫的鼓动而发了疯狂,个个肆无忌惮地纷纷闯进金边蚂蟥的库房、厅堂和卧室……尽可能地攫取拿得到手的东西。有拿得衣服的,有抬着箱柜的,有挽着竹篮装着碗盏器皿的;有个人干脆把锡制的香炉里的灰倒了,将它揣在怀里急忙逃走;有个人披件夹袍,戴上一顶呢子高帽,一手抓着一只鸡脖子边走边啃,一手抱着一只漆皮的枕头箱十分得意……蓝志高拿到带把的椭圆手镜,走到院子,正巧跟玉姑走对面,情不自禁地一把抓住她的手,将镜子塞给她,一句话也没讲,掉头就走。玉姑望他背后微笑,说了一句:“傻瓜!”举起镜子,就着火炬的光亮照了照,不觉自笑。她把镜子塞进怀里,跟着大伙拥去后院。

一会儿,韦步平由志高陪伴着,从团防局来到大院,看到覃家庆拿着梭镖,从正厅急匆匆地出来,劈头就问:

“怎么闹的?为什么不听指挥,把人给放跑啦?少英呢?他先进来,干了些什么鬼名堂?”

家庆一听问到少英,心里就来了气:“他,一进来就只顾得抢酒罐——”

“还给人家拜寿的吧?”韦步平说,“嘿,成事不足,败事有余。他哪儿去啦?去,找老马、罗汉他们来。不听指挥不行。”

覃家庆、志高分头找人去了。韦步平看看这个乱劲,十分焦急。自己在嘀咕:“糟糕,各人只顾自己捞东西,发洋财,乌合之众,这,这怎么行!”

罗汉气喘吁吁,领着四五个人跑来,一见韦步平,眼睛顿然发光,忙着问:

“义仓的大锁好牢固,找不到钥匙……”

韦步平看了看他,说:“一把铁锁就把你难倒啦?忘了你是个石匠?”

罗汉眼睛闪光,欢呼:“好,我去把它砸了!走!乡亲们,跟我搬粮去!”

韦步平望着他们背后喊:“罗汉,叫大家听指挥,不要乱。”

接着,布谷拿着一把大刀从正厅下来,向韦步平问:“则明哥,你去看,香案上有只大银缸,能拿吗?”

“能。那是金边蚂蟥摊派我们粮户出钱去买的东西,把它要回来。”

“好哩!”布谷应一声转身就走。

布谷刚走,家庆赶来报告韦步平,说马远甫带着一部分弟兄准备打开汪举人后院。

“我去把‘黑炭’拉回来行吗?”家庆望着韦步平问。

韦步平沉着脸,稍停一会,说:“去叫老马:汪家先围着,不急进去,叫一部分人来义仓搬粮;‘黑炭’先让他养着。……”

家庆不等韦步平讲完话,拔腿就走。

不多一会,义仓打开了,人们背着麻袋,挑着箩筐,端着脸盆,来来去去,兴高采烈地往外搬运谷粮。

正厅上有人扯下红缎子的寿幛寿联,有人使劲挪动紫檀木镶嵌的大理石椅子,有四五个人同布谷抢着那座大银鼎,嘈嘈嚷嚷:

“见者有份,谁也不能一人独占。”

罗汉跑了来,对着抢银鼎的人喊:

“喂,弟兄们,这东西大伙捐钱造的,扛回去充公,每人都有一份,不要抢!”

马远甫背着一支九响(步枪),手上拿一支五节的长电筒,见到重九手上拿着扁担和箩筐,高兴地问:

“你,什么时候来的?嫂子呢?”

“她扛粮去了。”

“明哥在哪,见到他吗?”

“在义仓门口。”

马远甫赶到义仓院里,见到韦步平正在指挥大家搬粮,立即上去拉住他的手,激动地说:

“好彩数①,县官老爷朝汪家大院跑,叫我给抓了!”

“他?”韦步平一怔,“他几时来这里的?”

马远甫卷着纸烟,不急不忙地说:“谁知他几时来的。反正是他,错不了。胆小鬼,口口声声哀求饶命。哈哈,看他吓得那个鬼样,像条毛毛虫,缩个脖子,耷拉脑瓜,直打哆嗦。”

韦步平紧问:“把他放在哪儿了?”

---

①好彩数——广东话,好彩头的意思。

"搁在倒厅里,有人看着啦,跑不了的。"

原来,马远甫解下裹腿把知事大人绑了。韦步平同马远甫来到倒厅,看他蹲在墙角,两肘搁在膝盖上,抱着脑袋,像只钻进沙堆的鸵鸟。

韦步平沉着脸,走到王光宗跟前,瞧他这个狼狈相,不觉暗笑。对着马远甫说:

"把绑解了吧。"

王光宗听到熟悉的声音,抬起头来,正好同韦步平的眼光相遇。那神情十分复杂,恼怒又不得,欢喜又不是,要求饶,又放不下架子,想装腔作势,又觉得心虚,总之,非常尴尬。

马远甫站在一边,消除不了气愤,不肯解他的绑;志高看看韦步平眼色,不得已把他的绑解了。韦步平叫他坐在条凳上。他脸色还是掩饰不了恐惧,规规矩矩坐着,闷声不响。

韦步平拉过另外一张独头凳,同他斜对面。望他一眼,带着嘲笑口吻说道:

"王兄,多年不见,久违,久违!……唔,老乡说话——不打不相识。这回该开眼了吧,民心不可侮!识时务者为俊杰,何去何从,愿阁下善自处之。"

王光宗稍抬眼皮,斜视韦步平一眼。估计对他不至于怎样,于是,又拿出臭架子来,从鼻孔哼了一声:

"哼,你闹吧,后果自负!"

韦步平沉吟一下,坦然说道:"很抱歉,我不是算命先生,后果如何,难作预言。想阁下也未必能断定自己的命运,还是让历史作判断吧。"

韦步平说完话,负气而去。志高提着马灯,紧跟着他往杜团总的后院搜索去。布谷急冲冲奔来,找到马远甫,说是家庆要打进汪举人后院去牵他的"黑炭",汪举人的人在小炮楼上打枪。马远甫一听,赶快跟布谷就走。倒厅一下子空了,剩下王光宗独自在暗淡的敞厅里,没谁看管。

蓦地,一个女人,如同漏网之鱼,一边拢着发髻,一边扣着解开的领口,丧魂失魄地从黑暗的过道溜进倒厅来。王光宗一把拉住她的手。女人"呀"一声,像踩上蛇身似的,失声惊叫:"谁?"

王光宗看是三姨太,小声说:"是我!"

“快，快走。”女人的声音在发抖。

“姐夫呢？”

“他……他奔自治军去……去了。”

女人一边说，一边拉着小舅子的手，慌忙逃奔。

梁少英手上捻亮着电筒，从过道撵上来，脚步晃晃悠悠，身子东倒西歪，满嘴酒气，舌头发硬，望着跑掉的女人的屁股，嘟嘟哝哝地说道：

“来嘛，你，我的小喜鹊呵，看你往哪儿飞……”

当着这个半醉半痴的人跨出大院门槛时，玉姑从汪举人后院跑来，跟他碰个满怀。他把玉姑一手抱住，嘟嘟哝哝地胡说着醉话。

“嗨，我的……小……”

玉姑使劲将他一推，狠狠地给他脸上一巴掌：“死蛤蟆，不要脸！”她迅步跑开，大声嚷：

“明哥，明哥！谁见明哥啦？知事老爷跟三姨太跑了！……”

她一边跑一边喊，从倒厅跑上正厅，从正厅跑到厢房，从厢房直奔后院。

在后院，韦步平正在同罗汉说话。玉姑一见他们就喊：

“三姨太跟知事老爷跑了！……”

韦步平一惊：“跑啦？走！”向罗汉、志高招呼一声，才转身要走，覃家庆已奔到跟前，直喘气，说不出话来。

“什么事？”韦步平停步直盯着家庆，“别慌张，慢慢讲。”

家庆说：“县知事他……他跟，三……三太太跑进汪锯人大院去了。”

“先不管他。”韦步平说，“快去把稻谷搬完。手脚快点，天一亮就不好办。快去告诉大家，装好的先挑走。”

马大嫂和重九，姑嫂俩一齐奔来，一见韦步平就喊：

“韦家兄弟你去说说吧，大伙只顾捞东西……”

“老马不是在那里吗，真糟糕。”韦步平焦急地说。

重九说：“明哥，你快去吧，大伙都愿听你的。”

“走！”韦步平向罗汉、志高和家庆招呼，赶紧迈开大步就走。

夜空十分宁静，半边新月已经下去了，凉风袭人。蛐蛐奏着夜曲，杜鹃一声声啼唤，给暮春唱着挽歌。

更伯拿着一根拐棍进到大院来，到处看了看：罐罐盆盆给打烂了，桌椅箱柜搬空了，院里一蔸石榴，谁把它砍了大半边，一只画眉鸟笼挂在倒厅的廊檐下，没有人注意到，他顺手摘了下来：对着画眉鸟，得意地自言自语："这，我可有玩的了！"这鸟是绿豆眼，声音唱得特别悦耳动听，是个好品种。要价的话，至少也得一二十块龙洋：可是，当年马王七只给一个瑶族的卖主丢下三枚双毫就抢过来了。"这叫做善有善报，恶有恶报。"更伯自己跟自己说话，提着鸟笼正要往回走。罗汉从后院出来，叫住他：

"更伯爷，你捞了什么啦"

"嘻嘻，罗汉，你自己也没拿一样东西吗？我拿这只画眉回去，早晚听它唱个歌儿解解闷。"

"听到什么风声没有？"罗汉问。

更伯停步望罗汉一眼，说他昨晚听到从巴龙过来的邮差讲：原先在这儿驻扎的自治军开到高峰坳就宿营了，等河口下来的人马集结。"高峰离这里才三四十里地，快走三个时辰就赶到了。要是人家来个回马枪……"

"蚂蟥捉住了没有？"更伯问，"没有？糟糕，你们得提防呵，要是他去搬兵……哎，蚂蟥就是蚂蟥，你弄不死它，它可是又要吸人血的哩。……"

韦步平来到跟前，没听清更伯前头讲的话，忙问什么事。

罗汉重复更伯的担心，韦步平听了，大吃一惊。这都怪少英的侦察马虎，弄不清自治军开拔的去向。要是真的在高峰坳停下了，那，他们要回头赶来，这里岂不危险？三三会的人虽然来的不少，对付团防局十来个团练是不在话下的，若要跟自治军干仗，那就不一定顶得住。

罗汉看韦步平不言语，自己喃道：

"杜耀光这只蚂蟥会不会去搬救兵？"

韦步平果断地命令罗汉："你立即去找远甫、家庆他们到这里来，快！"然后，转向更伯说话：

"伯爷，请你老人家带上锣到东头山坡去，听到马蹄声就敲锣！"

更伯应声扭头就走，鸟笼也忘了拿。

韦步平望着他走了两步，忽然喊住："不，等一等。伯爷，你会吹牛角吗？会！好！不用敲锣，你找只牛角去。"

"好，你放心吧。"更伯转身即走。

紧接着，马远甫、覃家庆、蓝志高、马大嫂、重九和玉姑……都跟着罗汉来到韦步平跟前。韦步平异常严肃，又特别镇定，扫视大家一眼，问道：

"仓里稻谷还有多少？"

"一大半还多。"

"叫街上没吃的都来，赶快搬。拿得多少算多少。我们的人赶紧找袋子箩筐挑走，越快越好，牲口全都驮上粮食！"

"大家还乱得要命，说也不听。"罗汉在抱怨。

重九说："那只大银鼎不知被谁扛走了。"

韦步平很恼火，又觉无可奈何，眼睛一瞪，拿出快刀斩乱麻的气魄，向大家嘱咐：

"这样：家庆、大嫂和重九，你们几个领着扛到粮食的乡亲赶着牲口，朝北——往那平的小山路走；罗汉和志高，带上几个会游水的，准备火把；要是来了追兵，你们就把他们引向南去——走到河边灭掉火把，泅水过河，迅速钻进树林。各人扛回家的谷子找地方藏好。三三会的老同，这几天耳朵特别机灵点，腿脚勤快点，听我的口信行事！"

各人听完吩咐，马上就走。

"等一等，"韦步平把志高喊住，"玉姑呢？叫她跟家庆他们一路。"

"老马，走！"韦步平这才对远甫说，"我们去看看包围汪锯人大院的弟兄。"

韦步平和马远甫赶到大街上时，牛角声呜呜响起来了。马蹄声从远而近，疾驰逼来。韦步平让马远甫赶紧去叫几个拿着步枪的人立即撤出汪家，赶来杜家大院掩护大家退却。他自己跑步回大院催促各人快走。

"明哥，你呢？"志高回头望着韦步平。

"别管我，快，跟罗汉一道，点上火把！"

少英不知从哪里牵来一匹光背的乌骓，向韦步平说："你骑上吧。"

韦步平瞪他一眼："哪里弄来的？赶快拿去驮粮，快！"

少英瞧韦步平脸色十分严厉，懂得是不容他再说二话，只好灰溜溜地把牲口牵走。但是，他没有赶去驮粮食，一出了门，自己骑上就跑。出了圩场北头，见到玉姑背着一袋谷子，要她上马，她不肯，梁少英却硬是把人拉上马背，把谷子丢掉了。

自治军迅速封锁了圩场，杜家大院被包围了。马王七提高公鸭嗓子，得意地大喊大叫：

“韦则明野仔，你听着，你手下留情，我枪口留命！投降吧。”

马远甫对韦步平凝视：“他妈的，我们被包围了！”

韦步平异常沉着：“别慌，他们摸不清我们的底细。我看，这样办。趁热打铁，乘他们在混乱中你们几位拿枪的从后院冲出去，我一个人在这里缠住他们。”

马远甫说：“不行，他们决不放过你的，不能拿鸡毛去试火。”

韦步平沉吟一会，决然地说：“我在自治军里有熟人，量他们不敢把我怎样。”

“靠不住。你说那些家伙有什么义气可讲？你要同他讲良心，不就是问尼姑要辫子一样？”

“不，这时刻，不这样办，我们这几个人和几支枪全都保不住。”韦步平头一回流露着忧虑的神色。

马远甫不服气：“跟他们拼，有家伙在手上，谁死谁活不一定。”

“不。”韦步平十分坚决，“现在跟他们拼不值得，也不是时候，还是照我的话办。你们冲出去，有你们在外头闹，他们对我就不敢怎么样，懂得吧，就这样，走吧，动作要快！”

马远甫默默地点头，心一横，站起来：“好吧！你可……”

“你在外头跟罗汉他们把老同联络紧，不要散了！”

“懂得了！你可要保重呵！”马远甫回头来深深凝视一眼，才迈开步，招呼大家走了。

院墙外，马王七的公鸭嗓又喊：

“喂，野仔，想好没有？你手下留情，我枪口留命——”

“叭,叭!”突然,后院响起枪声。

前院的马王七下命令:“追！别让他们跑了！捉住韦则明那个野仔。”随即好些脚步奔跑。

“别追了,我韦某人在这里!”

韦步平大吼一声,打开院门,挺立不动。

第四十八章

雨雾消散，云层绽开，躲藏了几天的阳光露了脸，轻雷远远消失了，西边山顶出现一条灿烂的彩虹。然而山洪仿佛一匹受惊的奔马，从远处的山脚汹涌而来，越过山塘、洼地，注入田畴，干旱的土地顿时变成了水乡。

俗话讲：四月八，大水发。连天落着几场暴雨，旱象解除了，庄稼恢复了生机，大地充满复苏景象。雨后初晴，老农伯闲不住了，有的披上蓑衣，拿着当拐棍的小铲来田塍巡逻，把高坡漏水的田基封好，防止流失；把挨淹的平畴，决堤排涝。有的腰间系上竹篓，提起鱼筌、罾罟，来到塘边、水渠的缺口处，装鱼捞虾。小河水涨高了，赶圩、走亲戚的行人，被阻在对岸，人们扛着木头、门板，砍下竹竿，破成篾片，拿来河边抢搭浮桥、结扎竹排接应乡渡。

到树林去采蘑菇、割春笋、摘木耳的小孩，到山里去装野兽的猎户，往往趁着这个时刻成群结伴，活跃在山野。人们往往为着发现一丛蘑菇，为着捕获一只刺猬或野羊，不是在这个山坡就是在那个山坳，掀起欢呼的回声。

雨，给庄稼带来恩惠，万物呈现着生机。一片片树叶给雨染得深绿，一株株小草，昂头伸腰，欣幸着复苏。

夜幕笼罩大地，萤火闪烁，正是蛙声遍地的夜晚，阡陌间又是另外一番天地。有人提着纸糊的、或者是玻璃的方形的小风灯来回游动，利用灯光诱捕青蛙。有人在山塘外溢的滩头，打下木桩，架起鱼梁，堵住缺口，等待鱼儿溯流跃上。旁边还搭起一座简易的 A 字形的茅棚，日夜看守，往往一夜之间能捉到二三十斤活蹦乱跳的各种鱼类。

覃家庆跟布谷——侬大年合伙在那江和那平交界的山塘一个缺口的滩头，搭起一座鱼梁。今晚布谷有事回家去了，只剩他一人守夜。此刻，天上飞驰不定的白云，掠过半边新月，月光时隐时现。夜色慢慢落到水面，落到草棚，落到身边来了。萤火在附近山坡闪烁，山顶不时出现磷火。鱼儿迎着急流跃上鱼梁，在朦胧的月光下翻动着银色的鳞光。一会是一条一尺来长的大草鱼，一会是一条红鲤，一会同时跳上三四条鲫鱼……这，叫人多开心呵！

然而，覃家庆的情绪却那样忧郁，思虑那么深，未能为眼下的捕获特别高兴。他懂得，这些捕获虽然多少也能解救眼前的饥荒，却改变不了长年贫困的命运。要发家致富，摆脱灾难与贫穷，有什么法子呢？想起韦步平的话，想起凌所长的演讲，自己对祖宗传下来的求神拜佛，迷信坟山风水、年庚八字的那套说法，也就一天一天怀疑了。可是，要造反，又不免顾虑重重。

上次“三三会”大闹蚂蟥院，乡亲们扛回些谷子，一方面勉强渡过春荒，免得卖儿卖女，受高利贷盘剥；另一方面打下土豪地主威风，长起穷哥们的志气。这是大家生受到的事，没有说的。有不少人原来不曾在会的，经过这场斗争，也都见猎心喜，托人打听门路，要求入盟。然而，有一利也有一弊，当中付出的代价也不小：这不仅是韦步平被俘，至今还未释放；另外，杜悦诚的县警队和马王七的团练，对他们的几位管事弟兄——马远甫、罗汉和覃家庆等人的侦缉和追捕，一直都没有放松。害得他们东躲西藏，白天不敢公开露面，黑夜才是他们的白天。开头十天半个月，县警和团练下来清乡，大人都上山下地去了，家里只留下小孩，有的干脆把门上了锁，叫他们连稀粥也喝不上，不用说想捞什么“草鞋钱”

了。这样，经过三五回扑空以后，那帮兵差也就泄了气，下来打个转，屁也闻不到就回去销差完事。

前一段工夫，县警团练下来紧些的时候，覃家庆曾经到山圩、瑶寨一带地方，寻老同或亲戚家躲藏过三天五日。后来，渐渐摸到那些兵差的脾气了，也跟别个老同一样：天黑时分，悄悄溜回村庄，天没见亮，偷偷上山干活。这虽然不离家在外奔波了，心情也还不那么踏实，时刻都在提心吊胆。他懂得，自己不是三年前那样打光杆，凭着卖苦力，随便走到哪儿都能混口饭吃，如今已经成家，有了儿女牵挂。自从去年父亲去世后，老弟家福又出门另谋生计去了，一家老小全指望他一人拖带。心想，要是一个人多轻巧呵，说走，站起来拍拍屁股就走了，一个家就不好搬。这回躲去外地十天半个月，使他深深感到：成了家，就是鸟被关进了笼，牲口被拴了腿，想飞想走都不行。特别是黑豆——他的女人，十分小气，大小事都配合不来，尽扯后腿，走开一步都感到艰难。家庆一想到这，心里头是怪懊糟的。可是，回头一想老表韦步平份上的事，觉得自己这点倒霉气也就算不得什么了。步平他，上学读书，出门当差做事，回到家乡来又马不停蹄地东奔西颠，到底是图的什么呀？说来讲去，还不是为穷乡亲争口气，谋个衣食，有个太平日子过吗？哪知到头来，倒反遭了难，弄得家破人亡。如今我们这些一道饮过血酒，赌了咒的老同，要是只管各顾各的死活，散了伙，不齐心勠力，设法去搭救他回来，那，既对不起老同的一番义气，也对不起自己的良心！……家庆想着想着，一肚子的心事，却没个知心人来谈，只闷在心里发慌，就像草堆的闷火燃不起火焰，好憋气呵。他又想到罗汉进城打听风声已经好几天，也该回来了。他一边在梳理紊乱的心绪，一边伸着指头计算着罗汉的归期。

没想到，正当家庆想到这儿，一位背个包袱，拿把纸伞，穿双草鞋的小商贩来到了他的身边。在朦胧的月光下，两人惊疑地相互凝视片刻，猛然，彼此不禁笑了起来：

“我当是个侦探呢！”覃家庆说。

来人立即抢上，笑着说：“叫你失魂了吧？”说着把包袱除下。

家庆接过包袱和纸伞，挂到草棚的柱子上，回过头来问道：

“吃过晚饭没有？没吃饱？好了，我带来半竹筒米，我们煲鲫鱼粥吃夜宵。”

来人就是罗汉。下面就是他向覃家庆谈起他混进县城去,在凌云青那里打听到的情况——

县知事王光宗那天夜间,在南溪杜家大院落荒而逃,虽然侥幸回到县署,仍旧掌印当官,面子上威风仍还在,只是经过这次骚乱,心里头很不安稳。对韦步平的怨恨不免加深:他居然聚众造反,这就成了心腹之患,不早拔除,终归造成大祸。不过,韦步平到底不同于一般乱民,随便可以处置。即算人已捉来归案,成了阶下之囚,唯恐省府上头,有人替他说话,这里就难断然下手。何况在这期间,他写过一份文告,通过凌云青的教育局关系,用快邮代电的款式,向全省各报馆各法团和学校发出呼吁:要求执政当局实行民治,减免苛捐杂税,拯救民生。文中申述他"本人为追求实现这一理想,本拟在本县着手限于一乡之内举办社会改革的试验。不料,这一创举,不但不为县政当局鼎力赞助,反而横遭地方官绅种种阻挠与毁谤,甚而招致身陷囹圄之冤。临电恳求社会贤达,伸张正义,明辨是非,予无辜以声援,使舆情得以澄清。"代电发出后,省内各地报纸纷纷披露,舆论哗然。使得王光宗骑虎难下:杀头,有碍于舆情;放人,则无异放虎归山。不得已,只好把人软禁——让他独住在县署后院的炮楼上,派专人看守,禁止跟别人交往。

凌云青告诉罗汉:目前时局动荡,自治军的前锋已越过老口、石埠一线,等待河口下来的后续部队集结完毕,即将进袭省垣。王光宗准备随军赴省另谋升迁,县署公事,交代秘书代行代拆,团务则由杜耀光处置。本来,也曾邀请凌云青一道同行的,因为夫人桂品微来信表示,说是希望夫妻相见之日,同时也能见到阔别多年的故旧。但是,凌云青对王光宗的邀约,婉言谢绝了。云青一方面考虑到:自治军虽然从西北一线进逼省城近郊,然而,从东南面涌来的定桂军,在陆路上,作为省垣屏障的昆仑关,已被突破;水路上,蒲庙的险滩也被抛在后头了。究竟谁先取得镇宁炮台?还是一个未知数。另一方面,凌云青他自知一个书生,既不图争名于朝,也不为争利于市,何必急急皇皇,随军行伍去冒这些风险!再则,使得凌云青不能遽然就走的,还有他不便于向王光宗表白的苦衷:论私情,他跟桂品微是知己,本应体会她寂寞的心,了解到她在渴望着友情的抚慰,按说他应该以他的慷慨让故人得到宽怀。但是,论道义,韦步平却是他的精神上的弟兄，纵使这位老友的行事，未必都为云青所赞许，然而，他的道德文章却是令人推崇的。这回肇起事端，事前，在山圩那场会见，步平一意孤行，不肯接受忠言劝告，竟尔轻举妄动，这是使人深感遗憾的。不过，王光宗居然以政见之不谋而挟私怨，以私害公，这就使他对步平产生同情。因而正当朋友处境危难，亟须援手的时刻，竟然不顾而去，岂不有伤道义！再说，品微所渴望者，无非是在安乐中需要知己者分尝寂寞的苦茶；而在步平这边，却在患难中等待友谊一臂之助。两者之间，权衡轻重，觉得应当选择的是后者。

覃家庆一边聆听罗汉传达从凌云青处得来的消息，一边淘米、洗锅，准备做夜宵。原来在草棚旁边的黄土岗已经挖有一口土灶，白天捡来的枯柴树枝还没用完，这些都是现成的，不需另起炉灶、再找柴火了。现在，米已淘净了，鼎锅已搁上土灶，点燃了柴火；接着从鱼篓捞起两条有巴掌大的鲫鱼，就着灶火，刮掉鱼鳞，破开鱼肚抹净内脏，再将一枚大针引上麻线穿过鱼脊，然后把它投入鼎锅。等到粥熟了鱼也烂了，要吃的时候，家庆提起麻线一抖，鱼肉落在粥里，剩下全副鱼骨。虽然没有多少配料——只搁点盐、两片姜，味道已经十分鲜美。

罗汉的晚餐是在路上一间饭铺马马虎虎吃了两碗切粉，半饱半饥，现在吃上热乎乎的鱼粥，连声赞美：

“味道真鲜！老话说，‘宁抛三代亲，不丢鲫鱼鳞’。你把鳞刮掉，太可惜了。”

覃家庆笑道：“什么鲫鱼鳞呵，你记错啦：人家说的是鲤鱼鳞。鲫鱼鳞没有嚼头。鲤鱼鳞也只有煎才好吃，煮汤、煲粥也要刮掉，要不也是挺牙碜的。”

“是吗，你的见识还不少呢。”

两人边说边笑。

覃家庆说，听人讲古说的：一个船家和一个猎户，彼此谈起吃喝经，各夸各的一行，互不服气。船家佬讲：“狗鱼嘴巴鲩鱼唇，有吃莫让村佬闻。”打猎的很恼火，就说：“猄汤鹿肉山猪皮，得食莫被蛋家（船家）知。”

罗汉听了哈哈大笑：“两边都该打屁股。各人只见自己鼻尖一点地方，王婆卖瓜，自卖自夸。”

家庆再也没想扯谈了。他们已经吃完夜宵，正在收拾碗筷。骤然，两条大鲤鱼同时跳上鱼梁,在竹篱上“叭、叭”乱蹦,罗汉赶紧去捉,急忙抓到尾巴,鱼一扭身,“扑通”一声,跃回水滩去了,还有一条继续“叭、叭”乱蹦。

“快,抓它的腮!”家庆对着罗汉喊。

罗汉把鱼头按住,伸出食指插进鱼嘴,钩住腮帮,赶快拿回草棚来,高兴地笑着说:

“一手难抓两条鱼,跑掉的那一条比这一条还大。”

“哈哈,跑掉的总是最大的。”家庆也在笑,把鱼接过来放到搁在水边的筌里。

月亮悄悄落到西边了。仔细谛听,大地已在酣睡,淙淙的水声和喧闹的蛙鸣,显得单调起来。不知什么时候,云彩全都不见了,天空净极了,像只大深潭,那样静,那样深,那样蓝。

罗汉赶了一天的路,刚才在路上就觉得累的不行,渴望有个地方躺下睡一觉。此刻却挺精神,一点睡意也没有了,陪着家庆坐在鱼梁旁边看守。

“少英他怎么不跟你一起回来?”沉默一会儿,家庆才开口。

罗汉说,少英留在城里有事。他是漂过江的人,熟悉营盘里的路数。让他去找还未开拔的自治军一个特务连的人打交道。想趁他们要开拔的时机,利用本地的新兵故土难离和打仗怕死的心理,运动部分人开小差,把枪拉过来;或者等到他们开拔到半路上,煽动一部分人倒戈上山。总之,只要把枪拿到手,干什么都行。

“这……能行吗?”家庆不大有信心。

“行不行试着看呗。横直我们跟金边蚂蟥已经抓破了脸皮,有他们就没有我们。几大就几大,至大芭蕉叶。人反正要死一回。唔,我比你好办,两只肩膀顶个脑瓜,走到哪儿都是家,没有家小拖累,不必前怕狼后怕虎。”

“倒不是怕我自己这样那样,我只是想——”

“想什么?”罗汉盯着对方眼睛。

“少英这个人——他能成事吗?”家庆睁眼望着罗汉。

罗汉对家庆的过虑不大以为然:“这不要本钱的买卖,成不成也不蚀老本,让他闯闯看嘛。”

停了片刻，罗汉又说：“少英这个人指望他干别的未必顶事，干起这个来，倒是在行的。据他自己说：有个姓周的十长跟远甫死去的老弟是换帖的弟兄。如今营盘里有四个月不关饷了，他早已不想再干；说他跟另外一位姓王的十长有个商量：等队伍出发到半道上时，他们就把排长干倒，招呼弟兄们上山。”

家庆听着，不作声。过一会，罗汉又讲：

“界首那地方，我在那儿打过石头，地方很熟，两座大石山，把路夹住，山坳又陡又高，你要占住了山坳，就是讲古人说的：一夫当关，万夫莫开。地方离岚山和田州两头都是五十来里地，要干那地方最合适；如果我们事先去几个带枪的人埋伏在山坳的石岩里接应，保险谁也上不来，即算来了追兵也只能干瞪眼。”

家庆听罗汉这么一讲，也就乐开了怀，说道：“能这样，当然好啰，比原先我们想的省事了。这样一来，有了枪支人马，回头打进县城就好办。”

“当然嘛。”罗汉笑着说，“自治军开走了，城里只剩下竹叶青杜悦诚的县警队二三十杆单响土枪，顶个卵。我们如果能把周、王两人的弟兄拉过来，就有二十来支‘七九’步枪，加上我们‘三三会’老同们的几支单响和每人手拿的大刀、长矛、三把叉什么的，一齐上阵，包准打它个落花流水。”

罗汉讲得蛮有信心，望着家庆问道：

“你讲讲，这几天来跟老同他们联络得怎样吧。”

“为了要救明哥，老同个个都没二话，只是一说要打县衙。胆小的人不免有点儿担心：以为往老虎头顶箝毛，怕——”

“怕条卵！”罗汉把烟头一扔，“老马那边怎样？”

家庆说，远甫正在山圩一带联络人。“他能，山圩那边老同好讲义气，人枪都好办。另外，老马本人还有个好处——老伴马大嫂跟他可是一对门神，俩人脾气，半斤八两，一唱一和，干什么都合拍。有这样老伴就好了。”

“看你扯到人家的家事去了。你自己不是也——”

家庆红了脸，不等罗汉说完，马上抢上说道：

“我就是有人扯后腿。”

罗汉不想干预别人家务，还是把话头收回来：“横直总是要干，把明哥救回来要紧。”

“那当然啰，不过，你说王光宗这个家伙，要是他跟驻军开走，把明哥也带上省城去，我们怎么办？”

“那，不更妙。等到半路，把人一起接回来，不是更省打衙门了吗？这样吧，”罗汉着重对着家庆讲，“你明天就去给老同们送口信，后天初九是山圩的赶街，叫大家到那里和远甫商量再定。我现在走了。”

罗汉说着，站了起来，伸了伸胳膊。

家庆盯着他问：“哪里去？”

“进瑶寨。”

家庆盯着他，意味深长地笑道：“哟，她……听说是回巴羊屯老家了。”

罗汉懂得家庆说的她指的是谁，顺嘴就说：“去你的吧，这时候还顾得上这个！再说，恐怕人家到现在还晓不得有人对她怎样呢，你只替人瞎想，简直是成了剃头的担子一头热了，哈哈。唔，你听说志高跟玉姑踩了歌堂没有？”

“你还问这个，俩人早睡在一张床上了。”

罗汉听家庆一讲，又哈哈笑起，拿过包袱和雨伞走了。他一路走，一路唱。微风把他的山歌吹过水面，随着流水漫过寂静而辽阔的山野：

去年火烧八角树啰，
今早呀，路过还闻香。
哥今出门不带米啰，
闻妹呀，唱歌当干粮。

覃家庆听着歌声，自己跟自己说话：

“同他那样，莫牵莫挂，什么都好办！”言语间像是诚心在羡慕，又像是自我解嘲。

忽然，鱼梁又跳上一条雪白的鲢鱼，把家庆的思路给打断了。

第四十九章

那天,罗汉和马远甫他们在山圩等到了少英送来情报,于是,大伙商量决定:各人回去通知自己联络上的老同,到下一个赶街日,就是说再过六天——六月十五日,各人都带上武器,在天亮之前,秘密到界首一个名叫牛洞的岩洞集合。

转眼,六天工夫就到了。这天是夏至,一年之中最长的一个白昼。气候相当炎热,太阳叫浮云遮拦,时隐时现,树叶子纹丝不动,一点风也吹不来。蝉儿拚命叫唤,斑鸠从深谷不时传来咕咕的声音,鹞鹰停在高耸入云的山顶上咧咧地呼风唤雨。

这地方是岚山和田州的分界,两边为一座大石山隔开,中间有个山坳,自然形成两县交通的孔道。山坳两旁的山岩都长着蚬木、擎天和八角等高大的乔木,以及油茶、牛甘果等灌木丛林。附近村落稀少,走十多二十里地才见到半山腰有三五户瑶民的草屋。行旅客商经过，往往容易出事：为土匪强盗抢劫、绑票，以及勒索买路钱什么的。

罗汉和蓝志高他们昨晚半夜赶到附近瑶寨，在志高一位老同家歇了一会，吃过夜宵才又上路，赶到山脚牛洞时已经鸡鸣四遍了。覃家庆他们几个早就睡了一觉。这时只有马远甫一路人马还没见到。大家放心不下，怕出什么差错，直到天亮时候，还不见人来，叫人干着急。罗汉要志高跟他一道，爬上山岩去瞭望；叫其余的人都在洞里待着，不许出洞口，怕暴露目标。白待着，闷得难受，有的就在地上画个牛角，折断小树枝来下牛角棋，有的捡来大把小卵石，单独玩抢乌龟蛋，有的扯来几根香茅草编草结算卦……太阳光不声不响驱散着晨雾，透过丛林，照耀着树梢，映进洞壁。大家觉得饿了，各人从胜袋掏出干粮来充饥。有木薯煎饼，有爆花玉米，有掺着糯米粉做的高粱糍粑，也有煮熟的红薯和芋头什么的，大家吃喝说笑，气氛轻松快活。

罗汉带着深沉的脸色回到洞里，对谁也不说话，谁也没问他什么。因为从他的脸色已经明白他所盼的人没有到。他找个石头坐下，卷着纸烟。自己嘟哝着："老马怎么回事？"

覃家庆靠在石壁打盹，眯着眼睛说："别着急嘛，人家从山圩赶到这，说是七塘路，我看九十里还不止哩。"

"一夜还赶不了九塘路呀？"

"我出去瞧瞧。"布谷站起，拿着打鸟的粉枪，往洞口走。

"喂喂，侬老八你输了棋就想溜鸡呀？"下棋的伙计望着布谷裤裆的灰尘，"等一下再跟你算账。"

不多一会，洞口外传来沙沙的草木声。跟着是志高带头弓着腰钻进洞口，望着罗汉说：

"来了！"

罗汉立起来，从志高肩膀上瞅到马远甫，高兴地走上前去往他肩上拍了一把：

"可把我等急了！老同们辛苦了！"

"我们动身晚了点，不敢走大路，过瑶岭时找到个打猎的老头领路，打山背后翻过来的。”马远甫说着，除下手巾揩汗。

同马远甫一道来的有八九个人，有背土造单响的，有扛打鸟粉枪的，也有拿三把叉子的。大家赶路爬山过岭，都是一身汗，个个除下草帽扇风，扯出手巾抹汗，有的对着竹筒有的对着葫芦喝茶水。

岩洞不大，不知是平时附近村子的人家放牛来歇晌，所以叫做牛洞呢，还是当中有座卧牛一样的钟乳石才得名？总之，来往经过的客商都知道这个洞名，而且都有几分担心。据说，被绑票、被抢劫的客商，往往被蒙上眼睛拉进这个岩洞，剥衣服、搜索腰包，身上的财物洗劫一空，等到深更半夜才放走。说是岩洞后头有通路，能通到大山背后，可是要走一天一夜也走不完。只是听说，从来也没人去试过。

洞口的平地是有限的，进来二三十个人已经很挤了，看来好像人来了不少似的。

“各位等久了吧？”马远甫拿起笠帽扇风，望着大伙笑道。

他总是那样爽朗，又那样沉着，干什么事都不慌不忙。他说，来得晚，动身迟，是一个事，还有件事是路过志高家门口，遇见大妈，她老人家十分好客，非得把大伙拉进屋去歇一会不行，还给煮了一锅红薯，叫吃了才让走。

“怕大伙在这等的心焦，红薯才开锅，我们一人拿上两只揣到胜袋赶紧就跑。”马远甫卷好烟，同罗汉对了火，吸了一口，专对着他问：

“怎样，这就瞧你这位军师把我们这些兵怎么个摆法啰？”马远甫笑了笑。

罗汉没跟着笑，郑重地说：“没有兵，光杆军师，不是同打石没锤子一样。刚才等你们不见来，叫人可是——”

“怎样？”

“气候有变化。……”

“变天？不会。听，打雷不是？来雨先雷，船去步归。包你三天之内没雨下，……”

“别打岔。”马远甫拦住插话的人，然后盯住罗汉的眼睛问，怎么回事？少英他……”

“就是他那里气候有变化，比原来说的提早了一天。”罗汉说。

昨天一早,少英叫人带来口信,说是上次他讲的日期闹错了,确实的时间是今天午晌以后,不是明天早晨。因为王光宗不愿在路上住宿,要一天从岚山赶到田州。从岚山到界首是五塘路,大清早动身,午晌就到了。

“所以怕你赶不来,误了事。”

马远甫笑道:“现在不是来了吗?唔,时候是不早了,快商量吧,少英怎么说?”

“他叫我们在这埋伏。”罗汉说。

接着,罗汉讲,少英已混到姓周那个十长的手下当了新兵。今天一道出发,到这地方他以唱山歌为号,给我们打招呼;参加起义的弟兄每人的脖子上缠块手巾作标志。

覃家庆不等罗汉说完就问:“那,你说我们的人怎样个摆布?”

“来,我这就画个图,大家看看这盘棋是不是这样下法。”罗汉招呼马远甫、覃家庆、蓝志高和布谷等几位,蹲在洞口一片比较平整的地上,抹掉刚才布谷划的牛角棋盘,拿支筷条一般的小枝子在地面上画了一条直线,两边画两只“△”,说道:

“这条线是通过山坳的大路,三角是山坳两旁的石山。马大哥、志高你们几位就上左边这座山腰上埋伏下来;家庆、布谷我们几个就在对面右边的山上。等到敌人的前卫排过了坳口,我们两边人马就等着我的信号,一齐动手,迅速把坳口堵住,把它拦腰一斩,割成两节。这样之后,马大哥左边山上的人马继续把守坳口,顶住可能回头来反扑的敌人的前卫;如果他们抱头鼠窜一样跑掉了,我们也不必穷追,放开他一部分算了。这样,我们右边山上的人就专门对付敌人的后卫,抓它的尾巴,坚决把它吃掉。这样干行不行?”

罗汉踮着脚,拿脚跟垫着屁股蹲着,眼睁睁等待马远甫表示可否。

“我看,行。”家庆说。

马远甫沉思一会问:“也不知少英他们是走在前头还是后尾?”

罗汉说:“这点,少英的口信也交代了。说他联络的周、王两十长都是第三排的,第三排是特务排,管伙伕班的,行军准定是后卫。”

马远甫好像是第一次认识罗汉似的,用快乐的眼光望着他说:“好,就这样干。这一下,左右开弓,也是‘一把钳’,轮到我们把他们钳住了,哈哈。老弟,你这军师当得满不错嘛。”他站起来,往罗汉肩膀拍了一把。

罗汉不觉羞赧,说道:“什么军师不军师呵,拿鸭子上架罢。”

“喂,走啰,上山。”志高向大伙吆喝。

大家伸一伸发麻的腿站起,一个一个拿上武器,戴上笠帽,走出岩洞。出了洞口,马远甫回头叫大家稍停一停,心里觉得不大踏实似的,迟疑一下,小声问罗汉:

“少英的话到底怎样,可靠吗?”

家庆也说:“是啰,我担心他——”

“他,这回不会出娄子了,同另一位老同讲的是一个样。除非昨晚又变卦,这就难讲了。”

“那两位十长可不可靠?”马远甫一点一点都仔细捉摸。

罗汉说,周十长原本就跟排长闹意气,早已不愿在他手下干了,最近跟少英拉扯一阵,提起原来同老马死去的兄弟蛮要好,少英跟他拜了兄弟;说是一来既为朋友义气,二来又为自己另谋出路,讲什么也干。姓王那位也就是他的心腹,他们手下的弟兄都是听他们的,大家都偷偷的赌过咒:坐船同命,走路同心。

“能这样就放心了。看看我们的彩数吧。”马远甫说,“老同弟兄,走!”

队伍分头隐入丛林,两路人马各自走上两边对面的坳口。到了阵地后,各人自己选择地形地物,埋伏在芦苇或岩石缝里,窥视着两边的来路。

不到一个时辰的工夫,从岚山那边的大路上扬起了灰尘,一列人马越来越看得清楚了。有人认真地点了点人数,一共是二十七个。头前那个人还扛着一张有芭蕉叶那样大的旗子,走成一路纵队。隐蔽在山上的人,居高临下,盯着爬上山坳的人是一清二楚的。队前一排长挂着盒子枪,跟在撑大旗的十长后面,连长骑着白马夹在当中,后头有一抬轿晃晃悠悠地爬上坡,看上去轿伕十分吃力。估计是县知事老爷在里头了。轿子后头紧跟着两个挂盒子短枪的卫兵。布谷咬牙切齿地瞄着轿子要开枪,被罗汉一手拉住,说:

“没有我的口令不许乱动。看,他们脖子没有白手巾,没有我们的人不能打。要等少英的信号。这些,放他们过去。”

轿子晃晃悠悠地翻过了山坳,跟在挂盒子枪的卫兵后面还有十来个拿步枪的人马,一个排长压阵。

这队人马过去了,约摸有半点来钟,大路上不见后续的队伍出现,有人不耐烦起来,嘟哝着说道:

“怎么搞的名堂,让人都过去了,我们在这儿白晒日头呀?”

“哎哟,老天爷,把老子的腿都蹲麻了也。”

罗汉说:“别急,别急,我的老同。心急吃不了汤圆。这才是个头头,叫他放心过去,麻痹他一下。好货沉底,等会拦腰一刀,砍成两节,吃掉它的尾巴。”

大路上不见人影,只见不远的草丛树梢冒着烟气。隐蔽在岩石缝的弟兄,不知谁叫唤起来:

“哪个葫芦还有水,渴的不行了。”

“岩洞不是有水滴的吗,志高,跑一趟,拿葫芦去装点来!”

大伙一个又一个除下葫芦递给志高。

马远甫说:“不行,不能去。敌人的尾巴马上要来了。被发现了目标怎么办?咽口水忍一下吧。”

“妈的,日头那样热,一点风也不见,衣服都拧出水来了。”

“什么时辰啦?日头还不快点落山?”

“夏至日头长,你还不懂得?捱着吧。口干找牛甘果嘛。这果子,咬它一口,先是酸酸涩涩的,过一会儿,嚯,可是——”

“嗨,叫你这一讲,人家口水都要流了!”

正当大伙你一言我一语的时候,突然,远远传来山歌声。人们把视线全都注视到岚山来的方向去了,果然大道上出现了蠕动的人影。人影一个接一个,由小变大,由隐隐约约,逐渐清清楚楚,是行军的队伍走过来了。山歌声也越来越响。

“大家不要大声,仔细听,是不是少英唱的?”

“是,是,是他——”

大家歪着脑袋倾听:

山顶有花山脚香啰，
桥底呀，有水桥面凉。
心中有了不平事啰，
山歌呀，解恨出胸膛。

“不错，是少英公鸭嗓！”依老八高兴地笑道。

“咔嚓”，谁拉了枪栓。

立即，大伙都紧张起来。

罗汉兴奋得不得了，喃喃道：“好，果然盼到了。”回头招呼着老同们说，“老同伙计们，沉住气，先别动，等我看清楚了。”他趴到发烫的石头上，往山脚瞭望，“老同伙计，看准没有，肩头挂着白手巾的就是起义的弟兄，千万不要误伤自家人！”

山脚下走来一列扛着长枪的大兵。又是刚才那位老同把人数了一下。扛枪的一共是三十二个，后头还有两个徒手的伙伕，赶着两匹驮着大铜锅和弹药箱的牲口。这帮人到山脚下已经走不动了。排长吹一声长长的哨子，叫声原地休息。大兵们有的找地方坐下抽烟，有的走开去解手，有的拿手巾揩汗，然后将手巾搭在肩上；这些人都聚在一团，其中有个人故意站起将手巾往头顶晃了两下才坐下。

山歌又唱起来了，是两人作二部合唱，激越的声音在山谷回响。

“打！”罗汉喊了一声。

罗汉这边响起一排枪声，马远甫那边也打了起来，山脚那个排长刚站起身，还来不及发口令，身体忽然一晃，仿佛给砍断了根的树杆，倒了下来，跌在一块磨盘大的石头上。眨眼间，队伍乱了营，就像被老鹰吓跑的小鸡，抢着地方躲：有的向石头底下钻，有的往花稔、金英花的藤蔓丛中隐藏，一匹牲口嘶啸一声，跑开两步，给少英赶上去一手抓住了缰辔，牲口嘴边流着泡沫，前腿踢着地面……

周十长瞪起大眼珠，端着枪对着要跑的人大声猛叫。

“别跑！回来，把枪架起！”

王十长接着高声说话:“弟兄们,我们不能跟当官的去卖命,现在由我们自己来干! ……”

“好哩,石头还有翻身日,这回叫当官的跟我们换班吧!”

脖子没挂手巾的大兵,懒洋洋地照着周十长和少英指定的地方,三人一伙把枪架成三角架,解下子弹带,挂在枪上,然后规规矩矩地抱着膝盖,坐成一溜。

左边山坳,马远甫留在原地把守,防备前头过去的敌人转回头来反扑。右边的罗汉他们一伙,呼啦呼啦地叫喊,突奔而下,围住了放下武器的俘虏。

罗汉先由少英介绍,向周、王两位表示欢迎,然后对着起义的弟兄说一声:“弟兄们辛苦了!”完了向家庆示意,说:

“没有枪的把枪背起来!”

“动手!”家庆说了一句。人们哄一声,七手八脚,纷纷把枪拿上。咔嚓咔嚓地拉着枪栓。

罗汉朝着大家喊:“老同伙计小心,别走火。”接着,抬头仰望左边山坳,向马远甫拉长声音呼叫:

“喂! 那边情形怎样啦?”

马远甫举起手巾摇晃,也是提高嗓门回答:“平安无事!”

“下来吧!”

呼啦一下,马远甫、志高十来个人飞奔下来。马远甫来到罗汉跟前说:还留两位老同在上面看着。

“好,老马认得路,想得周到。”罗汉笑着说。

经过一阵骚动,大家稍微平静下来了。缴了枪的兵,像做梦刚醒过来似的,瞪着迷惑的眼睛;参加起义者也不怎样摸底,面面相觑;“三三会”的老同呢,拿到了快枪,个个笑容满面,啧啧赞叹,摆弄着枪栓,扣着扳机玩耍;拿不到枪的直嘟哝:

“别得意,走火,你屁股就痒了。”

少英洋洋得意,领着周、王两十长过来和马远甫见面。马远甫拿出烟来,让大家卷着抽。

“我们现在都是老同啦!”罗汉说,“我们‘三三会’有八句话,其中两句是说:‘坐船同命,走路同心’。周十长今年贵庚——唔,不讲老套的话,多大年纪啦?呵,王十长呢?哦,都是我们的老大哥。”

“不,老大哥恐怕是远甫吧?”周十长说。此人方头大眼,声音洪亮,三十来岁的样子,性情看来挺爽直,有点儿江湖义气的气派。

“我同令弟还结过金兰呢。”周十长稍停一下,盯着马远甫表示对死者的思念。

马远甫也有不自在的神色:“是呀,听说了。我们一道给他报仇吧。”

王十长是矮个子,长得挺结实,像颗核桃似的,眼睛深陷,眉毛很浓。他同周十长耳语,周十长望着罗汉和马远甫,指着躺在附近的死尸问道:

“那家伙怎么收拾?”

“离这牛洞旁边不远,有口深潭。”罗汉说。

“用牲口驮去。”

“我也晓得那个地方,谁同我一块去。”志高说。

志高牵着卸下了炊具的牲口,同两个起义的弟兄把尸体驮走了。

静了一会,马远甫望着罗汉说:

“我们得快走,不能在这耽搁太久。你向弟兄们讲两句怎样?”

罗汉谦虚地向两位十长说:“请周、王两位说一说吧。”

周十长说:“我们早跟弟兄们讲过不少了,你讲吧。”

罗汉笑笑:“好吧。”完了,面对放下了武器的士兵说道:

“我们现在马上要搬兵回朝,打回县城去。愿跟我们干的就一起走,不愿干的,请便。各人自己拿主意。”罗汉说着,往徒手立正的俘虏扫了一眼,“大家请稍息,每人都说句话,干,还是不干。痛痛快快。”

“有奶便是娘,谁管饭跟谁干。”

“当兵的,家之本在身。水上的浮萍漂到哪算哪,管它那么多。”

“反正哪里也是为的日求两餐,夜求一宿,怎么的都得。”

“到处杨梅一样花……”

“好了,不讲那么多了。哪个愿干的跟我站到这边来!”周十长说。

这十来个人,有好几个忽一下,都站了过来,只有两三个无可奈何地慢慢移开步子。

罗汉看了看,对马远甫说,叫山上的下来吧。马远甫向山上呼喊,用笠帽挥舞了两下。

一会儿工夫,山上的两个人和志高他们都来到了。罗汉说:

“开路吧!家庆懂得走小道,打先锋,老马压尾。少英,你骑上马,配合远甫断后。”

“你看我不能打先锋呀?”少英说,骑在马上,洋洋得意。

“瞧他,真像马骝骑绵羊一个样样了!”谁这么一说,引起大伙哄笑。

“上山跟我来!”

罗汉和家庆领头带着大家进入通往瑶寨的小道。

牲口伸长脖子嘶鸣,日头已经含山,山谷一片阴凉。

第五十章

守城门的县警,四更这一班已经过了好长工夫了,正待天亮换班。两人都抱着枪蹲着,连连打呵欠。

“他妈的,打更的睡着了吧,天都快亮了,还不打五更呀?”

“别着急。你越等天亮,天越不亮哪。”

“咚! 咚!”突然,城门响了两下,接着有人喊叫:“开城门!”

“谁呀?”哨警问。

另一个哨警说:“听听,声音倒是挺耳熟?”

“咚咚咚!”枪托急促地擂敲着城门。

“快开城门! 耽误了老子的公事,要你的狗头!”

“是他,周大头,自治军十长。他怎么转回来了呢?”

“去吧,还不是有公事呗。”

一个县警慢吞吞地拿着一把大钥匙下门楼来，忘记了拿灯，黑咕隆咚的，摸了半天也捅不到锁眼。

“快，他妈的！”城外几个人同声叫骂。

“得了，得了！唉！那么急，为什么不早来呀！”

“他妈的，你管我什么时候来！”

咔嚓一声，大铁锁打开了，警兵使尽力气把城门嘎嘎地拉开。周十长跃身上前，举起刺刀对着警兵胸膛：

“不许动！城门上几个人？”

“一个。”

“上！”周十长向两个弟兄摆了摆头，“不许作声。”

后头的人一下子全拥进了城门。

罗汉环顾大伙说：“都来齐了吗？”

“除了没有来的都到了。”少英笑道。他骑在马上，满得意。

“听我说，”罗汉说道，态度威严，“老周，你带班上的弟兄去对付看守东门的哨兵，缴他们的枪。……”

周十长不等罗汉说完话，立即应声：“要得，弟兄们跟我来！”

接着，罗汉对马远甫、王十长说：

“老马、老王，你们和少英负责打县署！”

少英立即应声：“好呀，打它个落花流水，跟我走！”说罢，掉转马头，扬开鞭正要催马。

“慢着！”马远甫望着梁少英喊一声，拦住马头，转向罗汉说道，“县公署有炮楼，不可大意。是不是把人马分开两路，这样——”说着，伸开两只胳膊一拱作比划，“东西两头把它一挟，又是一把钳！懂吗？”

“有道理！”罗汉衷心佩服，“家庆，你们几个跟马大哥抄西街，王十长负责打东面。”

罗汉的话音刚落，弟兄们迅速分成两股，分别由马远甫、王十长领走，以县公署作目标，立刻行动。

“我们呢？”少英和志高同声问道。

罗汉望了少英一眼说:“你,先去教育局通知凌局长:我们来了。然后赶到县署假装送信,对付守卫兵。”

少英应声催马迅跑。

“志高,跟我来!”罗汉叫起志高。

“哪里去?”

“打监狱,救则明去!”

“我们……只两……”

“别啰嗦,找狱卒老牛。走!”

酣睡的街道,被急促的脚步和马蹄声惊破了恬静的迷梦。

不到半个时辰,少英打扮成自治军的通讯员赶到县公署门前,跳下马来,急冲冲地直趋守卫岗哨。哨兵措手不及,后头两个弟兄不等哨兵开口,迅速冲上去,猛一下将哨兵拦腰抱住,反剪他两只手,拿出手巾塞进他的嘴。接着,弟兄们一个跟一个拥了上来。少英摆了一摆脑袋,招呼大伙冲进公署大门。

东西城门两边的炮楼,响起了枪声,接着,劈劈啪啪好几个地方都打响了,枪声越来越密,子弹哧哧地飞过屋顶。急促的脚步声,带来惊叫和啼哭,人们的睡梦被惊醒了。一霎时,全城仿佛都在哆嗦;恐惧的迷雾笼罩了全城。

罗汉领着志高悄悄摸到监狱外墙,发现他原先挖开的洞口已经给堵死了,只好转到平时给犯人放风进出的小门跟前,轻手轻脚地对准看守兵,一跃而上,拦腰抱住,夺过枪。志高用枪口顶着他,要他打开牢房。

牢房的大门打开了。罗汉却找不着掌管钥匙的狱卒老牛头。牢房里的犯人说:老头到炮楼看守韦步平去了。

“到炮楼去了?”罗汉觉得奇怪,“志高,找石头把锁打开!”

这时,少英从外面一边喊叫,一边冲进牢房:

“罗老大,志高,你们瞧,谁来了!”

罗汉回头一看,不禁惊呼:“哎哟,你……”

“则明哥!”志高欢欣异常。

“赶快打开牢门!”韦步平对着志高说。

“看守的老牛头呢?”罗汉问。

"是奇怪的人,他把我送到教育局门口转身就跑了。"韦步平说,回头发现身边的人都穿的自治军的服装,不禁惊讶。

"我们演了一场'孔明借东风',哈哈。"少英满面笑容,得意忘形地抢着说话,把事情的经过加油添醋地讲了一通,好像事情是他个人干的。

说话间,志高砸了锁,牢房一个一个打开了。家庆他们也赶了来。他提起马灯照了照,向牢里的囚徒大声呼唤。

"弟兄们,你们交好运了,快出来吧！快,我要放火了!"

家庆为了解恨,将灯油往牢里的稻草泼去,另一位弟兄划根火柴点着了火。顷刻间,火舌舔着牢门,迅速漫上屋梁,冲破屋顶,天空升腾一股浓烟,火花满天飞舞……

县署后院那边,马远甫望着炮楼喊话:

"喂,你们把枪放下,空手下来。再不下来,老子要点火了,把你们都熏死!"

马远甫他们在公署大堂这边望见右边的监狱着了火,情绪更激昂,碰到什么就砸什么,屏风给推倒了,审案的桌椅被摔折了,公文柜的档案卷宗给抛掷了一地。……

"见到大印没有？找那块豆腐印!"罗汉说。

"大印在秘书手上!"一个听差说。

"你带我找他去!"

马远甫拉着听差去找秘书。

秘书躲在壁橱里给拖了出来,浑身哆嗦,连忙下跪求饶。

"哼,那样怕死。你把大印交出来,就饶你的狗命!"马远甫拿枪指着他。

"呵！……大…大印…不…不在,我…我——"秘书结结巴巴说不成一句话。

"你别装蒜,没人可怜你。你到底拿不拿出来?"

"叭!"有个人朝天花板打了一枪。

"呵……这是要交…交给…给知事的呀。"

"谁是知事？我是代表知事拿的。"

"知事是哪位?"

“韦步平!”

“呵?…呵! 行,行。”

秘书伸着哆嗦的手,从怀里捧出了一只用黄绸包着的小包。罗汉伸手夺过来,放进口袋就走。

韦步平和罗汉他们赶到大堂时,熊熊大火已经封住了路口。原来有个人往大堂的吊灯打了一枪,灯火落到卷宗的纸堆上,火立刻燃烧起来。衙门的房子都是用板壁间开的,着起火来火势很猛,不多一会,几座房屋全被火吞没了。

“好,痛快! 通通把它烧光!”少英说。

韦步平直瞧着天空纷飞的火花,不作声。

马远甫从月门跑了过来,一把抓住韦步平的手,上下打量,眯着眼睛会心地笑着。罗汉扬眉吐气地说道:

“痛快! 看! 大印给我拿来了!”他将黄绸小包放在对方手心。

“这个,”韦步平说,“在贪官的手上是一块石磨,老百姓都给压扁了;在我们手上只不过是一块木头。你先拿着吧! 走,我们到教育局去找凌局长。”

马远甫、罗汉、覃家庆等几个人先后来到韦步平跟前。

韦步平见到大家个个兴高采烈,由衷地高兴:“好,干得好! 周十长和王十长他们呢? 都到教育局去吧!”

“不! 我们还要……”罗汉说。

“还要什么?”韦步平问,“走,先去找凌局长商量。”说完,掉头便走。

“不。”罗汉说,韦步平走远了,没听见。罗汉回头对着还没有走开的老同们喊:

“金龙当铺是穷人的血汗,去把它砸了怎样?”

“好,去!”

“要得! 几大就几大——”

“至大芭蕉叶,哈哈……”

“走呵!”呼啦一声,好些人蜂拥而去。

家庆走在后头迟疑一下,马上来了主意,对着身边的伙伴说:“我说,光砸金龙当铺还不够,那才是一丁点枝枝叶叶的东西,干脆,把它连根都拔了。谁跟我来，赶回南溪报仇——把杜、汪两家阎王殿给它剃个光头。嘿，这回，不把‘黑炭’牵回来，我不姓覃。”说罢，拔腿就走。

后面有三四个人跟着他。

马远甫望着他们的背影，自己跟自己说：“那不好。要干也得一个一个来，两节甘蔗不能一口咬呀？……”

少英在旁边插嘴：“管他娘的，迟早都得干，走，先干当铺。”

黎明。

教育局的客厅还点着灯，各人来来去去，忘了把它吹灭。韦步平和凌云青在那里，有时坐着，有时踱步。善后的事，千头万绪，一下子缕不清，各人意见也不那么一致。

全城陷于惶惑不安。早晨笼罩着浓重的雾霭，不时听见一两声枪响，增添恐怖和疑虑的气氛；金龙当铺被抢空了，最后谁放了一把火。这时，火还未完全熄灭。在坍塌的高墙上，那烧成焦炭的横条还冒着缕缕的白烟。大商号也给抢了，小店铺不敢开门，街上冷冷清清。

“这……是不是过分了一点？”凌云青满怀忧虑，望着韦步平。

韦步平来回踱步，一时不置可否，屋里静默了片刻。

“那，你说，乡亲们遭受的祸害比这还轻些？你就没见到多少人家破人亡，多少人流离失所，多少人含冤受辱？比起这些来，又是如何呢？”韦步平回头望着对方，“为富不仁，反正冤枉不了那些财主佬的。”

“不管怎么讲，一味复仇，也不是办法。”凌云青说，“你想想吧，你陷害我于前，我报仇泄恨于后，如此循环反复，纷争不已，怎能使社会文明进步，使国家独立富强？”

韦步平望了这位老朋友一眼，含笑说道：“大概是你没有身受其苦，很难体会到弟兄们的愤怒，不是同病就难得相怜。”

“不管怎么说，凡事都该适可而止。过了界就变成另一种东西了。比方你想喝开水，把水烧到沸点就可以了。要是一味加火烧下去，那，结果会成什么呢，岂不全变成蒸气跑了？哪来的开水？”凌云青的口气很坚决，仿佛是经过深思熟虑而新发现的真理。

韦步平仍然望着这位老朋友,含笑说道:

“从你这个角度来看,结论当然只能是这样。但是,要站在另外的立场,说法又是另一回事了。你说蒸发出来的水雾都将化为乌有吗?不,不会化为乌有。物质不灭的定律早就被发见了。水蒸气可以变成蒸馏水,它比开水更纯了。”

屋里又是一片静默。

“谈空道理都无济于事。”过了一会,凌云青又说,“事情搞成这样,你现在将何以善其后?”

“等一下就派人去各区乡,把所有的士绅团总和民众的代表统统请来,大家商量个办法。”韦步平沉着而平静地说,望着惶惑的老同窗,“你有什么高见也说一说嘛。反正着眼点是在乎求得社会进步,人民安居乐业。我想,一个人做事要是不图私人名利,那就不必前怕狼后怕虎。”

“明哥,明哥!”志高在门外连声喊叫,冲了进来,手里拿着一只银壳的怀表,送到步平面前:“看,一只表,是在当铺拿出来的,老马叫送给你!”

“呵!”韦步平接过表,不觉发愣,仔细辨认一番,嘴边露着微笑,“嗨,真是无巧不成书。”

“怎么?你记得它是——”志高看韦步平这样,不免诧异。

韦步平说:这是他原来的东西,那年把它当了,得了十块龙洋,凑够二十块钱,请算命先生转交马大嫂,让她拿去为老马赎罪。

“是吗?”志高说。他对这玩意很爱慕:“表链多好玩,这是什么?玛瑙?玛瑙是什么呀?”

“你快去跟老同说:是我交代的,不准随便进民房拿东西!谁拿了乡亲东西通通都得退还回去!另外,找罗汉、老马和那两位十长到这里来,再准备好几匹马。”韦步平说。

“干吗?”志高问。

“别多嘴,快去。”

韦步平打发志高走了,然后转向凌云青:

“来吧，写封公函：限令各团总和县参议会的士绅，明天午晌之前来参议会议事，你起草。”

“议题呢？”

“我有个腹案在这里。来吧，把笔墨印信拿来。”韦步平一边挽起袖子，一边吹着桌面上的灰尘。

第二天，未到午晌，各区各乡的团总、士绅陆续来到县参议会大门下马。

县公署成了废墟：前院的两株细叶榕给烧焦了半边，衙门前的一对石狮子有一只的眼珠给打碎了……

团总和士绅看看这番景象，不觉大惊失色，面面相觑。他们先后来到参议会的会议厅，少英拿出会议记录本来，请他们签到。虽然有茶烟招待，但是，谁也不去碰，好像手脚也不听使唤了似的。只有几位学堂里的先生神情稍微自在些，相互窃窃私议：

“这一下，可是请君入瓮了！”

“还是人家杜翁高见，他就没有来。”

“他呀，老麻雀。你能捉到他？早就逃之夭夭了。风闻南溪那边跟此地不相上下，汪举翁已经……”

“我看，我们也得看风张帆。”

不多一会儿，本街上的士绅、商会的头头和公署里的小官吏，除了畏罪逃亡，或者称病回避的外，其他人都陆续到齐了。这些人比外乡来的豪绅的惶恐还多了一层——垂头丧气，连眼皮也不敢抬，个个噤若寒蝉，都挤到角落去找遮掩的座位，就像是待审的犯人。韦步平、罗汉和马远甫等几个人，唧唧哝哝，一边说话，一边走进会议厅。

参议会正厅，靠墙两边地方排列着一式八仙椅，当中摆一张长桌，桌边是一排独头凳。平时，这排凳子首先是被先到者占着的，现在，谁也不敢朝前靠，桌边的位子稀稀拉拉，空的好多。

韦步平进来扫了一眼，瞧瞧挤在角落、面带疑惧的老爷们，瞧瞧空着的位子，说：

“各位请坐上来吧。”说着，随便找个座位坐下，然后望着罗汉、马远甫招呼，“你们坐下呀！大家坐近一点好议事。”

“坐到前面去吧！”一位司法向左边的一位高等小学堂堂长说。

接着有三五个人从靠墙那排八仙椅走到长桌旁边来，把独头凳拉动一下，然后规规矩矩地坐着，都不那么自在。

韦步平又扫了一眼，正要讲话，凌云青进来了。韦步平招呼他坐到身边的空位子上。

“现在就开始议事吧。”韦步平说，环顾在座的人。

这些人，有的不敢抬头，有的板着脸，毫无表情，个个成了泥塑木雕，像十八罗汉。

“诸公也不必过分担惊受怕。”韦步平说道，“冤有头，债有主，我们不会冤枉好人。这里有些情形，诸位都见到了：公署烧了，监狱成了灰烬，当铺也抢光了。听说，南溪圩的‘杜家大院’也被打成稀烂。这是干什么呀？”讲到这，顿一顿，瞪起炯炯的目光盯着这帮老爷，约有一分钟才接下去说，“这样干，无他，为的是：其一，改革社会弊病，促进文明；其二，伸张正义，谋求大众福利。衙门监狱，无非是财主的炮楼碉堡。当铺嘛，跟‘金边蚂蟥’大院也差不多，它是吸人血汗的吸盘，不把它毁了，只能是一人富，千人哭，一家安乐，万家奔波。试问，这样的世界合不合理？公不公道？”韦步平瞪着炯炯目光扫视全场。老爷们个个俯首帖耳，不敢吭声。

“当然，”停了一会，韦步平接着又说，“我这些话是从穷人百姓这边来讲的，如果是从你们老爷那边的利害来想，那，诸位的脑瓜嘀咕的，恐怕是恰恰相反。不过，很对不起，这是没有办法的事。我这样看就这样讲，丝毫不隐瞒，也勿须隐瞒。事实本来就是这样摆着，一只巴掌遮不了天。我韦某人平生为人处世，认为这样是对的就这样干，敢作敢当，不会后退，也不含糊。”韦步平一口气讲到这地方，又停顿下来，看看各人脸色。

各人的表情，既紧张又发窘，局促不安。这跟罗汉、马远甫和家庆几个从容自若的神气形成鲜明的对比。

厅里的空气闷极了，谁也不出声，就像是聋哑学生在听课。

“不管怎么说，衙门是毁了。”韦步平看看没人哼声，接着又说，“往后，没了衙门怎么办呢？”说着，朝老爷们扫了一眼。

老爷们依旧装哑巴不作声。

韦步平看马远甫和罗汉对火抽烟，触动心思，说：“马大哥，你说说怎么办？”

马远甫不禁一怔。但，一见韦步平信任的眼色，随即壮了胆，态度平静而幽默：“衙门又不是沙煲，打烂了没家伙煮饭。没有衙门，我们还是照样活下去。”

“没有它，老百姓还过得安然一些呢！”罗汉喷了一口烟雾。

覃家庆见两位老同都敢讲了，而且也没有见老爷们敢取笑。于是，也凑着插上嘴：“我们三个都坐过冤枉牢，把监牢恨死了，我一把火烧了它。”

屋里又陷入寂静。

“现在，我们来议一议善后的事吧。”韦步平说。

“对，对！”有好几个声音在附和。

韦步平歪着脑袋向凌云青低声问道：“起草的文书拿来了吗？请阁下向大家念念怎样？”

“我念？不好意思。是你的——唔，还是你来。”凌云青半推半就。

原来韦步平昨天说的腹案，已经由凌云青把它写成条文，准备拿来议论。但是，凌云青却忸忸怩怩。

马远甫说：“别推让了，姑娘出嫁，怎么的也得上轿。”

“是这样一回事，”韦步平向老爷们说话，“关于善后事宜，我们拟了五项条款，现在由凌局长向诸位宣读，请仔细听！凌兄请吧。”

凌云青站起来，摊开文稿，用食指推了推眼镜，说：“兄弟……唔，可是大姑娘上轿，不好意思。恕兄弟口才笨拙……现在，请诸位听！”

“啰嗦！”罗汉轻轻的对着覃家庆的耳边说道。

“岚山县临时约法草案’，第一项，”凌云青对着文稿念。

下面就是韦步平提出的，经过马远甫、罗汉、覃家庆和凌云青他们共同商量好了的关于善后五项临时措施的条款全文，凌云青逐条逐句地念下去。

第一项：废除苛捐杂税，解散县警、团练；

第二项：否认新旧利债，取消典当契据、文书；

第三项：反对养婢纳妾，主张婚嫁自由；

第四项：反对迷信，禁止拜庙敬神；

第五项：提倡读书识字，兴办社会教育。

凌云青逐条逐句念完，表示歉意：“口才不好，念不清楚。”说罢，坐回原位。

厅里像闷热的树林，开始吹来一点风。人们稍微活动一些，交头接耳。

韦步平让这些人活动了一会才问道：

“诸位都是读书人，听懂了吧？要不要解释呀？有什么要议的没有？”

老爷们你看我，我看你，谁也不作声。

过一会儿，还是刚才说过话的高等小学堂堂长喃道：“能照这五项条款办成了，那就太理想了。”

“我方才说过了，既然把它说了出来，就要把它办到。不然，穿新鞋走老路，议而不决，决而不行，什么意思呢？诸位没有二话吗？没有二话，这就算作‘临时约法’。请诸位在上面画押、宣誓，今后一切行政必须照这五条执行！我说过的一定算数，说了的一定要办！事后，我还要到各区乡去巡视，如有阳奉阴违，不按‘临时约法’办的，那就对不起，不能怪我韦某人言之不预也。”

“现在就画押吗？”一位司法向凌云青问。

“是的吧。”凌云青说，随即将另外腾在一张十行公文格纸上的“临时约法”文件，摊开在桌子当中，旁边预备了一盒鲜红的印泥。

“来，我带头！”马远甫说，在文稿上打个手印。

老爷们一个跟一个过来，伸着拇指在印泥盒上沾了印油，然后在文件上按了一下，又坐回原来的位置，规规矩矩地坐着；静静地瞅着别人走动，瞅着韦步平的脸色，瞅着罗汉、马远甫的神气。

“那个家伙带来了吗？”韦步平小声地问罗汉。

“在口袋里。”罗汉说，伸手到口袋摸了摸。

韦步平望着罗汉、家庆两人：

“拿出来吧。家庆，去找把柴刀。”

覃家庆起身走了，罗汉从口袋掏出用黄绸包着的一小方块东西，往桌上一搁。黄绸已经变得又黑又脏。但是，老爷们好像猜到是个什么东西，个个眼睛睁得又大又圆。不一会，覃家庆拿回一把斧头，望着韦步平说：

“柴刀没得，斧头行吧？”

“正好！”韦步平说着，接过斧头，站了起来。随即将黄绸包打开。

老爷们一见是县印，同见到蛇似的，不觉愕然。啧啧交谈，有的脸色发青，有的偷偷摇头。

“这是县印！”韦步平把印文朝着老爷们展示：“不错吧？这家伙只不过是二两木头。可是，它压在百姓身上比大石磨还沉。它是百姓遭灾受难的祸根！现在，我们把它跟衙门、监狱一起毁了，从今而后，再没有人凭它来压迫人了！”

韦步平举起斧头往县印一砍，立刻劈成两半，一半蹦到桌下，一半落到印泥盒里。

“看它，只剩半条命也不死心，还想揩油呐。”罗汉说着，接过韦步平手上的斧子，捡起半边县印，又是一斧头下去，被劈开的木头掉到地上。

家庆弯下腰去拾起来看看，马远甫抢过来，跟罗汉要斧子，愤恨地也劈了一斧子。

“往后，”韦步平语气十分激昂，两眼炯炯发光，朝着老爷们提出警告，“请诸位记住：只准按五项‘临时约法’行事，不得阳奉阴违，不能打折扣。如今衙门、官吏没有了，县警、衙役解散了，没了白吃饭的老爷、衙役，粮赋、捐税收来给哪个？没有衙门行不行？我看不要紧，天塌不下来。乡亲们自己有事自己商量着办，胜过你‘衙门朝南开，有理无钱莫进来’的好。你们这帮老爷回去，把事情向百姓交代清楚就可以归田了，没有监牢来关你们。不过，欠账的要还清，吞蚀公款的，要吐出来！要不然，嘿，话就不好讲了。在我这里，是一片忠言，听不听，悉由尊便！识时务者为俊杰，诸位都是拜过孔圣人的，应当懂得世界潮流所归，明察民心的向背。奉劝诸位看看螳臂当车、蚍蜉撼树，到头来是什么结果吧。”

韦步平说到这，再作一次停顿，顺手拿起茶杯呷了一口。

又是坐在一起的几位学堂先生悄悄议论：

“照‘约法’第五项提倡，兴办教育好是好，捐税免了，哪来的经费？”

韦步平马上接着说:“谁做工谁得食,谁读书谁出钱。”

“我看呀,甘蔗吃了一节剥一节,目前还顾不过来,往后的事谁管得那么多!”

……

一场怒火点起之后,复仇和讨债的火焰,仿佛冬天的野火,从县城蔓延到村庄。“天呀天,官府财主两把钳”的歌声,变成童谣,挂在每一个人的嘴上,到处流传。“三三会”的人越来越多了,斗争也就越来越激烈。画了押,发了誓的团总老爷们并不如韦步平所想的那么老实,人人都会俯首帖耳遵守他的警告的。事后,他们有人畏罪外逃了;有人玩弄花招,跟老乡们虚与委蛇;有的则阴谋暗害,乘机制造混乱,浑水摸鱼。他们挑拨这个村跟那个村的宿怨,“拴起马尾巴,让它马踢马”,互相发生械斗;有的干脆依恃他原来的余威,拉上几个团练作武装顽抗。

一天夜晚。韦步平、凌云青把学堂几位老师请到教育局来,商量将教育局改为“民众文化教育促进会”的事。正在商议当中,突然,凤仙和重九两人闯了进来。韦步平审视凤仙神色,是有急事要讲的样子,开口就问:

“什么事?”

凤仙看了看在座的客人,斟酌了一下,欲言又止。

几位学堂老师知趣地告辞走了。

凤仙看客人出了门,过去把门掩上,然后回头对丈夫说:

“志高,他……他出事了——”

韦步平一震,睁大眼睛瞅着凤仙:“怎么搞的,他出了什么事?”

重九接过来说:“事情是这样:志高他一个人跑回老家,联络了几个老同,要跟那个山主算账,哪知瑶寨的人跟平地上的不同——”

“不同?有什么两样?”韦步平截断了重九的话。

凤仙见丈夫急成这样,怕重九说不清,接着就说:“不同就是不同嘛,你在那儿也待过还不懂得?瑶民就是比别人爱信神信鬼。山主利用这些鬼神的事来糊弄瑶民,叫大伙都听他指使,受他盘剥。你想要把他怎样,那比搬一座小山还难哩。”

接着，凤仙说，志高是个小牛犊，不懂老虎的厉害。事情还没跟老同商量停妥，就把话漏出去了。不但叫山主有了提防，还叫人施了毒计，传出谣言来说，志高和他妈在外地中了魔道，带回瑶寨来了，连累了六畜受灾，人丁遭难——今年春季，平地上发了牛瘟，后来传染到瑶寨去了，山主就说这是大妈母子带回去的灾星。事情本来是无中生有，可是说过来讲过去，讲多了，人们也就半信半疑。昨天，大妈从那平回瑶寨，到山脚叫山主几个走狗给架走了。说是等到七月初六还“盘王愿”时，要把人烧死，灭绝灾星。本来还要抓志高的，好在他和几个老同听到风声逃走了。现在志高正在各处联络人，准备打进山主家去，把大妈救出来。

“这就有点棘手。”韦步平听了，又焦急又恼火，望了望坐在旁边的凌云青，“把山主干掉，那，很简单，不用吹灰之力。就是他周围还有一群人，人们都迷信他的谣言，这就很讨厌！他不像一块石头搬开就完了。他还是迷信的化身，人被打倒了，迷信不澄清，他的阴魂还是要作祟。”

“是的嘛，”凌云青说，用食指推一推眼镜，“所以我一贯主张：民众没有教化，什么政治改良、军警管制，什么民生建设，全是空话。……”

“好了，好了，又是你那一套。我现在就要解决眼前的问题，先不谈将来的吧。”韦步平说。

凤仙说：“你们讲你们的将来也罢，眼前也罢，我们肚子可是叫唤了，有点剩饭没有？”

“哎呀！你们还没吃晚饭呀！我叫他们做去。”凌云青说着，往里屋走。

韦步平站起来，走了两步，又转回头望着凤仙说：

“你同重九就在这住几天吧，我马上去瑶寨。”

韦步平说完也没等凤仙说什么，掉头就走。

凤仙和重九急忙把饭吃了半饱，赶到参议会时，韦步平带着五六个弟兄，在院里正准备上马。凤仙在月光朦胧中瞧着丈夫严肃的脸庞，怜惜地轻轻问：

“你……这就走？”

韦步平深情地盯着妻子的眼睛，好像是新认识似的，无限温柔地说：“是呀！救大妈要紧。”

“罗汉也去?”凤仙用眼睛对着站在旁边的重九瞟一下。

韦步平会意,说道:“他不走。留下跟老马守城。喏,他不是在那里!”韦步平指着正在给牲口上鞍子的罗汉,意味深长地说,“你们就在这儿待几天,等我们回来吧。”

凤仙说:“不,我们也跟你一道去!”

重九说:“对,我们也走。”

“不。你们刚来,太累。在这待几天,等我们回来! 好多的话还顾不上谈哪! 唔,凌兄什么事?”

这时,凌云青急急忙忙赶来,看着韦步平问:

“你走了,事情交谁办?”

“有事同马大哥、罗汉一道商量。一切都按‘临时约法’为准。”

“喂,走啰!”韦步平敏捷地跳上了牲口。

“罗汉,你过来……”韦步平正说到这,重九躲开了。

罗汉回过头来问:“什么事?”

韦步平瞟重九一眼:“没有什么,回头再说也行。”说着,招呼另外几个弟兄上马。

凤仙含情脉脉地望着丈夫,叮咛一声:“你也得当心呵!”

韦步平望着她,两人眼光相遇,言不尽意地说:’

“懂了,好好休息!”说着,回头深情地瞥视一眼。牲口嘶咧一声,举腿奔跑而去。

凤仙、重九、罗汉和云青望着他们走出了大院。一会,马大哥才赶来,问:

“走了吗?”

“走了!”凌云青说。

“一大摊子事,怎么收拾?”

“他叫你俩同大伙商量着办!”凤仙说。

“我说,就照五项符咒念。”马远甫说。

“大哥!”重九对着马远甫喊一声。

“唔,你? ……来。”马远甫把妹妹和凤仙带到韦步平的房子去,“则明哥今晚回不来,你就跟嫂子先住这儿。”

重九不言语,点了点头。

这里,除了一张竹床,一张小桌,一张独头凳,一个脸盆架,再也没别的东西了。房子空空洞洞,显得又宽又大。床上和蚊帐顶全是报纸,放得十分紊乱。枕头是用一大堆书代替的,蚊帐因为夜里看报读书吧,给烧了个大窟窿。

重九到底还是个姑娘,心思少,脑袋刚一落枕头,就像小猫似的,呼呼睡着了。凤仙越想睡越是睡不着。啼明的公鸡叫两遍了,月光已经从窗口消失,眼皮还是合不拢。

凤仙平素从来没有这么想过事,这时候,什么事都涌到心头来了。她想起这位就像是架风车老停不下来的丈夫,想起他们两人怎样开始讲的第一句话,后来又怎样的逃亡;想起在瑶寨的那些日子,想起那些迷醉人心的山歌;想起他们怎样突然成亲的事;想起两人长年离别的寂寞,也想起几回久别重聚的恩爱……这个丈夫给她的并不太多,但是她已经感到满足了,她因为是这个人的妻子,在乡邻当中得到了尊敬。儿子一年比一年长大长高了,裤腿去年还窝上两道,今年放下来还觉得短了一截。丈夫虽然不常在身边,儿子倒是早晚陪伴着她度过寂寞的岁月。爷爷最后留给她的印象太凄惨了。这个老头生前没有给孙媳妇太多的好感,死后却叫人难得忘怀,也许就是他严峻当中包藏着无言的惠爱。在这些亲人当中,蓝大妈就是她第二个母亲。在那些漫长的日子里,她成了她可敬可亲的侣伴,是她生活中的带路人呵!现在竟然遭到这飞来的横祸。她感到非常不安,好像有个不祥的预兆:爷爷那最后的可怕的遭遇又来到她眼前……

“大妈,你……等等我!”重九在梦中惊呼,“哎呀!……”

“重九你醒醒,我在这,别怕!”凤仙伸过手去抚慰做着噩梦的人。

“天还不亮哪!”凤仙自言自语道。

不知又过了多长时间,凤仙才蒙蒙眬眬地睡去。

第五十一章

府城县已为自治军占领了。

城西一座明秀园原来是自治军的开山祖、大军阀陆干卿的别墅。陆氏是个绿林出身的粗人，本来是无心于山水闲适的韵事的，无奈一旦当上两广巡阅使那样吓人的大角色，这就不免有不少帮闲的清客为之张罗，搞些附庸风雅的逸事，以装饰门面。于是，远从苏州请来细工巧匠，在城西南圈划了一块地皮，开辟、修建了一座人工与天然浑成一体的非常幽雅而别致的园林。

这是澄江河从西边流入城西附近，蜿蜒绕过城东南注入西江。水流到此，蜿蜒作S形的港湾，工于园林设计的专家就在被一泓江水围绕着的半岛上，利用三面环水的地势和其中天然的山石、林木，修筑亭台房舍，栽培花草，种植珍贵的果木，挖塘种莲养鱼，凿石铺道……惨淡经营，蔚然可观。人们居此，早晚可以信步于三面临流的铺石的林荫小径，或透过碧净如蓝的江水观赏游鱼，或静静地领略鸟语花香。在南边一角有一片荔枝树木，浓荫遮日，是从广东移植来的优良品种；树下设置石桌石凳，夏天，人们可以在这里小歇，观赏那染红了树顶的荔枝，倾听悠扬的蝉鸣，或仔细地谛听画眉鸟在树丛中的清唱。这里有座利用天然的石笋，在上头筑起“别有洞天”的凉亭。上到亭来，可以纵览全园景色，胸襟为之一畅。在东面一小片平地上，利用一组冒出地面的、参差不齐的石凳、石笋，围成一座荷池，种着紫红花朵的睡莲。站在旁边的莲亭上，远可瞭望如黛群峰，近可观看莲下红鲤；亭子的另一面是江流，近旁突出的悬崖，有直立的石柱，上头刻有“澄江泛月”的颜体大字。……这里一年四季花市、果期不断；最早上市的是金黄的枇杷，最迟摘下的是蜜柚；冬日有一品红，有紫荆花缀满树梢，有四季桂花盛开的清香。

陆氏作为两广巡阅使，在这个历史时代中，其举足轻重而影响全国政局的多少军机大事，都在这个地方密谋策划的。当年名噪一时的政客梁启超其人，戊戌政变失败后，曾经潜来此地做说客，勾结陆氏反袁，妄图借重桂系兵力问鼎中原。虽然是个小小的园林，却曾是军政要人云集的胜地。然而，世事沧桑，顷刻风流云散。不料袁氏的反动生涯告终，陆氏却向段执政一边投靠，翻云覆雨终难容于革命营垒。自从孙中山宣誓北伐，驻跸桂林督师，陆氏自知大势已去，被迫忍痛割爱，让出这座山明水秀的名园，宣布下野，退居海上。粤军旋踵接驻，战胜者出于报复泄愤，部分台榭房屋，毁于爨火，果树花草，委于马蹄。园林惨遭破坏。粤军退出后，讨贼军到来，戎马倥偬，谁还有心思重建呢！

眼下荔枝林下拴着战马，拉下一地粪便。亭台、道路，处处可见腐烂果皮和垃圾，引来起哄的苍蝇。房屋随便安上锅灶，洁白的墙壁，一抹烟灰。幸存的亭台楼阁，窗棂七倒八歪，彩色镶嵌的玻璃窗，成了斑驳陆离的洞眼。到处留下兵荒马乱、劫后凄凉的景象。但是，比起民房、学校，甚至县公署来，还是个理想的住处。从军机保密的角度来考虑，因为是三面为江流围绕，守住了大门谁也进不来。所以一当讨贼军退出，自治军的前锋马上把它占领，划为前敌指挥部驻节的地方。

王光宗赶到府城之前，县公署的花厅已经住了人，别处又没下榻的地方。指挥部参谋长听了原驻防岚山的彭寿仪营长介绍之后，交代副官请王知事来园里，跟参谋处的官佐一道，住在靠近江边的一排平房里。

刚吃过晚餐，彭营长兴高采烈地跑来对王知事报告军情：前线阵地——高峰坳，午晌，经过激烈肉搏，已为自治军占领。这样一来，省会的屏障已排除，前锋部队正在乘胜追击，眼下，省会马上为自治军包围，镇宁炮台已在视野之内了。

“参谋处没通知你吗？”营长向王知事问，“快，收拾行李吧。后天是‘七巧’牛郎织女渡银河的日子，阁下该——久别当新婚，哈哈。快收拾东西吧。”营长正说着话，一个卫兵提着马灯进来传令，说是总指挥叫营长马上去，有紧急事。

营长走后，王光宗一个人在房里，一边收拾东西，一边吹口哨，得意忘形。一想起很快就要进省城了，真叫人心花怒放。省城，倒不是在那里有久病缠绵的妻子使他眷念，而是那里有灯红酒绿可供玩乐，有炙手可热的亲朋故旧相互拉扯、钻营。他想着想着，恨不得插上翅膀，立即飞得回去。

这工夫，房间的门突然洞开，又是一个提着马灯的卫兵领着两个老乡进来。王光宗回头一瞅，不禁惊呼：

“姐夫，你……”

“不用说了！倒茶给我，哎，渴死了。”杜耀光沮丧地一屁股坐在一张条凳上。

跟着来的马王七赶紧过来，从茶几上提起大瓷壶倒了一杯凉开水，恭恭敬敬地端给杜团总。

王光宗将手上正要收拾的衣服撂下，坐在床沿，对着来人发呆，停了片刻才问：

“你们怎么来的？”

“还不是这样来的。”杜耀光回答。

马王七望着两位主子，眼睛打个转转，赶快凑上来说：

“我们跑了一夜赶到田州，到田州坐上船，到德化才上岸，跟马驮队租了两匹马赶来的。马驮队的牲口配的是木头鞍子，没褥子垫，磨得屁股都破了……”

王光宗听得不耐烦，皱着眉头，打断了对方的啰嗦：“我要问的是，到底发生了什么事？”

“事情可糟了。”杜耀光又喝了大半杯水，“护送你走的那个特务连的后卫排到界首哗变，倒戈造反，上山当土匪了。最可恶的是那姓周和姓王两个十长，他们跟小石匠罗汉和牛贩子马远甫那帮‘三三会’的家伙勾结一起，当天晚上打进了县城，把韦步平放了。简直是——马骝闹天宫。”

“闹吧，他们闹不出什么名堂的。”王光宗一想起刚才彭营长报告的军情，天大的事都不在话下似的。

“哎，你别说了。”杜耀光急着跺脚，“人家从城里跑出来讲，那帮家伙可不得了。他们把县署和监狱全都放火烧了，金龙当铺也抢了一空……”

“听说，财物抢光了不算，还放了一把火。”马王七说。

“原来是这样！他妈的！”王光宗眼睛发火，往床上擂了一拳。

杜耀光说，他和马王七在南溪一听这事，连夜逃到三石屯一个亲戚家，第二天才绕着小道赶到田州，住汪举人在那儿开的铺头。

“在三石那夜晚，”马王七说，“听赶圩的人回来讲，覃家庆领了一帮人回来，把你们汪、杜两家也都给抄了。”

说到这里，杜耀光很为感慨：“当初我们的心太软了，打蛇不死反受其害。”

“让他们闹好了，只要人在，总有一天见高低的。”王光宗说着，站起来走动。

屋子静了下来。外面有急促的人语和脚步。

杜耀光环顾屋内简单的摆设，疑惑地望着走来走去的小舅子。一会，小心地问道：“前方军情怎样？是不是要移动？”

“明天这个时候，我们可以上林友记茶楼饮茶了！我现在给你们找个地方休息吧。”

做姐夫的不知是什么心思，呆呆地坐着不动，瞪着迷惑的眼睛，瞅着过于乐观的小舅子，觉得他的乐观有点反常。小舅子好像察觉姐夫的心思，憋不住，终于把刚才听到的军事机密讲给他听，说是省城里的守军某部，前两天派人出来跟自治军方面通了关节：一旦自治军兵临城下，城里守军保证开城接应。现在，自治军前锋既已抵达城郊，进城是不容置疑的了。

杜耀光说他今天在路上遇见邮差，据说，东南方面的定桂军攻下昆仑关之后，马不停蹄，星夜兼程挺进，也是为争夺省城竞走，先头部队已到了五塘，离省会也只不过五十来里地。城里讨贼军守不住是定了的。定桂军、自治军两路人马曾有过盟约:从东西两个侧翼夹攻,谁先占领省会,谁领头坐庄。双方都不相让,像两只饿狗抢骨头。……

正当杜耀光向王光宗谈论这些道路传言之际,门外有人喊“王知事”,随即进来一位提着马灯的卫兵,对着王知事说:“参谋长有请。”

王光宗顾不上向杜耀光说一声,赶紧跟卫兵走出去。

过一会儿,又是那个提着马灯的卫兵进来,跟杜耀光和马王七讲,王知事交代他来领他俩去另外一间房子休息,王知事有事,叫他们不必等。

第二天这个时候,省城林友记茶楼并没有王光宗和杜耀光的足迹;他们仍旧坐在昨晚这个时候坐过的条凳和床沿上,好像时间并没有过了一天似的。原来,事态起了变化。两人这时刻的心情跟昨晚真是天上地下。也许是杜耀光老于世故,如今事实说明了他昨晚的顾虑并非多余。本来是两军对峙,胜负很难预料的,军机变动往往更是不可捉摸。原说,省会警备部队某部与自治军有了密谋,双方里应外合,占领省城是百无一失的了。谁想守城讨贼军警卫营营长夏雨田跟定桂军的黎柏初是“陆小”同学,他们之间也早已有书信往还。所以,一当定桂军先锋部队开到离城只有二十华里的二塘附近,那夏营长立即采取迅雷不及掩耳的手段,将警备司令的卫队全缴了枪,要挟司令兼代省长蒙仁全投诚。全城制高点——镇宁炮台终于为定桂军捷足先登,掉转炮口对着从西北面上来的自治军。面临这一形势,自治军被迫由进攻变为防御。

现在,王光宗正在同杜耀光商量自己的出路。

“昨天晚上,参谋长找去商量了半夜。”王光宗说,“自治军要是马上跟定桂军为敌,未必能操胜算。”

“那怎么办?”杜耀光惴惴不安。

“最后决策是:急流勇退,保存主力,迅速撤退,回师河口,固守西江两岸,等待时机,卷土重来。”

马王七一听,反应最快,睁着眼珠不禁狂喜:“那好呀,回去报仇,收拾韦步平,他妈的!”说着,摩拳擦掌。

“如果彭营仍然回岚山就好了!”杜耀光说,望着王光宗脸色。

“要回去，就不止是彭营了。恐怕兵力都得往田州、岚山、巴龙一带屯起来。”

“那就好啰。那样一来，姓韦那小子，嘿！”

“不过，”王光宗沉吟一会，“我不想回去了。”

“那……”杜耀光摸不着头脑。

王光宗说，自治军的参谋长知道他跟定桂军的黎柏初有旧，是当年“风雨社”的同仁，有意放他回省会斡旋，如果条件相当，双方未尝不可化干戈为玉帛，划定防区，互不相扰。再说，他私人似乎感染了肺痨，也想乘机回去就医。

“那……县上的事——”杜耀光睁着眼，等待小舅子说话。

小舅子看了看姐夫，说：“县上的事，我向参谋长推荐了一下，要你回去代理，以后再正式加委。他本人倒是满口答应了，就是要禀报总指挥才能最后定夺。”

马王七静等，对方的话一落音，立即情不自禁地插嘴：“那好啵。那样，我们两边都靠了岸，管它哪边得天下，我们都沾上，哈哈，乖乖隆的咚。”

杜耀光到底是老奸巨猾，深于世故，迟疑半天才说：

“唔，只怕总指挥人家未必首肯！”

“看看运气吧。”王光宗说。

马王七接着说：“彭营长对杜老爷倒是满照顾的，要是有他从中美言两句，那就锦上添花了。我说，要回去就得快马加鞭，不然，让姓韦那帮家伙再多闹几天，那就搞得稀巴烂了。”

“这是真话。”杜耀光说，“我说，不能小看姓韦那小子，他带过兵，在讲武堂专门学过本事，懂得玩枪把子。现在，县城叫他们把持了，有人有枪，我们回去，他要把守城池，我们硬攻，不说一营兵，就是再多一点也未必能把它吃得下来。”

“那怎么办？”王光宗也觉得是个事。

“看自治军他们的主意吧。”杜耀光说。

“我们也想想。不然人家要问起来，我们拿不出一个主意也不好呀。来龙强不过地头蛇。地方上的事，人家总是让我们几分的。”

杜耀光站起，走了两步，看了看马王七。马王七好像认真的在盘算似的，其实,他脑子对这方面,一片糊涂,说不上什么。

一会,杜团总说道:“以我想,姓韦那小子既已霸占了县城,要是让他听到风声,有了防备,那就不好对付了。所以我说,要回去,一定得快,星夜兼程,乘其不备,用迅雷不及掩耳的手段,使他措手不及,才能使之一败涂地。”

王光宗向姐夫问:“那,你说——”

“我说,有骑兵就用骑兵,牲口总比人走得快。只要县城给我们夺回来了,脑袋给挟住,手脚就好绑了。”杜耀光又坐回条凳上。

马王七连声恭维:“高招,高招。我看,骑兵行,快马加鞭!”

正说到这,提着马灯的卫兵走进房子,交给王光宗一张条子。王光宗看了,抬起头,正遇上杜耀光的目光,说:

“走吧,参谋长请你跟我一起去他那里。你把刚才说的,给参谋长献个计,看他怎样。”

杜耀光得意地说:“人家参谋长,在运筹帷幄之中,决胜于千里之外,还不比我们高明万倍?”

“不见得!”

两人且说且走。

凤仙和重九本来是第二天就要返回乡下的,凌云青一再挽留,说是韦步平送来口信,叫他招呼她们多待几天,一定要她们等他回来再走。几天来闲着没事,凤仙把韦步平的脏衣服洗了,把破了洞的蚊帐也拿旧衬衫撕下的布给补上了,另外还把凌云青拿来的破衣服破袜拆洗干净,打了袼褙,和重九一道给丈夫和凌云青做鞋子。凌云青那双做好,已经穿上了;韦步平那双,重九把它绱了一只,觉得跟凤仙绱的那一只不相称,又拆了叫凤仙重绱。这天晚上,本来打算睡前就着灯光,把它绱好的,后因马远甫来说事情,手上的活也就放了下来。

这几天,因为韦步平、罗汉和覃家庆都不在,城里大小事都来找马远甫。本来,韦步平吩咐,有事要他同凌云青商量办的,因凌不敢大胆做主,大小事便都推给他。姓周的那个十长还好,有事都好商量,姓王的那位则好闹别扭,不肯听别人意见。弄得马远甫日夜奔波,顾东失西,就连重九,自己的亲妹来几天了,做哥哥的也没个空在一道多说几句体己话。

“马大哥,”凤仙说,“你一个人总是马不停蹄的东奔西颠,正在忙什么呀?”

“忙要紧的事。步平过去说过,等我们得了天下,坐了江山,就把城墙拆掉,——”

“拆城墙,为什么?”凤仙一听,赶紧问。

“城墙是官府为防备百姓造反,保护官老爷和财主、富户用的,百姓自己的天下,要城墙干什么。”

“城墙那样高那样厚,得多少人多少天才拆得完呀?”重九说。

“我向城里家家户户传话,谁拆的砖谁拿回家。这样,男女老少人人动手,也就快了。”

凤仙说:“难怪这几天城上乱嚷嚷的。这样,城门也没有了吧?也好,往后白天夜晚进城出城都没人阻拦了。”

“不过,事情总是不那么顺利。开头,各家各户一听拆墙,砖头归各人自己,大伙干的都挺高兴,拆的挺快。不想,凌所长说,这样办不行。砖头要拿来修学堂。反正学堂也是为各人子弟上学读书的。你说是这样说,人家可就不同你这样看。因为砖头拿不回家,大家也就不来干了。”

“凌所长对办学老是那样热心。”凤仙说。

“他就是太热心了。县仓的粮,我是主张打开,给没粮下锅的发放救济的。又是他老天爷,说不能这样干,要留做教育补助金。……这样三下两下,把人家的热火劲都泼了冷水,谁看得见我们跟原先的衙门老爷有什么两样?虽然订了五项约法,可事情不兑现,还不是空话。手中没把米,叫鸡鸡不来哩。你拿实在的利益给人家,人家才肯跟你干嘛。”

马远甫一气发了一通牢骚。

“你不能同凌所长当面商量着办吗?”

“对啰,同我们说顶什么用。”重九附和着凤仙。

“不单商量,还吵了。没法,各说各有理。”

“明儿我同他说说。我看他挺好说话的嘛。”

“他走了——下乡督学。”

“少英呢,他忙什么呀？不能帮你一手？”

“他有他自己的忙头。”

“他忙？”重九说,“我看他两只手就闲得没地方搁呢。”

“他跟学堂的老师唧唧喳喳,不知他闹什么花招。唉,还是步平快点回来吧,”马远甫说,“管这七七八八的事,可是比干农活还累人呢。”

马远甫显得消瘦一些了,人倒挺精神。一会,他瞧着重九问:“嫂子在家忙什么？早稻快开镰了吧？”

“可不是怎的,我们正急着要回去呢!”凤仙说。

重九拿着绱鞋的锥子去挑灯,转回头来望着哥哥说:“嫂子说,叫你七月十四回去过节呢。”

“算了吧,那个鬼节,过不过是一样。”

“大哥,”凤仙担心地问,“开走了那些兵,总也不回头了吗？”

“人家去的是大地方,花花世界,哪里还顾得回我们这山角落来啃玉米棒!”

“那些瘟神让它上天去吧,免得弄脏了地方。”重九嘟哝着。

“马王七和杜耀光他两个跑了,你说他们会不会——”凤仙望着马远甫的脸。

马远甫笑了笑:“会什么？他们什么都会,就不会教狗上树。哈哈。”

凤仙却不跟着笑,沉着脸:“唔,我眼皮老跳,心头恍悠悠的,好像要有什么事的样子。城门拆开了,要有土匪强盗来怎么办？”

马远甫望了望说话的人,心想:“她怎么老往这上头打转转!”为了使对方开开心,笑了笑说,“城门就是城门罢了。有城门没人守也等于没有。这回我们进来,不是有城门的吗,还不是拦不住？只要有人,没有城门,敌人也攻不破。”

凤仙听了,瞪着眼珠子,表示不大懂,只说了一声:“还是不能太大意,坏人不会就死心的。”

马远甫没有再接下去,稍停片刻,转个话题问道:“嫂子,你是不是记挂平平了？”

“我来时,你家大嫂把平平接去,帮带着呢！记挂他什么呀!”

马远甫笑道:“她,跟我差不几多,从来就没给人把过尿,能懂得带孩子？”

“大哥看你讲的。”重九说，“大嫂自己没养过小孩，平平可叫她哄得挺亲呢！”

“呵？”

凤仙看见马远甫的鞋尖露出脚丫来了，端量一下鞋子的长短，说：“大哥，你鞋后跟都提不起来了，拿这双试试看，合不合脚。”

“这不是给步平做的吗？”

“谁穿还不是一样。我同重九另外再给他做一双，误不了他穿。试试嘛，要合脚，我这就赶一赶，明早就得穿了。”

“来，我来给你量。”重九拿已经绱好了的一只鞋子弯下身去，跟她大哥的旧鞋比了比，“哎吔，大哥有福气，正合适。”

“那好，明早准给送到。”

“算了算了。没鞋子打赤脚，一天也能走它百八十里。我走了，你们也该睡了，可别熬夜赶它。”

马远甫走出门口，把门扇反关上，背影被隔开了。

人走后，凤仙拿起没绱完的一只鞋子来，继续绱。锥子她拿了，重九要挑灯捻，没家伙，就从她发髻上取下一支银钗，一边挑灯，一边问道：

“你真是要绱完才睡呀？”

“是呀，你困就先睡吧。我把它绱好了，明天一早就拿到你哥床跟前搁着，看他穿不穿！”

“那他还不穿？我这个哥哥脾气就是直，对谁都不会讲句客气话。”

“我看，有个人也是这个样秉性，跟他就像两弟兄。”

“谁？”

“就在他们几个人当中，你没留心过？你猜猜，就想到了。”

重九把银钗搁在嘴里咬着，眼睛瞅灯火，摇摇头说：“猜不出。”

“是真的猜不出？还是不好意思说？”凤仙盯着她的眼睛不放。

“嫂子，看你啰，老要人猜谜。”

“哎，年岁不饶人，你也一年比一年大了，我问你，你心上搁着个什么人呢？”

“没有。”重九连忙否认，又去挑灯。

“重九,你别把门关得那么快。我也是做过姑娘来的。心上喜欢什么人,又不是见不得人的事。”

“没有,人家就是没有嘛!”

“那你讲老实话:小石匠怎样?”

“他? ……”重九挑完灯芯,又把银钗含在嘴里,眼睛打着转转。

“唔,他怎样? 说,讲真心话!”

“他……老爱拿眼睛盯人家,可又不肯讲话。”

“人家在汪锯人家打石凳那日月,就盯上你啦,你还蒙在鼓里呢。都怪那些坏蛋把人闹得东分西散,凑不到一块!”

“是吗?”重九说,“看他倒是个好人。”

“是好人就行呗,还图他什么。人生一世,草长一春。竹笋该收该留,要赶紧拿主意呵,过了这个村就没这个店了。”

“嫂子,你别讲了,提起这些,好烦人的。”

“我这都为你好啊。”

“我知道。不过,自己的事,别人——唔,嫂子,你的头发那样密,黑油油的,多美呵。”重九将银钗给凤仙插回去。

重九先躺下了。凤仙见重九不愿意多谈,也就没有再说下去;她本想坚持将鞋子绱好了再睡,但是过分疲劳,眼皮直打架,终于,还是没有绱完就撂下了。

因为过度疲劳,这一晚,凤仙和重九两人都睡得很死。第二天拂晓,一阵急促而凶狠的声音,把人们从梦里惊醒。凤仙睁开眼时,发现马王七正得意地对她狞笑。

“该醒了吧,我可是又回来了!”他说。

凤仙眼明手快,立即摸到床头一把剪刀,“马王七!”一声怒吼,直向这只披着人皮的豺狼的胸口扑过去。马王七一闪,剪刀扎进他的臂膀,他“哎哟”一声,倒在桌边。几乎在这同时,一个丘八的盒子枪响了,凤仙应声倒下,鲜血马上染红了衣襟。……重九奋不顾身,趴到半死的人身上,哭不成声,自己的衣服也染了鲜血……

凤仙睁开疲惫衰弱的目光,望着重九:“别哭,叫平平记得为妈妈报仇! ……”

“呀，嫂……”重九号啕起来。

“她妈的，你跟我走！”一个丘八将重九拉起来，回头“叭”一声，给倒在地上的人又补了一枪。

两个大兵，一个扶着受伤的马王七，一个死拉硬拖，把重九抓走了。

一只没有绱完的鞋，孤零零地被遗弃在桌上。

屋里一片沉寂。

这，只怪马远甫、梁少英他们胜利冲昏头脑，缺乏敌情观念，太麻痹大意了！

就在昨天夜间凤仙向马远甫提起防备坏人的时刻，自治军原来驻扎在这儿的彭寿仪的一营人马和杜耀光、马王七两个家伙，怀着复仇的气焰，以急行军的速度，马不停蹄地赶回岚山城郊。他们得到城内那些被打倒了的官吏和豪绅作引路，从拆掉的城墙缺口，偷偷钻进城里，不声不响地把马远甫他们的住处，一个一个包围起来，然后以迅雷不及掩耳之势，占领了全城的制高点——消防队的望火楼。

望火楼是梁少英和周十长一班弟兄的驻地。这天晚上，少英到街上一家亲戚去闹新房喝喜酒，半夜归来，大门竟忘了关上，上楼就呼呼睡了。等到听到枪声，敌人已经进了大门。兄弟们在周十长的指挥下仓促应战，集中火力截住进犯楼梯口的敌人，居高临下，一连打倒了领头的两个，稍微挫败了敌人的锐气。不想，狡猾的敌人，一面组织火力，作正面攻击，另外却分出一部分人从后院的民房的屋顶上悄悄地爬上来，一枪，把堵截楼梯口那挺歪把子轻机枪的射手打了，机枪顿时变成哑巴，敌人一拥而上。楼上，周十长他们，同拥到跟前的敌人拼命扭打，有的负了伤，从瓦顶滚下，有的翻过围墙，往邻街不远地方的教育局后门隐蔽，有的仍据顶楼，继续顶火。梁少英被抓走了，周十长掷出最后一颗手榴弹，才要攀上墙外的树干，不幸身上中了一枪，人掉下墙脚，腰部淌着一摊血。楼顶上那个人是侬大年，子弹打完了，上起刺刀，躲到门后的死角，刺倒了冲进来的头个敌人，但是，后面上来的人，立即拨开他手上的枪，两人互相交手拦腰抱住。侬大年下死劲抱住敌人纵身跳下五层高楼。……望火楼随即起火。

天亮不久，罗汉和马远甫先后从侧门溜进教育局后院。

凌云青他昨晚才从乡下视察回来，夜里睡得很死，敲了半天门，他才从梦中

惊醒,慌里慌张起来开门。一见马、罗两个,随口便问:

“怎么回事?半夜好像有枪声,自己人打起来啦?”

“不。敌人打回来了。他妈的,我们太大意了!”罗汉说。

马远甫接着说道:“都怪少英误事,城门上莫派岗哨。”

“也不能怪哪一个,城墙拆了,光守住城也不顶事。”罗汉说,对马远甫有意见。

“拆城是我做的决定,有错我承担。”马远甫动了气,又痛苦又不服输,“我看,成败不在城墙而在人心。假使人心向我,敌人来到城下,为何没个人给我们通风报信?可见城里人还不是那样向着我们。”

马远甫看凌云青、罗汉都不作声,停了片刻,又说:“别看他们这一着是赢了,只要我们今后取得人心,保证局面还会倒转过来。没了城墙,看他们怎样守吧。下次轮到我们回来见高低了。只要人心向着我们一边……”

“人心,人心!‘人心不足蛇吞象’,你怎样满足得了?”凌云青感慨万千。

“人不是神仙,都是要吃饭拉屎的。这回为什么没有人给我们送信报军情呢?还不是我们来了,没给过人家多少好处嘛。城墙几块破砖也不让人家拿,叫人家怎样对待我们呢?”

凌云青懂得这话是冲他来的,赶紧就说:“我说,自己弟兄先别计较长短吧。现在是大伙商量怎么应付敌人要紧。”

“我马上就走!”罗汉说。

马远甫问:“哪儿去?”

“找步平去!我就不信报不了这个仇。”

“那,这儿的事……”凌云青既赞成又担心。

“我留下。”马远甫说得干脆果断,“跟这些王八蛋捉迷藏,看这些螃蟹能横行到几时?”

凌云青寻思一会,提起这么一件事:说是他们打进城来那晚上,韦步平是在被软禁的炮楼里叫一个老头领到教育局来的。韦步平也不知道他是谁。当时问他贵姓,只说“耕田佬”,话不多说,回头就走了。听说他是在炮楼下面的马厩喂马的,本姓牛。从那以后,人们再也不见他这个老头了。会不会是这个人给王光宗他们送去的信？

“不会。”马远甫说，“他要是杜耀光的走狗，为何又把步平放了呢？”

“是有点奇怪。”罗汉说，“原先看守我牢房的也是个老头，他帮了我们大忙。是不是就是一个人呀？这回我一来就找他，总也找不见，莫非家庆放火时，把他烧在里头了？”

“一个在炮楼那边养马，一个在监狱看守，怎么是一个人？活见鬼。……”

“会不会是步平的父亲呵？”罗汉说，“不是说他有个弹花的父亲流落外乡吗？”

“见鬼，步平才生下不几天母亲就死了，父亲也走了，怎么认识步平是他的儿子？”

“总之是，事情有点儿蹊跷。”

“嘭嘭”，大门外响起敲门声音。听差喊：

“凌所长……有客人。”

凌云青急忙叫罗汉和马远甫两人上床，放下蚊帐，小声说：“沉住气！”

凌云青走出客厅，驻军的一个排长带着两个持长枪的丘八，跟着听差进来。向凌云青打招呼。

“凌局长，早安！”

“什么事？”凌云青脸色严肃，毫不客气。

“嘻，想瞧瞧有没有那帮土匪、乱民躲到这里来？”

凌云青马上厉声叱道：“这是什么地方，难道你们不懂吗？谁准许你们闯到我这地方来的？嘿！有眼不识泰山！”

“嘻，是，是。不过，有人说，见到——”

“见到什么？活见鬼吧！去，我这里容不下持枪的人，对不起。”

“那，好，好。”

排长领着他两个兵丁忍气吞声、灰溜溜地走了。

凌云青回到卧室，马远甫和罗汉掀开蚊帐下床，表情严峻地望着凌云青。

凌云青问：“两位看怎么办？是不是弄饭吃了再——”

“我这就走。”罗汉说。

“那,你见到步平就说,嫂子……,我们未能……唉!”

“罗汉,要走就快。我也出去看看,招呼弟兄们想法报仇。我们的人不能白死!”

“干,至大芭蕉叶!”

罗汉说着,将一枚手榴弹插进腰带,走出两步,回头望着凌云青:

“凌局长,好多话,回头再讲吧。”

“好,一路顺风。”凌云青说,接着,对马远甫补说一句,“真是个打石头的硬汉!”

第五十二章

城里枪声沉寂了。居民提心吊胆，悄悄地打开大门。夜来仿佛下了一场冰雹，什么都给毁了似的。官衙贴出告示：全城戒严。街道交通断了，除了巡逻兵，居民一律不准通行；城门深闭，拆掉的城垛摆着几挺机枪；卖青菜的老百姓给拦阻在城外，各人相对摇头叹气。兵痞、县警和团练，如狼似虎，以清查乱民为名，肆意闯进民房，趁火打劫，顺手牵羊，强奸民女，掳掠财物，肆无忌惮。

凤仙和侬大年他们的尸体，委弃在钟鼓楼前面的广场上，曝晒示众。

马远甫从凌云青的教育局后院溜出来后，通过一位熟人，躲藏在西门城根一座种菜的茅屋里头。两天来，请房东老头陆陆续续引来四五位被打散了的老同，大家商量如何对付眼前这个险恶的局面。马远甫觉得摆在眼前这样几件事是非做不可的：一件是，怎样找人去为凤仙和侬大年他们收尸殓葬；二一件是，怎样想方设法去营救重九和少英他们出狱；第三件就是，联络城里被打散的老同,研究如何对付敌人的搜查,如何刺探敌情,将情况尽快送上瑶寨报告韦步平。

这时,天已见黑,菜园小茅屋点上了灯。房东老头到女儿家走亲戚去了,屋里只有马远甫和三个老同。四个人刚好凑数搓麻将,借着玩牌做幌子,密谋应付敌人的办法。

“你老是爱往坏处想,说不定则明正在同自家兄弟带来人马,准备攻城呢。”

“凤仙嫂已经两天了,今早衙门放出话来,过完三天,亲属可以去领尸。”

“一定要亲属吗?”

“没亲属怎整,就让它烂在街头?”

“我们几个,狗崽子都认得,不好出面去冒领,怎么办?”

“他妈的,这样行不行:我们半夜三更悄悄去把尸体扛回来,就在菜园这里,先埋起再讲。”

……

三个人你一言我一语,也没个定准的主意。唯有马远甫不搭腔,沉默不语。

“东风吗? 好,对对和。”马远甫把牌倒下。

“老马,你拿什么主意,怎不言语?”

“我正在想着呢。”

随即,哗哗啦啦搓牌声音。

料不到,正在这时刻,突然,门外有人喊叫开门。马远甫一惊,向伙伴们使眼色,小声说:“来者不善,善者不来。你来,继续搓牌。”他站起,让旁边一位伙伴接替他的座位。然后拿起一把斧头,走到门背后,示意另一位伙伴过来开门。门吱嘎一声开开,为首闯进来的是县警队长杜悦诚,后面是他的一个跟身,两人手上都握着盒子枪。杜悦诚装模作样,对着打麻将的人用讽刺的口吻说道:“嚯,你们倒是挺自在,躲到这儿来聚赌,哪一位是户主? ——”马远甫不容他讲完话,立即抢上一步,举起斧头对准县警队长脑门一劈。那位开门的伙伴,立时转身,弯下腰去,把那个跟身的腿迅速一搬。两人几乎同时倒下,碰到旁边的板凳,咔啦作响。说时迟,那时快,四个弟兄一起扑上去,按住他们的手脚,其中一个伙伴拿起一块断砖,往脑袋一击,两个家伙同时没了气,眼睛死鱼一般翻白。

四个老同连忙七手八脚，拿起死人手上的枪，迅速剥开他们的衣服……完了，三双眼睛默默地注视马远甫，等待他拿主意。

马远甫不动声色，异常冷静，对着伙伴寻思半晌。

“怎么办？”谁先开口问道。

四个人面面相觑。屋里十分寂静，听到屋外蛐蛐叫。

“把门关上。”马远甫以斩钉截铁口气，指挥着弟兄们，“事到如今，正是罗汉讲话：‘几大就几大，至大芭蕉叶’。快，拿柴草过来，把他们盖上。”

不等马远甫的话落音，三位伙伴立即七手八脚，把柴草抱过来，将两具尸体都盖上。马远甫端起灯，把油洒到柴草上……随即说声：

“点火！”

火，马上伸起舌头舔着干燥的禾草和树枝。

“走！”马远甫向三位伙伴下口令，“各人想法分头上瑶寨找韦家兄弟！”

“你呢？”谁问一声，三个人都瞅着马远甫。

“我，不能走。凤仙和大年他们的后事还没得料理。”马远甫说，“请大伙放心，老麻雀，不是那样轻易叫人逮到的！见到韦家兄弟就说我在这儿埋火种，等着大伙回来！”

马远甫催着伙伴们走了，自己才离开火场。他们一前一后，分散开，躲到城墙附近坑洼地和豆棚架下去了。

不多一会，菜园小茅屋变成一团大火，火光照亮了夜空。

第二天，县署为县警队长失踪，实行全城搜查，可是，除了便宜兵丁们乘机掠夺人家财物，别的什么也没找到。

曝尸三日的期限过了，死者家属唯恐遭受株连，谁也不敢冒险去领尸。县署只好出钱，雇人埋葬。

第四天一早，来了三个苦力。当中一位约摸有四十岁的中年人，满脸的胡须，眉毛特别粗，四方脸，嘴唇又宽又厚。他，头上包着一块羊肚的洗脸巾，遮住了一半眼眉，一声不哼，像个哑巴。

他们把六七具尸体扛走，送到了乱坟山。那中年人特意给女尸的墓穴挖深些，从附近挖来两颗杜鹃花栽在坟前，另外，还埋下一块石头做记号。三个人忙到下午五点左右，才回到县署门房来，支领工钱。那中年人不愿按手印，让两老头代领，竟是自己走开了。这就不免引起那个付款销账的马王七犯疑。他不让俩老头代领，拿钱追了出来，叫那位苦力停步，要他自己按手印。中年人转回身，不料他那颗长在人中地方、有绿豆大的黑痣，泄漏了他的庐山面目。

马王七这个狗家伙，一眼把人认出来了，失声惊呼：

“你……马——”他一把抓住对方袖筒，那人却使劲把胳膊一甩，飞起一脚，把马王七踢翻在地，拔开腿迅跑。不幸，前面迎头赶来三个巡逻兵，马王七拼命呼喊他们：

“捉住他……把姓马的捉住！”

逃跑的人被撵进穷巷，当他正要爬上一堵断墙时，“叭”一声，胳膊被打中了，人掉下墙脚……

马王七赶了上来，对着倒在地上的人露出得意的奸笑，示意巡逻兵把人架起。马远甫睁起蔑视的眼光，倔强地向面前这个坏蛋咒骂：“马王七，我认得你！呸！”随即使劲往对方脸上吐了一口唾沫，“嘿，瞧你能把我怎样！”

……

一场冰雹虽然停了，造成的灾害却是难以描述的。在这血雨腥风的日子里，凌云青以无言的情怀写下这样一首寓意深远的诗——《乡居即景》：

霹雳一声天地崩，
何来夜半排山洪。
村前乌柏逐狂浪，
屋后青松啸疾风。
茅舍倾圮仍有础，
渡船漂泊已无篷。
雨中田父迎风立，
翘首凝睇望旭东。

诗人的幻想是美好的，但是，冰雹过后接着不一定就是晴日。实际的情形倒是——淫雨连绵，愁云惨雾，笼罩着城乡处处。

被毁了的县印又照样刻回来了，被焚的衙门、监狱，又劳累着民工重建，被减免的苛捐重税却令加倍追缴。最使百姓吃苦的是：清乡。杜耀光这位代知事，比正式的县官还要凶狠和贪婪，他到处刮起复仇、掠夺的旋风；借口清乡，挨家查户口，验民枪，办五户十家联保，从中乘机敲诈勒索，闹得鸡犬不宁，人人自危。

“三三会”的老同们在这种淫威的逼迫下，有的被小人出卖，终于蒙难入狱，有的铤而走险，远走他乡；有的在附近山洞，东躲西藏。被捕的人，有的典当田地，出卖耕牛，花钱把人赎回家；拿不出钱的，只有忍受牢狱折磨。也有少数贪生怕死的软骨头，在人家刀光剑影、金钱美女的威逼利诱之下，昧着良心，出卖灵魂，投降叛变，做了敌人的鹰犬。

曾经轰轰烈烈的局面，暂时销声匿迹了。

“步平他到底怎样了？”凌云青向自己提出这样的问题。

原来他不知道，韦步平为蓝大妈奔赴瑶寨，赶到之前，蓝大妈遭到山主的非人折磨，好不容易才逃出地牢。不想，逃到半路，为山主的爪牙穷追，眼看又要落入魔爪，她心一横，跳下崖谷。山谷深邃，连尸体也无法寻得回来。韦步平赶到时，虽恨山主残暴，然而，比起这桩冤案来，城里还有更重大的事等着他去办。考虑再三，大妈这笔冤账，目前还不能马上算得来，只好向盘大爷略为交代一下后事，和志高一道，马不停蹄地赶回县城。不想，才赶到南溪附近，罗汉和几位老同迎面奔来，悲愤地报告城里的变故。……

“嫂子……她——”罗汉讲到这，泣不成声。

韦步平跳下马来，目光严峻，逼视罗汉，紧问：“她，怎样？”

罗汉瞪着泪眼，哇一声，恸哭失声。在场的几个老同和志高立时成了木桩似的，没了声音，没了动静，只管抹眼泪。

韦步平转过头去，扶着马鞍，抱着脑袋，闭着眼。那天离开县城，两人分手的情景闪现在眼前。凤仙嘱咐的声音还在耳边回响……静默十来分钟，这个钢铁铸成似的丈夫，终于抬起沉重的脑袋，用手背抹净眼泪，转过脸来，盯着罗汉的眼睛问道：

“重九呢?”

别个老同代替罗汉答道:“她、少英,都叫人家捉走了。”

“你们太大意了。人家反扑回来你们怎么一点没发觉呢?”韦步平用疑惑的眼神,问罗汉。

“这,都怪老马大哥,他……”罗汉不免流露抱怨情绪。

韦步平紧问:“他怎样?”

“就是他出的主意,叫全城百姓把城墙拆了……叫人家有空子钻。”

韦步平寻思,追问:“城墙拆了?为什么?”

“我说了他,他还不服气。”罗汉说,“他讲,城墙原来是官府用来防老百姓的炮楼、碉堡。如今县城成了我们老百姓的了,还拿碉堡炮楼来防谁?你看,什么道理!”

“唔,有道理。”韦步平一边听,一边在点头,说了一句。

“有道理?”罗汉和志高他们都觉得奇怪,瞪着眼睛,等待韦步平把话说下去。

韦步平说:“老马识途,有远见。凡事总会是,有一利必有一弊。从眼前看,老马拆了城墙叫人钻了空子,当然失算,可我们回头再打它一仗,不也就少费劲了吗?”

“嗯,是的啵!”大家同声说道。

罗汉说:“马大哥跟凌所长也不对路。”

“哦?为的什么事情?”韦步平很为惊讶。

“两件事,两人谈不到一块。一件是,叫城里的人家家户户男女老少都去拆墙,砖头给谁?老马主张谁拆给谁。开头,人人都高兴,使劲快干。后头凌所长不赞成,说要留着砖建造学堂,结果,大家都泄了气。第二件是,老马说把县仓打开,给没米下锅的发救济粮,凌所长又说不可,要拿来做助学金。”

韦步平听罢,自己喃道:“原来是这样!”停了片刻,瞅着罗汉问,“那你说,谁对?”

“看来老马的办法对。”罗汉说。跟着,他把临来时,马远甫、凌云青和他三个人在一起议论这两件事的情形,以及马、凌两人的态度说了说。

韦步平又想了想，打心里说："凌兄到底是个读书人：眼里总是离不开学堂，看不到还有好多好多进不了学堂的民众。"

"老马他说下一步怎么打算？"沉默了一阵之后，韦步平又盯着罗汉问。

"他要我来找你拿主意。他留在城里，一边料理嫂子和大年他们的后事，一边——"

"这样吧，"韦步平没等罗汉讲下去就接着讲，"罗汉，你留两人搭伙计，停在那平、巴羊这一带，注意敌人动静；家庆赶到山圩那边去，见到自家人就邀他们上瑶寨来见我。志高，你跟一位老同进城去找老马大哥，唔，先到教育局去见凌局长……"韦步平向志高耳边悄悄地吩咐。

志高连连点头。

经过十来天工夫，被打散了的老同，陆陆续续来到瑶寨集合。一天早晨，韦步平在山坡的一株盘根生长在石头缝上的榕树下，同罗汉和家庆他们几位商量事。一对斑鸠从附近的树上飞下路边来寻食，一见有人稍微走动，立即起飞，躲进密林去了。可是一会儿又飞下来，照样寻觅食物。韦步平注视好久，好像得到启发，对着伙伴们说：

"你们都知道斑鸠最难捉到的吧？人为万物之灵，难道比小鸟还无能吗？"

大家摸不到头脑，相互看了一眼，谁也答不上话。韦步平瞧瞧老同不大领会他的意思，便把自己的想法摆出来，说目前敌人势力比我们强，自治军除了原先彭寿仪一营仍驻扎原来防地之外，田州、巴龙一带，增加了廖三石一团兵力。如果跟强敌明攻硬打是要吃亏的。只有学麻雀、斑鸠的战法：看准了敌人空子，打它一家伙，打得下，就抢他的枪支弹药、粮食财物，保住自己弟兄；打不下，就躲一躲，保存自己。瑶寨这地方和山圩一带，千山万弄，到处都是天然的炮楼碉堡，敌人不易进得来。暂时守住山寨，看看政局如何变化再说。罗汉、家庆几个听了，都说有道理，表示赞成。罗汉还说，他们"三三会"这回失利，虽然好比一个人挂了花，伤了手脚，还不是打中要害救不活。人还有十多二十个，枪还有十来八支，为了活命吃饭，可以拦劫过境的小股烟帮，为了报仇，可以偷袭某些土豪地主的团练。……

这些计谋和企图,他们实践了一段时间。在山圩一带,曾经埋伏袭击过下来清乡的县警和团练。一次夜间,到南溪去扰乱过驻军,多少挫败了敌人一些气焰。但是,由于全省政局发生急剧变故,定桂军占领了省会后,自治军被迫退入山区边界。圩镇驻军增加,各乡团练实施联防,居民实行联保,县警配合驻军大举清乡。原先起义过来的弟兄,由老王十长率领,在山圩一带活动。开头,并不怎样的,跟本地的老同合作得还融洽。不知什么缘故,突然,一天夜里,老王十长带上他的弟兄不辞而去。传说,他们去云南边界,专抢过往的烟帮了。

队伍化整为零,形式上是散了,火种却没有熄灭。战友们有的虽然倒下牺牲了,活着的,仍然继续反抗,并没有因此而灰心。

这时韦步平、罗汉和家庆都聚在大爷家,好像是打输一场球赛的伙伴,情绪都不那样痛快。志高为母亲的事故,终日闷闷不乐;家庆有家归不得,焦急不安,罗汉身经这场旋风,心怀着一团火,平息不下来,韦步平几天来几乎不说一句话,仿佛一堆拨不开窍、生不出火焰来的火堆,脸色从未有过这样的沉郁,就像是山雨欲来的浓云密布的天空。

一天,盘大爷赶了一趟南溪圩,从邮寄代办所给韦步平带回一包书信和报纸,还有从邮差梁大炮口头听到的时局消息,以及从道路传言中知道的"三三会"老同们遭受摧残迫害的种种景况。这些,都叫韦步平心潮起伏,终夜不能入睡。

第二天早上,大家正在吃早饭,志高又见他妈生前用惯的椰子壳的饭碗,一时愁从中来,哽着喉咙咽不下饭,放下碗走开了。盘大爷跟着也是唏嘘长叹;家庆眼泪汪汪,像断线的珍珠掉在饭碗里;罗汉眼睛直直地发愣。

屋里一片沉寂。

"说起仇,讲起恨,谁都说不完,数不清。"经过片刻的静默,韦步平才打开僵局,说道,"罗汉家不在这,可他的心就能平静吗?饭已经煮糊了,痛心也没用。眼泪洗不掉血!还是把拳头握紧,拿定主意干下去!"

"对!再跟他们拼,几大就几大,至大芭蕉叶!"罗汉把筷子往桌子上一拍,那神气就像是,即算面前是一只老虎,他也敢碰。

韦步平冷静下来,望了望大家,对大家分析了面临的形势,说眼前局面对他们不利，只好忍着，看看以后再说。有些事是要趁热打铁，有些事却要放一下看，好比喝热粥，太烫就吃不了。他嘱咐罗汉暂时离开这里，到外县去找活路干，凭他的手艺，怎样也能混得一口饭吃。他告诉家庆，眼下，家回不去了，可以到山圩一带去，找“三三会”的老同，合伙给人解大板，打零工，暂时安身。对志高，则要他先和大爷待在家里，说这地方，山高皇帝远，敌人的魔爪一时伸不进来，可以利用机会搞好乡邻关系，把老同拉扯住，不要散掉，同时设法让玉姑去那江找姨娘，把平平接来，免遭敌人毒手。……

“总之，”韦步平最后说，“人就是本钱，兄弟就是自己的手足，见到和我们一道饮过血酒的老同，就劝解劝解，不要灰心，有山在就有柴火烧，往后的日子长着哩，老乡们讲话：‘石头还有翻身日’哪，何况堂堂一个男子汉怎能出不了头？”

“你自己呢？”罗汉他们几个不约而同地问了一声。每人都眼睁睁地望着这位跟大伙生死与共、甘苦同尝的弟兄。

“我？弟兄们不必为我担心！”韦步平笑了笑，态度乐观，“三月三那天，给王光宗写的对联不是说了吗——‘野鹤无粮天地宽’！可走的路宽着哩，五湖四海，哪里不可以去？”

家庆说：“事到如今，有什么办法，其实，不说我们老同，就是乡亲们，哪个能舍得你啊！”

“是呀，家庆说的是实话！”盘大爷说。

韦步平停了一会，说：“替我告诉乡亲们吧：我到哪里也不会忘记多灾多难的乡邻。只望大家相信我一句话：世界终有一天会变好的。即算我们这一辈子做不到，我们的子孙后代一定会把这个不合理的世界颠倒过来！管它下多少天的雨，日头总会再出来的。”

家庆说：“我们几个已经逃出了虎口，怎么都好讲，就不知重九、少英他们到底怎样？”

韦步平深深叹口气：“是呀，我这就要为他们想办法去。”停一会，转对罗汉说：

“你先别走远，在这儿上山找块好点的石头，给老马大哥刻块碑，日后，想法去找到他的骨头，拿来葬在巴羊屯的羊角岭上。”

“碑文刻什么？”罗汉问。

“我这就写给你。”韦步平从胸口袋取下小本子，扯下一张纸片，拿铅笔写下——

“三三会”同仁马远甫之墓

两边夹着这样一副对联：

恩爱分明，肝胆照人昭日月

急公仗义，头颅掷处泣鬼神

韦步平写罢，将纸片交到罗汉手上。

罗汉瞪着眼，问：“这……叫我怎往石头上刻呀？”

韦步平笑了笑：“是呀。这样，你去找个教书的先生照着写来，你就照着刻嘛。”

“那些个人，这时候能靠得住？”罗汉表示有顾虑。

“这样吧，买张纸头来，裁成一样大小的小方块，像描红格子那样，一小块纸片写上一个字，完了拿回来再照着我写的这个顺序拼起。”

“这，太费劲了。我找个可靠的亲戚去。”旁边一位老同说，“他是我大舅，教私塾的老师。”

韦步平说：“反正你们看着办吧。我们做弟兄一场，总是忘不了啊。”

“这，你就放心吧，我们等你回来！”

一个明月之夜，凌云青在面对小庭院的廊庑下，坐在一张竹椅上，对着庭树梢头的半边新月，凭栏吹箫，调子低沉而凄凉。一会，百无聊赖，喃喃自语，沉吟：“明月何时有，把酒问青天”，满怀抑郁。

想不到，院门咿呀一声，一位不速之客蓦然闯进院里。这是瑶族打扮的山里人。他突然出现，不免叫主人窘惑。两人互视片刻，彼此不由“呵呀”一声，同时张开胳膊拥抱起来。主人立刻意识到什么，警惕地向客人打个手势，轻轻溜到大门口，左右瞧了瞧，然后把门关上，悄悄地请客人进屋，放下门帘，拉出一张竹椅，按着客人肩膀坐下。

“怎么来的呀？你真大胆，敢在刀口上跳舞！”凌云青压着嗓子说话，提心吊胆，把灯芯捻小一点，好像灯光能散播他们的机密。

这“瑶人”看他怕成这样，反而报以坦然而沉着的微笑，消除恐怖的气氛。

“托人带去的书报和信件都见到了吗？”凌云青问。

“我就为你的信来的啰！”这瑶人就是韦步平。他把头巾除下，抹了抹额角的汗，拍拍裤腿的尘土。

“拿什么主意？出国还是——”凌云青问。

韦步平不胜感慨地说：“一番风雨知时节，一场较量见斤两。经过这场考试，倒是给我增长不少学问，真是吃一堑长一智。有些事是应该感谢敌人的：这样一来，把我原先一些天真的幻想，可是打得落花流水了；有些原先看来是模糊的问题，这时候似乎弄清了一点；像是一锅沸腾的水，等到冷却以后，经过沉淀，是清是浊，了了分明。总而言之，一场大雾消散后，道路好认了。你说，又要到国外去吃面包？恐怕不合中国人的口味吧？孙逸仙有句名言：‘中国革命不以俄国为师断无成就。’不过，我想革命是要改革实际的社会事业，也不一定要到别国去描得蓝图回来，照样画葫芦。革命不同打拳，要拜师傅，非得到跟前去不可，重要的是善于以他人的成败为鉴戒，总结自己的经验教训，因地制宜。不然，这里的木棉花虽好，移到桂林就开不出花来；芭蕉树在那里虽然也长绿杆阔叶，却结不成蕉。”

凌云青说：“我知道，这时候你是不能远去的。”

静默了片刻，凌云青看韦步平不作声，才绕个弯儿说道：“尊夫人的坟，我暗中叫人去作了记号，画了张图，……平平有地方安置了吧？不然，是不是带他到省里去想办法，送去我家——”

“这，真要感激阁下故人之情啊！”

韦步平说罢，陷入深思，过了片刻才喟然叹道：“提起内人不幸，不免内疚。多么单纯的感情呵！一味只为着自己心上的人，把什么都给予了我。可我，给她的报答是不相等的。我没有也不能够像她给我的那样，给还她！现在，就连去坟上培一锨土也办不到……”

韦步平喉头哽着，话说不下去了。

凌云青也答不上腔。

屋里顿时陷于沉寂。

“要是可以的话，阁下什么时候替我到她坟上烧化纸钱，写上这样两句话——”

人乎，何去？

魂兮，归来！

“把它同纸钱一起焚化。这当然是可笑的迷信，只不过也略表我们夫妻一场的一点哀思罢。”

“好，这可以不折不扣地照办。”

凌云青说着，背手踱步。

屋里又陷于沉默。过一会，韦步平才又说道：“平平的安顿，亲友们能照顾得来就麻烦大家担待了。我可是力不从心。那么多的弟兄，谁家没遭灾受难啊，你说，管哪个好呢？”

“那，你——”

“我准备到广州去！报纸不是在大张旗鼓地宣传吗？孙中山目前正在那里网罗各方人才，联合共产党，实行国共两党合作。国民党自己也要实行改组。看来，这回改弦更张，三民主义真是要付诸实施——不再‘车大炮’的了。说不定在那里，能见到原先在四川的老同事。现在想起来，当时一位参谋长叫章斌的，他对我讲的话，很值得深思。这些天来，我又把他临别赠送那本《共产党宣言》重读两遍，发觉我早先囫囵吞枣，读是读了，其实压根儿就没有读懂。”

“现在就读懂了吗？”凌云青笑着问。

“恐怕也只能是一知半解。‘学然后知不足’。孔圣人的话是不能全听的，但是，老夫子有些见解也不能一概推倒，其中，可取之处也不是没有。”

“你还没有吃饭吧？我叫人去街上弄点东西来夜宵。我有件事，还要同你谈呢！”

凌云青走了出去。房里只剩下韦步平一个人。他翻了翻书架，看看新来的报纸，发现墙上新贴着半张宣纸，上面用草书写着四句七言。这大概是凌云青“书怀”之作了。韦步平一边辨认那不易认识的草书，一边吟咏。

> 梧桐何处凤凰枝，
> 雁落沙渚怨栖迟。
> 自此翱翔天外远，
> 牢篱枯树待鹊归。

韦步平吟罢，心想：“难道他也要远走高飞？”

他坐到凌云青的写字桌边，看到桌上摆着一张三人合照的相片。其中，凌云青和桂品微学生时代的肖像一下子就认出来了，另外一位女士，似乎在哪里见过？她那明媚的眼睛多么抓人啊，就是想不起是谁。

“噢，你不认得她吧？”凌云青进来见韦步平凝神注视着照片，说道，“她叫海银华。中流社后期的佼佼者，新女性，曾经做过全省学生界联合会主委……”

“哦？我想起来了！”韦步平呼了口气，恍悟地笑了笑，打断对方津津乐道的话，问道，“现在她在哪儿？”

“在省里。”凌云青说，“嗯，我正要告诉你，就是她来信说，国民党省党部在梧州开办一间‘宣传员讲习所’，由各县和各法团保送人员去受训。全省学生联合会已经决定保送她，她希望我也能得到县里保送，跟她一道走。”

“那是训练什么样的宣传家呢？”

“总该是革命的吧！说是广州革命方面派一位姓周的先生和一位姓柴的女士来作指导。那两人都是从法国勤工俭学刚回国，思想肯定是先进的了。反正是历史潮流所趋，我们不能做时代的落伍者是不是？”

“这样说来，你不再高谈教育救国的宏论了？”韦步平歪着脑袋，盯着对方的眼睛。

凌云青一反常态,并不因此发窘,却坦然地作自我解嘲:

“此一时也,彼一时也。人应该学会变通,情随世易。倘若一味执拗,岂不成了刻舟求剑?记得刚当劝学所所长时,有位朋友曾经取笑过我:‘所长,必有所长啰。’问我办教育,所长何在?当时叫我哑然失笑。”

“现在不是改为教育局,不再叫劝学所了吗?局长也是个官呢!”

“蹊跷恐怕也就出在这个‘官’字上……”

“砰!砰!”门外有人拍门。

这一下,屋里人都着了慌,屏着气再听。

“糟了,准是那些走狗闻到你的气味,来了!”凌云青惊慌失色,声音打颤,“走,到后院躲!”

“砰砰”!“开门!”门外又踢又叫。

韦步平沉吟片刻,心一横,镇定下来,把头巾往脑袋上一盘,然后从容不迫地说:

“请他进来吧,人家来了,你能不迎接呀?我是给你送药来的瑶人,懂了吗?”

凌云青注视韦步平的装束,点点头。出去开了门,来人就在门口把文书交给凌局长,回头就走了。凌云青松了口气,回到房里,满脸堆着欣庆的喜悦,笑道:

“小小的一场虚惊!”

“谁来了?”

“县公署的听差。看!”凌云青把公文信封拆开一瞧,又是惊喜又是失望,“呵,保荐书,馈送的程仪,嚯,全有了。这无异是无声的逐客令。我早知道,‘金边蚂蟥’挖空心思,巴不得把我挤走。如今由我自己开口辞职,对他来说,无异正中下怀,乐得顺水推舟。前天我把意思跟他说了说,他口头上假仁假义,讲些挽留的客套。其实,局长这根骨头,早已有几只走狗在等着抢了。听说,我的接替人就是当年阻挠你当教员的那块料。你想想看,贵县政教,全为这帮小人把持,这将成个什么世界!”凌云青不禁深叹。

“于是,我们的诗人浮想翩翩,诗兴大发,吟诗以寄郁怀!”韦步平笑着,望了望壁上的诗。

凌云青脸上不觉赧红，怪不好意思的说道：

“这……打油诗，滥竽充数，真是贻笑大方！不过，觉得这帮小人太可鄙，临走也留下一只钉子，刺他们一家伙。”

“这帮家伙，无耻之尤，脸皮多厚，你割一刀，他也未必知疼，这丁点儿小刺，就能叫他懂得廉耻吗？”

“横直让他不舒服两天，折磨他的神经。”

韦步平静静地望着凌云青，想起什么事，不大热衷于谈这些不屑一顾的垃圾。只想，凌云青既然也要走了，对难友们的善后，又缠着他的心怀。于是，改变了口气，态度严肃而深沉：

“你也要走了，梁少英和重九的事，你疏通得如何？可以放人吗？”

凌云青说：“重九被杜耀光的小老婆看上了，真是冤家路窄。真是个女妖精，不知重九哪一样地方称她的心，说是要把她当作干女儿；再怎么讲，也不能叫她松口。你说多可恶！少英倒是已经从班房放出来了。只是还不准回家，同县警住在一起，好像是受软禁。另一说法却是本人不愿出来，想在那里当差，也不知是真是假。”

“少英这个人……”韦步平说，“怎么说他呢，别人对他是不敢恭维的，说他不良不莠，可他对我倒是一片诚心。我们两人毕竟同过患难，尝过甘苦！”

凌云青没有再说什么，屋里静了下来。挂钟“当当”敲了好几下，一瞧，时针指在X字上。主人出去催问办夜宵的事去了。

韦步平走过书架，顺手将一本《明容与堂刻水浒传》拿过来，就着灯亮随意浏览，不觉触动心怀。立刻把书放下，挽起袖口，把墨磨了，蘸好笔，就在小半张宣纸上。照着书里头的四句评语书录下来。刚写完，凌云青回房来，凑过来一瞧，脱口吟道：

穿崖透壑不辞劳，
远望方知出处高。
溪涧岂能留得住，
终归大海作波涛。

“好,有气魄,抱负不凡!”凌云青啧啧称赞,仿佛是头一回发现的奇迹。

“说什么呀,是抄人家的。不过,你要喜欢,就算我给你做送别纪念吧!”韦步平说着,顺手题着上款“云青学长笑存”。

“不,我不配!”凌云青腼腆地说,“应该掉转过来,该我送给你吧。”

酒菜来了。

“来吧,借酒浇愁,拿起桌上酒杯浇着心中之块垒。”凌云青说。

两位伙伴围着一盏半明不灭的煤油灯,对饮起来。

凌云青的话很多,他谈起当年的桂林马肉米粉,谈起“风雨社”——“中流社”团体的聚散,谈起桂品微和他的爱情,谈起王光宗和黎柏初那些故旧的浮沉和升迁,……不免发了好多感叹。

韦步平听他谈到这些,都不愿插嘴,闷着一言不发,只顾喝酒,喝完一杯又一杯,好像不是在喝酒似的。在他,徒然感慨是不足以表达他那些逝去的岁月的;要说悲愤,也难以倾吐他海一样深沉的胸怀;说仇恨吧,那血腥的屠杀,那灭绝人性的掠夺,那无辜者的受难,那午夜中孤儿寡妇的哀号和饮泣……这样那样,几乎把人压得要窒息!他感到人类文明的语言比它原始而野蛮的行为毕竟是太贫乏了。他能说什么呢?他的无言,倒反是比之说了出来还要表达得更多、更广、更深。

一只飞蛾从窗口飞来,扑着灯光。凌云青凝视好久,拿支筷子轻轻赶它。但是,这小昆虫那么执拗,怎样也要缠绕着这点点亮光不去。

“唔!”韦步平看凌云青的慈悲,嘴边露出笑影说,“一只小小生命都有自己的生活道路呢,你想改变它还不行呵,何况——”

“何况是一个人!”凌云青接着说。

“你说不对吗?”

“对,太对了。不过,彼此的理解未必相同。比方前次就在这个房间,我们就有一场争论!”

“那,现在证明了什么呢?是你说得对,还是我做的错了呢?”韦步平说得很郑重。

“事情复杂,三言两语讲不清。”

韦步平叹口气："是呀，答案还没有。多少事都要等待历史去证明，一切都得重新估价。"

屋里陷于寂静。挂钟又"当当"地响起，时针指在Ⅺ字上。

凌云青叫听差把桌面碗筷收拾了。两人因喝了酒，精神兴奋，睡意消失了。凌云青又啰哩啰嗦，接着谈论起方才被中断的话题。——谈起一些同学少年的升迁浮沉。他说，听人家讲，如今占领省会的定桂军和讨贼军的头目——黎景松和夏雨田就是当年的黎柏初和夏雷的化名。他俩参加讨袁之后，没有复员，由部队保送到保定军官学堂深造；毕业后回到本省，分别被派遣在各个防区的军队服役，开头不过是个见习排长，一两年后，各人遭遇不一，有做了连长，有当了营副什么的。后来，这几年大局动荡，军阀混战，各地驻军独立山头，各霸一方，定桂、自治、讨贼等等军旅旗号，层出不穷，大大小小司令，多如牛毛。这当中，就给那些野心家铺设了温床。这些家伙极尽投机钻营之能事：改名换姓，卖身投靠，翻云覆雨，倒戈倾轧……种种卑鄙伎俩，不一而足。黎柏初原先是隶属于自治军的，不久前在廉州诱骗一位风流旅长上花艇喝花酒，把旅长谋杀了，夺取了兵权，自称定桂军司令。这回打进省城，他就同在讨贼军当营长的夏雷暗中默契，集中兵力于西北面抵抗自治军，撤出东南面的守卫，给定桂军进攻的空隙，一举而克服了省垣。两方合而为一，改称"定桂讨贼联军"，黎、夏两人自封正副司令。王光宗面临这一动荡局面，不免见猎心喜。本来他是随自治军而去的，如果自治军长驱直入，占得省会，他也就分享汗马功劳，谋得个美差，擢升厅长高官；要是定桂军捷足先登，自治军失算，那，谅他黎柏初也不至于不借重他这位从政多年的故旧。

"总之是，泥沙俱下，鱼龙混杂。回想风雨结社，曾几何时，黎、夏两位居然成了将军！"凌云青不免感慨系之，"是时势造英雄乎，还是英雄造时势乎？"

韦步平说："这些赳赳武夫，是不是时代英雄，还是个大问号。英雄与时势，时势与英雄，问题正是你刚才说的，三言两语讲不清。"

"那，怎么样？我们把它付与黄粱一梦吧。"凌云青打个呵欠，笑了笑。

"睡不着。"韦步平说，站起来踱步。

他走到窗下，探头出去仰望青天，新月早已落了，初秋的银河，横过碧蓝的夜空。清露已带微凉,不时掠过一声雁叫。

"我们这一走,不知何日再见了!"凌云青说,流露着对友情的依恋和感伤。

韦步平回头盯着他半晌才说:"山水有逢时,说不定我们会殊途同归呢。"

"但望今后多加联系。"

韦步平说:"我这一去,不单是外表化装,恐怕也将改名换姓。"

"打算叫什么呢?"

"就用从前给《中流》写文章署的化名——牛犇,合起来是四头牛。怎样?"

"姓氏还要不要呢?"

"你恐怕还不晓得我的身世吧?我的父亲原本就是姓牛——"接着韦步平把他父亲上门入赘的事讲了讲,末了,笑着说道:

"其实,我也不是个封建脑瓜,非依着父姓不可。只觉得省掉一个字不但好叫一些,还意味着我前一段的路走枉了,把上头砍掉,留下两条牛腿重新走过。不过,话又讲回来,我这次改名换姓可不是因为做了什么见不得人的勾当。我韦某为人做事都摆在明处,光明磊落,顶天立地,绝不同于那些卖友求荣的败类,改名换姓以掩人耳目。"

凌云青沉思一会才说:

"是非曲直自有公论,让历史家去做他的文章吧。我们只能本着良知,尽力而为,不负于国家社会就是了。"

"不,这还不够。一个当代的青年应该为国家民族而献身,对人类社会应该是给予者。不能洁身自好,满足于做一个安分守己的保守派。"

韦步平神经质地握起拳头,朝桌子狠狠捶了一拳。

门外,鸡声喔喔,长夜将尽,黎明正在来临。

1963 年 3 月 8 日——1964 年 4 月 18 日写完全部初稿于南宁长春园。
1977 年 12 月 22 日——1978 年 5 月 18 日改完以上部分于南宁文化大院。
1979 年 2 月 20 日定稿于北京。